Klaus Modick
Der kretische Gast

Zu diesem Buch

Kreta, im Januar 1943: Der Archäologe Johann Martens soll auf der von den Deutschen besetzten Insel prüfen, welche Kunstgegenstände sich als Raubgut für Hitlers germanisches Museum eignen. Gemeinsam mit dem Kreter Andreas erkundet er auf einem alten Motorrad die Mittelmeerinsel. Mehr und mehr wird Martens von der griechischen Lebenskunst und vor allem von Andreas' Tochter Eleni angezogen. Als eine todbringende Razzia der deutschen Besatzer das Dorf von Andreas und seiner Familie bedroht, muß Johann entscheiden, auf welcher Seite er steht. Immer tiefer wird er in die Wirren des Partisanenkriegs verstrickt. Während sich alte Gewißheiten auflösen, geraten sein Leben und seine Liebe in größere Gefahr als je zuvor ... Klaus Modicks neuer Roman ist eine großartige Liebesgeschichte und ein sprachmächtiges literarisches Abenteuer, in dem er die Ereignisse der Kriegszeit mit einem zweiten Handlungsstrang verknüpft und das Geschehen bis ins Hamburg der neunziger Jahre weiterspinnt. Mit brillant gezeichneten Figuren und wunderbar atmosphärischen Bildern macht er eine längst vergessene Episode unserer Vergangenheit lebendig und erzählt von dem dramatischen Versuch, inmitten von Krieg und Schuld die Sehnsucht nach Glück zu bewahren.

Klaus Modick, geboren 1951 in Oldenburg, wurde für sein umfangreiches Werk, darunter die Romane »Ins Blaue«, »Das Grau der Karolinen« und »Der Flügel«, mehrfach ausgezeichnet. Modick ist auch als Übersetzer aus dem Englischen tätig. Er lebt mit seiner Frau und seinen beiden Töchtern in Oldenburg.

Klaus Modick
Der kretische Gast

Roman

Piper München Zürich

Dieses Taschenbuch wurde auf FSC-zertifiziertem Papier gedruckt.
FSC (Forest Stewardship Council) ist eine nichtstaatliche, gemeinnützige
Organisation, die sich für eine ökologische und sozialverantwortliche
Nutzung der Wälder unserer Erde einsetzt (vgl. Logo auf der Umschlag-
rückseite).

Ungekürzte Taschenbuchausgabe
Piper Verlag GmbH, München
1. Auflage März 2005
2. Auflage Juli 2005
© 2003 Eichborn AG, Frankfurt am Main
Umschlag/Bildredaktion: Büro Hamburg
Isabel Bünermann, Heike Dehning,
Charlotte Wippermann, Katharina Oesten
Foto Umschlagvorderseite: Theo M. Scheerer/
Hulton Archive/Getty Images
Foto Umschlagrückseite: Peter Peitsch
Satz: Fuldaer Verlagsagentur, Fulda
Papier: Munken Print von Arctic Paper Munkedals AB, Schweden
Druck und Bindung: Clausen & Bosse, Leck
Printed in Germany
ISBN-13: 978-3-492-24206-6
ISBN-10: 3-492-24206-5

www.piper.de

ξένος:
fremd; ausländisch;
Su. m Fremde(r) m; Gast m

NULLI PARVUS EST CENSUS
QUI MAGNUS EST ANIMUS

… auch einmal wieder einer,
der aus seiner Haut steigt,
während die übrigen nur daraus
fahren möchten!
        Wilhelm Raabe

INHALT

I. Kapitel:
Kreta 1943 7

II. Kapitel:
Hamburg 1975 43

III. Kapitel:
Kreta 1943 81

IV. Kapitel:
Kreta 1975 103

V. Kapitel:
Kreta 1943 127

VI. Kapitel:
Kreta 1975 185

VII. Kapitel:
Kreta und Ägypten 1943 201

VIII. Kapitel:
Kreta 1975 283

IX. Kapitel:
Ägypten und Kreta 1943/44 303

X. Kapitel:
Kreta 1975 375

XI. Kapitel:
Kreta 1944/45 401

XII. Kapitel:
Kreta 1975 451

Quellen und Dank 455

I. KAPITEL

KRETA 1943

1.

Der Nordweststurm heulte von den Bergen des Peloponnes über die Ägäis, trieb Regenschauer vor sich her, die wie gigantische, nasse Lappen gegen das Aluminiumblech klatschten und in Sturzbächen von den Cockpit-Scheiben abliefen. Bei plötzlichen Böen schien das Flugzeug unkontrollierte Bocksprünge nach vorn zu machen, die Tragflächen vibrierten, große, vor Angst zitternde Hände, und wenn die Böen verebbt waren, sackte das Flugzeug, in allen Nähten, Nieten und Verstrebungen ächzend, manchmal wie ein Stein durch, fiel der tobenden, weiß schäumenden See entgegen, wurde aber jedes Mal vom Piloten wieder auf Kurs und Höhe gebracht. Das gleichmäßige, beruhigende Dröhnen der drei Motoren drang nur ganz selten durchs Toben und Prasseln, und obwohl sich Pilot und Co-Pilot brüllend verständigten, konnte man im Laderaum ihre Worte nicht verstehen.

Die Sitze in der Kabine waren ausgebaut worden, um mehr Stauraum zu gewinnen. Johann Martens kauerte zwischen Säcken, Stoffballen und festgezurrten Munitionskisten, krallte sich mit beiden Händen an einer Metallverstrebung fest, aber wenn die Ju 52 durchsackte, schnitt ihm der Haltegurt dennoch in die Achsel. Er würgte, spürte den süß-sauren Geschmack von Erbrochenem auf der Zunge, schluckte, würgte wieder und wunderte sich, daß die Piloten offenbar bester Laune waren, gelegentlich lachten und seelenruhig Zigaretten rauchten. Nach einem weiteren Steigflug aus einem Luftloch heraus, in das die Maschine so tief stürzte, daß Johann den Aufprall auf der Wasseroberfläche für unvermeidbar hielt, drehte sich der Kopilot um und gab ihm durch Gesten zu verstehen, ins Cockpit zu kommen. Johann löste den Gurt, kroch zitternd über Zeltbahnen, Mehlsäcke und Metallkisten nach vorn, kniete sich hinter den Sitz des Kopiloten und klammerte sich an die Rückenlehne. Der Kopilot deutete mit dem Zeigefinger aus der rechten Seitenscheibe und brüllte: »Kreta!«

Johann reckte den Kopf vor und starrte durch die Sturzbäche des Regens ins graue Getöse. Erkennen konnte er nur eine der fünf Schlepp-Jus der Staffel, die sich in einiger Entfernung vor ihnen durch den Sturm kämpfte. Der Lastensegler, den sie zog, tanzte wie ein Papierspielzeug im Wind, lag für ein paar Augenblicke ruhiger in der Luft als die Schleppmaschine, begann aber gleich wieder zu schlingern und zu torkeln, bäumte sich gegen den Sog. Johann konnte noch von Glück sagen, daß man ihm einen Platz in der Ju zugewiesen hatte und er jetzt nicht in dem Segler saß. Auf der linken Seite schob sich einer der beiden ME-109-Jäger, die als Begleitschutz mitflogen, ins Blickfeld, rüttelte mit den Tragflächen einen Abschiedsgruß, zog eine weite Schleife und verschwand in der kochenden Regenwand Richtung Festland.

»Wo?« brüllte Johann zurück.

Der Kopilot klopfte mit den Knöcheln der geballten Faust ans Cockpitfenster, deutete dann mit dem Daumen nach unten. Johann richtete sich schwankend auf und drückte das Gesicht gegen die Scheibe. In diesem Moment riß der Sturm eine Wolkenlücke, der Regen dünnte zu silbernen Fäden aus, Sonnenbündel stürzten als gleißender Lichtschacht in die Tiefe und ließen hinter zwei langgezogenen Vorgebirgen die Insel erkennen. Im geisterhaften Licht des plötzlichen Sonneneinfalls und mit den nach Norden gereckten Landzungen sah sie aus wie eine Schnecke, die ihre Fühler zum Festland schob. Felsen hoben sich nackt, tönern und ockerfarben aus dem weiß tosenden Wasser, blankes Gestein, baumlos, graslos, Gipfel eines vom Meer umspülten Gebirges, schroffe Schichtungen, heftiges Zusammenprallen von Gesteinsmassen, Abgründe, Kliffe, Risse, Engpässe und Steilhänge. Bizarre Formen aus maßloser Übermacht und Gewalt. Wolken schoben sich wieder vor die Sonne, die Farben wichen einem bleiern triefenden Grau.

»Wir gehen runter!« schrie der Pilot.

Johann kroch zurück in die Kabine und schnallte sich an, während das Flugzeug im Sinkflug, von Böen gerüttelt, als stolpere es, einen weiten Bogen schlug, um gegen den Wind zu landen. Ein scharfer Ruck ging durch die Maschine, als der Kopilot den Lastensegler, den die Ju im Schlepp hatte, ausklinkte. Wenige Augenblicke später berührte das Fahrwerk die Piste, die Maschine schwankte leicht, vollführte ein paar Hüpfer, holperte über den schadhaften Asphalt, rollte aus und stand. Die Motoren wurden abgestellt, die Propeller liefen noch eine Weile surrend nach.

»Maleme, Endstation!« rief der Kopilot durchs Prasseln des Regens auf das Aluminiumblech.

2.

Die Tür wurde geöffnet, ein Windstoß trieb Regenspritzer in die Kabine, und der Pilot fluchte mit hamburgischem Akzent, bei dem »Schietweddä« fühle er sich wie zu Hause. Johann zerrte seinen Koffer und den Rucksack aus dem Haltenetz und kletterte mit weichen Knien über eine Gangway, die von außen an die Tür geschoben worden war, auf das Rollfeld. Im Zwielicht aus Regen, gelben Scheinwerfern und einsetzender Dämmerung herrschte hektischer Betrieb. Einige LKWs britischer Bauart, zum Teil noch mit britischen Hoheitszeichen versehen, rollten von Lagerschuppen heran oder standen bereit, um den Nachschub aus den Jus aufzunehmen. Drei andere Maschinen des Konvois parkten bereits weiter vorne, und ganz hinten, wo das Rollfeld in eine breite Schotterpiste überging, waren die Lastensegler gelandet. Die fünfte und letzte Maschine setzte soeben zur Landung an, als ein Kübelwagen auf Johann zuhielt und dicht vor ihm stoppte.

Der Fahrer, ein stämmiger, unrasierter Mann in Khakiuniform, legte nachlässig eine Hand gegen den Mützenschirm und stellte sich als Hauptfeldwebel Sailer vor. »Sailer mit a i«, sagte er grinsend. »Herr Martens?«

Johann nickte.

»Willkommen auf Kreta«, sagte Sailer, nahm Johanns Gepäck und verstaute es auf den Rücksitzen. »Ich habe Befehl, Sie nach Chania in Ihre Unterkunft zu bringen.«

»Danke.« Johann winkte den Piloten zu, die in der Kabinentür standen, und stieg neben Sailer auf den Beifahrersitz.

Während sich der Kübelwagen ruckend in Bewegung setzte, riß im Nordwesten die Bewölkung auf, und letzte Strahlen der untergehenden Sonne schimmerten wie blutige Schlieren auf Pfützen und dem nässeglänzenden Asphalt des Rollfelds. An seinen Rändern waren noch Bombentrichter zu erkennen, und zwei ausgebrannte britische Tanks standen auf der hinteren Piste. In der Dämmerung wirkten sie wie versteinerte Tiere aus irgendeiner Vorzeit, deren Rüssel drohend in die Gegenwart stachen. Der Regen ließ nach, und als sie die Küstenstraße erreicht hatten, fielen nur noch ein paar verirrte Tropfen. Sailer stellte den Scheibenwischer aus und schaltete die Scheinwerfer ein. Johann wühlte in der Tasche seines Trenchcoats nach der silbernen Zigarettendose, klappte sie auf, steckte sich eine Zigarette zwischen die Lippen und hielt die Dose seinem Chauffeur hin. Sailer griff zu, gab Johann und sich selbst mit einem blakenden Sturmfeuerzeug Feuer.

»Kreta also«, sagte Johann und stieß den Rauch gegen die Windschutzscheibe.

Sailer warf ihm einen spöttischen Blick zu. »Ja, Kreta. Winter gibt's hier leider auch. Zum Ausgleich keine Heizungen.«

»Na ja«, sagte Johann, »ich werd's hier schon aushalten.«

Sie schwiegen eine Weile. »Sind Sie«, fragte Sailer plötzlich und zögerte einen Moment, »Zivilist?« In der Art und Weise, mit der er das Wort aussprach, bekam es einen merkwürdigen Klang. Eine Art Mißtrauen schwang darin mit, aber auch Neid auf eine Normalität, die immer unerreichbarer zu werden schien.

Johann wunderte sich nicht, daß ein dreißigjähriger, offensichtlich gesunder Mann ohne Uniform, der trotz des knappen Transportraums im Januar 1943 nach Kreta eingeflogen wurde, für etwas Ungewöhnliches gehalten werden mußte, wahrscheinlich für einen Parteibonzen, Gestapo-Offizier oder Agenten; vielleicht aber auch nur für einen Drückeberger, der sich mit Hilfe hochrangiger

Beziehungen aus dem Krieg heraushalten konnte. Und weil genau das in gewisser Hinsicht auf Johann zutraf, fühlte er sich diesem Mann gegenüber unbehaglich. Vermutlich gehörte der zur kämpfenden Truppe, die im vorletzten Jahr unter enormen Verlusten die Insel aus der Luft erobert hatte. Gern hätte Johann ihm jetzt erzählt, daß er von einer sehr hohen Stelle, wie Professor Lübtow es formuliert hatte, angefordert worden war, um hier auf Kreta einer schwierigen Aufgabe nachzugehen, einer Pflicht sozusagen. Aber da man ihm Stillschweigen über alle Informationen und Aktivitäten abverlangt hatte, nickte er nur und wiederholte tonlos: »Zivilist, ja.«

»Und Sie kommen also«, Sailer sog an der Zigarette und warf die glühende Kippe aus dem Wagen, »direkt aus«, er schluckte und spuckte durchs Seitenfenster auf die Straße, »aus Deutschland?«

»Mehr oder weniger. Bin von München über Rom nach Thessaloniki geflogen und ...«

»Wie sieht es in Deutschland aus?« unterbrach Sailer ihn hastig. »Gibt es immer noch Bombenangriffe? Ich meine, verstehen Sie mich nicht falsch, aber wir bekommen hier nur sehr«, wieder zögerte er, »sehr wenig Informationen. Und ob die stimmen, weiß man nicht so recht. Mit der Feldpost ist das auch eher eine Lotterie, und es gibt praktisch keinen Urlaub mehr. Transportprobleme. Alle Kapazität wird für Versorgung und Nachschub freigehalten. Ich komme aus Dortmund. Meine Eltern leben da, meine Verlobte ...«

»Ihre Verlobte«, echote Johann und dachte an den Brief aus Lübeck. Bedauern wir Ihnen mitteilen zu müssen, daß Fräulein Ingrid ...

»Ja, ja«, sagte Sailer. »Dortmund.«

»Es ist etwas besser geworden«, murmelte Johann zögernd. »Jedenfalls hat es seit dem Sommer kaum noch Angriffe gegeben. Man hat auch die Flak weiterentwickelt, und es gibt bessere Nachtjäger. Zuletzt hat es noch Düsseldorf erwischt, Ende Juli, glaube ich.«

»Und Dortmund?«

»Soviel ich weiß, ist da bislang nichts passiert. Köln muß schlimm gewesen sein, Rostock, Bremen. Und Lübeck. Lübeck hat gebrannt wie, wie ...« Er fand das Wort nicht.

»Bislang ist also nichts passiert«, sagte Sailer, »bislang ...«

»Ja«, sagte Johann, »bislang«, starrte in die Nacht, die von den auf- und ab tanzenden Scheinwerfern des Kübelwagens zerschnitten wurde. »Es kommt aber noch mehr, fürchte ich.«

Die Straße mußte jetzt unmittelbar am Ufer entlangführen, weil sich manchmal das Rauschen und Schlagen von Brandung ins Motorengeräusch mischte. Der Sturm war abgeflaut. Hin und wieder strich noch eine verspätete Böe vom Meer herüber, griff durch die offenen Seiten ins Wageninnere und ließ das Persenningdach des Kübelwagens knattern. Im Norden blinkten Sterne am Himmel, und manchmal konnte man im Süden hinter den eilig ausdünnenden Wolkenbahnen schon einen niedrigen Mond erkennen.

»Und Rußland?« fragte Sailer plötzlich. »Wir hören hier immer nur Offensive, Offensive, Offensive. Und Sieg an allen Fronten.«

»Das klingt in Deutschland auch nicht anders, offiziell jedenfalls nicht«, sagte Johann fröstelnd, schlug den Kragen des Trenchcoats hoch und fingerte wieder nach der Zigarettendose. »Es gibt aber Gerüchte, daß die Sache bei Stalingrad gar nicht gut ... Was ist los?«

Sailer war abrupt auf die Bremse getreten, brachte den Kübelwagen zum Stehen, schaltete Motor und Scheinwerfer aus. »Da vorn auf der Straße bewegt sich was«, flüsterte er, lauschte in die Dunkelheit und zog unter seinem Sitz eine Maschinenpistole hervor. »Können Sie damit umgehen?«

»Ich fürchte nein«, sagte Johann entsetzt. »Aber was soll da denn sein?«

»Weiß ich nicht«, zischte Sailer. »Vielleicht Banden.«

»Was für Banden?«

Sailer gab keine Antwort, ließ den Motor wieder an, fuhr im Schrittempo weiter, lenkte den Kübelwagen mit der linken Hand und klemmte sich die Maschinenpistole unter den rechten Arm, den Finger am Abzug. Im Mondlicht, das wie aus einem schwankenden Bullauge hinter Wolkenfetzen hervorbrach, erkannte Johann einen wippenden Schatten auf dem hellen Schotterbelag der Straße. Sailer schaltete plötzlich die Scheinwerfer wieder ein. Der Lichtkegel riß grell aus der Dunkelheit, was sich da vor ihnen bewegte. Auf einem Esel hockte eine Gestalt, die so weit nach vorn gekrümmt war, daß sie fast auf Hals und Kopf des Tieres lag. Als der Kübelwagen nur noch wenige Meter entfernt war, trat eine in Schwarz gekleidete Frau, die den Esel an einem Strick führte, heftig gestikulierend auf die Fahrbahn und versperrte den Weg. Sailer mußte bremsen, um die Frau nicht zu überfahren, und brachte fluchend die Maschinenpistole in Anschlag, als sie nun auf Johanns Seite an den Wagen kam und, abwechselnd auf die Gestalt auf dem Esel und in Richtung Stadt deutend, einen aufgeregten Wortschwall hervorstieß. Sailer gab wortlos Gas und ließ die Gruppe hinter sich.

»Warten Sie«, sagte Johann, »ich glaube, die Frau hat gesagt, daß sie ihren Mann ins Krankenhaus bringen muß.«

»Können Sie etwa Griechisch?« Sailer sah Johann staunend an, stoppte aber nicht, sondern drückte ihm die Maschinenpistole in die Hand, beschleunigte den Kübelwagen und jagte so schnell weiter, wie die von Schlaglöchern übersäte Straße es zuließ.

»Wollen Sie den Leuten denn nicht helfen? Wir könnten doch zumindest den Mann mitnehmen.« Johann hielt sich am Türrahmen fest, streckte den Kopf aus dem Wagen und sah hinter sich die Gruppe in der Nacht verschwinden. »Halten Sie doch an, Mensch!«

»Ich habe Befehl, Sie in Ihr Quartier zu bringen«, sagte Sailer ruhig. »Und sonst gar nichts.«

»Aber das ist doch ein Notfall und ...«

»Das kann genausogut ein Hinterhalt sein«, knurrte Sailer durch zusammengebissene Zähne. »Diese Scheißbanden sind schon seit Wochen wieder aktiv.«

»Welche Banden?«

»Partisanen«, sagte Sailer. »Nennen sich selbst Andarten. Dreckschweine.«

Sie schwiegen. Johanns Hilfsbereitschaft wich einer diffusen Angst. Auf Kreta, hatte Professor Lübtow zu ihm gesagt, sei man in diesen Zeiten wahrscheinlich sicherer als in Deutschland. Da könne Johann sich einen feinen Lenz machen. Von Partisanen war keine Rede gewesen. Und jetzt saß er hier auf dem Weg nach Chania mit einer Maschinenpistole auf dem Schoß, die er im Notfall nicht einmal zu bedienen gewußt hätte, und wußte immer noch nicht genau, warum man ihn überhaupt nach Kreta kommen ließ. Links und rechts der Straße waren vereinzelt Schatten von Häusern zu erkennen, die nach und nach dichter zusammenstanden, und gelegentlich fiel Licht aus Fensteröffnungen über die Fahrbahn. Manchmal kamen ihnen Lastwagen entgegen, vereinzelt Motorräder, einmal ein anderer Kübelwagen, und dennoch wirkte die Gegend wie ausgestorben.

»Sie können Griechisch?« fragte Sailer plötzlich. »Dann sind Sie also Dolmetscher?«

»Nein, nein«, Johann schüttelte den Kopf, »mit meinem Griechisch ist es nicht sehr weit her, aber ohne mein Griechisch wäre ich jetzt wohl auch nicht hier.«

»Verstehe«, nickte Sailer und warf Johann einen verständnislosen Seitenblick zu.

Sie hatten inzwischen den westlichen Vorort durchquert, fuhren an der venezianischen Mauer entlang, die Chanias Altstadt umgab, passierten einen Platz vor einer großen Markthalle, durch deren erleuchtetes Portal Menschen ein- und ausströmten, bogen aber gleich wieder in eine stillere Straße ab. Im Schein von Straßenlaternen, die in weiten Abständen trübes Licht warfen, erkannte Johann in Gärten und Parks weiß gekalkte Villen, Häuser im klassizistischen und venezianischen Stil.

»Chalepa«, sagte Sailer, »das Diplomatenviertel. Ganz so nobel ist Ihr Quartier nicht, aber ich würde jederzeit mit Ihnen tauschen.«

Schließlich kamen sie in eine schmale, weiter ostwärts führende Straße. Die Häuser waren bescheidener als in Chalepa, wirkten aber im vorbeihuschenden Licht der Scheinwerfer sauber und gepflegt. Vor einem schlichten, zweistöckigen Haus mit Flachdach, dessen Fenster erleuchtet waren, hielt Sailer an.

»Da wären wir«, sagte er, blickte die Straße auf und ab, sah auf seine Armbanduhr und schüttelte den Kopf. »Eigentlich sollten Sie von Leutnant Hollbach empfangen werden, aber sein Wagen ist nicht da. Ich habe lediglich Befehl, Sie hier abzusetzen.«

Sie stiegen aus. Johann nahm seinen Rucksack, Sailer trug den Koffer. Die Haustür öffnete sich, bevor sie die Schwelle erreicht hatten, und eine dunkelhaarige Frau in einem knöchellangen, blauen Wollkleid trat heraus.

»Kalos orisate«, sagte sie und streckte Johann die Hand entgegen. »Welcome in Chania. Mr. Martens, I presume? I am Mrs. Xenakis.«

»Ja, also yes beziehungsweise efcharisto«, stammelte Johann, gab der Frau die Hand und verbeugte sich knapp.

»O! Do you speak Greek?«

Nur ein bißchen, erklärte Johann auf griechisch, eigentlich lerne er es noch. Altgriechisch könne er besser.

Die Frau lachte. Leider spreche sie kein Deutsch, aber mit Griechisch, Altgriechisch und Englisch werde man wohl irgendwie eine gemeinsame Sprache finden.

Sie führte die beiden Männer durch einen gefliesten Flur. Sailer stieß Johann an, als sie an einer offenstehenden Tür vorbeikamen, und Johann warf einen Blick in den Raum, der wie das Behandlungszimmer eines Arztes aussah.

Ihr Mann, sagte Frau Xenakis, der das nicht entgangen war, sei Arzt, und sie hoffe sehr, daß er bald wieder nach Hause kommen möge.

Sie gelangten in ein geräumiges Eßzimmer, von dem ein offener Durchgang zur Küche führte. In der Mitte des Raumes stand ein runder Tisch aus dunklem Olivenholz. Aus einer Karaffe schenkte Frau Xenakis zwei Gläser mit Wasser voll und reichte sie den beiden Männern. Johann stürzte es gierig hinunter, die Frau schenkte nach und sagte, kretisches Wasser sei das beste der Welt.

»Leutnant Hollbach?« sagte Sailer und tippte auf seine Armbanduhr.

»O yes, excuse me.« Frau Xenakis nahm einen Briefumschlag von einer Kommode und reichte ihn Johann. Der Herr Leutnant werde erst morgen erscheinen können, und der Brief sei vor zwei Stunden von einem Kradmelder abgegeben worden.

Johann öffnete den Umschlag, auf dem sein Name stand, und las, was offenbar in Eile handschriftlich notiert worden war.

Sehr geehrter Herr Martens!
Wichtige Dienstverpflichtungen machen es mir leider unmöglich, Sie heute abend in Ihrem Quartier zu begrüßen und Sie über Ihre kommenden Aufgaben zu instruieren. Ich werde Sie morgen vor-

mittag um 9 Uhr aufsuchen, um alles Weitere zu besprechen. Sobald Sailer Sie bei Frau Xenakis abgesetzt hat, soll er sich unverzüglich bei seiner Einheit zurückmelden.
Hollbach
PS: Frau Xenakis ist vertrauenswürdig.

Johann reichte Sailer den Brief, der ihn überflog, mit einem Blick auf Wein, Brot, Käse, Tomaten, Oliven und Äpfel, die auf dem Tisch standen, leise »Scheiße« sagte, die Hand an die Mütze legte, auf dem Absatz kehrtmachte und das Haus verließ. Das meckernde Geräusch des Boxermotors, als der Kübelwagen anfuhr. Verlegene Stille.

Frau Xenakis, eine Mittvierzigerin mit dunklem Teint und fast schwarzen Augen, forderte ihn auf, Platz zu nehmen. Nach der Reise müsse er doch sehr hungrig sein? Während er aß und dazu von dem leicht süßlichen Wein trank, überkam ihn eine so bleischwere Müdigkeit, daß es ihm kaum noch gelang, auf die freundliche Konversation einzugehen. Mühsam unterdrückte er ein Gähnen. Frau Xenakis lächelte verständnisvoll und sagte, sie wolle ihm nun seine Unterkunft zeigen.

Er nahm sein Gepäck, sie zündete eine Petroleumlampe an und öffnete eine Tür, die aus dem Eßraum direkt in den Garten führte. Im blakenden Schein der Lampe waren undeutlich Bäume und Büsche zu erkennen, zwischen denen ein Pfad entlangführte, der nach etwa zwanzig Metern an einem niedrigen Häuschen aus Feldsteinen endete. Es bestand aus einem einzigen weiß gekalkten Raum, ausgelegt mit hellbraunen Feldsteinen. Johann stellte sein Gepäck ab und sah sich um, während Frau Xenakis sich vielwortig für die Schlichtheit der Ausstattung entschuldigte. Ein Eisenbett. Tisch. Zwei Stühle. Eine Kommode. In einer Ecke ein großes Waschbecken aus Blech, daneben auf einem Holzgestell ein Spirituskocher, in einem Regal etwas Geschirr und Handtücher.

Früher, sagte Frau Xenakis, sei das Häuschen ein Stall gewesen. Ihre Großeltern hätten noch Ziegen und einen Esel gehalten. Aber schon ihre Eltern hätten ein Gartenhaus daraus gemacht, und später sei es dann zu einer bescheidenen Unterkunft umgebaut worden, für Gäste und Patienten, die über Nacht bleiben müßten. Und die Kinder hätten hier viel gespielt. Ob er meine, sich damit behelfen zu können?

Johann war entzückt von der einfachen Klarheit des Raums und versicherte, daß er sich hier wohl fühlen werde. Im Anblick des Betts meldete seine Müdigkeit sich so nachdrücklich, daß ihm im Stehen fast die Augen zufielen. Frau Xenakis wünschte ihm gute Nacht und ging. Er wusch sich Hände und Gesicht, zog sich aus und fiel wie ein Stein ins Bett.

Die Regenwolken mußten inzwischen ganz abgezogen sein, denn durch die Holzjalousien vor den Fenstern fingerte Mondlicht und legte bleiche Streifen auf die schweren, ölig riechenden Schafwolldecken, unter denen Johann lag. Die weißen Wände wirkten im Zwielicht wie aufgespannte Tücher. Daß kein einziges Bild, keine Fotografie, nicht einmal ein Kalender an diesen Wänden hing, erfüllte ihn mit Erleichterung. In diesem Raum gab es nichts zu katalogisieren, doch im Halbschlaf, der wie eine sanfte Welle über ihn kam, sah er Bilder über Bilder an weißen Wänden, die aber im Licht schwanden oder unter Tüchern verborgen blieben, während der Mondschein sanft über die Steine des Fußbodens fiel und wie ein Finger auf das Wandregal wies. Die quadratischen Fächer. Das dunkle, abgegriffene Holz. Tropfen fielen draußen vom Dach. Gleichmäßig. Wie das Ticken einer Uhr. Für einen Moment wußte er nicht mehr, ob er noch wach war oder schon träumte, und wie er hierhergekommen war, wußte er auch nicht mehr.

3.

Das Regal aus dunklem, abgegriffenem Holz hat quadratische Fächer, über denen die Namensschilder der Institutsmitglieder kleben. An diesem Abend im Oktober ist Johann der letzte im Institut. Der Hausmeister marschiert schon schlüsselklappernd über den Korridor, löscht Lichter und kontrolliert die Verdunkelungen. Johann hat die Seiten seines Manuskripts zusammengeschoben, in die Schreibtischschublade gelegt, die Ordner, Mappen und Bücher zurück ins Regal gestellt, die Aktentasche genommen und ist auf dem Weg zum Ausgang noch einmal ins Sekretariat gegangen. Vielleicht ist das Buch, das er über die Fernleihe bestellt hat, inzwischen gekommen, und die Benachrichtigung der Bibliothek liegt in seinem Postfach. Er greift hinein und hält einen Briefumschlag in der Hand. *Herrn Dr. Johann Martens – Im Hause.* Die mikroskopische Handschrift Lübtows. Vermutlich hat der Professor wieder diverse Wünsche. Recherchieren. Bibliographieren. Wozu hat man schließlich seine Assistenten? Johann reißt den Umschlag auf.

5. X. 42

Lieber Martens!
Konnte nicht persönlich ins Institut kommen. Ich erwarte Sie heute abend um acht im »Keller«. Sehr dringend!
In Eile.
       Lübtow

Johann zuckt zusammen. Zwar schreibt Lübtow häufig solche Billetts an seine Mitarbeiter, genau genommen an seinen letzten Mitarbeiter, sind doch die beiden anderen Assistenten an der russischen Front. Zumeist drückt sich Lübtow jedoch in einer gewundenen, apokryphen Höflichkeit aus und nicht in diesem barschen Kommandoton. Etwas Ungewöhnliches muß vorgefallen sein, etwas Unangenehmes. Johann schaut auf die Armbanduhr: Schon halb acht. Wenn er um acht in »Krügers Weinkeller« sein will, bleibt keine Zeit, um vorher noch nach Hause zu gehen; er wird also im »Keller«, dem Stammlokal der Institutsmitarbeiter, etwas essen. Er holt seinen gefütterten Kleppermantel aus der Garderobe und geht zum Ausgang, wo der Hausmeister bereits wartet und hinter ihm abschließt.

Herbstnebel kriecht feucht durch die Altstadt. Während Johann übers Kopfsteinpflaster des dunklen Marktplatzes geht und ins Gassengewirr hinter der Kirche einbiegt, überlegt er beunruhigt, was Lübtow dazu veranlaßt haben kann, ihn auf diese fast schon militärische Art herzuzitieren. Den Bericht über die Archivierungen in Norwegen hat Johann lektoriert, wie es abgesprochen war, und pünktlich weitergeleitet. Die Feldnotizen, Vermessungs- und Grabungsskizzen aus Sandstede sind durchgesehen, nur die unergiebige Liste der Grabungsfunde muß noch der Sekretärin diktiert werden. Oder ob er vielleicht bei der norwegischen Sache diesmal allzu dick aufgetragen hat? Daß die Hünengräber eindeutige Rückschlüsse auf die dem nordischen Menschen angeborene Führertreue aufweisen, ist in der Tat haarsträubender Schwachsinn, aber Lübtow selbst hat diese Strategie vorgegeben, und als Johann bei der Sandsteder Grabung von hohem, hartem Friesengewächs geblödelt hat, war Lübtow geradezu hingerissen.

Hinter den gelben Butzenscheiben in »Krügers Weinkeller« verlieren sich nur wenige Gäste in den Nischen und Erkern unterm niedrigen Tonnengewölbe. Zigarrenrauch und Bierdunst, Küchengerüche, gedämpfte Gespräche. Johann bestellt Bier und Nürnberger auf Kraut, und als die Kellnerin das Essen serviert, erscheint Lübtow, fünf Minuten vor acht und nicht, wie bei ihm üblich, mit dem akademischen Viertel Verspätung. Mit grauem, bedenklich ernstem Gesicht gibt er Johann die Hand, läßt sich schwer auf einen Stuhl fallen, bestellt ebenfalls Bier, wischt sich mit der Hand über die Augen, schaut ihn einige Sekunden wortlos an und sagt dann ohne jede Einleitung, er, Johann, spreche doch Griechisch? Neugriechisch?

Johann läßt die Gabel mit dem Sauerkraut sinken und nickt. Er habe seit Jahren einen Kurs an der Universität belegt, das schon, weil es bekanntlich sein Traum sei, irgendwann einmal an Ausgrabungen in Griechenland teilzunehmen, aber die Sprache sei, trotz seiner Altgriechischkenntnisse, schwierig, und um sie ernsthaft zu erlernen, müsse man sich wohl eine Weile vor Ort aufhalten, in Griechenland also. An diesen Traum aber wage er, und jetzt senkt er die Stimme, weil auch in diesem Keller schon weitaus harmlosere Bemerkungen gemacht worden sind, deren Urheber dann in Gestapokellern und Konzentrationslagern landeten, an diesen Traum also wage er in dieser schwierigen Zeit nicht einmal im Traum zu denken.

Lübtow nimmt einen Schluck Bier, nickt nachdenklich vor sich hin, setzt das Glas hart auf dem Tisch ab und sagt: »Ihr Traum hat sich erfüllt.« Angefordert von einer, wie Lübtow sich ausdrückt, sehr hohen Stelle, werde Johann nach Griechenland versetzt, genauer gesagt nach Kreta, um dort, Lübtow zieht einen Zettel aus seiner Lodenjacke und liest mit gerunzelter Stirn, archäologische und kunstgeschichtliche Bestimmungen und Katalogisierungen durchzuführen. Als Johann ihn unterbrechen will, winkt Lübtow ab. Für diese, bemerkenswerterweise nicht näher präzisierte, Aufgabe sei ursprünglich kein Archäologe, sondern ein Kunsthistoriker gesucht worden, aber bei den Kunsthistorikern, die Neugriechisch sprächen, das seien sowieso nur eine Handvoll, und die nicht längst zur Wehrmacht eingezogen seien, handele es sich um Frauen. Und die kämen nicht in Betracht. Nun bestehe aber, erstens, nach Ansicht dieser sehr hohen Stelle zwischen Kunstgeschichte und Archäologie kein relevanter Unterschied, was Lübtow, und jetzt zwinkert er Johann zu, selbstverständlich gern bestätigt habe, zumal Kunstgeschichte und Archäologie in ihrer konkreten Anwendung vielleicht nirgends auf der Welt so eng miteinander verwandt seien wie bei Forschungen auf Kreta, was freilich die sehr hohe Stelle nicht sogleich begriffen habe. Zweitens sei jedoch die Beherrschung der neugriechischen Sprache, wie lückenhaft auch immer, für die anstehende Aufgabe von erheblicher Relevanz. Und drittens, so wiederum die Meinung der sehr hohen Stelle, hätten Frauen an deutschen Universitäten im Grunde nichts zu suchen und auf Kreta schon gar nichts, sondern an der Heimatfront ihren Mann zu stehen, was Lübtow gleichfalls lachend bestätigt und sich für dies Lachen zugleich geschämt habe. Aber lieber mitgelacht als kaltgemacht. Der langen Rede kurzer Sinn: Diese ominöse, vermutlich auch dubiose Aufgabe sei Johann auf den Leib geschnitten wie ein Maßanzug, wenn auch mit etwas zu langen oder zu kurzen Ärmeln, die man aber leicht kürzen oder auslassen könne. Schließlich habe Johann doch auch Kunstgeschichte studiert, im Nebenfach. Lübtow nimmt einen tiefen Zug Bier und schaut Johann über den Glasrand hinweg in die Augen.

Aber die Bronzezeit-Grabungen in Sandstede, will Johann einwenden, und die Auswertung des norwegischen Projekts? Und überhaupt – Kunstgeschichte? Da sei er noch weniger firm als in Neugriechisch, Nebenfach hin oder her, und …

Wenn ihm sein Leben lieb sei, fällt Lübtow ihm leise, Silbe für

Silbe akzentuierend, ins Wort, vergesse Johann auf der Stelle jedes Wenn und Aber, vergesse den heldischen Bronzequatsch und die germanische Hünengrabarchitektur Skandinaviens in ihrer arischen Herrlichkeit und stimme schleunigst zu. Seine kunstgeschichtlichen Studien und seine Griechischkenntnisse, wie rudimentär auch immer, zahlten sich jetzt vermutlich als eine Art Lebensversicherung aus. Welberg, Lübtows erster Assistent, liege irgendwo in Rußland in der Scheiße, und Kossmann, Lübtows designierter Nachfolger, und nun flüstert er so leise, daß Johann sich über den Tisch beugen muß, um ihn noch zu verstehen, sei als vermißt gemeldet – offiziell; inoffiziell werde von standrechtlichen Erschießungen gemunkelt, Wehrkraftzersetzung, Befehlsverweigerung. Bislang habe Lübtow ihn, Johann, vor dem Gestellungsbefehl schützen können, obwohl er gesund und im sogenannten wehrtüchtigen Alter sei, außerdem, und nun spricht Lübtow so leise, daß es fast nur noch eine Bewegung der Lippen ist, aber das Wort muß Johann nicht erraten, außerdem – ledig.

Das furchtbare Wort. Ledig. Ein anderes Wort gehört dazu: Waise. Im Mai wäre die Hochzeit gewesen. Und im März ist Ingrid zu Johanns Eltern, ihren zukünftigen Schwiegereltern, nach Lübeck gefahren, um Details für die Hochzeitsfeier zu besprechen. Und ist nie zurückgekommen. Am 28. März hat ein alliiertes Bombergeschwader die Stadt zerstört. Sie habe, hat Johann später gehört, gebrannt wie ein überdimensionales Feuerzeug. Und so hat Johann seine Eltern verloren. Und ist ledig geblieben.

Geschützt, flüstert Lübtow weiter, habe er ihn, wie Johann sehr genau wisse, indem er bis zur Selbstverleugnung und weit darüber hinaus die Tätigkeit des archäologischen Instituts umgebogen und umgelogen habe zu rassenkundlichen Forschungen, völkischem Dienst an nationalsozialistischer Volkskunde, indem er seine Wissenschaft sozusagen mit Blut gewaschen und in braunem Boden vergraben habe, um seine Mitarbeiter vor dem Heldentod zu bewahren. Bislang habe das geklappt, jedenfalls für Johann. Aber nun sei es vorbei. Welberg seit einem Jahr an der Front, Kossmann vermutlich tot. In Rußland zeichne sich eine Katastrophe ab, und in Nordafrika habe eine groß angelegte britische Gegenoffensive eingesetzt. Ungeheure Verluste an allen Fronten, der Endsieg eine Chimäre. Johann habe die Wahl: Als Zivilist mit kunsthistorischem Spezialauftrag nach Kreta – oder ab an die Front. Alle, Lübtow ist jetzt kaum noch zu verstehen, restlos alle würden verheizt. Er wache manchmal nachts auf und sehe sich selbst in Uniform, ein alter Mann von Mitte Sechzig; er sehe Frauen und Kinder in Uniform; und die Städte, Martens, die Städte fielen schon jetzt in Schutt und Asche. »Mehr kann ich nicht mehr für Sie tun«, zischelt er dringlich. »Gehen Sie nach Kreta, Mensch. Was genau Sie dort machen sollen, weiß ich nicht. Die Erfüllung Ihres archäologischen Traums wird es vermutlich nicht werden, aber immerhin kunstgeschichtliche Bestimmungen und Katalogisierungen, was immer das bedeuten mag. Es wird irgendein Schwachsinn sein. Oder eher eine große Sauerei, vielleicht eine Art Sonderstab bildende Kunst, mit dem man Frankreich ausgeräubert hat. Ich weiß es nicht. Ich will es auch gar nicht wissen. Ich weiß aber, daß Sie auf Kreta sicherer sind als derzeit in Deutschland. Von Rußland ganz zu schweigen. Auf Kreta wird nicht mehr gekämpft, dort wird nur besetzt und verwaltet. Das ist, verglichen mit dem, was auf uns zukommt, Arkadien. Ihr Traum meinetwegen. Zumindest Ihr Leben. Stecken Sie sich Ihr Parteiabzeichen ans Revers, gehen Sie zur Reichskammer der bildenden Künste und holen sich Ihre Instruktionen ab. Hier«, Lübtow schiebt ihm einen Zettel zu, »steht die Uhrzeit für Ihren Besuch drauf. Unseren sauberen Stöver kennen Sie ja von weitem. Morgen lernen Sie ihn aus der Nähe kennen. Und dann gehen Sie nach Kreta«, Lübtow spricht wieder mit normaler Lautstärke, »und gehen Sie gefälligst begeistert. Begeistert für die deutsche Sache, die bekanntlich überall auf der Welt Männer wie Sie braucht. Sie wissen doch, daß das, was auf Kreta in Trümmern herumsteht«, und wieder zwinkert Lübtow ihm zu, »Pfalzen und Burgen nach urwüchsiger germanischer Art sind. Der Hellene als solcher ist bekanntlich Arier, der minoische Mensch ein Urarier. Zu Füßen seiner Herrenburgen drängen sich die Hütten der Ackerbürger und Hörigen. Auf Kreta hat schon zu minoischer Zeit die germanische Herrenrasse ihre Sitze errichtet, ausgewählt nach Bodenertrag und der Sicherheit vor ränkesüchtigen, lebensunwerten Feinden. Zeigen Sie, was Sie bei mir gelernt haben. Gehen Sie nach Kreta,

Martens. Und darauf trinken wir jetzt noch ein gepflegtes, urgermanisches Pils.«

Als sie sich zuprosten und Johann nach Worten sucht, mit denen er Lübtow danken könnte, sagt der Alte: »Ich beneide Sie.« Johann sieht ihn fragend an. »Vor zwanzig Jahren, im kurzen Frieden, war ich mal da. Archäologisch das reinste Schlaraffenland. Knossos, Phaistos, Gortis et cetera pp., Sie wissen schon. Aber deswegen beneide ich Sie eigentlich nicht. Es ist etwas anderes. Es ist eher ein Gefühl des … Wie soll ich das ausdrücken? Gewissermaßen des Ursprungs. Es ist eine dieser Inseln, von denen wir herkommen. Wir alle.«

4.

Und so kommt es, daß Johann pünktlich am nächsten Morgen, das Parteiabzeichen am Aufschlag der Anzugjacke, den rechten Arm hochreißt und Stöver, den Gaupropagandaleiter, mit einem halbwegs zackigen »Heil Hitler!« begrüßt, was Stöver mit einem angedeuteten Zucken der Hand erwidert und ihn auffordert, auf dem Stuhl vor dem massigen Eichenschreibtisch Platz zu nehmen.

Stöver, der vor 1933 Hilfskustos des städtischen Heimatmuseums war, mustert Johann mit einem eher gelangweilten als strengen Blick, blättert in den wenigen Papieren, die auf der ansonsten leeren Fläche des Schreibtisches seltsam verloren wirken, und sieht Johann wieder an. Er sei also besagter, des Neugriechischen mächtiger, mit kunstgeschichtlichen Kenntnissen ausgestatteter Assistent des Archäologieprofessors Lübtow, der ihn für eine verantwortungsvolle Aufgabe auf Kreta nachdrücklich empfohlen habe, eine Aufgabe, die freilich, um das gleich zu sagen, im Vergleich zu den heroischen Leistungen der deutschen Armeen in aller Welt eher unbedeutend erscheine. Gleichwohl nur auf den ersten Blick! Denn, und nun nimmt Stövers Gesicht einen verklärten Ausdruck an und seine Stimme verschwimmt ins Weihevolle, er, Johann Martens, werde in den Dienst einer gewaltigen, kunstgeschichtlichen Mission gestellt, deren Sinn und Trachten es sei, sämtliche Kunst- und Kulturzeugnisse germanischen Charakters, germanischen Ursprungs und germanischer Einflußzonen, in den angestammten Besitz des germanischen Herzvolks rückzuführen, um sie dort für alle Zukunft als heiligen Nationalbesitz horten und ansehen zu können. Martens habe ja gewiß bereits von dem Museumsprojekt in Linz gehört? Wie nämlich Berlin zum geopolitischen Mittelpunkt germanisch-europäischer Raumgestaltung werde, so werde in Linz an der Donau, der dem Führer besonders am Herzen liegenden Stadt der Bodenbewegung, ein gewaltiges europäisches Kunstzentrum errichtet, wie die Welt es noch nicht gesehen habe, ein wahres Mekka oder, wenn er so wolle, Rom der bildenden Künste, das die Werke der germanischen Klassik von den Uranfängen bis zur Gegenwart zu einer noch nie gesehenen, den Betrachter überwältigenden Schau vereinen und die deutsch-germanische Vormachtstellung in Europa auch auf allen ästhetischen Gebieten sinnfällig und kunstsinnig bekunden solle. Der Führer persönlich, Stöver wendet sich zum Hitlerbild, das hinter ihm an der Wand hängt, bestehe nicht nur darauf, aus seiner privaten Sammlung die Paradestücke auszuwählen und dem Museum zu schenken; vielmehr gehe die Teilnahme des kunstbegeisterten und fachlich einschlägig durchgebildeten Führers so weit, Stövers Stimme vibriert vor devoter Rührung, daß ER selbst den Einfall des Lichtes auf die von eigener Hand ausgewählten und gehängten Werke zu bestimmen sich vorbehalte. Auch der kunstsinnige Herr Reichsmarschall habe durchblicken lassen, die eine oder andere Kostbarkeit aus seinen Beständen dem Linzer Kunstmekka zur Verfügung zu stellen, wenn auch vorerst nur als Leihgabe. Ein Projekt also, wie unschwer zu erahnen, von ungeheuren, nachgerade titanischen Ausmaßen, zu dem er, Martens, als Mann germanischer Ur- und Ahnenforschung, nun auf seine Weise beizutragen aufgerufen und verpflichtet sei. Frage er sich nun: Wie das?, falle die Antwort folgendermaßen aus: Was wäre Mekka ohne Byzanz? Was Rom ohne Kreta? Was Berlin ohne Knossos? Was germanische Kultur ohne die minoische? Auf dem Hintergrund dieser sich von selbst beantwortenden Fragen werde er, Martens, nun also in von allerhöchster Stelle ausdrücklich gewünschter Mission nach Kreta entsandt, jener prägermanischen Einflußzone hellenischen Ariertums, um dort einschlägige Werke und Gegenstände ausfindig zu machen, in ihrem Wert zu bestimmen und für anschließende Rückführmaßnahmen ins Herz- und Kernland zu kennzeichnen. Von kulturellem Interesse sei grundsätzlich alles, aus jedem Stil und jeder Epoche, die ja allesamt und ausnahmslos vom germanischen Geist durchwaltet seien. Stöver greift zu einem der vor ihm liegenden Papiere, setzt eine randlose Brille auf und liest geschäftsmäßig vom Blatt: Gemälde, Pastelle, Aquarelle, Zeichnungen, Bücher, Handschriften, Plastiken, Terrakotten, Möbel mit kunstgeschichtlichem Wert, Gobelins, Teppiche, Stickereien, koptische Stoffe, Porzellan, Bronzen, Fayencen, Majoliken, Keramik, Schmuck. Im Hinblick auf das mit Antiken bekanntermaßen reichlich gesegnete Kreta seien ferner besonders zu beachten: Münzen, Skulpturen, Bronzen, Vasen, Schalen, Gemmen, Waffen, dabei insonderheit, falls aufzufinden, auf besonderen Wunsch des Herrn Reichsmarschalls, Jagdwaffen. Und falls er, Martens, bei seinen Exkursionen und Wanderungen über die sagenhafte Insel zufällig noch auf einen echten El Greco stoßen sollte, Stöver beginnt scheppernd zu lachen, sei der ebenfalls dingfest zu machen.

Johann will kein Lachen gelingen, doch reicht es zu einem breiten, komplizenhaft gemeinten Grinsen. Ihm fällt, fast wie ein Schreck, seine Mutter ein, die, wenn sie als Kinder Grimassen schnitten, auf die Uhr zeigte und sagte: Wenn die jetzt stehenbleibt, bleibt auch euer Gesicht immer so stehen. Aber die Uhr an der Wand gegenüber dem Führerbild tickt beharrlich weiter durch die plötzliche Stille. Johanns Mund ist so trocken, daß er das Gefühl hat, die Zunge zersplittere ihm wie Glas, als er endlich hervorwürgt: »Ich verstehe.«

Stöver nickt zufrieden. Gut, der Mann. Was die organisatorischen Modalitäten angehe, bleibe er, Martens, bei gleichen Bezügen zuzüglich Auslandszulage weiterhin Angestellter des archäologischen Instituts und könne somit im Status eines Zivilisten seinen kunstgeschichtlichen Erkundungen frönen, wovon man sich im Hinblick auf die nicht immer hundertprozentig germanentreue Mentalität der kretischen Bevölkerung gewisse Vorteile verspreche. Wo germanischer Mut an seine Grenzen stoße, springe nordische

List in die Bresche. Wiewohl also Zivilist, sei er auf Kreta dem Inselkommandanten unterstellt, der, getreu dem Führerprinzip, dort nicht nur militärisch, sondern auch in jeder anderen Beziehung die Kommandogewalt innehabe. Ein Leutnant, wieder blättert Stöver in den Papieren, jawohl, Leutnant Hollbach, sei schriftlich in die Pläne eingeweiht worden, werde sich vor Ort um sämtliche logistischen Fragen und Probleme kümmern und, falls nordische List auf südländisch-welsche Hinterlist treffen sollte, notfalls auch für militärische Hilfestellungen Sorge tragen. Der Wille zur politischen Förderung und Sicherung der werdenden Großraumordnung, Stövers Stimme klirrt entschlossen, müsse nämlich mit dem gebotenen Fanatismus fordern, daß die jüdisch-ungermanische Bezeichnung Völkerrecht, auch und gerade in ihrem fachlichen Schlupfwinkel Kultur, rücksichtslos ausgemerzt werde. Noch Fragen?

Johann, den ein Schwindelgefühl ergriffen hat, will um ein Glas Wasser bitten, läßt es aber sein und schüttelt mechanisch den Kopf.

Ob ihm nicht gut sei?

»Doch, doch«, beeilt Johann sich. »Es ist nur ...«

Wahrscheinlich die Vorfreude, mutmaßt Stöver, steht auf und streckt Johann die Hand entgegen, der sie nimmt und schütteln läßt. Für ihn als Archäologen müsse doch ein Traum in Erfüllung gehen. Kreta! Die Aufgabenstellung sei im übrigen auch detailliert schriftlich niedergelegt und könne zusammen mit den Reiseunterlagen und Papieren bei Stövers Sekretärin abgeholt werden, eine Etage tiefer, zweites Zimmer rechts. Heil Hitler!

Die Mappe mit den Unterlagen unterm Arm, steht Johann zehn Minuten später im nassen Wind eines Herbsttiefs. Blätter taumeln über den glänzenden Blaubasalt des Straßenpflasters, treiben im Rinnstein den eisernen Verstrebungen eines Gullis entgegen, die wie Gefängnisgitter aussehen. Im Rhythmus der Uhr an Stövers Wand tropft Regen auf Haare und Wangen. Fast sieht es so aus, als weine Johann Martens. Er wird nach Kreta reisen. Geht ein Traum in Erfüllung? Oder beginnt ein Alptraum? Verabschieden muß er sich von niemandem mehr, seit Ingrid nicht aus Lübeck zurückkam. Ist er noch wach? Oder träumt er schon?

5.

Das Ticken. Träger Rhythmus der Uhr. Tropfen in einem stillen Raum. Ticken. Johann blinzelte. Weißes Licht, in Streifen geschnitten. Kein Gulli, keine Gefängnisgitter. Die Streben der blaugestrichenen Holzjalousien vor den Fenstern. Das Weiß der bilderlosen Wände. Das Ticken kam vom Dach. Letzte Regentropfen hatten sich irgendwo gesammelt, liefen ab, trafen schnalzend den wassersatten Boden.

Er schlug die Decken zurück, stand auf, reckte sich, ging zum Waschbecken. Das Wasser schoß unter hohem Druck aus der Leitung, hatte eine bräunliche Färbung und roch erdig, als er den Kopf unter den Strahl hielt. Es mußte Regenwasser aus einer Zisterne sein. Neben dem Spirituskocher standen ein Tonkrug mit Trinkwasser und ein Glas. Er trank. Der Geschmack so klar, daß fast etwas Süßes mitschwang. Als er das Glas nachfüllte, klopfte es an der Tür.

»Herr Dr. Martens?« Eine gedämpfte, männliche Stimme. »Schlafen Sie noch?«

Johann schob den Riegel zurück, öffnete. Vor ihm stand ein Mann in Khakiuniform, aber ohne Rangabzeichen. Er salutierte nicht und hob auch nicht den Arm zum Hitlergruß, sondern streckte Johann die Hand entgegen, fester Druck, und stellte sich als Leutnant Friedrich Hollbach vor. Er war etwa in Johanns Alter, hager, scharf geschnittenes, braungebranntes Gesicht unter dichten, dunkelblonden Haaren, graue Augen. Sie setzten sich an den Tisch, auf dem Hollbach eine Ledermappe ablegte und sich mit floskelhafter Höflichkeit erkundigte, ob Johann eine gute Reise gehabt habe und mit dem Quartier zufrieden sei.

Frau Xenakis erschien mit einem Tablett, wünschte einen guten Morgen, was Johann auf griechisch erwiderte. Sie lächelte ihm zu und setzte ein dampfendes Mokkakännchen aus Kupfer, Tassen, Brot und eine Honigschale vor ihnen auf den Tisch.

»Efcharisto«, sagte Johann, und wieder lächelte die Frau und ging.

»Donnerwetter! Daß Sie wirklich Griechisch sprechen ...«, sagte

Hollbach gedehnt, wie erstaunt, und schenkte den Mokka in die winzigen Tassen. »Ich bin zwar darüber informiert worden«, er klopfte auf die Ledermappe, »aber wenn Sie wüßten, mit was für Verständigungsproblemen wir es hier zu tun haben. Die Dolmetscher kann man an einer Hand abzählen. Die sprechen dann zwar Griechisch und halbwegs Deutsch oder umgekehrt, aber wir müssen uns auch noch mit unseren italienischen«, er zögerte einen Moment und grinste, »Waffenbrüdern verständigen, die den Ostteil der Insel besetzt halten. Inwieweit sind Sie eigentlich über die Lage informiert?«

Johann zuckte mit den Schultern, schlürfte den heißen, sehr süßen Mokka, setzte die Tasse ab. »Na ja, was man in Deutschland so mitbekommt. Kreta als unversenkbarer Flugzeugträger des Afrikakorps und ...«

»Unversenkbar schon«, unterbrach ihn Hollbach, »fehlen nur die Flugzeuge, jedenfalls in ausreichender Menge. Auf dem Meer haben die Briten das Kommando. Das war von Anfang an so. Deshalb waren wir im Mai 41 auch zu der reinen Luftlandeoperation gezwungen. Von unseren Heldentaten haben Sie ja garantiert gehört. Sprung aus den Wolken mit Max Schmeling in vorderster Front.« Hollbach lachte verkrampft und spöttisch. »Ein Zuckerschlecken war das allerdings nicht, und Glück gehabt haben wir auch. Aber das gehört dazu. Leider kommt man sich hier manchmal nicht wie auf einem Flugzeugträger vor, sondern wie in einem Gefangenenlager. Wir haben enorme Versorgungs-, Transport- und Nachschubprobleme, weil über See so gut wie nichts geht. Die meisten meiner Leute, die mit mir abgesprungen sind und die Tommies rausgeschmissen haben, sind seitdem nicht auf Heimaturlaub gewesen. Ich auch nicht. Gut, ich will mich nicht beklagen. Die Insel ist ja ganz schön, aber auch ganz schön langweilig. Kein Wunder, daß viele Kameraden lieber nach Rußland wollen, wo sie wirklich gebraucht werden. Viele melden sich freiwillig, aber man läßt sie nicht. Weil man sie nicht von hier wegbekommt. Und weil man eine britische Invasion befürchtet. Groteske Situation.« Hollbach griff zu dem Brot und schnitt ein paar Scheiben herunter. »Mehl ist hier übrigens Mangelware«, sagte er und schob sich Brot in den Mund. »Echtes Mehl, meine ich. Es gibt schon Brot aus

Kastanienmehl. Ekelhaft. Wie dem auch sei: Nachdem wir Kreta erst einmal erobert hatten, verfügten wir im Prinzip über hervorragende Voraussetzungen für eine Offensive im Mittelmeerraum. Zu der ist es aber nicht gekommen, weil sich die Idio...«, er hustete, »'tschuldigung, hab mich verschluckt, weil man sich in Berlin mehr für Rußland interessiert hat. Jetzt geht es nur noch darum, die Insel mit möglichst geringem Aufwand zu halten. Solange deutsche Truppen in Nordafrika kämpfen, sind wir in der Tat der Flugzeugträger für die Hin- und Rücktransporte. Wie schmeckt Ihnen übrigens der Honig? Das ist eine kretische Spezialität.«

»Gut, wirklich ausgezeichnet«, sagte Johann kauend. »Aber jetzt läuft doch in Nordafrika eine britische Gegenoffensive, und ...«

»Die läuft nicht nur«, sagte Hollbach kalt, »die rennt. Die Cyrenaika ist schon von uns geräumt, Montgomery steht kurz vor Tripolis. Und deshalb müssen wir auch mit einem britischen Angriff auf Kreta und die anderen Stützpunkte in der Ägäis rechnen. Wenn aus dem Raum Suez ein massiver Vorstoß erfolgt, dessen Ziel die Lahmlegung unserer Ölversorgung aus Rumänien sein dürfte, ist es hier vorbei mit dem süßen Nichtstun. Deshalb gibt es einen Befehl des Grö...«, wieder zögerte Hollbach, »einen Befehl aus Berlin, Kreta zur Festung auszubauen. Wir sprengen Bunker und Stellungen in die Felsen, legen Minen, bauen die Flugplätze aus. Zu dem Zweck müssen wir Sperrgebiete ausweisen und eine ganze Menge Leute zwangsumsiedeln. Das gibt böses Blut in der Bevölkerung und stärkt das verdammte Andartiko.«

Hollbach kratzte mit einem Löffel im Kaffeesud am Boden seiner Tasse herum. Für eine Weile herrschte Schweigen. Johann lauschte auf das Tropfen vom Dach, aber es war nichts mehr zu hören. »Und was, bitte, ist das verdammte Andartiko?« fragte er schließlich.

Hollbach verzog das Gesicht zu einem gequälten Grinsen. »Davon hört man in Deutschland natürlich nichts. Andarten, das sind die kretischen Partisanen. Diese Banden machen uns schwer zu schaffen, und wenn es so weitergeht, machen die uns am Ende mehr Probleme als die englische Armee. Die militärische Lage ist derzeit unerfreulich, aber zumindest übersichtlich. Das Andartiko ist höchst unerfreulich und völlig unübersichtlich. Wir haben ihnen auf Befehl und manchmal auch ohne Befehl die Peitsche gegeben und gelegentlich auch das Zuckerbrot. In den Griff bekommen haben wir damit gar nichts. Das Andartiko ist eine wüste Gemengelage, die vermutlich nicht einmal die Kreter selbst durchschauen. Es gibt sozialistische Gruppen. Es gibt republikanische Gruppen. Es gibt Separatisten, die Kreta von Griechenland lösen wollen. Es gibt sogar Royalisten, obwohl die Kreter eher Antiroyalisten sind. Es gibt welche, die sind von allem etwas. Es gibt andere, die sich als Andarten bezeichnen, aber eigentlich nur Banditen sind. Gemeinsam sind ihnen drei Dinge: Erstens bekämpfen sie die deutsche Besatzung. Zweitens bekämpfen sie sich gegenseitig. Und drittens arbeiten sie gelegentlich mit uns zusammen, wenn sie sich daraus Vorteile bei ihren internen Streitigkeiten und unterschiedlichen Zielen versprechen. Das wechselt so häufig, daß niemand genau weiß, woran er mit wem eigentlich ist. Schließlich treiben sich noch eine Menge britischer Agenten auf der Insel herum, die natürlich Kontakte zum Andartiko pflegen. Sie verstecken sich im Süden, wo unsere Patrouillen so gut wie nie hinkommen, oder im italienischen Teil, wo sie unsere Verbündeten mit ihrer bekannten Laschheit lieber gewähren lassen, als sich mit ihnen und damit den Andarten anzulegen. Vermutlich gibt es im Süden sogar noch versprengte britische und neuseeländische Truppen, die von der Royal Navy nicht mehr evakuiert werden konnten. Solange sie uns nichts tun, können sie uns natürlich scheißegal sein. Gefangene sind das letzte, was wir hier brauchen. Die Versorgung für uns selbst ist schwierig genug. Zum Problem würden sie allerdings, wenn es tatsächlich den Versuch einer britischen Invasion gäbe. Sie sehen also, was für ein Chaos im Paradies herrscht. Jedenfalls müssen Sie auf der Hut sein, wenn Sie sich demnächst auf der Insel bewegen und Ihrem Auftrag nachgehen. Allerdings sind die Kreter auch auf geradezu überwältigende, mich manchmal beschämende Weise gastfreundlich. Das fängt bei Bauern und Hirten an, die Ihnen Honig und Käse schenken, obwohl sie selbst am Hungertuch nagen, geht über diese Frau Xenakis, bei der Sie Quartier haben, und endet bei …« Hollbach verstummte und wirkte für einen Moment verstört.

»Endet wo?« fragte Johann.

»Da es sowieso jeder weiß und Sie es sonst über kurz oder lang von kretischer Seite hören würden, kann ich es Ihnen auch gleich erzählen.« Hollbach schüttelte den Kopf, kratzte weiter Muster in den Kaffeesud und seufzte. »Ein Kreter namens Xilouris besaß einen reinrassigen Araberschimmel, den er nach der Eroberung einem deutschen General schenkte. Das dürfte wohl ein Angebot zur Kollaboration gewesen sein, geschah jedoch auch aus Anerkennung und Bewunderung für unsere militärische Leistung. Die Kreter sind merkwürdig, ein kämpferisches Volk, wild, unberechenbar und zugleich friedliebend. Kurze Zeit später sahen wir uns gezwungen, im Kampf gegen das Andartiko Geiseln zu erschießen. Befehl ist Befehl, und gegen diese Banden muß rücksichtslos durchgegriffen werden. Unter den Hingerichteten war nun auch der Sohn dieses Xilouris. Der Mann reagierte mit fassungslosem Entsetzen, dann mit Haß. Jetzt führt er eine Andartengruppe an. Kann man ihm das ernsthaft verdenken? Wir wollen die Insel befrieden und machen uns damit Feinde. Aber ich will Ihnen keine Angst einjagen. Da Sie hier als der Zivilist auftreten, der Sie sind, dürften Sie jedenfalls weniger in Gefahr geraten als unsere Soldaten. Und damit«, Hollbach tippte auf die Ledermappe, die er auf dem Tisch abgelegt hatte, »wären wir also bei Ihrem«, wieder legte er eine dieser Pausen ein, als müsse er über etwas nachdenken, »bei Ihrem Auftrag und meiner Rolle in dieser Angelegenheit.«

Johann strich sich mit der Zunge über den Gaumen, auf dem der dickflüssige Honig eine stumpfe, nach Zucker und Akazien schmeckende, pelzige Schicht hinterlassen hatte, holte sich ein Glas Wasser aus dem Krug, trank. »Man hat mir gesagt, daß Sie über meinen Auftrag informiert sind und mir weitere Instruktionen geben werden.«

Hollbach nickte, klappte die Mappe auf und entnahm ihr einen engbeschriebenen Bogen Kanzleipapier. »Auf dieser Liste«, er schob sie Johann über den Tisch, »sind Orte und Dörfer, Kirchen und Klöster im Westteil der Insel notiert, in denen angeblich zu finden sein soll, was Sie,« erneute Pause, »zu katalogisieren haben. Sie ist gemäß unserer Anweisungen von kretischen Beamten in Hiraklion erstellt worden. An einer weiteren Liste wird noch gearbeitet. Sie können sie sich demnächst in Hiraklion abholen. Inwieweit diese Listen zutreffend sind, entzieht sich natürlich meiner Kenntnis. Sie werden es ja früh genug merken.«

Johann warf einen Blick auf die Ortsnamen in griechischer Schreibmaschinenschrift. »Ich kenne mich auf der Insel nicht aus«, sagte er, »wie soll ich da wissen ...«

»Sie bekommen eine detaillierte Karte«, Hollbach öffnete die Mappe und schob Johann eine zusammengefaltete Landkarte über den Tisch. »Hier. Und da Sie mit dieser Karte nicht weit kommen werden, kriegen Sie noch einen einheimischen Führer dazu.« Hollbach schluckte, schien dem letzten Wort nachzulauschen. »Er wird auch Ihr Fahrer sein. Heute abend werden Sie ihn kennenlernen. Der Mann weiß, was Ihre Aufgabe ist, und er freut sich darauf, Ihnen Kreta und seine Kunstschätze zu zeigen – soweit überhaupt noch etwas zu finden ist. Ich habe da so meine Zweifel. Die Museen sind voll, aber das Land hat nichts. Und um die Museen müssen Sie sich nicht kümmern. Der Mann, der Sie führen wird, weiß aber nicht, was *meine* Befehle sind, und darf es unter keinen Umständen erfahren. Sie sind verpflichtet, darüber strengstes Stillschweigen zu bewahren, in Ihrem eigenen Interesse. Sie sind nur der Kunsthistoriker oder Archäologe oder beides, der den Bestand sichtet, einschätzt und einen Katalog erstellt. Und Sie haben mich regelmäßig über die Fortschritte zu unterrichten.«

»Sonst nichts?«

»Sonst nichts! Ich habe allerdings den Befehl, die von Ihnen als wertvoll festgestellten Gegenstände sicherstellen und in ein Bergungsdepot verbringen zu lassen. Und falls Sie Probleme bekommen sollten, habe ich Ihnen militärischen Schutz zu gewähren. Sonst nichts«, Hollbach seufzte, »nichts ...«

Wieder war es still im Raum. Schattenrisse der Fensterläden an der weißen Wand. Starr. Gittergleich. Wenn man den Blick darauf heftete, entstand ein kaum wahrnehmbares Flimmern, aber Johann wußte nicht, ob dies Flimmern von seinen Augen ausging oder von den Mustern aus Sonne, Kalk und Schatten. »Und was«, sagte er plötzlich tonlos, wie abwesend, »halten Sie persönlich von der Sache?«

Hollbach, der mit übergeschlagenen Beinen und verschränkten Armen am Tisch hockte, wich Johanns Blick aus, griff zu einem

Bleistift, tippte sich mit dem stumpfen Ende gegen die Schneidezähne und zuckte mit den Schultern. »Eine persönliche Meinung steht mir nicht zu. Ich habe meine Befehle auszuführen. Sonst nichts. Und Sie haben Ihren Auftrag. Fertig. Aus.« Hollbach stand auf und nahm sich ein Glas Wasser aus dem Krug. »Kommen Sie heute abend um sieben zu den venezianischen Lagerhäusern am Hafen. Dort gibt es ein Restaurant, und dort werde ich Sie mit Ihrem Führer bekannt machen.«

»Mein Führer also«, echote Johann und faltete die Liste zusammen.

Hollbach sah ihn über den Rand des Wasserglases aus zusammengekniffenen Augen an. Mißtrauisch? »Ganz recht. Und Fahrer.« Lächelte er? »Ach, und übrigens«, sagte er leise und langsam, jedes Wort einzeln betonend, »katalogisieren können Sie natürlich nur das, was Sie zu Gesicht bekommen und was Sie fotografieren. Ihnen wird zu dem Zweck eine Kamera aus Heeresbeständen zur Verfügung gestellt. Die bringe ich Ihnen heute abend mit. Und was mich betrifft«, noch leiser jetzt, fast verschwörerisch, »ich kann nur konfiszieren und deponieren, was Sie fotografiert und katalogisiert haben.«

Johann sah ihn fragend an, aber Hollbach blickte angestrengt auf die weiße Wand, als hätte er dort etwas entdeckt. »Ich glaube, ich verstehe«, sagte Johann und nickte.

»Glauben ist gut«, Hollbach setzte das Glas ab. »Verstehen ist besser. Ich muß mich jetzt verabschieden.« Er griff zu seiner Mappe und wandte sich zur Tür. »Ach ja«, noch einmal drehte er sich zu Johann um, »Ihr Quartier hier wird natürlich von der Kommandantur bezahlt. Sie sind sozusagen unser Gast. Und diese Frau Xenakis ist zuverlässig. Zumindest braucht sie das Geld.«

»Was ist mit ihrem Mann?« fragte Johann. »Sie hat gestern gesagt, daß sie hofft, daß er bald zurückkommt.«

»Der sitzt in einem Kriegsgefangenenlager auf dem griechischen Festland. Gehörte zur kretischen Division der griechischen Armee. Er ist Arzt und wird hier dringend benötigt. Für die Bevölkerung, aber auch für uns. Wir sind darum bemüht, ihn aus dem Lager zu holen, was relativ einfach ist. Aber wir müssen ihn auch nach Kreta bringen, was relativ schwierig ist. Die Tommies schießen auf alles, was schwimmt. Frau Xenakis weiß das«, er grinste, »und das macht sie noch zuverlässiger. Wir sehen uns heute abend am Hafen.« Hollbach ging. Die Tür fiel hinter ihm zu.

Johann starrte die Tür an. Blaue, abblätternde Farbe auf Holz. Daneben die Wand. Kalk auf Mörtel. Weiß. Draußen schrie ein Vogel. Ein paar Risse wie Spinnwebfäden. Schwarz. Er stellte die Tassen aufs Tablett. Unter den Kratzspuren im dunkelbraunen Kaffeesud das Porzellan. Weiß. Sonst nichts.

6.

Der Sturm, durch den Johann gestern geflogen war, trieb letzte Nachwehen über die Insel, eine frische, seegängige Brise, die sich manchmal zu heftigen Böen bündelte und das Meer immer noch zu Schaumkämmen reizte. Wie beschneite Kolonnen marschierten sie grau über die Wasser der Bucht, zerfielen und bildeten sich im Zerfall aufs neue. Der Sturm, der durch die Welt tobte, Kolonne auf Kolonne in den Tod riß. Und Johann stand am Kai von Chania, wie in einem Traum oder wie in Arkadien oder wie in einem Gefängnis ohne Mauern und Gitter, und sollte Listen erstellen. Sonst nichts. Erst wenn der Sturm sich gelegt haben würde, entstünden keine Schaumkämme mehr, keine neuen Marschkolonnen. Während die Sonne hinter milchigen Dunstschwaden unterging, wurde der Schaum vom Wind aufgenommen und zum nächsten Wellenkamm getragen, bildete strähnige Schleifen. Eine Wellenreihe griff in die andere, hin und zurück, Schriftzeichen des Meeres, Kanzleipapier des Wassers, Listen aus Zufall und Wind.

Er war den ganzen Tag ziellos durch die Stadt gestreift, durch winklige Gassen und Torbögen, vorbei an bröckelnden Fassaden und Portalen venezianischer Paläste, über stille Innenhöfe, wo Brunnen sprudelten, vorbei an Kirchen und Moscheen und der Synagoge, die sich seit fast dreihundert Jahren unversehrt und wie vergessen in einer Gasse versteckte, und in einer anderen Gasse hatte er plötzlich vor einer Loggia gestanden, die mit einem Wappen und einer Inschrift geschmückt war: NULLI PARVUS EST CENSUS QUI MAGNUS EST ANIMUS – Keiner ist gering geschätzt, der großherzig ist. Auch diese Inschrift hing seit Jahrhunderten hier, und dennoch kam es ihm so vor, als sei sie eben erst in den Sandstein gemeißelt worden und gelte ihm. Keiner ist gering geschätzt, der großherzig ist. Die Übersetzung war klar, doch schien es unter oder über ihr noch eine andere Bedeutung zu geben, Worte, gesprochen in leiser Eindringlichkeit.

Eine dieser Gassen, in der ausschließlich Lederwaren angeboten wurden, Schuhe, Taschen, Sättel, Gürtel, Jacken, Kappen, Mäntel, mündete in einen Eingang der Markthalle, einem kreuzförmigen Gebäude im neoklassizistischen Stil. In den Gängen wimmelte dichtes Gedränge und summender Lärm, über den Verkaufsständen lagerte eine Duftwolke aus Orangen und Salzlake, Blumen und Blut, schwerem Parfüm, Geruch von Sackleinen, Rosinen, Schweiß, Ruß und frischem Kistenholz, der stechende Dunst von Schafwolle und Eselsfell. Im Anblick der betäubenden Fülle von Obst und Gemüse, Fisch und Fleisch erinnerte Johann sich an Hollbachs Klage über die schlechte Versorgungslage und wunderte sich. Bei einem Imbißstand, an dem ein Mädchen bediente, kaufte er zwei Blätterteigtaschen, gefüllt mit Ziegenkäse und Hackfleisch. Das Mädchen, fast noch ein Kind, wickelte das von Fett triefende Gebäck in Zeitungspapier und reichte ihm das Päckchen mit einem Lächeln. Woher er käme?

Germania.

Das Lächeln erfror.

Er zahlte, verließ die Markthalle, schlenderte wieder in Richtung Hafen, den Hügel zum Kastell hinauf, wo er sich in verfallenen Arkaden niederließ, mit dem Rücken an einen Säulenstumpf gelehnt, den Blick aufs Meer, die Teigtaschen aß und eine Zigarette rauchte. Die tiefstehende Nachmittagssonne verströmte im Windschatten eine dumpfe, ungewohnte Wärme. Er zog den Mantel aus, blinzelte ins langsam trüber werdende Lichtgeflimmer auf dem Wasser und fiel in einen flachen Dämmerzustand. Lebte er nicht seit Jahren im Halbschlaf? Die Augen stets soweit geschlossen, daß er nicht sehen mußte, was er nicht sehen wollte. Die Augen stets soweit offen, daß er die Schlupflöcher erkennen konnte, die Lübtow ihm bot und in denen er sich verbarg vor Terror und Krieg. Getarnt durch lasches Mitläufertum, das er, wenn es opportun schien, mit dem Parteiabzeichen am Revers straffte, geschützt durch schweigende Anpassung und Selbstverleugnung, durch schlaue Widerstandslosigkeit hinter der Mauer einer Archäologie, die Lübtow schlechten Gewissens, aber mit erstaunlichem Einfallsreichtum zur unentbehrlichen Hilfswissenschaft völkischer Rassenkunde umgebogen und umgelogen hatte.

»Die Schweinerei«, sagt Lübtow, als Johann ihm von seinem Besuch bei Stöver erzählt, »die Schweinerei, die Sie auf Kreta treiben sollen, rettet Ihnen wahrscheinlich das Leben. Aber Ihre Seele müssen Sie schon selber retten.«

Seine Freunde und Kollegen verreckten an allen Fronten, die Städte in Deutschland verwandelten sich in Trümmerlandschaften, gegen die die Reste dieses venezianischen Kastells eine Idylle waren. Scherben, geborstene Mauern, Quader und Wegplatten, verwachsen, beweidet fast schon wieder. Alte Steine und ein paar Ziegen. Es gab sehr viel auszugraben hier. Er könnte so lange graben, bis er selbst daran wäre, ausgegraben zu werden. Inzwischen verschlang alles die Erde. Irgendwo wurde gegraben, irgendwo fielen Bomben, und anderswo wuchs wieder Gras. Ob in den Trümmern von Rostock und Lübeck schon Sträucher wuchsen, schon Ziegen weideten? Ob der Schrecken sich schon selbst begrub? Die Trümmer kannten den Tod. Johann kannte nur die Trümmer. Schwatzte nicht auch er den Dingen die Dauer auf, den zerfallenen Werken den Wert des Unvergänglichen, und glaubte er nicht schon selbst an die hohlen Phrasen der Propaganda, die den Leichenbergen Unsterblichkeit zubrüllten? Die Trümmer, zwischen denen er tagträumte, wußten es besser. Ihre Ewigkeit war nur ein Mißverständnis, gewollt, sehenden Auges, weil man die Augen verschloß, weil man den Tod nicht zu Gesicht bekommen wollte. Zu Gesicht bekommen, ja. Plötzlich, von einer Windböe aus dem Dämmer geweckt, wußte er die Bedeutung, die unter der Inschrift verborgen war. NULLI PARVUS EST CENSUS QUI MAGNUS EST ANIMUS. Keiner ist gering geschätzt, der großherzig ist. Das hieß es wortwörtlich. Es hieß aber auch dies: Katalogisieren kann man nur, was man zu Gesicht bekommt, wovor man nicht die Augen verschließt. Im Wegsehen war Johann geübt. Indem er wegsah, mogelte er sich durch und blieb am Leben, während um ihn herum alles in Scherben fiel. Wenn er jetzt weiter wegsehen würde, könnte er dann Kunstwerke retten? Vielleicht sogar seine Seele?

Er war lange vor der verabredeten Zeit bei den venezianischen Arsenalen angekommen, hatte dort den Kolonnen der Wellen zugesehen, die schließlich vom abnehmenden Wind geeebnet wurden, grau und stumpf versanken, während die Gischt schmolz wie Schnee auf ödem Brachland.

Dann setzte er sich vor der Tür des Restaurants an ein Tischchen. Der Wirt kam erst, als Johann durch die geöffnete Tür ins Innere gerufen hatte, ein großer, breitschultriger Mann, graues, kurzgeschorenes Haar, grauer, über die Mundwinkel hängender Schnurrbart, schwarze Augen unter struppigen, graumelierten Brauen; Johann schätzte sein Alter auf sechzig. Er trug hohe Stiefel und Pluderhosen, eine kurze gestickte, vorn offene Jacke über weißem Hemd, eine schwarze Leibschärpe, und um die Stirn hatte er ein zusammengerolltes, fransiges Tuch geschlungen.

Er brachte weißen Wein in einer Metallkaraffe und Wasser, machte Johann ein Kompliment für sein Griechisch, fragte, ob er der mit dem Leutnant verabredete Mann sei, lächelte anerkennend, als Johann nickte, und brachte ihm, ohne daß er danach gefragt hätte, ein Gläschen wasserklaren Schnaps. Tsikoudiá sei das, Trester. Er stellte ein Tellerchen mit Sonnenblumenkernen dazu und verschwand wieder im Lokal, in dem ein paar alte Männer Mokka tranken, Perlenketten klackernd durch die Finger laufen ließen und über einem Brettspiel brüteten, das Johann nicht kannte.

Bei den Arsenalen wurde noch gearbeitet. Schrottreife Lastwagen stießen unter Fehlzündungen Rußwolken aus, lärmten mit ihren Hupen, teilten die Menge wie eine einlaufende Barkasse das Wasser des Hafens. Mit Säcken schwerbepackte Esel, geführt von Kindern oder Alten, bahnten sich mit bescheidener Höflichkeit ihren Weg. Schafe wurden über das Pflaster getrieben. Ein Gruppe deutscher Soldaten in Uniform, aber ohne Waffen, bummelte am Kai entlang, schielte schüchtern Mädchen und Frauen nach. Zerlumpte, blinde, verkrüppelte Bettler hockten mit ausgestreckten Händen an Hauswänden. Ein Pope, das Barett auf dem weißen

Haar, das Kreuz silbern blinkend auf der Brust, ging eilig vorüber, als ein kleines Mädchen seinen Weg kreuzte, ihm die Hand küßte und im Weitergehen gesegnet wurde. Solche silbernen Kreuze, dachte Johann, waren nicht leicht zu übersehen. Über allem, mit allem schwamm fauliger Brackwasserduft, Süße und Salz, Verwesung und Fruchtbarkeit ununterscheidbar vermischt.

Pünktlich um sieben erschien Hollbach. Er trug jetzt einen schweren olivfarbenen Pullover mit Lederbesatz an Ärmeln und Schultern aus den britischen Beständen, die von der Wehrmacht erbeutet worden waren. »Ich sehe, Sie genießen das süße Leben«, sagte er, setzte sich aber nicht zu Johann, sondern forderte ihn auf, zum Essen ins Innere des Restaurants zu kommen. Bei solchen winterlichen Temperaturen säße kein Einheimischer vor der Tür; das täten, zum Kopfschütteln der Kreter, nur die ungebetenen Fremden. Auch für die nächsten Tage seien Sturm und Regen vorhergesagt, und das könne noch einige Wochen so gehen. Mit seiner eigentlichen Aufgabe könne Johann deshalb wohl kaum vor Anfang März beginnen, weil die Straßen im Inselinneren derzeit Schlammpisten glichen.

»Bis dahin«, sagte Hollbach, als sie sich an einem der Tische niederließen und der Wirt, den Hollbach mit einem Handschlag begrüßte, Wasser und Wein brachte, »können Sie sich als Tourist verstehen. Sehen Sie sich Hiraklion an, holen Sie sich da die zweite Liste ab. Sehen Sie sich Knossos an. Das ist ja Ihre Domäne. Gehen Sie in die Museen. Da brauchen Sie natürlich nichts zu katalogisieren, weil die Bestände bekannt sind. Aber schreiben Sie darüber ein paar hübsche, kleine Berichte für unsere Soldatenzeitung. Nennt sich ›Veste Kreta‹, Veste mit V, der nordische Fels in mediterraner Brandung sozusagen.« Er lachte, legte eine Ledertasche, die er getragen hatte, auf den Tisch und zog eine Kamera und einen Karton mit Filmen heraus. »Für Ihre Katalogisierungen«, sagte er. »Bitte pfleglich behandeln. Heereseigentum. Können Sie damit umgehen?«

Johann knöpfte das Lederetui auf, drehte die Kamera in den Händen und nickte. »Eine Leica. Kleinbild. Sehr gutes Gerät. Auf dem Gymnasium hatten wir eine Foto-Arbeitsgemeinschaft, sogar mit Labor und allen Schikanen.«

»Na bestens«, sagte Hollbach. »Das wäre also das. Und Ihren Führer und Fahrer«, er nickte in Richtung des Wirts, der ihnen jetzt Teller mit dampfendem Fleisch und eine Schüssel Reis vorsetzte, »kennen Sie ja schon. Das ist Andreas. Andreas Siderias. Wenn wir mit dem Essen fertig sind, können wir uns in Ruhe mit ihm unterhalten. Sonst habe ich dafür immer einen Dolmetscher gebraucht. Jetzt habe ich Sie.«

Der Wirt grinste, als habe er Hollbach verstanden, deutete auf die Teller und sagte, das sei Gulasch von Kaninchen, die er selbst geschossen habe. Es schmeckte nach Thymian und Salbei und war so zart, daß es auf der Zunge zerging.

Um die Versorgung, sagte Johann, könne es angesichts solchen Essens und des Angebots in der Markthalle doch nicht allzuschlecht bestellt sein.

Hollbach prostete ihm zu und erklärte, daß die Situation schwankend und kompliziert sei, in den Städten besser als auf dem Land, für Kollaborateure besser als für diejenigen, die im Verdacht stünden, die Partisanenbanden zu unterstützen. Inzwischen kämen auch Hilfslieferungen des Internationalen Roten Kreuzes über See, von Schweden organisiert, und da diese Lieferungen die Bevölkerung entlasteten, lasse die britische Marine die Frachter ungeschoren. Zudem gebe es jetzt im Winter wegen der reichlichen Niederschläge eine üppige Vegetationsphase, die Obst und Gemüse hervorbringe. Schwieriger seien die Sommer, in denen alles verbrenne und verdorre. Martens werde schon sehen, daß diese Insel jede Menge Köstlichkeiten, nicht jedoch das Notwendige habe – Überfluß des Überflüssigen sozusagen, Wein, Mandeln, Melonen, Orangen, Honig, aber eben kein Brot, von Kartoffeln ganz zu schweigen. Es gebe Marmor und Stein, aber kein Holz, Mosaikfußböden, aber kein Fensterglas. Kreta habe früher Tempel und Paläste gebaut, heute reiche es nicht einmal mehr zu Häusern. Und mit der Kunst, auch das werde Martens sehen, sei es anders, als die hohen Herren in Berlin sich träumen ließen. Was wertvoll sei, stehe und hänge in den Museen oder liege in Trümmern auf und unter der Erde. Schon möglich, daß Kreta die Wiege der Zivilisation sei, aber inzwischen liege die Insel auf der Totenbahre. Keine Maschinen, keine Motoren, obwohl die Leute gerade in Maschinen und Motoren verliebt seien wie Kinder, keine Brücken, keine Eisenbahn. Im Grunde sei die Insel nur noch ein gigantischer Schrotthaufen. Wer das Wort kaputt verstehen wolle, der sei hier am rechten Ort. Ein Paradies in Trümmern. Die Leute trügen auf, was anderswo abgelegt worden sei, und führten einen manchmal närrischen, manchmal überraschend erfindungsreichen Kampf mit dem ewig Kaputten.

»Sehen Sie«, Hollbach deutete auf ein Saiteninstrument mit langem Hals, das neben einem Regenschirm von der rauchigen Holzdecke baumelte, »diese Mandoline oder was immer das mal war? Ohne Saiten!« Daneben hing ein Schinken am Haken, von Fliegen umschwirrt, und eine Ziegenhaut, mit Käse gefüllt.

Um aber auf die Versorgungslage zurückzukommen, fuhr Hollbach kauend fort, habe sich im übrigen trotz Zwangsbeitreibungen und Kontributionsforderungen inzwischen ein blühender Schwarzmarkt entwickelt, der zwar illegal sei, aber von der Kommandantur geduldet werde, jedenfalls im Augenblick. Das Regiment der Besatzer sei so schwankend wie die Versorgungslage. Vor einem Jahr seien noch zwei Männer wegen Schwarzschlachtung exekutiert worden, bedauerlicherweise, aber Befehl sei Befehl, derzeit ließe man die Dinge eher treiben, um dem Andartiko das Wasser abzugraben. Man müsse sich wohl oder übel arrangieren, sonst laufe man hier überall gegen unsichtbare Wände. Das Motorrad mit Beiwagen, mit dem Andreas ihn demnächst über die Insel kutschieren werde, sei ein gutes Beispiel. Als Hollbach beim Ministergouverneur verlangt habe, die Maschine aus Zivilbeständen einzuziehen, sei drei Wochen später die Antwort gekommen, alle vorhandenen Krafträder seien bereits von der Wehrmacht konfisziert worden. Da man jedoch Andreas, dem Wirt und Johanns zukünftigem Fahrer, als Gegenleistung für seine Dienste eine Erhöhung seiner Mehl- und Fleischrationen angeboten habe, sei er selbst aktiv geworden und habe innerhalb kürzester Zeit das Motorrad organisiert. Es stehe im Schuppen im Hof, wahrscheinlich kaputt – kaputt, defekt und aus dem letzten Loch pfeifend wie alles auf dieser Insel, aber Andreas werde die Klapperkiste schon irgendwie zum Laufen bringen. Das Restaurant werde, wenn Johann und Andreas auf ihren Touren seien, übrigens von dessen Frau und einer seiner Töchter geführt. Die eigentliche Arbeit machten die Frauen hier ohnehin.

»Wichtig«, sagte Hollbach schließlich, während er Saucenreste mit Brot vom Teller wischte, »vielleicht überlebenswichtig, dürfte für Sie folgendes sein: Die kretische Verwaltung ist über Ihren Auftrag informiert, Andreas natürlich auch. Wir haben es so dargestellt, daß es sich um eine deutsch-kretische Zusammenarbeit im kulturellen Bereich handelt. Niemand hat hier etwas dagegen, wenn Kultur und Kunst katalogisiert werden. Man ist sehr stolz auf die eigene Vergangenheit, weil die Gegenwart deprimierend ist. Sie bekommen sowohl Papiere der Kommandantur als auch vom kretischen Gouverneur. Soweit alles kein Problem. Über *meine* Befehle darf jedoch niemand, absolut niemand, etwas erfahren. Wenn man dahinterkommt, daß es nicht nur um Bestandsaufnahmen geht, sondern um, um ...« Er brach ab, trank Wein, schüttelte den Kopf und sah Johann eindringlich in die Augen. »Nennen Sie es, wie Sie wollen. Sie wissen ja, worum es geht. Kein Wort darüber. Schon gar nicht zu Andreas. Der Mann ist vielleicht nicht unbedingt Ihr Freund, aber wenn er wüßte, zu welchem Zweck er miß..., warum er Sie führen soll, wird er mit tödlicher Sicherheit Ihr Feind werden. Und Ihre kunstgeschichtliche Exkursion zu einem Himmelfahrtskommando. Und deshalb«, Hollbach winkte Andreas, der, eine Flasche Wein und ein weiteres Glas in der Hand, eben durch den Vorhang aus bunten Schnüren kam, hinter dem die Küche lag, »schließen Sie jetzt lieber Freundschaft mit ihm.«

Andreas setzte sich zu ihnen. Johann lobte, so gut es mit seinem holprigen Griechisch ging, überschwenglich das Essen, Andreas revanchierte sich mit pathetischen Komplimenten für Johanns Kenntnisse der schönsten Sprache der Welt. Und ab morgen werde er ihm also das schönste Land der Welt zeigen, die herrlichsten Berge und Täler, die Strände und Küsten, die freundlichsten Menschen, die, er kniff ein Auge zu, bezauberndsten Mädchen – und, natürlich, all die großartige Kunst.

Andreas hob die Flasche. Der Rotwein fiel dunkel und schwer in die Gläser, duftete nach Sonne und schwarzen Äckern. Die drei Männer tranken sich zu.

»Is igian«, zur Gesundheit, sagte Andreas, nickte dem Leutnant zu, sah Johann prüfend an, der den Trinkspruch erwiderte und dem Blick standhielt. Andreas lächelte undurchsichtig.

Anders als der leichte Weiße überfiel dieser ungeharzte Landwein Johann wie ein wildes, rotes Tier. In der schlichten, fast primitiven Fülle lag etwas Bedrohliches, das erst nach dem zweiten Glas einer lächelnden Besänftigung wich. Er sah zur Decke, wo die Mandoline ohne Saiten hing und die Fliegen das Fleisch umsurrten, und blickte dann in Andreas' schwarze Augen, die ihn wohlwollend musterten, doch in ihrer Tiefe blitzte etwas Fremdes, ungezügelt Gefährliches wie aus einem Abgrund.

Als müsse er diesem Blick etwas entgegensetzen, griff Johann zur Kamera und sagte, er wolle ein Foto von Andreas und Hollbach machen.

Hollbach zog ein bedenkliches Gesicht. »Muß das denn sein? Es ist doch viel zu dunkel hier drinnen«, sagte er, während Andreas sich bereits geschmeichelt in eine breit grinsende Pose warf.

»Keine Bange. Wenn man lange genug belichtet«, sagte Johann und hob die Kamera vors rechte Auge, »wird man Sie schon erkennen, Herr Leutnant. Wenn Sie vielleicht noch ein Stückchen dichter an Andreas … Ja, so ist es gut. Und nicht bewegen.«

Hollbach hielt die Arme verschränkt, wie abwehrend, und blickte starr in die Kamera, Andreas grinste immer noch und zeigte unter dem Schnurrbart die Zähne. Johann drückte den Auslöser. Die Blende klickte.

II. Kapitel

HAMBURG 1975

1.

Wenn die Wintersonne durch milchigen Hochnebel und Dunstschleier brach, verströmte sie noch schäbigen Glanz und die fahle Ahnung ausgeglühter Wärme. Schließlich versackte sie wie ein gelber, verschrumpelter Ballon, aus dem die Luft schwindet, hinter der Dachplattform des Hochbunkers. Sein schwerer Schatten schien dem bunten Flickenteppich der Flohmarktstände schlagartig die Farben zu entziehen, als ob ein schon ausgeblichenes Aquarell in eine Bleistiftzeichnung verwandelt würde. Die Geräuschwolken aus Stimmen und Musikfetzen schwebten plötzlich gedämpfter durchs Gewühl.

Lukas Hollbach, der in einer Kiste mit gebrauchten Schallplatten stöberte, ohne zu wissen, wonach er suchte, stellte die Grateful-Dead-LP, die er auf Kratzspuren überprüft hatte, zurück in den Bananenkarton, nahm die Sonnenbrille mit den runden, nickelgerahmten Gläsern ab und schob sie in die Brusttasche seiner pelzgefütterten Wildlederjacke. Eine Windböe stieß feuchte Kälte durch die Gänge des Marktes, rüttelte an den Markisen und Schirmen, drückte ihm die schulterlangen Haare ins Gesicht. Fröstelnd schlug er den Kragen hoch, schob die Hände in die Jackentaschen und schlenderte durch Krimskrams und Nippes, Plunder, Plüsch und Passantengewimmel zum südlichen Teil des Heiligengeistfelds, der noch im letzten, matten Sonnenlicht lag.

An einem Stand mit gebrauchter Kleidung, Taschen, Feldflaschen, Rucksäcken und anderen Ausrüstungsstücken aus britischen Armeebeständen blieb er stehen, probierte einen olivgrünen, nach Mottenkugeln stinkenden Wollpullover mit Lederbesatz auf Schultern und Ärmeln an, legte ihn aber unschlüssig wieder zurück. Ausgemustert alles, kaputt, zerbrochen, schmutzig, dürftig repariert oder gar nicht, was hier zu kaufen war. Was auf dem Flohmarkt landete, hatte anderen gehört, war von anderen gebraucht, war durchgesehen worden auf möglichen Wert. Lukas glaubte den Geschichten nicht, in denen sich Handschriften Goethes in wertlosen Büchern fanden, van Goghs hinter billigen Drucken klebten oder schmutzstarrende Töpfe sich als chinesische Vasen entpuppten. Wenn er überhaupt etwas suchte, dann etwas Unscheinbares, fast schon Vergessenes, irgendeinen matten Glanz.

Eine Weile hörte er zwei Afrikanern zu, die auf dem Boden hockten und mit Fingern und Handflächen auf Trommeln einschlugen. Im dumpfen, gleichmäßigen Rhythmus schienen sie die Kälte vertreiben zu wollen, oder sie führten ein wortloses Gespräch, in dem es um etwas sehr Fremdes, Fernes ging. Vor sich hatten sie Tücher mit grellbunten Mustern auf dem Asphalt ausgebreitet, auf denen Tiere, Masken und bizarre Idole lagen, geschnitzt aus dunklem Holz. Ein paar Schritte weiter bogen sich Tapeziertische unter dem Gewicht von Bücherkisten und aufgestapelten Heften, Micky Maus und Reader's Digest, Jerry Cotton und Der Landser, die Bücher zumeist Clubausgaben, in Kunstleder gebundene Schmonzetten und Romanzen, Konsalik und Pearl S. Buck, Ricarda Huch und Peter Bamm, »Fallschirmjäger über Kreta«, Kolbenheyer und Carossa, zwei, drei Bände Thomas Mann, Salinger als zerfleddertes Taschenbuch, Thornton Wilder, »In Stahlgewittern« und »Quo Vadis«. Und als er sich schon abwenden wollte, fiel sein Blick auf den Rückseitentext eines schmalen Bandes: Unser Morgenland, las er, war ja nicht nur ein Land und etwas Geographisches, sondern es war die Heimat und Jugend der Seele, es war das Überall und Nirgends, war das Einswerden aller Zeiten. Das Trommeln der Afrikaner war leiser geworden, schwoll nun aber wieder kräftiger, flüssiger an und verwob sich mit diesen Worten, als schwängen sie im Rhythmus wie der Text eines exotischen Lieds, und dann klangen die Trommeln plötzlich so dringlich, daß er das Buch einfach kaufen mußte. Vier Mark.

Immer noch fröstelnd, bestellte er an einer Getränkebude Glühwein, der ihm in einem weißen Plastikbecher über den Resopaltresen geschoben wurde. Er zog die Drum-Packung aus der Tasche, fingerte ein Blättchen zurecht, häufte Tabak darauf, leckte an der Gummierung entlang und drehte sich eine Zigarette. Er rauchte und schlürfte den viel zu süßen Glühwein, während der Schattenriß des massigen Betonklotzes immer länger und dunkler über das Gelände kroch. Im Graublau über dem Bunker kreisten Möwen, deren heisere Schreie sich mit dem nun matter klöppelnden Trommelklang mischten. Die Möwen waren in Schwärmen in die Stadt gekommen, um hier zu überwintern, und während er zusah, wie sie im Flug Muster und Ornamente in den Himmel zeichneten, die schon im Entstehen wieder zerfielen, stieg in ihm die Vorstellung einer Welle hoch, die auf eine hitzeflirrende Küste zulief und sich am Strand brach. Die auffliegende Gischt schneeweiß.

Er zertrat die Zigarettenkippe mit der Stiefelspitze und ging auf den Ausgang an der U-Bahn-Station Feldstraße zu. An der Begrenzungsmauer, knapp außerhalb des Flohmarktgeländes, hockten zwei Kinder, ein Mädchen und ein Junge, vielleicht zehnjährig, beide mit schwarzem, drahtig gelocktem Haar und dunklen Augen. Vielleicht blieb Lukas stehen, weil jetzt noch einmal die flache Sonne über den umgedrehten, großen Pappkarton fingerte, auf dem die Kinder ihre Schätze ausgelegt hatten – zerlesene Comic-Hefte, Spielzeugautos, eine Taschenlampe, Schallplatten ohne Hüllen, ein kleines Transistorradio, zwei Tassen ohne Untertassen, ein Paar Rollschuhe, eine Vase aus Preßglas, in schlichten, schwarzen Holzrahmen zwei postkartengroße Fotografien, schwarzweiß, an den Rändern bereits braunstichig unter dem fleckigen und staubblinden Glas.

Eins der Fotos zeigte einen schnauzbärtigen Mann, der auf einem Stuhl vor einer Tür saß. Er trug über weißem Hemd eine bestickte Weste, eine merkwürdige Pluderhose und hochschäftige Stiefel, und quer über seinen Knien lag ein Gewehr, auf dessen Doppellauf er die Hände stützte. Um die Stirn hatte er eine Art Turban oder ein Tuch geschlungen, dessen Fransen ihm bis auf die Augenbrauen fielen. Wie aus einem Film, den ich schon einmal gesehen habe, dachte Lukas, weil ihn der Porträtierte an irgend etwas erinnerte. Oder wie eine Gestalt aus den Abenteuerbüchern meiner Kindheit.

Das andere Foto schien vom Meer her aufgenommen worden zu sein, denn es zeigte aus einiger Entfernung eine Hafenmole, an der ein paar Boote lagen, und über der Mole klebten zwischen Olivenbäumen Häuser wie Waben an steiler Felsenküste. Die Brise wehte wieder das Getrommel an, aber es klang jetzt nur noch wie ein Echo seiner selbst. Irgend etwas an diesem Bild zog Lukas an. Vielleicht der Wunsch, dem Hamburger Winter zu entfliehen, der ihn eben in der Vorstellung der Brandung überschwemmt hatte? Wie die Möwen in ein Winterquartier ziehen? Die schwarzweißen Kontraste des Fotos waren schon verblichen; es wirkte leicht überbelichtet, als hätte die Mittelmeersonne, die über diesem Hafen gestanden haben mußte, die Konturen aufgelöst.

Die Kinder bemerkten sein Zögern und sahen ihn erwartungsfroh an. Vielleicht waren es auch diese Kinderblicke, die ihn nun das Hafenbild in die Hand nehmen und nach dem Preis fragen ließen.

»Fünf Mark?« sagte der Junge, aber es klang eher wie eine schüchterne Frage.

Lukas nahm das andere Foto in die Hand. Der Mann auf dem Foto hatte genau in die Kamera geblickt, und nun traf dieser Blick, der aus Ferne und Vergangenheit kam, Lukas. Ich habe ihn schon einmal gesehen, dachte er wieder. Aber wann? Und wo?

»Das war so `ne Art Opa von uns«, sagte das Mädchen, als habe es Lukas' Gedanken erraten. »Oder Uronkel.«

»Wo kommt ihr denn her?« fragte er und legte die Bilder auf den Karton zurück.

»Aus Deutschland«, sagte der Junge. »Aber unsere Eltern sind aus Griechenland.«

»Und unsere Omas und Opas auch«, sagte das Mädchen.

»Fünf Mark für beide?« schlug der Junge vor.

Lukas nahm wieder das Hafenbild und hielt es ins Licht. Die Sonne reflektierte so auf dem Glas, daß nur noch ein Gleißen im dunklen Rahmen blieb. Und den Mann mit Stirnband und Gewehr, der ihm so merkwürdig bekannt vorkam – woher sollte er den denn kennen? Wertlose Fotografien waren das, die nur dem etwas bedeuten konnten, der sie gemacht hatte. Oder mit dessen Leben und Geschichte sie in Beziehung standen. Aber die Holzrahmen? Konnte er die vielleicht gebrauchen? Die Fotos herausnehmen und eigene Bilder in die Rahmen setzen? Bilder vom Sommer, von den Tagen in Südfrankreich vielleicht? Er griff in die Gesäßtasche seiner verwaschenen Levi's, zog das Portemonnaie heraus, gab dem Jungen ein Fünfmarkstück, nahm die Bilder, nickte den Kindern zu und schlenderte zur U-Bahn-Station.

Auf dem Bahnsteig roch es nach schalem Bier, Fäulnis und Urin. Der einfahrende Zug schob einen Schwall lauwarmer Luft vor sich her. Lukas stieg ein, setzte sich, und während der Zug durchs Dunkel des Schachts ratterte, blätterte er, die Bilder auf dem Schoß, in dem Buch, fand Sätze, die ihm galten, sein Befinden umschlossen wie ein gut sitzender Handschuh die Finger. Manchmal blickte er auf, sah sein Gesicht im Fensterglas, durchschnitten von verwischender Tunnelbeleuchtung. Auf Bahnsteigen standen Menschen und sahen ins Leere. Am Hauptbahnhof standen sie gedrängt wie Flüchtlinge, zwängten sich durch die Türen tiefer in die Waggons, standen zusammengepfercht und sahen angestrengt aneinander vorbei. Mit Taschenlampen gingen Arbeiter an einem Parallelgleis entlang. Im Bruchteil einer Sekunde war alles genau zu erkennen, dann rutschte die Szene wie das Standfoto eines Films ins Dunkle. So ähnlich, meinte er plötzlich zu wissen, hatte er auch den Mann auf dem Foto schon einmal gesehen, für einen kurzen Augenblick nur aus Dunkelheit aufgeblitzt und dann nie wieder.

Die Weltgeschichte, las er im Buch auf seinen Knien, sei ein Bilderbuch, das die heftigste und blindeste Sehnsucht der Menschen spiegelt: die Sehnsucht nach Vergessen. Er merkte sich die Stelle, fragte sich, ob er deswegen Geschichte studierte, fragte sich auch, ob er den Mann auf dem Foto nur vergessen oder noch nie gesehen hatte, ob dieser verwegen aussehende Mann mit Stirnband und Gewehr vielleicht nur eine Projektion irgendwelcher romantischer Kindheitsvorstellungen war. Denn an seine Kindheit erinnerte er ihn, soviel stand fest. Er klappte das Buch zu und stieg an der nächsten Station aus.

2.

Die rote Backsteinvilla aus den dreißiger Jahren stand in einem verwilderten Garten mit alten Buchen und Kastanienbäumen, lag allerdings auch in einer Einflugschneise des Flughafens. Wenn die startenden und landenden Maschinen übers Dach donnerten, klirrten die Scheiben der undichten Fenster wie bei einem Luftangriff, und die abgetretenen Parkettböden vibrierten. So war das Haus für den hohen Preis nur schwer zu vermieten gewesen und hatte längere Zeit leer gestanden, weshalb der Eigentümer schließlich die Wohngemeinschaft akzeptiert hatte, in der Lukas mit zwei anderen Männern und drei Frauen lebte. Vor zwei Jahren waren sie eingezogen, hatten die unterschiedlich großen Zimmer per Losentscheid untereinander aufgeteilt, hatten dann aber eher neben- als miteinander gelebt und befanden sich bereits wieder in Auflösung. Nach seinem Examen, das stand für Lukas fest, würde er ausziehen und Urlaub machen. Alles Weitere würde sich finden.

Er quetschte die Lederjacke an die überquellende Garderobe im Flur, stolperte über herumliegende Schuhe, Bücherstapel und leere Flaschen in die Küche, wo sich zwei seiner Mitbewohner in einer Dunstglocke aus Spülwasser und heißem Fett durchs Geschirrgebirge der letzten Tage arbeiteten. Lukas legte das Buch und die Bilder auf den Tisch, setzte sich auf einen Hocker und schenkte sich aus der angebrochenen Zwei-Liter-Flasche in ein ehemaliges Senfglas aus bruchfestem Glas Lambrusco ein.

Werner deutete mit dem Pistolenlauf seines linken Zeigefingers auf das Buch. Hesse? Das könne ja wohl nicht wahr sein. Werner studierte Germanistik und unterschied gute von schlechter Literatur, indem er sie auf Klassenstandpunkt und soziale Fortschrittlichkeit überprüfte. Und Hesse sei blankes bürgerliches Fluchtverhalten, romantisierendes Ausweichen vor den Widersprüchen der kapitalistischen Wirklichkeit, Hippiekitsch.

»Schon gut. Ich putz lieber das Bad.« Lukas stand auf, nahm Buch und Bilder, ging über die Treppe zum ersten Stock in sein Zimmer, legte Pink Floyds *The Dark Side of the Moon* auf den Plattenteller und drehte die Lautstärke so weit auf, daß er die Musik noch im Bad hören konnte. Dann attackierte er mit Scheuerpulver,

Schwamm und Lappen die Trauerränder in Wanne und Becken, summte *ticking away the moments that make up a dull day*, fingerte Haarnester aus Ausgüssen, *you fritter and waste the hours in an off hand way*, schrubbte mit der Bürste Scheißereste aus dem Klo, wischte die schadhaften Fußbodenfliesen und stellte die Putzutensilien schließlich zurück in die Besenkammer.

Wieder in seinem Zimmer, machte er hinter sich die Tür zu, *you lock the door and throw away the key*, drehte sich eine Zigarette, blickte aus dem Fenster in den verdämmernden Garten, wo zwischen Baumstämmen und ungemähtem Gras Nebelschwaden waberten, *there's someone in my head but it's not me*, legte sich aufs Bett und blies Rauchringe gegen die Decke. Lieber hätte er jetzt einen Joint geraucht, aber die Dose, in der er sein Dope aufbewahrte, war so leer, daß sie nicht einmal mehr nach Gras roch. Als er die Zigarette im Aschenbecher ausdrückte und mit dem Stummel durch die Asche strich, spürte er wie einen Nadelstich einen Erinnerungsreiz an den Mann in der griechischen Tracht.

Er setzte sich an den Schreibtisch, nahm die Lupe zur Hand und hielt sie über das Bild der fremdartigen, abenteuerlichen Gestalt. Die großen, dunklen Augen schienen zu funkeln, schienen ihn anzusehen, als fordere dieser Blick aus der Vergangenheit ihn heraus. Aber wozu? Und was hatte die Asche damit zu tun? Er legte kopfschüttelnd die Lupe beiseite, schob Bücher und Papiere für das Thesenpapier Geschichte von der linken auf die rechte Seite und das halb fertige Manuskript seiner Examensarbeit in Anglistik von der rechten auf die linke Seite, blätterte abwesend durch die Fotos aus dem Sommer, Beate im Schneidersitz vor dem Zelt, Beate unter einem Olivenbaum, Beate auf der Rückfahrt am Steuer des 2 CV, die Mundwinkel nach unten gezogen, Zähne zusammengebissen, aus und vorbei. Was gab es da noch einzurahmen?

In der Küche wurde jetzt offenbar gekocht, denn durch den Flur drang der Geruch heißen Olivenöls. Der Duft schwemmte wieder die Sehnsucht hoch, die ihn auf dem Flohmarkt ergriffen hatte, Sehnsucht nach Orten, an denen ein südliches Meer die Küsten berührt, nach Orten wie auf der ausgeblichenen Fotografie, wo Olivenbäume vor tiefem Blau stehen, wo man auf einer Mole sitzen, still und zufrieden zum Horizont blinzeln, einfach sein konnte, sonst nichts, ohne weitere Bestimmung und Verpflichtung, wortlos, gedankenlos, wie ein Tier.

Dann griff er zur Mappe mit dem Material für seine Examensarbeit, ärgerte sich über den hüftsteifen Titel »Poes Erzählung *Der Goldkäfer* als erzählende Antizipation struktureller Semiotik« und versuchte, sich zu konzentrieren. Die holzschnitthafte Ideologiekritik Werners war unerträglich, aber das strukturalistische Kauderwelsch vernichtete das Poetische mit gleicher Gründlichkeit. Als ob Literatur nur mäandernde Umwege zu philosophischen Sätzen wäre, der Lageplan einer Schatztruhe, in der sich die Lösung aller Rätsel fände.

Der letzte Jet des Abends ließ die Fensterscheiben klirren; wegen des Nachtflugverbots herrschte von oben nun Ruhe bis zum Morgengrauen, nicht jedoch von links, denn durch die Wand, die sein Zimmer von Werners trennte, schollerten kerniger Kampfesmut und straffer Frohsinn lateinamerikanischer Revolutionslieder. Lukas stützte die Ellbogen auf die Schreibtischplatte und den Kopf in die Hände, starrte Beates Fotos an, legte eins auf das Bild mit dem Mann, der ein Gewehr auf den Knien hielt. Die Aufnahme würde in den Rahmen passen, aber dann zerriß er alle Fotos, auf denen Beate zu sehen war, und warf sie in den Papierkorb.

Graues, von Nebeltüchern verhangenes Mondlicht im Fenster. Grau wie Asche. Was hatte Asche mit alten Fotos zu tun? Im Einschlafen wußte Lukas, daß er den Zusammenhang kannte, aber das Wissen schlief noch. Der Lärm des ersten Flugzeugs weckte ihn im Morgengrauen. Er lauschte dem abschwellenden Geräusch am Himmel, das nach Süden zog, und sank in einen flachen Halbschlaf zurück. Das Geräusch blieb erhalten, umschloß ihn wie ein akustischer Kokon. Er sah sich in einem Flugzeug, dessen Seiten offen waren. Er wußte, daß er springen mußte, und fürchtete sich. Aber als er dann sprang, konnte er schweben. Unter sich das Meer. Und irgendwo im tiefen Blau eine Insel, von der er träumend wußte, daß sie im Vergangenen schwamm.

Die Rückseiten der Bilder bestanden aus grünlich-brauner Pappe, die an den Rändern durch Papierstreifen mit den Rahmen verklebt waren. Der Rahmen mit der Hafenansicht mußte bereits einmal geöffnet worden sein, denn die Papierstreifen waren zerschnitten und eingerissen – allerdings nicht säuberlich wie mit einem Messer, sondern als hätte sie jemand hastig mit einem Werkzeug, einem Nagel oder den Fingernägeln aufgetrennt. Auch die dünnen, angerosteten Eisenstifte im Rahmenholz, mit denen die Pappe gegen Glas und Bild geklemmt wurde, waren verbogen, und einer war abgebrochen. Mit dem Brieföffner bog Lukas die Stifte vorsichtig beiseite und hob die Pappe ab.

Auf der stockfleckigen Rückseite des Fotos standen, flüchtig mit einem Bleistift gekritzelte, Worte in griechischen Buchstaben, die er nicht lesen konnte. Ohne das Glas mit seinem klebrigen Staubfilm war das Foto im milchigen Morgenlicht klarer zu erkennen, das dunkel-silbrige Laub der Olivenbäume, die Schatten von Bootsmasten auf dem Wasser, die weiß getünchten Häuser am Hang. Er drehte es wieder auf die Rückseite. Die griechischen Buchstaben wie Hieroglyphen, eine Geheimschrift fast, aber vermutlich bedeuteten sie nur etwas gründlich Banales wie Herzliche Grüße aus Dingsda vom Uropa XY. Er löste auch das zweite Foto aus dem Rahmen. Auf dessen staubiger Rückseite fanden sich keine Schriftzeichen, was ihn enttäuschte. Und was hätte dort auch stehen sollen? Etwa ein Satz wie: Lieber Lukas Hollbach, dieser Grieche mit den dunklen Augen unter dem Fransentuch ist dir bekannt? Aber woher denn? Und was hatte der mit der Asche im Aschenbecher zu tun?

Der Gedanke an eine Geheimschrift hing wohl weniger mit dem Foto als vielmehr mit seiner Examensarbeit über Poe zusammen, die sich leider nicht von selber schreiben würde. Seufzend setzte er sich an den Schreibtisch, spannte Papier in die Schreibmaschine und blätterte in seinen Notizen: Poes Prosa verschleiert, wo sie etwas zu enthüllen vorgibt, und sie enthüllt, wo sie sich verschleiert. Überall Mehrdeutigkeiten, ein Unterstrom von Bedeutungen, Verweisen, Anspielungen. Seine Behauptung, daß menschlicher Erfindungsgeist keine Geheimschrift austüfteln kann, die menschlicher Erfindungsgeist nicht auch aufzulösen vermöchte. Seine Texte als Suchbilder, als Schatzkarten. Seine Dechiffrierungsmanie. Im »Goldkäfer« entsteht Identität, zumindest Verwandtschaft, zwischen dem Erfinder des Geheimcodes und seinem Entschlüsseler. Lösung des Kryptogramms nur wieder eine weitere verschlüsselte

Botschaft. Labyrinth aus Bedeutungen, Vexierungen, Schichten, Deduktionen. Zwiebelschalen. *Semiotische Schatzkarten*, tippte Lukas mit zwei Fingern. Das wäre eine gute Überschrift. An der Schreibmaschine klemmte der Bügel mit dem S.

Er griff wieder nach dem Foto und starrte die griechischen Buchstaben auf der Rückseite an. Wenn das doch eine Botschaft war? Irgendein Geheimnis? Er ärgerte sich, daß er kein Griechisch konnte. Sein Vater konnte vielleicht noch ein paar Brocken, weil er den Krieg in Athen verbracht hatte. Aber auf dies Thema war der Alte nicht ansprechbar, wollte von all dem nichts mehr wissen, reagierte dünnhäutig und gereizt, obwohl er sonst die Gelassenheit in Person war. Der Mann auf dem Foto. Die Asche. Die Gereiztheit seines Vaters, wenn die Sprache auf den Krieg kam. Gehörte das nicht irgendwie zusammen? Jedenfalls würde Lukas nur einen weiteren Familienkrach riskieren, wenn er seinem Vater mit diesen Bildern käme. Wer sonst konnte Griechisch? Molthausen vielleicht, der verknöcherte Geschichtsprofessor, bei dem er das sterbenslangweilige Seminar zum Lehnswesen im Mittelalter belegt hatte – Molthausen, ja, der mußte das können.

3.

Trotz des zähen Themas und trotz Molthausens staubtrockener Art war das Seminar überfüllt. Wer mittelalterliche Geschichte als Prüfungsthema umgehen wollte, und das wollten die meisten, konnte die lästige Sache mit einem Schein dieser Veranstaltung abgelten. In einem für dreißig Teilnehmer ausgelegten Raum drängten sich sechzig Studenten, hockten auf Fensterbänken, Heizkörpern und dem mit Zigarettenkippen übersäten Fußboden. Fast alle rauchten. Die Luft war zum Schneiden. Die von Staub und Nikotin blinden Fenster, hinter denen frostig die Dämmerung hing, ließen sich nicht öffnen. Molthausen, ein akademisches Fossil, mit dem über gesellschaftlich relevante Probleme noch nie jemand zu diskutieren versucht hatte und dessen Veranstaltungen als so langweilig galten, daß selbst die K-Gruppen sie kein einziges Mal gestört oder gesprengt hatten, dozierte monoton vor sich hin. Im Grunde war das Seminar eine Vorlesung. Einige schrieben mit, ein paar Frauen strickten, die schweigende Mehrheit döste und ließ Molthausens Erläuterungen wie Nieselregen über sich ergehen, der lästig war, dem auszuweichen sich aber nicht lohnte. Nach anderthalb Stunden sprach Molthausen, auf die Sekunde pünktlich wie stets, seine erlösende Schlußfloskel: »Das mag genügen, soviel für heute«, stopfte Bücher und Papiere in die schwarze Aktentasche und schlurfte müde hinaus auf den Flur. Lukas lief hinter ihm her: Er habe da noch eine Frage. Molthausen sah ihn verblüfft an. Daß Studenten im Anschluß an seine Seminare noch Fragen hatten, war ihm offenbar seit Jahren nicht mehr passiert. »Kommen Sie in meine Sprechstunde«, sagte er ohne anzuhalten. »Beginnt in fünfzehn Minuten.«

Lukas holte sich einen wässerigen Kaffee aus dem Automaten im Foyer, bestieg den Fahrstuhl, musterte teilnahmslos die Grafitti an den Metallwänden, klassenkämpferisches Gekritzel, anarchistisches Analphabetentum, filzstiftfette, violette Frauenpower, stieg im sechsten Stock aus und balancierte den Plastikbecher mit dem Kaffee zu Molthausens Dienstzimmer. Auf der Bank neben der Tür wartete bereits eine strickende Studentin aus dem Seminar.

»Ist er noch nicht da?« fragte Lukas.

»Doch«, nickte sie. »Da ist aber schon eine drin.«

»Wußte gar nicht, daß der so'n Zulauf hat«, grinste Lukas, setzte sich neben sie auf die Bank und starrte den Flur entlang. Bleiches Neonlicht lag glanzlos auf dem grauen PVC-Fußboden, die Türen in symmetrischer Flucht geschlossen, abweisend, schweigend, nur ganz hinten am Eingang zur Bibliothek gingen ein paar Studenten ein und aus, schattenhaft und lautlos. Molthausens Tür öffnete sich, eine Studentin mit Palästinensertuch um die Schultern kam heraus, die Strickerin packte Wollknäuel und Nadeln in ein grellbuntes, griechisches Hirtentäschchen und verschwand im Zimmer, während die PLO-Tussi auf hochhackigen Stiefeletten eilig Richtung Bibliothek trippelte.

Es roch nach Bohnerwachs und Kreide. Lukas schwitzte. Was tat er eigentlich hier? Er hätte mit Klaus und Volker nach Indien fahren oder das Angebot annehmen sollen, das ihm vor ein paar Wochen im »Schröder« gemacht worden war: Dubiose Export-Autos nach Teheran überführen. Aber er war wieder einmal hängengeblieben, sitzengeblieben wie damals in der Schule, hockengeblieben im Kleinkrieg der Wohngemeinschaft, dem Ersatzelternhaus, klebengeblieben im zähen Streß des Studiums, der verlängerten Schulzeit. Warum tat er sich das an? Um in einem halben Jahr ein Staatsexamen fürs Lehramt an Gymnasien »in der Tasche zu haben«? Um damit den Wünschen seiner Eltern nach etwas »Solidem« zu genügen? Sein Vater, Fachanwalt für Wirtschaftsrecht, hätte es gerne gesehen, wenn Lukas Jura studiert hätte, aber auf den Schienen, die sein Vater gelegt hatte, wollte er unter keinen Umständen fahren. Dann schon lieber Lehramt. Um als Referendar vor feixenden Schülern Englisch und Geschichte auszuschwitzen? Um ein Leben lang wieder zur Schule zu gehen, in Langeweile und Routine zu verkommen? An eine durchschlagende Weltverbesserung durch die Revolution hatte er noch nie geglaubt, und auch der Hippie-Wunschtraum, die Menschheit durch ein paar Liter LSD in der städtischen Wasserversorgung zu ihrem Glück zu zwingen, leuchtete ihm nicht mehr recht ein. Ja, er hätte mit nach Indien fahren sollen oder nach Teheran, zumindest hätte er studieren sollen, was ihn wirklich interessierte, Kunstgeschichte, vielleicht Archäologie, aber dafür fehlte ihm eben Griechisch. Und weil ihm das fehlte, saß er jetzt in diesem zugigen Flur, ausgerechnet bei Molthausen, dem weltfremden Fachidioten. Lehnswesen im Mittelalter. Lachhaft. Ich muß raus, weg von hier, egal wohin, dachte er – aber als er aufstand und sich zögernd zum Gehen wenden wollte, öffnete sich wieder die Tür. Er zuckte zusammen, die Strickerin nickte ihm gleichgültig zu, und er ging hinein.

Molthausen hockte zwischen turmgleich und sehr akkurat aufgeschichteten Bücherstapeln hinter seinem Resopalschreibtisch, sah ihm hinter der randlosen Brille fragend entgegen und bedeutete ihm mit einer Geste, auf dem Stuhl vor dem Schreibtisch Platz zu nehmen, dessen Sitzfläche noch warm vom Hintern der Strickerin war. Erst jetzt wurde Lukas klar, daß sein Anliegen nichts mit dem Seminar zu tun hatte und daß es eigentlich eine Zumutung war, Molthausen, dem er sonst soweit wie möglich aus dem Weg ging, ein obskures Foto mit irgendwelchen Worten unter die Nase zu halten, die vermutlich völlig belanglos waren.

»Bitte?« sagte Molthausen ruhig.

Lukas schwitzte, aber sein Mund war trocken wie Sand. Er nahm einen Schluck von dem inzwischen kalten Kaffee. »Ich, äh ... Also das Thesenpapier, das unsere Gruppe ausarbeitet, wird pünktlich zur übernächsten Sitzung fertig und ...« Er wußte nicht weiter.

»Na schön«, sagte Molthausen. »Fehlt Ihnen etwas?«

»Mir? Nein, wieso? Es ist nur ...«

»Ich meine, ob Ihnen Material fehlt? Quellen? Literatur?«

»Nein, nein, es ist nur ... Also, es geht sozusagen um etwas eher Privates.« Molthausen hob die Augenbrauen. »Beziehungsweise, ich meine, Sie können doch Griechisch, nicht wahr?«

»Selbstverständlich«, sagte Molthausen, »aber was hat das mit unserem Seminar zu tun?«

»Nichts«, sagte Lukas, setzte den Becher auf der Schreibtischkante ab und zog das Foto aus der Innentasche seiner Lederjacke. »Ich wollte Sie nur fragen, ob Sie dies hier«, er schob Molthausen das Foto hin, die beschriftete Seite nach oben, »ob Sie das lesen können? Mir vielleicht übersetzen könnten? Es ist nämlich, na ja, ich wüßte halt gern, was es bedeutet und ...«

Molthausen nahm das Foto in die Hand, sah nachdenklich auf die Schriftzeichen, drehte es um, warf einen kurzen Blick auf das Bild und legte es dann mit der Schrift nach oben wieder ab. »Es dürfte sich um Neugriechisch handeln«, sagte er schließlich.

»Ja und?« sagte Lukas.

»Ich kann selbstverständlich nur Altgriechisch«, sagte Molthausen, und dabei schien er beinahe zu lächeln. »Und das ist vom Neugriechischen mindestens so weit entfernt wie, sagen wir mal Althochdeutsch von der Sprache, in der wir uns gerade unterhalten. Ich kann Ihnen das vorlesen, das schon. Aber sozusagen auf altgriechisch. Und wie das ausgesprochen wurde, weiß heute niemand. Diese Ungewißheit entbehrt nicht einer gewissen Tragik, denn gerade die Verbindung von Rhythmus, Laut und Sprachmelodie müssen dem alten Griechisch seine besondere Energie und Logik verliehen haben. Wenn hier ein alter Athener säße und hörte, wie ich Ihnen das vorläse, würde der vermutlich kein Wort verstehen. Wenn ein heutiger Grieche es vorläse, würde der alte Athener natürlich auch nichts verstehen, aber wahrscheinlich würde ihm einiges am Klang bekannt vorkommen. Das Vokabular hat noch ein paar entfernte Ähnlichkeiten. Das erste Wort, aber es ist natürlich auch kaum zu entziffern in dieser Handschrift, das könnte Ikona heißen, also Bild, oder vielleicht Plural, Bilder. Und dies Wort, hier, zum Beispiel«, er tippte auf die Schriftzeichen, »könnte eventuell etwas mit Anker zu tun haben. Aber ansonsten, nein, tut mir leid.« Er schüttelte den Kopf und nahm die Brille ab. »Im übrigen bin ich kein Altphilologe.«

»Anker?« echote Lukas.

»Schiffsanker, ja«, sagte Molthausen. »Aber es kann auch etwas anderes heißen. Ich kann Ihnen da nicht weiterhelfen. Fragen Sie doch einfach einen Neugriechen.«

»Einen Neugriechen? Aber ich kenne niemanden, der Neugriechisch spricht«, sagte Lukas.

»Im Univiertel gibt es mindestens fünf griechische Lokale und einen griechischen Gemüseladen«, sagte Molthausen, und dabei lächelte er nun tatsächlich. »Mit ein bißchen Glück finden Sie da sogar einen Koch oder Kellner, der Griechisch sprechen kann. Und lesen.«

»Griechische Lokale«, sagte Lukas, »natürlich. Also, daß ich da nicht selber drauf gekommen bin …«

»Das Naheliegende«, Molthausen lächelte immer noch, »übersieht man oft.«

4.

Naheliegend war das Restaurant von Rigas Sivakis, kurz »Rigas« genannt. Es lag im Schatten des Fernsehturms in einem Keller an der Rentzelstraße. Lukas stieg die Stufen hinunter und stieß die Tür auf. Eine Dunstwolke aus Bier und Tabak, Retsina und Olivenöl entwich wie ein weißes Gespenst in die Kälte. Es war erst halb sieben, aber der Gastraum unter der niedrigen Gewölbedecke war bereits gut gefüllt. Lukas fand in einer Ecke einen freien Tisch und setzte sich.

An den rauh verputzten, gekalkten Wänden hingen Plakate des griechischen Tourismusverbands mit tiefblauen Meeren, strahlend weißen Kirchen und pittoresken Tavernen neben Postern, die immer noch zum Widerstand gegen die eben überwundene Obristendiktatur aufriefen, und signierten Fotos von Mikis Theodorakis, Maria Farantouri und sogar Pablo Neruda, die bei Auftritten in Hamburg irgendwann alle einmal bei Rigas gegessen und getrunken hatten. Aus den Lautsprechern schrammelte munteres Bouzoukigeklampfe, drang jedoch nur matt durch das Stimmengewirr. Die Kundschaft bestand aus Studenten und Griechen, von denen einige vor der Militärjunta hatten fliehen müssen, die es aber auch nach deren Ende vorgezogen hatten, in Hamburg zu bleiben.

Auch Britta, die Kellnerin, studierte. Lukas kannte sie, weil sie gelegentlich im »Schröder« aushalf, der Kneipe, in der er selbst dreimal wöchentlich die Abendschicht schob. Britta kam an den Tisch, begrüßte ihn, nahm einen Lappen vom runden Holztablett und wischte damit die Tischplatte sauber, während Lukas in der fleckigen Speisekarte blätterte.

»Und was empfiehlt der Küchenchef heute?«

Britta grinste und zuckte mit den Schultern. »Das Übliche.«

»Dann nehm ich Moussaka«, sagte er, »und ein großes Bier. Oder nein, lieber `nen Retsina. Wenn schon griechisch, dann auch richtig.«

»Endaksi«, sagte Britta.

»Was heißt das denn?«

»In Ordnung.«

»Kannst du etwa Griechisch?«

»Natürlich nicht.« Sie lachte und schüttelte den Kopf, daß der Pferdeschwanz, zu dem sie die blonden Haare zurückgebunden hatte, auf ihrem Rücken wippte. »Nur so'n paar Brocken. Hab ich im Sommer aufgeschnappt, als ich mit meinem Freund in Kreta war. Wenn man Rigas so ein paar griechische Sprachtrümmer an den Kopf wirft, ist er immer guter Laune. Er nimmt das offenbar als persönliches Kompliment.«

»Ist er hier? Rigas, meine ich.«

»Noch nicht.« Britta sah auf die Uhr. »Müßte aber bald kommen. Willst du hier anheuern?«

»Warum nicht?« sagte er. »Wenn man dann so gut Griechisch lernt wie du.«

Sie lachte wieder, ging zum Tresen, kam mit einer Blechkaraffe Retsina und einem Glas Ouzo zurück, setzte ihm die Getränke vor und drehte dann weiter ihre Runde durchs Lokal. Lukas kippte den Ouzo herunter und spülte den süßlichen Anisgeschmack mit Retsina von der Zunge. Britta setzte ihm den dampfenden Auflauf vor, er aß mit gutem Appetit, trank den harzigen Wein dazu, wischte schließlich die Saucenreste mit Brot vom Teller und bestellte mehr Wein. Er zog die Fotos, die er aus den Rahmen genommen hatte, aus der Tasche. Der Anblick der Hafenmole verband sich mit dem Geruch von Scampi, die jemand am Nebentisch aß, die Musik aus den Lautsprechern schien aus der offenen Tür eines Hauses an der Mole zu dringen, und der harzige Duft des Weins war der Duft, den die Sonne aus den dunklen Stämmen der Pinien sog, die über den niedrigen weißen Gebäuden ins Weiß des Himmels ragten. Lukas roch den unbekannten Ort, und auch hinter den Bleistiftstrichen der Worte auf der Rückseite witterte er etwas. Und der Mann mit dem Stirnband und dem Gewehr sah immer noch so dringend aus dem Bild heraus, als kenne er Lukas und wolle ihm etwas mitteilen, etwas, das mit Asche zu tun hatte, mit einem Aschenbecher, in dem etwas verbrannt worden war, mit seinem Vater womöglich, der den Krieg in Athen verbracht hatte und darüber schwieg wie ein Grab.

Britta kam an den Tisch und sagte, Rigas, der mit seiner Familie in der Wohnung über dem Kellerlokal lebte, sei jetzt in der Küche. Lukas ging zum Tresen und winkte durch die Durchreiche dem stämmigen, glatzköpfigen Mann zu. Er kam, Schweißperlen auf der Stirn und ein zusammengerolltes Handtuch um den dicken Hals geschlungen, heraus und schüttelte Lukas die Hand. Wenn er einen Job suche, sei er willkommen. Ob er nicht genügend Schichten im »Schröder« bekomme?

Lukas lehnte dankend ab: darum gehe es nicht. Bei noch mehr Kneipenschichten könne er sein Examen vergessen, bevor er sich gemeldet habe. Aber ob Rigas ihm wohl ein paar griechische Worte übersetzen könne?

Er gab ihm das Foto, Rigas kramte eine Lesebrille zwischen Bierdeckeln und Schreibblöcken heraus, setzte sie umständlich und würdevoll auf und las stirnrunzelnd die gekritzelten Worte. Griechisch, seufzte er mitfühlend, sei die schwierigste Sprache auf dem Planeten, und nur ungewöhnlich intelligente Menschen könnten sie beherrschen. Es sei ja auch die älteste Sprache Europas, sei von Anfang an etwas Besonderes gewesen, die schönste Sprache überhaupt, allein schon die Musik ...

»Und was steht da nun?« unterbrach Lukas die sprachpatriotische Eloge.

Das sei leider ziemlich unverständlich, auch nur schwer leserlich, murmelte Rigas, wahrscheinlich von einem jener weniger intelligenten Menschen geschrieben, die Griechisch unzureichend beherrschten und vielleicht nur ...

»Aber was heißt es?«

Rigas wischte sich kummervoll ein paar Schweißtropfen von der Glatze. Die Worte, seufzte er, ergäben keinen rechten Sinn. Ikona, Bild, also beziehungsweise Bilder, Mehrzahl vielleicht, tja ...

»Ikonen? Diese frommen, byzantinischen Gemälde?«

Möglich, Rigas zuckte mit den Schultern, aber Ikona heiße eigentlich nur ganz allgemein Bild, oder Bilder, das sei schwer zu entziffern, also Bild oder Bilder in Höhle acht Meter über der Stelle, an der Schiffe ... Wie heiße das doch gleich auf deutsch? Der Ort, an dem Schiffe lägen?

»Anleger? Mole?«

Ohne Anleger, sagte Rigas, wo Schiffe dieses Dings fallen ließen, diesen Haken beziehungsweise ...

»Den Anker?«

Genau. Der Ort, an dem Schiffe ankerten.

»Der Ankerplatz?«

Sehr richtig. Der Ankerplatz. Das sage er doch schon die ganze Zeit. Aber es habe ja dennoch überhaupt keinen Sinn. Bilder in Höhle acht Meter über Ankerplatz? Das sei doch dummes Zeug.

»Na ja«, sagte Lukas, »mit ein bißchen Phantasie kann man sich da doch allerlei vorstellen.«

Er könne das nicht, schüttelte Rigas den Kopf, drehte das Bild um, betrachtete die Hafenansicht und dann wieder die Schriftzeichen. Pax, stehe da noch, Pax und Ak, und das bedeute nun aber rein gar nichts mehr. Paximadi, das heiße Zwieback, aber Bild in Höhle acht Meter über Ankerplatz Zwieback? Seine Phantasie müsse da jedenfalls passen. Und das Wort Ak kenne er nicht.

»Eine Abkürzung? Oder vielleicht ein Ort?« schlug Lukas vor. »Gibt es vielleicht irgendwo in Griechenland einen Ort, einen Hafen, der so oder so ähnlich heißt? Paxak?«

Rigas zuckte mit den Schultern. Ausgeschlossen, das sei nie und nimmer ein Ortsname. Er als Grieche müsse es schließlich wissen. Und das Foto, er schob die Brille auf die Stirn und hielt das Bild blinzelnd und mit ausgestrecktem Arm von sich weg, das könne an Hunderten von griechischen Häfen gemacht worden sein. An Tausenden. Solche wunderschönen Buchten und kleine Häfen, die gebe es auf den Inseln doch überall, an den Festlandsküsten natürlich auch, das sei ja überhaupt das Herrliche an Hellas, an Griechenland, daß es eigentlich keine einzige Stelle gebe, die nicht solche überaus wunderbaren und unvergleichlich ...

»Okay«, sagte Lukas, nahm das Foto wieder an sich und notierte auf einem der herumliegenden Anschreibblöcke: *Bilder in Höhle acht Meter über Ankerplatz Pax Ak.* »Das heißt es also?« Er hielt Rigas den Block vor die Nase.

Rigas nickte bekümmert. Leider klinge das ja jetzt alles ganz sinnlos, aber er schwöre, daß es da so stehe, Wort für Wort, nur Zwieback sei irgendwie unklar, und ob Lukas nun bei ihm als Zapfer anfangen wolle oder nicht? Nein? Schade, dann eben nicht. Aber nach Griechenland fahren, das solle er endlich mal, all diese unzähligen herrlichen Häfen und Buchten und Strände ...

»Und der hier?« unterbrach Lukas ihn und hielt Rigas das Foto mit dem Mann hin.

Wieso? Was solle schon mit dem sein? Ein Kreter sei das, und zwar ein ziemlich alter, wie man unschwer an der Tracht erkennen könne, weil heutzutage nicht mal mehr die Kreter in solchen Trachten herumliefen und auch nicht mehr dauernd mit ihren Gewehren herumfuchtelten, aber ein Kreter sei eigentlich auch gar kein echter Grieche, weil nämlich die Kreter ziemlich eigensinnig seien und störrisch auf ihrer Unabhängigkeit, zumindest ihrer Besonderheit bestünden, was übrigens jede Menge Probleme verursacht hätte und immer noch verursache, weil ...

»Ein Kreter also«, sagte Lukas.

Ganz recht, sagte Rigas, ob Lukas den etwa kenne?

»Natürlich nicht.« Lukas zuckte mit den Schultern.

Wenn er denn also, schwallte Rigas unbeirrt weiter, demnächst nach Griechenland reisen wolle, seinetwegen sogar nach Kreta, obwohl, wie gesagt, das so eine Sache für sich sei, dann könne Lukas sich jederzeit bei ihm Tips abholen. Und Griechisch lernen, damit könne er jetzt schon mal in aller Ruhe anfangen, weil es die schönste Sprache der Welt sei, wenn auch die schwierigste, die sich nur extrem intelligenten Menschen erschlösse, aber Lukas sei doch einigermaßen intelligent. Und überhaupt. Und darauf gebe er jetzt einen Ouzo aus. Oder lieber einen Retsina? Der schmecke hier im dunklen, nebligen Norden zwar nicht annähernd so gut wie in Griechenland, lasse sich eigentlich auch gar nicht transportieren, verweigere sich sozusagen dem Export, aber eine Ahnung seiner Wahrheit stecke immer noch in diesen Karaffen, und er schenkte Lukas und sich Gläser voll und prostete ihm zu. Wer Retsina trinke, nicht zuviel, aber auch nicht zuwenig, der sehe die Welt geordnet, und vieles Unklare kläre sich. Im Harz dieses Weines stecke das Staunen. Wenn man ihn trinke, zeigten sich die Dinge, wie sie wirklich seien. Er, Rigas, brauche also weder Haschisch noch LSD noch sonst was von dem ganzen Zeug, übrigens auch keine politischen Parolen. Er halte sich an seinen Retsina. Überzeugungen, Pläne, Absichten – das sei alles gut und schön. Doch deren wirklichen Wert sehe man erst im Spiegel des Retsinas. Seine Wünsche und seine Träume, seine Familie und seine Freunde und besonders alles, was mit der Liebe zusammenhänge, müsse man in solchem Wein betrachten; was man darin nicht anblicken könne, tauge nichts.

5.

»Noch einen Schluck Wein?«

Lukas nickte.

Rechtsanwalt Friedrich Hollbach sah seinen Sohn wohlwollend an und senkte die Flasche über dessen Glas. Das glucksende Geräusch kam Lukas unerträglich laut vor. Aus der Küche, in der seine Mutter die Reste des Abendessens entsorgte, drang gedämpftes Klappern. Dann begann die Geschirrspülmaschine zu rauschen.

»Und nach dem Examen bewirbst du dich dann ja gewiß gleich um eine Referendariatsstelle an einem Gymnasium«, sagte Friedrich Hollbach mit seiner leisen, akzentuierten Stimme. Es klang weniger nach einer Frage als nach einer Feststellung. Fast wie ein Befehl.

»Nein«, sagte Lukas heiser.

»Nein?« Sein Vater zog die Augenbrauen hoch und setzte das Weinglas, das er in die Hand genommen hatte, ohne zu trinken wieder auf dem Tisch ab. »Wie darf ich das verstehen?«

»Ich werde erst mal verreisen«, sagte Lukas.

»Natürlich, ich verstehe«, Friedrich Hollbachs Stimme entspannte sich wieder. »Den Urlaub hast du dir dann ja auch redlich verdient.«

Lukas nickte stumm. Er spürte sein Herz pochen. Fast konnte er es hören. Es schlug gegen die Brusttasche seines Hemdes, in dem die beiden Fotos steckten. Wohin, dachte er, frag mich jetzt endlich, wohin ich fahre!

»Brauchst du Geld?« fragte sein Vater.

Geld, dachte Lukas, kannst du denn immer nur ans Geld denken? »Nein, danke.« Er schüttelte den Kopf. »Ich fahre nach Griechenland«, sagte er dann mit mühsam erzwungener Beiläufigkeit und fixierte dabei seinen Vater, »soll ja noch sehr billig sein.«

Sein Vater zuckte die Schultern, hob das Glas und trank. »Mag sein«, sagte er abweisend.

»Du kennst dich da doch aus, nicht wahr?« sagte Lukas und ärgerte sich, als er das Lauernde in seiner Stimme hörte.

»In Griechenland? Ich?« Sein Vater ließ sich nicht aus der Reserve locken. »Wie kommst du denn da drauf? Mama und ich fahren jedes Jahr nach Spanien und ...«

»Aber du bist doch während des Kriegs dagewesen – oder etwa nicht?«

Friedrich Hollbach sah seinen Sohn mit einem Gesichtsausdruck an, den Lukas noch nie an ihm gesehen hatte, denn unter der etwas müden Resignation, die sich in den letzten Jahren verstärkt hatte, blitzte nicht nur die gelassene Routine auf, mit der sich sein Vater das unliebsame Thema stets vom Leibe gehalten und mit ein paar stereotypen Floskeln abgewehrt hatte. In diesem Blick sah Lukas plötzlich etwas anderes flackern. Angst? Aber vielleicht bildete er sich das auch nur ein, weil sein Herz immer noch gegen die Fotos in seiner Brusttasche schlug und weil er jetzt wußte, wieso ihm der Kreter auf dem Foto so bekannt vorgekommen war. Und auch seinem Vater mußte er bekannt vorkommen.

Vorgestern hatten Heidi und Rolf, zwei Mitbewohner seiner Wohngemeinschaft, die ihren Auszug vorbereiteten, im Garten ein Feuer gemacht, um Kartons und alte Zeitungen zu verbrennen. Lukas hatte auf dem Balkon gestanden und zugesehen, wie sie die Pappen und Bündel auseinandergerissen und in die Flammen geworfen hatten. Der böige Wind hatte den Rauch in die Baumkronen getrieben, und in dem schmutzig grauen Sog waren verkohlte Papierfetzen mitgerissen worden. Ohne ihn vorher zu öffnen und zu zerreißen, hatte Rolf einen weißen Schuhkarton ins Feuer geworfen, und als er, zögernd erst, dann aber fast wie explodierend, in Flammen aufgegangen war, hatte Heidi plötzlich gerufen: ›Die Fotos! Du hast die Fotos verbrannt!‹ Und wie von einem Blitz oder einer Stichflamme erleuchtet, war Lukas in diesem Augenblick der Zusammenhang, nach dem er seit Tagen gestochert hatte wie nach Glut in der Asche, aus der Dunkelheit des Vergessens ins Wiedererkennen gerückt: Eine kurze Bildsequenz aus seiner Kindheit, in der alles seinen scharf belichteten, folgerichtigen Platz hatte – der Kreter auf dem Foto, die von Asche ausgelösten Erinnerungsreize und sein Vater. Sein Vater, der Fotos verbrennt.

»Lange her«, hörte Lukas seinen Vater sagen, »ich möchte nicht mehr daran erinnert werden. Das weißt du doch genau.«

»Du hast es mir ja oft genug gesagt«, sagte Lukas, zog das Foto mit der Hafenansicht aus der Tasche und schob es seinem Vater über den Tisch. »Da«, sagte er. »Da fahre ich hin. Kennst du den Ort?«

Friedrich Hollbach warf einen flüchtigen Blick auf das Foto, rührte es aber nicht an. »Nein«, sagte er fest. »Kenne ich nicht. Und jetzt laß bitte ...«

»Du hast dir ja nicht mal die Brille aufgesetzt«, sagte Lukas.

»Also bitte«, sagte sein Vater, zog die Lesebrille aus dem Jackett, nahm sie aus dem Etui, schob sie sich widerwillig auf die Nase, warf einen weiteren kurzen Blick auf das Foto, schüttelte heftig den Kopf und nahm die Brille wieder ab. »Keine Ahnung. Wo soll das denn sein?«

Lukas wußte es nicht, aber jetzt pokerte er und sagte: »Kreta.«

»Ach ja?« Sein Vater legte die Brille ins Etui und klappte es zu. Das metallische, fast fette Klicken des Verschlusses. Als ob sich ein Schlüssel im Schloß drehte. Oder eine Waffe entsichert wurde. »Auf Kreta war ich nie. Ich war immer nur in Athen. Verwaltung, juristische Abteilung. Ich hab's dir schon zigmal gesagt. Was soll das Bohren in der Vergangenheit? Macht ihr's erst mal besser. Ihr wißt ja gar nicht, was wir mitmachen mußten. Und jetzt muß ich mich auch langsam fertigmachen. Mama und ich wollen heute abend noch in die Oper, Mozart.« Er trank die Neige aus seinem Glas und stand vom Tisch auf.

»Moment noch, bitte«, sagte Lukas hastig, zog das zweite Foto aus der Tasche und hielt es seinem Vater hin. »Kennst du diesen Mann?«

»Soll das etwa ein Verhör sein?« Friedrich Hollbachs leise Stimme klang jetzt scharf, aber indem er sich schon vom Tisch abwandte, warf er doch einen Blick auf das Foto, und Lukas konnte erkennen, wie sein Vater schluckte und unter der Sonnenbräune seines Winterurlaubs blaß wurde. Er ließ sich wieder auf den Stuhl fallen, fingerte die Brille aus dem Etui, griff nach dem Foto, hielt es sich vor die Augen, runzelte kopfschüttelnd, als wehre er etwas ab, die Stirn, und die Hand, die das Foto hielt, zitterte dabei. Dann ließ er das Bild fallen, als habe er sich daran verbrannt, nahm die Brille ab, wischte sich mit Daumen und Zeigefinger die Augenwinkel, atmete tief durch und sagte leise, ruhig und bestimmt: »Nie gesehen. Wieso sollte ich?«

»Weil *ich* diesen Mann schon einmal gesehen habe«, sagte Lukas.

»Und wieso fragst du dann mich?«

»Weil ich ihn schon einmal auf einem anderen Foto gesehen habe. Auf einem Foto, das dir gehört hat. Weißt du das etwa nicht mehr?«

Sein Vater starrte ihn an, sichtlich um Fassung ringend. »Unsinn«, sagte er und stand wieder vom Tisch auf. »Ich kenne diesen Mann nicht. Und ich habe kein Foto von ihm.«

»Natürlich nicht«, sagte Lukas. »Du hast es ja verbrannt. Damals, Anfang der fünfziger Jahre. Ich muß fünf oder sechs Jahre alt gewesen sein.«

»Ich weiß nicht, wovon du redest.« Und jetzt hob Friedrich Hollbach die Stimme, wurde ungewöhnlich laut und schlug mit der flachen Hand auf den Tisch, daß die Gläser klirrten. »Ich habe kein Foto dieses Mannes! Ich habe nie eins gehabt! Ich habe den Mann noch nie gesehen! Und ich möchte nie mehr mit derlei Unsinn behelligt werden!«

»Ich habe im Garten gespielt«, sagte Lukas, »an einem warmen Tag im Herbst. Und du hast irgendwelche Papiere aus dem Keller geholt, hast sie in den Garten gebracht und neben einen rostigen Blecheimer gelegt. Ich weiß es noch genau, dieser Eimer mit dem durchgerosteten Boden, ich sehe ihn vor mir. Wie ein Foto. Und dann bist du noch einmal in den Keller gegangen, und ich habe in diesen Papieren geblättert, die du da neben dem Eimer abgelegt hast. Es waren mit Schreibmaschine beschriebene Blätter, aber ich konnte noch nicht lesen. Und zwischen diesen beschriebenen Blättern, da haben zwei Fotos gelegen. Auf einem war ein Mann in Uniform zu erkennen, der den Arm hebt, aber das Foto war ganz unscharf oder verwackelt. Das andere Foto war aber scharf. Du sitzt an einem Tisch in einer dunklen Umgebung, und über deinem Kopf baumelt eine Gitarre oder Mandoline. Und neben dir, da sitzt dieser Mann.« Lukas nahm das Foto mit dem Kreter in die Hand und hielt es hoch. »Dieser Mann mit seinem Kopftuch und dem Schnauzbart und den dunklen Augen und der bestickten Weste. Er hat gelächelt auf dem Foto. Und du hast ein ganz zugeknöpftes Gesicht gemacht, als wäre es dir unangenehm, mit ihm fotografiert zu werden. Der Mann mit dem Kopftuch hat mich fasziniert. Das war eine Gestalt wie aus einem Märchen oder einem Abenteuerbuch. Ein Pirat vielleicht. Oder ein Bandit. Ich hatte das Foto noch in der Hand, als du wieder aus dem Keller kamst mit noch einem Bündel Papieren in der Hand. Ich habe dir das Foto hingehalten und dich gefragt, wer das ist, dieser Pirat oder Räuber aus dem Orient. Du hast es mir aus der Hand gerissen und hast gesagt, das sei niemand und das gehe mich alles gar nichts an und ich solle lieber wieder mit meinen Bakelitautos spielen. Und weil ich dich nur ganz selten so wütend erlebt habe wie in diesem Moment, ist mir dieser Moment nicht verlorengegangen. Ich mußte mich nur erst wieder daran erinnern, mußte mich daran erinnern, wie du diese Papiere zerknüllt und in den Eimer gestopft hast, wie du die Fotos zerrissen und auf das Papier gelegt hast, wie du dann dein Benzinfeuerzeug aus der Tasche gezogen und das Papier angesteckt hast, wie die Flammen aus dem Eimer schlugen und der Rauch in den hellen Herbsthimmel stieg. Und wie traurig ich war, daß du mir nichts über deinen Piratenfreund erzählen wolltest und ich dir nicht helfen durfte beim Feuermachen. Als alles verbrannt war, bist du weggegangen, und ich war wieder allein im Garten, und in dem Eimer war nur noch schwarze Asche. Ich habe mit einem Stock darin herumgerührt, aber der geheimnisvolle Pirat war verbrannt. Und ich habe mich nie getraut, dich noch einmal nach ihm zu fragen, und irgendwann habe ich ihn dann vergessen. Bis ich dies Foto hier gefunden habe. Da ist mir alles wieder eingefallen. Nicht sofort, sondern nach und nach. Aber ich weiß, daß es so war. Und du weißt es auch.«

Friedrich Hollbach, dem man seine fünfundsechzig Jahre sonst nicht ansah, stand da mit hängenden Schultern, stützte beide Hände auf den Tisch, schüttelte wieder und wieder den Kopf und sah plötzlich alt, grau und verfallen aus. »Unsinn«, murmelte er, »kompletter Blödsinn. Du hattest immer schon eine etwas zügellose Phantasie. Gut, daß du nicht Jura studiert hast. Woher hast du überhaupt diese ominösen Fotos?«

»Wieso willst du das wissen?« fragte Lukas.

Sein Vater zuckte die Schultern und wandte sich ab.

»Aber wenn du es denn wirklich wissen willst – vom Flohmarkt«, sagte Lukas und schob die Fotos wieder in die Tasche. »Ich habe sie Kindern ...«

Sein Vater lachte gezwungen auf. »Vom Flohmarkt«, echote er wie angeekelt.

»Friedrich!« Die Stimme von Lukas' Mutter von nebenan. »Du mußt dich doch noch umziehen. Wir kommen zu spät!«

»Da hörst du es«, sagte Friedrich Hollbach. »Wir kommen zu spät in die Oper.« Er ging zur Zimmertür, öffnete sie und drehte sich noch einmal zu Lukas um. »Es gibt keine Fotos«, sagte er fest. »Ich habe keine Fotos verbrannt. Hast du mich verstanden? Es hat nie irgendwelche Fotos gegeben. Nie.«

6.

Ende März war es plötzlich sehr warm geworden, aber der falsche Frühsommer stapelte nur wenige Tage hoch, und jetzt stürmte der April mit kalten Regengüssen über die Stadt. Als Lukas in der Dämmerung von der U-Bahnstation zur Hegestraße ging, mischten sich sogar Schnee und Graupel in die böigen Schauer. Mit triefenden Haaren und durchnäßter Lederjacke kam er im »Schröder« an, um die Abendschicht zu übernehmen.

Sebastian, dem die Kneipe gehörte, hatte die Tagesschicht absolviert und war dabei, den Kassenstand zu überprüfen. »Scheißwetter«, kaute er unter seinem schweren Schnauzbart. »Ich schmeiß den Laden noch zwei Jahre, dann hau ich ab. Italien. Wenn du die Kneipe kaufen willst, sag Bescheid.«

»Danke für's Angebot«, sagte Lukas, »ich werd mal drüber nachdenken.«

»Bei euch Studenten dauert das immer so lange mit dem Nachdenken«, sagte Sebastian, »das bringt doch nix. Tun oder lassen. Wieso habt ihr Studenten eigentlich dauernd Ferien?«

»Wenn du wüßtest«, sagte Lukas. »Diese sogenannten Ferien hab ich in der Bibliothek verbracht. Examensvorbereitung.«

»Trotzdem habt ihr zu viel Ferien. Oder seid krank. Egon hat vorhin angerufen. Liegt mit Grippe im Bett. Typisch Student.«

»Ja und? Soll ich die Schicht etwa allein schieben?«

»Reg dich ab«, sagte Sebastian, »alles längst geregelt. Britta springt ein. Du weißt schon, die Blonde von Rigas. Muß jeden Moment kommen. So, ich hau ab.«

»Nach Italien?«

»Ins Kino.« Sebastian nahm seinen Trenchcoat vom Haken und verschwand im Schneeregen.

Lukas überprüfte den Bestand in den Kühlschränken, füllte ein paar Bierflaschen nach, drehte eine Runde durch die unübersichtliche, verwinkelte Kneipe, nahm ein paar Bestellungen auf, zapfte zwei Gläser Pils an, aber da das Bier nicht unter gleichmäßigem Druck aus dem Hahn schoß, sondern schaumig flockte, ging das Faß zur Neige.

Er kletterte über die Holzstiege in der engen Küche in den Keller, nahm das leere Faß von der Leitung und stach ein neues an. Dabei atmete er nicht durch die Nase, sondern durch den Mund, weil ihm der Dunst aus schalem Bier, vermischt mit dem süßlichen Aroma fauligen Gemüses, dem stockigen Muff feuchter Pappe und dem stechenden Geruch der Salpetersäure, die von den Ziegelwänden des Kellers ausgeschwitzt wurde, zuwider war. Das trübe Deckenlicht warf den Schatten seines Körpers über die Feuchtigkeitslachen des Betonbodens und die bizarren Muster, die bröckelnder und platzender Putz an den Wänden bildeten: Landkarten eines imaginären Kontinents, zerklüftete Küsten, an denen irgendwo der Ort liegen mußte, dessen Foto er gefunden hatte, graue Felseninseln im roten Meer des Backsteins, die Mörtelfugen ein Koordinatensystem aus Längen- und Breitengraden. Aber wenn sein Schatten über sie hinwegwischte, fiel die Geographie seiner Phantasien in Dunkelheit und wurde wieder zur mürben Mauer eines Kneipenkellers, in dem man sich nur so lange aufhielt, wie es unbedingt sein mußte. Er griff zu einer Kiste Weißherbst und schleppte sie über die knarrende Holzstiege nach oben.

Britta, die er seit jenem Abend vor zwei Monaten bei Rigas nicht mehr gesehen hatte, stand in der Küche und hantierte an der Kaffeemaschine herum. Sie trug eine ärmellose Wildlederweste, deren

Ausschnitt den Spitzenbesatz eines schwarzen BHs erkennen ließ, und eng auf den Hüften sitzende, verwaschene Bluejeans.

»Welch erfreulicher Anblick«, grinste Lukas und begrüßte sie, die Weinkiste noch in den Händen, mit einem angedeuteten Kuß auf die Wange.

»Hier ist ja total tote Hose.« Britta nickte in Richtung Tresen. »Das hättest du doch auch ohne mich geschafft.«

»Mit dir wird's vielleicht lebendiger«, sagte er, schob die Weinflaschen in die Kühlung, nahm die abgelaufene Musikkassette aus dem Player und legte Bob Dylans »Desire« ein.

Der Abend verlief so träge, wie er begonnen hatte. Immerhin wurde an zwei Tischen unter beachtlichem Bierkonsum und gelegentlichen Runden Jägermeister energisch Skat gespielt, am Fenstertisch diskutierten vier Mitglieder des Trotzkistischen Bunds bei Flaschenbier und Weißweinschorle die reibungslose Fortführung der permanenten Revolution, in der Ecke unter dem Bukowski-Poster an der flaschengrün gestrichenen Wand saß ein Paar, das so behutsam und steif miteinander umging, als hätten die beiden per Kontaktanzeige ihr erstes Treffen arrangiert, und am Tresen erschienen nach und nach die üblichen Verdächtigen, in der Nähe wohnende Stammgäste und versprengte Laufkundschaft, die sich aber nach ein paar Bieren wieder verdrückten.

Britta drehte gelegentlich ihre Runden, nahm Bestellungen auf, brachte leere Gläser zurück, und wenn sie am Tresen darauf wartete, daß Lukas ihr Tablett mit den bestellten Getränken füllte, beugte sie sich gut gelaunt plaudernd manchmal so zu ihm hinüber, daß er nicht anders konnte, als die schwarze, wunderbar gewölbte Spitze am Saum der Lederweste anzustarren. Gegen zehn gönnten sie sich einen Jägermeister, gegen halb elf aus Langeweile einen zweiten und, nachdem kurz vor Mitternacht eine Gruppe heimkehrender Kinogänger bedient worden war, einen dritten.

Was Lukas neulich, fragte Britta plötzlich und nippte am Glas, eigentlich von Rigas gewollt habe?

»Komische Sache«, sagte Lukas, »ist aber nichts bei rausgekommen«, und erzählte ihr von den Bildern, von der Schrift hinter der Hafenansicht und von Rigas' Übersetzung. »Bilder in Höhle acht Meter über Ankerplatz klingt doch ziemlich gaga, oder?«

Britta zog die Stupsnase kraus und nippte wieder am Schnapsglas. »Spannend ist es trotzdem, irgendwie. Hat vielleicht was mit Höhlenmalerei zu tun?« schlug sie vor. »Diese Steinzeitbilder? Du weißt schon, wilde Tiere, Jäger und so? Vielleicht hat da jemand mal so eine Höhle entdeckt?«

Lukas grinste sie an. »Du studierst Kunstgeschichte, nicht wahr? Da rastet es bei dir dann automatisch ein. Höhlenmalerei und so. Aber gut, warum eigentlich nicht? Hilft mir trotzdem nicht weiter. Man weiß nicht mal, wo das sein soll. In Griechenland wird's 'ne Menge Ankerplätze geben, von Höhlen ganz zu schweigen.«

Die Kneipe hatte sich inzwischen geleert. Britta sammelte die letzten Flaschen und Gläser von den Tischen, Lukas schraubte die Hähne ab, säuberte die Zapfanlage, löschte in den vorderen Räumen das Licht und ging wieder hinter den Tresen, um die Kasse durchzuzählen. Britta wusch und trocknete Gläser ab und schob sie ins Tresenregal, wobei sie sich an Lukas vorbeidrücken mußte. Als sie seiner Hüfte nicht auswich, bewegte er sich, den Kopf über die Kasse gebeugt, ihr entgegen, und sie preßte wie zufällig ihren Bauch gegen seinen Hintern. Er goß noch zwei Jägermeister ein. Sie tranken, eng nebeneinander stehend, und blickten in die düstere Kneipe.

»Ich war letztes Jahr in Griechenland«, sagte sie so leise, daß er sie kaum verstand.

»Ich weiß«, sagte er. »Und? Wie war's?«

»Unheimlich schön«, sagte sie.

»Was«, er schluckte und legte einen Arm auf ihre Hüfte, »macht eigentlich dein Freund, dieser Kameramann?«

»Der dreht was ab, in Sardinien«, sagte sie. »Ist schon über drei Wochen weg. Und was macht deine Freundin?«

»Beate? Das ist längst vorbei. War von Anfang an ein Mißverständnis.«

»Na gut«, sagte sie leise und legte den Mund an sein Ohr, »dann zeig mir doch mal deine Fotos aus Griechenland«, und eine halbe Stunde später saß sie an seinem Schreibtisch, hielt das Bild unter die Lampe, während er, die Hände auf ihren Schultern, hinter ihr stand und sein Kinn auf ihren Kopf stützte, bis sie sagte: »Da bin ich auch gewesen.«

»Ja, ich weiß, du warst in Griechen...«

»Ich war genau hier.« Sie tippte mit dem lackierten Fingernagel auf das Foto. »An diesem Ort. Auf Kreta. Ich habe auf dieser Hafenmole gestanden. Und oben im Dorf habe ich, haben wir eine Woche lang gewohnt. Man kann sich da preiswerte Zimmer mieten.«

»Bist du dir sicher?« fragte er erregt, »das ist doch ein uraltes Foto«, und streifte das grüne Gummiband ab, mit dem sie ihr Haar zum Pferdeschwanz gebunden hatte.

Sie nickte. »Da hat sich viel verändert. Aber nicht die Hafenmole. Und die Häuser am Hafen sind alle noch da. Agia Galini.«

»Also doch Kreta«, murmelte er. »Ich hätte dich früher fragen sollen.«

»Ja«, sagte sie und legte das Bild ab, »Agia Galini, an der Südküste. Kaum Touristen, unheimlich schön. Warte mal ...« Sie schob seine Hände weg, griff in die Innentasche der Weste, zog einen Strohhalm und ein Papiertütchen heraus, schüttete weißes Pulver aufs dunkle Holz der Schreibtischplatte, schob es zu zwei Linien zusammen, sog mit dem Strohhalm in der Nase eine davon auf und überließ ihm die andere.

Als sie auf dem Bett lagen, schimmerte in der kühlen Präzision des Kokains noch ein Rest Sonnenbräune auf ihrer Haut, fast eine Ahnung nur, vielleicht auch nur seine Phantasie, daß diese Bräune tief gewesen sein mußte, kontrastiert vom Blond der Haare, unterbrochen von helleren Streifen um Brüste und Hüften. Brittas Körper kam ihm wie eine Statue vor, etwas Fremdes, aber nicht, weil er sie noch nie nackt gesehen hatte, sondern das Fremde schien noch viel ferner zu sein. Sie war auf einer Reise, sie machte kurz bei ihm Station. Wollte sie ihn mitnehmen? Oder irgendwo hinschicken? Auf seine eigene Reise? Woher sonst diese Ahnung einer Abreise, das rhythmische Anschwellen, das Eintauchen in den fremden Fluß? Woher die Unruhe, der lautlose Tumult, von dem er nicht wußte, ob er ihn bedrohte, bis er von einer Strömung ergriffen wurde und nicht wußte, ob er es träumte oder ob es geschah. Die Berührung durch ihren Körper war handfest, und doch schien es ihm unmöglich, sich ihrer Haut anschmiegen zu können – als ob diese Haut, die noch ein Echo der griechischen Sonne ausstrahlte, gar nicht vorhanden war. Als ihr Herz regelmäßiger gegen sein Zwerchfell schlug, wußte er wieder, wer da bei ihm lag, in wen er verschränkt war, und als sie sich voneinander gelöst hatten, wußte er auch, daß es einen Schlaf im Wachen gab, einen Schlaf von wenigen Atemzügen, wärmer und dem Tod verwandter als der Schlaf der Nacht, dem Britta bereits entgegenglitt.

Er war nun wacher als zuvor, zog die Decke über die Hügellandschaft ihres Körpers und ging leise zum Schreibtisch, um das Licht zu löschen. Im Grau, das in den Fenstern hing, schimmerten schon hellere Schlieren, und es regnete nicht mehr. Die Schatten der Bücher im Regal. Die Höhle des Zimmers. Die Bibliothekshöhle, in der er die letzten Wochen verbracht hatte. Der Schatten des Examens, der auf ihn zu fiel. Den würde er noch ertragen. Aber hatte er nicht lange, zu lange in Höhlen gelebt? Im Höhlengefängnis seiner Familie, in dessen tiefen Schatten sein Vater Dinge geheimhielt, Bilder verbrannte und offenbar Lügen erzählte? Warum? Was steckte dahinter? Brittas gleichmäßiger Atem. Das Weiß der Decke auf ihrem Körper. Lukas spürte sich in der Gewalt der Gegenwart, stärker und in anderer Weise als sonst. Er wußte, daß sich dies Gefühl der Droge verdankte, aber es war wirklich und unabweisbar. Das Grau wurde durchsichtiger, die Dinge hatten wieder scharf umrissene Konturen. Und alles, was er sah, richtete ihn weg von hier, irgendwohin. Nein, nicht irgendwohin. Das Foto des Mannes, den sein Vater unter keinen Umständen gekannt haben wollte, das Hafenfoto mit den rätselhaften Worten – wiesen diese Bilder nicht in die gleiche Richtung, an einen bestimmten Ort? Agia Galini also. Kreta.

7.

Zu Beginn des Sommers befand sich die Wohngemeinschaft in Auflösung. Mit dem Zeugnis des ersten Staatsexamens für das Lehramt an Gymnasien in der Tasche hätte Lukas sich, den Wünschen seiner Eltern entsprechend, auf eine Referendariatsstelle bewerben können, um dann für den Rest seines Lebens zur Schule gehen zu müssen. Die Aussicht empfand er als wenig verlockend. Heidi und Rolf, die beim großen Aufräumen versehentlich ihre Fotos verbrannt hatten, wollten im Anschluß an eine Urlaubsreise eine biologisch-dynamisch operierende Landkommune im Landkreis Lüchow-Dannenberg verstärken, um gegenökonomische, autarke Selbstversorgung zu betreiben. Werner wollte in der sich leerenden Villa die Stellung halten, die freien Zimmer mit Parteigenossen füllen, in Schulungen die Lehren des Marxismus-Leninismus festigen und in Betrieben und Jugendstrafvollzugsanstalten die werktätigen Massen mobilisieren.

»Du kannst von mir aus wohnen bleiben«, bot er Lukas an, »müßtest aber noch Lektüre aufarbeiten und strategisch ...«

»Nein, danke«, sagte Lukas, »ich werde verreisen.«

»Und wohin?« fragte Werner.

»Griechenland. Genauer gesagt, nach Kre...«

»Bist du wahnsinnig? Willst du etwa der CIA-gestützten Obristenclique die Devisen ins Land schleppen?«

»Die Obristen sind weg«, sagte Lukas. »In Griechenland gibt's wieder 'ne demokratische Regie...«

»Noch schlimmer«, schnappte Werner und herrschte Heidi und Rolf an: »Wollt ihr etwa auch nach Griechenland?«

»Eigentlich wollten wir ja nach Indien«, sagte Rolf, »und unser Karma aufpolieren. Das hat in letzter Zeit doch sehr gelitten.« Er warf einen Blick auf das Küchenposter mit dem abwaschenden Herrn Natürlich, der sein Karma auch im Alltag zuverlässig zum Strahlen brachte. »Aber der Flug ist zu teuer. Wir fahren an die Adriaküste. Jugoslawien. Eurokommunismus. Dritter Weg und so. Wir ziehen nächste Woche aus, lagern unsere Sachen auf dem Bauernhof ein, und dann geht's los. Wenn du nach Griechenland willst«, Rolf sah Lukas an, »nehmen wir dich bis Jugoslawien mit. Und deine Sachen passen auch noch in die Scheune.«

Lukas nickte und trank den Rest Lambrusco aus dem bruchfesten Senfglas.

8.

»Wo wollt ihr denn mit dieser Kasper-Bude hin?« fragte der Kfz-Meister in einer Mischung aus Mitleid und Verachtung, als Lukas und Rolf ein paar Tage später aus dem VW-Bus Baujahr '63 kletterten, dessen großflächige Rostflecken mit psychedelischen Ornamenten überpinselt waren. Die Antwort »Jugoslawien« quittierte er mit nachdenklichem, nahezu resigniertem Kopfschütteln, machte sich dann aber routiniert an die Auswechslung der defekten Stoßdämpfer und Bremsbeläge, vor denen alle gegenökonomischen Bestrebungen handwerklicher Autarkie versagt hatten. Durch diesen Eingriff kapitalistischen Herrschaftswissens gewappnet, machte man sich auf den Weg nach Süden.

Kurz hinter Kassel platzte der linke Hinterreifen, dessen Auswechslung unverbrüchliche Solidarität forderte, weil die Radschrauben zu unverbrüchlicher Einheit mit den Muttern verrostet waren. An der österreichischen Grenze mußten sämtliche Gepäckstücke entladen und geöffnet werden, um einem nach Drogen schnüffelnden Cocker-Spaniel, den Heidi trotzdem »total süß« fand, freie Riechbahn zu gewähren. Lukas hatte seinen letzten, daumendicken Haschpickel in Alufolie gewickelt und tief in einer Dose mit Nivea-Creme versenkt, was selbst die Profinase des Spaniels überforderte. Der grün uniformierte Hundeführer war enttäuscht. »Beim nächsten Mal erwisch ich euch!«

Die jugoslawischen Grenzposten waren unkomplizierter, was Rolf auf den segensreichen Einfluß eurokommunistischer Liberalität zurückführte. Dafür wurde die Straße schlechter. Fünf Kilometer vor Ljubljana rumpelte der Bus durch ein Schlagloch, setzte mit der Bodenwanne auf und verlor das Auspuffrohr. Rolf gelang es zwar, das Rohr mittels einer kreativen Drahtkonstruktion wieder zu befestigen, aber das war lediglich eine kosmetische Operation; der Auspuff spotzte und knallte nun wie ein Maschinengewehr.

Und an der nächsten Raststätte trennten sich dann ihre Wege. Lukas lud seinen Rucksack aus, man trank noch gemeinsam einen seifig schmeckenden Kaffee und verabschiedete sich voneinander. Unter knatternden Auspuffsalven nahm der VW-Bus Richtung Rijeka und Split Kurs auf die Adriaküste. Lukas schlenderte zu dem geschotterten, mit Müll übersäten Parkplatz, auf dem in einer Wolke aus Dieselsud und Reifenabrieb die LKWs standen, sprach Fahrer an, die über einem offenen Feuer Würstchen und Čevapčići grillten, ob sie Richtung Zagreb, Belgrad und womöglich noch weiter unterwegs wären, handelte sich Abfuhren ein, die vom entschiedenen Kopfschütteln über hochgereckte Mittelfinger bis zum Geh-erst-mal-zum-Frisör in bayrischer Mundart reichten, verkrümelte sich hinter ein paar Pinien, als eine Polizeistreife den Parkplatz abfuhr, und hatte schließlich Glück. Der Fahrer eines norwegischen Kühltransporters, mit längeren Haaren als Lukas und kaum älter als er, nahm ihn mit. Und da der Norweger bis Athen fahren würde, war das Glück vollkommen und wurde nicht einmal dadurch getrübt, daß alles in und an diesem Lastzug nach Fisch stank.

Der Fahrer hieß Bjarne, sprach fließend Englisch und holpriges Deutsch, studierte Schiffbau in Bergen und arbeitete in den Semesterferien als Fernfahrer. Als Lukas ihn fragte, ob er Fisch aus Athen hole, lachte er. Er bringe den Fisch nach Athen, und von dort werde er auf die griechischen Inseln verschifft. Norwegischen Fisch auf griechische Inseln? wunderte sich Lukas, und Bjarne erklärte, die Ägäis sei weitgehend leer gefischt. Was da auf Samos, Rhodos oder Kreta auf den Restauranttischen lande, stamme zum großen Teil aus dem Nordatlantik. Das sei zwar pervers, aber auch ein sehr einträgliches Geschäft. Die Strecke Oslo – Athen schaffe er in siebzig bis achtzig Stunden, hin und zurück also etwa eine Woche. Dann mache er eine Woche Pause, ausschlafen und so weiter, und dann wieder die Tour, grinste er, fingerte eine kleine, gelbe Pille aus einer Dose auf der Mittelkonsole, schob sie sich in den Mund und ermunterte Lukas, ebenfalls zuzugreifen.

»Father's little helper«, sagte er, schob eine Musikkassette ein und drehte die Lautstärke auf. *The river flows, it flows to the sea,* Belgrad lag hinter ihnen, *wherever that river goes,* Bjarne sang mit, *that's where I want to be,* die Dämmerung fiel schnell, *flow river flow, flow to the sea, to some other town.* Die Rücklichter der vor ihnen nach Süden ziehenden Wagen, Muster eines Kaleidoskops, rot, orange. *All I wanted was to be free,* auch Lukas sang mit. Die Lichter der Anzeigen am Armaturenbrett, grün, blau. An Nis vorbei. Das

Brummen des Diesels, ein gutmütiges, starkes Tier. Die Scheinwerfer des Lastzugs trieben scharf umrissene Keile in die Nacht. Baumschatten an den Straßenrändern wie Scherenschnitte. Das Führerhaus eine Höhle, aus dem goldene Lichtbahnen in etwas sehr Fremdes wiesen. Vorbei an Skopje. Höhlenbilder im Inneren des Kaleidoskops. Die Scheinwerfer des Gegenverkehrs eine unregelmäßig gleißende Perlenschnur. Lukas war hellwach und träumte.

»Polykastron«, sagte Bjarne und schaltete herunter, »Grenzübergang.«

Die Jugoslawen winkten den Lastzug durch, ohne auch nur einen Blick auf die Papiere zu werfen, die Bjarne aus dem geöffneten Seitenfenster hielt. Auf der griechischen Seite fuhr er auf einen LKW-Parkplatz vor ein niedriges, von Bogenlampen beleuchtetes Gebäude und stellte den Motor ab. Die plötzliche Stille. Er müsse jetzt den üblichen Papierkrieg führen, sagte er, das könne eine Weile dauern, und stakste steifbeinig auf das Zollgebäude zu.

Lukas schlenderte im matten Zwielicht der Lampen zwischen den parkenden Gespannen hindurch. Die Nacht war jetzt, kurz vor dem Morgengrauen, kühl; fröstelnd und gähnend zog er die Schultern hoch, ging weiter, bis er keinen Asphalt mehr unter den Füßen spürte, sondern mit Steinen übersäte Erde. Er setzte sich auf einen Felsbrocken, spürte, wie die Erde noch Wärme abstrahlte, steckte sich eine Zigarette an. Gegen den dunklen, bereits von einem grauen Schimmer angelösten Nachthimmel ragten bizarr gekrümmte Baumstämme, Oliven wohl, und wiesen mit ihren Zweigen wie gichtige Hände auf eine Hochebene, die sich nun, da am Horizont ein rosiger Rand aufblühte, in ihrer weiten Kargheit zu erkennen gab, trocken und karstig, ockrig und gelb unterm schnell weißer werdenden Licht. Wie ein mageres, übernächtigtes Gesicht lag das Land vor ihm, scharf und mild zugleich angestrahlt von der steigenden Sonne. Ferne Hügelketten mit wenigen grünen Baumtupfern erschienen in sanfter Deutlichkeit, während die knorrigen Stämme wie unter dünnem Nebel oder Gaze vibrierten, die alten Wurzeln ins Gestein geklammert, als müßten sie Halt suchen vor der unverschämten Jugend dieses Lichts, gegen dessen durchdringende Helle alles, was hinter Lukas lag, bleiern und grau erschien. Aus dem Licht gehen, zum Schatten werden, das war vor langer

Zeit das Furchtbarste gewesen, und Lukas verstand es auf einmal. Was er sah, war einfach und sehr wirklich, schlicht und sehr präsent. Das Gefühl, bislang durch eine Milchglasscheibe geblickt zu haben, und das Fenster wurde plötzlich geöffnet, ging in ihm auf, wie das Licht aufging. Die Formen der Dinge waren so klar umrissen, als seien sie erst in diesem Augenblick ersonnen und erschaffen worden, und zugleich sehr alt, als ob sie immer schon dagewesen waren.

Er hörte Bjarne nach ihm rufen und ging zum LKW zurück. Der Motor lief bereits. Als müßte er sich entschuldigen, murmelte Lukas, noch nie zuvor in seinem Leben gesehen zu haben, wie die Sonne aufgehe. »Wie sie richtig aufgeht, meine ich. Verstehst du?«

Bjarne nickte und grinste ihm zu, die Augen leicht gerötet mit dunklen Ringen darunter. »Man gewöhnt sich an alles«, sagte er und hielt Lukas die Pillenschachtel vor die Nase.

»Nicht nötig«, sagte Lukas, »ich muß ja nicht fahren.«

Bjarne lenkte den Lastzug auf die Straße zurück und drehte die Musik laut. Der Diesel dröhnte, die Luft über dem Asphalt begann zu flimmern, und die Schatten wurden kürzer.

9.

Mit Fähren und Schiffen war Lukas schon oft gefahren, aber diesmal war es anders. Bjarne hatte ihn in der Nähe des Kais, von dem die Kreta-Fähre in See stechen sollte, abgesetzt. Über die Straße tobte in einer giftgelben Wolke aus Auspuffgasen und Staub infernalischer Verkehr, so daß Lukas Mühe hatte, sie unversehrt zu überqueren. Aber als er dann in der brütenden Nachmittagsschwüle an einigen heruntergekommenen Schuppen und Terminals vorbeimarschiert war, blinkte der grünblaue Wasserspiegel des Hafenbeckens wie ein Lächeln, und eine leichte Brise nahm ihm den Schweiß von Stirn und Schultern, auf die der Rucksack drückte.

Er kaufte sich am Reederei-Schalter ein Ticket für die Überfahrt,

Decksklasse, setzte sich vor dem Café auf einen der wackeligen blauen Holzstühle und bestellte Mokka und Ouzo, der mit einem Glas Wasser und ein paar Oliven serviert wurde. Auf dem Kai standen einige Autos aufgereiht, und nach und nach kamen mehr dazu. Es herrschte hektisches, aufgeregtes Manövrieren und Gestikulieren, die Fahrer beschimpften sich gegenseitig, als ginge es um Leben und Tod, doch schienen die aggressiven Gesten und Verwünschungen nicht sonderlich ernst gemeint. Da das Schiff keine Bugklappe hatte, wurden die Autos mit der netzartigen Seilkonstruktion eines Hebekrans bedenklich schwankend an Deck gehievt. Gegen sechs, als die Sonne schon tief stand und rötlichen Schimmer auf die Gegenstände legte, wurde eine Gangway ans Schiff geschoben, um die Passagiere an Bord gehen zu lassen. Sofort setzte chaotisches Gedränge ein, als sei dies das letzte Schiff, das je von Piräus nach Kreta gehen würde. Passagiere mit riesigen Bettenbündeln, Kochtöpfen, berstenden Koffern und Kartons, schreiende Zeitungsverkäufer, flatternde Geldscheine, Lachen und quäkende Musik. Männer fluchten, Frauen kreischten, Kinder brüllten, eine Ziege, über die Lukas stolperte, meckerte, Hühner in Körben gackerten, und dennoch schien das Getümmel einer undurchschaubaren Ordnung zu gehorchen, die das Drängeln und Schieben kanalisierte.

Lukas setzte seinen Rucksack auf dem Achterdeck ab, lehnte sich an die Reling und blickte auf den Kai. Die Mischung aus Schlampigkeit und Improvisationskunst, das fremdartige Stimmengewirr, die Gerüche nach Salz und Harz, fauligem Obst und Fisch, Staub und Dieselöl, die ungeheure, den Horizont berührende Sonne über dem tiefblauen Meer – all das zerfloß zu einer Wahrnehmung von Zeitlosigkeit, zur Erfahrung, daß das simple, tagtäglich sich wiederholende Ablegen eines Schiffes eine der archaischsten Momente allen Reisens darstellt. Dies Ablegen und In-See-Stechen, als der plumpe, rostfleckige Rumpf aus dem Hafen manövrierte, um in seinem Element zu schwebender Anmut zu finden, während die Brise auffrischte, die Sonne glühende Lava übers Wasser goß und die Schiffssirene zum Abschied dreimal dröhnte, war ein Ritual. Steuerbords glitt die Insel Salamis vorüber, backbords ein von Menschen wimmelnder Badestrand, über dem silbern und schwerelos ein Düsenjet in den Himmel stieg. Im tintigen Blau sichelte schon der Mond, und am rostigen Stahl des Schiffs rauschte das Meer vorbei und schien auch glücklich zu sein. Der schäbige Dampfer war in diesem Augenblick keine x-beliebige griechische Inselfähre, sondern *das* Schiff, und Lukas war nicht mehr auf irgendeiner Reise mit vagem Ziel, sondern dies war *die* Reise schlechthin, der langsame Eintritt in eine andere Welt, eine Erweiterung seiner Sinne und seiner Wahrnehmung, wie sie keine Drogen, aber auch kein Studium je würden bieten können.

Auf dem Achterdeck wurden zwischen den Gepäckstapeln Decken und Schlafsäcke ausgebreitet. Die griechischen Passagiere hockten in kleineren Gruppen und Familien zusammen, Kinder spielten Fangen, alte Männer mit grauen Schnauzbärten ließen klackernd Perlenketten durch die Finger gleiten, rauchten, rülpsten, schnitten freundliche Grimassen. Schwarzgekleidete Frauen mit Kopftüchern packten aus Körben Essen aus, lehmfarbene Brotlaibe, Käse, grüne und schwarze Oliven, Retsina in Flaschen mit Korbgeflecht. Lukas, der mit übereinandergeschlagenen Beinen auf seinem Schlafsack hockte und rauchte, wollte unter Deck gehen, um sich in der Cafeteria etwas zu essen zu besorgen, als ihm eine der in der Nähe sitzenden Frauen zuwinkte und etwas sagte, was er nicht verstand. Aber die einladende Geste, mit der sie, ihre Worte wiederholend, ihm einen Apfel entgegenhielt und mit der anderen Hand auf das ausgebreitete Essen deutete, war unmißverständlich. Er wunderte sich über die Selbstverständlichkeit, mit der er dieser Einladung folgte, fand sich plötzlich im Kreis einer freundlich lärmenden, großen Familie, Eltern, Kinder, Großeltern, fühlte sich adoptiert, als er nach Brot und Schafskäse griff, einen Blechbecher voll Retsina in die Hand gedrückt bekam, aß, trank, lachte, unverständliche Worte verstand und in seinen auf deutsch und englisch vorgebrachten Floskeln verstanden wurde, als gebe es eine gemeinsame Sprache, über der die verschiedenen Sprachen nur wie Echos schwangen.

Das Achterdeck vibrierte, aber es waren nicht die Erschütterungen des Schiffsdiesels, die diese Vibrationen hervorriefen, sondern es war das zündende, wuchernde, wie ein Bienenkorb schwirrende Leben unter dem sternenübersäten Blauschwarz des Himmels. Jemand spielte Bouzouki, von der anderen Seite des Decks fand sich vom Wind getragen eine Flöte in die Melodie, einer der Rucksacktouristen klimperte mit seiner Gitarre dazu, manche sangen, andere grübelten vor sich hin, manche diskutierten, andere streckten sich auf dem Rücken aus und starrten ins ungeheure Oben der Nacht.

Als Lukas zwischen schnarchenden Schläfern erwachte, hing schon ein heller Schimmer im Osten. Auf den Planken lagen die Körper so wahllos verstreut, als wäre ein ausgelassenes Fest in einem Massaker geendet. Er erschrak über diese Assoziation, die vielleicht ein Traumrest war und gleich wie ein düsterer Nebel vom Seewind verweht wurde, schälte sich aus dem Schlafsack und ging an die Reling. Das Schiff lief an winzigen Felseninseln vorbei, die, von flimmernden, weißen Schaumkränzen umgeben, auf dem Meer zu treiben schienen. Hoch über dem dunstverhangenen Horizont schwamm etwas Undeutliches, eine Trübung im blauer werdenden Grau, ein Fleck erst nur, der Form annahm und zusehends deutlicher wurde als Berggipfel wie auf japanischen Tuschzeichnungen. Plötzlich schimmerte auf diesem Gipfel ein rosenfarbiges Etwas auf, als ob der Finger einer Frauenhand ihn berührt hätte. Nicht das Schiff schien auf die Insel zuzulaufen, sondern die ferne Felsspitze schien zu wachsen und schließlich als Bergkette aufs Meer zu sinken und den Horizont auszufüllen. Die Insel lag vor seinen Augen wie eine längst verschwundene oder noch nie dagewesene Welt, die dennoch immer schon und länger dagewesen war als jedes andere Land. Ein trockener Duft wehte von Süden, gemischt aus Akazien, Lorbeer, Thymian, Harz, Lavendel und noch etwas ganz Fremdem, sehr Altem.

Er spürte eine Bewegung neben sich. Die Frau, die ihn gestern abend zum Essen eingeladen hatte, war an die Reling getreten, deutete mit der Hand zur Insel und murmelte ein paar Worte. Lukas verstand sie natürlich nicht, nickte aber lächelnd, weil er zu wissen glaubte, was sie gesagt hatte: Da kommen wir alle her.

III. Kapitel

KRETA 1943

1.

Durch die Regenspritzer auf der Motorradbrille waren Gärten zu erkennen, die vor Gemüse und Blumen zu platzen schienen. Rosen, Hyazinthen. Im Gezweig flackerten Mandarinen, Apfelsinen, Zitronen wie bunte Lichterketten eines Jahrmarkts auf und vorbei. Roter Lotos und Mohn. Unter Ölbäumen grünten Graspolster. Der Februar überschüttete die Insel mit Regen und einer explodierenden Fruchtbarkeit.

Vermummt in Kautschukmantel, Schutzbrille und Lederkappe hockte Johann im Seitenwagen, hielt sich krampfhaft fest, während Andreas, links von ihm auf dem Fahrersitz, das Gespann über die Straße jagte, vor größeren Schlaglöchern oder Gesteinsbrocken waghalsige Ausweichmanöver fuhr, kleinere Hindernisse aber souverän ignorierte, so daß die Maschine gelegentlich sprang, für Augenblicke zu fliegen schien, um gleich darauf, durch die verschlissenen Stoßfänger kaum gedämpft, hart aufzuschlagen und schlingernd übers Geröll der Piste weiter nach Osten zu röhren. Johann hatte Andreas anfangs ein paarmal zugerufen, das Tempo zu drosseln, aber Andreas hatte ihm grinsend und lachend durch Gesten zu verstehen gegeben, daß er ihn nicht verstehe, bis Johann es aufgab und sich darauf konzentrierte, nicht aus dem Seitenwagen geschleudert zu werden.

Andreas trug seinen kretischen Regenmantel, ein kolossales Gebilde aus bretterdicker, weißbraunmelierter Wolle mit hoher Kapuze, und wirkte darin wie ein Priester oder Magier, der auf einer

Höllenmaschine durch den Sturm ritt. Die Schutzbrille hatte er verschmäht – das sei etwas für Frauen und Kinder –, kniff die Augen gegen den Regen zusammen, blinzelte durch die buschigen Augenbrauen und brüllte Johann gelegentlich Bemerkungen zu, die wiederum dieser durch Fahrtwind und Regen nicht verstand, aber aus Andreas' Grinsen und begeistertem Gestikulieren war zu schließen, daß es Lobpreisungen des herrlichen Wetters, der landschaftlichen Schönheiten an den Straßenrändern oder der überragenden Technik des bedenklich hinfälligen Motorradgespanns sein mußten.

Nach zweistündiger Fahrt kamen sie durch Rhetimnon. Am Ortsausgang hielt Andreas vor einem Kafenion an. Das gehöre seinem Schwager, erklärte er, einem seiner zahlreichen Schwäger, genauer gesagt, denn er habe vierzehn verheiratete Geschwister. Vor dem Eingang erhob sich ein dicht mit Weinlaub überranktes Gestell aus Latten und rostigem Draht, eine primitive Laube, durch die noch Tropfen des abziehenden Schauers sickerten, als sie den Innenraum betraten. Ein paar lehnenlose Sitzbänke, wacklige Stühle und Tische, ein Tresen, grob wie eine Hobelbank, der Fußboden gestampfter Lehm, in der Ecke ein Küchenkamin, vor dem eine Frau hockte und Reisig ins Feuer schob.

»Cherete!« rief Andreas.

Die Frau sah auf, lächelte, sagte: »Kalos sas vrika«, gut find ich dich vor, und ließ sich von Andreas umarmen. Es war eine seiner Schwestern. Der Schwager sei bei den Ziegen auf dem Feld, sie wolle laufen, ihn zu holen, und setzte den beiden Männern inzwischen Raki mit Oliven vor.

Johann schüttelte den Kopf. Vormittags könne er unmöglich Schnaps trinken.

Das müsse er aber lernen, sagte Andreas, im Namen der Gastfreundschaft, und trank auf Johanns Gesundheit, der den Raki widerwillig kippte, das Gesicht verzog und sich schüttelte.

Der Schwager erschien. Ein weiterer Raki mußte der Gesundheit zuliebe, ein dritter der Gastfreundschaft zur Genüge getrunken werden. Man legte die Mäntel ab, rückte ans Feuer. Die durchdringende Feuchtigkeit wich, Johann durchrieselten wohlige Schauer. Andreas und der Schwager unterhielten sich hastig und dringlich in einem Dialekt, von dem Johann kein Wort verstand. Es war ihm gleichgültig, die Stimmen wie Regengetrommel auf dem Blechdach. Er sah ins prasselnde Feuer. Die Flammen rissen das fingerdicke Reisig in die Höhe, entzündeten es knisternd, der Stoß zerfiel zu Glut. Die Frau schob stärkere Scheite nach und begann, zwei Rebhühner zu rupfen und auszunehmen, rieb sie mit Olivenöl ein, schob sie auf einen Eisenspieß und hängte ihn übers Feuer. Johann sog den Duft ein. Ihm dämmerte, daß dieser Braten ebenfalls seiner Gesundheit dienen sollte und blickte auf die Armbanduhr. Mittagszeit. Am Nachmittag erwartete man ihn in seinem Quartier in Hiraklion. Das war kaum noch zu schaffen. Er wandte sich an Andreas und klopfte mit dem Zeigefinger auf die Uhr. Andreas lachte und deutete auf die Rebhühner. Der Schwager schenkte Raki nach. Man müsse aufbrechen, mahnte Johann, sonst käme er zu spät.

»Den pirasi, Yannis«, sagte Andreas, das macht doch nichts, und der Schwager nickte gemütlich dazu: »Den pirasi polemos«, macht nichts, ist ja Krieg.

Hiraklion, meinte Andreas, gebe es schon lange. Wenn man später käme, stehe die Stadt trotzdem noch da, wo sie immer schon gestanden habe. Auf eine Stunde käme es nicht an.

Die Stunde, nickte der Schwager, sei mehr als der Tag, und der Tag, ergänzte Andreas, mehr als das Jahr.

Der Schwager nahm die messingbraun gerösteten Hühner vom Feuer, zerteilte sie mit den Händen und hielt Johann strahlend eine Keule hin. Er griff zu und aß, hörte das Knistern des Feuers, das zaghaft gewordene Tropfen auf dem Dach, zuckte mit den Schultern und sagte: »Ti na kanome?« – was soll man machen?

Der Schwager und Andreas lachten. »Du lernst schnell, Yannis.«

Die Frau kochte in einer rostigen Blechkanne Mokka. Man trank schlürfend. Johann hielt sein Zigarettenetui in die Runde. Man rauchte. Es regnete nicht mehr. Einen letzten Raki für den Weg.

»Kannst du noch fahren?« Johann, der leicht schwankte, als sie auf das Gespann zugingen, sah Andreas skeptisch an.

»Wieso sollte ich es nicht mehr können?« Andreas lachte, trat das Starterpedal durch, der Motor sprang knatternd an. Der

Schwager stand unter dem weinumrankten Vordach und winkte. Als Johann sich kurz vor einer Straßenbiegung noch einmal umblickte, sah er, daß wie aus dem Erdboden gewachsen zwei Männer mit geschulterten Gewehren neben dem Schwager standen, aber bevor er mehr erkennen konnte, hatte Andreas das Gespann schon in die Kurve gelegt.

Die geteerte Straße führte noch ein paar Kilometer am Meer entlang, das sich in grauer Diesigkeit verlor, und stieg dann als Schotterpiste über kräftige Steigungen und Serpentinen wieder in die Berge hinein. Manchmal überholten sie Bauern, die ihre bepackten Esel führten, manchmal kamen ihnen welche entgegen. Andreas ließ die Hupe quäken und rief ihnen Grußworte zu.

Nachdem sie etwa eine Stunde gefahren waren und Hiraklion nicht mehr weit sein konnte, blockierte hinter einer scharfen Haarnadelkurve plötzlich eine Straßensperre die Fahrbahn und zwang Andreas zu einer Vollbremsung. Die drei deutschen Soldaten, die hinter dem Stacheldrahtverhau standen und in Richtung Hiraklion schauten, drehten sich um und brachten ihre Karabiner in Anschlag.

Einer nahm das Gewehr in die rechte Armbeuge und ging langsam auf das Motorrad zu. »Hier geht's nicht weiter, Leute«, sagte er auf deutsch, »ihr müßt umkehren«, und dabei machte er mit der linken Hand winkende Bewegungen in die Richtung, aus der sie gekommen waren. »Zurück. Hier geht nix.«

»Was ist denn los?« fragte Johann und schob sich die Schutzbrille auf die Stirn.

»Oh, Sie sprechen Deutsch?«

Johann hielt dem Mann das Ausweispapier der Kommandantur hin, das Hollbach ihm gegeben hatte. Der Soldat besah es sich stirnrunzelnd, zuckte die Achseln und sagte, daß er Befehl habe, niemanden durchzulassen. In Hiraklion seien zwei Geiseln aus dem Gefängnis ausgebrochen, und man habe alle Straßen um die Stadt gesperrt, um sie zu fassen. Johann fielen die beiden Männer ein, die vorhin neben dem Schwager gestanden hatten.

»Wir wollen ja nicht raus, sondern nach Hiraklion rein«, sagte Johann.

Der Soldat schob den topfartigen Fallschirmspringerhelm in

den Nacken und kratzte sich die Stirn. Er habe Befehl, bis auf weiteres niemanden durchzulassen, weder vor noch zurück. Johann bot ihm eine Zigarette an. Der Mann nahm sie, bestand aber auf seinem Befehl. Sie könnten seinetwegen hier warten, vielleicht werde die Blockade bald aufgehoben, durchlassen könne er sie aber auf keinen Fall. Damit ging er zurück zu seinen Kameraden auf die andere Seite der Sperre.

Andreas war inzwischen abgestiegen und hockte einige Meter entfernt auf einem Felsbrocken am Straßenrand. Als Johann ihm den Grund des Aufenthalts nannte, lachte er leise vor sich hin. Wenn es diesen gesuchten Männern tatsächlich gelungen sei, aus dem Gefängnis zu fliehen, würden sie bestimmt nicht an solchen Straßensperren gefaßt.

»Warum nicht?«

Andreas sah Johann entgeistert an und lachte dann schallend. »Weil sie nicht so dumm sein werden, über Straßen zu gehen, Yannis!«

»Und die beiden Männer, die vorhin bei deinem Schwager waren?«

»Ich habe keine Männer gesehen«, sagte Andreas abweisend. »Nur meine Schwester.«

Johann blickte die Straße zurück Richtung Westen. Etwa fünf Kilometer vor der Sperre hatte er einen Weg gesehen, der nach Norden abzweigte. Ob man den nehmen könne, um die Absperrung zu umfahren?

Andreas schüttelte den Kopf. Nicht mit dem Motorrad. Der Weg ende an einem kleinen Kloster, und von dort gebe es nur noch einen Eselspfad bis zu dem Dorf Fodele.

»Fodele?« Johann wiederholte den Namen wie ein Echo. Er hatte ihn schon einmal gehört oder vielleicht gelesen. Fodele …

»Domenikos Theotokopoulos«, sagte Andreas. »Der ist da geboren.«

»Wer soll das sein?«

»El Greco, der Maler.«

»Natürlich!« Johann sprang auf. »El Greco aus Fodele. Laß uns hinfahren. Statt hier zu warten, sehe ich mir lieber das Dorf an.«

»Wie du willst, Yannis«, sagte Andreas. »Aber für deine Liste wirst du nichts finden. El Greco lebt da nicht mehr. Nur ein Onkel von mir.« Er lachte, und Johann lachte auch. Zum ersten Mal lachten sie gemeinsam.

Sie bestiegen wieder das Gespann, und Johann rief den Soldaten zu, man fahre zurück nach Rhetimnon.

Der Seitenweg in die Berge war zwei, drei Kilometer mit Mühe befahrbar. Uneben und schmal hing er steil am Hang, von den Regenmassen des Winters tief zerfurcht. Mitten in einer Kurve endete er abrupt. Unten am Hang lag das kleine Kloster, zwei Häuser und Ställe mit schadhaften Ziegeldächern, eine winzige Kirche, verbunden mit Höfen und Treppen, umgeben von hohen Zypressen. Ein schmaler, grasüberwachsener Pfad führte talwärts, vorbei an Oliven und Johannisbrot. Eine Quelle sprang aus dem Hang und lief als Bach neben dem Pfad her. Die Gärten des Klosters leuchteten, als jetzt die Sonne durch die Wolken brach, mit Blumen und Gemüse, sorgsam gepflegte Orangenhaine, in deren Ästen die Früchte als grüne Bälle hingen. Manchmal lief der Bach quer über den Pfad, so daß sie große Sprünge machen mußten. Schließlich erreichten sie das Dorf. Es zog sich übereinandergeschichtet die Hänge empor, die Häuser so verwahrlost und verkommen, als hätten die Gärten und Haine alle Mühe verzehrt. Über das Bachbett führte eine schmale Steinbrücke, etwas oberhalb lag ein Kafenion, in dem ein paar alte Männer hockten und ihnen mit müdem Mißtrauen entgegensahen.

Andreas fragte nach seinem Onkel. Der sei nicht da. Dann der Bürgermeister? Nicht da. Der Lehrer? Achselzucken.

»Den pirasi«, macht nichts, sagte Andreas zu Johann, er habe ihm ja gleich gesagt, daß es hier nichts zu sehen gebe, höchstens dies Denkmal, da vorn am Bach unter der Platane. Es war eine Granitplatte mit spanischer Inschrift, gestiftet, soviel konnte Johann sich zusammenreimen, von der Universität Valladolid zum Gedenken an den großen Theotokopoulos. Im Juli 1934. Da hatten also Spanier einen Granitklotz nach Kreta geschleppt. Eulen nach Athen, dachte Johann, holte die Kleinbildkamera aus dem Rucksack und machte ein Foto des Steins.

In welchem Haus El Greco geboren sei? Niemand wußte es. Die Häuser glichen Ruinen, aus denen grauer Rauch in den Nachmittag stieg. Die Sonne verschwand wieder hinter den Wolken. Johann machte ein Foto der Häuser. Im Sucher der Kamera schienen sie für einen Augenblick den dunklen Glanz anzunehmen, den El Greco immer wieder gemalt hatte.

Dann kam doch noch der Pope, ein alter Mann in schmutzstarrendem, schwarzem Gewand. Ob sie die alte Kirche sehen wollten? Auch sie eine Ruine, durchs schadhafte Dach starrte der Himmel, die Wandmalereien abgeblättert, von Wasser zerstört. Johann machte Fotos. Fodele war katalogisiert. Für Hollbach würde es hier nichts zu holen geben.

Sie gingen zurück. Neben den unreifen Orangen hingen erste Blüten, die einen schwachen, bittersüßen Duft verströmten.

»Mach Fotos von den Blüten, Yannis«, sagte Andreas. »Das ist kretische Kunst.«

2.

Die Pension »Minos« am südlichen Stadtrand Hiraklions war vor dem Krieg bei englischen und amerikanischen Touristen sehr beliebt gewesen, weil der Besitzer, ein fetter, glatzköpfiger Libanese, fließend Englisch sprach, seine Frau gut kochte und es zu den Ausgrabungen in Knossos nur eine halbe Stunde zu Fuß war. Nach der deutschen Eroberung der Insel hatte der geschäftstüchtige Inhaber seine Pension, die in der Nähe des deutschen Hauptquartiers in der Villa Ariadne lag, sofort als Offiziersquartier zur Verfügung gestellt, womit er einer Konfiszierung zuvorgekommen war, eine bescheidene Miete kassierte und bei den Lebensmittelrationierungen bevorzugt wurde. Der Libanese hatte das Haus im Laufe der Jahre durch allerlei An- und Aufbauten vergrößert, so daß das Gebäude von außen wabenförmig und innen fast labyrinthisch wirkte.

Als Johann und Andreas an diesem naßkalten Februarabend ankamen, war es schon dunkel, aber auf der Terrasse brannten Petroleumlampen, und aus den Fenstern fiel Licht. Johann schnallte sein

Gepäck vom Gespann und verabschiedete sich von Andreas, der bei Verwandten unterkam, die am Hafen wohnten. Morgen früh sollte er Johann wieder abholen.

Der Libanese, der das Motorrad gehört hatte, öffnete diensteifrig die Tür, bevor Johann noch den Messingklopfer betätigt hatte. In einer kuriosen Mischung aus Englisch und einigen aufgeschnappten deutschen Brocken begrüßte der korpulente Mann seinen neuen Gast. Man habe früher mit ihm gerechnet und sich bereits gewisse Sorgen gemacht, da in der Gegend offenbar wieder Andarten ihr Unwesen trieben. Das aber habe nun wiederum auch den Vorteil, daß Johann das Zimmer eines Hauptmanns beziehen könne, der derzeit zu einem Kommandounternehmen auf der Insel unterwegs sei. Normalerweise, schnatterte der Wirt, während er Johann über eine schmale Treppe in den ersten Stock führte, sei das Haus voll belegt, sechs Zimmer von Offizieren, vier weitere teilten sich je zwei Unteroffiziere, von denen aber nun auch einige an diesem Unternehmen beteiligt seien. Er stieß eine Zimmertür auf, machte eine großartige Geste, sagte auf deutsch »bitte sehr«, und wenn der Herr wünsche, könne man ihm gleich im Speisezimmer noch ein Abendessen servieren. Einige der anderen Gentlemen seien übrigens ebenfalls anwesend.

»Thank you«, sagte Johann und stellte seinen Rucksack auf dem Tisch ab. Er werde in wenigen Minuten unten sein.

»Zu Befehl!« dienerte der Libanese wieder auf deutsch und verschwand.

Das Eisenbett war frisch bezogen, ein Handtuch lag auf dem Kopfkissen, der Steinfußboden glänzte matt im Licht der Glühbirne unter einem blauen Papierschirm. An einem Metallständer hingen Kleidungsstücke, auf der Kommode lagen zwei Ausgaben der Soldatenzeitung »Veste Kreta«. Über dem Bett war mit einer Heftzwecke ein Foto an der Wand befestigt: Eine lachende Frau, die einen Kinderwagen schob und ein etwa fünfjähriges Mädchen mit Zöpfen an der Hand hielt. Johann goß Wasser aus dem Tonkrug in die Emaille-Schüssel, wusch sich und ging ins Erdgeschoß.

Im Flur hörte er Stimmengewirr einer erregt geführten Unterhaltung, ging in die Richtung und gelangte ins Speisezimmer. Um einen Tisch, auf dem ein Weinkrug und Gläser standen, saßen fünf

Männer, halb zivil, halb militärisch gekleidet; manche trugen Pullover, manche ihre Uniformjacken. Als Johann den Raum betrat, verstummten alle und sahen ihm neugierig entgegen. Seine Ankunft war ihnen offenbar mitgeteilt worden. Ein Oberstleutnant, wie Johann an den Rangabzeichen auf der Jacke erkannte, ging mit ausgestreckter Hand auf ihn zu. »Willkommen in Hiraklion.«

Während man sich untereinander bekannt machte, erschien der Wirt und setzte Johann eine dampfende Schüssel Linseneintopf mit Lammfleisch vor, dazu ein Stück Fladenbrot und ein Glas. Einer der Offiziere schenkte ihm aus dem Krug Retsina ein. Man stieß miteinander an und erkundigte sich bei Johann nach der Situation in Deutschland, zeigte sich erleichtert, als er von der verbesserten Luftabwehr erzählte, trank reichlich Retsina, rauchte Unmengen griechischer Zigaretten der Marke Papastratos und kam schließlich auch auf den Grund von Johanns Anwesenheit zu sprechen.

Eine kulturelle Maßnahme, soviel man wisse, mit der die Beziehungen zwischen Griechen und Deutschen verbessert werden sollten? Kunstgeschichtliche und archäologische Bestandsaufnahmen? Man staunte, daß Berlin sich angesichts der militärischen Lage noch für derlei Dinge interessiere. Sehr lobenswert aber immerhin, im Prinzip jedenfalls, wiewohl, bei allem Respekt, zu bezweifeln sei, daß derlei zivile Aktivitäten zur Lösung der kretischen Probleme beitragen könnten. Die Mission etwa, in der jener Hauptmann, in dessen Zimmer Johann übernachte, mit seiner Gruppe unterwegs sei, stehe beispielhaft für den mörderischen Kleinkrieg, in den man sich hier von Anfang an verwickelt gesehen habe. Heckenschützen hätten zwei deutsche Soldaten erschossen, als diese in einem Dorf Kontributionen einzufordern gehabt hätten, die das Dorf bislang verweigert hätte. Bei der, leider, unumgänglichen Sühnemaßnahme gegen das Dorf, es sei niedergebrannt und sämtliche männlichen Bewohner, die noch nicht geflohen seien, standrechtlich erschossen worden, sei man in der Kirche auf ein britisches Funkgerät gestoßen. Offensichtlich habe der Pope englischen Agenten Unterschlupf gewährt, was im übrigen den Verdacht erhärte, daß mit einer englischen Invasion der Insel zu rechnen sei, zumal die afrikanische Front immer weiter zurückwiche. Bei Verhören der beiden Geiseln, denen gestern mit Hilfe kretischer Zivilpersonen die Flucht gelungen sei, habe man dann weitere Hinweise auf Verstecke britischer Agenten bekommen, Dörfer im Süden, im schwer zugänglichen Gebiet der Weißen Berge besonders, und zu eben diesen Dörfern sei das Kommando des Hauptmanns im Moment unterwegs. Man hob die Gläser und trank auf den Erfolg der Operation.

Johann, der bei diesen Erzählungen blaß geworden war, wurde empfohlen, während seiner Exkursionen über die Insel stets mißtrauisch zu bleiben. Ob der gastfreundliche Bauer, der bescheidene Hirte oder der fromme Mönch, mit denen er es zu tun bekäme, nicht doch Partisanen seien oder zumindest deren Helfershelfer, das habe schon manch einer der Kameraden erst gemerkt, als er eine Kugel in der Brust oder eine Mistgabel im Rücken gehabt habe. Schon bei der Eroberung der Insel durch das heldenhafte, leider aber auch unvorhergesehen verlustreiche Luftlandeunternehmen im Mai 1941 – ein Trinkspruch zum Gedenken an die Gefallenen wurde ausgebracht – sei es zu unvorstellbaren Greueltaten gekommen, und zwar nicht etwa seitens der soldatisch korrekten Briten, sondern der feigen Zivilbevölkerung. Wenn feindliches Militär beteiligt gewesen sei, habe es sich zumeist um Neuseeländer und Australier gehandelt. Viehischer freilich, wie schon gesagt, hätten sich die Kreter verhalten. An Leichen gefallener deutscher Soldaten, insbesondere der Fallschirmjäger, seien unzählige Verstümmelungen festgestellt worden: abgeschnittene Geschlechtsteile, ausgestochene Augen, abgeschnittene Ohren und Nasen, Messerstiche im Gesicht, auf der Brust, im Bauch und am Rücken, Schnitte durch die Kehle und abgehackte Gliedmaßen. Diese Verstümmelungen seien nur teilweise bei Kampfhandlungen zwischen der Bevölkerung und den deutschen Truppen entstanden; viel häufiger hätten bestialische Leichenschändungen stattgefunden. Selbst Verwundete seien mißhandelt und zu Tode gequält worden. Unter Ausschaltung kriegsgerichtlicher Verfahren seien dann auch sofort Vergeltungsmaßnahmen befohlen worden. Dörfer, deren Einwohner sich mit besonderer Heftigkeit am Kampf beteiligt hätten, seien rücksichtslos zu schleifen gewesen. Auch die Ortschaften, in deren Umgebung Leichenverstümmelungen festgestellt worden seien, habe dasselbe Los ereilt. In diesen Ortschaften seien zudem die kampffähigen Männer erschossen worden. Derlei Sühnemaßnahmen seien im übrigen durch die Truppe bereits schon während der Kämpfe durchgeführt worden, bevor der Kommandierende General sie angeordnet hätte.

Man hob die Gläser aufs Wohl dieser selbständig und eigenverantwortlich operierenden Kameraden und trank. Im übrigen habe der Oberbefehlshaber Südost soeben einen weiteren Befehl in dieser Richtung erlassen, da die Banden durch britische Agenten über die schwierige Situation der deutschen Armeen in Rußland und Afrika informiert würden und Oberwasser bekämen.

Der Oberstleutnant zog ein Schriftstück aus der Brusttasche seiner Uniformjacke und wedelte damit durch den Zigarettenrauch. Falls Johann, wiewohl Zivilist, aber nichtsdestotrotz der Befehlsgewalt des Kommandanten unterstellt, sich einmal kundig machen wolle, dann bitte sehr. Geheimnisse habe hier niemand. »Und Prost, meine Herren! Zack, zack und ex!«

Während Johann das Schriftstück mit zitternden Händen nahm und in die Tasche seines Wolljacketts schob, erschien der Pensionswirt und brachte einen frischen Krug Retsina. Ob er noch von dem französischen Cognac habe, den er vor einigen Tagen auf den Tisch gebracht hätte?

»Zu Befehl!« eilfertigte der Mann, schlug die Hacken zusammen, so gut das mit den weichen Hanfschuhen möglich war, erschien kurz darauf mit einer dunkelgrünen Flasche, an der noch Kellerstaub haftete, und schenkte den Cognac in Wassergläsern aus.

»Meine Herren!« Der Oberstleutnant ergriff sein Glas, blickte in die bezechte Runde und erhob sich schwankend vom Stuhl. Alle Anwesenden folgten seinem Beispiel. »Ich trinke auf den heldenhaften Kampf der 6. Armee und den Generalfeldmarschall Paulus.« Alle tranken und setzten sich wieder.

In die plötzlich wie ein Schatten in den Raum fallende Totenstille fragte Johann schließlich mit schwerer Zunge, fast schon lallend: »Was ist denn mit der 6. Armee?«

»Wir haben«, sagte ein Hauptmann, »erst heute vormittag erfahren, daß Paulus vor vierzehn Tagen kapituliert hat. In Stalingrad. Es gibt keine 6. Armee mehr.«

»Der Krieg ist verloren«, flüsterte ein Leutnant. Wieder herrschte Schweigen.

»Aber der Krieg ist nicht vorbei«, sagte der Oberstleutnant nach einer Weile. »Und daß Sie etwas von verloren gesagt haben, will ich nicht gehört haben. Gute Nacht, meine Herren.«

Torkelnd, von irgend jemandem gestützt, fand Johann über die Treppe hinauf in sein Zimmer und fiel, ohne das Licht zu löschen, aufs Bett. Wenn er die Augen schloß, drehten sich gelbe und rote Kreise in seinem Kopf, und Übelkeit rumorte in seinem Magen; öffnete er die Augen, fühlte er sich etwas besser, obwohl Wände und Fußboden wie in schwerem Seegang zu schwanken schienen. Er versuchte, sich auf irgend etwas zu konzentrieren, und sein verschwimmender Blick fiel auf das Foto an der Wand, aber die Frau mit dem Kinderwagen und dem Kind an der Hand lächelte nun nicht mehr, sondern schien Tränen in den Augen zu haben. Vielleicht waren es seine eigenen Tränen. Oder Schweiß. Er fuhr sich mit den Händen durchs Gesicht, aber die Haut fühlte sich kalt und seifig an. Dann stieg der süß-saure Geschmack wieder nach oben, kitzelte den Gaumen, so, wie es ihm auf dem Hinflug in der Junkers passiert war, nur daß er den Reiz jetzt nicht mehr unterdrücken konnte.

Er lief auf den Flur, erreichte den Abtritt, stolperte, fiel auf Knie und Hände und übergab sich in mehreren konvulsivischen Schüben. Das Erbrochene lief ihm über die Hände, befleckte die Hose. Dann kam nur noch ein trockenes, schmerzhaftes Würgen, fast ein Husten. Er starrte auf Händen und Füßen noch eine Weile in das von Kotspuren umgebene Bodenloch des Abtritts und rappelte sich mühsam wieder auf die Beine. In dem stinkenden Verschlag gab es weder Waschbecken noch Papier. Er griff in die Tasche, zog das Schriftstück heraus, das der Offizier ihm vorhin gegeben hatte, wischte sich Mund und Hände daran ab und wankte in sein Zimmer zurück, wo er sich über der Emaille-Schüssel wusch, den Mund ausspülte und Wasser trank.

Er fühlte sich ernüchtert, leer gefegt und auf unbehagliche Weise klar, wie man manchmal im Fieberdelirium plötzlich in Phasen durchsichtiger Klarheit fällt. Das besudelte Schriftstück lag zerknüllt auf dem Tisch. Er nahm einen Lappen, der unter dem Waschtisch hing, säuberte und glättete das Papier, setzte sich, stützte den Kopf in die Hände und las im trüben Licht der von Fliegendreck gesprenkelten Glühbirne.

Die Ereignisse der letzten Wochen an verschiedenen Kriegsschauplätzen haben auch im Südosten zu einem Aufleben der Bandentätigkeit geführt. Ich ermächtige und verpflichte alle Kommandeure von sich aus, ohne vorherige Genehmigung der vorgesetzten Stelle, bei feindseliger Haltung der Bevölkerung schärfste Maßnahmen zu ergreifen. Die Maßnahmen sind zu melden und werden von mir gedeckt. Kommandeure, die aus Weichheit Vergeltungsmaßnahmen unterlassen, werden zur Verantwortung gezogen. Jeder deutsche Soldat hat die Pflicht, einen aktiven Widerstand seitens der Bevölkerung mit der Waffe sofort und unnachsichtig zu brechen. Soldaten, die diese Pflicht verletzen, sind kriegsgerichtlich zu belangen.

Rücksichtsloser Kampf und Vergeltung haben sich möglichst nur gegen die feindselig eingestellte Bevölkerung zu richten. Durch einwandfreie Behandlung der freundlich eingestellten Bevölkerung (in Griechenland, besonders auf Kreta, nur zu einem geringen Prozentsatz vorhanden) muß der Zulauf der Bevölkerung zu den Banden vermieden werden.

Je nach Schwere der zu sühnenden Tat sind folgende Maßnahmen zu ergreifen:
1. *Saboteure sind in ihre Heimatbezirke zu verbringen und dort öffentlich zu hängen.*
2. *Gegen die Familienangehörigen ist mit rücksichtsloser Strenge vorzugehen. Gegebenenfalls sind sämtliche männlichen Familienmitglieder auszurotten.*
3. *Ortschaften, die Banden oder feindlichen Agenten als Zuflucht dienen können, sind zu zerstören. Die männliche Bevölkerung, soweit sie nicht wegen Teilnahme an den Bandentätigkeiten erschossen wird, ist zu erfassen, in Geiselhaft zu nehmen oder dem Arbeitsdienst zuzuführen.*

Ich erwarte, daß die Richtlinien dieses Befehls in aller Schärfe und Härte zur Anwendung kommen.

Jede Weichheit wird als Schwäche ausgelegt und kostet deutsches Blut!

Den Kopf in die Hände gestützt, saß er eine Weile regungslos da, bis er merkte, daß ihm die Augen zufielen. Er löschte das Licht, legte sich ins Bett und zog sich die Decke über den Kopf. Er hörte fernes Rauschen. War das Meer denn so nah? In seinen Ohren rauschte das Blut.

3.

Weit entfernt fielen Bomben. Er spürte die Detonationen als dumpfe Erschütterungen, schreckte hoch und stellte erleichtert fest, daß nur an seine Tür geklopft wurde. Andreas war pünktlich in der Pension erschienen, hatte noch eine Weile auf Johann gewartet und warf ihn nun aus dem Bett. Gestern habe er es noch so eilig gehabt, und heute verschlafe er den Tag.

Ein Frühstück war in der Pension nicht mehr zu bekommen, weil der Libanese mit seiner Frau auf den Markt gefahren war, und ein Zimmermädchen, das im Speiseraum den Fußboden wischte, für die Küche angeblich nicht zuständig war.

Andreas chauffierte Johann in die Stadt. In der Nähe der Registratur, wo er die Ausweispapiere des Zivilgouverneurs und die zweite Liste abholen sollte, gab es einen Platz mit einem türkischen Basar. Die Luft des Vormittags strich kühl von den Bergen. Süßlicher Atem der Bäckereien, eine herbe Duftwolke von Kräutern, Obst und Gemüse, Fisch, der Geruch frischen Bluts, Lärm und Geschrei. Einstöckige Holzhäuser, Stände und Verschläge.

In einer dieser Buden kannte Andreas ein preiswertes Restaurant. Der Wirt brachte Wasser, Mokka, weißes, sehr süßes Brot mit Leinsamen auf der Rinde, Joghurt in Holzschalen. Durch die weit geöffnete Tür sah Johann auf der anderen Seite der Marktgasse den Stand eines Fleischers. An einem Balken hing ein Ochse am Haken. Der Fleischer ließ ein langes Messer durch die Muskelberge gleiten, spaltete mit einem Beil die Knochen, holte mit beiläufigen Handbewegungen Leber und Herz hervor und warf sie flach auf den Hauklotz. Die handwerkliche Gleichgültigkeit, das teilnahmslose

Zerreißen und Durchstechen, ließ Johann zusammenzucken. Wie das Ausführen eines Befehls, dachte er, meisterhaft, blindlings, regungslos, wandte sich ab und starrte Andreas an, der seinen Joghurt löffelte. Nur zu einem geringen Prozentsatz, hatte er gestern nacht gelesen, sei die Bevölkerung den Deutschen gegenüber freundlich eingestellt, und ob der gastfreundliche Bauer oder fromme Pope nicht doch ein Partisan sei, erführe so mancher erst, wenn es zu spät wäre, mit einem Messer im Rücken oder einer Kugel im Kopf.

»Was ist los?« Andreas hielt seinem Blick lächelnd stand. »Gefalle ich dir nicht, Yannis?«

»Ich habe schlecht geschlafen«, sagte Johann, »und zuviel getrunken.«

Auf der Registratur legte Johann seinen Paß der deutschen Kommandantur und ein auf griechisch abgefaßtes Schreiben vor, das Hollbach ihm gegeben hatte, und bekam unverzüglich die vorbereiteten Papiere für sich und Andreas ausgehändigt. Von einer zweiten Ortsliste für seinen Auftrag wußte unter lethargischem Achselzucken allerdings niemand etwas. Durch lange, unsaubere Flure schickte man ihn von Zimmer zu Zimmer. Vielleicht wollte auch niemand etwas wissen. Im vielwortigen Bedauern verschiedener, hinter Papierstößen verschanzter Beamter, mit denen er verhandelte, spürte Johann einen geschmeidigen Widerstand, der sich hinter echter oder geheuchelter Ahnungslosigkeit, Nichtverstehen, Gleichgültigkeit und trägem Desinteresse verbarg. Er hatte das Gefühl, gegen eine unsichtbare Wand zu laufen, die Auskünfte, die er bekam, waren so vage wie das träge Klappern der Schreibmaschinen in den Büros. Da er es nicht als seine Aufgabe ansah, die Liste zu beschaffen, ließ er die Sache schließlich auf sich beruhen. Wenn Hollbach Wert auf die Liste legte, würde der Leutnant sich eben selber darum zu kümmern haben.

»Den pirasi«, macht nichts, »du hast doch schon eine Liste«, sagte Andreas, als sie die Registratur verließen, »und die ist lang genug. Was willst du mit noch einer?« Er grinste.

Johann sah in seine dunklen Augen und wußte, daß Andreas recht hatte. Aber durfte er ihm recht geben? Jede Weichheit wird als Schwäche ausgelegt, schoß es ihm durch den Kopf. Saboteure sind in ihre Heimatbezirke zu verbringen und dort öffentlich zu hängen. Der Satz erschreckte ihn. Zwischen einem Kollaborateur und einem Saboteur war kein Unterschied mehr zu erkennen. Die Augen schwarz und unergründlich. Er schluckte, gab Andreas keine Antwort, erwiderte jedoch sein Grinsen und wußte, daß er damit eine unausgesprochene, zweideutige Komplizenschaft einging.

»Ich werde mir jetzt das Museum ansehen.«

»Tu das, Yannis«, sagte Andreas. »Ich sehe mir inzwischen die Frauen von Hiraklion an.«

Die plaudernden Damen waren wohl nach der neuesten Mode gekleidet, kunstvoll frisiert und so ins Gespräch vertieft, daß sie nicht bemerkten, was um sie herum vorging. Ein Vulkan hätte ausbrechen können, und sie hätten es nicht bemerkt. Brandbomben hätten fallen können, und sie hätten ewig weitergeplaudert. Johann stand vor den Miniaturfresken, die Arthur Evans, der englische Ausgräber von Knossos, »The Ladies of the Court« und »The Garden Party« genannt hatte. Sehr elegante Damen, wallende Locken um Kopf und Schultern. Das Haar wurde über der Stirn von Bändern gehalten und fiel in langen, mit Perlen- und Steinketten durchflochtenen Zöpfen über den Rücken. Eingeschnürte Taillen, ein schmales Band über der Brust, wie der Abschluß einer durchsichtigen Bluse. Die Kleider in fröhlichen, sorglos bunten Farben.

Goldschmuck, Elfenbeinplastiken, Bronzewaffen, Kessel und Kultgegenstände, Vasen und Krüge, Siegel mit Gravierungen – all das hatte Johann mit kaltem Blick und gelangweilter Routine des Fachmanns an sich vorbeiziehen lassen. Das Museum kam ihm wie ein Spital der verletzten und sterbenden Formen vor, und er war wie ein Arzt, der diagnostizieren, aber nicht helfen, ein Archäologe, der katalogisieren, aber nicht retten konnte. Doch dann kamen die Fresken! Ihre nervöse Spontaneität zog ihn an, das Unheroische, das Gegenteil des Monumentalen. Vögel, Fische und Blumen, deren Art er nicht kannte und aus denen Charme, Lächeln und tanzende Gesten sprachen. Die Künstler mußten wie Medien gewesen sein, durch die der Strom der Welt geflossen war, und sie hatten diesen lebendigen Fluß überliefert, hatten der Natur nicht gegenübergestanden, sondern waren Teil von ihr gewesen wie Bäume, wie Wasser, wie Stein, Treffpunkte der Elemente. »Der blaue Vogel« mit gestrecktem Hals und dem perlenartigen, gelben Auge schien sich in einem Raum oder Zustand zu befinden, wo die Materie unablässig ineinander überging, der Felsen sich mit dem Wasser mischte, das Wasser mit der Luft, und der Vogel trank Wasser und lauschte dem Gesang der Pflanzen. Das Fresko war ein dem Tod entrissenes Lied aufs Leben. Johann war diesem Vogel verwandt. Auch den Delphinen war er verwandt, die über einen Fries mäanderten, formiert in einer Gruppe, die sie nicht aus freien Stücken gewählt hatten, der sie aber zugehörten und sich frei in ihrem Element bewegten. Und dann die berühmte »Pariserin«, das kleine Porträt einer kretischen Dame, das Johann von Reproduktionen kannte. Das Auge war sehr groß, ägyptisch, die Gesichtskontur mit festem Strich gemalt, die Stupsnase, der sinnliche Mund, die raffinierte Frisur mit dem Knoten im Nacken und der etwas koketten Locke über der Stirn. Als er sie zum letzten Mal gesehen hatte, im März 1942 auf dem Bahnhof, hatte Ingrid aus dem Zugfenster gewunken, die Haare im Nacken zusammengebunden, und der Fahrtwind hatte ihr die Locken in die Stirn geweht. Dann war ihr Gesicht im zischenden Dampf verschwunden, in Richtung Lübeck, in Richtung von Feuer und Rauch, in dem sie und Johanns Eltern zugrunde gingen.

Johann spürte plötzlich den Wunsch, sich im Museum einschließen zu lassen. Es gab kaum Besucher, nur ein paar deutsche Soldaten schlichen eingeschüchtert, als drücke sie eine diffuse Last, durch die Säle. Ihm kam der Gedanke verlockend vor, eine Nacht und einen Morgen allein mit den Fresken zu verbringen, allein mit der Pariserin, allein mit der Erinnerung an seine Eltern, an Ingrid, allein mit all diesen Farben und Linien, um sie auswendig zu lernen, um später, in einem fernen Irgendwann, zurück in Deutschland oder wo immer, zurück jedenfalls im Frieden, nur die Augen schließen zu müssen, um die Erinnerung, die ein besseres Bild als alle Rekonstruktionen ergab, eine klarere Katalogisierung als alle Listen, wie einen Film aus der Dunkelkammer des Vergessens ans Licht bringen zu können.

Als Johann in die Taverne am Fleischmarkt zurückkam, saß dort Andreas mit einem Mann am Tisch, dem die Fransen seines schwarzen Kopftuchs tief in die Stirn fielen. Er sah blaß aus, und die Bartstoppeln schimmerten auf den unrasierten Wangen rötlichblond. Bei Johanns Erscheinen stand er sofort auf, verließ hastig den Raum und verschwand im Menschengewimmel des Markts.

»Wer war das?« fragte Johann.

»Ein Verwandter«, sagte Andreas.

»Ich glaube, ich habe den Mann schon einmal gesehen«, sagte Johann. »Vor dem Kafenion deines Schwagers, als wir weitergefahren sind. Zusammen mit einem zweiten Mann.«

»Du mußt dich irren.«

Vielleicht irrte Johann sich wirklich? Vielleicht log Andreas ihn an? Johann nahm sich vor, mißtrauisch zu bleiben und auf der Hut zu sein.

Er aß mit den Offizieren zu Abend, trank Wein und Cognac, rauchte die nach Stroh schmeckenden Papastratos. Später ließen einige der Herren einen Wagen kommen, um in ein Bordell am Hafen zu fahren, und luden Johann ein, sich anzuschließen. Er schob Müdigkeit vor, ging auf sein Zimmer und machte sich Notizen für den Artikel für die Soldatenzeitung, den er zu schreiben versprochen hatte.

In einer Vitrine des archäologischen Museums, schrieb er, *steht ein Sarg aus Hagia Triada. Auf einer Seite mit einem Opfertisch bemalt. Darauf ein gefesselter Stier mit durchschnittener Kehle. Das Blut fließt in ein Gefäß. Darüber aber ein Korb mit Obst. Schwebt wie im Fluidum einer anderen Welt. Und es gibt dort auch Bäume und Blumen. Minoische Kunst als frühestes Zeugnis der »weißen« Zivilisation? Diese Kunst eine Kunst der Friedfertigkeit.*

Die Handschrift, in der Johann dies notierte, kam ihm vor wie die eines Fremden. Die Handschrift eines Saboteurs? Er mußte kichern und wußte nicht, warum. Das Kichern eines Komplizen?

4.

»Warum lachst du, Yannis?« Andreas sah Johann verständnislos an, als sie über die flachen, ausgetretenen Stufen zu einer Terrasse aufstiegen, von der das Ruinenfeld von Knossos gut zu überblicken war.

Johann zuckte die Achseln. »Ich kann es dir nicht erklären«, sagte er, immer noch kichernd, »weil ich es nicht auf griechisch sagen kann. Der Mann, der mich aus Deutschland hierhergeschickt hat, hat es gesagt.«

»Was hat er denn gesagt?«

»Urgermanische Einflußzone hellenischen Ariertums«, zitierte Johann die Wahnvorstellung Stövers auf deutsch. »Das kann man nicht übersetzen, Andreas. In keine Sprache der Welt. Es ist das Deutsch der Idioten. Und es stimmt nicht.«

Die Reste des Königspalastes, durchsetzt von den grotesken Rekonstruktionen aus Beton, Gesimse, die plötzlich malerisch abbrachen, hier und da aufgestellte Kulthörner, Pithoi und Säulenbasen, mit denen Evans der Ruinenromantik seiner Epoche Rechnung getragen hatte, lagen in der Sonne des Vorfrühlings. In der Vielzahl der Säle und Zimmer, Kammern, Treppen, Durchgänge, gruppiert um den riesigen Zentralhof, war weder Ordnung noch Plan zu erkennen. Das Ensemble wirkte wie eine Wabe, beliebig erweiterbar, ein blühendes System, wie eingewachsen in die Hänge, überragt von niedrigen Höhenzügen, deren Terrassen in sanften Kaskaden auf die Gebäudereste hinabschwangen. Die Offenheit des Ganzen löste sich an der Peripherie auf, verschwand im Horizont – und nirgends auch nur die geringste Spur von Befestigungsanlagen. Die dünnen Wände der Bauwerke bestanden aus kleinen, vermörtelten Steinen, die Säulen waren aus Holz, die Fresken verwandelten die Flächen in bunte Vorhänge, nicht in die Düsternis prägermanischer Trutz- und Zyklopenmauern.

»Es stimmt nicht«, sagte Johann mehr zu sich selbst als zu Andreas, »weil es hier keine Mauern gibt.«

Die Architektur war nicht martialisch und in ihrer Weitläufigkeit auch nicht pompös, sondern malerisch und milde theatralisch. Sie erinnerte Johann, der sich Stichworte in sein Notizbuch machte, eher an Dekorationen für eine Oper als an einen Herrschersitz, der Macht und Kraft ausstrahlen sollte. Keine prahlerische Strenge, sondern verspielte Improvisation hatte hier gebaut, eine bewegliche, launische, alle Herrschaftsgesten verspottende Architektur, dazu der Komfort und Luxus aus Bädern und Wasserleitungen. Dieser Palast war die Bühne einer Traumwelt gewesen oder eines

Traums von der Welt, die voll Glück und Frieden war – die Bühne einer Zivilisation, die diese Bezeichnung verdiente. Johann machte einige Fotos mit der Kleinbildkamera. Andreas sah ihm kopfschüttelnd zu.

»Warum grabt ihr das alles aus?« fragte Andreas. »Die Engländer graben, die Deutschen graben, die Amerikaner graben. Was sucht ihr?«

Ja, was wurde hier gesucht? Warum grub man sich durch die Zeiten? Um zu verstehen, was einmal geglaubt worden war? Um sich zu vergewissern, daß irgendein Glaube immer schon dagewesen war? Und noch einen Altar, einen Sarg, einen Tempel ausgegraben, schon wieder einen fremden, unbekannten Gott entdeckt? Und darunter noch tiefer verschollene Götter, noch gründlicher vergessener Glaube, die gesammelt und in Kataloge gestopft werden konnten. Schalenreste, Scherben, Trümmer. Das Ausgraben als Manie derjenigen, die ihren Glauben verloren hatten und sich zu immer älteren Hoffnungen durchwühlten? Und während man nach den ersten Zeugnissen von Zivilisation und Humanität schürfte und kratzte, zerbrachen in der Gegenwart deren letzte Reste, und ein mörderischer Sturm verwüstete die Welt, ein Inferno, gegen das der Vulkanausbruch, der Knossos einst begraben hatte, nur ein unschuldiges Lüftchen gewesen war.

»Ich weiß es nicht«, sagte Johann. »Laß uns nach Chania zurückfahren.«

Der Wind kam aus Südwest und blies ihnen ins Gesicht, aber manchmal waren ins beständige Wehen schon warme Strömungen eingebettet, Ahnungen afrikanischer Hitze, die übers Mittelmeer geschoben wurde. Andreas ließ den Lenker los, fuhr eine Weile freihändig, breitete die Arme aus, als spreize er Flügel, und schrie Johann zu, ob er den Frühling spüre.

Er solle lieber auf die Straße achten, schrie Johann zurück und empfand eine Art Neid auf diesen Griechen, der so alt war, daß er sein Vater hätte sein können, und sich ohne Schutzbrille in den Wind warf wie ein spielendes Kind.

Als die Straße von der Küste weg in die Berge führte, hatte der Motor eine Fehlzündung nach der anderen und drohte auszusetzen, bis sie einen Paß erreichten, von dem aus man die See blau und unergründlich blinken und weit draußen mit dem Horizont zusammenfließen sah. Andreas hielt an, holte aus der Satteltasche ein zusammengeschnürtes Bündel, legte es auf den Fahrersattel und rollte das Öltuch auseinander. Schraubenschlüssel, Zangen, Zündkerzen und, Johann sah sie aus den Augenwinkeln in der Sonne blitzen, bevor Andreas das Tuch wieder darüberschlug, eine Pistole. Johann fiel ein, daß einer der Offiziere in der Pension davon gesprochen hatte, die Zivilbevölkerung sei aufgefordert worden, alle Waffen abzuliefern. Warum trug dieser Mann also noch eine Pistole mit sich? Johann fühlte sich bedroht, dachte an die beiden Männer vorm Kafenion des Schwagers, an die verdächtige Gestalt mit dem rötlichen Stoppelbart im Restaurant. Wurde hier ein Hinterhalt gelegt? Eine Falle gestellt?

»Wofür brauchst du eine Pistole?« fragte er mit gerunzelter Stirn.

Andreas sah ihn verständnislos an. »Weil ein Mann eine Waffe braucht.«

»Und wieso versteckst du sie?«

»Damit sie nicht jeder sieht.«

»Ich habe sie aber gesehen.«

»Dann vergiß sie einfach.«

»Aber ...«

»Yannis«, unterbrach Andreas ihn, »kannst du Motorrad fahren?«

»Nein.«

»Es macht Spaß.«

»Das sieht man dir an.«

»Willst du es lernen?«

»Schon, aber ...«

»Vielleicht gibt es Situationen, in denen du ohne mich fahren mußt. Es ist einfach. Ich bringe es dir bei.«

Andreas nahm einen Schraubenzieher, trat den Motor an und stellte den Vergaser nach, bis der unrunde Leerlauf reguliert war und gleichmäßig lief. Dann klappte er das Öltuch wieder auseinander. »Mach die Augen zu«, sagte er grinsend. »Oder willst du auch schießen lernen?« Er verstaute das Bündel. »Los, steig auf.«

Johann stieg auf den Fahrersitz, Andreas setzte sich nicht in den

Beiwagen, sondern hinter Johann auf den Soziussitz, faßte ihn an den Hüften, gab ein paar Erklärungen über Gashebel, Bremse und Gangschaltung, und dann fuhr Johann los, und Andreas gab ihm Anweisungen. Nachdem Johann den Motor beim Schalten einige Male abgewürgt hatte und das Gespann wieder einmal ruckend zum Stillstand kam, sagte Andreas, es gebe nur drei wichtige Regeln beim Motorradfahren.

»Welche?« Johann drehte sich zu ihm um.

»Nicht soviel reden, weil man dann brüllen muß.«

»Und weiter?«

»Keine Angst haben.«

»Und drittens?«

»Nie ans Ziel denken.«

»Wie meinst du das?«

»Fahren ist wichtiger als Ankommen«, sagte Andreas. »Wenn du fährst, mußt du fahren. Sonst gar nichts. Also los.«

Johann fuhr weiter, spürte den Wind im Gesicht, die warmen, wirbelnden Schlieren der Luft, hörte das gleichmäßige Brummen des Motors und bekam langsam das Gefühl, als lösten sich in ihm Verstrebungen, als lockere sich ein unsichtbares Korsett, als fiele er aus einem erdrückenden Panzer. Mit allem schien er in Fühlung zu sein, war mitten in der Landschaft, statt sie nur vorbeihuschen zu sehen, und spürte der Maschine gegenüber Sicherheit. Ihn durchpulste eine euphorische Gegenwärtigkeit, die er bislang nie erlebt hatte. Die Straße, die da unter seinen Füßen durchwischte, war echt, war derselbe Stoff, auf dem er zu Fuß gehen konnte, war wirklich da, unscharf zwar, nicht zu fixieren, aber er konnte ihn jederzeit berühren, und die Straße rollte unter ihm ab wie ein Band und kam ihm zugleich entgegen, ziellos und doch wie ein Versprechen. Nach einer langgezogenen, bergauf führenden Kurve stand die Sonne plötzlich so über der Straße, daß er glaubte, direkt in sie hineinfahren zu können.

IV. Kapitel

KRETA 1975

1.

Aus der Ferne, vom Deck des einlaufenden Schiffs erblickt, wirkte Hiraklion im rosigen Morgenlicht wie ein aus der Zeit gefallenes Idyll. Hinter Fischerbooten und Yachten erhoben sich venezianische Mauern, der steinerne Löwe auf hohem Sockel, das Kastell, dahinter die Stadt, unter rotbraunen Ziegeldächern weiße und gelbe Häuser, deren geschlossene Fensterläden Stille auszuatmen schienen.

Beim Andocken aber erwies sich das Krachen der eisernen Gangway auf den Beton der Mole als Startschuß für Wogen aus Lärm und Wolken aus Gestank. Motoren dröhnten, Sirenen heulten, Menschen schrien vom Kai zum Schiff hinauf und vom Schiff zum Kai hinunter. Dieselsud, Reifenabrieb und Staub trübten die Luft. Ein Tiefflieger donnerte wie ein durch die Luft geschossener Preßlufthammer über die Bucht. Frachter und Fähren löschten und luden ihre Ladungen. Busse und Taxis, Lastwagen und Motorroller lieferten sich Hupschlachten, karjolten und karjuckelten knatternd, töffelnd, röhrend im blaugrauen Auspuffdunst zwischen Stadt und Hafen hin und her.

Unter seinem Rucksack schwitzend, marschierte Lukas in die Stadt, umtost vom Pesthauch des Verkehrs, vorbei an halb verfallenen Häusern, mehrstöckigen Bauruinen, Betonskeletten, nichtssagenden Neubauten aus Metall, Glas, Beton, bis er schließlich eine orientalisch anmutende Marktgasse erreichte, Gewimmel und Geschrei, Schieben und Rempeln zwischen den Ständen und Buden, bettelnde Kinder, zeternde Frauen, krakeelende Händler. Am Ende der Gasse kam er zu einem Brunnen, dessen Becken aus einem antiken Sarkophag bestand, und über dem Wasseraustritt erhob sich die römische Statue eines Mannes, dem der Kopf und der rechte Arm fehlten.

Neben dem Brunnen gab es ein Kafenion, klein wie ein Kiosk. Lukas setzte sich an eins der Tischchen, die auf der Straße standen, bestellte Mokka, trank gierig das dazu gereichte Glas Wasser, bat um ein neues und stürzte es hinunter. Er drehte sich eine Zigarette, rauchte und schlürfte den Mokka, und nachdem er eine Weile einfach dagesessen hatte mit übereinandergeschlagenen Beinen, kam ihm der Lärm in der Marktgasse nicht mehr störend vor, sondern wie eine fremde, nie gehörte Musik, in der sich, synkopiert von an- und abschwellenden Motorgeräuschen, Klänge Europas, Asiens und Afrikas ineinander verschlangen zu einem vom Zufall geknüpften, endlosen Band, einer bunten Schnur aus Stimmen und Sprachen.

Aus der Gasse kamen drei Personen auf das Kafenion zu, Rucksacktouristen wie Lukas und etwa in seinem Alter, ein Mann und zwei Frauen, Kopftücher mit psychedelischen Ornamenten, Silberschmuck um Hälse und Arme, wallende, mit indischen Mustern bestickte Hemden. Die beiden Frauen, offensichtlich Schwestern, hatten ihre rotblonden Haare mit Perlenbändern zu langen Zöpfen geflochten. Der Mann war lang und hager, unter dem Stirnband blonde Locken bis auf den Rücken. Sie setzten sich an den Tisch neben Lukas, grinsten ihm einverständig zu, bestellten ebenfalls Mokka.

Woher?

Aus Schottland, Edinburgh. Lukas hatte Mühe, ihr Englisch zu verstehen. Die Frauen hießen Iris und Eileen, der Mann stellte sich als Robin vor.

Und wohin?

An die Ostspitze der Insel, natürlich ein Geheimtip. Und er?

Lukas aus Deutschland. Und wolle nach Süden, Agia Galini.

Robin zog die Nase kraus. Für Agia Galini sei es zu spät. Vor zwei, drei Jahren hätte dort Pauschaltourismus eingesetzt, zu viele Deutsche, Holländer und Engländer inzwischen, die Preise in den

Tavernen seien saftig gestiegen, Schlafen am Strand sei nicht mehr erlaubt, man müsse Zimmer mieten.

»That place is dead«, sagte Eileen.

»You better join us«, sagte Iris und sah Lukas tief aus grünen Augen an.

»Why not?« hörte Lukas sich sagen und meinte es auch so. Agia Galini war ein Ziel, das schon, aber so vage, daß es warten konnte. Vielleicht war es nicht einmal ein Ziel, sondern nur ein Wort und ein Bild, das, einmal ausgesprochen und gesehen, ihn auf diese Reise geschickt hatte. Er konnte tun und lassen, was er wollte, konnte gehen, wohin und mit wem er wollte, hatte Zeit, hatte Geld für mindestens zwei Monate. Niemand wartete auf ihn, niemand vermißte ihn. Außerdem herrschte in dieser schottischen Gesellschaft hundertprozentiger Frauenüberschuß – und Iris schenkte ihm ein sommersprossiges Lächeln.

Die drei Schotten hatten sich in der Marktgasse mit Reiseproviant eingedeckt und wollten nun Motorroller mieten, weil zu dem abgelegenen Nest kein Bus fuhr. Robin kannte die Anschrift eines preiswerten Verleihers, dessen Hof vor der Stadtmauer im Schatten der Vituri-Bastion lag. Da sie wegen ihres Gepäcks pro Person einen Roller benötigten, ließ der Besitzer mit sich handeln und gab ihnen für die vier klapprigen Fahrzeuge einen Mengenrabatt. Sie bezahlten den Mietpreis und die Kaution, schnallten ihre Rucksäcke auf die Gepäckträger und fuhren über die Küstenstraße nach Osten, im Rücken einen leichten Südwestwind.

Nachdem sie die Stadtbrache aus Baustellen, Müllhalden, Gewerbehöfen und den Flughafen hinter sich hatten, blinkte ihnen linker Hand der silberblaue Spiegel des Meeres entgegen, und rechts zog sich das mattgrüne Gesprenkel der Olivenbäume durch gelb und braun verbrannte Hügel. Vor ihnen erhob sich ein kleines Kap, als wolle es ins Meer springen, um dessen Klippen die Brandung weiße Säume zog. Sie glitten auf dem hitzeflimmernden Asphalt in ein Tal hinein, an dessen Steilhängen Terrassen in die Höhe kletterten. Nach einem niedrigen Paß tauchte wieder die See auf, und die Straße senkte sich zu einer Bucht. Die Brandung schlug gegen den Steindamm, auf dem die Straße am Wasser entlangführte, und als die Bucht hinter ihnen lag, kam ein neues Tal mit Olivenhainen und Äckern auf Terrassen.

Meer und Land. Berg und Tal. Land und Meer. Duft von Thymian, Harz und Eukalyptus, Wind im Gesicht, in den Haaren, das schwarze Band der Straße, Benzingeruch, das schnurrende Motorengeräusch, Sirren der Reifen auf dem Asphalt. Das Gefühl, auf der Reise zu sein und kein Ziel zu haben, zu fahren, ohne ankommen zu müssen, unterwegs zu sein, um unterwegs zu sein. Was sich vor Lukas auftat, die Berge, Täler, das Meer, war die Zukunft. Die Gegenwart war das, was ununterbrochen an ihm vorbeiwischte und -huschte, nie festzuhalten war, unfaßbar blieb. Und im Rückspiegel lag schon die Vergangenheit als eine Landschaft, die in jedem Augenblick neu entstand und von der er sich zugleich entfernte.

2.

In der kleinen Bucht mündete ein aus den Bergen kommender Bach, der wenig, aber klares Wasser führte, und die Pinien und Olivenbäume standen sehr dicht, boten Schatten während des ganzen Tags, selbst im Mittag.

Langsam fiel die Erinnerung an in Blechlawinen verkeilte Touristenströme, deren Teil er gewesen war, von Lukas ab. Die Tage verloren ihr Datum. Eine Stunde folgte auf die andere, und sie schienen doch nie ein Tag werden zu wollen. Wie endlos die durchsichtigen Nächte hier waren. Als ob nie der Morgen käme, und wenn er kam, schien er wieder endlos, und die Nächte versickerten in den hochdämmernden Morgen wie auslaufende Wellen auf dem Strand. Das Geschrei des Weckers, das ihn sonst aus den Träumen riß, war weit hinter der Zeit, in einem anderen Leben. Tagelang genoß er es, einfach am Strand zu liegen und mit den Blicken den Bildern zu folgen, die vom Wind kamen, wenn er den Wolken Formen gab – und die Wolken antworteten, indem sie die Stimme des Winds zu Bildern werden ließen. Oder reglos auf dem Rücken liegend sich treiben zu lassen im Meer und ins hohe Blau zu blinzeln, das fern, doch auch nah war zum Greifen. Den Körper zu verlieren in den sanften Hebungen, Senkungen der vom Wind bewegten Wassermassen, zu wünschen, daß man ein Tropfen wäre, der mit allen fließt. Oder eine der Frauen einmal sagen zu hören, das sei wahres Schwimmen: Nicht ins Wasser zu steigen, um es zu zerteilen, sondern wie Wasser im Wasser zu sein. Am Ende, also am Anfang, kämen wir doch aus dem Meer. Hier und jetzt, in diesen stillen Buchten, erinnere vieles daran, wie etwas von uns vor Zeiten aus dem Wasser gestiegen sein müsse. Später auf heißen Steinen zu sitzen, die das Wasser von den wiedergefundenen Körpern nahmen, den Wind im Rücken zu spüren, die Sonne in ihrer Sanftheit, in der sich auch Brutalität verbarg, wenn sie ihm die alte Haut wegbrannte, bis sie in Fetzen hing, das Weiß sich rötete und schließlich einem tiefen Braun wich.

»Wie Hochzeit machen mit diesem Platz«, sagte einmal Eileen. Vielleicht sagte sie es auch nicht, denn es gab hier Selbstanschluß. Überhaupt waren nicht viele Worte, aber ein Strom gegenseitigen Wissens, Verstehens floß zwischen den Leuten an diesem Ort, oder jedenfalls kam ihnen das so vor, weil sie es sich wünschten.

Einmal fragte Lukas: »Wie lange sind wir jetzt hier?«

»Im Grunde schon immer«, sagte Iris, vielleicht sagte es auch Eileen oder Robin, oder vielleicht hatte es niemand gesagt, sondern war nur eine Stimme in Lukas' Entrückung. »Das weißt du doch längst.«

Die Handvoll Fremde, die Zufall oder Hörensagen an diesen Strand gespült hatten, waren alle von ähnlichem Schlag, Rucksacktouristen, Aussteiger, Vorbeiziehende, Hippies, Ausgeflippte – alle auf der Flucht vor der Vergangenheit, der Langeweile, den Neurosen, der Familie, dem Wehrdienst, dem, was immer das war, System, alle auf der Suche nach etwas, das sie nicht benennen konnten, das aber immer dort sein mußte, wo man selber noch nicht war. So war man also unter sich. Lukas wunderte sich manchmal über die unerschütterliche Gastfreundschaft der Einheimischen, die in sehr dürftigen Verhältnissen lebten, und fragte sich, was die Dorfbewohner sich dachten, wenn sie mit diesen jungen Leuten aus Deutschland und England, Frankreich und Amerika ihre bescheidenen Geschäfte machten – Leute, die offenbar nicht arbeiten mußten, sondern in ewigem Urlaub als Landstreicher des Luxus durch die Welt vagabundierten.

Der Ort bestand aus einer Handvoll Häuser um einen kleinen Schiffsanleger. Abends saßen sie auf wackeligen Stühlen, Getränkekisten und Steinen vor der Tür der Taverne, blickten auf die fahl im Mondlicht schimmernde Wasserlinie, die Kupferstraße des Mondlichts, aßen einfach und gut und tranken Retsina, rauchten Joints und Papastratos-Zigaretten, klimperten auf Gitarren, bliesen auf Flöten, trommelten auf Bongos, sangen die Lieder, die sie mitgebracht hatten, unterhielten sich mit den Einheimischen, verstanden sich oder glaubten sich jedenfalls verstanden, weit über die verschiedenen Sprachen hinaus oder tief unter ihnen. Jeder einzelne hatte seinen Traum, seinen Wunsch, sein heimliches Spiel, sein Ziel mitten in dieser ziellosen Gegenwärtigkeit, und doch flossen sie alle mit im sanften Strom dieser Abende, im Nichtstun, in dem die Tage verebbten.

Die grünen Augen von Iris, deren Blick dazu beigetragen hatte, daß auch Lukas an diesen Ort gekommen war, hatten sich schon nach zwei Tagen auf einen vollbärtigen Franzosen geheftet, und nach drei Tagen teilten die beiden ein Zelt. Lukas nahm das ohne Eifersucht, eher gleichgültig, fast mit Erleichterung zur Kenntnis, weil ihm die Vorstellung von Zweisamkeit, wie flüchtig auch immer, in diesen Tagen nicht angenehm war. Die unverbindliche Gemeinschaft mit den anderen Hergewehten war ihm genug, und verliebt war er bestenfalls in die Schönheit des Orts und seiner Umgebung. Diese Gleichgültigkeit war jedoch nicht stumpf, sondern ein langsames Einsickern der Wahrnehmung, daß hier alles gleich gültig und nichts wichtiger als alles andere war. Er verlor seine Vergangenheit. Sie verdunstete in Augenblicken. Er war im Geschichtslosen angekommen. Er schlief allein in seinem Schlafsack am Strand, erwachte früh, schwamm im Meer, wusch sich das Salz im Bach ab, frühstückte in der Taverne Nescafé, Joghurt und Brot.

Beim Kramen in seinem Rucksack stieß er eines Morgens auf das Buch, das er damals auf dem Flohmarkt gekauft hatte. Als er es aufklappte, fielen die beiden Fotos heraus. Er legte sie vor sich in den Sand, sah sie an, der Mann in kretischer Tracht, das Gewehr auf den Knien, die Ansicht von Agia Galini, die Schrift auf der Rückseite, *Bilder in Höhle acht Meter über Ankerplatz Pax Ak.* Da war es plötzlich vorbei mit der schönen Geschichtslosigkeit. Er hatte hier sehr wohl etwas zu suchen, wollte etwas finden. Und wenn es nicht seine eigene Geschichte war, dann war es vielleicht die seines Vaters, der ihm, soviel stand fest, über das Bild nicht die Wahrheit gesagt hatte, jedenfalls nicht die ganze Wahrheit.

Lukas schob die Bilder zurück ins Buch, setzte sich auf einen Felsbrocken am Bachrand, die Füße im Wasser, und begann zu lesen. Nach einer Weile sah er auf und folgte mit den Blicken der Bewegung des Wassers, das der Salzflut des Meers entgegenströmte. Er las wieder ein paar Seiten und spürte, wie sich der Text auf merkwürdig sanfte, doch dringliche Weise mit dem vermischte, was um ihn herum vorging, und deshalb sah er immer wieder auf, als müsse er sich vergewissern, ob er noch im Buch läse oder bereits wieder im Außen, in der sogenannten Wirklichkeit angekommen war. Wie zum Beweis verharrte er lange auf einer Stelle, in der es hieß, dies ominöse Morgenland sei ja nicht nur ein Land und etwas Geographisches, sondern es sei die Heimat und Jugend der Seele, es sei das Überall und Nirgends, sei das Einswerden aller Zeiten gewesen. Doch war dem Erzähler des Buchs dies nur je und je einen Augenblick bewußt gewesen, und darin eben habe das große Glück bestanden, das er damals genossen hätte. Lukas las, und zugleich war ihm, als erzähle er sich selbst die Geschichte, weil sie sich so eng mit seiner Wahrnehmung und seinem Gefühl verband, wie Licht und Meer in ihm lebendig geworden waren. Gerade diese besten Erlebnisse, las er, ließen sich eigentlich nur dem erzählen, welcher selbst von ihrem Geist berührt war, und das gefiel Lukas, weil es ihn von dem Gedanken erlöste, das erzählen oder beschreiben zu müssen, was er empfand. Nicht eine einzige Postkarte würde er verschicken von hier, nicht einmal an Britta. Oder vielleicht doch? Vielleicht würde er eine an seine Eltern schicken. Aber was er darauf schreiben würde, wußte er nicht.

Am Abend dieses Tages machten die Schotten mit einigen Franzosen am Strand ein Feuer. Lukas gesellte sich zu ihnen. Die Franzosen hatte Fische harpuniert, ausgenommen und auf Drähte gespießt, um sie zu grillen, und als das Feuer zu einem Gluthaufen zerfallen war, hielten sie die Spieße über die flimmernde Hitze. Retsinaflaschen kreisten, Joints gingen herum. In der Glut sah Lukas Bilder. Er spielt im Garten, sein Vater entzündet in einem Blecheimer ein Feuer, sein Vater ist so böse auf ihn, wie er es noch nie gewesen ist, weil Lukas ein Foto gesehen hat. Die Glut zerfiel zu Asche. Die verkohlten Äste und Zweige bildeten eine Geheimschrift, die niemand zu lesen verstand, niemand außer Lukas. Sie galt ihm wie ein Befehl.

Noch vor Sonnenaufgang raffte er seine Sachen zusammen, schnallte sie auf den Motorroller, verabschiedete sich von niemandem, nahm die Straße nach Westen und vermied es, in den Rückspiegel zu sehen.

3.

Neben dem Hotel »Minos«, einem Neubau aus Spannbeton und Glaselementen, deren Staubblindheit das Neue schäbiger als den allgegenwärtigen Verfall wirken ließ, lagen ein Lebensmittelladen und eine Tankstelle. Lukas hielt an, und während ein Junge in einem schmutzstarrenden, blauen Overall den Roller betankte, fuhr ein Flughafenbus vor dem Hotel vor und entließ eine Gruppe englischer Touristen, die vorbei am Schild *Welcome to Crete. Yes, we speak English* mit ihren Taschen und Koffern ins Hotel strömten. Andere Gäste kamen aus dem Gebäude und stiegen in einen Kleinbus mit dem Schriftzug *Minos Tours – Fully Air Conditioned* am Heck.

»Going to Knossos«, sagte der Junge grinsend. »Make looky looky. Ruins good business. Very good.«

Lukas zahlte, gab dem Jungen ein paar Drachmen Trinkgeld und fuhr weiter nach Süden. Vor ihm dieselte der *Minos-Tours*-Bus stinkende Schwaden in die Luft, bog jedoch schon nach wenigen Minuten beim Hinweisschild für das Ausgrabungsgelände von der Straße ab und hielt neben anderen Bussen auf einem geschotterten

Parkplatz. Lukas fuhr noch ein Stück weiter, drosselte dann aber den Motor und drehte den Roller wieder in die Gegenrichtung. Wenn er schon auf Kreta war und tun und lassen konnte, was er wollte, konnte er auch einen Blick auf die berühmte Vergangenheit der Insel werfen. Immerhin hatte er bis vor einigen Wochen noch Geschichte studiert, auch wenn es ihm vorkam, als läge sein Studium schon Jahre zurück. Die Weltgeschichte, hatte er in dem Buch in seinem Rucksack gelesen, sei Ausdruck des menschlichen Wunschs nach Vergessen. Sein Vater war der lebendige Beleg für diese Behauptung.

Lukas stellte den Roller auf dem Parkplatz ab, löste eine Eintrittskarte am Torkiosk und gab dort seinen Rucksack in Verwahrung. Die Nachmittagssonne brütete über dem Gelände. Grillen kreischten in staubbedeckten Olivenbäumen und Zypressen, und Lukas latschte mit wachsender Lustlosigkeit zwischen anderen Touristen herum. Aus den Trümmern und Ruinen war kaum zu erkennen, was diesen Palast einmal ausgemacht hatte, und die in Beton rekonstruierten, bunt angepinselten Teile der Anlage wirkten unecht, Gipskulissen eines verlassenen Theaters, Phantasien eines in seine Entdeckung verliebten Archäologen. Die Anlage war weitläufig, mit freiem Blick ins Land, aber die einzelnen Räume des Palastes waren winzig, eng, wie für Zwerge gebaut. Vielleicht, dachte er, war es eine Totenstadt gewesen, ein Königreich der Verstorbenen, ein Stein gewordener Versuch, sich der eigenen Herkunft zu vergewissern und das Vergessen zu bezwingen.

Aus der Vogelperspektive mußte das Ganze wie eine Trümmerwüste aussehen, wie die schwarzweißen Fotos ausgebombter Städte nach dem Krieg. Er war befremdet über seine Assoziation, und als ihm einfiel, wie er auf dem Fährschiff die schlafenden Menschen für einen Augenblick für Leichen gehalten hatte, wunderte er sich, daß ausgerechnet hier solche Bilder in ihm aufstiegen, als ob das Gefühl der Zeitlosigkeit nur als dünne Tünche über dem Verderben klebte. Sein Vater war während des Krieges in Athen gewesen. Jedenfalls behauptete er das so streng und apodiktisch, als sei er in Wahrheit woanders gewesen, als sei Athen nur ein Wort für etwas ganz anderes. Ein Alibi.

Unter solchem Gegrübel geriet Lukas im Palastflügel der Königin vor den Fries der Delphine, der auch nur eine Rekonstruktion war. Dennoch ging von dem Anblick eine so unerklärliche Frische und Heiterkeit aus, als habe sich hier die Existenz dieser Tiere für immer materialisiert. Es war ein Strahlen, ein Schein von einer anderen Seite, der die unbehaglichen Schatten aus Lukas' Gedanken verscheuchte. Die leben ja, dachte er, die leben immer noch.

Er hörte, wie jemand vor sich hin pfiff, leicht und verspielt, und plötzlich stand ein kleiner, sehr schlanker Mann neben ihm, dessen Schritte er nicht gehört hatte, weil er billige Leinenschuhe mit Bastsohlen trug, ein blaues Hemd und eine blaue Hose. Der Mann, offenbar einer der Wärter, kam Lukas bekannt vor, obwohl er ihn noch nie gesehen hatte. Er machte ihm mit einigen englischen Brocken klar, daß das Gelände bald geschlossen werde und er nun gehen müsse.

»Beautiful«, sagte der Mann und nickte in Richtung der Fresko-Reproduktion an der Wand. »Original is in museum, but beautiful.« Dann ging er mit leichten, tänzelnden Schritten weg und pfiff wieder die kleine Melodie vor sich hin.

Als Lukas zum Ausgang ging, seinen Rucksack abholte und auf den Gepäckträger schnallte, stand die Sonne schon tief. Die Oliven und Zypressen warfen schwere Schatten, aber ihre Umrisse strahlten wie in einer Aura flüssigen Goldes, und von den abfahrenden Bussen aufgewirbelter Staub tanzte glitzernd im verbliebenen Licht. Das Gelände, inzwischen fast leer, verstrahlte nun eine wohlige, einladende Müdigkeit, und Lukas spürte, daß er an allen Orten nur halb gewesen war, wo er nur die klaren, aber auch schartigen, die geheimnislosen Strecken des Tages verbracht hatte. Um solche Orte und Stellen, einen Platz, der doch mit mehr geladen sein mußte als mit Trümmern und bemaltem Beton, wirklich zu verstehen, mußte er dort auch schläfrige Abendstunden verbringen, eine schlaflose Weile der Nacht und den Morgen, in deren Schatten und Licht etwas Unerfahrenes zutage käme, etwas, das jenseits von Geschichte lag oder darunter.

Er fuhr zu der Tankstelle mit dem kleinen Laden zurück, kaufte Wein, Brot, Käse, Pfirsiche, Kerzen und wartete auf den Einbruch der Dämmerung, während der Verkehr auf der Straße langsam verebbte. Als es ganz dunkel war, schlich er sich durch einen Olivenhain an den Maschendrahtzaun heran, der das Gelände umgab. Die Maschen waren an einigen Stellen schadhaft, so daß er ohne große Mühe hindurchkriechen konnte. Ein weißer Mond war aufgegangen, beleuchtete fahl die Trümmerlandschaft, und nach einigem Suchen fand er den Raum mit dem Fries wieder.

Er entzündete zwei Kerzen, breitete den Schlafsack auf dem Steinboden aus, aß, trank Retsina, drehte sich einen Joint und rauchte. Im flackernden Schein der Kerzen gerieten die Delphine in Bewegung. Sie waren auf einer Reise vom Anbeginn der Zeit in die Gegenwart, sie spielten mit sich selbst und luden Lukas ein, an ihrem Spiel teilzunehmen. Im Innern der Delphine gab es sanfte Bewegungen, langsam, sehr langsam. Es ging etwas vor sich, ein Treiben, ein kaum wahrnehmbares, ununterbrochenes Fließen und Strömen – wie der Bach ins Meer rann, an dessen Ufer er die Erzählung gelesen hatte. Vielleicht war es auch ein Schmelzen. Im Rhythmus des an den Kerzen abtropfenden Wachses schmolz etwas aus Lukas in das Bild der Delphine hinüber – oder es war umgekehrt, daß aus den Delphinen etwas in ihn überging, was ihn nährte und stärkte. Mit der Zeit würde alle Substanz dieses Frieses in ihn übergegangen sein, und alles, was er war, würde sich umgekehrt in den Delphinen gesammelt haben. Aber das würde lange dauern, länger als diese Nacht. Die Kerzen brannten herunter und erloschen, und irgendwann schlief er ein.

Die gepfiffene Melodie weckte ihn. Der Morgen fingerte rosig durch die Öffnungen des Gewölbes, und als Lukas seine Sachen zusammenpackte, stand der kleine, blaugekleidete Wärter neben ihm. Aber statt der zu erwartenden Standpauke verbeugte er sich leicht und lächelte Lukas freundlich zu. Dann bückte er sich plötzlich nach dem Jointstummel, der in einer Ecke auf dem Boden lag, gab ihn Lukas, der sich vor Peinlichkeit am liebsten in Luft aufgelöst hätte, und drohte scherzhaft mit dem Finger.

»This no good«, sagte er. »Wine is good when you want to know.«

Dann führte er ihn durchs Labyrinth der Fundamente und Trümmer zurück zum Zaun, schloß ein schmales Gatter auf und entließ Lukas mit einem Lächeln und Winken nach draußen. Als er sich, am Motorroller angekommen, noch einmal umwandte, war der Mann verschwunden. Nur die gepfiffene Melodie schwebte noch in der Morgenkühle. Lukas kannte diesen Mann. Aber gesehen hatte er ihn noch nie.

Über die schmale, kurvenreiche Bergstraße fuhr er nach Süden, vorbei an der pompösen Villa Ariadne, die Arthur Evans sich hatte bauen lassen, während er Knossos ausgrub, und die im Zweiten Weltkrieg dem deutschen Generalstab als Quartier gedient hatte. Lukas fuhr weiter nach Süden, der Sonne entgegen, bog bei Agii Déka nach Westen ab.

Im Rückspiegel floß alles, was vor ihm gelegen hatte, zu kleinen Bildern zusammen, und das, was noch vor ihm lag, rückte näher und näher, huschte vorbei und wurde auch zu Bildern im Spiegel.

4.

Die Schotterpiste mündete in eine von Rissen und Schlaglöchern übersäte Asphaltstraße, die in steilen Serpentinen direkt zum Hafen hinabführte. Lukas stellte den Motorroller bei einem Kafenion ab, vor dem im Abendlicht ein paar Touristen saßen und ihn neugierig musterten. Neuankömmlinge waren offenbar keine Selbstverständlichkeit. Am Strand standen Schilder, die auf griechisch, deutsch und englisch das Campieren verboten und dazu aufforderten, sich im Ort Zimmer zu mieten. Es gab ein kleines Hotel und Privatunterkünfte in den Häusern der Einheimischen, in der Hauptstraße einige Kafenions und Restaurants, die sich auf Fremde eingestellt hatten, doch schien Agia Galini vom Pauschaltourismus bislang weitgehend verschont geblieben zu sein.

Nachdem Lukas sich mit einem Bier den Straßenstaub aus der Kehle gespült hatte, ging er quer über den Platz auf die Mole hinaus, mit der die kleine Bucht nach Süden abgesperrt war und einen geschützten Hafen bildete. Er zog das Foto aus der Tasche, sah auf den Ort, verglich die Aussicht mit dem Bild, veränderte seine Position und den Blickwinkel. Zwar war das Foto aus größerer Entfernung aufgenommen, vermutlich von einem in den Hafen einlaufenden Boot, doch gab es keinen Zweifel. Das Bild zeigte Agia Galini. Die untere Häuserzeile war mit Ausnahme eines Neubaus am Westende identisch geblieben, auch wenn der Platz auf dem Foto menschenleer war, und wo jetzt Cafétische standen, sah man auf dem Bild einige abgestellte Karren oder Anhänger. Vom Hafen her aufsteigend klebten die weißen Häuser immer noch am Steilhang der Küste, gegliedert durch enge Gassen, Treppen, Torbögen und Terrassen. Die Olivenhaine und Weinfelder reichten bis an den Ortsrand, wurden jetzt jedoch ganz oben rechts vom Betonquadrat des Hotels verdeckt.

Britta hatte sich also nicht geirrt. Dies war der Ort, und der Ort war immer noch schön. Im Hafen lagen zwei Motorkutter, einige offene Ruderboote und eine Segelyacht mit griechischer Flagge, deren Masten in der aufkommenden Brise vibrierten. Das Licht der sinkenden Sonne ließ die weißen Mauern erröten, auf dem Hafenplatz füllten sich die Tische, vor den beiden Kafenions spielten Kinder Fußball, Jugendliche auf Mopeds knatterten über Platz und Straße.

Lukas nickte zufrieden vor sich hin. Die Ziellosigkeit war angenehm gewesen, aber das Gefühl, angekommen zu sein, erfüllte ihn mit einer Genugtuung, die wie wohlige Müdigkeit war. Was er hier eigentlich suchte, wußte er nicht. Vielleicht würde es sich finden. Vielleicht auch nicht. Erst einmal war er einfach da. Er trank noch ein Bier, fragte zwei Touristen, die sich am Nebentisch auf englisch unterhielten, ob sie Zimmer empfehlen könnten, und erfuhr, daß fast überall etwas frei sei, daß er aber mit dem Motorroller nicht über die Treppen käme.

Er schloß den Roller ab, nahm den Rucksack und stieg durch eine breite, von Treppen und kleineren Plattformen unterbrochene Gasse in den Ort hinauf. An Häusern, die mit *Rent-Rooms*-Schildern um Gäste warben, hielt er an. Das erste Zimmer, das er sich ansah, gefiel ihm nicht, weil man aus dem Fenster gegen Mauern blickte. Das zweite kam ihm unsauber vor und roch muffig.

Das dritte Zimmer mietete er. Es lag zwar in der Ortsmitte, aber vom Fenster konnte man das Meer sehen, und vor der Tür gab es eine kleine Terrasse mit Tisch und Stühlen, umrankt von blühenden Glyzinien und Weinlaub. Das Haus gehörte Angelika, einer alten, überaus freundlichen, nach Koblauch duftenden Frau, deren englischer Wortschatz sich im wesentlichen darauf beschränkte, ihm den Spottpreis zu nennen, umgerechnet keine sieben Mark am Tag, und einen Wochenvorschuß zu verlangen. Der weiß gekalkte Raum hatte einen rötlich glänzenden Steinfußboden und war mit Bett, Stuhl, Tisch, Kommode, Waschbecken und Spiegel spartanisch möbliert. Dusche und Toilette waren von der Terrasse aus zu erreichen und mußten mit drei anderen Hausgästen geteilt werden, einem Lehrerehepaar aus Deutschland, die noch am Strand waren, und einem hageren Holländer namens Rob, der aus seinem Zimmer kam, nachdem Lukas geduscht hatte, sich auf der Terrasse eine Zigarette drehte und den Ouzo trank, den Angelika ihm zur Begrüßung mit ein paar Oliven auf den Tisch gestellt hatte. Rob war mit einem Motorrad auf der Insel unterwegs und erklärte Lukas, daß er den Roller über eine steile, aber treppenlose Seitenstraße zum Haus schaffen konnte. Und ob man nicht gemeinsam zu Abend essen wolle?

»Warum nicht«, sagte Lukas, und dann saßen sie in einem Restaurant an der Hauptstraße. Speisekarten gab es nicht. Man ging hinter dem Tresen in die Küche, sah in die Töpfe, Pfannen und Kasserollen und bestellte nach Augenschein und Duft. Das Essen war schlicht, billig und köstlich. Sie tranken schweren, roten Wein dazu. In einer Ecke saßen zwei jüngere, schnauzbärtige Männer, spielten Bouzouki und Gitarre und sangen Lieder, schwermütig und beschwingt zugleich, traurig und voll wilder Lebensgier.

Manchmal, sagte Lukas, fühle er sich auf der Insel wie in einem Traum.

Rob nickte. Das gehe ihm ähnlich. Aber Orte wie Agia Galini seien längst dabei, aus ihrem Schlaf zu erwachen. Leute wie Lukas und er seien die Wecker. Und seitdem die Obristen nicht mehr an der Macht seien, kämen jedes Jahr mehr. Sie suchten die sogenannten Geheimtips, die genau das nicht mehr seien, wenn sie ankämen. Sie führen zu solchen Orten, weil sie etwas suchten, was ihnen im Leben fehle. Als ob man das Schöne besichtigen könne. Und das, was sie suchten, ruinierten sie, indem sie hinführen und es besichtigten.

»Aber die Einheimischen freuen sich«, sagte Lukas. »Geld kommt ins Land. Sie haben Arbeit.«

Rob zuckte mit den Schultern.

»Und?« hakte Lukas nach. »Was suchst du denn hier?«

Rob grinste. »Wahrscheinlich die Liebe. Und du?«

»Tja, wie soll ich das erklären?« Dem Holländer die Geschichte mit den Fotos und der verdächtigen Panik seines Vaters aufzutischen, schien ihm unangebracht. »Ich suche etwas«, sagte er zögernd, »von dem ich nicht weiß, was es ist. Ich weiß nicht einmal, ob es das überhaupt gibt. Oder gab.«

»Also auch die Liebe«, sagte Rob und lachte.

»Schon möglich«, sagte Lukas. »Vielleicht ist es auch etwas ganz anderes.«

Nach dem Essen gingen sie zum Hafen hinunter, setzten sich vor eins der Cafés und sahen dem flanierenden Sehen und Gesehenwerden auf dem Platz zu, der im gelben Licht einiger Peitschenlampen wie eine Theaterkulisse wirkte. Lukas überlegte, ob er Rob nicht doch die Fotos zeigen sollte, und fragte ihn, ob er Griechisch sprechen oder lesen könne. Rob schüttelte den Kopf, und Lukas ließ die Fotos stecken. Ob er vielleicht einen Ort namens Paxak kenne oder auch Pax Ak in zwei Worten oder eine Abkürzung, die darauf beziehbar sei? Rob zuckte mit den Schultern, nie gehört, und bestellte noch zwei Heineken.

Wie hatte er sich die Sache vorgestellt? Hatte er sich überhaupt etwas vorgestellt? Sollte er hier etwa von Tisch zu Tisch, von Café zu Café, von Haus zu Haus pilgern, den Leuten, denen er auf griechisch bestenfalls guten Morgen und guten Abend wünschen konnte, das Bild mit dem Kreter unter die Nase halten und fragen: Kennen Sie diesen Mann? Ihnen die Hafenansicht zeigen und sich danach erkundigen, ob die ominösen Worte *Bilder in Höhle acht Meter über Ankerplatz Pax Ak* ihnen irgend etwas sagten? Vorausgesetzt, daß es überhaupt eine zutreffende Übersetzung war. Vielleicht hatte Rigas sich damals einen Scherz mit ihm erlaubt, vielleicht war es mit Rigas' Deutschkenntnissen auch nicht allzuweit her. Der hatte ja nicht einmal das Wort Ankerplatz gewußt. Das hatte Lukas ihm ja sozusagen suggeriert. Verrückte und Ausgeflippte, Spinner und Scharlatane trieben schon genug über die Insel, vom harmlosen Urlaubshippie, der in drei Wochen wieder als Bankangestellter, Kfz-Geselle oder Student mit frisch geföhnten Haaren auf der heimischen Matte stehen würde, bis hin zu durchgeknallten Freaks, die bis zur totalen Bewußtlosigkeit Drogen schluckten, die sie für bewußtseinserweiternd hielten, Amok liefen und das Paradies, das diese Insel vielleicht einmal gewesen war, systematisch in Trümmer legten. Als »höflicher Idiot mit den Fotos« würde Lukas zwar keinen Schaden anrichten, aber die Leute würden sich vielleicht fragen, welcher Schaden diesem jungen Mann angetan worden war. Und vielleicht war ihm ja auch tatsächlich ein Schaden zugefügt worden, irgendwann von seinem Vater, aber er wußte nicht, welcher Art dieser Schaden war. Ob seine Vorstellung, die gekritzelten Worte könnten eine Art Flaschenpost aus der Vergangenheit sein, mit einer verborgenen Botschaft, einem Plan, einem Ort, an dem etwas Wichtiges oder Wertvolles zu finden wäre, am Ende nichts anderes als ein Produkt seiner Kifferei war? Angefeuert noch durch seine allzulange Beschäftigung mit Poes »Goldkäfer«? Eine Wahnvorstellung, eine fatal fixe Idee, daß es keine Zufälle gab im Leben? Daß alles nicht nur mit allem irgendwie, irgendwo, irgendwann in Beziehung stand, sondern daß auch alles bedeutungsvoll geladen sein mußte und nur darauf wartete, entschlüsselt und enthüllt zu werden, um die Lösung aller Widersprüche und Rätsel zu entdecken? Und ganz nebenbei auch noch seinen Vaterkomplex zu bewältigen? Lukas als Prinz, der das Dornröschen wachküßte, das in diesen fast unleserlichen Worten schlief? Und die Identität des Kreters lüftete, des geheimnisvollen Piraten jenes Nachmittags im Garten seiner Kindheit? Lachhaft ...

»Da hast du meine Helena«, riß Rob ihn aus seinen Selbstzweifeln und nickte mit dem Kopf in Richtung eines Tisches, an dem drei Griechen mit einer dunkelhaarigen Frau saßen und sich gestenreich unterhielten. Die Frau wandte Lukas den Rücken zu, so daß er nur eine schwere Lockenflut sah, in deren Schwarz silberne Strähnen blitzten. »So eine suche ich.«

»Holländer sucht Griechin?« Lukas grinste.

»Ist gar keine Griechin«, sagte Rob. »Sieht nur so aus und spricht auch Griechisch. Ich glaube, sie ist Engländerin.«

»Und woher weißt du das so genau?«

»Weil ich vor ein paar Tagen mal mein Glück versucht habe. Und schwer abgeblitzt bin.«

»Herzliches Beileid«, sagte Lukas.

»Danke. Und weißt du, was die zu mir gesagt hat? Leave me alone. You guys are all the same. You only want to fuck.«

Lukas lachte. »Da ist was dran.«

»Ja«, sagte Rob, »aber gefallen hätte sie mir schon.«

Sie tranken noch einen Ouzo als Absacker und fuhren dann gemeinsam mit dem Motorroller über die Seitenstraße zu ihrer Unterkunft. Rob wollte am nächsten Morgen früh aufstehen, noch vor Sonnenaufgang, um eine Wanderung in die Berge zu machen. Ob Lukas mitkommen wolle?

»Vor Sonnenaufgang schlaf ich noch«, winkte Lukas ab.

»Ich kann dich wecken«, sagte Rob.

»Und was gibt's da oben zu sehen?«

Rob zuckte mit den Schultern. »Berge natürlich. Täler. Und das Meer.«

Lukas gähnte. »Meinetwegen. Warum auch nicht?«

Die Glyzinien verströmten über der Terrasse ihren schweren Duft. Ein niedriger, rot überhauchter Mond schwamm am Himmel und zeichnete seine silbern glitzernde Spur auf die schwarze Glätte des Meeres. Die Frau, die Rob einen Korb gegeben hatte. Die Strähnen in ihrem Haar. Ob die wohl echt waren? Oder eingefärbtes Lametta? Am Ende des Blicks hoben sich Felsen oder Inselchen vor dem Horizont, als habe die See dort Wellen geworfen, die in der Bewegung erstarrt waren.

5.

In der Dunkelheit schimmerte der in sanfter Biegung nach Südwesten ausschwingende Sandstrand wie eine unendliche Sichel. Nachdem sie etwa einen Kilometer an der Wasserlinie entlanggegangen waren, trafen sie auf einen schmalen, landeinwärts führenden Weg. Unter ihren Schuhen knirschten Bruchsteine, gesprungene Fliesen, zerschmetterte Ziegel, Schutt, Geröll und Kies. Lukas stolperte, stieß sich das linke Knie an einem Stein, verfluchte Robs Schnapsidee, mitten in der Nacht durch unwegsames Gelände zu stiefeln, und verfluchte sich selbst, seine notorische Nachgiebigkeit, seine Unfähigkeit, nein zu sagen, sondern bei jedem noch so abwegigen Unternehmen mitzulaufen.

Aber je weiter sie den stetig steiler ansteigenden Weg gingen, desto besser gewöhnte Lukas sich an die Dunkelheit, die nicht stockfinster war, sondern einen matten Schein verströmte, als ob die Bäume und Felsen nicht nur Schatten warfen, sondern Echos des übermäßigen Lichts abgaben, das sie bei Tag aufgenommen hatten. Der Weg endete jäh und ging in einen Eselspfad über, so schmal, daß sie hintereinander gehen mußten. Die Berge schienen, je höher sie stiegen, zu wachsen, und die samtblauen Höhensäume, die sich gegen den im Osten erhellenden Himmel immer klarer abhoben, rückten mit jedem Schritt ferner. Die seidige Stille wurde vom Tappen ihrer Schuhe auf dem Felsboden und dem metallischen Singen der Grillen unterbrochen, als ob die Stille einen Resonanzboden hätte und solche Reize benötigte, um sich vernehmbar zu machen. Der Pfad wurde noch steiler, sie mußten beim Klettern die Hände zu Hilfe nehmen, bis sie ein kleines Plateau unter einem überhängenden Felsen erreichten.

Rob war den Weg vorher noch nicht gegangen, hatte ihn sich aber erklären lassen und sagte, daß sie gemäß dieser Beschreibung nun eine Quelle erreicht haben müßten. »Hörst du es nicht?« flüsterte er.

»Was? Das Gekläffe?«

Tatsächlich drang Hundegebell aus dem Tal, gefolgt vom jammernden Schrei eines Esels. Das Dorf, vom Steilhang aus nicht zu sehen, erwachte.

»Das Wasser«, sagte Rob und ging am Felsen entlang.

Es klang wie leises Geplauder. Aus dem Gestein sprang, dünn wie ein Silberstift, der Wasserstrahl, war mit Schindeln geschuht und murmelte in drei Holztröge, die untereinander angeordnet waren, um Tränke zu schaffen. Das Wasser sickerte von Trog zu Trog und verursachte eine plätschernde Morgenmusik. Rob zog zwei Plastikflaschen und einen Blechbecher aus seiner Umhängetasche, hielt den Becher unter den Strahl, das Wasser prasselte hinein. Er reichte Lukas den Becher. Lukas trank. Das Wasser schmeckte, als habe er noch nie in seinem Leben Wasser getrunken. Dann trank auch Rob. Sie setzten sich mit gekreuzten Beinen auf den Felsboden, breiteten das mitgebrachte Frühstück aus. Brot und Käse, Pfirsiche, Äpfel. Während sie aßen, blickten sie aufs Meer hinaus. Zwischen dem wie mattes Silber glänzenden Strömen lagen die Inseln, die Lukas gestern abend vor dem Horizont gesehen hatte. Ob Rob die kenne?

Der Holländer zuckte mit den Schultern. »Keine Ahnung, vermutlich unbewohnte Felsenriffe.«

Jetzt ging im Osten die Sonne auf, und aus dem dämmrigen Blau, in das Meer und Berge getaucht waren, stiegen Farben und Umrisse. Zuerst verwandelte sich das Wasser in ein lichtdurchflutetes Blau, der Saum des Strandes zu blendendem Weiß, dann fanden die Felsen ihr tönernes Braun und die Oliven, Eichen und Zypressen ihre Grünschattierungen. Sobald die Sonne als sengender Ball ganz aus dem Meer aufgetaucht war, verlor sie ihre Röte, wandelte sich rasch zu Gelb und schließlich zu Weißglut. Die Ebene im Osten, den Strand und den Ort unter ihnen, rückte das Licht in weitere Ferne, die Berge über ihnen riß es höher ins Blau.

»Danke, daß du mich mitgenommen hast«, sagte Lukas.

»Wieso danke?«

»Weil ich das noch nie gesehen habe.«

»Man muß eben früher aufstehen.« Rob grinste. »Dann sieht man mehr.«

Sie drehten sich Zigaretten, rauchten, füllten die Flaschen mit Wasser und stiegen höher, dem schmalen Pfad folgend. Manchmal kreuzten halbwilde Ziegen ihren Weg, einmal sahen sie eine über den Hang verstreute Schafherde, begegneten aber keinem Menschen. Von Minute zu Minute wurde es wärmer. Der Schweiß lief ihnen von der Stirn in die Augen, und als sie kurz vor Mittag schwer atmend ein Hochplateau mit einem lichten Eichenhain erreichten, brütete die Hitze trotz einer matten Brise schwer auf den Höhen.

Sie gingen im Schatten der Steineichen. Die hellgrünen Blätter waren klein, wie aus Metall gestanzt, mit Dornen besetzt. Der Holländer zeigte auf ein niedriges, weiß schimmerndes Gewölbe am Rand des Hains. Das sei vermutlich die Kapelle, bei der es noch eine Quelle geben solle.

Lukas sah im Näherkommen, daß der winzige Bau mit quadratischem Sockel und runder Kuppel kaum mannshoch war. Um durch den niedrigen, mit einem Gitter versperrten Eingang zu gelangen, hätte man sich bücken müssen. »Sieht eher aus wie 'ne Hundehütte.«

Die beiden blickten durch die Gitterstäbe ins Innere. An der Rückwand hing ein Bild, von dem im Dämmerlicht nur der Goldrahmen erkennbar war. Auf dem Boden aus Feldsteinen lag ein zu Stroh verdorrter, staubbedeckter Blumenstrauß. Hinter dem Kapellchen war ein flaches Becken aufgemauert, aus dessen Grund von unsichtbarer Stelle Wasser aus dem Felsboden drückte, über dem Beckenrand ablief und als Bach talwärts sickerte.

Obwohl die Quelle nicht im Schatten lag, war das Wasser eisig und kristallklar. Sie tranken, füllten die Flaschen erneut, setzten sich unter einer Eiche auf den vom gefallenen Laub weichen, erdig duftenden Boden, aßen den Rest ihres Proviants und rauchten schweigend Zigaretten. Wie Honig tropften Sonnenflecken durchs Eichenlaub, müder Wind ließ die Blätter tuscheln. Begleitet vom ununterbrochenen Zirpen der Zikaden überließen sie sich der Trägheit des Mittags. Leise raschelnd kroch eine Schildkröte, klein wie ein Handteller, durchs Laub dem rinnenden Wasser zu. Der gelbliche Panzer des Tiers war mit schwarzen, symmetrischen Flecken gezeichnet, Botschaften eines uralten Geschlechts, das schon weit vor aller Geschichte über diesen Boden gezogen war, Geheimschrift aus dem Ursprung der Dinge. *Bilder in Höhle.* Ruckartiges, dennoch geschmeidiges Kriechen, als hielte sie inne, um über etwas Vergessenes nachzudenken, vielleicht über ihr Ziel, *acht Meter über Ankerplatz*, den Weg fortzusetzen, wieder nachzudenken, *Pax Ak*, sich das Ziel aus dem Sinn zu schlagen, einfach so dazusitzen mit schweren Lidern, *Pax*, so dazuliegen im endlosen Mittag, im leichten Schlaf.

Ein scharfer Knall, ein über die Felsen rollendes Echo. Lukas schreckte hoch. Ein zweiter Knall wie ein Peitschenhieb.

»Schüsse«, flüsterte Rob. Ein Moment vollkommener Stille. Dann schrillten wieder die Zikaden. »Wahrscheinlich Jäger.«

Die Sonne war schon nach Westen gewandert, die Schatten wurden länger. Sie mußten fast drei Stunden geschlafen haben. Lukas holte frisches Wasser aus der Quelle.

»Schade, daß es kein Bier ist«, sagte Rob.

»Wenn wir wieder unten sind, trinken wir eins«, sagte Lukas.

»Von mir aus auch zwei.«

Als sie ihre Sachen zusammenpackten, kam zwischen den Bäumen ein glatzköpfiger Mann mit grauem, verfilztem Vollbart auf sie zu. In seinem schwarzen, bis auf die Füße reichenden Gewand war er unschwer als Pope zu erkennen, wäre aber wegen seines Aufzugs auch als Bandit oder Partisan durchgegangen. Um die Soutane trug er einen breiten Gurt, in dem mehrere Schrotpatronen steckten, über der rechten Schulter hing, den Lauf nach unten, ein Gewehr, und in seiner linken Hand baumelten zwei leblose Kaninchen, die er an den Ohren festhielt.

»Cherete!« rief er ihnen entgegen.

»Kali mera«, sagte Lukas.

»Kali spera!« rief Rob. »Ab fünfzehn Uhr sagt man hier guten Abend«, raunte er Lukas zu.

»Kali spera also«, sagte Lukas, als der Mann jetzt vor ihnen stand und sie mit schadhaften Zähnen anstrahlte. Er war alt, mindestens siebzig, wirkte aber drahtig und rüstig. Die forschen Grußworte mußten in ihm den Eindruck erweckt haben, die Fremden sprächen Griechisch, denn er redete sofort rasch auf sie ein und hielt dabei triumphierend die Kaninchen am ausgestreckten Arm in die Höhe.

»Do you speak English?« unterbrach Lukas ihn.

Oh ja, ein sehr, sehr kleines bißchen Englisch, ja. Englisch sehr gut. Engländer sehr, sehr nett, gute Leute. Ob sie Engländer seien?

»Dutch«, sagte Rob. Und Lukas sei ...

Oh! Deutsche? Er spräche auch ein wenig Deutsch.

»No, dutch«, sagte Rob. »Holland?«

Ja, ja, er verstehe, Deutsche also, Deutsch sehr gut, Deutsche sehr nette Leute, sehr gut.

Rob verzog das Gesicht zu einem gequälten Grinsen, nahm es

dann aber doch achselzuckend hin, als Deutscher eingebürgert worden zu sein. Der Pope setzte sich mit übereinandergeschlagenen Beinen auf den Boden, lud die beiden mit einer Handbewegung ein, es ihm gleichzutun, und fingerte aus der Tasche seiner staubfleckigen Soutane eine Glasflasche.

»Tsikoudiá«, sagte er, »isse Raki, sehr gut«, drehte den Schraubverschluß ab und hielt Rob und Lukas die Flasche hin.

Sie nahmen einen Schluck, das wasserklare Zeug war höllisch scharf, verdrehten die Augen, nickten anerkennend, sagten »sehr gut« und reichten die Flasche zurück.

»Jámmas«, sagte der Pope, »isse Prost, Cheers!«, tat einen tiefen Zug und rülpste inbrünstig. Deutsche, erklärte er nun in einer kuriosen Mischung aus Englisch, Deutsch und weit ausholenden Handbewegungen, seien sehr gute Leute. Engländer desgleichen. Sehr gut eben. Gut seien auch die Kaninchen. Er zeigte auf die erlegten Tiere, strich sich dabei über den Bauch, leckte sich die Lippen. Gut sei darüberhinaus das Wasser in der Quelle. Er deutete zu der winzigen Kapelle. Sein Tsikoudiá sei ebenfalls gut. Noch einmal kreiste die Flasche. Lukas spürte sich leicht werden, schwebend über dem Boden. Nicht gut sei jedoch der Krieg. Nie sei der gut. Nirgends. Kreta habe viele Kriege erlebt. Zu viele gute Menschen seien hier gestorben. Venezianer und Türken, Engländer und Deutsche. Und immer wieder Kreter. Im letzten Krieg seien erst die Engländer gekommen, dann die Deutschen, dann, nach dem Krieg, wieder die Engländer. Bis hierher. Er gestikulierte den Steilhang abwärts in die Richtung, in der Agia Galini lag. Deutsche hätten Engländer getötet. Engländer Deutsche. Engländer hätten Kreter getötet. Deutsche hätten Kreter getötet. Deutsche hätten da, da unten, wieder deutete er zum Ort, einen Deutschen getötet, und dabei zeigte er auf das Gewehr, das neben ihm im modrigen Laub lag.

Deutsche einen Deutschen? unterbrach Lukas den Popen. Ob er sich da nicht irre? Etwas verwechsele?

Nein, nein, so sei es gewesen. Deutsche Soldaten hätten einen Deutschen getötet. Damals. Mit einem Gewehr. Er klopfte wie zur Bestätigung auf seine Flinte, setzte die Flasche an den Mund, trank und reichte sie an Lukas und Rob weiter. Englische Leute, deutsche

Leute, kretische Leute, alle seien sie gut, sehr gut sogar. Selbst die Schlechten seien manchmal gut. Und die Guten manchmal schlecht.

»Alles Mensch!« rief er, fast singend, vielleicht auch nur vom Raki beseligt, und breitete dabei die Arme aus, als wollte er Himmel, Erde und Meer umfassen. »Alles nur Mensch.«

V. KAPITEL

KRETA 1943

1.

Im grauen Zwielicht vor Sonnenaufgang erschien Andreas mit dem Motorradgespann vor dem Arzthaus in der stillen Straße, gelangte durch eine Seitenpforte in der Mauer, hinter Efeu und Kletterrosen fast völlig verborgen, zum Gartenhaus und klopfte leise gegen den Fensterladen. Johann erwartete ihn bereits mit gepacktem Rucksack.

»Du lernst schnell, Yannis«, sagte Andreas.

»Wie meinst du das?«

Andreas grinste. »Früh aufzustehen.«

Als sie Rhetimnon erreichten, war die Sonne aufgegangen und verstreute Farben über den Rausch aus Grün und Blüten, in den der Frühling die Insel versetzt hatte. Am Kafenion des Schwagers hielt Andreas an. In Erinnerung an zu viele Schnäpse, die man ihm bei seinem ersten Aufenthalt dort aus Gastfreundschaft und seiner Gesundheit zuliebe eingeflößt hatte, wollte Johann protestieren.

»Nur auf einen Kaffee«, versprach Andreas. »Ehrenwort.«

Diesmal war der Schwager da, während die Frau auf dem Feld arbeitete. Er begrüßte Johann wie einen alten Freund, umarmte ihn und küßte ihm mit strengem Knoblauchhauch die Wangen. Nachdem sie Kaffee getrunken hatten, richtete der Schwager in dem für Johann unverständlichen Dialekt ein paar hastige Worte an Andreas.

»Er will mir etwas zeigen«, sagte Andreas wie entschuldigend.

»Etwas, was unsere Familie betrifft. Warte hier, Yannis. Trink noch einen schönen Kaffee. Rauch eine Zigarette.«

Die beiden Männer verschwanden durch den Hinterausgang. Johann wunderte sich über die Heimlichtuerei und empfand ein diffuses Gefühl der Bedrohung, als würde er beobachtet. Durch die offene Tür sah er, wie sie aufgeregt miteinander redend über einen schmutzigen Hof gingen, und auch dieser Disput schien Johann zu gelten. Dann verschwanden sie in einem verwahrlosten Stallgebäude und kamen nach wenigen Minuten zurück. Andreas lächelte zufrieden vor sich hin. Der Schwager nahm die Rakiflasche vom Wandregal und stellte drei Gläser auf den Tisch.

»Oh nein, bitte ...«, entfuhr es Johann.

»Du mußt«, sagte Andreas. »Du bist hier zu Gast.«

»Ti na kanome«, sagte Johann resignierend – was soll man machen?

Andreas und der Schwager lachten.

»Auf unsere Gesundheit«, sagte Andreas.

»Aber nur einen«, sagte Johann. »Wir haben heute noch viel zu tun.«

»Und was wir heute nicht schaffen«, sagte Andreas, »erledigen wir morgen.«

Als sie weiterfuhren, fragte Johann, um was für Familienangelegenheiten es sich gehandelt habe.

Andreas legte den dritten Gang ein, ließ den Motor aufheulen. »Ich kann dich nicht verstehen!« brüllte er und legte das Gespann in die Kurve.

Bei Platanes verließen sie die Küstenstraße und bogen südwärts in die Berge ab. Das glatte Singen der Reifen auf dem Asphalt wurde durch ein Rollen und Holpern abgelöst, hin und wieder unterbrochen durch metallisches Platzen und Knacken, wenn Mergelstücke brachen oder Kies hochschleuderte und gegen die Verkleidung des Beiwagens knallte. Die Landschaft war felsig und karg, es gab kaum Bäume, nur Buschwerk und dürres Gestrüpp, an dem Ziegen knabberten. Die Glocken an ihren Hälsen schepperten blechern durchs Röhren des Motors. Nachdem sie eine Stunde gefahren waren, lief die kurvenreiche Piste dicht an einer Schlucht entlang, und obwohl Andreas kaum schneller als dreißig

Stundenkilometer fuhr, kamen Johann einige Manöver so waghalsig vor, daß er fürchtete, das Gespann müsse in den Abgrund stürzen.

Schließlich erreichten sie ein blütenübersätes Hochplateau, das von einer halb verfallenen Windmühle mit geborstenen Flügeln überragt wurde. Dahinter erhob sich düster und abweisend ein Gebäudekomplex mit hohen Außenmauern, von wenigen schmalen Fenstern durchbrochen.

Andreas hielt an einem niedrigen Torbogen im Mauerwerk und stellte den Motor aus. »Wir sind da«, sagte er. »Das Kloster Moni Arkadi.«

»Sieht eher wie eine Festung aus«, bemerkte Johann.

Andreas nickte. »Das war es auch einmal. Eine Festung und eine Todesfalle.«

Ein junger Mönch erschien im Torbogen und begrüßte sie. Andreas erklärte ihm, daß man mit dem Abt sprechen müsse. Der sei unterwegs in den Hügeln und kümmere sich um die Bienenstöcke, sagte der Mönch, der sie in einen Innenhof führte, in dem ein Gewürzgarten angelegt war. Bienen summten, Schmetterlinge taumelten durch die stark duftenden, blühenden Kräuter und Stauden. Sie setzten sich auf eine niedrige Begrenzungsmauer vor die Beete. Der Mönch verschwand im Refektorium, kam nach einer Weile mit einem Tonkrug voll Wasser, Feigen und Äpfeln zurück und ließ Andreas und Johann wieder allein. Während sie aßen und tranken, sah Johann eine kleine Schildkröte zwischen den Kräuterpflanzen kriechen. Ihr gelber Panzer mit schwarzen Mustern schob sich wie in Zeitlupe durchs sonnenfleckige Grün.

Zwei andere Mönche kamen eine Treppe herunter. Auch sie trugen lange, schwarze Gewänder, hohe Mützen und Vollbärte. Sie überquerten schweigend den Hof, nickten Andreas und Johann lächelnd zu. In ihrem Gang schwang ein undefinierbarer Rhythmus, von Hast genauso weit entfernt wie von Langsamkeit, ein Gehen, das zugleich wie ein Innehalten war. Sie verschwanden in der Kirchentür, aber nicht, wie sonst Menschen ein Haus betreten, sondern wie Tiere, die huschend hinter Bäumen unsichtbar werden, wenn man sie im Wald beobachtet, oder wie ein vorbeigleitendes Segel, vor dessen Anblick sich plötzlich ein Felsen schiebt. Das

Geisterhafte dieses Auftritts berührte Johann wie die Erinnerung an etwas längst Vergessenes, beunruhigte ihn aber auch, weil es ihm wie ein Vorzeichen für etwas ganz und gar Unfaßbares erschien, das dingfest zu machen, zu katalogisieren und damit der Vernichtung auszuliefern seine Aufgabe war.

Schon wollte er die unheimliche Stille dieses Hofs brechen und Andreas fragen, was er mit seiner Bemerkung gemeint habe, das Kloster sei eine Todesfalle gewesen, als in der Kirche Stimmen halblaut zu singen begannen, Psalmen nach uralter Melodik. Die Stimmen hoben und senkten sich, es klang etwas Gleichgültiges und zugleich Begeistertes in ihnen mit, von Klage so endlos entfernt wie von Lust, auch etwas Feierliches, das aus dem Vergangenen kam wie aus einem lichtlosen Brunnen, die Gegenwart für einen Augenblick erfüllte und in dem verhallte, was kommen mußte. Über dem Hof aus einem offenen Fenster sang eine Frauenstimme die Melodie nach und verstummte. Das war so unerhört, daß es Johann wie eine Einbildung vorkam, aber es setzte erneut ein, und es war eine weibliche Stimme, die Stimme, das hörte er plötzlich sehr klar, Ingrids. Und doch wieder nicht. Das Echohafte, das sich dem Singen in der Kirche anschmiegte wie der Lichthof einer Kerzenflamme, hatte etwas Willenloses, Bewußtloses, fast Jenseitiges. Die Stimme verstummte. Ingrid war tot, verschüttet im Keller von Johanns Lübecker Elternhaus, das wie Zunder gebrannt hatte beim Angriff des britischen Geschwaders. Und in diesem kretischen Klosterhof sang nun irgendeine weibliche Stimme ihr Requiem. Aus der Kirche drang mit den dunklen, tremolierenden Männerstimmen ein Duft von Wachs, Honig und Weihrauch, der wie der Geruch des Gesangs war und eine Geste, näher zu treten.

Johann stand auf, ging zur Kirchentür, die einen Spalt offenstand, und blickte ins Innere. Im Dämmer knieten ein Dutzend Mönche auf dem Steinboden. Die ewigen Lichter schwangen rötlich schimmernd in der von Weihrauch und Honig schweren Luft. Der sonore Gesang war auch eine Besänftigung, eine Bändigung von Wut und Gewalt in harmonische Gelassenheit. Hier ging etwas vor sich, was sich seit mehr als tausend Jahren am gleichen Ort und zur gleichen Stunde vollzog. Welcher Bach floß tausend Jahre durchs gleiche Bett? Welcher Baum streckte tausend Jahre sein

Blattwerk zur Sonne? Die absurde Vermessenheit, mit der in Deutschland von einem tausendjährigen Reich gebrüllt wurde! Der Gedanke daran war wie ein Faustschlag ins Gesicht.

Als die Mönche schon das Kirchenschiff durch einen Seiteneingang verlassen hatten, stand Johann immer noch wie benommen, starrte zu den Halbsäulen und Gesimsen empor, zu den horizontalen und vertikalen Abschnitten, und kam mit solchen Begriffen wieder zu sich. Geschäftsmäßig registrierte er das hervorragende Beispiel kreto-venezianischer Renaissance, ging durchs Nordschiff, durchs Südschiff, fotografierte und katalogisierte zahlreiche Ikonen, die aber alle aus dem 20. Jahrhundert stammen mußten und von geringem Wert waren, und auch die Ikonostase aus Zypressenholz war neu. Ob man hier vielleicht irgendwo alte Ikonen verborgen hielt? In Sicherheit gebracht vor den Deutschen? Versteckt vor Johann und seiner Liste? Und wo war der Abt? Kümmerte sich um Bienenstöcke? Als Abt? Der junge Mönch, der sie vorhin begrüßt hatte, schien sie erwartet zu haben, obwohl Johann seine Ankunft niemandem mitgeteilt hatte, niemandem außer Andreas. Wenn man im Kloster auf ihr Kommen vorbereitet gewesen war, hatte dann Andreas die Mönche gewarnt?

Als Johann wieder in den Hof kam, war der Abt eingetroffen. Er trug zwar die schwarze Soutane, hatte jedoch wie ein Imker einen breitkrempigen Strohhut auf dem Kopf. Er unterbrach seine Unterhaltung mit Andreas, ging Johann entgegen, begrüßte ihn und sagte, er freue sich, daß die Behörden trotz der schweren Zeiten beschlossen hätten, sich um kulturelle Angelegenheiten zu kümmern. Leider seien hier in Moni Arkadi damals beim Kampf alle Ikonen und fast alle Wandmalereien zerstört worden, aber davon habe Johann ja gewiß längst gehört.

Johann schüttelte den Kopf und überlegte. Damals beim Kampf? Ob es hier denn Gefechte zwischen Deutschen und Engländern gegeben habe?

Der Abt lächelte nachsichtig und forderte Johann und Andreas auf, ihm zu folgen. Er führte sie durch einen Arkadengang an der Kirche vorbei ins Refektorium, wo zwei Mönche bereits die roh gezimmerten Tische fürs Abendessen deckten. Der Abt deutete mit der Hand auf tiefe Hieb- und Schnittspuren in den Tischplatten und Holzbänken. »Türkische Säbel«, sagte er. Im Jahr 1866 sei es zu einem kretischen Aufstand gegen die osmanische Fremdherrschaft gekommen. In diesem Kloster hätten sich damals an die tausend Kreter verschanzt, ein Drittel Männer, zwei Drittel Frauen, Kinder und Greise. Dagegen seien die Türken mit einer Armee von 15000 Mann vorgerückt, seien auf die Hochebene vorgedrungen und hätten das Kloster angegriffen. Ein blutiger, für die Verteidiger aussichtsloser Kampf.

»Kommt mit«, sagte der Abt und ging mit ihnen aus dem Refektorium über einen Hof, ein paar Treppenstufen abwärts, und dann standen sie in einer Halle mit rauchgeschwärzten Wänden, der das Dach fehlte. Dies, erklärte der Abt und deutete in die Dämmerung über ihren Köpfen, seien damals die Gewölbe des Pulvermagazins gewesen. Als die Türken schon in den Klosterhof eingedrungen seien und ein Massaker angerichtet hätten, habe einer der Verteidiger in das auf dem Boden verstreute Schießpulver geschossen. Es habe sofort Feuer gefangen, die Flammen hätten sich zu den Munitionsfässern durchgefressen, eine gewaltige Explosion habe fast alle Verteidiger und viele Türken in den Tod gerissen.

»Freiheit oder Tod«, sagte Andreas wie zur Bekräftigung der Erzählung des Abtes.

»Ja«, seufzte der Abt und strich sich nachdenklich mit den Fingern durch den Bart, »Freiheit oder Tod. Aber dieser Tod war sinnlos. Das Kloster war nicht zu verteidigen. Wir Kreter hätten mehr erreicht, wenn wir den Türken ausgewichen wären, wenn wir mit List Widerstand geleistet hätten. Aber wir haben unsere Lektion gelernt.«

Der Abt hatte leise, aber eindringlich gesprochen, so wie man einem etwas unaufmerksamen oder uneinsichtigen Kind etwas nahezubringen versucht, was das Kind ungern hört. Johann fröstelte. Vielleicht war es nur der Abendwind, der übers Hochplateau strich, sich im Gemäuer fing und verwirbelte. Hatten die letzten Sätze des Abtes nicht wie eine Drohung geklungen? Er sah zu Andreas hinüber, der seinem Blick standhielt, aber in der rasch fallenden Dunkelheit war in seinen schwarzen Augen kein Ausdruck mehr zu erkennen.

Sterne entzündeten sich über den dunklen, von Rauchspuren

bizarr gezeichneten Mauern des dachlosen Gewölbes, dessen Ostwand teilweise eingestürzt war. Man konnte die Hochebene überblicken und die angrenzenden Berghänge. Irgendwo dort draußen schimmerte ein Streifen wie Mondlicht, ein Wasser, eine Quelle vielleicht oder auch nur ein Tümpel zwischen Feigenbäumen. Daneben sah Johann einen roten Lichtpunkt wie einen fernen Planeten, dann noch einen und einen dritten – Hirtenfeuer an den Hängen der dunklen Berge. Bei jedem Feuer saß jetzt ein Mann mit seinen Tieren. Im weiten, dunklen Bogen um dies Kloster, in dessen Kirche die ewigen Lichter glühten, lagerte sich sein Reichtum. Keine Kunstwerke, keine Ikonen, keine goldenen Monstranzen und Kandelaber, keine Gewänder aus Brokat, sondern Schafe und Esel, Weinberge und gutes Wasser, Gemüsegärten, Olivenbäume und Bienenstöcke. Ein Reichtum war das, dessen Genügsamkeit freilich an Armut grenzte. Im Klosterhof schlug ein Hund an und bekam Antwort von den Berghängen. Hier und da blökten Schafe aus unterbrochenem Schlaf. Ein Käuzchen schrie, Zikaden schrillten, und doch war die Nacht still. Still wie Frieden, dachte Johann.

Wieder schlug der Hund an, näher jetzt und knurrend. Auf dem Altan über dem Torweg lehnte eine Gestalt. »Was gibt es da?«

»Es sind die Gäste«, rief der Abt beschwichtigend, ein sanfter Ton unwidersprochener Macht, Gastfreundschaft, gelassen und selbstverständlich ausgeübt. Die wenigen Worte, gewechselt in der Nacht, hatten einen Klang und Rhythmus, die aus etwas sehr Altem kamen, älter als die Ölbaume, älter als Homer. Der Klang kam aus Minos' versunkener Welt, in der Paläste keine Mauern hatten, weil es keinen Krieg gab und keinen Feind. Nur Gäste und Delphine, die im Meer spielten. Der Rhythmus aber, in dem die Worte von Mund zu Mund gingen, glich dem Rhythmus, in dem kleine, gelbe Schildkröten mit schwarzen Hieroglyphen auf den Panzern über die warme Erde krochen.

2.

Das Kloster des heiligen Martin, zu dem sie am nächsten Morgen aufbrachen, lag so abgelegen im unwegsamen Bergland, daß es mit dem Motorradgespann nicht zu erreichen war. Der Abt stellte ihnen zwei Maultiere zur Verfügung und akzeptierte die Bezahlung, die Johann ihm anbot, als Spende für mildtätige Zwecke.

Sie ritten auf schmalen Pfaden über Abhänge und steile Anstiege, folgten lange einem versteinten, trocken gefallenen Flußbett, durchquerten Hochebenen mit grünen Kornfeldern. Manche Abschnitte waren öde und karg, mit nichts überm Weg als einer raschelnden Eidechse oder einem kreisenden Sperber im durchsichtigen Frühlingshimmel. Andere waren belebt von Ziegen und Schafherden. Hunde kamen wütend bellend, mit gefletschten Zähnen bis nahe an die Maultiere, so daß sie mit Fußtritten und Steinen verjagt werden mußten. Schwer in der Wolle drängten Schafe sich im Felsschatten, und ihr erhitztes Atmen schien sie zu schütteln. Auf einem flachen, wie mit einem Riesenhammer geebneten Felsplateau verharrte regungslos der Schatten einer Wolke. Als die Sonne fast im Zenit stand und Johann, der reiten konnte, den merkwürdigen Trott der Maultiere aber nicht gewohnt war, sich vor Verkrampfung kaum noch im Sattel hielt, erreichten sie zwischen einer hohen Zypressengruppe eine Zisterne. In ihrer dämmrigen, kühlen Tiefe war die Quelle eingefangen, und über einem Querbalken hing an einer Kette ein rostiger Blecheimer.

Sie saßen ab. Andreas zog das klare Wasser empor und gab den Tieren zu trinken. Dann tranken sie selbst und aßen von den mitgebrachten Lebensmitteln, weißen Käse, Oliven, getrocknetes Ziegenfleisch. Über den Himmel segelten versprengte Wolken, Geläute von Herden klang aus der Ferne. Aus dem Tal stiegen Gerüche von Akazien, von Erdbeeren und Thymian. Sie lehnten im Schatten der Zypressen mit den Rücken an der Zisternenmauer, rauchten Zigaretten, ließen sich von der Trägkeit des Mittags einspinnen, und als Johann eben die Augen schließen wollte, fragte Andreas ihn unvermittelt, ob er sich nicht wohl fühle.

»Wieso sollte ich mich nicht wohl fühlen?« sagte Johann.
»Du kommst mir bedrückt vor. Hast du Sorgen?«
Johann, plötzlich wieder hellwach, als wittere er Gefahr, zögerte mit einer Antwort. Sollte er Andreas sagen, daß er sich von ihm nicht nur geführt, sondern auf heimliche Weise auch überwacht und beobachtet fühlte? Daß ihm das Fehlen von Kunstgegenständen im Kloster merkwürdig und die geheimnistuerische Art, in der Andreas mit seinem Schwager umging, verdächtig vorgekommen war? Für einen kurzen Moment spürte er das Bedürfnis, Andreas zu gestehen, daß sein Auftrag und sein Tun keineswegs so harmlos und freundlich waren, wie es den Anschein hatte, sondern die Vorbereitung für einen sorgsam geplanten Raub, die Ausplünderung einer Insel, die schon seit Jahrhunderten von wechselnden Herrschern und Besatzern geschunden und ausgeplündert wurde. Aber sein Opportunismus, die Angst vor Strafe durch seine Auftraggeber und das Mißtrauen, das er trotz aller Sympathie gegenüber Andreas hegte, besiegten den Reiz, ihm zu beichten wie einem Priester, um sich zu erleichtern, um die Schuldgefühle loszuwerden, die er diesen Menschen und dieser Insel gegenüber empfand und die mit jeder Geste der Gastfreundschaft, jedem Schluck Raki und jedem Becher Wasser aus diesen Quellen um so drückender wurden.

»Also?« Andreas blickte ihn von der Seite an und zertrat den Zigarettenstummel unter der Schuhsohle, die aus alten Autoreifen geschnitten war.

»Ich muß etwas finden«, sagte Johann, »etwas, was meinen Auftrag rechtfertigt. Ich kann nicht einfach nur durch die Gegend reiten und mir die Insel ansehen wie ein Tourist.«

»Warum nicht?« Andreas grinste. »Wenn man nichts findet, bedeutet das ja nicht, daß man nicht gesucht hat. Und was die Türken vor hundert Jahren zerstört haben, kannst du nicht wiederherstellen. Oder gehört das auch zu deinem Auftrag.« Andreas' Stimme klang spöttisch.

»Du weißt genau, was ich meine«, sagte Johann scharf.

Andreas schwieg eine Weile, als denke er über etwas nach. »Da, wo wir hinreiten, wirst du genug finden, jedenfalls fürs erste«, sagte er schließlich. »Dafür hast du doch auch deine schöne Liste, nicht wahr? Kloster Arkadi, Kloster des heiligen Martin, Kloster der heiligen ...«

»Ich bin müde«, unterbrach Johann ihn.

»Dann schlaf. Das ist besser als grübeln«, sagte Andreas und schloß die Augen.

Aber Johann fand keinen Schlaf, sondern lauschte in den schwelenden Mittag hinaus, dessen Stille die Grillen zerschrien, heimgesucht von panischem, undefinierbarem Schrecken, und das ferne Scheppern der Ziegenglocken klang ihm in den Ohren, als läutete man zu seiner eigenen Hinrichtung.

Nachdem sie zwei Stunden weitergeritten waren, schlossen sich die bläulichen Berge langsam dichter zusammen, und Johann spürte, daß dieses Tal das Ende des Wegs sein mußte. Sie ritten zwischen Hecken von wilden Rosen, kleine Vögel strichen vor ihnen ab, nicht größer als die Schattenflecken unter den Rosen, und vielleicht waren es tatsächlich die Schatten, die sich in Vögel verwandelten – oder es war umgekehrt, und die Vögel flatterten aus dem Tageslicht ins Schattenreich zurück? Hinter einem Orangenhain erreichten sie Gärten, überquellend von Gemüse und Obst, eingefaßt von brüchigen Mauern aus Feldsteinen. Das Kloster mußte ganz nah sein, und Johann wunderte sich, es nicht zu sehen. In einer der höheren Begrenzungsmauern gab es eine niedrige, verschlossene Tür aus rohem Holz. Kein Laut war zu hören. Selbst das metallische Lärmen der Zikaden hatte für einige Momente ausgesetzt, als hielte das ganze Tal den Atem an.

Andreas stieg von seinem Maultier und klopfte an die Tür. Keine Antwort. Er klopfte lauter. Die Schläge dröhnten dumpf nach innen. Niemand kam. »Bruder Athanasios!« rief er. Niemand öffnete. »Ist hier niemand?« rief er lauter und klopfte erneut. »Merkwürdig«, murmelte er Johann zu, der jetzt, steifbeinig und hüftsteif vom langen Ritt, ebenfalls abgestiegen war.

Andreas griff in die Satteltasche des Maultiers, zog die Pistole heraus und schob sie in die Tasche seiner verschlissenen Weste. Dann drückte er vorsichtig die eiserne Klinke nach unten, die Tür öffnete sich knarrend und schwang ins Innere auf einen winzigen Hof, von dem ein hölzerner Säulengang abzweigte. Unter einem byzantinischen Marienbild brannte ein Talglicht. Der Säulengang war eine Art Balkon oder Balustrade, und als sie auf ihn hinaustraten, stellte Johann fest, daß sie mitten im Kloster waren. Es war in den Berg hineingebaut. Vom Säulengang blickte man zwei Stock tief in einen Garten und auf die kleine, baufällige Kirche, auf deren Kuppel und rötlich schimmernden Mauern der Glanz des Abends lag. Um die Kirche gruppierten sich ein paar dürftige Häuser, Hütten fast, mit hölzernen, hellblau gestrichenen Balkonen und Loggien, an deren Pfeilern Glyzinien, Efeu und Wein emporrankten. Manches schien alt, wie aus der Zeit gefallen, manches notdürftig repariert. Der Anblick verströmte Frieden, aber die Stille war unheimlich und kalt.

Todesstille, dachte Johann, zog die Kamera aus dem Rucksack, als müsse er sich mit irgend etwas bewaffnen, und schoß ein paar Fotos von der Anlage und dem Wandbild unter dem brennenden Licht.

»Laß das«, zischte Andreas ihm zu. »Hier stimmt etwas nicht. Als ich das letzte Mal in diesem Kloster war, gab es zwar nur noch fünf Mönche. Aber immerhin waren es fünf. Jetzt scheint niemand mehr dazusein.«

»Das Licht«, sagte Johann und deutete zur Wand, »wird sich wohl nicht selbst entzündet haben.«

»Wie klug du bist, Yannis«, sagte Andreas, beugte sich weit über die Brüstung der Balustrade und rief: »Andreas ist hier! Andreas Siderias aus Chania!«

Ein Echo antwortete matt, wie ersterbend von den Berghängen. Als es verklungen war, spürte Johann eine Bewegung hinter sich und fuhr herum. Vom Ende der Balustrade, wo eine Treppe aus dem Garten nach oben führte, kam ihnen mit schleppenden Schritten ein alter Mönch entgegen, den Kopf mit dem rötlichblonden Bart gesenkt, die Arme ausgebreitet zum Gruß.

»Bruder Nikos«, sagte Andreas, umarmte den Mann und stellte Johann als einen Freund vor, der in friedlicher Absicht gekommen sei. Der Mönch gab ihm die Hand und starrte ihm dabei wie geistesabwesend in die Augen. »Was ist passiert?« fragte Andreas. »Wo sind die anderen?«

Der Mönch schüttelte den Kopf, als habe er die Frage nicht verstanden oder als könne er sie nicht beantworten, und erst, nachdem sie über die morsche Holztreppe in den Garten hinuntergestiegen waren und Nikos ihnen Wasser, Wein und Käse gebracht hatte, begann er, stockend und wie unter Schock, zu erzählen.

Vor drei Tagen war kurz vor der Abendandacht ein Trupp deutscher Soldaten erschienen, zwölf Mann, ein Offizier und ein Dolmetscher. Der Offizier hatte verlangt, daß sich alle Mönche in der Kirche versammelten, hatte erklärt, daß es Beweise gebe, daß dieses Kloster verschiedenen Andartengruppen und britischen Agenten als Unterschlupf und Waffenlager diene, und hatte dann verlangt, die Verstecke preiszugeben. Der Abt hatte geschworen, daß es weder Andarten noch Briten und auch keine Waffen im Kloster gebe, daß aber stets jedermann, der hier Einkehr halte, als Gast behandelt worden sei und auch weiterhin werde, unabhängig von seinem Woher, unabhängig von seinem Wohin, unabhängig von seinem Glauben und unabhängig von seiner Nationalität. Ob auch Briten zu den Klostergästen gehört hätten, hatte der Offizier barsch insistiert, und Andarten? Gäste, hatte der Abt geantwortet, seien Gäste. Daraufhin hatte der Offizier befohlen, einen der Mönche aus der Kirche in den Hof zu bringen, und dem Abt eine Frist von fünf Minuten gesetzt, die angeblich gehorteten Waffen und die Räume zu präsentieren, in denen die Gesuchten versteckt worden seien. Andernfalls werde der Mönch erschossen. Nach Ablauf der fünf Minuten war der Offizier auf den Hof gegangen, und man hatte in der Kirche einen Schuß gehört. Der Offizier war zurückgekommen, hatte einen weiteren Mönch nach draußen bringen lassen und erneut eine Frist gesetzt, diesmal von vier Minuten. In seiner Not war dem Abt inzwischen eingefallen, daß es im Kloster zwei Gewehre gab, mit denen die Mönche manchmal auf Kaninchenjagd gingen. Unter Bewachung von zwei Soldaten hatte er die Waffen aus einem Schrank geholt und vor dem Offizier auf den Boden gelegt. Der hatte angesichts der uralten Flinten mit rostigen Läufen und schartigen Kolben zu lachen begonnen, war dann aber doch wohl zu der Einsicht gelangt, daß eine zweite Erschießung sinnlos wäre. Er hatte das Kloster durchsuchen lassen, ergebnislos, und den Mönchen befohlen, ihren erschossenen Mitbruder zu begraben. Der Abt und drei andere Mönche wurden als Geiseln verhaftet und mitgenommen, als der Trupp am nächsten Morgen nach Rhetimnon zurückmarschierte.

Nikos schwieg mit Tränen in den Augen. »Genauso war es«, flüsterte er nach einer Weile. »Dort«, er zeigte auf eine Stelle im Hof, »haben sie ihn erschossen. Die Steine waren rot vom Blut. Ich habe es abgewaschen.«

»Und warum haben sie dich nicht mitgenommen?« fragte Andreas.

»Der Älteste, hat der Offizier gesagt, darf hierbleiben, um sich ums Vieh zu kümmern. Und um denjenigen, die sich mit Andarten einlassen, zu sagen, welchen Preis sie dafür zu zahlen haben.«

»Um sich ums Vieh zu kümmern«, wiederholte Johann tonlos und kopfschüttelnd, als buchstabiere er aus einem unbekannten Alphabet Worte zusammen, deren Sinn nie zu verstehen sein würde. Und um das Entsetzen zu besänftigen, das ihn während des Berichts des Mönchs angefallen hatte, fragte er schließlich: »Sind denn wirklich Briten hiergewesen? Oder Andarten?«

»Du hast es doch gehört«, sagte Andreas ruhig. »Wer hier war, der war hier zu Gast. So wie du hier zu Gast bist.«

Johann nickte, beschämt und wütend zugleich, starrte die Stelle an, auf die Nikos gedeutet hatte. Das derbe Pflaster aus Feldsteinen. Erde und Lehm in den unregelmäßigen Fugen, einzelne Grashalme verirrt zwischen den Steinen. Die Rosen taumelten schwer in der Abendbrise, rotes, stoßweises Verbluten im letzten Licht. Er stand auf, ging wie ein Seekranker ein paar unsichere Schritte über das Pflaster bis zur Zisterne am Rand des Hofs, stützte die Hände auf den Brunnenrand und schaute ins bodenlos Dunkle. Die innere Kante war von Rillen zerfurcht. Jahrhundertelang hatten Mönche das Seil mit dem Schöpfeimer über den Stein gezogen und Wasser emporgeholt. Quellklares Trinkwasser. Wasser, mit dem das Blut von den Steinen gewaschen worden war. Die Einschnitte so tief, daß Johann zwei, drei Finger hineinlegen konnte. Der Stein war rundlich geschliffen, warm und lebendig wie Fleisch. Bläuliches Aderwerk an einer Schläfe.

3.

Die Bilder schienen in wasserverdünnten Blutlachen zu schwimmen, weil das Licht der Dunkelkammerlampe als rötlicher Glanz auf den Flüssigkeiten schimmerte. Im ersten Becken wuchsen aus den hellen Papierflächen graue Schatten, bis sich klar konturierte Abbilder all dessen zeigten, was Johann in den vergangenen sechs Wochen fotografiert hatte.

Das erste Bild war trotz der dunklen Umgebung des Restaurants klar zu erkennen – Andreas und Hollbach am Tisch des Restaurants, Andreas breit grinsend, Hollbach, über dessen Kopf die Mandoline hing, zugeknöpft und wie ertappt.

Um nicht in Schwärze zu versinken, mußten die Fotos ins Stoppbecken gelegt werden, und um Dauer im Licht zu erlangen, wanderten sie ins Fixierbad und wurden anschließend gewässert. Dann nahm Johann Bild um Bild aus dem Wasserbecken und hängte sie mit Klammern auf Drähte, die wie Wäscheleinen in der Dunkelkammer aufgespannt waren. Der Schein der rot gefärbten Glühbirne an der niedrigen Gewölbedecke umgab alles Sichtbare mit einer geisterhaften Aura. Das Gesicht des Obergefreiten, der im Keller der Ortskommandantur von Chania das Fotolabor der Armee betrieb, weil er Chemie studiert hatte, bis der Gestellungsbefehl gekommen war, glühte wie erhitztes Metall, wenn er sich über die Belichtungsmaschine beugte. Und Johanns Hände, die Bild um Bild aus dem Wasser zogen und auf den Draht reihten, schienen so blutig zu sein wie die Fotos selbst, von denen die rote Flüssigkeit schlierig abrann und in die Schwärze des Fußbodens tropfte. Was im Morgenlicht rosig und schmelzend gewesen war, im schwelenden Mittag panisch weiß und hitzeflimmernd, um an den Tagesneigen zu kräftigen Pastelltönen zu erblühen und schließlich in allen nur denkbaren Blauschattierungen zu versinken, schwamm jetzt unterschiedslos, zu schwarzweißen Schatten gebannt, im Blutschein des Kellers. Blut lag auf den unerklärlich friedlichen Trümmern von Knossos, der Bach, der durch Fodele floß, führte Blut, die Fresken der Kirche von Moni Arkadi waren blutbefleckt, die Marienikone auf der Balustrade besudelt, und auch das Blut, das der Mönch Nikos vom Pflaster des Hofs gewaschen hatte, war wieder da, unübersehbar im Licht der Laborlampe, und würde stets wiederkommen.

Am nächsten Tag waren sie weitergezogen, zum nächsten Dorf, zur nächsten Kapelle, zur nächsten Kirche, zum nächsten Kloster, sechs Wochen lang mit dem Motorrad, auf Eseln, Maultieren und zu Fuß. Johann hatte sich wie ein Fliehender gefühlt, wie einer, der vor etwas wegläuft, dem er doch nicht entgehen kann, hatte notiert und fotografiert, Fresken und Ikonen, Monstranzen und Mitren, Kandelaber und Altäre, die ausgemuldeten Mosaikböden, die verräucherten Wände, über die ein Strahl Sonnenlicht irrte, die Säulen mit dem abgetasteten, glasigen Glanz, die venezianischen Portale, die schlichten Türen und Pforten in von Rosen überwachsenen Mauern, die dämmrigen, halb verfallenen Kapellen und schäbigen Kirchlein, durch deren Dächer der Himmel schien, in denen sich Kerzendunst und Weihrauchschwaden wie eine Kruste niedergeschlagen hatten und aus deren Mauern, selbst wenn niemand sie mehr betrat, immer noch Gebete zu schwitzen schienen wie Tau. Daß seine Fotos nicht einmal ein Abglanz dessen sein konnten, was er sah und spürte, hatte er immer gewußt, und deshalb enttäuschten ihn die grauen Schatten der Bilder auch nicht.

Aber die Blutspur schockierte ihn, obwohl er wußte, daß es nur eine Illusion des Rotlichts war. Blutunterlaufen war Andreas' Gesicht mit dem mächtigen Schnauzbart, als er auf einer ihrer Mittagsrasten im Schatten von Oliven oder Zypressen in die Kamera gelächelt hatte. Johann hörte jetzt wieder seine Stimme.

»Es ist nicht deine Schuld, Yannis«, sagt er besänftigend wie zu einem Kind. »Und das, was sie mit den fünf Mönchen gemacht haben, ist schlimm. Aber es sind noch viel schlimmere Dinge geschehen. Soll ich dir davon erzählen?«

Und als Johann weder ja noch nein sagt, sondern wortlos in die Baumkrone über ihren Köpfen starrt, durch die der ungeheuer hohe Himmel bricht wie eine schwerelose Last, spricht Andreas von Verhaftungen und Geiselnahmen, von niedergebrannten Dörfern und getötetem Vieh, von erschossenen und erhängten Männern, von vergewaltigten Frauen und totgeschlagenen Greisen, von halb verhungerten, verschleppten und ermordeten Kindern.

Johann weiß, daß alles, was Andreas sagt, der Wahrheit entspricht, hat er doch in der Pension bei Knossos den Befehl des Inselkommandanten gelesen. *Jede Weichheit wird als Schwäche ausgelegt und kostet deutsches Blut!* Aber was da auf dem Papier gestanden hat in kalter Maschinenschrift, waren nur Worte, brutale und gnadenlose Worte zwar, aber nicht das wirkliche Leben, nicht das wirkliche Sterben. Auf den schlichten, ruhigen Sätzen, mit denen Andreas spricht, liegt jedoch die Wirklichkeit wie ein Prägestempel, wie die Spur der Töpferhand auf den ockerfarbigen Tonkrügen, mit denen die Frauen zu den Brunnen und Quellen gehen. Manches von dem, was Andreas erzählt, hat er mit eigenen Augen gesehen, manches ist in seiner Familie vorgefallen. Zwei seiner Brüder sind gehängt worden, weil sie während der Eroberung der Insel auf britischer Seite gekämpft haben. Haus und Hof eines Schwagers wurden niedergebrannt bei einer »Sühnemaßnahme« gegen das Dorf, das die verlangten Kontributionsmengen Olivenöl nicht geliefert hat, nicht liefern kann, weil es nichts mehr gibt. Die Familien des Dorfes sind verschleppt worden, leisten jetzt Zwangsarbeit, bauen Bunker und Flakstellungen und vegetieren in einem Lager. Und selbst jene Vorfälle, die Andreas nur vom Hörensagen kennt, klingen aus seinem Mund so echt, daß Johann nicht den Hauch eines Zweifels oder Widerspruchs spürt. Er lehnt regungslos, wie versteinert, mit dem Rücken am Baumstamm, starrt ins Geäst, das wie schwarzes Gitterwerk vor dem Mittagsblau steht, und hört Andreas' Worte durchs Zikadengeschrei fallen wie rollende Kiesel, die eine Steinlawine auslösen, gegen die es kein Widerstehen gibt. Für einen Moment spürt er den Impuls, Andreas von Ingrid zu erzählen, zu sagen, daß ein englisches Bombergeschwader für den Tod seiner Verlobten und seiner Eltern verantwortlich sei. Aber so, wie es keinen Widerspruch gibt, gibt es auch kein Aufrechnen, keine Fragen nach Schuld oder danach, wer den ersten Stein der Lawine ausgelöst hat, und Johann schweigt.

»Und warum«, fragt er schließlich, »arbeitest du für uns? Für die Deutschen, die von deinen Brüdern bekämpft werden? Warum führst du mich über diese Insel, als sei ich dein Freund?«

Andreas trinkt einen Schluck Wasser, steckt sich eine Zigarette unter den Schnurrbart und zeigt nach einigem Nachdenken plötzlich sein verschwörerisches Grinsen. »Weil ich dafür bezahlt werde.«

»Nur deshalb?«

Andreas zuckt mit den Schultern. »Ich muß eine große Familie versorgen. Eine sehr große Familie. Viele hungern. Auf dem Festland sterben sie vor Hunger.«

»Du müßtest mich eigentlich hassen«, sagt Johann.

Andreas schüttelt den Kopf. »Das, was du hier tust, schadet doch niemandem. Vielleicht nützt es uns sogar.«

»Uns? Wen meinst du mit uns?«

»Die Menschen dieser Insel«, sagt Andreas.

»Also auch die Andarten?«

»Alle«, sagt Andreas entschieden und reicht Johann den Blechbecher mit Wasser.

Jetzt, denkt Johann, als er den Becher an die Lippen setzt, jetzt muß ich es ihm sagen, aber da hat er sofort den Befehl, der auch eine handfeste Drohung ist, wieder vor Augen, Maschinenschrift auf zerknittertem, besudeltem Papier. *Jede Weichheit wird als Schwäche ausgelegt!* Saboteure werden erschossen oder gehängt. Deserteuren und Verrätern würde es nicht besser ergehen. Also schweigt Johann – die einfachste Lösung. Wenn er die Augen schließen kann, wo er zu katalogisieren hätte, kann er auch den Mund halten, wenn er etwas zu gestehen hätte. Blind sein können. Schweigen können. Das sind nützliche, hilfreiche Eigenschaften. Mit denen hat er sich unbeschadet, körperlich unbeschadet jedenfalls, durch den braunen Irrsinn Deutschlands laviert, und dank dieser Eigenschaften ist er auch hierhergekommen ins zertrümmerte, blutgetränkte Paradies. Und um sein Leben zu retten, muß er diese Insel genau so durchwandern, mit diesen Eigenschaften. Blind und stumm.

Das letzte Bild, das Johann im Rotlicht des Kellers aus dem Wasserbecken zog, war ein Foto der Quelle, an der sie an jenem Mittag gerastet hatten, und als Johann es auf den Draht klemmte, konnte er klar erkennen, wie das Blut auch aus dieser Quelle floß.

»So, das wär's«, sagte der Obergefreite und schaltete das Belichtungsgerät aus. »Ihren Lenz möchte ich haben. Kein Spieß, der Sie anschreit, keine Scharmützel mit den Scheißpartisanen. Nur kreuz und quer durch Kreta wie im Urlaub. Schöne Bilder haben Sie da gemacht, Herr Doktor. Beneidenswert.«

4.

Die Typenhebel verhakten sich ständig, das Farbband rutschte bei Zeilenwechseln aus der Führung, und die Tastatur war so abgegriffen, daß kaum noch die Buchstabenmarkierungen erkennbar waren. Der Name Olympia war ein Hohn.

Er könne froh sein, überhaupt eine Schreibmaschine mit lateinischen statt griechischen Buchstaben zu bekommen, dazu noch halbwegs schreibtauglich, meinte der Unteroffizier in der Schreibstube der Ortskommandantur, als er Johann das ramponierte Gerät aushändigte. Dies ganze Land, und Kreta insbesondere, sei nicht nur ein gigantischer Schrotthaufen, sondern die Leute seien geradezu vernarrt ins Kaputte. Johann solle sich doch nur mal die Häuser ansehen, alle Bruch und Rott, die Maschinen samt und sonders Murks, die Autos und Motorräder rumpelnde Rosthaufen, an denen nur die Hupen einwandfrei funktionierten. Nichts, rein gar nichts gehe vorschriftsmäßig, alles sei irgendwie provisorisch zusammengebastelt und werde mit irgendwelchen Drähten, Bindfäden oder rostigen Nägeln am Leben erhalten. Die Verwaltung eine Bande Schnarchsäcke, nicht dumm, aber durch die Bank südländisch faul. Und ein Land ohne tadellos funktionierende Verwaltung könne man beim besten Willen nicht als zivilisiert bezeichnen. Und dann erst der Dreck, dieser Dreck überall! Alles verlaust und verwanzt, die wenigen Puffs eine sanitäre Katastrophe. Wie bei den Hottentotten. Ein verrottetes Scheißland sei das, wenn der Herr Doktor ihn frage, und was die ganzen Klassiker seinerzeit für einen Narren an dieser Trümmerhalde gefressen hätten, Goethe, Schiller und so weiter, sei ihm, mit Verlaub, ein Rätsel. Abendländische Kultur? Wiege der Demokratie? In dieser Hinsicht habe der Führer ja nun allerdings wünschenswert klare Worte gefunden. Und jetzt müsse die deutsche Armee wieder mal den Kopf hinhalten und den griechischen Sauhaufen vor Bolschewismus und britischem Parlamentarismus schützen. Ein Unding. Das Land der Griechen mit der Seele suchen? Daß er nicht lache. Nicht einmal Bier gebe es. Halbwegs akzeptabel sei allerdings der Wein, und insofern empfehle er seinen Leuten immer, das Land der Griechen mit der Kehle zu suchen. Der Mann lachte scheppernd, hieb Johann krachend auf die Schulter und ließ sich den Erhalt der Schreibmaschine quittieren. Ordnung müsse sein, gerade in Kriegszeiten und insbesondere in solchen Lotterländern. Wohin käme man denn sonst? »Und viel Spaß beim Oden Schreiben, Herr Doktor.«

Johann sortierte die Fotos in mehrere Stapel, Ikonen, Wandmalereien, Kultgegenstände, Altertümer, numerierte sie durch und begann, Ziffer für Ziffer mit seinen Feldnotizen aufzufüllen, Fundort, geschätztes Alter, historische Bedeutung. Mitren, filigran mit Perlen, Smaragden und Saphiren besetzt, schwere goldene Kreuze, Kelche, Monstranzen, türkisengeschmückt, gestickte Stolen, alte Seide, Hirtenstäbe, kostbare Pergamente, Bibelhandschriften. Antike Steine, Gemmen, Marmortafeln mit Schriftzeichen.

In zwei bis drei Tagen würde er seinen ersten Katalog erstellt haben und ihn Hollbach übergeben können. Was der dann damit anfinge, empfand Johann nicht als seine Angelegenheit; zumindest versuchte er, den Gedanken daran zu verdrängen. Hin und wieder griff er zu den im Vormittagslicht violett schimmernden Oliven, die Frau Xenakis ihm auf den Tisch gestellt hatte, schob sie sich in den Mund und blickte durch die geöffnete Tür in den blütenüberströmten Garten hinaus.

Als er vorgestern wieder in seiner Unterkunft im Gartenhaus erschienen war, müde, unrasiert, vom gelben Straßenstaub wie mit einem Panzer überzogen, war er nicht nur wie ein alter Freund empfangen, sondern wie ein Wohltäter gefeiert worden. Vor zwei Wochen war nämlich Doktor Xenakis aus dem Kriegsgefangenenlager auf dem Festland nach Hause zurückgekehrt, zusammen mit anderen Ärzten, Ingenieuren und Technikern, die auf der Insel dringend gebraucht wurden. Doktor Xenakis, obwohl von den Strapazen der Gefangenschaft sichtlich gezeichnet, hatte gleich am nächsten Tag die Praxis wiedereröffnet. Die Patienten standen

Schlange, und zwischendurch wurde er immer wieder zu Hausbesuchen gerufen, bei denen er auch deutsche Soldaten und Offiziere behandelte, weil unter ihnen, wie unter der Zivilbevölkerung auch, Infektionen, Mangelerkrankungen und besonders die Ruhr grassierten. Obwohl Johann mit der Rückführung des Arztes nicht das geringste zu tun hatte, war die Familie Xenakis felsenfest davon überzeugt, die Heimkehr des Hausherrn sei dem Umstand zu verdanken, daß man dem deutschen Archäologen Quartier bot, selbst wenn der sich häufiger auf der Insel herumtrieb, als im Gartenhaus zu logieren. Johanns Beteuerungen, in der Angelegenheit keinen Finger gerührt zu haben, wurden als sympathische Bescheidenheit ausgelegt, und obwohl die Familie selbst unter der katastrophalen Versorgungslage litt, überschüttete man ihn mit Geschenken, mehrere Flaschen Wein, Obst in Mengen, hausgemachtes Halwa und Blätterteigkuchen. Frau Xenakis hatte über seinem Bett sogar einen selbstgewebten Wandteppich aufgehängt.

Er zerkaute genüßlich ein paar Oliven, spuckte die Kerne in eine als Aschenbecher dienende Ölsardinendose, steckte sich eine Zigarette an, spannte einen neuen Bogen Papier ein, tippte mit zwei Fingern ein paar Zeilen, suchte auf der Tastatur nach dem X, verwechselte es zum wiederholten Mal mit dem Y, weil die Markierungen nur noch dunkle Flecken waren, als ein Schatten über Tisch, Schreibmaschine und Papier fiel. Johann blickte auf. Im Türrahmen stand Leutnant Hollbach. Johann ging ihm entgegen und reichte ihm die Hand.

»Ich sehe, Sie sind fleißig«, sagte Hollbach, nachdem man Begrüßungsfloskeln ausgetauscht und sich gesetzt hatte. Er blätterte in den Fotos herum, bediente sich an den Oliven, nickte beifällig vor sich hin, murmelte gelegentlich »sehr schön« oder »na bitte«, wirkte aber nervös und abgelenkt.

»Hier, für Sie«, sagte Johann und hielt Hollbach das Foto hin, daß er in Andreas' Restaurant aufgenommen hatte. »Es war doch nicht zu dunkel. Sehen Sie?«

Hollbach griff nach dem Bild, sah es kurz und mißvergnügt an und schob es sich in die Hemdtasche. »Danke«, sagte er knapp, als sei ihm das Foto peinlich.

»Sie kommen leider etwas zu früh, Herr Leutnant«, sagte Johann. »Mein Bericht ist noch nicht fertig. Ich werde ihn aber in zwei bis drei Tagen ...«

»Das eilt nicht«, unterbrach Hollbach ihn. »Es eilt überhaupt nicht. Wir haben im Augenblick ganz andere Probleme. Sie wissen ja vermutlich schon, was in Afrika passiert ist?«

»In Afrika?« Johann zuckte mit den Schultern. »Ich bin erst vorgestern mit Andreas zurückgekommen. Wir waren zuletzt in der Kirche des Klosters von Agios ...«

»Kirchen, Klöster«, Hollbach machte eine wegwerfende Handbewegung, »das können Sie jetzt alles getrost vergessen. Jedenfalls für den Moment.« Er spuckte einen Olivenkern in die Sardinenbüchse und sah Johann an. »Rommel hat kapituliert.«

Johann zerdrückte den Zigarettenstummel, stieß Rauch aus dem Mund, ließ ihn offenstehen, wußte nicht, wie er die Nachricht einordnen sollte. »Kapituliert? Rommel?«

Hollbach nickte schwer. Unter der tiefen Sonnenbräune seines Gesichts sah er plötzlich müde und grau aus. »Vor vier, nein, vor fünf Tagen, am dreizehnten Mai. Die gesamte Heeresgruppe Afrika geht in Gefangenschaft. Mehr als eine Viertelmillion deutscher und italienischer Soldaten. Können Sie sich vorstellen, was das bedeutet?«

»Tja, also, um ehrlich zu sein ...« Johann fingerte nach einer neuen Zigarette und schob auch Hollbach das silberne Etui über den Tisch.

Der Leutnant bediente sich, rauchte schweigend ein paar Züge und schüttelte dabei immer wieder den Kopf, als könne er etwas nicht begreifen. »Nordafrika ist verloren«, sagte er dann dumpf. »Der gesamte Mittelmeerraum ist verloren. Unsere Südflanke ist für alle Angriffe auf die Festung Europa geöffnet. Und wir in Kreta, wir sitzen für die Briten hier auf einem Präsentierteller. Sie werden vielleicht eine Invasion versuchen, um die Insel als Sprungbrett zum Festland zu benutzen. Sie werden vermutlich auch bald in Italien landen. Sie werden uns jetzt überall den Arsch aufreißen, an allen Fronten.«

»Ich, äh ... ich verstehe«, stammelte Johann.

»Das ist gut«, sagte Hollbach trocken. »Das ist sogar sehr gut. In Deutschland scheint man das jedenfalls nicht so gut zu verstehen. Dort wird viel von der Uneinnehmbarkeit der Insel gefaselt, von unserer Schlagkraft, die Kreta jederzeit in eine feuerspeiende Festung verwandeln könne. Das mag sogar stimmen, wenn wir es mit einem direkten Angriff zu tun bekämen. Leider müssen wir uns hier mit Problemen herumschlagen, die unsere Verteidigungskraft drastisch schwächen. Seit Tagen haben wir Hinweise, daß die Partisanenbanden sich neu organisieren. Wahrscheinlich sind wieder britische Agenten an der Südküste abgesetzt worden, die nach Rommels Kapitulation eine neue Strategie unter den Partisanen abstimmen und dafür sorgen sollen, daß die konkurrierenden Gruppen ihre Streitigkeiten beilegen. Kommandant Bräuer hat erhöhte Aufmerksamkeit für alle Beobachtungsposten, Sicherheitsbesatzungen und Streifen angeordnet, aber gestern ist bereits eine erste Brücke gesprengt worden. Wir haben Jagdkommandos und Eingreiftrupps in Alarmbereitschaft versetzt, und nächste Woche werde ich selbst ein Kommando übernehmen. Es sind einige Dörfer zu durchsuchen, in denen Briten vermutet werden. Wir haben entsprechende, verschlüsselte Funksprüche abgefangen. Und dafür«, Hollbach machte eine kurze Pause, als hole er Luft, hob dann die Stimme und fixierte Johann, »brauche ich Sie.«

»Zum Dechiffrieren von Funksprüchen? Ich glaube kaum, daß ich dafür …«

»Unsinn«, sagte Hollbach, »ich brauche Sie als Dolmetscher.«

»Mich? Als Dolmetscher?« Johann wurde schwindelig.

»So ist es. Sie sprechen Griechisch, und ich brauche einen Übersetzer bei meinem Kommando. Ganz einfach.«

»Aber ich …«, wollte Johann widersprechen.

»Ich habe Befehl vom Divisionskommandeur«, unterbrach Hollbach ihn barsch, »hart und rücksichtslos vorzugehen, aber gerecht. Gerecht kann ich aber nur vorgehen, wenn ich einen zuverlässigen Mann dabei habe, der mit den Leuten reden kann. Mit den griechischen Dolmetschern ist das immer so eine Sache. Reden alles schön. Wenn man Kontributionen einfordert, übersetzen die das mit Gastgeschenken, wenn man fragt, wo die wehrfähigen Männer stecken, heißt es, die kümmerten sich gerade um die Ziegen oder die Bienenstöcke. Da stochert man im Nebel. Außerdem sprechen Sie auch Englisch, und falls wir es wirklich mit britischen Agenten zu tun bekommen, wird das nützlich sein.«

»Aber mein Katalog«, wand sich Johann, unbehaglich auf dem Stuhl hin und her rutschend, »ich meine, also mein Auftrag ist doch rein wissenschaftlicher, also ich meine rein ziviler Natur, und ich ...«

»Sie sind einstweilen von Ihrem Auftrag entbunden, Herr Doktor.« Hollbachs Stimme klang jetzt spöttisch. »Der Kommandant hat im übrigen neue Anweisungen für das Verhalten gegenüber der kretischen Zivilbevölkerung erlassen, die Verbrüderungen mit der Bevölkerung ausdrücklich untersagen.«

»Verbrüderungen? Meine Aufgabe besteht ...«

»Die kretische Verwaltung und die Leute, mit denen Sie es zu tun haben, insbesondere der Klerus, verstehen Ihre Arbeit als Geste des guten Willens, als deutsch-griechische Kooperation. Und so soll man es ja auch verstehen. Die Familie Xenakis zum Beispiel singt wahre Hymnen auf Sie, auf Ihre bloße Anwesenheit und Ihr Tun, obwohl sie natürlich keine Ahnung haben, um was es eigentlich geht. Und dieser Andreas Siderias, mit dem Sie unterwegs waren, dürfte Sie inzwischen fast als seinen Freund empfinden. Oder irre ich mich da?«

»Freund wäre vielleicht etwas zuviel gesagt, aber wir ...«

»Sehen Sie? Das ist im Grunde ja auch alles gut und schön. Aber derzeit kommen wir mit gutem Willen, griechischer Gastfreundschaft und kretischem Schnaps einfach nicht mehr weiter.«

»Aber meine Aufgabe ist doch ausdrücklich angeordnet worden, in Berlin, von allerhöchster Stelle sozusagen, und ich glaube eigentlich kaum ...«

»Jetzt reißen Sie sich mal zusammen, Martens. Herr Doktor Martens!« Hollbachs leise, aber akzentuierte Stimme wurde lauter und härter. Die Adern an seiner Stirn schwollen an, und Röte verdunkelte sein gebräuntes Gesicht noch mehr. »Wir stehen hier zwar noch nicht mit dem Rücken zur Wand, aber wenn jetzt nicht alle Kräfte gemeinsam an einem Strick ziehen, dann hängen wir bald an einem Strick. Oder wir werden an die Wand gestellt. Und dabei werden wir in Gewehrmündungen blicken.«

»Aber ...«

»Es gibt kein Aber!« brüllte Hollbach. »Das ist ein Befehl, Mann! Und wenn das Ihre allerhöchste Stelle nicht begreift, dann kann mich die allerhöchste Stelle mal am Arsch lecken. Und zwar hakenkreuzweise!«

5.

Am Steuer saß Feldwebel Sailer, daneben, auf den Knien die Generalstabskarte aufgefaltet, Leutnant Hollbach, und Johann hockte auf der Rückbank. In der Staubfahne, die der Kübelwagen hinter sich aufwirbelte, folgte ein LKW, auf dessen Ladefläche sich zwölf Soldaten an Seiten- und Dachverstrebungen festklammerten, um nicht von ihren Holzpritschen zu fallen, wenn der LKW Schlaglöcher durchfuhr oder mit den Bodenblechen über Gesteinsbrocken schrammte.

Der Farbenrausch des Frühjahrs war verblichen, die Berghänge kahl und gelb, als wären sie vor der Zeit gealtert. Über den elenden Straßen, den dürftigen, verwahrlosten Dörfern flimmerte die Hitze wie eine gleichgültige Müdigkeit, oder es war die träge Resignation, die Johann überkommen hatte und nun seinen Blick infizierte. Wo er vor kurzem überall berstende Fruchtbarkeit und bukolische Idyllen gesehen hatte, lag nur noch Verdorrtes, Ausgeschlacktes. Die Dörfer, die an den Hängen klebten, wirkten wie Ruinen, von Feuer und Krieg verheert, und wenn er beim Näherkommen sah, daß sie nicht oder noch nicht verbrannt waren, kam es ihm so vor, als wären sie nur von Flüchtlingen bevölkert, die da, aus dem Nirgendwo gekommen, notdürftig und vorübergehend hausten, nur um bald in ein anderes Nirgendwo getrieben zu werden. Aber so war es nicht. Die Dörfer waren arm, doch ihre Bewohner lebten hier seit Generationen, seit Jahrhunderten zwischen unverputzten Mauern aus roh geschichteten, zusammengestopften Feldsteinen, unter Dächern aus Holz- und Strauchwerk, mit Lehm verschmiert, mit rostigen Blechen repariert. In den engen Gassen sah man die Dächer gar nicht, nur aus der Ferne war zu erkennen, daß man von

Dach zu Dach über das ganze, wie eine verstörte Schafherde zusammengedrängte, Dorf laufen konnte auf einer Straße aus Lehm, Holz und Blech. Dachlandschaften, geschaffen für welche, die schnell und ungesehen fliehen mußten, wenn man sie in den Dachs- oder Fuchsbauten dieser Dörfer suchte.

Zweimal schon hatte Hollbach an diesem Tag auf staubigen Dorfplätzen anhalten und absitzen und die Bewohner mit vorgehaltenen Karabinern zusammentreiben lassen. Dann mußte Johann dem Schulzen oder dem Popen oder dem Ältesten Fragen stellen, ob britische Agenten gesehen oder gar als Gäste bewirtet worden seien. Und der Schulze oder Pope oder Älteste verneinte diese Fragen mit angstschlotternder Demut, worauf Hollbach seinem Kommando befahl, die Dörfer zu durchsuchen. Die Soldaten liefen durch die Gassen, gingen in die Häuser, stießen schreiende Kinder und schweigende Alte beiseite, suchten in Kammern, Schränken, Truhen, traten verschlossene Türen ein, scheuchten Hühner und Gänse in stinkenden Ställen und Höfen auf, schlugen mit den Gewehrkolben nach kläffenden Hunden, kamen kopfschüttelnd zurück, rauchten Zigaretten, füllten ihre Feldflaschen am Dorfbrunnen, kletterten wieder auf den LKW und folgten der Staubwolke des Kübelwagens zum nächsten Dorf.

Die Straße führte an einem Bach entlang, der nur noch ein Rinnsal war, doch im Winter mußte er die Straße überflutet haben. Sie war mit Steinen, Schutt und Müll übersät, Benzinkanister, Konservendosen, zerfetzte Körbe. Nach einer Biegung um eine bizarr zerklüftete Felsengruppe stießen sie auf das Wrack eines Lastenseglers. Wie das ausgeweidete Gerippe eines Flugsauriers lag es mitten im Bachbett und versperrte den Weg. Die Verschalungen des Rumpfs waren abgerissen; wahrscheinlich dienten sie inzwischen irgendwelchen Häusern als Dach. Trümmer der linken Tragfläche lagen in einiger Entfernung am Stamm eines Olivenbaums, dessen Krone ausgebrochen war. Der Segler mußte den Baum bei der Landung gestreift haben und dann wie ein Stein abgestürzt sein. Hollbach ließ anhalten und das Wrack aus dem Weg räumen.

»Drittes Bataillon vermutlich«, sagte Sailer und steckte sich eine Zigarette an. »Die sind falsch abgesetzt worden. Völlig aufgerieben. Fast alle als vermißt gemeldet.«

Hollbach trat mit der Stiefelspitze gegen Patronenhülsen, mit denen der Boden weithin übersät war. »Den Absturz haben sie überlebt«, sagte er. »Es ist jedenfalls noch gekämpft worden.«

»Aber nicht gegen britische Einheiten«, sagte Sailer. »In dieser Gegend hat es überhaupt keine Abwehrstellungen gegeben. Die Einheimischen müssen auf sie losgegangen sein.« Er spuckte in den Staub. »Verdammte Banden. Sie haben uns mit Schrotflinten attackiert, mit Messern und Steinen und Mistgabeln. Wir sind damals sofort in die Dörfer nachgerückt und haben sie ausgeräuchert.«

»Sieht nicht so aus, als ob hier noch jemand vom Segler weggekommen ist«, sagte Hollbach. »Die sind an Ort und Stelle massakriert worden. Lassen Sie aufsitzen, Sailer. Wir müssen weiter.«

Nach einigen Kilometern kamen sie an einer Mühle vorbei, eigentlich nur eine aus weiß gekalkten Schottersteinen in eine Felsnische gebaute Grotte. Der Bach floß hier kräftiger über starkes Gefälle, die Strömung reichte jedoch nicht aus, um die wackelige Mühlwelle zu drehen. Sie zuckte nur müde im Schlag des Wassers vor und zurück, wie manche Alte vielleicht noch mit den Füßen zucken, wenn sie Musik ihrer Jugend hören und an die Tänze von damals denken. Im Himmel kreiste ein Habicht. Kein Mensch war zu sehen.

»Also die Mühle«, sagte Hollbach und stocherte mit dem Zeigefinger auf der Karte herum. »Dann müssen wir gleich beim Dorf sein.«

Das weiße Kreuz überragte kaum die Dächer, die sich wie ein Flickenteppich aus Stroh und schadhaftem Schiefer um die klobige, faßartige Kirche scharten. Auf dem Schotterplatz warfen drei hohe Platanen die langen, braunschwarzen Schatten des Nachmittags. Schwarzgekleidete Frauen saßen auf Türschwellen, pulten Bohnen, entstielten Tomaten und schälten Maiskolben. Als die Motoren ausgestellt wurden und der Dieselgeruch wabernd über dem Platz verging, herrschte für einige Augenblicke völlige Stille, bis irgendwo ein Hund anschlug.

Hollbach ließ absitzen und ging mit Sailer und Johann zu dem armseligen Kafenion gegenüber der Kirche, wo der Pope mit fünf älteren Männern unter Weinlaub saß, sich langsam von seinem

Stuhl erhob und ihnen skeptisch entgegensah. Hollbach salutierte nachlässig, der Pope murmelte die üblichen Willkommensgrüße in seinen grauen Bart und ließ dabei die Perlen des Kombolois klickernd von der rechten in die linke Hand gleiten. Ein kleiner Junge wurde ins Innere des Kafenions geschickt und brachte auf einem Tablett eine Blechkaraffe mit Wasser, Gläsern und drei Mokkatassen. Johann wollte sich setzen, aber da Hollbach und Sailer den Kaffee wortlos im Stehen hinunterkippten, blieb auch er stehen.

»Also los, Martens«, sagte Hollbach. »Das Übliche.«

Johann nickte mechanisch und wandte sich dem Popen zu, bemühte sich um Höflichkeit, machte jedoch auch klar, daß die Sache leider sehr ernst sei und Lügen scharfe Konsequenzen nach sich ziehen würden. Dennoch wollte niemand etwas von britischen Agenten gehört oder gesehen haben. Waffen gebe es auch keine im Dorf, und die bewaffneten Banden, die der Pope als »Kämpfer« bezeichnete, was Johann aber, um Hollbach nicht zu reizen, als »Andarten« übersetzte, versteckten sich seines Wissens nach weiter oben in den Bergen, und dabei machte der Pope eine fahrige, weit ausholende Handbewegung, die genausogut dem Himmel gelten konnte.

Hollbach, der solche Befragungen ohnehin für sinnlos hielt, sie aber vorschriftsmäßig durchführte, gab mürrisch den Befehl, das Dorf zu durchsuchen. Angeführt von Sailer schwärmten die Soldaten aus, während der Leutnant und Johann im Schatten der Platanen vor dem Kafenion warteten. Die Holztür der plumpen, heruntergekommenen Kirche mußte erst vor kurzem gestrichen worden sein, stach sie doch in einem frischen Meerblau aus den weißgelben Bruchsteinen des Mauerwerks hervor.

Johann fragte Hollbach, ob er Fotos machen dürfe. Hollbach, den die Erfolglosigkeit des Tages in gereizte Gleichgültigkeit versetzt hatte, zuckte mit den Schultern: Das sei ihm scheißegal. Also holte Johann die Kamera aus dem Kübelwagen, fotografierte die Kirche von außen, das wie eine Einladung winkende Blau der Tür, und ging hinein.

Zwielicht lag wie ein Schleier auf der Schäbigkeit bröckelnden Putzes und blätternder Goldbronze. Durch staubblinde Fenster, kaum größer als Schießscharten, kroch matter Schein über den schadhaften Steinboden und fing sich plötzlich aufglühend in einem Winkel. Johann trat näher und sah den Erzengel Michael mit entfalteten Flügeln. Er stand auf einer Edelsteinwiese, in deren moosgrünen, vom Alter getrübten Glasfluß Rubine und Körner aus Weiß und Gelb getupft waren. Alle Linien bestanden aus Goldstegen, dazwischen die Farbfelder aus geschmolzenem Glasstaub. Die Farben nicht abgestuft oder vermischt, sondern klar und abgegrenzt wie Machtbereiche auf einer Landkarte. Trotz seines Alters wirkte der Zellenschmelz im Licht wie etwas, das soeben gemacht worden war, keiner Veränderung unterworfen, nie dunkelnd, nie erblassend, nie blätternd. Die Glut, die den Glasstaub zu flüssigen Steinen verschmolzen hatte, glühte wie am ersten Tag. Was hier wie vergessen oder versteckt im Zwielicht hing, war vielleicht einmal ein Buchdeckel gewesen. Jedenfalls war es das seltenste und kostbarste Stück, das Johann bislang vor die Augen gekommen war. Elftes Jahrhundert, schätzte er und griff mit vor Aufregung zitternden Händen zur Kamera. Der Verschluß klickte, einmal, zweimal, und noch einmal aus kürzerer Distanz – es gab es einen dumpfen, scharfen Knall, als sei die Kamera explodiert, dann noch einen.

Draußen waren Schüsse gefallen. Wie aus einem Traum gerissen stand Johann einen Augenblick regungslos da, lauschte dem Nachhall der Schüsse, spürte sein Herz bis zum Hals jagen und ging langsam, wie über ein Seil balancierend, unter dem der Abgrund gähnt, zur Tür.

Hollbach stand mit gezogener Pistole vor dem Kafenion und starrte die Gasse hinunter, aus der nun weitere Schüsse und Schreie zu hören waren. Sailer kam mit drei Soldaten aus einer anderen Gasse im Laufschritt auf den Platz gerannt. Einen Moment lang herrschte Verwirrung, niemand wußte, was passiert war. Dann stolperten zwei Soldaten aus einem der Häuser in der Gasse, in der geschossen worden war. Sie hatten einen ihrer Kameraden unter den Achseln gepackt und schleiften ihn hinter sich her. Der Mann hatte einen ständig größer werdenden Blutfleck auf der Brust, und als sie ihn mitten auf der Straße ablegten, stieß er einen Schwall schaumigen Bluts aus dem Mund, zuckte mit dem Kopf und lag dann ganz still im Staub. Johann sah in seine weit aufgerissenen, erstarrten Augen, in deren Blau sich der rote Schein des Abendhimmels spiegelte, und hielt, wie um sich vor diesem Anblick zu schützen, die Kamera vors Auge und machte mechanisch ein Foto.

Im Hof des Hauses, stammelte einer der Männer, als Hollbach ihn anherrschte, gefälligst Meldung zu machen, habe man zwei Männer aufgespürt, die sich unter einem Eselskarren versteckt gehalten hätten. Einer von ihnen habe sofort mit einer Pistole zwei Schüsse abgegeben und den Gefreiten Sanders getroffen. Dann seien beide durch eine Hintertür entkommen und über eine Leiter aufs Dach geflohen. Man habe auf sie gefeuert, aber nicht getroffen.

»Hinterher!« brüllte Hollbach.

»Wohin denn?« sagte Sailer ratlos.

»Aufs Dach, verdammte Scheiße«, schrie Hollbach, immer noch die Pistole in der Hand.

Sailer stürmte mit einigen Männern ins Haus. Nach fünf Minuten kamen sie wieder auf die Gasse. »Nichts«, sagte Sailer atemlos. »Man kann zwar bis zum Dorfrand über die Dächer sehen. Wenn sie aber den Steilhang da hinten erreicht haben, sind sie entwischt.«

»Gottverdammte Scheiße. Was ist mit Sanders?« fragte Hollbach.

»Tot«, sagte ein Obergefreiter, dem Schweißperlen auf der Stirn standen.

»Also gut«, sagte Hollbach leise, mit zusammengebissenen Zähnen. »Dann werden hier jetzt andere Saiten aufgezogen.«

Er ließ das Kommando vor dem Kafenion antreten. Der Pope und die fünf anderen Männer waren immer noch da, und Johann wunderte sich, warum sie nicht einfach weggelaufen waren und sich versteckt hatten wie die anderen Dorfbewohner auch. Platz und Gassen lagen wie leergefegt, die Abendbrise wirbelte Staub auf, der regellos im Licht tanzte. Irgendwo hörte man das aufgeregte Geschnatter von Gänsen.

»Hören Sie mir jetzt mal gut zu, Martens«, sagte Hollbach. »Ich will, daß diese Leute jedes einzelne Wort verstehen. Ich habe Befehl, als Sühne für jeden ermordeten deutschen Soldaten zehn Männer liquidieren und das Dorf niederbrennen zu lassen. Los, übersetzen.«

Schweiß lief Johann von der Stirn, brannte in den Augen, und während er mit zitternder Stimme übersetzte, sah es so aus, als weine er.

Der Pope nickte stumm vor sich hin, als ob ihm der Befehl bekannt sei.

»Wenn diese Leute aber Vernunft annehmen«, fuhr Hollbach fort, »und uns sagen, wer die Geflohenen sind und wo sie sich verstecken, werde ich nur einen Mann erschießen und neun als Geiseln nehmen. Das widerspricht zwar dem Befehl, aber ich nehme es auf meine Kappe.«

Johann übersetzte.

Die Männer sahen sich an, schüttelten die Köpfe. Doch der Pope griff mit beiden Händen an das silberne Kreuz, das an einer Kette auf seiner Brust hing, als halte er sich daran fest, und sagte dann: »Engländer. In der Mühle.«

Hollbach ließ drei Soldaten als Bewachung am Kafenion zurück und marschierte mit den anderen zur Mühle, an der sie bei ihrer Ankunft vorbeigekommen waren. Im Halbdunkel des Raums, der teils Grotte, teils Holzhütte war, keine Fenster hatte und nur Licht durch die Tür empfing, knirschte der Mühlstein, als wolle er sich mit letzter Kraft noch einmal drehen, aber statt der Bewegung drang nur dies vergebliche Kratzen und Knirschen aus der Verschalung aus morschen Planken und rostigem Blech.

Sailer deutete mit dem Lauf seines Karabiners auf einen Teil des hinfälligen Gehäuses. »Vom Lastensegler«, sagte er. »Die Schweine haben den ausgeweidet wie die Geier. Und unsere Leute massakriert.«

Im hinteren Teil der Mühle, der als natürliche Höhle in die Felswand reichte, fanden sie aufgeschüttetes Stroh, ein paar Decken, Blechgeschirr, mehrere gefüllte Benzinkanister und, versteckt unter zwei Schafsfellen, ein englisches Funkgerät.

Hollbach befahl Sailer, sechs Männer als Exekutionskommando zu bestimmen. Als man dem Popen ein Tuch um die Augen binden wollte, schüttelte er bedächtig den Kopf. In der Bewegung lag keine

Angst, sondern eine würdevolle Nachdenklichkeit, gemischt mit wortloser Verachtung. Dann führte man ihn an die Kirchenwand, direkt neben die blaue Tür. Johann stand zehn Meter entfernt, von niemandem beachtet, neben dem Kübelwagen, schwitzte, schloß die Augen, öffnete sie wieder, hob mit zitternden Händen die Kamera und blickte durch den Sucher. Sailer gab den Feuerbefehl. Johann drückte den Auslöser. Sechs Schüsse krachten, merkwürdig synkopiert wie eine barbarische Dissonanz. Der Pope taumelte, als habe ihn eine unsichtbare Faust vor die Brust gestoßen, mit dem Rücken gegen die Mauer und rutschte langsam, wie in Zeitlupe, zu Boden. Johann drückte den Auslöser. Der linke Arm des Popen schien noch zu zucken. Hollbach ging auf den am Boden Liegenden zu, setzte ihm die Pistole ins Genick. Johann drückte den Auslöser. Hollbach schoß. Johann drückte den Auslöser.

Die fünf Männer, die vor dem Kafenion standen und dem Geschehen mit stummem Entsetzen zugesehen hatten, wurden an den Händen gefesselt und auf die Ladefläche des LKWs gestoßen. Hollbach befahl, das Benzin aus den Kanistern, die man in der Höhle gefunden hatte, in Häusern und in der Kirche zu verschütten. Niemand beachtete Johann, als er noch einmal in die Kirche lief, die Ikone von der Wand nahm und unter sein Hemd schob. Als er wieder auf den Platz kam, warfen Sailer und drei Soldaten bereits brennende Streichhölzer in die Benzinlachen. Die Stichflammen schossen hoch. Blaugelbe Blitze. Johann drückte den Auslöser. Hollbach befahl Aufsitzen und Abmarsch. Johann schob die Kamera und die Ikone in seinen Rucksack.

Er drehte sich nicht mehr um, aber im Rückspiegel des Kübelwagens sah er die Rauchsäulen, schwarz und weiß und schmutziggrau, und der südliche Himmel, den die Dämmerung schon verschluckt hatte, färbte sich rot, als habe die untergehende Sonne die Richtung verloren.

6.

War es ihm anzusehen? Ins Gesicht geschrieben, wie Licht sich auf den Film in der Kamera schrieb? Als Johann am Abend des nächsten Tags müde, schmutzig und stinkend wieder in seinem Quartier erschien, war er sich sicher, daß jeder, der sich ihm näherte, den Brandgeruch riechen müßte, den er zu verströmen glaubte. Er mußte doch aus der Kleidung kriechen, den vom Straßenstaub strähnigen Haaren, unter den Fingernägeln hervorquellen, aus jeder Pore seiner Haut treten und alle Düfte des Gartens ersticken wie giftiger Nebel. Er mußte sich waschen, mußte diesen Geruch loswerden, bevor er ihn verriet.

In einem Winkel zwischen Gartenhaus und Mauer gab es eine primitive Dusche. Regenwasser, das auf dem Dach in Blechtonnen aufgefangen wurde, lief dann, wenn man einen Pfropfen zog, durch einen Schlauch mit einem perforierten Metallstück am Ende. Johann wollte duschen, wollte sich mit der harten Bürste so lange abschrubben, bis nichts mehr zu riechen wäre, selbst wenn er sich dabei die Haut in Fetzen bürsten mußte.

Doch Frau Xenakis schien nichts zu riechen. Sie empfing ihn so überschwenglich wie stets, brachte Wein und weißen, bröckeligen Schafskäse und wunderte sich lediglich darüber, daß Johann schon nach drei Tagen von seiner Exkursion zurückkehrte. Ob es womöglich Probleme gegeben habe?

»Nein«, sagte Johann schroff, »aber diesmal war es etwas ... Es war nur eine einzige Kirche.«

Frau Xenakis, von den Schönheiten und Schätzen ihrer Heimat so liebenswert berauscht wie alle Kreter, wollte Näheres wissen. Eine einzige Kirche? Wie denn der Ort geheißen habe?

Statt einer Antwort fragte Johann, ob noch genügend Wasser in den Tonnen sei, um zu duschen. Da es seit drei Wochen nicht mehr geregnet hatte, waren die Tonnen jedoch leer, wofür Frau Xenakis sich wortreich entschuldigte und sogleich anbot, Wasser aus dem Hausbrunnen aufs Dach zu schleppen. Nur mit Mühe gelang es Johann, sie von diesem Vorhaben abzubringen.

Als sie ihn endlich allein ließ, stürzte er hastig zwei Gläser Wein herunter, holte die Ikone und die Kamera aus seinem Rucksack, spulte den Film zurück, nahm ihn heraus, legte ihn wieder in eine Bakelitdose, überlegte, wo er sie verstecken konnte, fand keinen Ort, der ihm geeignet und sicher erschien und schob die Dose schließlich in die Hosentasche. Die Ikone wickelte er in ein Wachstuch, legte sie unter einen Wollpullover und schob ihn in die untere Schublade der Kommode.

Dann verließ er den Garten durch die Mauerpforte und ging in die Stadt. Er überlegte, ob er das türkische Bad bei der katholischen Kirche aufsuchen sollte, aber der Gedanke, dort auf Deutsche zu treffen, womöglich Soldaten, die an dem Kommando teilgenommen hatten und ebenfalls den Brandgeruch loswerden wollten, schreckte ihn ab. Er schlenderte zum Hafen. Einige hundert Meter von den Kais und Becken entfernt gab es jenseits der Stadtmauer kleine Buchten mit Kieselstränden, wo er schon vorher manchmal gebadet hatte.

Er zog sich aus, watete ins Wasser, glitt in die reglose Glätte, die sich wie ein schwarzer Spiegel unterm Nachthimmel dehnte, drehte sich auf den Rücken und ließ sich treiben. Der Salzdunst des Meeres und der Thymianduft, der vom Strand herüberwehte, vertrieben den Brandgeruch. Hatte eigentlich irgend jemand beobachtet, daß er die Fotos gemacht und die Ikone an sich genommen hatte? Die Ikone wollte er vor der Zerstörung retten, ganz einfach. Aber warum hatte er die Fotos überhaupt gemacht? Wollte er nicht blind und stumm bleiben? Nichts sehen, nichts hören, nichts wissen, nichts sagen? An den Endsieg glaubten nur noch einige hartleibig Verbohrte. Realisten wie Hollbach hatten sich längst mit der absehbaren Niederlage abgefunden; dennoch taten sie Dienst nach Vorschrift und Befehl und gingen dabei über Leichen. Was war die Alternative? Befehlsverweigerung? Sabotage? Desertion? Das bedeutete den Strick oder den Genickschuß. Was sollte er mit den Fotos anfangen? Aufbewahren, um sie später seinen Kindern zu zeigen, falls er je welche haben sollte? Seht her, was euer Vater gesehen hat? Wobei er mitgeholfen hat als Dolmetscher? Daß er »den pirasi polemos« zu sich selbst gesagt hat, um sein Gewissen zu beruhigen, macht nichts, ist ja Krieg, um die Rotfärbung zu erklären, die auf allen Fotos lag? Übersetzer der Barbarei, Dolmetscher der Brutalität. Seht her, was er mit eigenen Augen gesehen hat, ohne sich dagegen zu wehren? Und dann nach Erklärungen suchen, nach Rechtfertigungen? Daß die Dorfbewohner die Schuldigen waren, weil sie feindliche Spione versteckt hielten und vielleicht auch gegen deutsche Soldaten gekämpft hatten, als die mit ihrem Lastensegler dort abgestürzt waren? Zur Illustration in der Soldatenzeitschrift »Veste Kreta« waren die Fotos jedenfalls denkbar ungeeignet. Dort erschien allerlei Erbauliches über die segensreiche Anwesenheit der deutschen Schutztruppe in der Wiege des Abendlands. Johanns Artikel über Knossos, aus dem er alle Friedensphantasien gestrichen hatte, war mit Beifall aufgenommen worden: »Bitte mehr davon, Herr Doktor.« Seit einigen Monaten wurden in der Zeitschrift zwar auch aggressivere Töne angeschlagen und markige Durchhalteparolen vom nahen Endsieg verbreitet, aber Berichte über Erschießungen griechischer Zivilisten und das Abbrennen kretischer Dörfer dürften wohl kaum als wehrkraftsteigernd angesehen werden. Wenn dem Zensuroffizier die Fotos in die Finger gerieten, würden sie vermutlich sofort konfisziert werden. Auf Wehrkraftzersetzung stand die Todesstrafe. Er mußte den Film vernichten, wenn er nicht in die Gefahr geraten wollte, der er bislang, teils Glückskind, teils Mitläufer, teils Hochstapler, teils Verräter, entgangen war, als sei er im Auge des Hurrikans vergessen worden, im toten Winkel.

Schließlich schwamm er an Land zurück, stieg aus dem Wasser, setzte sich nackt auf die noch warmen Kiesel und ließ sich vom Nachtwind trocknen. Das Meer plätscherte gegen den Strand, flüsterte etwas in einem Rhythmus, den er kannte, den er schon einmal gehört hatte. Wer hier war, flüsterte es, der war hier zu Gast, wer hier war, der war hier zu Gast. So flüsterte es immer weiter, und er konnte es genau verstehen, war Dolmetscher der Sprache, mit der das Meer zur Insel sprach. Und zu ihm. Gierig sog er den Thymianduft ein, der aus dem Inselinneren herüberwehte, sich mit dem Salzdunst des Wassers mischte. Er drückte die Nase an Hände und Unterarme, beschnupperte sich selbst, wie ein Hund einen Fremden beschnuppert. Der Brandgeruch war weg. Seine Haut roch nach Salz. Nach Salz und etwas ganz Fremdem, das aus der Ferne kam und ihn mitnehmen wollte. Dann wurde es kälter, und er fröstelte. Als er sich in der Dunkelheit wieder anzog, spürte er in der Hosentasche die Bakelitdose mit dem Film. Mehr davon, Herr Doktor, dachte er plötzlich mit einer wütenden Entschlossenheit, die ihn selbst überraschte und vor der er sich zugleich fürchtete. Bitte mehr davon.

Filme entwickeln und Fotos abziehen konnte er selber. Auf dem Gymnasium war er in einer Arbeitsgemeinschaft für Fotoamateure gewesen, und auch bei der Hitler-Jugend waren diese Kenntnisse nützlich gewesen, um sich vor martialischen Geländespielen zu drücken. In der Dunkelkammer war man für sich, frei von den stumpfsinnigen Anmaßungen, flink, zäh und hart werden zu müssen. Den Obergefreiten, der bei Bedarf für das Fotolabor zuständig war und ansonsten auf der Schreibstube arbeitete, brauchte er also nicht.

Deshalb erschien Johann am nächsten Abend erst kurz vor Dienstschluß in der Kommandantur und erklärte, dringend noch ein paar Abzüge machen zu müssen. Der Obergefreite, schon in Feierabendstimmung, wollte ihn erwartungsgemäß auf morgen vertrösten. Johann hatte vorgesorgt und eine Flasche Raki mitgebracht, für die ihm der Laborschlüssel ausgehändigt wurde, zurückzugeben am nächsten Tag, wenn Johann seine Fotos dem Zensuroffizier vorzulegen hätte.

»Ehrenwort«, sagte Johann und verschwand im Keller.

Das Foto von Sailer, der den rechten Arm hob und »Feuer« schrie, war unscharf und verwackelt. Johann hatten die Hände zu sehr gezittert. Alle anderen Bilder waren gestochen scharf, und erschreckend klar fraßen sich die Details im Entwicklungsbecken durchs Weiß des Papiers. Während die Abzüge auf den Drähten trockneten und Johann schon das Labor aufgeräumt hatte, hörte er auf dem Gang schwere Schritte. Stiefel. Sie kamen näher. Es wurde an die Tür geklopft.

»Kontrollstreife! Ist da jemand drin?«

»Ja«, rief Johann, »ich bin gleich fertig«, und riß die noch feuchten Abzüge von den Drähten.

»Bißchen Beeilung, wir müssen abschließen!«

»Ja doch, sofort.«

Der Fotostapel rutschte Johann aus der Hand und fiel auf den

Fußboden. Wieder wurde geklopft. Hastig raffte er die Bilder zusammen und öffnete die Tür.

Der Soldat sah ihn kopfschüttelnd und mißbilligend an. »Die Hausordnung gilt auch für Zivilisten.«

»Kommt nicht wieder vor«, sagte Johann, fingerte das Zigarettenetui aus der Tasche, wobei ihm die Fotos beinahe noch einmal aus der Hand rutschten, und hielt es dem Soldaten hin. »Nehmen Sie sich ruhig zwei oder drei.«

Der Soldat griff zu und nickte besänftigt. Johann verließ die Kommandantur, wünschte der Wache am Eingang einen guten Abend und ging in sein Quartier.

Die Negativstreifen rollte er zusammen, legte sie wieder in die Bakelitdosen und schob sie zu der Ikone ins Wachstuch. Dann riß er ein paar Seiten aus der »Veste Kreta« und wickelte die Abzüge in das Papier ein. Das Päckchen schob er unter den Wollpullover, in den er die Ikone eingewickelt hatte, nahm sie heraus, legte sie auf den Tisch, betrachtete sie im gelben Schein der Petroleumlampe und trank dazu den schweren Rotwein, den Frau Xenakis ihm gebracht hatte.

Das dunkle, spiegelnde Flaschengrün des Glasschmelzes hatte eine unerklärliche Tiefe. Oder war es eine Höhe? Gemacht haben konnte es nur einer, der jahrelang auf Sonne, Meer und salzige Durchsichtigkeit geblickt hatte, vielleicht aus dem Fenster einer kargen Klosterzelle gesehen hatte, wie das Licht aus dem Wasser stieg, darüber hinwegzog, darin versank und wieder aufstieg, Morgen für Morgen, Abend für Abend, Jahr für Jahr. Einer, dem die Welt vollkommen erschienen sein mußte – unfaßbar für Johann, der durch eine Welt stolperte, die aus den Fugen war. Auf Tafeln wie dieser aber war vom Paradies erzählt worden. Es war verloren, aber es gab Echos in den Bildern. In solchen Bildern war es so sicher wie in den Anblicken und Düften, die diese Insel immer noch schenkte. Johann fühlte sich unerklärlich leicht und frei, schlief traumlos und tief.

7.

Am nächsten Morgen brachte er den Laborschlüssel zurück und legte dem Zensuroffizier, einem Hauptmann, der im Zivilberuf Bibliothekar war, die vier Fotos der Ikone vor, die er in der Kirche gemacht hatte, bevor draußen die Schüsse gefallen waren.

»So wenig?« Der Hauptmann runzelte die Stirn und schob die Fotos verständnislos auf seinem Schreibtisch hin und her.

»Wenig schon«, sagte Johann. »Aber sehr wertvoll.«

»Sollte man gar nicht meinen«, sagte der Hauptmann.

»Byzantinisch«, sagte Johann.

»Ach so«, sagte der Hauptmann, »verstehe«, und kratzte sich mit einem Bleistift am kurzgeschorenen Hinterkopf.

Am Ausgang der Kommandantur lief Johann Leutnant Hollbach in die Arme, der soeben die Treppe heraufkam. »Das trifft sich gut, Martens«, sagte er, »ich muß sowieso mit Ihnen sprechen. Kommen Sie, ich lade Sie zu einem Kaffee ein.«

Sie gingen in den Stadtpark und setzten sich vor ein Kafenion, das neben dem kleinen, heruntergekommenen Zoo lag. Man hörte Vögel in den Volieren schreien, Entengeschnatter und das Meckern von Ziegen. Von einem Spielplatz klang Lärm spielender Kinder.

»Merkwürdig«, sagte Hollbach, »daß es das alles noch gibt. Wenn man bedenkt, was hier geschieht, was wir tun, was wir tun müssen ...« Er schüttelte den Kopf, nippte am Kaffee, steckte sich eine Zigarette an und sah Johann fest in die Augen.

»Ja«, sagte Johann, »wirklich merkwürdig. Was, wenn ich fragen darf, machen Sie eigentlich im wirklichen Leben?«

»Sie meinen in Deutschland?« Hollbach seufzte und stieß Rauch aus Mund und Nase. »Ich habe Jura studiert, war fast fertig bei Kriegsausbruch. Wenn alles vorbei ist, möchte ich Rechtsanwalt werden. Säße jetzt auch viel lieber in Athen. Da könnte ich mich vielleicht juristisch in der Militärverwaltung nützlich machen. Mein Antrag auf Versetzung wurde mehrfach abgelehnt. Die Lage ist hier zu brisant. Nun ja, man kann sich's nicht aussuchen. Warum fragen Sie eigentlich?«

Johann zuckte mit den Schultern. »Ich weiß nicht. Vielleicht finde ich es beruhigend, daß es noch ein anderes Leben gibt.«

»Hoffentlich haben Sie recht«, sagte Hollbach. »Und jetzt hören Sie mir mal genau zu, Martens. Was Sie hier bislang erlebt haben und vermutlich noch erleben werden, das darf Sie nicht irritieren. Wir halten uns strikt an die Befehle, und selbst wenn wir gezwungen sind, davon abzuweichen, werden unsere Aktionen von der Generalität ausdrücklich gedeckt und gebilligt. Unser Kampf gegen das Bandenunwesen ist auch ein Kampf gegen den Bolschewismus. Die meisten Andartengruppen sind kommunistisch orientiert oder zumindest unterwandert. Auf dem griechischen Festland operieren bereits russische Agenten, und die kommunistischen Banden gewinnen die Oberhand. Hier auf Kreta sind die Konkurrenzkämpfe nicht so ausgeprägt, aber im Grunde müßten die Briten uns dankbar sein, statt diese Leute gegen uns aufzuwiegeln. Gegen den Bolschewismus müßte man eigentlich gemeinsam mit den Briten kämpfen. Wer weiß, vielleicht kommt noch so ein Tag. Jedenfalls sind die Dinge kompliziert, und was ich da eben gesagt habe, bleibt selbstverständlich unter uns.«

Johann nickte.

»Und überhaupt«, fuhr Hollbach mit leiser Eindringlichkeit fort, »überhaupt versteht es sich ja wohl von selbst, daß alles, was bei solchen Kommandounternehmen passiert, strengster Geheimhaltung unterliegt. Allein schon im Sinne des Kameradschaftsgeistes. Ich sage Ihnen das so ausdrücklich, Martens, weil Sie als Zivilist sich vielleicht nicht ganz darüber im klaren sind, was militärische Notwendigkeiten in diesem Krieg erfordern. Wenn aber dieser Krieg vorbei ist, und unter uns gesagt, kann er nicht mehr lange dauern, dann möchte ich jedenfalls unter keinen Umständen mit etwas konfrontiert werden, das, wie soll ich sagen?« Hollbachs präzise Selbstsicherheit schien für einen Moment zu bröckeln. »Verstehen Sie, was ich meine, Martens?«

»Ich glaube schon«, sagte Johann wenig überzeugend und überlegte, ob Hollbach auf die Fotos anspielte.

»Genfer Konvention und dergleichen«, sagte Hollbach achselzuckend. »Da sind wir nicht immer ..., also das, was wir machen müssen, geht gelegentlich doch etwas darüber hinaus ...« Wieder geriet er ins Stocken, sagte dann aber entschieden: »Also, strengste Geheimhaltung. Was auch immer Sie sehen und hören. Ist das klar?«

»Selbstverständlich«, nickte Johann und war sich jetzt sicher, daß Hollbach nichts von den Fotos wußte. Dies war der Moment, es ihm zu sagen, aber Johann ließ den Moment vorübergehen wie die Schönwetterwolken, die über den Himmel zogen.

»Na bestens«, sagte Hollbach. »Und nun zur Sache. Morgen früh geht's gleich wieder los. Ziemlich große Aktion. Wir haben Informationen, daß eine starke Andartengruppe zusammengezogen wird, und zwar in der Nähe von Koroufi oder wie auch immer das Kaff heißt, unterhalb der Weißen Berge. Wir werden mit …«

»Korifi?« unterbrach Johann ihn erschrocken. »Meinen Sie etwa Korifi?«

»Ja, ja, ich glaube schon, aber das tut ja jetzt nichts zur Sache.«

»Ich kenne das Dorf«, sagte Johann leise. »Ich war mit Andreas einmal da, weil …«

»Um so besser«, sagte Hollbach.

Korifi! Ja, Johann kannte das Dorf. Es steht zwar nicht auf seiner Liste und liegt abseits von der geplanten Route. Wenn sie dorthin fahren, werden sie das Kloster, zu dem sie unterwegs sind, an diesem Abend nicht mehr erreichen, aber Andreas redet schon seit einer halben Stunde mit Engelszungen auf Johann ein, man müsse unbedingt nach Korifi.

»Was gibt es da zu sehen?« fragt Johann. »Eine Kirche?«
»Eine Kirche auch, natürlich.«
»Ikonen?«
»Ja, Yannis, auch Ikonen.«
»Und deshalb willst du so dringend nach Korifi?«
»Nicht deshalb, sondern weil morgen Gründonnerstag ist.«
»Was hat Gründonnerstag mit Korifi zu tun?«
»Nach Gründonnerstag kommt Ostern.«
»Ostern ist doch überall.«
»Ich bin aber in Korifi geboren«, sagt Andreas.
»Ja und?«
»Ostern muß man zu Hause feiern, Yannis.«
»Warum?«

»Weil das so ist.«

»Also gut«, sagt Johann schließlich, weil sie keine Eile haben und es keinen Grund gibt, Andreas seinen Wunsch abzuschlagen. »Ich fahre, und du zeigst mir die Richtung.«

»Fahr aber vorsichtig«, sagt Andreas. »Ich will mit heilen Knochen Ostern feiern.«

Also faltet Johann die Liste zusammen, schiebt sie in die Brusttasche seines Hemds, steigt aufs Motorrad, setzt die Schutzbrille auf, gibt Gas, biegt von der Straße ab und folgt Andreas' aufgeregten Gesten, immer nach Süden, immer bergauf, egal wie schlecht der Weg ist, egal wie erbarmungswürdig der Motor röchelt, so schnell wie möglich nach Korifi.

Als sie ankommen, fällt schon das blaue Tuch des Abends über das Dorf. Aus der geöffneten Tür der schäbigen Kirche dringen monotone Gesänge, flackernder Kerzenschein und Weihrauchschwaden. Hinter dem Altar steht der Pope in abgewetztem Brokat, links die Frauen, die sich unablässig bekreuzigen, tuschelnde, kichernde Kinder, rechts ein paar alte Männer.

»Die anderen sitzen in der Taverne«, flüstert Andreas grinsend.

Dort wird er dann mit Umarmungen und Wangenküssen begrüßt von Geschwistern und Onkeln und Vettern und Schwagern. Und Yannis aus Deutschland, der sein Freund ist, gehört als Gast sogleich zur Familie, zum ganzen Dorf. Bretter auf Böcken dienen als Tisch, beladen mit Schüsseln und Tellern und Krügen und Bechern, Linsen, Reis, weiße Bohnen in Öl, Pfannkuchen mit Honig, Kartoffeln, Ziegenbraten vom Spieß, Kürbis, Käse. Noch setzt sich keiner der Anwesenden, erst muß der Gottesdienst vorbei sein.

Endlich kommt der Pope, ohne Ornat, graustrahnig in schlappenden Lammfellpantoffeln, sieht streng auf die überbordende Tafel, mault gewaltig in seinen Bart, noch sei Fastenzeit, aber da ruft plötzlich einer das Zauberwort: »Den pirasi polemos!« – macht nichts, ist ja Krieg!

Alle brechen in schallendes Gelächter aus, der Pope lacht am lautesten, segnet das Mahl und greift zum größten Stück des Ziegenbratens. Wein und Raki fließen in Strömen. Draußen fallen Schüsse. Johann zuckt zusammen und wird ausgelacht. Das sind nicht die Deutschen, das sind nur Freudenschüsse, Feuerwerk.

Zwar wird an diesem Abend auch vom Krieg gesprochen, der ja allgegenwärtig ist, aber die Geschichten, die erzählt werden, sind weder traurig noch blutrünstig, sondern handeln von den komischen Momenten des Grauens, als ob in dieser Komik Trost zu finden sei. Und so muß auch der Schäfer Panajotis seine Geschichte zum besten geben, die er offenbar schon mehrfach erzählt hat, denn schon bei den ersten Worten bricht die ganze Runde in wieherndes Gelächter aus.

Panajotis war mit seiner Herde an der Grenze zwischen dem deutschen und italienischen Sektor gewesen, als eines Tages drei Männer in britischen Uniformen aufgetaucht waren und ihm erzählten, sie seien aus deutscher Gefangenschaft geflohen, und Panajotis solle sie zum nächsten britischen Agentenversteck führen. Weil er aber viel Umgang mit Engländern hatte und an der Geschichte auch sonst so manches nicht stimmte, merkte Panajotis sofort, daß die drei Männer verkleidete Deutsche waren. Er sagte ihnen also, daß sie sich in einer Höhle verstecken sollten, während er Hilfe holen würde, und rannte so schnell er konnte zum nächsten italienischen Außenposten hinter der Grenze. Der italienische Leutnant hörte staunend von drei geflohenen Briten, gratulierte Panajotis zu seiner Heldentat und ließ sich von ihm mit ein paar Soldaten zur Höhle führen, wo die drei Männer in britischer Uniform auf der Stelle verhaftet wurden. Es gab großes Geschrei, weil sie nun plötzlich behaupteten, deutsche Geheimagenten zu sein, aber der italienische Leutnant ließ sich durch derlei plumpe Lügen natürlich nicht beeindrucken, sondern brachte die drei Männer vor seinen Kommandanten.

»Solange die Italiener die Deutschen verhaften und umgekehrt«, ruft Andreas ins tosende Gelächter der Runde, »sind sie uns als Gäste willkommen.«

»Stimmt die Geschichte wirklich?« Johann ist skeptisch, und irgendwie hat er auch das Gefühl, daß er ausgelacht wird.

»Natürlich stimmt sie nicht«, grinst Andreas. »Du weißt doch wohl, daß alle Kreter lügen.«

Und da lacht auch Johann, lacht, bis ihm die Tränen kommen. Und trinkt schnell noch einen Raki.

Der Kater, mit dem Johann am Karfreitag erwacht, wird beim

Frühstück mit Raki verjagt, und dann muß er alle Familienmitglieder kennenlernen, Geschwister, Kinder, Enkel. Namen und Gesichter, junge, alte, daß Johann der Kopf schwirrt, und damit er sich besser fühlt, wird Raki zur Gesundheit getrunken. Ein oder zwei der Gesichter kommen Johann bekannt vor. Hat er diesen Vetter oder Schwager mit den blonden Bartstoppeln nicht damals gesehen, als Andreas auf dem Fleischmarkt auf ihn wartete? Und der andere? Wo hat er den gesehen? Aber dann kommen schon die nächsten, Söhne und Töchter von Andreas. Sieben? Acht?

Die jüngste Tochter ist Anfang Zwanzig, heißt Eléni, und die möchte Johann sich gern länger ansehen, deren herrlich dunkle Augen, deren lachendes Gesicht mit den blitzenden Zähnen und die Locke, die aus der schwarzen Haarflut kokett in die Stirn hängt. Aber dann muß schon Andreas' Frau Kyra begrüßt werden, die aus Chania gekommen ist. Und auch die alte, auf einen Stock gestützte weißhaarige Mutter ist immer noch da, wo sie ihr Leben verbracht hat, und segnet Johann, obwohl das eigentlich nur der Pope darf, der am Abend seinen nächsten großen Auftritt hat. Jetzt sind auch die Männer in der Kirche, als der Pope das Kruzifix in eine blumengeschmückte Holzkiste legt, das heilige Grab, und dann tragen sie, alle mit Kerzen in den Händen, den Sarg durchs Dorf, und der Pope segnet und segnet und segnet und läßt sich zur Belohnung den Ring küssen. Dann wird wieder gegessen und getrunken, die Fastenzeit ist ohnehin fast vorbei, und außerdem ist Krieg, und manchmal wird draußen geschossen, Freudenschüsse. Diesmal dürfen die Frauen dabeisein, servieren und schenken ein, und Eléni schenkt Johann den Blechbecher voll, kaum daß er ihn zur Hälfte geleert hat, wieder und wieder, und lächelt dabei. Einmal berührt sie, wie aus Versehen, mit der Hand seinen Arm. Aber Johann weiß, daß es kein Versehen war.

In der Nacht zum Ostersonntag ist die Luft in der Kirche stickig wie Pulverdampf. Jeder hält eine Kerze in der Hand, manche zwei, besonders Fromme gleich drei Kerzen, dazu der Weihrauch, die liturgischen Gesänge. Johann ist aus der Zeit gefallen. So wie jetzt war es immer. Von der linken Seite lächelt Eléni zu ihm herüber. Johann erwidert das Lächeln. Fast hätte er gewinkt. Andreas sieht, was da vor sich geht, nickt und grinst. Um Mitternacht entzündet der Pope die Osterkerze. »Christós anésti!« schallt es vom Altar, Christus ist auferstanden. Das armselige Glöckchen der Kirche wird geläutet und klingelt blechern durch die Ostergrüße, die alle allen unter Umarmungen und Küssen zurufen.

»Christós anésti«, sagt Johann zu Eléni und küßt ihr die Wange, und sie sagt »Allithos anésti«, wahrhaftig, er ist auferstanden, und küßt ihm die Wange. Und Andreas grinst dazu.

Dann wartet die Majirítsa, die Ostersuppe, Innereien des Osterlamms, sein verschlungener Darm, der an die labyrinthischen Irrwege erinnert, die Menschen gehen, manchmal freiwillig, öfter unfreiwillig, und von denen sie erlöst werden müssen. Solche Suppen schmecken besser, wenn man mit Wein nachspült. Die Nacht ist kurz.

Zum Frühstück wird das süße Osterbrot mit eingebackenen, rot gefärbten Eiern aufgetragen, rot wie das Blut Christi. Johanns Erinnerungen an das Blut auf dem Klosterhof werden mit Raki gelindert. Und dann natürlich das Lamm. Auf allen Höfen des Dorfs dreht sich das Fleisch am Spieß, aus allen Häusern und Höfen steigen Rauchsäulen in den Himmel über Korifi. Der Rauch des Osterfriedens.

»Ostern war ich da«, murmelte Johann, während ein Vogel in der Voliere schrie, »in Korifi.«

»Um so besser also«, sagte Hollbach. »Dann kennen Sie sich da ja aus. Im übrigen muß ich mich jetzt verabschieden. Sailer wird Sie morgen früh um sieben abholen.« Der Leutnant wünschte einen angenehmen Tag und verließ mit energischen Schritten den Park.

Johann blieb noch lange wie erstarrt sitzen, rauchte und lauschte den Tiergeräuschen aus dem Zoo, dem Schnattern und Meckern, den Schreien der Vögel in ihren Käfigen. Und rief da nicht einer: Was gibt es da? Und ein anderer antwortete: Es sind die Gäste. Und ein dritter schrie: Freiheit oder Tod. So schrie das in Johanns Kopf. Hin und her. Oder aus den Volieren. Er wußte es nicht. Doch wo er die Bilder verstecken würde, das wußte er jetzt.

Als es dunkel wurde, nahm er, von niemandem bemerkt, in seinem Quartier das Päckchen mit der Ikone, der Filmdose und den Papierabzügen aus der Kommode und ging zu den venezianischen

Lagerhäusern am Hafen. Andreas' Taverne war geschlossen. Johann klopfte leise an die Tür. Niemand öffnete. Er schlich durch den niedrigen Torbogen in den Hinterhof. Im schwachen Licht, das streifig aus geschlossenen Fensterläden brach, stand das Motorradgespann, als wartete es auf ihn. Daneben war ein zweites Motorrad ohne Seitenwagen geparkt, das Johann noch nie gesehen hatte. Er klopfte vorsichtig an die Hintertür.

»Wer ist da?« Andreas' Stimme.

»Ich bin's. Yannis.«

Die Tür wurde einen Spaltbreit geöffnet. Andreas steckte den Kopf heraus, sah nach links und rechts. »Bist du allein?«

»Ja, natürlich. Wieso ...«

Andreas zog Johann ins Haus und schloß sofort wieder die Tür. In der kleinen, verräucherten Kammer hinter der Küche saßen zwei Männer vor einer Flasche Raki und einem überquellenden Aschenbecher am Tisch, blickten Johann überrascht entgegen und erwiderten freundlich lächelnd seinen Gruß. Johann hatte sie Ostern in Korifi gesehen, dort aber nicht weiter mit ihnen gesprochen. Und den mit den blonden Stoppeln, den kannte er aus ...

»Meine Vettern kennst du ja schon«, sagte Andreas. »Sie wollten sowieso gerade gehen. Haben noch einen weiten Weg vor sich.«

Die beiden Männer standen hastig auf und wünschten eine gute Nacht. Das Motorrad wurde angelassen, das Knattern verebbte, dann war es still. Andreas schenkte Raki ein, schob Johann ein Glas hin. Sie tranken sich zu.

»Wo hast du gesteckt?« fragte Andreas vorwurfsvoll. »Ich habe dich gesucht und war vor ein paar Tagen in deinem Quartier, aber Frau Xenakis sagte, daß du unterwegs seist. Brauchst du mich etwa nicht mehr? Wir wollten doch unsere nächste Tour an die Westküste machen.« Er sah gekränkt aus. Vielleicht spielte er auch nur den Gekränkten?

»Es ist etwas dazwischengekommen«, sagte Johann.

»Was denn?«

»Das!« Johann legte das in Öltuch und Zeitschriftenseiten eingeschlagene Päckchen auf den Tisch.

»Was ist das?« Andreas sah ihn verständnislos an.

»Mach es auf.«

Andreas schlug das Papier zur Seite, nahm die Ikone, drehte sie in der Hand, betrachtete sie von vorn und hinten. »Hast du die etwa, nun ja, an dich genommen?« fragte er ungläubig.

»Ich habe sie gerettet«, sagte Johann. »Davor!« Er zog das Papier von den Fotos.

Andreas starrte das erste Bild an, den toten Soldaten Sanders im Straßenstaub, schüttelte ungläubig den Kopf und breitete dann alle Fotos nebeneinander auf dem Tisch aus. Der Pope an der Kirchenwand, aufrecht und würdevoll. Hollbach mit gezogener Pistole. Sechs Männer mit angelegtem Gewehr. Der Pope am Boden, dunkle Flecken auf der Soutane. Hollbach, der dem Liegenden die Pistole ins Genick setzt. Soldaten mit Benzinkanistern im Eingang der Kirche. Züngelnde Flammen und Rauch. Die fünf Geiseln auf der Ladefläche.

Johann sah abwechselnd in Andreas' Gesicht, das wie versteinert war, und auf die Bilder. Das verwackelte Foto, auf dem Sailer den Arm hob, war nicht dabei. Es mußte wohl aus dem Pullover gerutscht sein und lag noch in der Kommode.

Andreas schwieg lange, schenkte Raki nach und flüsterte schließlich: »Wir haben davon gehört.«

»Ich habe es gesehen«, sagte Johann.

Andreas schob die Fotos zu einem Stapel zusammen. »Und warum zeigst du *mir* das?«

»Bring es in Sicherheit«, sagte Johann, »versteck das alles. Bis der Krieg vorbei ist. Und jetzt hör mir gut zu. Morgen wird ein starkes Kommando nach Süden aufbrechen.«

»Auch davon haben wir gehört«, sagte Andreas gelassen.

»Es wird nach Korifi gehen.«

Andreas zuckte zusammen, als habe Johann ihm mit der Faust ins Gesicht geschlagen. Dann nahm er die Ikone in die Hand, bekreuzigte sich hastig und murmelte: »Heiliger Erzengel Michael, steh uns bei.«

»Ich muß wieder als Dolmetscher mit«, sagte Johann. »Sie zwingen mich dazu.«

»Das verstehe ich«, sagte Andreas. »Und ich danke dir.«

»Du mußt dich nicht bedanken.«

»Aber eins verstehe ich nicht.« Andreas sah Johann in die Augen. »Warum tust du das für uns?«

Johann zuckte mit den Schultern. Was sollte er antworten? Er wußte es nicht, oder ihm fehlten die Worte. Andreas schenkte Raki nach. Sie tranken, Andreas auf Johanns Gesundheit, Johann auf Andreas' Gesundheit.

»Vielleicht«, sagte Johann schließlich, »weil ich euer Gast bin.«

»Das bist du, Yannis«, sagte Andreas. »Das bist du wirklich.«

8.

Die aufgehende Sonne fiel schräg in die Olivenbäume ein, die der Morgenwind anblies, so daß die silbernen Unterseiten des Laubs glitzerten und im Frührot beinah golden wirkten, bis die Lastwagen vorbeidröhnten und die aufgewirbelten Staubwolken sich wie Mehltau über die Blätter legten. Das Kommando bestand aus sechzig Mann, angeführt von einem Hauptmann Karsch, Hollbach, Sailer und einem Hauptfeldwebel namens Müller, der etwas Griechisch sprach und Karsch als Dolmetscher diente. Die Truppe war zu je dreißig Soldaten auf zwei LKWs verteilt. Karsch und Müller saßen neben dem Fahrer im ersten Wagen, Hollbach und Johann im Führerhaus des zweiten, den Sailer steuerte.

Aus den Informationen, die man durch Spitzel und Zuträger bekommen hatte, erklärte Hollbach folgende Lage: Innerhalb des Andartiko sei es offenbar wieder zu Meinungsverschiedenheiten zwischen sozialistisch und kommunistisch orientierten Gruppen der Nationalen Befreiungsfront, EAM, und Vertretern des eher konservativen Nationalen Republikanischen Griechischen Verbands, EDES, gekommen. Nach der Kapitulation des deutschen Afrikakorps habe der britische Geheimdienst deshalb von Ägypten aus Agenten nach Kreta eingeschleust, die den Auftrag hätten, zwischen den Andarten zu vermitteln, um den Widerstand gegen die deutsche Besatzungsmacht nicht zu gefährden, sondern erneut anzufachen. In Korifi sollten sich zu diesem Zweck nun Vertreter aller

Fraktionen versammeln und unter britischer Moderation die Konflikte beilegen.

»Das«, sagte Hollbach, »ist natürlich unsere große Chance. Wir erwischen nicht nur viele auf einmal, sondern auch noch die Anführer. Und wenn wir Glück haben, ein paar britische Agenten dazu.«

»Und woher wissen Sie das alles?« fragte Johann.

Hollbach lächelte grimmig. »Die Leute, die mit uns kollaborieren, tun das aus unterschiedlichen Motiven«, erklärte er. »Die meisten versprechen sich lediglich materielle Vorteile. Nehmen Sie beispielsweise Ihren Freund, diesen Andreas. Der wird von uns bezahlt, und dafür arbeitet er für uns. Wie zuverlässig er tatsächlich ist, steht natürlich auf einem ganz anderen Blatt. Es gibt auch einige mit faschistischen Neigungen, die glücklich sind, daß wir die Monarchie verjagt haben und jetzt auch noch mit den Kommunisten und Sozialisten aufräumen. Außerdem gibt es ein paar notorische Judenhasser, aber das sind ziemlich finstere Gestalten, mit denen ich ungern zu tun habe. Wie dem auch sei, wir bekommen Informationen aus den verschiedensten Quellen.«

Es stank nach Diesel, Zigarettenrauch und war stickig, aber weil die Staubfahne des vorausfahrenden LKWs sonst ins Führerhaus schlug, hielten sie die Fenster geschlossen. Nachdem sie etwa eine Stunde südwärts durch die Ebene gefahren waren, gabelte sich die Straße. Der LKW mit Karsch und Müller fuhr wie vereinbart weiter nach Süden in Richtung des Dorfs Gerospila, das vorsorglich überprüft und durchsucht werden sollte, bevor man weiter nach Korifi vorstoßen würde. Hollbachs Gruppe nahm an der Gebirgsflanke entlang einen nach Westen ausschwenkenden Umweg, der schließlich auch nach Korifi führen würde. Auf diese Weise sollten die Andarten in die Zange genommen und mögliche Fluchtwege abgeriegelt werden.

»Na endlich!« stöhnte Sailer, als der vorausfahrende LKW außer Sicht war, und kurbelte das Seitenfenster herunter. Auch Johann öffnete auf der rechten Seite das Fenster, streckte den Arm in den Fahrtwind und hielt sich am Gestänge des Seitenspiegels fest.

Die unbefestigte Straße wurde immer schmaler, steiler und schlechter, war von Geröll und tiefen Furchen übersät, die im Winter das ablaufende Wasser gefräst hatte. Rechts gähnte der steile Abgrund zur Ebene, die gelben und braunen Flächen vom Grün der Olivenbäume gesprenkelt, als tarne sich die Landschaft davor, entdeckt zu werden. Nach links stieg der Berg fast senkrecht an, die Kurven wurden enger, gingen in Serpentinen über, und Sailer schuftete schwitzend und fluchend an Lenkrad und Gangschaltung.

Am Ende einer scharfen Haarnadelkurve ging es nicht mehr weiter. Die Straße war von einer Stein- und Geröllawine verschüttet. Hollbach, der einen Hinterhalt befürchtete, ließ absitzen und die Umgebung durchsuchen, aber gefunden wurden am Steilhang nur einige Balken und Bretter, mit denen die Lawine offenbar vorsätzlich ausgelöst worden war. Die Straße freizuräumen hätte Stunden gedauert, weshalb Hollbach zähneknirschend Befehl geben mußte, umzukehren und den gleichen Weg zu nehmen wie Hauptmann Karsch. Der LKW mußte auf der schmalen Straße fast zwei Kilometer rückwärts manövriert werden, bis Sailer eine Stelle fand, an der er wenden konnte, ohne den Abhang herunterzustürzen. Hollbach schaute immer wieder nervös auf seine Uhr, verfluchte den enormen Zeitverlust und war überzeugt, daß die Partisanen Wind von der Aktion bekommen hatten.

»Wir haben die Sache geheimgehalten«, tobte er, als sie wieder talwärts fuhren. »Woher zum Teufel wissen die verdammten Banden, daß wir nach Korifi wollen?«

»Sie haben Melder«, sagte Sailer, »sie haben auch Motorräder, und wo die nicht mehr weiterkommen, nehmen sie Esel und Maultiere oder laufen zu Fuß quer durch die Berge. Das geht schneller als jeder Konvoi. Wenn unsere Vorbereitungen gestern abend beobachtet worden sind, hätten sie Zeit genug gehabt, den Steinschlag zu präparieren.«

»Und trotzdem«, sagte Hollbach und sah Johann von der Seite an, »ist an der Sache was faul. Wie konnten sie unser Ziel kennen?«

Johann würgte, zuckte mit den Achseln, hustete Staub und schwieg.

Im frühen Nachmittag erreichten sie wieder die Straßengabelung und fuhren in Richtung Gerospila. Karsch war ihnen jetzt fast fünf Stunden voraus und vermutlich längst in Korifi angekommen.

Oleanderbüsche wirbelten rot zwischen Kiefern und Zypressen, Olivenhaine, weidende Ziegen, karstige Äcker und dürre Felder kündigten die Nähe Gerospilas an, aber weit und breit war kein Mensch zu sehen. Der Diesel nagelte durch die dumpf brütende Ebene. Im Westen türmten sich Wolken auf. Es würde ein Gewitter geben.

Das Dorf lag wie ausgestorben. Leer und still und verlassen. Zwei Katzen dösten unter einem Torbogen in der stumpfen Sonne und flüchteten widerwillig in den Schatten, als der LKW nahte. Sailer arbeitete sich durch eine scharfe Kurve. Der Dorfplatz. Sailer trat auf die Bremse.

»Verdammte Scheiße!« zischte Hollbach.

»Großer Gott!« entfuhr es Johann.

Das ausgebrannte Wrack eines LKWs stand mitten auf dem Platz. Auf der Ladefläche waren verkohlte Leichen zu erkennen, vor dem Wagen lagen mehrere Tote in deutscher Uniform, aber ohne Waffen und Ausrüstung. Hollbach ließ absitzen und die Waffen entsichern. Blutlachen, schon geronnen und mit einer dünnen Staubschicht überzogen, hatten sich zwischen den Leichen ausgebreitet. Über das verzerrte, wie im Staunen erstarrte Gesicht des Hauptfeldwebels Müller krochen Fliegen. Hollbach schickte seine Leute an den Häuserfronten entlang, die den Platz säumten, als plötzlich ein schwacher Hilferuf ertönte. In einem Hausflur wurde ein Verwundeter gefunden. Er hatte einen Schultersteckschuß, war vom Blutverlust stark geschwächt, wurde sofort zum LKW getragen und, so gut es ging, vom Sanitäter versorgt. Hollbach hockte sich neben ihn und fragte, was passiert sei.

Der Mann sprach heiser flüsternd, stockend und stand sichtlich unter Schock, blieb aber während seines Berichts bei Bewußtsein. Hauptmann Karsch habe sich im Dorf nicht länger aufhalten wollen, da die Abteilung ja eigentlich bis Korifi vorstoßen sollte. Die Befragungen seien auch wie üblich im Sande verlaufen, die Durchsuchung nur sehr flüchtig durchgeführt worden, um den Plan nicht zu gefährden, sondern möglichst zeitgleich mit Hollbach in Korifi einzutreffen. Aber dann habe man durch Zufall ein Waffenversteck entdeckt. Ein Soldat habe austreten müssen, sei zu dem Zweck hinter einen Stall gegangen und habe dort einen Karren gesehen, der mit einer Plane abgedeckt gewesen sei. Der Mann habe die Plane zurückgeschlagen und in der Karre drei englische Maschinengewehre, Munition und Handgranaten gefunden, Waffen also, mit denen die Banden bislang gar nicht ausgerüstet gewesen seien. Karsch habe daraufhin die Dorfbewohner zusammentreiben lassen und Auskunft über die Herkunft der Waffen verlangt. Geantwortet habe niemand. Also habe Karsch drei Männer exekutieren lassen, eine kurze Frist gesetzt und mit weiteren Erschießungen gedroht. Als aber die nächsten drei an die Wand gestellt worden seien und das Kommando bereits die Gewehre angelegt habe, sei von den umliegenden Hausdächern plötzlich heftiges Feuer auf die Soldaten eröffnet worden. Karsch und fünf oder sechs Soldaten seien sofort tödlich getroffen worden. Da man es mit einer deutlichen Übermacht zu tun gehabt habe, die außerdem aus der Deckung heraus schoß und sehr gut bewaffnet gewesen sein müsse, habe Müller befohlen, sich zum LKW zurückzuziehen. Auf dem Platz habe es auch kaum noch feindliches Feuer gegeben, und Müller habe aufsitzen lassen, aber als bereits etwa fünfzehn Mann auf den LKW gestiegen seien, sei dieser explodiert. Entweder sei eine Sprengladung angebracht worden, oder es müßten gleichzeitig mehrere Handgranaten geworfen worden sein. Aus dem Hauseingang, in den er sich mit seiner Verwundung geschleppt habe, sei das nicht genau zu erkennen gewesen. Nach der Explosion sei dann auch wieder aus Fenstern und Türen und von allen Dächern geschossen worden, bis die gesamte Einheit vernichtet gewesen sei. Er wundere sich, sagte der Mann stöhnend, daß man ihn übersehen habe. Wahrscheinlich hätten die Partisanen es sehr eilig gehabt, hätten vielleicht schon gewußt, daß Hollbach nachrücken würde, und die Dorfbewohner seien wohl alle geflohen.

Johann, von niemandem beachtet, hielt sich abseits und machte Fotos. Die Exekutionen hatten vor einer Gartenmauer am Dorfrand stattgefunden. Zwischen und über die drei exekutierten Dorfbewohner waren Soldaten gefallen. Auf den ersten Blick war nicht zu erkennen, ob dieses Bein zu einem Kreter und jener Arm zu einem deutschen Soldaten gehörte. Emporgereckte, verkrampfte Hände, panisch oder ungläubig staunend aufgerissene Augen. Johann drückte den Auslöser. Ein Fuß, der in einem Militärstiefel steckte, daneben einer mit einem schäbigen Hanfschuh, die Sohle aus alten Autoreifen geschnitten. Johann drückte den Auslöser. In einer Blutlache neben den sechs Soldaten, denen er den Befehl gegeben hatte, die drei Männer zu erschießen, zu erkennen nur noch an seiner Uniform, das Gesicht eine rötlichgelbe, breiige Masse, lag Hauptmann Karsch. Johann drückte den Auslöser.

Hollbach gab Befehl, die Leichen der Soldaten zu bergen, nach Chania zu schaffen und einen anderen Wagen zu schicken, um die Truppe abzutransportieren, die so lange im Dorf warten würde. Ein weiteres Vorrücken auf Korifi war unter den gegebenen Umständen völlig ausgeschlossen. Aus dem Bericht des Verwundeten war zu schließen, daß es sich um mindestens dreißig Andarten handeln mußte. Eine Verfolgung in unbekanntes und unwegsames Gelände wäre Selbstmord gewesen.

Als die zerfetzten Körper vom explodierten LKW auf den zweiten LKW geladen wurden, flammte im Westen der erste Blitz auf, und kaum, daß der Donner sich entladen hatte, brach der Gewitterregen wie ein Sturzbach über das Dorf herein. Platz und Straße verwandelten sich in knöcheltiefen, braunen Schlamm, durch den rote Schlieren liefen.

9.

»Ich habe Befehl, Sie zu verhaften«, sagte Hollbach kühl, als er zwei Tage später, flankiert von zwei Feldjägern mit Maschinenpistolen im Anschlag, in Johanns Quartier erschien.

Johann sprang entsetzt auf und stieß dabei die Kaffeetasse um. Die braune Flüssigkeit mit dem körnigen Sud ergoß sich über das Foto eines byzantinischen Wandteppichs. Frau Xenakis, die den Männern die Vordertür geöffnet hatte, stand auf dem Gartenweg und beobachtete händeringend und verständnislos, was vor sich ging.

»Verhaften? Mich?« stammelte Johann. »Aber wieso denn? Was hat...«

»Setzen Sie sich«, sagte Hollbach, befahl den beiden Feldjägern, vor der Tür Posten zu beziehen, schloß dann die Tür vor Frau Xenakis' neugierigen Blicken, setzte sich selbst an den Tisch und blätterte mit spitzen Fingern in den Fotostapeln, als suche er nach etwas Bestimmtem. »Sie stehen im Verdacht«, sagte er, ohne von den Fotos aufzublicken, »Informationen über das Kommando weitergegeben zu haben.«

»Informationen?« stotterte Johann. »Welches Kommando? Ich verstehe nicht ...«

Hollbach blickte jetzt auf und fixierte Johann scharf. »Über das Kommando, das vorgestern nach Korifi aufgebrochen ist und in Gerospila in einen Hinterhalt geriet, der neunundzwanzig deutsche Offiziere und Soldaten das Leben gekostet hat.«

»Aber das ist doch, das ist ja absurd.« Johann brach Schweiß aus, und er spürte, daß er bleich wurde. »Wie kommen Sie denn darauf, daß ich ...«

»Erstens«, unterbrach Hollbach sein Gestammel, »habe ich persönlich Sie darüber informiert, daß Korifi unser Ziel sein würde. Sie haben ja selbst gesagt, daß Sie schon einmal dagewesen sind, und wußten also Bescheid.«

»Schon, ja, aber ...«

»Zweitens ist Korifi der Geburtsort Ihres Freundes Andreas Siderias. Teile seiner Familie ...«

»Mein Freund? Wieso Freund?« Seine eigenen Worte kamen Johann wie Verrat vor, doch jetzt ging es um sein Leben. »Sie selbst haben ihn doch als meinen Führer ausgewählt und ...«

»Maul halten«, zischte Hollbach. »Teile seiner Familie leben immer noch in Korifi. Es lag also nahe, ihm einen Tip zu geben. Drittens sind Sie dabei ...«

»Ich bitte Sie, das ist doch ...«

»Wenn Sie jetzt nicht die Schnauze halten und mir zuhören, lasse ich Sie sofort abführen. Also. Drittens sind Sie dabei beobachtet worden, wie Sie in der Nacht vor dem Unternehmen in Andreas' Haus am Hafen gegangen sind, in die Taverne. Was haben Sie da gewollt?«

»Ich ... äh, beobachtet?«

»Wir haben unsere Informanten, Herr Doktor.«

»Ich wollte dort essen.«

»Die Taverne war geschlossen.«

»Das ... das wußte ich nicht.«

»Und wieso sind Sie dann gestern nacht noch einmal dorthin gegangen?«

»Weil ...«, Johann suchte fieberhaft und fahrig nach einer Ausrede. Den Film mit den Fotos des Massakers von Gerospila im Labor zu entwickeln, hatte er sich nicht mehr getraut, sondern hatte ihn gestern abend zu Andreas gebracht. Miteinander geredet hatten sie nicht, weil Andreas nur hastig geflüstert hatte, daß man beobachtet werde und er so schnell wie möglich verschwinden müsse, und so hatte Johann ihm nur wortlos die Filmdose in die Hand gedrückt und war wieder in sein Quartier zurückgekehrt.

»Ich warte«, sagte Hollbach. »Aber ich warte nicht mehr lange, Herr Dr. Martens.«

»Weil ich mit Andreas darüber sprechen wollte, ob er ... also beziehungsweise wann ich wieder mit ihm die Liste sozusagen ... abarbeiten würde, und außerdem fehlten mir in meinem Bericht noch einige Zuordnungen und ...«

»Sie lügen. Viertens wissen wir nämlich jetzt, daß dieser Andreas einer der Drahtzieher der EAM ist, der kommunistischen Banden, die auch mit der ELAS auf dem Festland zusammenarbeiten. Bolschewisten allesamt.«

»Das ist ... das ist ja furchtbar«, sagte Johann matt und wußte zugleich, wie wenig überzeugend er klang.

»Furchtbar ist«, zischte Hollbach, »daß Sie neunundzwanzig deutsche Soldaten auf dem Gewissen haben, Herr Dr. Martens. Das ist Geheimnisverrat, Spionage und Sabotage. Alles zusammen. Darauf steht die Todesstrafe, Mann!«

»Aber das stimmt doch alles nicht. Das sind doch nur vage Vermutungen, und ich ...«

»Fünftens«, sagte Hollbach wie beiläufig und blätterte dabei wieder interessiert in den Fotos, »haben wir Andreas verhaftet. Und er hat alles gestanden.« Er blickte auf und sah Johann prüfend an.

»Unmöglich!« rief Johann und dachte: Er lügt.

»Wieso soll das unmöglich sein? Sie denken wohl, daß diese

stolzen Kreter Helden sind, was? Kopftuch um die Stirn, wilde Blicke, Dolch im Gürtel und so weiter und so fort. Wenn man diesen Banditen damit droht, gegen ihre Familien vorzugehen, werden sie sofort zutraulich und handzahm und verhalten sich äußerst kooperativ.«

Johann schwitzte Blut und Wasser, das Herz schlug ihm bis zum Hals. Vielleicht log Hollbach doch nicht. Andreas hatte Johann einmal gesagt, er arbeite nur des Geldes wegen für die Deutschen. Warum sollte er dann gegen sie arbeiten, wenn das Leben seiner Familie und sein eigenes Leben auf dem Spiel stand? Angst lähmte Johann, Angst vor dem drohenden Kriegsgericht und der unausweichlichen Exekution. Angst mußte auch Andreas empfinden, wenn er jetzt in irgendeinem Keller der Kommandantur saß. Wut keimte in Johann auf, Wut, die sich gegen Hollbach richtete, gegen Andreas, gegen ihn selbst, und diese richtungslose Wut brandete gegen die Angst, die wie ein Stein in seiner Brust saß. Er stand schwankend auf, machte ein paar fahrige Schritte und lehnte die Stirn gegen die Kühle der gekalkten Wand.

»Sie sehen also«, sagte Hollbach leise und prononciert, »es steht nicht gut um Sie. Erschwerend kommt noch hinzu, daß Sie offenbar nicht nur irgendwelche Kunstgegenstände fotografiert haben, sondern auch noch ganz andere Dinge. Ich habe Sie als Dolmetscher verpflichtet, nicht als Fotoreporter und Kriegsberichterstatter. Und schon gar nicht als Spion.«

»Ich weiß nicht«, stammelte Johann und rang nach Atem, »wovon Sie reden.«

»Ich rede hiervon.« Hollbach knöpfte die Brusttasche seines Khakihemds auf, zog ein Foto heraus und warf es auf den Tisch.

Johann griff mit zitternden Händen nach dem Papierabzug. Es war das verwackelte, unscharfe Foto des Feldwebels Sailer im Augenblick, da er den Feuerbefehl auf den Popen gab. Johann ließ das Bild wieder auf den Tisch fallen und schüttelte den Kopf. »Ich weiß nicht, was, warum ich ...«

»Bevor Sie weiter lügen«, unterbrach Hollbach ihn, »sage ich Ihnen gleich, daß dieser Abzug im Labor der Kommandantur gefunden worden ist, wo Sie unbefugterweise und heimlich Fotoarbeiten gemacht haben, nachdem Sie den verantwortlichen Soldaten bestochen haben. Der Mann wird übrigens disziplinarisch bestraft. Also?«

»Ja«, sagte Johann, der sich langsam wieder unter Kontrolle hatte, »ja, das ist richtig. Ich habe die Fotos aber dem Zensuroffizier vorgelegt.«

»Halten Sie mich wirklich für so dumm, Martens?« Hollbach stand auf und ging im Zimmer auf und ab. »Warum haben Sie Sailer fotografiert, als er, als wir ... na, Sie wissen schon?«

»Das war so eine Art Reflex«, sagte Johann. »Ich hatte ja in der Kirche fotografiert und die Kamera immer noch in der Hand, und irgendwie, also, ich weiß auch nicht, warum ich dies Foto noch gemacht habe. Ein Reflex, ich stand unter Schock, eine Art Abwehr.«

Hollbach musterte ihn skeptisch. »Und Sie haben während dieser Aktion keine anderen Fotos gemacht?«

»Nein, nein.«

»Jetzt hören Sie mir mal ganz genau zu, Martens.« Hollbach schlug einen vertraulichen Ton an. »Wenn Sie da weitere Fotos gemacht haben, so aus einem Reflex heraus, dann würde ich Ihnen das gar nicht übelnehmen. Und wenn Sie mir jetzt diese Fotos und die Negative aushändigen und die Sache unter uns bleibt, dann wäre ich bereit, vor dem Kriegsgericht für Sie ein gutes Wort einzulegen. Vielleicht sind das alles nur Mißverständnisse. Vielleicht lügt auch dieser Andreas, um seine Haut zu retten. Also, wo sind die Fotos?«

»Es gibt keine anderen Fotos.«

Hollbach griff zu Johanns Kamera, die auf dem Bett lag, und öffnete sie. »Kein Film«, sagte er irritiert oder enttäuscht.

»Natürlich nicht«, sagte Johann.

»Und das Negativ von dem Bild mit Sailer? Wo ist das?«

»Das ... ich weiß nicht, wahrscheinlich noch im Fotolabor.«

»Unsinn«, sagte Hollbach. »Das Labor haben wir auf den Kopf gestellt. Da war nur dieser Papierabzug. Also, wo sind die Negative?«

Johann ließ sich auf einen Stuhl fallen, klappte sein Zigarettenetui auf, hielt es Hollbach hin, der reflexartig zugriff, sich sogar bedankte und dann Johann und sich selbst Feuer gab.

»Geben Sie die Negative heraus. Ich kann etwas für Sie tun, Martens.«

Johann zuckte mit den Schultern und sank am Tisch zusammen. »Ich, ich muß die Negative verloren haben.«

Hollbach lachte gepreßt auf. »Fällt Ihnen nichts Besseres ein?«

Johann schüttelte heftig den Kopf. »Beim Baden. Ich bin neulich nachts Schwimmen gewesen und hatte die Negative in der Hosentasche, und da muß ich sie dann verloren haben.«

»Das glauben Sie doch selber nicht«, sagte Hollbach mit einem Anflug von Resignation. »Aber wenn Sie es denn partout nicht anders wollen ...« Er öffnete die Tür und befahl den Feldjägern, das Zimmer zu durchsuchen.

Sie rissen die Schubladen aus der Kommode, durchwühlten den Inhalt, nahmen die Matratze vom Bett, sahen in jede Tasse und jedes Glas, ließen dabei einen der Teller fallen, so daß er auf dem Steinboden zersprang, und warfen sogar einen Blick in den Abtritt hinter dem Gartenhaus. Das, was Hollbach suchte, war nicht zu finden, nicht in diesem Gartenhäuschen in der stillen Seitenstraße Chanias, in dem Johann Martens drei Monate lang gelebt hatte im Windschatten des Unheils, das durch die Welt tobte. Es gab keinen Windschatten mehr. Johann blies der Sturm mitten ins Gesicht.

»Packen Sie ein paar Sachen zusammen«, sagte Hollbach. »Ich habe Befehl, Sie in die Kommandantur zu bringen. Heute abend, wenn wir einen Wagen frei haben, werden Sie nach Hiraklion vor ein Kriegsgericht gebracht.«

Johann raffte das Notwendigste in seinem Rucksack zusammen. »Darf ich mich noch von Dr. Xenakis und seiner Frau verabschieden?«

»Nichts dagegen.« Hollbach zuckte mit den Schultern, als sie über den Gartenweg aufs Wohnhaus zugingen.

Doktor Xenakis und seine Frau standen in der Küche. Sie hatte die Hände vor den Mund geschlagen, als müsse sie einen Schrei unterdrücken, er sah Johann schweigend und fragend an.

»Ich war Ihr Gast«, sagte Johann auf griechisch, »und ich danke Ihnen für Ihre Gastfreundschaft.«

Frau Xenakis bekreuzigte sich und begann zu weinen.

»Wohin bringt man Sie?« fragte Doktor Xenakis.

»Nach Hiraklion«, sagte Johann, »heute abend.«

»Ich verstehe«, sagte der Arzt. »Und ich danke Ihnen! Leben Sie wohl.«

»Das reicht«, sagte Hollbach. »Abführen, den Mann!«

Die Stiefel der Feldjäger nagelten über den Steinfußboden der Küche. Johann hörte die Frau schluchzen. Dann fiel die Haustür mit einem dumpfen Knall ins Schloß.

VI. Kapitel

KRETA 1975

1.

Der träge aus satten Träumen erwachenden Katze gleich, die sich auf der Balustrade der Terrasse räkelte und, vom Licht benommen, gähnend zu ihrer nächtlichen Geschmeidigkeit zurückfand, dehnte sich zwischen Torwegen und Mauern, über den Dächern und in den violetten Schatten der Glyzinien das Dunkelblau der Dämmerung. Im Osten tintenblau, im Süden noch durchsichtig und bleich, rötete sich der Himmel im Westen zu vibrierender Glut, sog das Violett der Blüten wie ein Löschblatt auf. Die Abendbrise legte Ornamente aus Licht und Wellen auf den Meeresspiegel, und am Ende des Blicks verflimmerten die unbewohnten Felseninseln. In unrhythmischen Schüben wehte Harzduft brennenden Holzes durch die Luft. Gegen die Helligkeit des westlichen Himmels erschien der irgendwo am Hafen von einem Tavernengrill aufsteigende Rauch als schwankender Schleier, vom Wind manchmal nach unten gedrückt, um dann in weißgrauen Wirbeln und Flocken wie eine Brandungswelle, deren Gischt alle Feuchtigkeit ans Licht verlor, über die ockerfarbenen Dächer Agia Galinis zu rollen.

Nach der Rückkehr von ihrer Bergwanderung hatte Lukas sich vorgenommen, Rob die Fotos zu zeigen. Die Worte des Popen, Deutsche hätten während des Krieges hier einen Deutschen erschossen, gingen Lukas nicht aus dem Sinn, als bildeten sie eine Ergänzung zum Gekritzel auf dem Hafenfoto. Aber nachdem der Holländer geduscht hatte, war er, von der anstrengenden Tour erschöpft, auf seinem Zimmer wohl eingeschlafen. Lukas blieb auf der Terrasse eine Weile allein, die Fotos vor sich auf dem Tisch, rauchend, berauscht von seiner eigenen Müdigkeit, eingesponnen von den Düften, und fragte sich, wie der Anblick des Dorfs jetzt wohl wäre, näherte man sich ihm in einem Boot vom Meer aus wie auf dem vergilbten Schwarzweißbild auf dem Tisch.

Angelika, die Zimmerwirtin, trat, mit ihren Plastiksandalen klappernd, durch den bunten Perlenschnurvorhang, der zu ihrer Küche führte, auf die Terrasse heraus, wünschte »kali spera«, setzte Lukas lächelnd ein Tablett mit Ouzo, Wasser und Oliven vor, deutete auf Dächer und Meer und sagte: »Beautiful is it. Beautiful looky looky.«

»Oh yes«, nickte Lukas. »Absolutely.« Er tippte mit dem Zeigefinger auf die Fotos. Ob sie da vielleicht etwas kenne? Wiedererkenne?

Angelika setzte die Brille ab, nahm die Fotos in die Hand und hielt sie sich dicht vor die Augen. »Agia Galini«, sagte sie zu der Hafenansicht, »but very old time.«

Er nickte, nahm ihr das Foto aus der Hand, drehte es um, hielt es ihr wieder hin. Ob sie die Worte lesen könne?

Sie runzelte die Stirn, bewegte lautlos die Lippen. »Is greek«, sagte sie, »but I no understand. Is crazy.«

Lukas mußte grinsen. Wahrscheinlich hatte die Alte recht. Crazy. Eine sinn- und bedeutungslose Kritzelei. Ob sie denn vielleicht den Mann kenne oder schon einmal gesehen habe, den da, auf dem anderen Foto, den Mann in kretischer Tracht mit dem Gewehr auf den Knien?

»Good looky looky this man«, sagte sie zwar augenzwinkernd mit leichter Koketterie, »very good looky« – aber den kannte sie leider nicht, konnte ihn wohl auch nicht kennen, da sie erst, wenn Lukas sie recht verstand, vor zehn Jahren nach Agia Galini gekommen war. Das Haus hatte vorher irgendwelchen Verwandten gehört, »my uncle«, und Angelika hatte es damals geerbt und lebte nun auf ihre alten Tage vom bescheidenen Erlös der Zimmervermietung, einer lachhaft kleinen Rente und gelegentlichen Zuwendungen ihrer Kinder, die auf dem Festland wohnten; ein Sohn, sagte sie stolz, sei sogar in Amerika. Die Fotos waren aber deutlich älter als zehn Jahre. Lukas vermutete, daß sie in den Dreißigern oder Vierzigern gemacht worden waren, in jenen Jahren, die sein Vater in Athen verbracht haben wollte.

Egal, dachte Lukas, als er zu Bett ging, es ist ganz egal. Er mußte nichts suchen. Es reichte, daß er diesen Ort gefunden hatte, diese Terrasse mit dem weiten Blick auf Himmel, Meer und durchsichtige Nacht, die nun langsam auch das blendende Weiß der gekalkten Wände ergrauen ließ. Er blätterte im Sprachführer, der auf dem Stuhl neben dem Bett lag. »Es ist egal« war allerdings nicht vermerkt. »Macht nichts« gab es, »spielt keine Rolle«, und das hieß »den pirasi«. Ihm fehlte ja nichts. Den pirasi, sozusagen. Oder fehlte doch etwas? Liebe womöglich? Ja, Liebe fehlte ihm. Und wenn das ein zu großes Wort war, dann fehlte ihm zumindest ein unverbindlicher Urlaubsflirt. »Alles Mensch«, hatte der Pope mit dem Jagdgewehr, vom Raki befeuert, da oben über der Bucht philanthropisch schwadroniert. Alles Mensch? Nun ja. Eine Frau hätte Lukas jetzt gereicht, und sei es nur ein One-Night-Stand. Den pirasi. Dann fiel er der müden Wohligkeit seiner Erschöpfung in die Arme und schlief ein.

Nach dem Frühstück ging er an den Strand, vorbei an den wenigen Touristen, die in der Vormittagssonne brieten oder im Wasser plantschten, ging so weit nach Osten, bis kein Mensch mehr zu sehen und zu hören war. Er breitete sein Handtuch aus und nahm ein zerlesenes, schon aus der Bindung brechendes Taschenbuch zur Hand, das er in der Kommode in seinem Zimmer gefunden hatte, wo es irgendein Vormieter vergessen haben mußte.

Geschrieben worden war das Buch von einem gewissen Erhart Kästner, von dem Lukas nie etwas gehört oder gelesen hatte. Während des Zweiten Weltkriegs war dieser Kästner als Soldat nach Griechenland gekommen und hatte dann das sagenhafte Glück gehabt, im Auftrag der Wehrmacht und in Begleitung eines Zeichners Kreta und andere griechische Inseln zu bereisen, um über seine Impressionen ein Buch zu schreiben. Von den Greueltaten, die während der deutschen Besatzungszeit hier stattgefunden hatten und über die der Pope auf dem Berg so merkwürdige Andeutungen gemacht hatte, wurde in dem Buch geschwiegen. Auf diesem Auge war der Autor hartnäckig blind gewesen – so blind, wie sein Vater stumm war, wenn es darum ging, über seine Zeit in Griechenland zu berichten. Um so hellsichtiger aber war dieser Kästner auf einem anderen Auge gewesen. Sein Buch war nämlich ein verzückter Hymnus auf Licht, Land und Leute, manchmal zu folkloristischem Kitsch neigend, durchzittert von einer merkwürdigen, mystischen Daseinsseligkeit, die sich der historischen Realität verweigerte – eine Flucht, eine innere Emigration. Und je länger Lukas darin las, desto mehr schienen die Sätze dieses Buchs auch seine eigene Wahrnehmung und Erfahrung der Insel zu spiegeln. Die Fotos vom Flohmarkt hatten nur etwas ausgelöst, was schon lange in ihm geschwelt hatte, einen Impuls, die Höhle zu verlassen, den trüben Schattenrissen des Studiums zu entkommen, den Beziehungsscharmützeln, den ideologischen Scheingefechten in der Wohngemeinschaft. Als Kästner nach Griechenland gekommen war, hieß es da einmal, sei er von Begierde erfüllt gewesen, die alten Trümmerstätten zu sehen. Dieser Wunsch habe aber mehr und mehr abgenommen. Was im Stand der Hinterlassenschaft sei, habe nichts mit dem Stand der Fülle, nichts also mit der Gegenwart zu tun. Der Nachlaß sei immer des Lebendigen Affe, immer des Lebendigen Feind; um ihn sei Betrug und Selbstbetrug. Dafür habe ihn jedoch mehr und mehr Neigung ergriffen, das griechische Land in seiner blühenden Wildnis zu sehen. Sie sei es, die nachlebe, sie sei es allein.

Lukas nickte zustimmend vor sich hin und knickte ein Eselsohr in die Seite, um die Stelle später wiederzufinden. Der Nachlaß als Affe des Lebendigen. Ein Nachlaß hatte ihn hierherverschlagen, ein zufälliger Flohmarktfund, vergilbte Fotos aus irgendeinem Keller, von irgendeinem Dachboden. Was ging Lukas dieser Nachlaß an, hier und jetzt in diesem Frieden, an diesem stillen Meer, unter dieser ungeheuren Sonne? Nichts ging er ihn an. Gar nichts. Es sei denn, die verschwiegenen Jahre seines Vaters hingen mit diesem Nachlaß zusammen. Aber war er denn der Hüter seines Vaters? Hatte er dessen Vergangenheit zu klären? Wenn er ihn darauf angesprochen hatte, wie das damals gewesen sei während des Nationalsozialismus, hatte sein Vater stets darauf bestanden, mit den Nazis nichts zu tun gehabt zu haben. Er hatte Jura studiert, und als der Krieg ausbrach, stand er kurz vor dem Examen, meldete sich aber freiwillig zur Wehrmacht. Der Nationalsozialismus, hatte er einmal zu Lukas gesagt, sei eine unangenehme Sache gewesen, ein Betriebsunfall, gewiß auch ein Verbrechen, wie man inzwischen wisse – der Krieg aber sei doch eine andere Sache gewesen. Im Krieg nämlich sei es ums eigene Volk und Land gegangen, ums Überleben Deutschlands, und nicht zuletzt gegen den Weltkommunismus. Erst später, im kalten Krieg, hätten die Westmächte begriffen, wer der wirkliche Feind sei. Außerdem sei die Wehrmacht keine Nazi-Organisation gewesen, sondern eine unpolitische, gewissermaßen neutrale, rein militärische Instanz. Wer in die Wehrmacht gegangen sei wie sein Vater, der habe sich aus den Verbrechen der Nazis herausgehalten, sei sauber geblieben, habe Befehle befolgt und seine Pflicht getan. Im übrigen habe Lukas' Vater noch besonderes Glück gehabt, daß er in Athen zu reinen Verwaltungsaufgaben herangezogen worden sei. Und damit basta. Wenn Lukas, verblendet von seinen klassenkämpferischen Genossen an der Universität, ernsthaft glauben sollte, der Kommunismus sei die bessere Gesellschaftsform, solle er nach drüben gehen, in die Zone. Dort und in Rußland werde der dritte Weltkrieg vorbereitet, aber diesmal würde Deutschland mit dem freien Westen zusammenstehen. Nach solchen Tiraden seines Vaters hatte Lukas es irgendwann aufgegeben, das Thema mit ihm zu diskutieren. Bis er die Fotos gefunden hatte – und jetzt war er hier.

Die ungeheure Sonne, die er während der Lektüre des Buchs vergessen hatte, verbrannte ihn immer noch, obwohl seine Haut längst dunkelbraun geworden war. Sie brannte die Vergangenheit fort und die Gedanken an das, was nach dieser Reise käme. Ein Leben als Lehrer? Oder als Kneipier? Er watete langsam ins Wasser, schwamm eine Weile mit ruhigen, gleichmäßigen Zügen, drehte sich auf den Rücken, blinzelte ins Blau und war glücklich. Beinahe glücklich. Die Liebe fehlte.

Er ließ sich von Sonne und Wind trocknen. Das Salz hinterließ weiße Schlierenmuster auf der Haut, blich die Haare aus. Dann machte er sich auf den Rückweg ins Dorf. Der Strand lag im Mittag wie leergebrannt, auffrischender Seewind trieb Fahnen und Schleier aus Sand durch die Luft. Die Körner trafen seinen Körper mit scharfen Nadelstichen. Hinter der ins Meer ragenden Felsengruppe, die zwischen Strand und Hafen lag, tauchte eine Gestalt auf, die im gleichen, schlendernden Schritt auf ihn zu kam wie er auf sie. Es war eine Frau, die dunklen Haare wie eine zerschlissene Fahne vom Wind zur Seite geweht. Sie trug ein weit geschnittenes Jeanshemd, das ihr fast bis zu den Knien reichte; der Wind blähte es wie ein Segel. Als sie nur noch wenige Schritte voneinander entfernt waren, erkannte Lukas, daß es die Frau war, die Rob einen Korb gegeben hatte, silberne Fäden in der schwarz flatternden Fahne ihres Haars. In kaum armlangem Abstand gingen sie aneinander vorbei. Sie lächelte ihm mit großen, dunklen Augen und weiß blitzenden Zähnen zu, nickte dabei, als kenne sie ihn, und er nickte und lächelte auch, als kenne er sie – und dann waren sie aneinander vorbei. Nach einigen Metern drehte er sich noch einmal um und sah, daß auch sie zurückschaute. Er winkte ihr zu, aber diese Geste erwiderte sie nicht mehr, sondern ging in der Richtung weiter, aus der er gekommen war.

2.

Am Abend saß er vor dem Hafencafé, wo er sie vor einigen Tagen zum ersten Mal gesehen hatte, und trank Wein. Der einschlafende Wind fächelte kühl über seinen Sonnenbrand auf Stirn und Nase und wehte Gerüche an, süß und herb zugleich, die vielleicht von Afrika übers Meer kamen. Er sah den Fischern zu, die an der Mole zwei kleine Boote mit Außenbordmotoren zum Auslaufen klarmachten, während das Gewirr der Leinen und Taue vor der in dunstiger Zweideutigkeit versinkenden Sonne wie Spinnennetze in der Brise webte.

Als er sich umdrehte, um dem Kellner nach einem weiteren Glas zu winken, saß sie plötzlich da, hatte ein paar Tische von ihm entfernt Platz genommen, ein Glas Tee auf dem Tisch und ein aufgeschlagenes Buch auf den Knien. Sie sah an ihm vorbei, blickte dahin, wo er eben hingeblickt hatte. In Lukas stieg eine Mischung aus

Erregung und Beklemmung, Freude und Bedenklichkeit hoch. Als der Kellner an seinen Tisch kam, wußte er im ersten Moment nicht mehr, warum er ihn hergewinkt hatte, aber noch ein Glas Wein zu bestellen gelang ihm dann trotzdem. Wieder drehte er sich zu ihr um. Sie saß da wie er, wartend auf niemanden – oder auf viele. Dann schlug sie den Blick auf, sah ihn, hatte ihn vielleicht auch vorher schon gesehen, lächelte, senkte die Augen wieder und hob das Buch. Er mußte zu ihr gehen, jetzt oder nie, stand mit weichen Knien auf, spürte den Boden unter sich wie Sumpf oder Treibsand, ging zu ihrem Tisch. Sie blickte auf, nicht befremdet, nicht überrascht, eher skeptisch und prüfend, vielleicht etwas mißtrauisch.

Rob hatte ihm gesagt, sie sei Engländerin, also stammelte er ein »excuse me« und ob der Stuhl neben ihr noch frei sei.

»Bislang sitzt niemand drauf«, sagte sie lächelnd.

»Könnte ich dann vielleicht«, murmelte er, und seine Zunge war trocken wie Stein, »also, ich meine, falls es nicht ...«

»Kein Problem«, sagte sie, schob mit dem nackten Fuß den Stuhl sogar ein paar Zentimeter in seine Richtung.

Er setzte sich sehr vorsichtig, als könne das wackelige Stück unter seiner Last zusammenbrechen, sprang aber sofort wieder auf, weil er sein Glas am anderen Tisch vergessen hatte. »Mein Wein ...«, sagte er, »kannst du mir den Platz frei halten, bis ich ihn geholt habe?« Zum Glück erließ ihm die englische Sprache die Entscheidung zwischen Du und Sie.

Sie kicherte. »Ich denke, das läßt sich machen. Wenn es nicht zu lange dauert.«

Und dann saß er endlich bei ihr, stellte den Wein neben ihren Tee, bot ihr eine Zigarette an, die sie lächelnd ausschlug, steckte sich aber zur Beruhigung selber eine an. Mit ihr zu plaudern war viel leichter, als er befürchtet hatte. Sophia hieß sie, kein englischer Name, sondern griechisch. Und er also Lukas? Auch sehr schön. Ob er wisse, daß das ebenfalls ein griechischer Name sei? Seine Beklemmung wich einem Gefühl des Schwebens. Ihre Worte gingen hin und her wie die Brise.

Woher er komme? fragte sie, nachdem der Vorrat an Floskeln aufgebraucht schien, und obwohl es nur eine weitere Floskel war, war ihm die Frage unangenehm. In Deutschland war ihm seine

Nationalität egal, er dachte nicht darüber nach. Im Ausland erschien sie ihm als Peinlichkeit, für die zwar nicht er, sondern die Geschichte seiner Väter verantwortlich war, hier in Griechenland ganz besonders, selbst wenn sein Vater nur in Athen gesessen und irgendwelche juristischen Gutachten geschrieben hatte. Aber obwohl sich Lukas für diese Vergangenheit nicht verantwortlich fühlte, verbarg er die unvermeidliche Peinlichkeit gern und eloquent hinter seinem fließenden Englisch.

Als er die Antwort über die Lippen brachte, sprang sie keineswegs auf, um angeekelt »Du dreckiges Nazischwein« oder dergleichen zu rufen, sondern fand es »very interesting«, weil sie nämlich während ihres Studiums zwei Semester in Deutschland verbracht habe, in Köln, und da habe es ihr sehr gut gefallen, allein schon »the cathedral, the dome« und dann erst das Bier in diesen schmalen Gläsern, »the kolsch«, nicht wahr? »Aber wollen wir nicht zusammen essen gehen? Ich verhungere gleich.«

Sie führte ihn zu einer Taverne im Hof einer Seitengasse, wo unter Weinlaub nur Griechen saßen. Sophia wurde vom Patron wie eine alte Bekannte oder Verwandte begrüßt, und ihr Griechisch war offenbar perfekt. Leise Rembetikomusik rieselte aus Lautsprechern. Später, sagte Sophia, würden vielleicht noch ein paar Musiker spielen. Sie führte ihn in die Küche, wo man ihn in die Töpfe und Pfannen gucken ließ, bis er gewählt hatte. Aber eigentlich wählte Sophia für ihn, indem sie sagte, das Lamm sei besser als die Ziege und die gegrillten Sardinen besonders frisch und die Riesenbohnen in Tomatensauce kämen eben erst vom Feld und die Dolmádes seien die Spezialität des Hauses und dann müsse er auch noch unbedingt das Taramosaláta probieren und zum Schluß natürlich Halva.

»Bist du etwa Griechin?« fragte er, als sie sich gesetzt und zu essen begonnen hatten.

»Meine Mutter ist Griechin«, sagte sie. »Kreterin, um es genau zu sagen.«

»Und dein Vater ist Engländer?«

Statt einer Antwort hob sie ihr Glas. »Jámmas!«

»Jámmas?«

»Auf unsere Gesundheit«, sagte sie.

»Unsere?«

»Warum nicht?«

Sie tranken. Sie lachten. Sie verstanden sich gut. Zwei Fremde, die sich kannten, weil beide allein waren. Er griff nach ihrer Hand. Sie zog sie nicht weg. Nach dem Halva kamen drei ältere Männer mit Bouzouki, Laute und Lyra, einer dreisaitigen Kniegeige. Der Lyraspieler setzte sich das halbbirnenförmige Instrument auf den Schoß, griff mit den Fingerkuppen der linken Hand auf die Saiten, setzte den Bogen an, ein scharfer, fast sägender Ton, seine Mitspieler fielen ein, flirrende, vibrierende Klänge, die Stimme der Lyra schneidend, und dann begann der Lautenspieler zu singen, impulsiv, drängend, changierend zwischen einer fast kurzatmig hervorgepreßten, fieberhaften Leidenschaft und schmelzender Sentimentalität.

»Was singt er?« fragte Lukas.

»Eine Mandinade«, sagte Sophia.

»Okay, aber was singt er?«

Sie brachte ihren Mund dicht an sein Ohr. »Es geht um die Frau eines Hirten, die einsam ist, weil ihr Mann mit den Tieren auf der Winterweide ist. Winter halt dein Wüten ein, und Frühling eil dich, daß das Eis zerbricht, denn mir sind die Tage schwer, und endlos sind die Nächte, und ich bin achtzehn Jahre alt, bin eben erst getraut und kann mich nicht gedulden. Das singt er. Das, was die Frau fühlt.«

So ging es weiter, plaudernd, lachend und trinkend. Auch er legte seinen Mund an ihr Ohr, wenn er etwas sagte. Zu laut war die Musik zwar nicht, aber das, was zu sagen war, sagte sich schöner so. Sein Gesicht glühte, und von ihren Blicken und ihrem Lachen ging ein Strahlen aus. Die silbernen Fäden in ihrem Haar waren tatsächlich graue Strähnen, obwohl sie erst dreißig war. Schon war er verliebt in diese Strähnen. Und in alles andere auch. Hatte er sie nicht immer schon gekannt? War dieser Abend nicht ein Wiedersehen? Ein Wiedererkennen? Das Strahlende, das er auf ihrem Gesicht sah und das vielleicht auch er selbst verbreitete, falls es denn nicht nur von Wein, Sonnenbrand und Erregung hervorgerufen wurde, war wie der Abglanz von Erinnerungen an andere Zeiten und sehr ferne Orte, an denen sie sich schon einmal hätten begegnet sein können und an die sie und er sich jetzt erinnerten, indem ihre Erinnerung nur dem Augenblick galt, keine Geschichte kannte und keine Zukunft.

Später standen sie Hand in Hand auf der Mole. In den Hafencafés erloschen die Lichter. Die Fischerboote waren längst weit draußen, vorbei an den unbewohnten Inselchen, irgendwo Richtung Afrika. Der Wind war eingeschlafen, die Luft seidig und mild.

»Was machen wir jetzt?« lallte er verlegen, mit alkoholschwerer Zunge.

»Ins Bett gehen«, sagte sie.

»In deins oder meins?«

»So schnell geht das nicht mit englischen Griechinnen«, sagte sie. »Du gehst brav in deins und ich in meins.«

Er umarmte sie, schwankend und plump, legte den Mund auf ihre Lippen. Sie erwiderte zögernd den Kuß, drückte ihn dann aber wieder von sich weg. »Ich bin müde«, sagte sie, »und du hast zuviel getrunken«, und ging mit energischen Schritten Richtung Hafenplatz, über den letzte Passanten nach Hause flanierten.

»Warte«, sagte er und faßte sie am Oberarm, etwas zu heftig vielleicht.

»Laß das«! Sie ging schneller, er lief neben ihr her.

»Ich will dir etwas zeigen, Sophia«, sagte er.

»Sei nicht albern.« Sie ging noch schneller, fast lief sie vor ihm weg.

»Fotos«, sagte er und griff wieder nach ihrem Arm, »es sind Fotos, die ich in meinem Zimmer habe. Fotos von ...«

»Mach dich doch nicht lächerlich!« Sie schob seine Hand von ihrem Oberarm. »Hör auf, du tust mir weh.«

»Fotos von Agia Galini, Fotos von früher. In meinem Zimmer. Das Foto von einem Kreter. Vielleicht kennst du den. Du kannst doch Griechisch, Sophia. Du kannst mir helfen.«

»Du bist betrunken«, sagte sie. »Ich weiß, was du von mir willst. Aber ich will das jetzt nicht.«

»Es ist nicht so, wie du denkst. Es sind Fotos mit einer Aufschrift, einer geheimen Botschaft oder so ähnlich, und ...«

»Laß mich in Frieden«, sagte sie leise und akzentuiert, »sonst schrei ich um Hilfe.«

»Aber, Scheiße, Moment mal ...« Er blieb stehen, sie ging mit schnellen Schritten auf die Häuser zu. »Sophia!« rief er. »Hör mir doch zu! Sophia!«

Sie verschwand, ohne sich umzublicken, in einer Seitengasse. Er stand schwankend mitten auf dem menschenleeren Hafenplatz im gelben Licht einer Bogenlampe, ging in die Knie, setzte sich auf den Boden, wobei er fast das Gleichgewicht verlor, und lehnte sich gegen den Lampenmast. »Fotos zeigen«, murmelte er vor sich hin. »Scheißfotos.«

3.

Der sägende Klang der Lyra fräste immer noch durch seinen Kopf, aber als er erwachte, war es nur das Brummen einer Kühlanlage im Nachbarhaus. Und die Schmerzen hinter der Stirn, unter der Schädeldecke, rührten vom handfesten Kater, den er sich mit Wein und Raki und zu vielen Zigaretten eingehandelt hatte. Die Zunge fühlte sich trocken an, poröser, bröckelnder Stein. Er spülte den Mund aus, ließ das Waschbecken vollaufen und hielt den Kopf unter Wasser. Die Kälte klärte ihn. Er hatte es versägt. Versaut. Verbockt. Ich will dir was zeigen, hatte er gesagt. In meinem Zimmer. Fotos. Geheimnisvolle Fotos. Warum nicht gleich die Briefmarkensammlung? Welche Frau hätte da nicht schleunigst das Weite gesucht? War er grob gewesen? Zudringlich gewiß, aber auch aggressiv? Mußte er sich entschuldigen? Und würde sie ihn überhaupt noch einmal ansehen, anhören? Er wußte nicht einmal, wo sie wohnte. An den Strand gehen und darauf hoffen, daß sie ihm ein zweites Mal entgegenkäme, windzersaust und lächelnd? Sich so lange ins Hafencafé setzen, bis sie da erschiene, Tee auf dem Tisch und Buch auf den Knien? Er hatte es gründlich versägt. Er war ein Vollidiot. Noch einmal hielt er den Kopf unter Wasser. Untertauchen wäre das beste. Jedenfalls für eine Weile. Zumindest für diesen Tag. Er würde sich einfach in der Gegend herumtreiben, ohne Ziel, ohne Absicht. So etwas konnte er gut.

Nach dem Frühstück schob er den Motorroller aus dem Hof auf die Straße und trat ihn an. Der defekte Auspuff knatterte wie ein Maschinengewehr. Bald lag Agia Galini hinter ihm. Er bog von der geteerten Straße in einen ungepflasterten Weg ein, der in die zerklüfteten Küstenberge hinaufführte, vorbei an Olivenhainen, zwischen denen manchmal Klippen aufsprangen. Ihr Weiß glänzte in der Vormittagssonne wie Marmor. Mit der Hinfälligkeit des Motorrollers und den Unebenheiten des steinigen Wegs kämpfend, legte sich seine Unruhe. Einfach nur fahren in Sonne und Wind. Das war die beste Kur. Ein Urlaubsflirt? Ja bitte. Beziehungsstreß? Nein danke. Der Weg gabelte sich. Er fuhr landeinwärts, weiter bergauf. Der Motor röchelte heiser, der Auspuff knallte vorwurfsvoll. Er kam durch Weinfelder, die sich den Hang emporzogen. In einer Senke warfen Mandelbäume scharf umrissene Schatten. Abgeerntete, staubige Felder, trostlos in der Sonne, als sei ihnen alles genommen worden, zuletzt noch die Schatten. Ein Bach oder das, was im Winter ein Bach sein mußte, kroch am Weg entlang talwärts, eigentlich nur ein Faden Wasser im Staub. Wieder gabelte sich der Weg, wieder fuhr er bergauf. Stetig steiler ansteigend, von verbranntem Gras, Disteln und gelbem Gestrüpp überwuchert, wurde der Weg immer schmaler. Der Motor jammerte, Zweige und Dornen schlugen gegen die Hosenbeine. Schließlich endete der Weg in einem nur noch von Fußgängern, Ziegen und Eseln passierbaren Pfad.

Lukas stieg ab, wischte sich Schweiß und Staub aus dem Gesicht, trank von dem Mineralwasser, das er in einer Plastikflasche mitgenommen hatte, aß einen Pfirsich. Dann drehte er die Maschine auf dem schmalen Weg mit einiger Mühe um und fuhr wieder bergab. In der Ferne blinkte das Meer, blauer als auf jeder Postkarte. Da er die Strecke zuvor hochgefahren war, fühlte er sich jetzt sicher, achtete kaum noch auf den Weg, sondern suchte bereits nach der Abzweigung. Auch der Motor brummte zufriedener.

Da hob ihn etwas in die Luft. Der Roller machte einen Satz, schüttelte Lukas ab wie ein durchgehendes Pferd seinen Reiter, fuhr führerlos noch einige Meter weiter, stürzte über eine Böschung und kam neben einer verwilderten Bambushecke in einer sich lächerlich langsam senkenden Staubwolke zur Ruhe. Aus dem

Tank gluckerte Benzin, doch die Explosion, vor der Lukas sich schon duckte, blieb aus. Nur die Zikaden klirrten ein höhnisches Gelächter.

Auf dem Bauch liegend, spürte er im ersten Moment gar nichts. Als er sich hochstemmte und mit den Füßen auftrat, überfiel ihn Schmerz, als wühle ein stumpfes Messer durch seinen Oberschenkel. Die Hose vom Knie bis zum Gürtel zerfetzt, Blut durchnäßte den Stoff, drückte durch die Fasern, lief zögernd zur Erde, bildete auf dem knochentrockenen Grund eine schimmernde Lache, die weder abfloß noch aufgesogen wurde, sondern zu erstarren schien im flirrenden Licht. Er riß sich die Hose herunter und starrte auf die zwei Finger lange Rißwunde im Oberschenkel – blankes Fleisch, aus dem das Blut nun langsamer quoll. Mit dem Gürtel band er sich provisorisch das Bein ab, wusch mit dem Rest des Mineralwassers die Wunde aus und verband sie mit seinem T-Shirt. Ihm blieb nichts übrig, als die fünf, sechs Kilometer, für die ein Gesunder ein oder zwei Stunden brauchen würde, zurückzulaufen, zu humpeln, notfalls zu kriechen. Vielleicht würde er einen Bauern in den Weinfeldern sehen und um Hilfe bitten können, vielleicht käme jemand auf einem Esel vorbei.

Mit einem aus der Bambushecke herausgebrochenen Stock als Krücke, nackt bis auf Unterhose und Schuhe, das Bein grotesk verbunden, ging er los wie der einzige Überlebende einer sinnlosen Schlacht. Und während die Sonne gnadenlos höher stieg, machte er mit diesem Weg, mit diesem Boden, tiefere Bekanntschaft. Allmählich glaubte er zu verstehen, daß der Weg sich gewehrt hatte gegen seine verbissene, nirgendwo hinführende Eile, die jetzt einem Trott wich, gegen den der schwankende Schritt eines Esels elegant gewirkt hätte. Esel, dachte er, sind klüger als du. Die kennen hier jeden Stein, jeden Tritt. Und liefen Esel etwa vor Frauen davon? In solche Gedanken schob sich die Vorstellung einer Marionette, der ein bewegungsnotwendiger Faden gerissen war. Aber war er nicht voher schon Marionette gewesen, baumelnd an Drähten, die nicht von seinem Willen, nicht von seinen Plänen geführt wurden? Aber wovon sonst? Verstrickungen, dachte er plötzlich. Alles Verstrickungen. Verstrickt war er in die Vergangenheit, verstrickt ins steinerne Schweigen seines Vaters. Hatte ihn dieser Sturz nicht endlich davon befreit? Es gab doch Fluglöcher und Schlupfwinkel, Risse in den Versteinerungen, Spalten, durch die ein sehr weißes Licht drang. Noch konnte Lukas die Fäden kappen, in denen er verfangen war, das Netz, mit dem sein Vater ihn umfing. Und selbst wenn er stolpern und fallen würde, es gab keinen Grund mehr, auf den er prallen, keinen Stein, der hart genug war, ihn zerschellen zu lassen wie den Motorroller. Der Weg kam ihm entgegen. Kaum spürte er noch sein verletztes Bein. Aus dem Humpeln wurde ein gelassenes Gehen, aus dem Gehen eine Art Schweben, ein Spiel im Bergwind, hart an der Grenze zum Delirium, vielleicht schon hinaus über die Grenze.

Er kam nur sehr langsam vorwärts. Doch der stechende Schmerz, das Dröhnen des gestauten Bluts wandelten sich zu einem Gefühl, in Watte gepackt durch Schwerelosigkeit zu tanzen, und in diesem Gefühl steigerte sich das Tempo seiner Gedanken, die seltsame Verbindungen einspielten. Alles stand miteinander in Beziehung, nichts, was sich widersetzte in dieser ungewollten Ausschweifung. Es gab keine Zufälle. Dieser Unfall war kein Zufall gewesen, die Begegnung mit Sophia durfte kein Zufall gewesen sein, der Pope auf dem Berg war kein Zufall, die Fotos, die sein Vater verbrannt hatte, waren kein Zufall, und daß er damals die Fotos auf dem Flohmarkt gekauft hatte, war auch kein Zufall gewesen. Eins gehörte zum anderen. Ein Puzzle. Nur wie es zusammengehörte, wußte er nicht. Er mußte es auch nicht wissen, um in diesem Rausch, der alles mit allem wie in einem gelingenden Traum verknüpfte, wunschlos glücklich zu sein. Es gab keine Eile mehr und kein Ziel. In der tastenden Fortbewegung bereits das Ankommen, ein dauerndes Ankommen, und jedes Staubkorn des steinigen Pfads etwas, für das sich ein Kommen, Sehen und Bleiben lohnte. Aber die unfaßbare Fülle, die aus jedem Ding des Wegs strömte, war zugleich eine Aufforderung, nicht anzuhalten, weiterzugehen, weil nichts wichtiger war als alles andere. Und weil er sich bei Sophia entschuldigen mußte. Und weil er die Schrift auf dem Foto entziffern mußte. Und weil er den Mann finden mußte, dessen Bild sein Vater verbrannt hatte. Und weil er gehen mußte, einfach nur gehen.

Einmal fragte er sich, in die Sonne blinzelnd, wie spät es sein mochte, empfand die Frage aber, bevor er sie ganz gedacht hatte, als albern und unwichtig. Es ist ja jetzt, wußte er. Mittag. Heute ist immer Mittag. Hier ist ewiger Mittag. Wo sonst am Handgelenk, das mit dem Bambusstock seinem Bein half, die Armbanduhr saß, war nicht einmal mehr ein hellerer Streifen Haut, was ihn mit Erleichterung erfüllte. Hätte er eine Uhr getragen, sie hätte ihn mit allen Pendeln, allen Gewichten der Zeit zur Erde gezogen. Die Zeit der Uhren brauchte er nicht mehr. Er bewegte sich durch seine eigene Zeit, die nicht zu ermessen war. Sie anzuzeigen hätte es einer spiralförmigen Sanduhr bedurft, deren Gehäuse jeden Stein, jedes Sandkorn des Wegs umschlösse. Das chronische Nacheinander erlöst in Millionen Gleichzeitigkeiten, die jeder Beschreibung spotteten. Das gestaute Blut klopfte. Er fieberte und hatte unerträglichen Durst. Der Satz, daß hier und heute immer Mittag sei, zog Spiralen durch seinen Kopf. Jeder Eindruck, jeder neue Gedanke setzten sich an ihm ab wie Muscheln an den Pfählen alter Hafenmolen. Der Satz formte Entsprechungen zu allem Gewesenen und allem Augenblicklichen, stimmte in sich und außer sich. Denn die Schatten waren nur noch schwarze, scharfe Ränder am Fuß der Dinge und in Bereitschaft, lautlos, unversehens in ihren Bau, in ihr Geheimnis zurückzuhuschen.

Er erreichte die Stelle, an der das Wasser über den Weg sickerte, legte sich bäuchlings auf den Boden, schlürfte gierig wie ein Tier, schmeckte Erde, kroch auf allen vieren weiter, dem Meer entgegen. Die unbewegte Glätte. Fernes Blinken über den Klippen. Unerklärlich das Glück dieses Anblicks. Er kroch in den Schatten eines Olivenbaums, lehnte sich mit dem Rücken gegen den Stamm. Nichts an ihm war, wie es vor tausend Jahren gewesen war, die Rinde durchlöchert, tiefe Höhlungen, durch die er den Arm hätte strecken können, ein Flechtwerk von Strängen und wucherndem, quellendem Wachstum. Er starrte auf die Bucht hinaus. Unwandelbare Landschaft, auf die der Baum seit tausend Jahren blickte. Blaue Ferne, unendlich nah. Einem auffliegenden Vogel folgen, taumelnd über die Klippen hinaussegeln. Weiße Streifen im Himmel dieses abgründigen Blaus schrieben unleserliche Zeichen in die Luft. Bilder in Höhle. Ankerplatz. Steigender Dunst über dem Wasser, leichte Brise. Die Blätter der Olive raschelten silbrig. Die

Strähnen in Sophias Haar. Gern hätte er die noch geküßt. Aber jetzt war es zu spät. Irgendwo Boote da draußen, wie Federstriche fein, und weit hinten die karstigen, leeren Inseln, Narben im Meer, schorfig wie die Rinde des Baums, dessen friedvolles Alter ihn, den Fremden, als Gast aufnahm. Hier wollte er bleiben. Am Ankerplatz. Jetzt war er angekommen. Die Höhle lag hinter ihm. Die Dinge waren keine Schattenrisse mehr, sondern endlich das, was sie waren. Er spürte keine Schmerzen, und seine Stirn war kalt wie Marmor. Die Gräser und Steine wurden heller wie auf überbelichteten oder verblassenden Fotos. Er spielt im Garten, sieht das Feuer im Eimer lodern. Die Fotos verbrennen zu Asche. Wind treibt die Asche als schwarze Flocken in den Himmel. Selbst als er die Augen schloß, blieb das wogende Blau durchscheinend bleich. Weiße Schatten.

VII. Kapitel

KRETA UND ÄGYPTEN 1943

1.

In dem fensterlosen Keller roch es nach faulem Obst, Urin und feuchtem Staub. Von der Gewölbedecke funzelte eine Glühbirne blasses Licht auf grob gemauerte, unverputzte Wände und den gestampften Lehm des Fußbodens. In einer Ecke verrottete ein muffig dunstender Haufen leerer Säcke, Fässer und Holzkisten.

Nachdem man die Tür hinter ihm verriegelt hatte, war Johann, immer noch aufgewühlt und fassungslos, im Raum auf- und abgegangen, von Wand zu Wand, wütend, verwirrt, von Ausweglosigkeit zu Ausweglosigkeit. Dies Schwein, murmelte er im Gedanken an Andreas vor sich hin, diese verdammte, käufliche Drecksau. Ja, Johann, der opportunistische, blauäugige Zivilist, hatte sich einlullen und korrumpieren lassen von der überwältigenden Gastfreundschaft, die sich jetzt als hinterlistig, verlogen und hohl entpuppte, hatte Andreas gegenüber Gefühle gehegt, als sei der Mann für ihn so etwas wie ein Vater, zumindest aber ein Freund. Und deshalb hatte er alle Ratschläge ignoriert, alle Warnungen in den Wind geschlagen, hatte die Befehle mißachtet. Jede Weichheit wird als Schwäche ausgelegt und kostet deutsches Blut. Das Blut von dreißig Soldaten. Es klebte jetzt an Johanns Händen, weil er weich geworden war, weil er Andreas gewarnt hatte, weil er die Menschen in Korifi schützen wollte, die ihn Ostern wie einen Verwandten aufgenommen hatten. Elénis Lachen. Die weiche Berührung ihrer Hand auf seinem Unterarm, als sie ihm Wein eingeschenkt hatte. Johann hatte den Druck erwidert. Die Berührung hatte sich in seine Erinnerung gegraben wie ein Schatz, den er eines Tages bergen würde, hatte nach Wiederholung verlangt, wenn er beim Einschlafen an Eléni dachte, an die Locke auf ihrer Stirn, und diese Berührung hatte sich auch wie Balsam auf die Wunde gelegt, die Ingrid hieß. Und Andreas, die opportunistische Drecksau, hatte ihn jetzt ans Messer geliefert. Vielleicht wollte er verhindern, daß ausgerechnet ein Deutscher ihm seine jüngste Tochter nahm. Vielleicht war er tatsächlich so skrupellos und korrupt, wie er sich einmal gegeben hatte, als er gesagt hatte, er arbeite nur des Geldes wegen für die Deutschen. Und war zugleich ein Rädelsführer der Andarten. Ein Kommunistenschwein. Ein Bolschewik. Wenn er bei seiner Aussage blieb, würde Johanns Prozeß vor dem Kriegsgericht sehr kurz werden. Man würde ihn aufhängen, wie einer das verdiente, der seine Landsleute und Kameraden dem Feind verriet und zum Abschlachten auslieferte wie Vieh. Aber sein Geständnis würde Andreas nichts nützen. Auch der würde gehängt werden. Man würde ihn nach Korifi bringen und ihn dort zwischen Kirche und Kafenion aufknüpfen, bis ihm die Zunge blau und verquollen aus dem Maul treten würde, aus dem verdammten Maul, das er nicht gehalten hatte. Man würde seine Familie verfolgen, all die sauberen Schwager und Brüder, man würde das beschissene Drecksnest Korifi dem Erdboden gleichmachen.

Schließlich gab Johann seine Wanderung von Wand zu Wand auf, hockte sich auf eine morsche Kiste, rauchte Zigaretten, die man ihm gelassen hatte, wie man ihn überhaupt korrekt, fast höflich behandelte. Noch war er nicht verurteilt. Noch stand er nur unter Verdacht. Vielleicht würde man ihm einen fähigen Verteidiger stellen, vielleicht käme er mit dem Leben davon, mit Bewährungseinsatz in einer Strafkompanie, wo er dann bei sinnlosen Himmelfahrtskommandos endlich begreifen würde, daß jede Weichheit deutsches Blut kostete. Vermutlich blühte das jetzt auch dem Obergefreiten aus dem Fotolabor, den er bestochen hatte. Der werde disziplinarisch belangt, hatte Hollbach gesagt, und auch dessen Schicksal hatte Johann zu verantworten. Er hatte sich viel zu sicher gefühlt im Auge des Hurrikans, hatte nicht verstanden, daß das geschundene Paradies die Hölle war und diese Insel das Zuchthaus, aus dem es kein Entrinnen gab. Hatte nicht glauben wollen, daß hinter den Freundlichkeiten der Menschen die gezückte Waffe verborgen war, hatte weggesehen, wenn Andreas seine Pistole aus dem Versteck holte. Hatte sich blind und taub und stumm gestellt, wenn Andreas sich mit verdächtigen Gestalten abgab. Jetzt würde er deshalb verrecken wie alle anderen auch. Es gab keine Deckung mehr, keine Nischen. Nicht einmal das Parteiabzeichen am Revers nützte hier noch etwas. Aber die anderen verreckten zumindest guten Gewissens und ehrenvoll, während er als Saboteur und Verräter ins Gras beißen würde. Er verfluchte seine Vertrauensseligkeit, seine Sentimentalität, seine Zweifel an der Richtigkeit oder Moral dessen, was Deutsche auf dieser Insel anrichteten. Es gab ja gar keine Wahl: Wir oder die. Weichheit war Schwäche. Nun würde sie sein eigenes Blut kosten.

Gegen Mittag wurde ihm ein Teller Bohnensuppe und eine Karaffe mit Wasser in den Keller gebracht. Der Feldjäger sagte, man werde vermutlich abends einen Wagen zur Verfügung haben, um Johann nach Hiraklion zu bringen, vielleicht aber auch erst morgen früh. Er trank von dem Wasser, rührte aber die Suppe nicht an. Sein Magen war steinhart verkrampft, und in seinem Kopf rotierten Angst, Wut, Ohnmachtsgefühle und das schlechte Gewissen in einer schwindelerregenden Spirale. Er sah die Trümmer des explodierten LKWs vor sich, die verkohlten Leichen, abgerissene Glieder, sah die rohe Fleischmasse, die einmal das Gesicht des Hauptmanns Karsch gewesen war. Johann würde geständig sein vor dem Kriegsgericht, geständig und kleinmütig. Und würde alles daransetzen, daß Andreas Siderias, die Drecksau, ihre gerechte Strafe bekäme. Und mit ihm die ganze Sippe, diese zwielichtigen Schwäger, Tanten, Vettern, die ganze widerwärtige Bande, die in Hinterzimmern und Ställen ihre Pläne aushecken. Und wenn es Eléni erwischen sollte, würde er auch über deren Leiche gehen. Worüber hatte die Bande an Ostern so gelacht? Den pirasi polemos. Macht nichts, ist ja Krieg. Ganz recht. Den pirasi polemos. Diese drei griechischen Worte frästen sich in Johanns Kopf wie ein Bohrer mit Widerhaken, und minutenlang murmelte er sie vor sich hin wie ein Irrer oder wie ein buddhistischer Mönch sein Mantra, nur daß Johann keine Erleuchtung überkam, sondern alles um ihn her nur noch finsterer wurde.

Der Riegel vor der Tür knirschte in rostigen Scharnieren. Hollbach kam herein. Er sah Johann mit einem Blick an, in dem sich Wut, Verständnislosigkeit und Bedauern die Waage zu halten schienen, und sagte dann unvermittelt: »Haben Sie es sich überlegt?«

Johann verstand nicht, was der Leutnant meinte, und gab keine Antwort.

»Mann, Martens«, sagte Hollbach leise, »kommen Sie doch zur Besinnung. Wenn Sie mir die Fotos geben, kann ich etwas für Sie tun. Wenn nicht ...« Er sprach den Satz nicht zu Ende, sondern machte eine zuckende, resignierende Handbewegung.

»Ich habe sie nicht«, sagte Johann und überlegte, ob er Hollbach gestehen sollte, daß er die Fotos Andreas übergeben hatte. Das Schwein hatte ihn verraten und verdiente keine Rücksicht mehr. Aber wäre das nicht ein Eingeständnis seiner Kollaboration mit dem Feind? Landesverrat? Sabotage? Andererseits, wenn Andreas ihn verraten hatte, warum hatte er Hollbach dann nicht auch die Fotos ausgehändigt? Hatte man ihn gar nicht danach gefragt, weil man die Fotos nicht bei ihm vermutete? Oder bluffte Hollbach etwa nur? Behauptete er vielleicht, Andreas verhaftet zu haben, um Johann geständig zu machen?

»Also, was ist nun?« sagte Hollbach ungeduldig.

Johann schüttelte den Kopf. Was immer er jetzt sagen würde, es wäre falsch und würde gegen ihn sprechen. »Ich habe den Film am Strand verloren«, sagte er schließlich, »das wissen Sie doch schon.«

»Wie Sie wollen.« Hollbach machte auf dem Absatz kehrt und öffnete die Tür, vor der ein Feldjäger postiert war. »Dann müssen Sie eben die Konsequenzen tragen.« Die Tür fiel dumpf ins Schloß, der Riegel wurde wieder vorgeschoben.

Zwei Stunden später betrat Feldwebel Sailer den Keller. Über die Hintergründe von Johanns Verhaftung schien er nicht informiert zu sein. Er habe lediglich Befehl, Johann ins Militärgefängnis nach Hiraklion zu überführen, wo er von einem Offizier der Gestapo verhört werden sollte. Wenn er sein Ehrenwort gebe, keinen Fluchtversuch zu unternehmen, könne man auf Handschellen verzichten. Johann gab sein Ehrenwort und empfand es als Schande, weil er seine Ehre längst verraten hatte an seine sentimentale Weichheit.

Einer der beiden Feldjäger, die am Morgen mit Hollbach gekommen waren, um ihn zu verhaften, saß am Steuer des Kübelwagens. Sailer nahm auf dem Beifahrersitz Platz, und Johann mußte sich neben den anderen Feldjäger auf die Rückbank hocken. Leichter Regen trommelte aufs Persenningdach und gegen die Windschutzscheibe. Als die Stadtmauer Chanias hinter ihnen lag, setzte die kurze Dämmerung ein. Sailer fluchte, weil man ihm eine Nachtfahrt aufgehalst hatte, aber wegen der angespannten Lage war es schwierig gewesen, freie Fahrzeugkapazität zu bekommen. Sie fuhren an der Souda-Bucht entlang, deren Wasser so grau wie der Himmel war. Die Wischer zuckten über die Windschutzscheibe, verschmierten Staub und Regen zu einem seifigen Schleier. Der Motor brummte gleichmäßig. Im Lichtkegel der Scheinwerfer fiel der Regen in haarfeinen, wie mit dem Lineal gezogenen Linien. Bei Kalives führte die Straße von der Küste weg landeinwärts und in sanften Steigungen über hügelige Ausläufer des Gebirges nach Vrisses.

Der Ort war noch belebt. Licht fiel aus einem Kafenion und einigen Läden auf die Straße, Kinder winkten dem Kübelwagen zu. Eine Brücke führte über ein ausgetrocknetes Flußbett, gesäumt von hohen Platanen, deren Kronen im letzten Tagesschimmer nässetriefend ins düstere Grau ragten. Am Ortsausgang wurde die asphaltierte Straße von einer ungepflasterten Piste gekreuzt, und sie fuhren weiter nach Osten. Es war nun ganz dunkel geworden, Mond und Sterne hinter der niedrigen, vom flauen Wind kaum bewegten Wolkendecke verborgen. Die Straße zog sich durch eine Ebene, in der schwere Schatten von Oliven- und Mandelbäumen aufragten. Der nasse Asphalt glänzte im Licht der Scheinwerfer.

Nachdem sie ein weiteres, wie ausgestorben in der triefenden Dunkelheit liegendes Dorf durchfahren hatten, sahen sie in Fahrtrichtung ein gleichmäßig hin und her bewegtes Licht. Die Scheinwerferkegel erfaßten einen einzelnen Mann in Fallschirmjäger-Uniform. Er stand vor Stacheldrahtrollen, die quer über der Straße lagen, schwenkte mit der linken Hand eine Petroleumlampe und hielt in der rechten eine Maschinenpistole.

Während der Feldjäger den Kübelwagen zum Stehen brachte, leuchtete Sailer kopfschüttelnd mit einer Taschenlampe über die

Straßenkarte. »Was ist los?« fragte er den Fallschirmjäger, der jetzt dicht ans Wagenfenster trat und die Petroleumlampe so ins Innere des Kübelwagens hielt, daß alle geblendet wurden und das Gesicht des Mannes nicht zu erkennen war.

»Blockiert«, sagte er.

»Was soll das heißen?« fragte Sailer irritiert. »Und nehmen Sie doch Ihre Scheißlampe da weg, Mensch.«

»Aussteigen«, sagte der Mann und setzte Sailer den Lauf der Maschinenpistole auf die Brust.

»Sind Sie verrückt?« schrie Sailer, und in diesem Moment standen plötzlich, wie aus dem Asphalt gewachsen, auf der anderen Seite des Kübelwagens zwei andere Männer, nicht uniformiert, sondern in abgerissener Zivilkleidung, ebenfalls mit Maschinenpistolen im Anschlag, die auf die beiden Feldjäger gerichtet waren.

»Also gut«, sagte Sailer beschwichtigend, »alles klar. Wir steigen jetzt aus und …«

Der Mann in der Fallschirmjäger-Uniform ruckte den Lauf der Maschinenpistole zweimal kurz nach oben, die vier Männer kletterten mit erhobenen Händen aus dem Kübelwagen und wurden durch unmißverständliche Gesten an den Straßenrand dirigiert. Der Motor lief immer noch stotternd im Leerlauf, und die Scheinwerfer leuchteten durch den Drahtverhau in die Nacht. Da sie jetzt hinter dem Wagen standen, waren die Gesichter der Männer nicht zu erkennen, zumal der Uniformierte die Schirmmütze tief in die Stirn gezogen hatte und die beiden Zivilisten ihre Kopftücher wie Masken ums Gesicht gewickelt hatten, so daß nur die Augenpartie frei blieb.

Einer von ihnen sagte auf griechisch, Sailer und die Feldjäger sollten die Koppel mit den Pistolen abschnallen und vor sich auf den Boden legen und stieß Johann mit der Hand gegen die Schulter. »Los«, sagte er, »übersetz das.«

Johann nickte und übersetzte.

»Du mieses Schwein«, zischte Sailer, »das sind also deine sauberen Freunde.«

»Ich habe keine Ahnung, was das alles hier bedeutet«, sagte Johann, »aber ich glaube, Sie sollten besser die Koppel abschnallen.«

Die beiden Feldjäger öffneten die Gürtelschnallen, auch Sailer ließ die Arme sinken, bewegte aber die rechte Hand zur Hüfte, machte zwei schnelle Schritte rückwärts, ließ sich fallen, zog dabei die Null/Acht aus dem Halfter und schoß. Johann spürte einen dumpfen Schlag gegen den Oberschenkel, der Mann in der Fallschirmjägeruniform gab zwei, drei Feuerstöße auf Sailer ab. Johann sank auf die Knie, und während er sich vergeblich mit den Händen abzustützen versuchte und langsam auf die Seite rutschte, sah er, wie Sailer die Pistole aus der Hand fiel, wie sein Kopf zuckte, wie ein Beben durch seinen Körper lief, wie er dann starr auf dem schwarzen Asphalt lag. Und da lag jetzt auch Johann und berührte mit seiner Wange Sailers Knie. Der Zivilist, der Griechisch gesprochen hatte, bückte sich, leuchtete erst Sailer, dann Johann mit der Lampe ins Gesicht und hielt die Lampe über seinen Oberschenkel. Johann spürte das warme, pochende Fließen des Bluts. Auf seiner Hose bildete sich ein ständig wachsender, ovaler Fleck.

»Kannst du mich noch verstehen?« fragte der Mann.

Johann nickte schwach.

»Sag den beiden Soldaten, sie sollen sich auf die Straße legen. Gesicht nach unten. Und bis dreitausend zählen. Dann können sie nach Hause gehen.«

»Wieso dreitausend?« stöhnte Johann, den Schwindelgefühl, Übelkeit und eine bleierne Schwere überkamen.

»Oder bis viertausend«, sagte der Mann.

Johann übersetzte. Die beiden Feldjäger legten sich mit ausgestreckten Händen, die Gesichter auf dem Asphalt, auf die Straße. Johann wurde an Schultern und Beinen gepackt, hochgehoben und auf die Rückbank des Kübelwagens gelegt. Die Berührung am verletzten Bein verursachte rasende Schmerzen. Er schrie.

»Sei ruhig«, zischte einer, während Johann spürte, daß der Wagen in Bewegung gesetzt wurde, wendete und schneller werdend in die Dunkelheit raste. Ihm war, als fiele ein schwarzes Tuch über seine Augen, durch dessen grobe Maschen erst noch Schmerz, fremdartige Geräusche und Bewegungen stachen, ein Rieseln und Kreisen und Segeln und Schweben, bis es ganz still um ihn wurde, als läge er in Watte oder triebe in einem endlosen, warmen Ozean. Dort gab es keine Schmerzen mehr.

2.

Schwer und träge. Die Augenlider ein Brokatvorhang. Er blinzelte dennoch. Gelbes Gezüngel, rotes Flackern, aschfarben aufquellende Schwaden. Schloß er die Augen wieder, blieben die Muster auf seiner Netzhaut erhalten, nur matter und vexiert. Dafür klangen die Geräusche im Hintergrund schärfer an sein Ohr, unregelmäßiges Knacken und Prasseln, in das leises Stimmengemurmel gemischt zu sein schien, als würden da irgendwo Worte verbrannt. Es kam ihm völlig logisch vor, Feuer aus Worten zu machen. Griechische Laute verzischten, manchmal glaubte er, Englisch zu hören, und auch das war natürlich und naheliegend. Es mußte ein Feuer aus vielen Sprachen sein, an dem sich Schatten wärmten. Hielt er die Augen etwas länger geöffnet, schwankten Silhouetten über den niedrigen, wolkenverhangenen Himmel. Vielleicht waren das gar keine Wolken. Vielleicht waren es ausgespannte Tücher? Oder graues Gestein? Aber so lange konnte er den Blick nicht halten, das war zu mühselig, und er lauschte bei geschlossenen Augen lieber wieder ins Feuer. Wurde da gestritten? Lachte da nicht einer? Gestein, ja, das konnte Gestein sein da oben. Ein Tonnengewölbe. Sehr grob verputzt oder gar nicht verputzt. Gewachsen. Gewachsenes Gestein. Natürlich, das war ja ganz einfach. Das mußte eine Höhle sein. Die Felsdecke einer Höhle. Und er lag vermutlich auf dem Boden, aber er spürte seinen Körper nicht. Also lag er in einer Höhle und war tot. Und die Stimmen verbrannten. Er konnte den Rauch riechen. Der ging über ihn hinweg, und aus der Richtung, in die der Rauch schwebte, wehte es kühl zu ihm hinüber. Die tanzenden Muster in der Nacht seiner Netzhaut verdunkelten sich. Ein Schatten mußte über ihn gefallen sein. Er blinzelte, sah ein Gesicht. Das Gesicht kannte er. Graumelierter, schwerer Schnauzbart, schwarze Augen, buntgemustertes Kopftuch um die Stirn. Wieder schloß er die Augen. Wer war denn bei ihm hier?

»Er ist wach«, sagte eine Stimme dicht an seinem Ohr. Die Stimme kannte er auch. Sie gehörte zu dem Gesicht, das über ihm geschwebt war.

»Ich komme«, sagte eine andere Stimme, leise Schritte näherten sich, etwas legte sich auf Johanns Stirn. »Er fiebert noch.«

»Hörst du mich, Yannis?«

Das war Andreas. Andreas, der sich eben über ihn gebeugt hatte. Aber wieso war der hier? War der denn nicht verhaftet worden? Johann blinzelte wieder, wollte etwas sagen, seufzte aber nur und nickte schwach.

»Wir lassen ihn schlafen«, sagte die andere Stimme, »das ist für ihn das beste.«

Doktor Xenakis. Aber natürlich, das war doch die Stimme des Arztes. Wie kam der denn hierher? Und wie kam Johann hierher? Er war in Finsternis gestürzt, in ein warmes Meer, hatte in einem fahrenden Auto gelegen, jemand hatte ihn aufgehoben, jemand hatte auf ihn geschossen, Sailer. Und der war tot. Jetzt kam die Erinnerung zurück in Einzelheiten, ein langsam rückwärts gespulter Film. Nur was geschehen war, nachdem er im warmen, salzigen Wasser gelegen hatte, das wußte er nicht. Sie werden es mir sagen, dachte er, sie werden mich nicht belügen, weil ich ihr Gast bin.

Dann schlief er wieder ein, schlief traumlos und tief. Als er erwachte, konnte er seine Glieder bewegen, spürte den Wundschmerz im Oberschenkel, fühlte die Schafsfelle, auf denen er lag, roch den öligen Dunst der Wolldecken, mit denen er zugedeckt war, hörte das Geflüster der Männer. Er stützte sich auf den Ellbogen und sah zu ihnen hinüber.

Sie hockten im hinteren Teil der Höhle um ein niedergebranntes Feuer, in dem es noch rötlich glühte und schwelte. An ihrer Kleidung erkannte Johann die beiden Zivilisten, die den Kübelwagen überfallen hatten. Die Kopftücher, die sie als Masken benutzt hatten, trugen sie jetzt wieder um die Stirn. Neben ihnen hockte Andreas. Der Mann, der die deutsche Fallschirmjägeruniform getragen hatte, war nicht dabei, und auch Doktor Xenakis, dessen Stimme er zuvor gehört zu haben glaubte, fehlte.

»Chérete!« sagte Johann und wunderte sich, wie klar seine Stimme klang.

Die drei Männer drehten sich zu ihm um. Über Andreas' Gesicht ging das breiteste Lächeln, das Johann je gesehen hatte. Ein Sonnenaufgang. Andreas hockte sich neben ihn und hielt ihm einen Blechbecher mit Wasser an die Lippen. Johann trank, erst in kleinen Schlucken, dann gierig, trank den Becher aus und gleich noch einen.

»Du hast Glück gehabt, Yannis.« Andreas klopfte ihm auf die Schulter. »Es ist ein glatter Durchschuß. Der Knochen ist heil geblieben.«

»Was machst du hier?« fragte Johann.

»Was ich hier mache?« Andreas lachte, und die beiden anderen Männer fielen in das Lachen ein. »Das siehst du doch. Wir haben dich befreit. Es hat nicht ganz so geklappt, wie wir uns das gedacht haben, aber der Doktor meint, daß du in zwei Wochen wieder gesund bist.«

»Der Doktor, ja. Wie ist der überhaupt hierhergekommen? Und ich dachte, du seist verhaftet worden und hättest gestanden, daß ich dir, also daß wir, ich meine, man hat mir gesagt ...«

»Seh ich etwa verhaftet aus?« Andreas lachte wieder. »Wer hat dir denn solchen Blödsinn erzählt?«

»Hollbach. Als er mich verhaftet hat.«

»Er hat dich angelogen.«

»Das Schwein.« Johann streckte sich wieder auf den Fellen aus und starrte an die Höhlendecke, während Andreas ihm erzählte, was vorgefallen war.

Nachdem er von Johann erfahren hatte, daß das Kommando nach Korifi aufbrechen würde, hatte Andreas noch in der gleichen Nacht Georgi, einen Kurier, zu den Andartenführern geschickt, die an dem Treffen mit britischen Offizieren beteiligt sein sollten. Das Kommando anzugreifen, war nicht beabsichtigt gewesen, sondern die Andarten wollten nur alles beseitigen, was in den Dörfern Verdacht erregt hätte, insbesondere Waffen und Funkgeräte, um sich dann in die Berge zurückzuziehen. Aber als sie nach Gerospila kamen, war es schon zu spät. Die Waffen waren entdeckt worden, und die Deutschen hatten mit den Exekutionen begonnen. So war der Kampf unausweichlich gewesen. »Und ich danke Gott«, sagte Andreas und bekreuzigte sich, »daß du nicht in Gerospila dabei warst, Yannis.«

Johann sah ihn an. Es war ihm bislang nicht in den Sinn gekommen, daß auch er den Kampf in Gerospila kaum überlebt hätte, wenn nicht Hauptmann Karschs Abteilung, sondern Hollbachs Truppe als erste dort eingetroffen wäre. Aber dann wären die Waffen vielleicht nicht gefunden worden, was ja nur Zufall gewesen war, und gar nichts wäre passiert, keine Erschießungen, kein Kampf, keine zerfetzten Leichen, und auch aus Korifi wäre das Kommando unverrichteter Dinge wieder abgezogen. Weil ein Soldat scheißen mußte, war eine mörderische Kettenreaktion in Gang gekommen. Zufall, alles nur Zufälle, Glück oder tödliches Pech. Ob Johann lebte oder tot war, ein Zufall, ob unschuldige Dorfbewohner massakriert wurden, sinnlose Willkür.

»Ich habe also Glück gehabt«, murmelte Johann.

»Du hast einen tüchtigen Schutzengel«, sagte Andreas und erzählte weiter. Als Johann zum zweiten Mal mit der Filmdose zur Taverne am Hafen gekommen war, wußte Andreas längst, daß er von Spitzeln überwacht wurde und in Gefahr war, verhaftet zu werden. Und als Johann an jenem Abend erschien, war Andreas gerade dabei gewesen, seine Sachen zu packen, um sich zu einem Andartenversteck in den Bergen abzusetzen. Am nächsten Tag kam dann ein Kurier in dies Versteck, berichtete von Johanns Verhaftung und daß er nach Hiraklion überführt werden sollte.

»Aber woher wußtet ihr, daß ...«

»Der Doktor«, sagte Andreas grinsend. »Du hast es ihm doch selbst gesagt. Das war klug von dir. Und du hast es ihm doch auch genau deshalb gesagt.«

»Weshalb?«

»Damit wir es wissen.«

»Ich weiß nicht«, sagte Johann, »ich wußte ja gar nicht, daß er mit euch zusammenarbeitet.«

»Er ist schließlich Arzt«, grinste Andreas. »Ein Arzt muß doch jedem helfen, nicht wahr? Und dann haben Vangelis und Pavlos«, er zeigte auf seine Kameraden, »die Straßensperre vorbereitet, und den Rest weißt du selber.«

»Und wo ist der Mann, der die Uniform anhatte? Und wieso konnte der Deutsch?«

»Der hat jetzt andere Dinge zu tun. Und die paar deutschen Worte waren für ihn kein Problem. Das ist nämlich ein sehr kluger Mann. Er hat sogar studiert.«

»Studiert?«

»Ich glaube, in England.«

Andreas und die beiden anderen Männer lachten schallend, als sie Johanns verständnisloses Gesicht sahen. »In ... England?«

»Wenn Engländer studieren, studieren sie meistens in England«, sagte Andreas, immer noch lachend. »Jedenfalls haben wir dich gestern nacht erst einmal in Sicherheit gebracht. Wir haben dein Bein verbunden, aber weil die Wunde sehr böse aussah und weil du viel Blut verloren und gefiebert hast, ist der Engländer mit dem Kübelwagen zurück nach Chania gefahren und hat den Doktor geholt. Das war übrigens gefährlich, denn wenn man ihn angehalten hätte, wäre er jetzt vielleicht tot. So gut ist sein Deutsch leider nicht, daß er sich hätte herausreden können. Aber man hat ihn nicht angehalten. Der Doktor hat dich dann verbunden und versorgt, hat dir eine Spritze verpaßt, und dann hast du lange geschlafen. Hast du eigentlich gar keinen Hunger?« Andreas hielt ihm einen Blechteller mit weißen Bohnen und Lammfleisch hin, das die Männer über dem Feuer gegrillt hatten.

»Doch, aber sag mir vorher noch, warum ausgerechnet dieser Engländer für mich ... also ich meine, er müßte mich als seinen Feind ansehen und ...«

»Er arbeitet mit uns zusammen. Unsere Freunde können nicht seine Feinde sein. Und du hast bewiesen, daß du unser Freund bist.«

»Und was soll nun werden?«

»Wir bringen dich an die Südküste. Die Deutschen trauen sich da nur hin, wenn sie unbedingt müssen. Außerdem haben sie damit begonnen, ihre Truppen aus dem Süden abzuziehen. Die Insel Gávdos soll schon demnächst vollständig geräumt werden. Das Dorf, in das wir dich bringen, liegt an der Grenze zum italienischen Teil. Da mischen sich die Deutschen auch nur ein, wenn die Italiener sie um Hilfe rufen. Ich habe Verwandte im Dorf, und meine Leute aus Korifi sind auch dorthin geflohen, nachdem du uns gewarnt hast. Du wirst also alte Freunde treffen. Und den Engländer, den wirst du da vielleicht auch kennenlernen.«

»Ich kann nicht laufen«, sagte Johann und spürte jetzt wieder den dumpfen Schmerz im Oberschenkel.

»Wir werden dich tragen«, sagte Andreas.

»Man wird nach mir suchen«, sagte Johann.

»Natürlich. Sie suchen dich längst. Wir werden bei Nacht gehen.«

»Und wie heißt das Dorf?«

»Agia Galini«, sagte Andreas. »Und jetzt iß, damit du nicht verhungert bist, wenn wir ankommen.«

3.

Die Sterne schwankten, und der abnehmende Mond zuckte wie eine von unsichtbarer Hand geführte Axt aus geschliffenem Stahl über den Nachthimmel. Auf der Bahre aus Bambusstöcken und Wolldecken liegend, die Andreas und seine Freunde angefertigt hatten, überkam Johann beim Blick nach oben schon nach wenigen Metern Übelkeit, als läge er nicht auf der Bahre, sondern auf den Planken eines in schwerer Dünung rollenden Schiffs. Er schloß die Augen und hörte im Dunkel die knirschenden Geräusche der Stiefelsohlen auf dem Geröll des Steilhangs. Andreas ging mit einer Petroleumlampe in der Hand voraus, Vangelis und Pavlos folgten mit der Bahre. Ihre Maschinenpistolen hatten die drei Männer geschultert. Manchmal wechselten sie flüsternd einige Worte, stießen halblaute Flüche aus, wenn sie über Steine stolperten, aber die meiste Zeit ging es schweigend voran. Nur das Sirren der Zikaden füllte die Stille.

Auf der einzigen Straße, die in Richtung Südküste durch die Askifou-Hochebene führte, wimmelte es von deutschen Patrouillen und Suchkommandos, die nach Johann und seinen Entführern fahndeten. Die Männer schlugen sich also auf Ziegenpfaden durch, und wenn Andreas an manchen Stellen selbst die Pfade nicht mehr für sicher hielt, mußten sie sich durch völlige Unwegsamkeit tasten. Der Nachtwind wehte Motorengeräusche zu ihnen hinauf, und wenn der Blick auf die Straße frei war, sahen sie manchmal entfernte Scheinwerfer weiß und gelb durchs Dunkel fingern. Als ein dünner, grauer Schleier im Osten schon die Morgendämmerung ankündigte, erreichten sie nach einigem Suchen die Stelle, die Andreas als Rastplatz vorgesehen hatte, eine von Eichen umstandene, als mattes Rinnsal aus dem Fels sickernde Quelle.

Johann blieb auf der Bahre, konnte sich jedoch schmerzlos aufrichten, wenn er das Bein dabei nicht verdrehte. Andreas, Vangelis und Pavlos hockten sich auf den von trockenem Eichenlaub bedeckten Geröllboden und holten Proviant aus den Rucksäcken. Während sie aßen, brach der Morgen über die Berge und füllte die Hochebene mit rosigem Licht. Am nördlichen Zugang erhob sich auf einem Schuttkegel ein verfallenes, venezianisches Kastell. Weiter südlich, fast auf Höhe ihres Rastplatzes, standen ein paar Häuser an der Straße, ein paar Kilometer weiter sah man das Dorf Askifou, umgeben von ausgedehnten Gemüsegärten. Irgendwo krähte ein Hahn. Schafherden und weidende Ziegen flockten an den Rändern der Ebene über die Hänge. Manchmal hörte man das blecherne Schlagen ihrer Halsglocken. Auf der Straße war niemand zu sehen, kein Posten, kein Suchtrupp, nur ein mit Säcken beladener Esel, geführt von einem Jungen, schwankte jetzt aus dem Dorf Richtung Norden.

Andreas zog ein Fernglas aus seinem Rucksack und suchte die Gegend ab. Dann reichte er das Glas an Vangelis und deutete mit dem Finger auf das Kastell. Vangelis fixierte es, nickte und gab das Glas an Johann weiter. Nachdem er die Feineinstellung justiert und das Kastell im Visier hatte, sah er auf dem oberen Mauerkranz die beiden Soldaten. Einer saß, mit dem Rücken gegen eine Schießscharte gelehnt, auf dem Boden und rauchte, der andere ging langsam auf und ab und schien dabei die Straße zu beobachten. Aus einer weiteren Schießscharte ragte hinter Sandsäcken der Lauf eines Maschinengewehrs.

»Ich glaube nicht, daß die uns suchen«, sagte Andreas. »Dieser Posten war immer schon da. Es gibt noch einen anderen in Imbros, kurz vor der Schlucht. Sie kontrollieren die Straße nach Chora Sfakion. Wenn die Deutschen tatsächlich Gávdos räumen, wird hier demnächst 'ne Menge Verkehr sein.«

»Vielleicht suchen die da drüben uns nicht«, sagte Vangelis,

»aber sie werden Informationen über uns haben und alarmiert sein.«

Andreas nickte. »Gibt es jemanden aus Askifou, der über unsere Aktion informiert ist?«

»Nur der alte Matthaios«, sagte Pavlos. »Wir haben Georgi zu ihm geschickt, damit jemand Bescheid weiß, wenn etwas schiefgehen sollte.«

»Gut«, sagte Andreas. »Georgi«, erklärte er Johann, »ist einer von unseren Kurieren. Du wirst ihn bald kennenlernen.«

Nachdem sie gegessen und Zigaretten geraucht hatten, breiteten die erschöpften Männer Decken aus, um zu schlafen, und Johann streckte sich wieder auf der Trage aus. Er blinzelte in die von silbrig glänzendem Staub bedeckten Blätter der Eichen, zwischen denen Licht und Schatten flackernde Muster warfen, horchte auf das schnalzende Sickern der Quelle, das tiefe Atmen und leise Schnarchen der anderen, das Scheppern der Ziegenglocken, das ferne Bellen eines Hundes, das Geschrill der Zikaden, spürte wundes Pochen in seinem Oberschenkel und fiel schließlich in einen fiebrigen, flachen Schlaf.

»Wach auf!« zischte Pavlos ihm ins Ohr und rüttelte an seiner Schulter.

Johann stützte sich verschlafen auf den Ellbogen, blinzelte zum Himmel. Die Sonne stand schon weit im Westen. »Wo sind Andreas und Vangelis?« fragte er.

Statt einer Antwort deutete Pavlos in die Krone einer mächtigen Steineiche, wo Johann die beiden Männer, vom Laub fast völlig verdeckt, auf einer beindicken Astgabel hocken sah. Andreas hielt sich das Fernglas vor die Augen und spähte Richtung Dorf, und Pavlos deutete jetzt aufgeregt in die gleiche Richtung. Vom Kastell her bewegten sich zwei Lastwagen auf das Dorf zu, schleppten gelbe Staubwolken hinter sich her. Auf den Ladeflächen saßen Soldaten, etwa sechzig Mann insgesamt. Mit bloßem Auge erkannte Johann die Karabiner, die wie Nadeln nach oben stachen. »Was haben die vor?« flüsterte er.

Pavlos zuckte mit den Schultern. »Vielleicht fahren sie nur nach Chora Sfakion. Vielleicht aber auch nicht.«

Als die Lastwagen ins Dorf einfuhren, waren sie, von den Häusern verdeckt, nicht mehr zu erkennen, nur die Staubwolke schwebte drohend über den Dächern.

»Heilige Mutter Gottes«, sagte Pavlos und bekreuzigte sich, »laß sie weiterfahren. Bitte mach, daß sie weiterfahren.«

Aber sie fuhren nicht weiter, sondern hielten offenbar mitten im Dorf an. Die Staubfahne hatte sich inzwischen gesenkt. Andreas und Vangelis kletterten vom Baum herunter, da von oben auch nichts mehr zu erkennen war. Sie hockten schweigend da, rauchten, starrten zum Dorf und warteten, daß irgend etwas passieren würde. Johann sah auf seine Armbanduhr, es war fast halb sechs, und das Licht nahm schon einen rötlichen Glanz an. Die Zeit schien stillzustehen. Als Johann wieder zur Uhr schaute, waren nur fünf Minuten vergangen, die ihm wie fünf Stunden vorgekommen waren.

»Sie werden das Dorf durchsuchen«, sagte Andreas.

Vangelis nickte mit zusammengebissenen Zähnen, Pavlos hatte die Hände gefaltet und bewegte lautlos die Lippen. Als eine Gewehrsalve die Stille zerriß, zuckten sie zusammen, als seien sie selbst getroffen worden. Johann sah auf die Uhr. Viertel nach sechs. Zehn Minuten später krachte eine zweite Salve, und das Echo lief wie eine trockene Welle über die Hochebene.

Pavlos bekreuzigte sich. Vangelis murmelte: »Diese Schweine.«

Andreas schwieg. Johann zitterte so stark, daß ihm die Zigarette aus der Hand fiel. Plötzlich hob Andreas das Fernglas, richtete es aufs Dorf, gab es Vangelis und deutete mit dem Zeigefinger in die Gemüsegärten, die sich hinter den äußeren Häusern in die Ebene hinein erstreckten. Johann konnte ohne Fernglas nichts erkennen, aber Vangelis nickte und sagte: »Georgi kommt.«

Zehn Minuten später erschien am Anfang der Dorfstraße eine Kolonne von etwa dreißig Soldaten, die auf den Steilhang zumarschierten, in dem sie sich versteckt hielten. Die Dämmerung legte sich über die Ebene, ein graues Tuch, dessen Maschen sich von Augenblick zu Augenblick dichter zusammenzogen. Als die Soldaten noch knapp zwei Kilometer entfernt waren, bildeten sie in Abständen von zehn Metern einen langgezogenen, halbkreisförmigen Kordon und rückten, die Karabiner in den Armbeugen, langsam, aber zielstrebig weiter vor.

»Die wissen, wo wir stecken«, sagte Andreas. »Das ist eine Treibjagd. Wir müssen verschwinden.«

In diesem Moment hörten sie Schritte und keuchenden Atem hinter sich. Aus dem Schatten der Eichen lief ein junger Mann auf sie zu, Stirnband und schwarzes Leinenhemd durchgeschwitzt. Er trug britische Armee-Schnürstiefel. Die lose Sohle des linken hatte er mit einem Stück Draht um die Schuhkappe befestigt.

»Georgi!« Andreas wollte ihn umarmen, aber der Kurier wehrte ab.

»Weg, schnell weg!« keuchte er, nach Luft ringend. »In zehn Minuten sind sie hier.«

Sie rafften ihre Ausrüstung zusammen. »Wir müssen höher in den Steilhang hinein. Da oben gibt es auch Höhlen.«

»Aber der Fels ist so steil, daß wir Yannis mit der Trage nicht hinaufbekommen«, sagte Vangelis.

Johann starrte den anrückenden Soldaten entgegen. Dann sah er Andreas in die Augen. »Laßt mich hier«, sagte er. »Bringt euch in Sicherheit. Die wollen sowieso nur mich.«

»Kommt nicht in Frage.« Andreas schüttelte heftig mit dem Kopf. »Kann sein, daß sie nur dich wollen. Aber wir brauchen dich auch, Yannis.«

»In den Baum!« sagte Pavlos und zeigte in die Astgabel der Eiche, in die Andreas und Vangelis vorhin geklettert waren.

Johann verstand nicht sofort, was Pavlos meinte, aber Vangelis kletterte bereits mit einem Seil in der Hand auf den Baum, legte es über die Astgabel und warf das Ende des Seils nach unten. Pavlos schlang es Johann unter den Achseln hindurch, Vangelis zog, und Andreas und Pavlos hoben Johann so weit wie möglich hoch. Der Strick schnürte Johann die Brust ab, er rang nach Luft und stöhnte, aber dann war er oben und Vangelis gelang es, ihn so in die Astgabel zu setzen, daß er mit dem Rücken gegen den Stamm lehnte und die Beine auf dem Ast ausstrecken konnte. Das ging nicht ohne Berührungen mit dem Oberschenkelverband ab, und der Schmerz wühlte wie ein stumpfes Messer. Vangelis band Johann mit dem Seil am Stamm fest, damit er nicht abrutschen konnte, und kletterte wieder nach unten.

»Du bist nicht zu sehen«, hörte Johann Andreas' Stimme.

Dann gab es einen kurzen Wortwechsel, den Johann nicht verstand, und Vangelis kam noch einmal zu ihm hochgeklettert. Er hatte eine Beretta in der Hand, die Pistole, die Andreas stets bei sich hatte, und legte sie Johann in den Schoß. »Hoffentlich brauchst du sie nicht«, flüsterte er und huschte wie eine Katze nach unten.

Das Rascheln und Scharren der aus Reifen geschnittenen Sohlen auf Laub und Geröll entfernte sich schnell, und dann war es für einige Augenblicke ganz still. Das Blut pochte in Johanns Oberschenkel. Fast konnte er es hören. Der Schmerz brüllte, aber er biß sich auf die Lippen, bis sie bluteten. Die schorfige Rinde des Stammes drückte gegen seine Schulterblätter. Er vermied jede Bewegung und versuchte, so flach wie möglich zu atmen. Das Zwielicht der Dämmerung war hier oben zwischen Laub- und Astwerk schon ganz grau, und nur an einer Stelle, wo die Krone lichter war, glänzte noch der hellere Abendhimmel.

»Hierher!« hörte er eine Stimme auf deutsch rufen. »Hier, weiter rechts, bei den Eichen!« Knirschende Schritte, Laufen und Hasten. Stiefel stießen gegen Steine. »Hier ist die Quelle!«

»Dann können sie nur weiter nach oben gegangen sein«, sagte eine andere Stimme, und eine dritte brüllte: »Auf den Hang vorrücken. Abstand verringern!« Etwas leiser dann: »Zwei Mann bleiben hier. Werchel und Papst. Wenn Sie die Burschen sehen, sofort von der Waffe Gebrauch machen.« Schritte, Stimmengewirr, raschelndes Laub und schlagende Zweige von Büschen, Fluchen und Keuchen, schollerndes Geröll.

Johann umklammerte den Kolben der Beretta so fest, daß die Fingerknöchel weiß wurden, starrte durch die lichte Stelle der Krone in den Himmel, ein tintenblauer, von rosigen Schlieren durchzogener Fleck. Wenn er die Augen schloß, blieb das gleiche Bild auf seiner Netzhaut. Die Wärme des Bluts auf seiner Unterlippe. Das Pochen des Bluts im Oberschenkel. Er atmete durch die Nase. Sein Rücken verkrampfte. Die Hand, die den Pistolenkolben hielt, schien zu versteinern. Er rührte sich nicht. Die Rinde drückte in seine Schulter. Das Pochen des Bluts in seinen Ohren. Laut, zu laut. Es übertönte das sickernde Geräusch der Quelle. Die da unten mußten das doch hören. Dies Rauschen und Strömen und Pochen. Pochen und Pochen.

»Die sind doch längst über alle Berge«, sagte jetzt einer. »Gib mir mal Feuer.« Das Schnicken eines Feuerzeugs. Tabakaroma zog durchs Blattwerk.

»Immer dasselbe«, sagte der andere. »Vielleicht hat der alte Mann auch gelogen. Vielleicht waren die gar nicht hier.«

»Wie Wasser schöpfen mit dem Sieb«, wieder der erste. »Die Partisanen sind das Wasser. Wir das Sieb.«

Der andere lachte verhalten. »Ganz schön blutig, das Wasser.«

Und wenn das Blut von Johanns Lippen nach unten tropfte? So, wie da oben letztes, rotes Licht durch den Abendhimmel sickerte? Die Rinde drückte nicht mehr gegen seinen Rücken. Da war kein Gefühl mehr. Oder doch. Da war jetzt ein Ineinanderfließen, ein Verschmelzen. Nicht mehr zu unterscheiden, was sein Rücken war und was Rinde. Das Strömen des Bluts im gleichen Rhythmus wie das Strömen der Säfte tief im Stamm, gleich auch dem sickernden Quellen des Wassers. Seine Beine gehörten dem Ast, auf dem sie ruhten. Die Verkrampfung war nur ein Ergrünen, ein stetiges Holzwerden. Die Blätter wisperten in der Abendbrise. Das Wispern formte sich zu Worten. Xenos, hieß eins. Der Fremde. Aber Xenos war auch der Gast. Filoxenia, wisperte es jetzt. Gastfreundschaft. Wörtlich bedeutete es: Die Freundschaft zum Fremden. Filoxenia, sagte wortlos der Baum. Du bist mein Gast, sagte er zu Johann. Musafiris, der Gastfreund, das ist der, der die Muse bringt. Der Fremde bringt Neuigkeiten, Geschichten von anderswo. Was sollte Johann dem Baum erzählen? Geschichten aus Deutschland? Wie er mit Professor Lübtow im Weinkeller tuschelt, leise wie Blätter im Wind? Wie Lübtow sagt: Ihr Traum hat sich erfüllt? Wie Lübtow sagt: Sie sind ledig? Das könnte Johann dem Baum erzählen. Oder besser noch, er erzählte es Eléni, wenn er sie je wiedersähe. Vielleicht würde auch sie in Agia Galini sein, da, wo sie ihn hinbringen wollten. Gewiß würde sie da sein. Und würde wieder seinen Arm berühren. Und lächeln. Und ihre und seine Hände würden verschmelzen wie sein Körper mit diesem Baum.

Ein scharfer Knall zerriß das Schweigen. Ein zweiter, dritter Schuß. Das Prasseln einer Salve. Geschrei, Getrampel. Die Explosion einer Handgranate. Ein kurzer Moment der Stille. Dann ging krachend, schollernd, berstend, polternd eine Schotterlawine den Hang abwärts. Flüche. Gebrüllte Befehle.

»Sie haben sie erwischt«, sagte einer unter dem Baum. Das Knacken einer Gewehrsicherung. Johann spürte wieder die Beretta in seiner Faust und legte den Finger an den Abzug. Hastende Schritte.

»Zurück aus dem Hang!« brüllte einer aus größerer Entfernung.

»Alle Mann zurück zur Straße!« schrie ein anderer, näher schon, außer Atem.

»Was ist denn los?«

»Scheiße, verdammte Scheiße! Wir haben auf unsere eigenen Leute geschossen.«

Johann starrte immer noch in die lichte Stelle. Oder er hatte längst wieder die Augen geschlossen, und die lichte Stelle breitete sich in ihm aus. Das war gleichgültig. Dann brach von den Rändern Dunkelheit herein, Schwärze und Nacht. Nur dieser winzige Punkt blieb bestehen, fein wie ein Nadelstich, weißglühend und unzerstörbar.

4.

Vielleicht war der im Dunkeln glühende Punkt ein Stern, der dem Schiff den Weg wies. Rollend und schlingernd kämpfte es sich durch fremde Gewässer. Johann lag tief im Bauch dieses Schiffs, in dem Hitze brütete. Schließlich wurden die Bewegungen so heftig, daß er fürchtete zu versinken, und das Nasse, Kühle, das sich um ihn legte, mußte das Meer sein.

Er schlug die Augen auf. Im Schein der Petroleumlampe hockten seine Gefährten am Boden und sahen ihn an. Der Schmerz im Bein rumorte dumpf. Auf der Stirn spürte er Feuchtigkeit. Sie hatten ihm einen kalten Umschlag aufgelegt, um das Fieber zu senken.

»Wie lange habe ich geschlafen?« murmelte er und versuchte zu lächeln.

»Vor drei oder vier Stunden haben wir dich aus dem Baum geholt«, sagte Andreas. »Und dann sind wir aufgebrochen. Dies ist unsere erste Rast für heute nacht.«

Johann bat um Wasser und eine Zigarette. Vangelis reichte ihm einen Blechbecher. Johanns Hände zitterten, als er gierig trank. Georgi schob mit dem Blechbügel das Lampenglas hoch, steckte eine Zigarette in den Mund und brachte die Spitze an die blakende Flamme. Johann sah das Gesicht des jungen, kaum zwanzigjährigen Kuriers im Lichtschein. Der dünn ausrasierte Schnurrbart, die stoppeligen Wangen, das Fransentuch um die Stirn. Er schob Johann die brennende Zigarette zwischen die Lippen.

»Was ist passiert?«

»Nachdem wir dich auf den Baum gehievt haben«, erzählte Andreas, »sind wir in die steilen Felsen oberhalb der Quelle geklettert und haben uns in einer der Höhlen versteckt. Aus dem durch Buschwerk verborgenen Höhleneingang konnten wir erkennen, wie die deutschen Soldaten über die Geröll- und Schotterhalden immer höher hinaufrückten, aber nicht bis aufs Niveau der Höhle. Plötzlich sind Schüsse gefallen. Offenbar hat einer der Soldaten die Nerven verloren und einen seiner über ihm kletternden Kameraden in der Dämmerung für einen von uns gehalten, hat auf ihn geschossen und ihn auch getroffen. Ein anderer Soldat, der bei dem Getroffenen war und sich angegriffen glaubte, hat daraufhin eine Handgranate in die Richtung geworfen, aus der der Schuß gekommen war. Die Explosion hat eine Geröllawine ausgelöst, die mehrere Soldaten mit sich gerissen hat. Und dann haben sie den toten und die verletzten Soldaten aus dem Hang abtransportiert und sich zur Straße zurückgezogen, haben sich gesammelt und sind zurück ins Dorf marschiert. Inzwischen war es längst dunkel geworden. Wir haben dich aus dem Baum geholt. Du warst ohnmächtig und hast gefiebert, und meine Pistole hattest du so fest in der Hand, daß wir sie dir kaum abnehmen konnten. Zum Glück hast du sie nicht gebraucht. Und dann sind wir weiter nach Süden gegangen, weiter zur Küste, wo wir hinmüssen.«

Johann spürte Erleichterung. »Der Baum«, flüsterte er, »der Baum hat mich beschützt. Dann ist ja alles noch einmal gutgegangen.«

»Nein«, sagte Andreas, »das ist es nicht. Bevor sie abgezogen sind, haben sie das Dorf in Brand gesetzt. Und außerdem haben sie ...« Andreas sprach den Satz nicht zu Ende. Im Schein der Lampe sah Johann, daß er Tränen in den Augen hatte. »Erzähl du es ihm«, sagte Andreas zu Georgi, »du warst dabei.«

»Ja«, nickte Georgi, »ich habe es gesehen. Gestern nachmittag bin ich zu Matthaios gekommen, um Proviant zu beschaffen und euch dann abends wie verabredet an der Quelle zu treffen. Als die Lastwagen mit den Soldaten ins Dorf kamen, war ich draußen im Gemüsegarten und habe Tomaten gepflückt. Ich bin zum Haus zurückgeschlichen und über die Mauer aufs Dach geklettert. Das Haus liegt ja direkt am Dorfplatz, so daß ich vom Dach aus sehen und zum Teil auch hören konnte, was geschah. Die Deutschen hatten die Bewohner aus den Häusern gejagt und auf dem Platz zusammengetrieben. Der Dolmetscher war ein Grieche vom Festland, das hörte ich an seinem Akzent, einer dieser Verräter, die den Deutschen in den Arsch kriechen. Was der Kommandant der Soldaten ihm sagte, brüllte er dann so laut heraus, daß ich jedes Wort verstehen konnte. Sie wollten wissen, ob Andreas und Yannis durchs Dorf gekommen seien und ob ihnen womöglich Unterschlupf gewährt worden sei und ob jemand wisse, wo sie steckten. Wenn sich die Leute weigern sollten, Auskünfte zu geben, würden die Männer erschossen. Außer dem alten Matthaios, der zitternd neben seiner Frau stand, wußte überhaupt niemand im Dorf etwas von der ganzen Geschichte. Aber zuerst hielt der Alte den Mund. Dann haben die Deutschen fünf Männer ausgewählt und erschossen, und dann hat dieser widerwärtige Dolmetscher die Fragen noch einmal, noch lauter, über den Platz gebrüllt. Und da hat Matthaios' Frau plötzlich aufgeheult und geschrien: ›Sag es Ihnen! Sag es Ihnen doch! Dann tun sie uns nichts!‹ Matthaios wurde dem Offizier und dem Dolmetscher vorgeführt. Was gesprochen wurde, konnte ich nicht verstehen, aber er muß euren Lagerplatz verraten haben, denn sie haben später Jagd auf euch gemacht. Vorher haben sie aber noch fünf weitere Männer erschossen. Auch Matthaios. Als die Schüsse fielen und Matthaios und die anderen zu Boden stürzten, ist seine Frau, die immer noch schrie, zusammengebrochen, als wäre auch sie von einer Kugel getroffen worden.« Georgi schwieg einige Sekunden, als müsse er sich an etwas erinnern. »Wie ihr wißt«, sagte er schließlich seufzend, »bin ich dann vom Dach geklettert und durch die Gärten zum Hang gelaufen, um euch zu warnen.«

Niemand sagte etwas. Johann spürte ein Würgen im Magen, das zur Kehle stieg, als wolle irgend etwas ihn erdrosseln, und der Wundschmerz im Oberschenkel strahlte aus, schien jetzt von seinem ganzen Körper Besitz zu ergreifen. Er starrte in den Nachthimmel, suchte das Dunkel nach dem Feuerschein des brennenden Dorfes ab, aber da war nur Schwärze. »Es ist meine Schuld«, hörte er sich sagen. Seine Stimme kam ihm wie die eines Fremden vor.

»Wir haben dich entführt«, sagte Andreas und legte Johann eine Hand auf die Schulter. »Du hattest keine Wahl. Wer keine Wahl hat, kann nicht schuldig sein.«

»Wenn ich Matthaios nicht gesagt hätte, daß ihr an der Quelle rastet, wäre er vielleicht noch am Leben«, sagte Georgi.

Vangelis schüttelte den Kopf. »Sie hätten sie so oder so umgebracht«, sagte er heiser. »Alle. Sie erschießen die Menschen zur Strafe dafür, daß sie nichts wissen. Sie erschießen sie zur Strafe dafür, daß sie nichts sagen. Und wenn sie doch etwas wissen und es ihnen aus Angst um ihr Leben sagen, dann erschießen sie sie zur Strafe dafür, daß sie etwas gewußt haben.«

»Laßt uns weitergehen«, sagte Andreas und stand auf. »Wir müssen vor dem Morgengrauen bei der alten Funkerhütte sein.«

Ab jetzt übernahm Georgi die Führung, weil er sich in diesem Teil der Insel besser auskannte als Andreas, und so folgten sie ihm, in sicherer Entfernung von der Straße, auf schmalen Pfaden durch die Nacht. Mit dem Tragen der Bahre, auf der Johann wie ein hilfloses Kind oder wie ein Entmündigter lag, wechselten sie sich ab. Als der Himmel die Farbe von Asche annahm, am östlichen Rand schon durchsetzt von glühendem Schimmer, erreichten sie einen steilen Abhang, der von weit ausladenden Pinien und Bergzypressen bedeckt war. Der Eselspfad endete auf einem Plateau mit einer aufgemauerten Quelle, die wenig, aber eiskaltes und klares Wasser gab. Von dichtem Buschwerk verborgen, lag der Unterschlupf im Schatten der Pinien, deren Spitzen im ersten Sonnenlicht wie Kerzen strahlten.

Die Hütte war bis vor kurzem von britischen Agenten als Funkstation benutzt worden, aber seit die Deutschen damit begonnen hatten, die Südküste zu räumen, lag die Station zu dicht an den damit einhergehenden Truppenbewegungen und Überwachungen und wäre von Funkortern leicht ausfindig zu machen gewesen. So diente sie den Andarten nur noch als Lager und Versteck. Entlang eines Fundaments aus zusammengeschichteten Feldsteinen waren große Pinienäste in die Erde gerammt, die oben miteinander verflochten waren und ein kegelförmiges Zelt formten, dessen Dach so dicht war, daß weder Sonne noch Regen eindringen konnten. Der schmale Eingang war mit einer Decke verhängt, und im Innern der Hütte hatte man über Zweigen eine dicke Schicht aus Laub und Stroh aufgeschüttet. Die Männer waren vom zweiten Nachtmarsch so erschöpft, daß sie nur noch Johanns Verband wechselten, die Reste ihres Proviants verzehrten, die Decken aufs Laubpolster breiteten und einschliefen, während der gleißende Tag über der Insel aufzog.

Johann erwachte, als er leise Stimmen hörte. Er schlug die Augen auf, blinzelte ins Zwielicht. Außer ihm war niemand mehr in der Hütte. Er sah auf die Uhr – später Nachmittag schon. Er hatte wie ein Stein geschlafen, fühlte sich erfrischt, und auch der Schmerz in seinem Bein hatte nachgelassen. Er rollte von der Bahre, zog sich auf dem Bauch liegend mit den Händen zum Eingang und schob die Decke beiseite. Andreas, Vangelis und Pavlos saßen rauchend und plaudernd auf dem aufgemauerten Bassin der Quelle, Georgi war nirgends zu sehen. Auf den bewaldeten Steilhängen lag ein blauer Schimmer. »Kali spera«, sagte Johann.

Pavlos half ihm beim Aufstehen. Johann legte einen Arm auf seine Schulter, und so gestützt konnte er auf einem Bein zur Quelle humpeln, wo Pavlos ihn absetzte. Sie hatten nichts mehr zu essen. Georgi war vor zwei Stunden ins Dorf Imbros gegangen, um Proviant zu besorgen und Erkundigungen einzuholen. Schließlich sahen sie ihn zwischen den Pinien den Hang hinaufklettern. Er hatte einen Sack geschultert, grinste fröhlich und winkte ihnen mit einem langen Stock zu. In dem Leinensack brachte er Käse mit, britische Konservendosen, Corned Beef, gebackene Bohnen und sogar zwei Fladenbrote.

Der Stock entpuppte sich als Krücke. Nachdem sie gegessen hatten, half Pavlos Johann beim Aufstehen, schob ihm den Riegel der Krücke in die Achselhöhle, und Johann begann, unsicher erst, unter Beifalls- und Anfeuerungsrufen auf dem Plateau herumzuhumpeln. Man würde nur langsam vorankommen, aber auch nicht langsamer als mit der Bahre, und es war nicht auszuschließen, daß sie in Situationen geraten würden, in denen Johann sich ohne fremde Hilfe bewegen müßte.

Georgi hatte im Dorf die notwendigen Informationen bekommen. Wie erwartet gab es auf der Straße, die entlang der Imbros-Schlucht nach Chora Sfakion führte, Konvois der aus dem Süden abrückenden Truppen und mehrere Kontrollpunkte, an denen jedes Fahrzeug, jeder Fußgänger, jeder Esel angehalten und durchsucht wurde. Auch der Einstieg zur Schlucht war durch deutsche Posten blockiert, und das Gelände östlich und westlich von Straße und Schlucht war so unwegsam und gebirgig, daß selbst Männer mit zwei gesunden Beinen es kaum passieren konnten. Einige Kilometer weiter südlich, wußte Georgi jedoch, gab es noch einen zweiten, den Einheimischen bekannten Einstieg zur Schlucht, der nur ganz selten von Hirten benutzt wurde, wenn ihre Tiere sich verstiegen hatten. Er war steil und gefährlich, und mit Johanns Verletzung schien es so gut wie unmöglich, dort in der Dunkelheit abzusteigen, zumal das Petroleum für die Lampe zur Neige gegangen war und Georgi in Imbros kein Petroleum hatte auftreiben können.

»Wir müssen es trotzdem versuchen«, sagte Andreas, nachdem sie alle Möglichkeiten abgewogen hatten. »Wenn wir es nicht schaffen, die Schlucht heute nacht zu durchqueren, werden wir nicht pünktlich am Strand sein. Auf uns warten kann das Boot aber auf keinen Fall.«

»Und deshalb«, sagte Georgi schlau grinsend, »habe ich die hier mitgebracht.« Er griff in den Sack, zog zwei britische Taschenlampen heraus und hielt sie triumphierend hoch.

»Ich könnte dich küssen«, sagte Pavlos.

»Lieber nicht«, sagte Georgi. »Aber wenn du deiner Schwester sagst, daß sie das für dich übernehmen soll, habe ich nichts dagegen.«

Pavlos fuhr hoch. »Laß meine Schwester aus dem Spiel«, fauchte er und packte Georgi am Arm.

Georgi stieß ihn von sich. »Faß mich nicht an, du Kommunist!«
»Kommunist? Ich? Du Trottel weißt doch nicht mal, was ein Kommunist ist!« Pavlos' Hand zuckte zum Messergriff, der aus seiner Schärpe ragte.

»Du hast dich mit Leuten von Papadakis getroffen, bei der Taufe von dessen Enkel!« blaffte Georgi, machte dabei aber einen Schritt zurück. »Und jeder weiß, daß die mit den Kommunisten vom Festland zusammenarbeiten. Wir wollen hier aber keine Kommunisten. Und wir wollen erst recht keine Griechen vom Festland auf unserer Insel!«

Andreas stellte sich zwischen die beiden Streithähne. »Hört auf, euch selbst zu zerfleischen, solange wir echte Feinde haben. Mir ist es egal, ob jemand Kommunist ist. Ich will ein freies Kreta, sonst gar nichts.«

»Wenn die Deutschen weg sind, kommen die Engländer wieder«, knurrte Pavlos. »Nennst du das etwa Freiheit?«

»Halt den Mund und pack lieber deine Sachen zusammen. Wir müssen weiter.«

»Ich will ja nur, daß dieser kleine Angeber seine Hände von meiner Schwester läßt«, sagte Pavlos, und sein Ton klang schon wieder versöhnlich. »Gehen wir also.«

Solange sie, von Georgi geführt, im schnell dunkler werdenden Zwielicht der Dämmerung über Eselspfade gingen, kam Johann mit der Krücke gut zurecht, auch wenn der Riegel in der Armbeuge scheuerte. Um das Dorf und den bewachten Eingang zur Schlucht zu umgehen, mußten sie sich jedoch durch steiles, mit dornigem Gestrüpp überwuchertes Gelände arbeiten. An manchen Stellen kam Johann nicht mehr weiter; dann legten sie ihn wieder auf die Bahre und schleppten und zogen ihn über Felsvorsprünge und karstige Klüfte, bis er weiterhumpeln konnte. Manchmal, wenn er das verletzte Bein zu stark belastete, spürte er den Schmerz, als würde ein schlafendes Tier geweckt, das dann erschrocken zubiß.

Als der letzte Tagesschimmer im Westen versunken war, verströmte der niedrig über den Bergen schwimmende Mond fahlen Glanz. Sie hatten inzwischen die Ostseite der Schlucht erreicht, deren Abgrund sich, unterbrochen von knorrigen, im Mondlicht bleich glimmenden Stämmen wilder Birnbäume, wie ein schwarzer, lautloser Strom durch die Nacht zog. Georgi führte sie im Abstand von wenigen Metern an der Kante entlang, bis sie eine Stelle erreichten, an der sich schlanke Nußbäume zu einem kleinen Hain verdichteten und der Mond kaum noch durchs Blattwerk drang.

»Wir sind da«, flüsterte Georgi und zeigte auf eine von Buschwerk und Disteln verwucherte Felsspalte in der Abbruchkante, die kaum zu erkennen war. »Es ist auch bei Tag schwierig, hier abzusteigen. Und wir dürfen die Lampen noch nicht benutzen. Man könnte sie von der Straße aus sehen.«

Pavlos setzte sich auf den Hosenboden und rutschte den Spalt hinunter, bis nur noch sein Kopf über die Kante ragte. »Das wird Yannis nicht allein schaffen«, raunte er nach oben. »Aber wir können ihn vielleicht abseilen.«

Obwohl Johann protestierte, legte er sich schließlich doch auf die Bahre und ließ sich festzurren. Am oberen Ende der Bambusstöcke befestigten sie ein Seil. Pavlos und Georgi kletterten voraus und hielten die Bahre von unten, während Andreas und Vangelis von oben das Seil sicherten und Stück für Stück abließen. Im Steilhang, der an dieser Stelle etwa zweihundert Meter bis zur Sohle der Schlucht reichte, gab es zahlreiche Absätze, und an einigen Stellen waren auch Stufen in den Fels geschlagen worden, aber sie kamen nur quälend langsam abwärts. Immer wieder verhakte sich die Bahre in Buschwerk, Zweigen und Ästen der im Hang wurzelnden Pinien und Zypressen. Manchmal lösten sich Geröll und Felsbrocken unter ihren Füßen und polterten krachend und berstend in die Schlucht. Die Männer schwitzten, keuchten vor Anstrengung, fluchten vor sich hin, warfen sich kurze Anweisungen zu, wie an besonders schwierigen Abschnitten zu klettern und wie die Bahre zu halten sei.

An einer Stelle, an der es fast senkrecht abwärts ging, mußten sie die Taschenlampen anknipsen, um einen Durchstieg zu suchen. Georgi fand schließlich Halt auf einem Felsvorsprung, während Pavlos sich auf einen aus dem Fels ragenden Baumstumpf stellte. Als sie schon zugreifen wollten, um die von oben nachgeschobene Bahre in Empfang zu nehmen, brach mit einem mürben, knirschenden Seufzer das Holz unter Pavlos' Füßen. Er verlor den Halt, stieß ein entsetztes »Heilige Mutter Gottes!« aus und stürzte den

Hang hinab. Während die anderen nur mit Mühe sich selbst im Gleichgewicht und die Bahre festhalten konnten, hörten sie, wie Pavlos' Körper gegen den Fels schlug, Geröll und brechende Äste mit sich riß, für einen Augenblick zur Ruhe zu kommen schien, dann aber weitergerissen wurde mit einem fürchterlich schürfenden Geräusch, das schließlich in einem dumpfen Aufprall zur Ruhe kam. Ein paar Steine polterten noch hinterher, warfen geisterhafte Echos durch die Schlucht. Dann herrschte Totenstille. Selbst die Grillen waren verstummt, und die entsetzten Männer rangen zitternd nach Luft. Johann, dessen Bahre von den anderen gehalten wurde, wollte schreien, brachte aber nur ein Gurgeln hervor.

»Wie weit noch?« hörte er Andreas' Stimme und spürte, wie er sich dabei zur Ruhe zwingen mußte.

»Etwa fünfzig Meter«, antwortete Georgi heiser. »Ab hier wird der Abstieg einfacher.«

»Also los«, sagte Andreas, und sie arbeiteten sich entschlossen weiter nach unten, als sei nichts geschehen.

Endlich erreichten sie den Grund der Schlucht. Johann hörte sanftes Plätschern und Strömen von Wasser. Auf der Bahre ausgestreckt, sah er hoch über den düster aufragenden Wänden den klaffenden Spalt, sternengesprenkelt, glitzernd, und die silbernen Punkte vermischten sich mit dem Schweiß und den Tränen, die ihm in den Augen brannten. Während er die Bänder löste, mit denen er festgezurrt war, sich von der Bahre schob und auf den glatten, kühlen Felsboden setzte, knipsten die anderen wortlos die Taschenlampen an und verschwanden in der Finsternis. Eine Weile sah Johann noch die Lichtkegel, mit denen sie den Rand der Schlucht absuchten, aber dann verschwanden sie hinter einer Biegung. Alles war dunkel, alles, bis auf diesen unsinnig klar glitzernden Spalt in der Höhe, als bestünde die Unendlichkeit des Himmels nur noch aus einem dünnen Riß in allumfassender Schwärze. Der Schrei eines Käuzchens ließ die Stille noch tiefer erscheinen. Im helleren Himmelsriß, den die Wände der Schlucht freigaben, zuckten Fledermäuse ihre Spuren wie Sprünge in Tonkrügen, Scherben, die nie mehr zu etwas Ganzem zusammenzufügen wären.

Johann versuchte zu beten, wie er als Kind gebetet hatte. Lieber

Gott, dachte er und faltete die Hände, mach, daß Pavlos nicht tot ist. Und wenn er tot ist, vergib mir meine Schuld. Würziger Duft von Harz und Piniennadeln, den die Sommernacht ausbrütete, durchzog die Luft wie Ölschlieren in träge bewegtem Wasser. Der Geruch hatte etwas Besänftigendes, Tröstendes, als wollte er Johann lossprechen von Angst, Zweifel und Schuld. Er ließ sich treiben in dem Duft wie in einem Bad, das ihn reinigen würde, hörte, wie sich die Schritte seiner drei Gefährten näherten, schwer, schlurfend, kraftlos, und in Rhythmus und Klang der Schritte formten sich wortlos drei Worte: Tot. Tot. Tot.

Andreas trug Pavlos' Rucksack, Georgi seine Maschinenpistole, und Vangelis hielt seine Stiefel in der Hand. Seinen Körper hatten sie mit Steinen bedeckt, um ihn vor Aasfressern zu schützen. Später wollten sie ihn holen, damit er bei seiner Familie liegen konnte, aber wann das sein würde, dies vage »später«, wußte keiner von ihnen.

»Ich könnte dich küssen, hat er gestern zu mir gesagt«, murmelte Georgi. »Jetzt ist es zu spät.« Er setzte sich auf den Felsboden, zog seine zerrissenen, mit Draht zusammengehaltenen Stiefel aus, nahm die Stiefel von Pavlos in die Hände, starrte sie einen Augenblick nachdenklich an und zog sie sich über die nackten Füße. Dann stand er auf, schulterte Rucksack und Maschinenpistole und ging schweigend Richtung Süden, tiefer in die Schlucht. Die anderen folgten ihm, Johann mit der Krücke wie ein dreibeiniges Fabelwesen aus minoischer Zeit.

Die Bahre blieb zurück. Und Georgis Stiefel.

5.

Johanns Augen hatten sich an die Dunkelheit gewöhnt, und obwohl das Bein heftiger schmerzte und die Krücke seine Achselhöhle wund gescheuert hatte, kletterte er jetzt ohne Hilfe über Felsblöcke und Schotterfelder, bis wieder blanker Fels kam, leichter zu begehen, der manchmal wie ein Teppich von Moosen überwachsen war. Der aus Quellen gespeiste Bach verschwand bisweilen in der Tiefe des Gerölls, trat plötzlich wieder zutage, ließ Kiesel klingen, als wetze Metall auf Metall, und murmelte weiter dem Meer entgegen. Als der Himmel blasser wurde und erste Farben aus dem Grau und Schwarz aufblühten, erreichten sie einen offeneren Platz, an dem die Schluchtwände etwa dreißig Meter auseinander traten. Buckel von Gras wuchsen zwischen dem Geröll, die Steine am Bach waren übermoost, wilde Oliven und Platanen, deren Blätter rotgelb in der Morgendämmerung leuchteten, würden am Mittag Schatten spenden.

Georgi erklärte, daß sie nur noch eine Stunde vom Ausgang der Schlucht entfernt seien und dies der beste Platz, zu schlafen und den Tag abzuwarten, um in der nächsten Nacht zur Küste zu marschieren. Sie schlugen ihr Lager auf, aßen, tranken dazu Wasser aus dem Bach, der klar über blinkendes Geröll strömte. Da sie jetzt schon in der Nähe des Dorfs Kommitádes waren und nicht wußten, ob der Ausgang der Schlucht überwacht wurde, machten sie kein Feuer, sondern löffelten Bohnen und Corned Beef kalt aus den Blechdosen. In der Abenddämmerung würde Georgi sich zum Ausgang schleichen und die Lage auskundschaften.

Als Andreas den Verband von Johanns Wunde nahm, um sie mit der Salbe zu bestreichen, die der Doktor ihnen gegeben hatte, runzelte er die Stirn, sagte aber nichts, sondern trug wortlos die Salbe auf, was erst ein Brennen verursachte, dann aber kühlte, und wickelte den Verband wieder um Johanns Schenkel.

Sie beschlossen, Wachen einzuteilen. Johann spürte, wie die Wunde pochte und er wieder zu fiebern begann, übernahm aber, während die anderen sich zum Schlafen zwischen Moos und Farnen ausstreckten, die erste Wache. Er lehnte an einem Platanenstamm und zog gierig an einer Zigarette. Der Rauch stieg in der stillen Luft in die Höhe, kräuselte sich zu wirbelnden Mustern und verging im Blau des Morgens, der, von den Rändern der Schlucht gerahmt, als ein heller Fluß im Himmel stand. Die gewaltige Bergfalte mochte hier dreihundert Meter tief sein. Die Steilhänge zur Rechten waren übersät vom Dunkel breitästiger Zypressen, zur Linken rotglühend, steil, fast kahl, und ganz oben hingen Geröllfelder in glitzernden, von der Sonne bestrahlten Kiesadern. Die Wände und Schründe hatten scharfe Lichtkanten gegen die leuchtende Folie des Blaus, wie in Silber geschnitten. Müdigkeit strich über Johanns Augen und Glieder, das Moos unter seinen Beinen wirkte wie eine schmerzlindernde Salbe, und das Fieber wärmte ihn wie ein heißes Bad. Steine und Felsbrocken wandelten sich im greller gleißenden Licht zu Orangen und geplatzten Kürbissen, die vor unvorstellbar langer Zeit hier zum Trocknen hingelegt worden waren. Wie ihn gestern der Baum aufgenommen und beschützt hatte, so lud ihn nun diese Schlucht ein, ihr Gast zu sein, für immer, wie auch Pavlos für immer ihr Gast sein würde. Johann mußte nur die bleischweren Lider schließen, um diese Gastfreundschaft anzunehmen, und als er die Augen dann schloß, blieb der helle Himmelsfluß als Leuchtspur auf der Netzhaut stehen, vibrierend, pumpend, unzerstörbar, und die Knoten im Netz des Schlafes wurden dichter und dichter, während die Grillen im schweren Harzduft auf- und abschwellend schrillten. Als die Süßigkeit dieses Gefühls endlich allen Schmerz wegschwemmte, hörte er plötzlich das Brechen von Holz, hörte den Schrei: Heilige Mutter Gottes! Und er stürzte dem Bach entgegen, dem Geröll und dem Moos, dem felsigen Grund, aber bevor er aufschlug, schreckte er schweißgebadet hoch. Auch die anderen waren aufgewacht und sahen ihn an.

»Warum hast du geschrien, Yannis?« fragte Andreas.

Johann gab keine Antwort, sondern schloß wieder die Augen, und im Wegdämmern spürte er, daß ihm ein Umschlag kühler Feuchtigkeit auf die Stirn gelegt wurde, der seine Panik aufsog wie ein Strand die Gischt. An Träume konnte er sich nicht erinnern, als er am Spätnachmittag erwachte. Das Fieber schien abzuklingen; fast fror er in der Hitze, die in der Schlucht wie in einem gigantischen Schornstein flimmerte.

Georgi, inzwischen von seinem Erkundungsgang zurück, brachte schlechte Nachrichten. Kurz vor dem Ausgang gab es hinter einer Biegung eine sehr schmale Stelle, an der die Schlucht nur zwei Meter breit war. »Wie ein Türspalt«, sagte Georgi. »Und dahinter stehen deutsche Posten. Ich habe zwei Soldaten gesehen. Vielleicht sind es sogar mehr.«

Andreas runzelte die Stirn, fuhr sich mit den Fingern wie mit einem Kamm durch den Schnurrbart. »Schlecht«, sagte er, »sehr schlecht. Eigentlich hätten wir damit rechnen müssen. Vielleicht hat auch jemand geplaudert. Es gibt viele Verräter. Aber anders als durch die Schlucht hätten wir die Küste nicht erreichen können.«

»Wenn es nur zwei sind, ist das doch kein Problem«, grinste Vangelis, hielt sich die Maschinenpistole an die Schulter und tat so, als drücke er ab. »Meinetwegen können es noch mehr sein.«

»Es ist aber ein Problem«, sagte Andreas. »Was glaubst du wohl, was hier los sein wird, wenn Schüsse fallen? Dann haben wir sofort eine ganze Kompanie am Hals. Nein, wir müssen es anders machen.« Er zündete sich eine Zigarette an, dachte nach. »Ich weiß aber noch nicht, wie«, sagte er nach einer Weile und sah dabei Johann an, als erwartete er dessen Rat.

Georgi zog beiläufig das lange Messer mit ziseliertem Silberknauf aus seiner Bauchschärpe, pulte sich mit der Spitze den Dreck unter den Fingernägeln hervor, pfiff dabei leise eine Melodie vor sich hin, setzte sich plötzlich die rasiermesserscharfe Klinge an den Hals und sagte: »So.«

Andreas nickte grinsend. »Genau so. Wir müssen sie aber auf unsere Seite des Türspalts locken. Auf ihrer Seite haben wir keine Chance.« Er fixierte Johann, der dem Gespräch in einer Mischung aus Anspannung, Ängstlichkeit und hilfloser Apathie folgte. »Yannis wird unser Lockvogel sein.«

Johann sah ihn verständnislos an. »Wie meinst du das?«

»Soviel ich weiß, sprichst du nicht nur Griechisch, sondern auch ein bißchen Deutsch«, sagte Andreas lächelnd. »Falls du's nicht längst vergessen hast.«

Andreas hatte nur einen Scherz gemacht, aber Johann spürte nagendes Unbehagen, wußte nicht mehr, wohin er gehörte, auf welcher Seite er stand. Die Sprache immerhin war ihm geblieben. »Natürlich habe ich es nicht vergessen«, sagte er mürrisch, »wie könnte ich.«

»Dann ist es ja gut«, sagte Andreas und erklärte seinen Plan, dem Johann gern widersprochen hätte, aber er fand kein Argument, während Georgi albern kichernd das Messer wieder in die Schärpe schob.

Als es stockdunkel geworden war, brachen sie auf. Zweihundert Meter vor dem engen Durchgang deponierten sie ihr Gepäck und schlichen weiter, bis sie nur noch fünfzig Meter von der Klamm entfernt waren. Sie wirkte, wie Georgi gesagt hatte, zwischen den schwarzen, senkrecht aufragenden Wänden der Schlucht wie ein ungeheurer, nach oben klaffender Türspalt, hinter dem graues Zwielicht schimmerte. Andreas duckte sich auf einer Seite des Steilhangs hinter einen Felsen, Georgi und Vangelis verschwanden auf der anderen Seite im Schatten einer verkrüppelten Pinie. Johann blieb in der Mitte der Schlucht stehen, direkt am Bachlauf, sah nach links und rechts, konnte seine Gefährten nicht mehr sehen, sah nach vorn, wo der Spalt dämmerte, spürte das Pochen in seinem Bein, die wunde Stelle unter der Achselhöhle, den Druck des Pistolenlaufs zwischen Gürtel und Hüfte, schwitzte und fror zugleich, zitterte so stark, daß die Zähne aufeinanderschlugen und er fast die Taschenlampe fallen ließ, die er in der Hand hielt.

»Also los, Yannis!« hörte er Andreas aus dem Dunkel zischen.

Johann packte die Taschenlampe fester, atmete tief durch, empfand plötzlich eine große Ruhe, die fast schon Gleichgültigkeit war, spürte Kälte in sich und um sich herum. Nein, die Sprache hatte er nicht vergessen. Das würde er Andreas beweisen. Das Zittern ließ nach. Noch einmal holte er tief Luft, und dann brüllte er so laut er konnte: »Achtung! Posten da hinten! Hören Sie mich?«

Von den Felswänden hallte das Echo durch die Schlucht, ich-ich-ich, verebbte im Grillengekreisch. Niemand antwortete. Keine Regung. Kein Geräusch. Kein Licht. Sollte der Posten abgezogen sein? »Verdammt noch mal! Posten! Verstehen Sie etwa kein Deutsch mehr? Was ist das denn für ein Saustall da?« Der Lichtkegel einer starken Lampe flammte auf, strich tastend über die schrundigen Kanten der Klamm, fing sich in Zweigen und Ästen, die schwankende, netzartige Schatten warfen, und drehte dann wie ein weißer Finger in Johanns Richtung. »Funzeln Sie da doch nicht so rum, Mann!« brüllte er. »Wie lautet Ihre Parole?« Zwei, drei Sekunden herrschte Schweigen. Heilige Mutter Gottes, dachte Johann, das geht nicht gut. Wenn *sie* ihn jetzt nach der Parole fragten, wenn sie sich nicht bluffen ließen von seinem angemaßten Kommandoton, wenn in seinem Gebrüll doch der Zungenschlag des Zivilisten zu hören wäre, wenn …

»Inselfestung!« kam aber nun laut die Erlösung, und der Lichtkegel irrte weiter durch die Schlucht. »Wer da?«

»Suchtrupp aus Chania! Hauptmann Johannsen!«

»Wir haben keine Informationen über Sie!« kam es zurück.

»Natürlich nicht, Mann! Geheimes Kommando! Wir haben hier ein Problem mit einem Verwundeten! Schicken Sie zwei Mann durch den Engpaß! Bißchen Beeilung!«

Kurzes, fast nachdenkliches Schweigen. Dann: »Wir sind nur zwei!«

»Quatschen Sie doch keine Scheiße, Mann! Ich weiß ja, daß Sie zu zweit sind! Tempo, Tempo, der Mann verblutet sonst!«

Der Lichtkegel torkelte zögernd näher. »Wo stecken Sie denn, Herr Hauptmann?«

»Hier!« brüllte Johann, knipste die Taschenlampe an und schwenkte sie hin und her. »Dalli, dalli, Leute!«

Geröll knirschte unter hastigen Stiefeltritten, der Lichtkegel irrte suchend durchs Dunkel, hatte Johann immer noch nicht erfaßt. Er humpelte auf die Pinie zu, hinter der sich Georgi und Vangelis versteckten, schwenkte wieder die Taschenlampe. »Hierher!« Er stolperte über eine Baumwurzel, stürzte zu Boden, wurde im gleichen Moment vom Lichtstrahl der Taschenlampe erfaßt, die einer der beiden Soldaten hielt. Er hatte seinen Karabiner geschultert, aber sein Kamerad hielt das Gewehr im Anschlag. Johann zog die Pistole aus dem Hosenbund, hielt sie mit ausgestreckten Armen und beiden, nun wieder wie Schilf im Wind zitternden Händen in Richtung des Lichts, krümmte den Finger am Abzug.

»Was zum Teufel …«, entfuhr es dem mit der Lampe, aber da wuchsen hinter den Soldaten zwei Schatten aus der Nacht. Johann sah im Lichtkegel poliertes Metall aufblitzen, sah schnelle, heftige Bewegungen eines kurzen Handgemenges, Flüche, die Lampe fiel scheppernd auf Stein, flackerte verlöschend. Im geisterhaften Licht brach der erste Soldat lautlos, der zweite mit einem langgezogenen Gurgeln zusammen. Ein Karabinerkolben krachte gegen Gestein. Ein Seufzen war zu hören, leises Röcheln, das Johann in die Ohren kroch wie ein giftiges Insekt. Einen Augenblick herrschte Dunkelheit und Stille, unterbrochen nur vom gleichmütigen Fließgeräusch des Bachs, den vom Wasser zum Klingen gebrachten Kieseln und dem höhnischen Klirren der Grillen. Das Röcheln war verstummt, aber Johann hörte es immer noch und wußte, daß er es immer hören würde.

»Mach die Taschenlampe an«, sagte Vangelis heiser.

Jetzt zitterte Johann wieder, stärker als zuvor, knipste die Lampe an und stemmte sich mit der Krücke vom Boden hoch. Andreas kam, die Maschinenpistole im Anschlag, von der anderen Seite der Schlucht. Der Bach schien zu seufzen, als er ihn mit festen Schritten durchquerte. Johann richtete den Lampenstrahl auf die beiden Toten. Einer lag lang ausgestreckt auf dem Rücken, der andere zusammengekrümmt auf dem Bauch. Blut quoll in pulsierenden, schwächer werdenden Strömen aus ihren Hälsen. Die Augen des auf dem Rücken liegenden Manns waren geöffnet und blinkten starr und unwirklich blau im Lichtkegel.

»Großer Gott«, sagte Johann, wie aus einem Alptraum erwachend, »was ... was habe ich ...«

»Du hast dein Leben gerettet«, sagte Andreas ruhig. »Und unsere Leben auch.«

Er nahm Johann die Lampe aus der Hand, bückte sich, faßte dem auf dem Bauch liegenden Soldaten ins Haar, drehte seinen Kopf zur Seite und leuchtete ihm in die Augen. Die Fassungslosigkeit auf dem versteinerten Gesicht. Der dunkle Strom, der vom Hals über die Uniformjacke lief und dort einen großen Fleck bildete. Der Fleck hatte den Umriß einer Insel. Andreas nickte bedächtig vor sich hin. »Zieht ihnen die Stiefel aus«, sagte er. »Die Gewehre nehmen wir auch mit. Und dann raus hier.«

Vangelis und Georgi bückten sich, wischten ihre Messer an den Jacken der Leichen ab, zerrten ihnen die Stiefel von den Füßen.

»Aber ... aber warum denn das?« stammelte Johann, würgte, spürte den sauren Geschmack in der Speiseröhre, im Mund.

»Weil unsere Leute nicht genug Schuhe haben«, sagte Andreas, während Johann ein paar Schritte zur Seite machte und sich übergab. Aus dem süß-sauren Geschmack und Gestank dünstete die Erinnerung daran hoch, wie er vor einigen Monaten in der Pension Knossos auf den Knien liegt, in Kot, Urin und seinem eigenen Erbrochenen, und wie er den Befehl liest: Jede Weichheit wird als Schwäche ausgelegt und kostet deutsches Blut. Ein paar Meter von ihm entfernt lagen zwei Landsleute in ihrem Blut. Sie hatten seine Stimme gehört, hatten ihrer Sprache vertraut. Die Sprache hatte sie das Leben gekostet. Bald würde ihr Blut den Bach färben. Und der Bach würde das Blut ins Meer spülen. Wie ein dunkler, matt pulsierender Strom aus durchschnittenen Kehlen würde der Bach aus dieser Schlucht rinnen, den Strand erröten lassen und das Meer verseuchen. Eine Insel aus Blut in einem Ozean aus Blut.

Aber das Meer glänzte nur in schwarzer, spiegelglatter Unbewegtheit, als sie gegen Mitternacht eine kleine Bucht erreichten. Die schroffe Steilküste trat etwa fünfzig Meter vom Ufer zurück. Riffe bildeten einen natürlichen Hafen, und zwischen den ins Wasser reichenden, flachen Felsformationen gab es schmale Strände. Der Sand leuchtete bleich in der Nacht, Mondlicht filterte weiß durch dünne Wolkenbänke, Dunstschleier schwebten über der Wasseroberfläche. Johann ließ die Krücke fallen und streckte sich auf dem Sand aus. Sein Bein fühlte sich taub an, anästhesiert, die Achselhöhle eine blutende Wunde. Er schwitzte und fror, ihm war schwindelig, und in seinem Kopf echote das Seufzen und Röcheln nach.

Andreas kletterte auf einen der Felsen und richtete das Fernglas aufs Meer. Im Osten fingerten manchmal Scheinwerferstrahlen durch Schwärze und weißen Dunst. Georgi beruhigte Johann, das sei nur der deutsche Küstenposten in Frangokástello, auf den Ruinen des venezianischen Kastells, viel zu weit entfernt, um diesen Strand mit Licht zu bestreichen.

Andreas kam zurück. »Ich glaube«, sagte er, »daß ich das Boot gesehen habe. Demis scheint sich nicht ganz sicher zu sein, wo wir auf ihn warten. Er kreuzt auf und ab. Wir müssen Signale geben.«

»Gefährlich«, knurrte Vangelis, »wenn da oben auf der Straße nach Frangokástello Patrouillen unterwegs sind, sehen die auch das Licht.«

»Wir haben keine Wahl«, sagte Andreas, nahm die Taschenlampe, kletterte wieder auf den Felsen, knipste sie in unregelmäßigen Abständen an, schwenkte sie in der Dunkelheit. Vangelis und Georgi starrten angestrengt aufs Meer. Johann sah das Muster, das Andreas mit der Lampe in die Nacht schrieb, eine Sprache aus Licht, die er nicht verstand, spürte die körnige Wärme des Sands in seinen Haaren, roch Salzluft und Thymianschwaden, die eine kaum wahrnehmbare Brise von den Bergen wehte, und empfand den Wunsch, so einfach immer liegenbleiben zu dürfen, schmerzfrei, gedankenlos, von niemandem vermißt, von niemandem erwartet, als Sand von Wind und Meer fortgenommen zu werden ins Nichts.

»Da kommt er«, sagte Vangelis, und Johann öffnete die Augen. Sie halfen ihm auf die Beine.

Das Boot brach wie ein Geisterschiff durch den Dunst und bewegte sich lautlos auf den Strand zu. Im Bug stand ein Mann, winkte ihnen zu, und hinten am Steuerruder sah Johann eine weitere Gestalt sitzen. Vangelis lief ins Wasser, bis es ihm zu den Hüften reichte, und hielt das Boot fest. Georgi und Andreas bündelten das Gepäck und die Waffen, hielten sie sich über den Kopf, schleppten alles zum Boot.

Als Georgi zum Strand zurückwatete, um Johann durchs Wasser zu helfen, hörten sie Motorengeräusch von der Straße. Georgi schlang sich Johanns Arm um die Schulter, stützte und schob und stieß ihn vorwärts. Das Salzwasser traf die Wunde wie ein Brandeisen. Johann stöhnte, taumelte weiter. Das Wasser kühlte aber auch wie Eis. Es gab keinen Unterschied mehr zwischen Hitze und Kälte. Untergehen, dachte er, einfach nur untergehen. Das Motorengeräusch von der Straße wurde lauter. Ein Scheinwerfer flammte auf, strich ruckend übers Wasser, aber weit von ihnen entfernt. Johann klammerte sich an der Bordwand fest. Arme streckten sich ihm entgegen, zogen ihn ins Boot.

Unter Fehlzündungen wurde der Motor angelassen, stotterte, lief runder, nagelte stampfend. Während das Boot an Geschwindigkeit gewann und aus der Bucht lief, näherte sich der Suchscheinwerfer, züngelte über die Bordwand, zuckte weiter ins Dunkel, hielt inne, zuckte wieder zurück, erfaßte das Boot wie eine Flammenhand und ließ es nicht mehr los. Vom Ufer hörte man Kommandos und Geschrei, das aber im gleichmäßigen Nageln des Schiffsdiesels von Sekunde zu Sekunde leiser wurde. Johann fragte sich, was für eine merkwürdige Sprache das wohl sei, in der da hinten auf dem Strand geschrien wurde. Er wußte, daß er sie früher einmal selbst gesprochen hatte. Maschinengewehrfeuer prasselte übers Wasser, Mündungsfeuer irrlichterte über den Sandstrand. Es wurde dunkler, blauer, schwarz. Der Griff des Scheinwerfers erreichte nicht mehr das Boot, war nur noch eine scharf umrissene Spur, die in Schwärze endete. Johann hörte Gelächter. Die Männer im Boot lachten. Warum lachten sie? Dann begann einer zu singen. Ein wildes Lied, dessen Sprache Johann nicht verstand. Die anderen fielen ein. Der Gesang war lauter als das Maschinengewehr. Lauter als das Stampfen des Diesels. Aber leiser als das Seufzen in Johanns Ohren. Und auch leiser als das sanfte, abgrundtief klare Rauschen des Wassers an der Bordwand. Im Gesang des Wassers ertrank das Seufzen. Salzgeruch. Süßer Duft von Harz, den die Bootsplanken ausatmeten. Holz und Wasser.

6.

Gelblich-weiße Striche, senkrecht und waagerecht, an einer dunklen Tafel. Eine Art Keilschrift. Sehr primitiv. Prähistorisch. Manchmal glühten die Zeichen, vibrierten. Das war logisch, weil sie mit Licht geschrieben wurden. Das Licht brach durch Ritzen und Spalten. Die glühende Kralle des Suchscheinwerfers, der nach dem Boot gegriffen hatte. Hier durchstieß das Licht graues Gedämmer und formte die Schrift. Das war aber keine Tafel, sondern eine Wand. Auf den Unebenheiten des Putzes krümmten sich die Striche. Die Ritzen und Spalten, hinter denen es glühte, durch die es gleißend floß, durchzogen Holz. Geruch von Holz und Salzwasser. Er erinnerte sich, wie er in diesem Geruch versunken war. Und nun tauchte er wieder auf. An der rechten Wand ein geschlossener, grob gezimmerter Fensterladen. Durch dessen Spalten flimmerte das Licht in den Raum, traf die gegenüberliegende Wand. Draußen lärmten Grillen. Ganz fern schrie jemand. Was war das für eine Sprache? Ein Esel. Das war nur ein Esel, der da irgendwo schrie. Am Hals spürte Johann ein rauhes Kitzeln. Georgi, der sich die Messerklinge an den Hals setzte. Der Bach aus Blut. Die Augen der Toten. Das Kitzeln wurde von einer rauhen Wolldecke verursacht. Johann strich mit den Händen darüber. Er lebte. Er lag in einem Bett. In einem stillen Zimmer. In einem Haus, über dem die Sonne schien. Sein Oberschenkel schmerzte. Sein Mund war trocken. Trocken wie der Sand, auf dem er gelegen hatte. Das Zimmer, in dem er zu sich kam, war klein. Wenn er den rechten Arm ausstreckte, konnte er den Fensterladen berühren. An der Rückwand stand eine Kommode. Darüber hingen dunkle Rechtecke. Das mußten Bilder sein. Bilder in Rahmen. Eins, zwei, zählte er laut, um seine Stimme zu hören, eins, zwei, drei, vier. Ja, da hingen vier Bilder. Das große, dunkle Rechteck neben der Kommode war eine Tür. Er schloß die Augen wieder. Der Schmerz pochte. Die Zunge hart wie Stein. Hitze stieg in ihm auf, schien den Raum aufzuheizen. Er hatte unbändigen Durst. Vielleicht wußte niemand, daß er hier lag. Vielleicht lag er auch gar nicht hier, vielleicht lag er immer noch auf den Planken des Boots und würde immer dort liegen, dem Wasser lauschen, dem Salzwasser, das man nicht trinken konnte, dem ruhigen Nageln des Diesels lauschen, dem Lachen und Singen der Männer im Boot. Aber der Motor wurde gedrosselt und erstarb. Lauter die Grillen jetzt. Draußen mußte ein Auto vorgefahren sein. Oder ein Motorrad. Ein Motorradgespann. Vielleicht kam Andreas, um ihn zu holen.

Holz knarrte. Metall quietschte. Die Tür wurde geöffnet. Eine Frau kam herein, klein, gebeugt, im schwarzen, fleckigen Kleid, das dunkelblaue Kopftuch tief in die Stirn gezogen. Sie beugte sich über ihn. Er erschrak. Ihr Gesicht faltig wie Rinde von Olivenbäumen. Sie reichte ihm einen Blechbecher. Er trank. Leben kehrte in seine Zunge zurück. Sie füllte Wasser aus einem Krug nach. Er trank. Sie verzog das Gesicht zu einem Lächeln, sehr klare, graugrüne Augen, öffnete den Mund, zwei schwarze Zahnstummel. Sie sagte etwas. Er verstand es nicht. Sie schob die Wolldecke beiseite, machte sich an seinem Verband zu schaffen. Er schloß die Augen, spürte, wie sich etwas Kühles, Besänftigendes auf die schwelende Wunde legte. »Wo bin ich?« lallte er. Die Alte gab keine Antwort, blickte nicht einmal auf, verband die Wunde mit einem frischen Tuch, beugte sich noch einmal über ihn, wischte ihm mit einem Lappen den Schweiß von der Stirn, sagte wieder etwas unverständlich Tröstendes, öffnete den Fensterladen, so daß Johann vor der strahlenden Gewalt des Tags die Augen schließen mußte, und dann ließ sie ihn allein.

Obwohl er wußte, daß er Fieber hatte, fühlte er sich erfrischt, schlug die Decke weg und setzte sich auf die Bettkante. Das Fenster wies auf einen gepflasterten Innenhof, in dem zwei Olivenbäume standen. In ihrem Schatten war das Motorradgespann geparkt, mit dem Andreas und er über die Insel gefahren waren. An einer besonnten Mauer wuchsen Tomaten, auf der anderen Seite rankten Glyzinien, deren Duft ins Zimmer schwamm.

Johanns Blick fiel wieder auf die Bilder an der Wand, vier Fotos in dunklen Holzrahmen, aber als er aufstehen wollte, um sie sich aus der Nähe anzusehen, stand plötzlich Eléni in der Tür. Sie war gekleidet wie die Alte, schwarzes, bodenlanges Kleid und Kopftuch. Das Tuch ließ die Stirn frei, und Johann sah die kleine, etwas kokette Locke blauschwarzen Haars, blickte in mandelförmige Augen, in ein strahlendes, ein wenig verlegenes oder besorgtes Lächeln. In der Hand hielt sie ein Tablett, auf dem Tomaten, Käse, Brot und eine Wasserkaraffe standen. Er wollte aufspringen, auf sie zugehen, sie umarmen, selbst wenn das Tablett dabei zu Boden fiele, selbst wenn er selbst dabei zusammenbräche, aber als er sich von der Bettkante erhob, knickte er gleich wieder ein und sagte mit schmerzverzerrtem Lächeln, wie sehr er sich freue, sie zu sehen.

»Ich freue mich auch«, sagte sie schüchtern und setzte das Tablett auf einem wackeligen Holzstuhl neben dem Bett ab.

Er sah ihr in die Augen. Sie hielt, verlegen lächelnd, seinem Blick stand und drückte die vorlaute Locke zurück unters Kopftuch.

»Nein«, sagte er, »tu das nicht«, streckte die Hand aus, wollte ihre Stirn berühren, aber sie machte einen kleinen Schritt rückwärts.

»Du darfst dich nicht so viel bewegen«, sagte sie. »Und Großmutter sagt, daß du essen mußt.«

Er schob sich das Tablett auf die Knie, faßte nach ihrer Hand, was sie geschehen ließ, zog sie auf den Stuhl neben sich und begann, ohne den Blick von ihr zu wenden, zu essen, während sie die Augen niederschlug und an ihrem Kopftuch herumzupfte.

»Das ist also deine Großmutter«, sagte er. »Die Mutter von Andreas? Ich meine, von deinem Vater?«

»Nein, das ist die Mutter meiner Mutter.«

»Sind wir hier in ihrem Haus?« fragte er, griff zu einer Tomate und biß hinein.

Sie schüttelte den Kopf. »Ihr Haus ist in Korifi. Aber alle aus der Familie, die dort leben, sind hierhergekommen, nach Agia Galini, weil wir Angst haben, daß die Deutschen doch noch nach Korifi kommen werden. Dies ist das Haus von Onkel Demis. Er ist ein Bruder meines Vaters.«

»Demis? Ist das der Mann, der uns mit dem Boot abgeholt hat?«

Sie nickte. »Er hat sogar zwei Boote«, sagte sie stolz. »Er ist Fischer. Und seine Söhne, meine Vettern, sind auch alle Fischer.«

»Ich verstehe«, sagte er, nahm das Tablett von den Knien und stellte es neben sich aufs Bett.

»Du mußt mehr essen«, sagte sie.

»Ich habe keinen Hunger.«

»Es ist gut für dich. Du mußt wieder gesund werden.«

»Ja«, sagte er, spürte, wie der Schmerz stechend vom Schenkel bis in die Zehenspitzen zog, »ich will gesund werden. Für dich.«

Röte überzog ihr Gesicht. Sie nahm das Brot vom Tablett, hielt es ihm hin und berührte dabei wie zufällig seine Hand. »Iß wenigstens Brot. Brot gibt es nur noch ganz selten.«

»Hast du Zigaretten?« fragte er.

»Nein. Du sollst essen.« Sie verschränkte die Arme vor der Brust, sah ihn streng an, aber als er sie anlächelte, schmolz die Strenge, und sie lächelte auch, ließ die kleinen, weißen Zähne blitzen.

Er brach ein Stück von dem Brot ab, kaute bedächtig. Sie sah ihm schweigend zu. Er wußte nicht, was er sagen sollte, und fragte schließlich: »Wo ist dein Vater?«

»Er wird gleich kommen.«

»Gut«, sagte er und deutete auf eins der Bilder an der Wand, ein Gruppenfoto. Details konnte er aus der Entfernung nicht erkennen. »Ist das deine Familie?«

Sie ging zur Kommode und zeigte auf das Gruppenfoto. »Nur ein Teil«, sagte sie. »Das ist die Familie von Onkel Demis. Sie stehen vor den Booten am Kai. Und das hier«, sie zeigte auf ein Foto, das eine Ortsansicht zu sein schien, »das ist Agia Galini. Das Foto ist vom Boot aus gemacht worden. Das ist Onkel Demis«, sie tippte auf die Verglasung eines anderen Bilds, auf dem ein einzelner Mann vor Bootsmasten zu sehen war, und zeigte dann auf das vierte Foto. »Den«, sagte sie lächelnd, »kennst du ja schon.«

Johann beugte sich vor, konnte aber die Gesichtszüge des Mannes, der da offenbar auf einem Stuhl saß, nicht klar erkennen. »Andreas?«

»Mein Vater, ja«, nickte sie.

»Was hat er da denn auf dem Schoß liegen?«

»Sein Gewehr natürlich. Oder dachtest du etwa, das ist ein Besen?« Sie lachte plötzlich sehr hell und schüttelte den Kopf, wobei die Haarsträhne wieder aus dem Kopftuch rutschte und auf ihrer Stirn tanzte.

»Setz dich doch wieder zu mir«, sagte er und deutete auf den Stuhl.

»Ich muß gehen«, sagte sie, griff zum Tablett.

»Nein, warte. Ich muß dir etwas sagen.«

Sie sah ihn fragend an.

»Ich ... also ...«

»Dann sag es.«

Er zuckte mit den Schultern. Der Schmerz strahlte auch nach oben aus, bis in die Leiste. »Wer«, sagte er hastig, um sie noch nicht gehen zu lassen, »wer hat die Fotos denn gemacht?«

»Pavlos.«

»Heilige Mutter Gottes!« entfuhr es ihm, und er hörte das Brechen des mürben Stamms, den Schrei, das Schlagen des Körpers gegen Gestein. Die tödliche Stille.

Sie sah ihn verständnislos an. »Was hast du?«

»Weißt du denn nicht«, stammelte er, »was mit Pavlos geschehen ist?«

»Doch«, sagte sie leise, »sie haben es erzählt. Die Fotos hat aber ein anderer Pavlos gemacht.«

»Ein anderer?«

»Ich muß jetzt gehen.« Sie stand schon in der Tür. »Ein Eng... ein guter Freund«, sagte sie. »Eigentlich heißt er Paul. Aber hier nennen ihn alle Pavlos. Ich muß jetzt ...«

Von draußen wurde ihr Name gerufen. Und wo sie so lange bleibe?

»Hörst du? Sie warten auf mich.« Sie trat in den Flur hinaus, sah ihn aber immer noch an.

»Kommst du zurück?«

»Ich glaube schon«, sagte sie.

»Ich hoffe es sehr«, sagte er.

»Ich hoffe es auch.«

Dann war sie verschwunden. Johann streckte sich auf dem Bett aus und sah aus dem Fenster in den Innenhof. Das Motorrad war von rötlichem Staub bedeckt. Noch einmal von vorne anfangen können, dachte er. Noch einmal mit Andreas von Dorf zu Dorf, von Kloster zu Kloster fahren, den warmen Wind im Haar spüren, an Quellen rasten, plaudern, rauchen, Raki trinken. Das alles noch einmal. Nur Fotos würde er keine mehr machen. Wenn er diese unseligen Fotos nicht gemacht hätte, läge er jetzt nicht hier, fiebernd und zähneklappernd. Aber lag er hier nicht gut? Eléni war in seiner Nähe, Andreas würde bald kommen. Und dennoch fühlte er sich fehl am Platze. Dies war nicht sein Ort, dies waren nicht seine Leute, und die Stimmen, die er manchmal durch die geöffnete Zimmertür hörte, sprachen nicht seine Sprache. Es gab aber kein Zurück. Wohin denn auch? An den Galgen. Vor die Gewehrmündungen eines Exekutionskommandos. Es gab keinen Ort mehr für ihn. Er gehörte nirgendwo hin. Er war nur noch ein Gast, ein Gast, den niemand gebeten hatte. Gäste kamen, wurden aufgenommen, blieben eine Weile. Und dann gingen Gäste auch wieder ihrer Wege. Er kannte aber keinen Weg. Er war im Nirgendwo angekommen. In Weglosigkeit.

Er hörte Schritte auf dem Lehmboden. Andreas kam ins Zimmer, begleitet von einem Mann mit rötlichblonden Haaren. Johann richtete sich auf. Andreas klopfte ihm auf die Schulter, der andere Mann musterte ihn durchdringend, aber nicht unfreundlich, mit wasserblauen, leicht hervortretenden Augen und reichte ihm die Hand.

»Das ist Pavlos«, sagte Andreas.

Johann erwiderte den Händedruck. Der Mann kam ihm bekannt vor, aber bevor er etwas sagen konnte, lachte der ihn breit an. »Wir kennen uns ja schon«, sagte er. Sein Griechisch hatte einen fremden Akzent.

»Ja«, sagte Johann, »aber ich kann mich nicht erinnern, wo wir uns ...«

»Du hast ihn dreimal gesehen«, grinste Andreas, »aber nur ganz kurz. Das erste Mal vor der Taverne meines Schwagers. Und dann auf dem Fleischmarkt in Hiraklion. Da hatte er aber ein Kopftuch um.«

»Ja, natürlich.« Der Mann, erinnerte Johann sich, hatte bei Andreas am Tisch gesessen, stoppelbärtig, die Tuchfransen in der Stirn, und als Johann erschienen war, hatte er sich schnell aus dem Staub gemacht.

»Jetzt muß er sich ja nicht mehr vor dir verstecken«, sagte Andreas, als hätte er Johanns Gedanken erraten. »Und das dritte Mal hast du ihn gesehen, als wir dich aus dem Wagen geholt haben. Pavlos war der in der deutschen Uniform. Er hat sogar deutsche Worte gesagt. Weißt du das nicht mehr?«

»Dann bist du also dieser ... der Engländer«, sagte Johann.

»Einer von vielen«, grinste der Mann. »Mein Name ist Paul Bates. Hier bin ich Pavlos, so wie du Yannis bist.«

»Pavlos also«, murmelte Johann, »oder Paul«, und wußte nicht, was er sonst sagen sollte. »Hast du eine Zigarette für mich?«

Bates griff in die Brusttasche seines Khakihemds, zog eine Packung *John Player's Navycut* heraus, hielt sie erst Johann hin, dann Andreas, bediente sich selbst und ließ ein Feuerzeug kreisen. Eine Weile rauchten sie schweigend, bis Andreas fragte: »Wie fühlst du dich, Yannis?«

»Ich weiß nicht«, sagte Johann. »Manchmal geht es ganz gut. Aber dann habe ich wieder Schmerzen.«

Paul nickte vor sich hin, stieß Rauch aus Mund und Nase. Das Bein sehe leider gar nicht gut aus. Zwar sei es ein glatter Durchschuß gewesen, aber die Wunde habe sich inzwischen entzündet, und die starken Belastungen hätten das Problem noch verschlimmert. Johann brauche dringend einen Arzt, zumindest aber Penicillin gegen die Entzündung. Man habe aber kein Penicillin mehr, und Doktor Xenakis aus Chania über die halbe Insel nach Agia Galini zu schaffen, sei absolut unmöglich. Zwar gebe es einen Arzt in Timbaki, aber der sei unzuverlässig, gelte als Kollaborateur der Deutschen. Wenn man den rufe, könne man genausogut die Kommandantur in Hiraklion alarmieren, und wenn man dann Johann hier fände, werde Agia Galini dem Erdboden gleichgemacht. Glück im Unglück sei jedoch, daß, wenn alles gutgehe, in der kommenden Nacht ein Schiff aus Ägypten erwartet werde. Es bringe Nachschub und Ablösung für britische Agenten und das Andartiko. Das Schiff werde Johann mitnehmen, damit er in Kairo in einem Lazarett versorgt werden könne.

»In Kairo?« Johann sah Bates an, der wie entschuldigend mit den Achseln zuckte, dann Andreas, der bislang geschwiegen hatte. »Ich will nicht nach Ägypten! Was soll ich da?«

Andreas zerdrückte seine Zigarettenkippe in einer rostigen Blechdose. »Es ist deine einzige Chance«, sagte er. »Wenn du nicht ganz schnell einen richtigen Arzt bekommst ...« Er sprach den Satz nicht zu Ende.

»Was dann?«

»Dann muß dein Bein amputiert werden«, sagte Bates kühl. »Ich bin kein Arzt, aber ich habe viele solcher Verwundungen gesehen in diesem verdammten Krieg, zu viele. Und ich weiß, was passiert, wenn ...«

»Aber ... aber Ägypten?« Johann war leichenblaß geworden, legte den Kopf aufs Kissen, starrte fassungslos die schmutzige Zimmerdecke an, über die träge ein paar Fliegen krochen, und wünschte sich, in Ohnmacht zu fallen. Aber er blieb schmerzhaft wach.

»Wir lassen dich nicht allein, Yannis«, sagte Andreas sanft, als spräche er zu einem Kind, zu einem Sohn. »Georgi wird mitkommen.«

»Der Junge braucht dringend Urlaub«, ergänzte Bates. »Der ist noch keine zwanzig, hat aber in den vergangenen Jahren mehr mitgemacht als andere im ganzen Leben. Und was dich angeht, Yannis: Auch ohne deine Verletzung müßten wir dich früher oder später nach Kairo bringen.«

»Wieso? Ich will hierbleiben, ich habe doch ...«

»Unser Geheimdienst muß mit dir reden. Die Informationen, die du über die hiesigen Verhältnisse hast, könnten für uns von enormer Bedeutung sein.«

»Ich bin kein Verräter«, stammelte Johann, »kein Deserteur, ich bin Zivilist, Archäologe, ich bin, ich weiß nicht, was ich bin, ich weiß nicht mehr, wohin ich gehöre, ich ...«

»Du bist unser Gast«, sagte Andreas und wischte Johann mit dem Lappen Schweiß von der Stirn. »Und du gehörst zu uns, jedenfalls so lange, wie dieser Krieg dauert. Wir brauchen dich. Aber wir brauchen dich gesund, mit beiden Beinen.«

»Versprecht ihr mir, daß ich zurückkomme?«

Der Engländer sah schweigend, mit zusammengekniffenen Augenbrauen aus dem Fenster, legte die angebrochene Zigarettenschachtel auf den Stuhl, ging zur Tür.

»Ich gebe dir mein Wort«, sagte Andreas und legte die rechte Hand aufs Herz.

7.

Bei Einbruch der Dunkelheit setzten sie sich in Marsch. Andreas, Paul Bates und ein weiterer englischer Agent namens Charles, ein Funker, gingen voran. Zwei Söhne von Demis, dem Fischer, trugen Johann auf einer Bahre, und den Schluß der Karawane bildeten Georgi, Vangelis und Demis. Sie führten zwei Maultiere und einen Esel mit hölzernen Lastsätteln, die den erwarteten Nachschub abtransportieren sollten, Waffen, Munition, Medikamente, Verpflegung. Ein paar Kilometer marschierten sie den Strand entlang. Von Süden blies ein kräftiger, warmer Wind übers Meer, trieb kabbelige, hektisch klatschende Wellen ans Land, wirbelte Sand auf und strich knisternd durchs Laub der Olivenbäume, als sie einem Pfad landeinwärts folgten, weil die Steilküste nun direkt ans Wasser reichte.

Bald hörten sie das leise Scheppern von Ziegenglocken und rochen die scharfen Ausdünstungen einer Schafherde. Zwei Hirten, Verwandte von Demis' Frau, hockten an einem kleinen Feuer. Sie warnten sie, daß bei dem Dorf, das vor einigen Wochen von Deutschen niedergebrannt worden sei, obwohl es schon im italienischen Sektor lag, immer noch ein deutscher Posten, bestehend aus drei Mann, stationiert sei. Der vorgesehene Landeplatz des Schiffes war weniger als eine Wegstunde von dem Posten entfernt.

»Weit genug«, befand Andreas. »Wenn wir sie umgehen, merken sie gar nichts.«

Bates und Charles tuschelten aufgeregt miteinander. Dann rückte Bates mit dem Vorschlag heraus, den Posten zu überfallen und die Männer als Kriegsgefangene nach Ägypten zu bringen. Der Gefangenentransporter stehe mit ausreichend Platz schon vor der Tür. Georgi und Demis waren sofort Feuer und Flamme. Aber die beiden Hirten wehrten entsetzt ab und baten dringend, die Deutschen nicht zu belästigen. Es würde sonst unweigerlich zu einer Racheaktion kommen. Und weil der Posten innerhalb ihrer Weidegründe stationiert sei, würde man sie verantwortlich machen, würde ihnen die Herde konfiszieren, würde sie zu Zwangsarbeit in den Norden verschleppen oder gar umbringen. Oder aber sie müßten mit aufs Schiff, mit nach Ägypten, ein Gedanke, der ihnen offensichtlich verlockend vorkam, aber Bates erhob Einspruch: Das sei keine Vergnügungsreise. Der Plan wurde schließlich fallengelassen, worüber sich Georgi mehr zu ärgern schien als die Engländer. Offenbar wollte er seinen Urlaub im fernen Ägypten mit dem Lorbeer einer frisch vollbrachten Heldentat antreten, und während sie weiter durch die Nacht zogen, schimpfte er noch eine Weile vor sich hin, daß die Hirten elende Feiglinge seien, womöglich sogar Kommunisten.

Gegen Mitternacht erreichten sie wieder das Meer. Den schroff abfallenden Klippen war hier eine schmale Bucht mit einem Strand vorgelagert. Das Wasser war tiefer als an anderen Stellen, auch ruhiger, weil der Südwind gebrochen wurde, und es gab weder Felsen noch Riffe. Der Abstieg zum Strand war steil, gelang aber ohne Probleme.

Bates sah auf seine Armbanduhr. »Wenn nichts dazwischengekommen ist, müßte das Schiff jetzt irgendwo da draußen sein. Wir müssen Signale geben.«

Charles holte eine Lampe aus seinem Gepäck, aber in diesem Moment hörten sie gleichmäßiges Brummen in der Luft, Motorengeräusche eines Aufklärungsflugzeugs. Es war weit entfernt, schien die Küstenlinie abzufliegen. Schließlich verschwand das Geräusch im Westen. »Glück gehabt«, sagte Charles, knipste die Lampe an und richtete sie aufs Meer.

Schon nach wenigen Minuten sahen sie Masten und Aufbauten des Schiffs. Es bewegte sich wie eine riesige Spinne übers dunkle Wasser, kam aber nicht näher, sondern drehte nach Westen ab und verschwand wieder in der Nacht.

»Die müssen doch die Signale gesehen haben«, sagte Andreas. »Warum kommen sie nicht?«

»Ich weiß es nicht, verdammt«, antwortete Charles und blinkte weiter mit der Lampe in die Nacht. »Vielleicht haben sie auch das Flugzeug gehört.«

Die Minuten vergingen. Zäh wie Honig, der in Joghurt tropfte. Eine Viertelstunde verging. Die Männer waren nervös, fluchten vor sich hin, rauchten Zigaretten. Johann lag fast teilnahmslos auf der Bahre. Für ihn mußte das Schiff nicht kommen. Wenn es nicht käme, müßte er nicht nach Ägypten. Wenn er nicht nach Ägypten müßte, würde er eben hierbleiben. Für immer. Bei Eléni. Würde ihr das Kopftuch abnehmen, würde die Locke um einen Finger wickeln, würde ihr ...

»Es kommt zurück!« rief Georgi und stocherte mit dem Zeigefinger ins Dunkel. Tatsächlich zeichneten sich der Mast und die Brückenaufbauten wie ein aus dem Schwarz des Meeres ragender Scherenschnitt umrißhaft gegen den helleren Himmel ab.

»Frag sie, warum sie abgedreht sind«, sagte Andreas hastig zu Charles. »Es muß kommen!«

Der Funker knipste die Lampe in unregelmäßigen Abständen aus und an, und dann schossen plötzlich grelle Lichtblitze vom Schiff zurück, was gegen jede Vorschrift war, weil die Signale auch von deutschen Küstenposten aufgefangen werden konnten.

»Sie sagen, daß die See zu rauh ist, um Boote auszusetzen«, übersetzte Charles und signalisierte, daß das Wasser in der Bucht ruhig genug sei.

Das Schiff kam näher, schon hörten sie das dumpfe Stampfen des Diesels, drehte kurz vor der Bucht bei, schwankte leicht im Seegang, warf schließlich Anker. Ein Boot wurde ausgesetzt. Zwei Mann ruderten es an den Strand und zogen das Ende eines Drahtseils hinter sich her, das um einen Felsen gelegt wurde. Am Boot war ein weiteres Seil befestigt, mit dem sowohl von Land als auch vom Schiff aus gezogen werden konnte, während eine Lederschlinge um das Drahtseil die Boote gegen die Strömung auf Kurs hielt.

Bates stieg ins Boot und ließ sich zum Schiff ziehen, um dort Anweisungen zu geben. Nach einer Weile schrie er, daß alles bereit sei. Die Männer zogen keuchend am Seil, bis sie drei Ruderboote an den Strand gebracht hatten. Zwei waren unbemannt und lagen unter dem Gewicht von Kisten, Säcken und Kartons tief im Wasser. Im dritten Boot saß Bates mit drei anderen Männern, die von Charles auf englisch begrüßt wurden, während die Andarten bereits begannen, die Maultiere und Esel mit den angelandeten Gütern zu bepacken.

Vangelis und Andreas hoben Johann in eins der entladenen Boote, Georgi stieg ebenfalls ein. Andreas küßte Johann auf die Stirn und schlug ein Kreuzzeichen in die Luft. Dann griff er in die Hosentasche, zog sein Komboloi heraus und drückte es Johann in die Hand. »Mit den Perlen kannst du deine Sorgen zählen«, sagte er. »Und manchmal vergißt man beim Zählen seinen Kummer. Leb wohl.«

Die Zugleine schoß klatschend aus dem Wasser, straffte sich, ein Ruck durchzitterte das Boot, und dann wurde es zum Schiff gepullt. Aus den Augenwinkeln sah Johann, wie Andreas, der sein Kopftuch abgenommen hatte und damit winkte, am Strand kleiner und kleiner wurde.

8.

Die dunkle Masse der Bordwand ragte wie eine undurchdringliche Eisenmauer aus dem Meer. Ein Mann schien auf der Wasseroberfläche zu schweben, aber er stand nur auf einer Strickleiter, zog das Boot dicht heran und hielt es fest, während Georgi an Bord kletterte. Der Mann auf der Strickleiter legte Johann eine Schlinge um die Brust, und man hievte ihn behutsam an Deck. Während man ihn auf einen Armeemantel bettete, der auf den Planken ausgebreitet war, wurde der Anker eingeholt. Der Diesel sprang an, ein gleichmäßiges Zittern durchlief das abdrehende Schiff, und die Sterne hoch über der Mastspitze schienen in einer langsamen Bewegung um Johann zu rotieren.

Georgi und ein Matrose trugen ihn unter Deck und legten ihn in einer stickigen Kabine auf eine Koje. Wenige Minuten später erschien ein graubärtiger, korpulenter Mann mit gerötetem Gesicht, der einen olivgrünen Rollkragenpullover und weit geschnittene, weiße Leinenhosen trug. Er sprach ein schwer zu verstehendes Englisch mit rollendem R, hieß Johann an Bord willkommen, sagte schmunzelnd, daß Johann auf diesem Schiff so gut wie in England sei, genau genommen in Schottland, und stellte sich als Kapitän McGuire vor. Dank verschlüsselter Funksprüche sei er darüber informiert, daß es sich um einen Verwundetentransport der ungewöhnlichen Art handele. Ein Arzt sei nicht an Bord, aber eine Penicillinspritze, und die werde er, der Kapitän, Johann nun höchstpersönlich verpassen. Den Einstich spürte Johann nicht, weil sein Oberschenkel fühllos wie ein mürbes Stück Holz geworden war. Durch das einschläfernde Stampfen des Diesels drangen Wortfetzen und Gelächter vom Deck nach unten.

McGuire verließ die Kabine. Georgi folgte ihm, kam aber nach wenigen Minuten zurück, in einer Hand einen Blechnapf mit Reis, Ziegengulasch und Bohnen, in der anderen eine Flasche englischen Gin. Er stellte alles auf einen an der Wand verschraubten Klapptisch in Johanns Reichweite und legte eine Schachtel *Lucky Strike* dazu. Johann aß, ohne hungrig zu sein, trank Gin aus der Flasche, reichte sie Georgi, bekam sie zurück, trank, rauchte eine Zigarette, trank.

Georgi, der Kreta noch nie verlassen hatte, schwelgte in Vorfreude auf seinen Urlaub, malte sich aus, wie er die Pyramiden ersteigen wollte, phantasierte mit abnehmendem Pegelstand in der Ginflasche zunehmend von sagenhaft schönen Ägypterinnen, die nicht so kompliziert tugendhaft wie die kretischen Mädchen seien, die man, wenn man sie haben wolle, erst auf umständliche Weise entführen müsse, womit man dann zwar das Mädchen für sich gewonnen habe, aber zumeist auch eine blutige Familienfehde am

Hals. Johann nahm sich vor, sofort nach seiner Rückkehr Eléni zu entführen, aber bevor er Georgi in seine Idee einweihen konnte, überfiel ihn der Schlaf so plötzlich, als habe er einen schmerzlosen Schlag auf den Kopf bekommen.

Als er erwachte, war es in der Kabine so stickig und heiß, daß er das Gefühl hatte, nicht mehr atmen zu können. Der Schmerz im Oberschenkel war zurückgekehrt, als hätte das Penicillin ihn geweckt. Sein Magen rebellierte, weil das Schiff, offenbar in schwere See geraten, heftig schwankte. Nachdem der Kapitän ihm eine weitere Spritze gesetzt hatte, brachte man ihn an Deck.

Der Himmel strahlte wolkenlos, die Sonne stand hoch im Südosten, und der Seegang war im frischen, fast stürmischen Südwind, gegen den das Schiff anstampfte, viel besser zu ertragen als in der Kabine. Auf den Planken des Motorschoners saßen und lagen etwa zwanzig Männer. Einige schliefen, andere unterhielten sich miteinander, manche sahen neugierig zu Johann herüber.

Georgi erklärte ihm, daß es sich um Kreter, Briten, Neuseeländer und Australier handelte, die das Schiff bereits in einer anderen Bucht aufgenommen hatte, bevor Johann an Bord geholt worden war. Andarten und Agenten, zurück aus dem Urlaub oder aus ägyptischen Lazaretten, waren als Ersatz für diese Männer mit dem Schiff auf die Insel geschleust worden.

Ein Matrose brachte einen Teller mit kalten Kartoffeln und hartgekochten Eiern, dazu einen Becher Kaffee. Während Johann sich wie ausgehungert darüber hermachte, dröhnte plötzlich die Schiffssirene. Fliegeralarm. Alle hasteten zu den beiden Niedergängen, aber bevor man Johann heruntergetragen hatte, wurde wieder Entwarnung gegeben. Die vier Flugzeuge, die von Süd nach Nord über den Himmel zogen, flogen so hoch, daß weder ihre Nationalität noch ihr Typ eindeutig auszumachen war. Sie fliegen nach Deutschland, dachte Johann in einem wie Seekrankheit aufkommenden Schwall von Trauer, dachte an Ingrid, dachte an seine Eltern, die verbrannt waren oder verschüttet und unter Trümmern erstickt. Zugleich hatte er das Gefühl, alles das läge weit hinter ihm – das Land, aus dem er kam, eine versunkene Welt, die Frau, die er geheiratet hätte, eine ausgeblichene Erinnerung, seine Vergangenheit als Archäologe tiefer unter der Gegenwart dieses Schiffs begraben als jedes minoische Fresko im Vulkanstaub. Er war wie ein Flugzeug ohne Hoheitszeichen, ein Schiff ohne Flagge.

In der Abenddämmerung wurde von zwei ägyptischen Matrosen wieder reichhaltiges Essen ausgegeben, an die Passagiere zusätzlich Wein, Gin und Rum nach Belieben. Die Stimmung an Deck war fröhlich und wurde von Flasche zu Flasche ausgelassener. Einer der Kreter spielte Bouzouki, andere begannen zu singen, die Briten, Neuseeländer, Australier klatschten den Rhythmus mit. Georgi und drei junge Männer stellten sich im Halbkreis auf, legten sich gegenseitig die Arme über die Schultern und bewegten sich, erst vorsichtig tastend, dann aber mit immer schnelleren Seitwärtsschritten und kleinen Sprüngen, in einem wilden, zugleich disziplinierten Tanz übers Deck, ein Tanz, dessen Schrittfolge einer Spur folgte, die aus sehr ferner Vergangenheit kam, die Zeit überwand, aber auch den Raum, das Meer überwand, als seien die vier tanzenden Burschen Delphine, die sich für eine Weile in Menschengestalt verwandelt hatten und auf den Planken dieses Schiffs ihre unbändige Freude darüber zum Ausdruck brachten, daß sie lebten und daß sie weiterleben würden, ewig in diesem Rhythmus aus Meer und Wind. Und Johann, vom Penicillin besänftigt, vom Gin gelöst, spürte den Wunsch, aufzuspringen und mitzutanzen, und weil sie wußten, daß er nicht tanzen konnte, nahmen sie ihn in ihre Mitte und umkreisten ihn, lachend, singend und lebendig.

9.

Wieder dröhnte die Sirene. Diesmal war es kein Alarm, sondern ein Willkommensgruß. Als blaßgelber Streifen lag im schwindenden Licht die afrikanische Küste am Horizont. Der kräftige Südwind, der über dem offenen Meer erfrischend gewirkt hatte, wurde nun trocken und warm, führte rötlichen Staub mit. Der Kapitän drosselte den Motor, die Hafeneinfahrt von Mersah Matruh kam in Sicht. Der Schoner navigierte vorsichtig durch ein Gewimmel von ankernden Schiffen, Barkassen, Booten und ausgebrannten, auf der Seite liegenden oder nur noch mit den Aufbauten aus dem schmutzigen Wasser ragenden Wracks. Auch von den Gebäuden und Schuppen der Kaianlagen waren viele ausgebombt, verrußte Mauern, eingestürzte Dächer, die Sparren wie geborstene Rippenbögen, umgekippte Kräne wie erlegtes, ausgeweidetes Großwild. Dennoch herrschte reger Lade- und Löschverkehr an den Kais. Der Schoner machte an einer Spundwand neben einem Frachter unter amerikanischer Flagge fest, von dem mit Seilwinden Paletten mit Reissäcken gehievt wurden.

Zwei Lastwagen und ein kleinerer Transporter mit rotem Kreuz auf der olivgrünen Plane erwarteten das Schiff bereits. Johann wurde auf einer Trage über die Gangway gebracht und neben dem Rote-Kreuz-Wagen abgesetzt. Einige britische Offiziere begrüßten die anderen Passagiere. Die Engländer, Neuseeländer und Australier bestiegen einen der LKWs, die Kreter den anderen. Mit ihren Kopftüchern, den silberbeschlagenen Mannlicher-Gewehren, den langen Dolchen in den Bauchschärpen und den hohen Reitstiefeln sahen sie aus wie die abmusternde Besatzung eines Piratenschiffs. Georgi blieb neben Johann stehen, und als einer der Offiziere ihn mit ungeduldigen Gesten aufforderte, zu den anderen Kretern auf die Ladefläche zu steigen, weigerte er sich.

Bevor es zu einer Auseinandersetzung kommen konnte, tauchte hinter den Lastwagen ein kleiner Mann mit Strohhut und weißem Leinenanzug auf. Er kam mit schnellen Schritten auf sie zu, reichte Georgi die Hand, beugte sich zu Johann und schüttelte auch ihm die Hand. »Willkommen in Ägypten«, sagte er lächelnd in akzentfreiem Deutsch. »Mein Name ist Bloomfeld. Alfred Bloomfeld. Ich habe den Auftrag, Sie hier zu betreuen, Herr Martens. Und das heißt zuallererst, daß wir Sie in ein Lazarett bringen werden. Ihr griechischer Freund kann Sie leider nicht begleiten, aber ...«

»Erstens ist er kein Grieche«, unterbrach Johann ihn, »sondern Kreter«, was Bloomfeld mit einem etwas schiefen Lächeln und einem Achselzucken quittierte, »und zweitens hat er sein Wort gegeben, nicht von meiner Seite zu weichen, bis ich wieder ...«

»Gewiß, gewiß«, sagte Bloomfeld, »Sie werden ihn selbstverständlich wiedersehen. Aber im Lazarett können wir ihn beim besten Willen nicht unterbringen, und ich kann mir auch kaum vorstellen, daß er dort seinen wohlverdienten Fronturlaub verbringen möchte. Bitte sagen Sie ihm, daß er zu seinen Freunden einsteigt, damit wir losfahren können.«

»Also gut«, nickte Johann erschöpft und übersetzte Georgi, was Bloomfeld gesagt hatte.

»Warum kann der Mann Deutsch?« fragte Georgi.

Johann zuckte mit den Schultern. »Warum nicht? Ich kann ja auch Griechisch.«

Georgi, der sichtlich erleichtert war, sich nun seinen Landsleuten anschließen zu können, lachte und zog einen Briefumschlag aus der Tasche. »Das ist eine Nachricht von Andreas, und die soll ich demjenigen geben, der dich hier in Empfang nimmt.« Er reichte Bloomfeld den Umschlag, bückte sich, küßte Johann auf beide Wangen, schlenderte, eine Hand auf dem Pistolenkolben, die andere auf dem Messergriff, zum wartenden Lastwagen und kletterte auf die Pritsche. »Ich werde dich besuchen!« rief er Johann zu. Der Lastwagen fuhr an, stieß eine Dieselwolke aus und wirbelte eine Staubfahne hinter sich her, in der Georgis lachendes Gesicht und sein Winken verschwanden.

Der Sanitäter, der hinterm Steuer des Rote-Kreuz-Wagens gesessen hatte, stieg aus, sah sich Johanns Verwundung an, verband sie neu, gab ihm eine Spritze und zwei Tabletten. Dann schoben sie ihn mit der Trage auf die Pritsche des Wagens und schlossen die Hecktür. Bloomfeld und der Sanitäter stiegen ins Führerhaus. Der Wagen fuhr los. Durchs schmale Türfenster sah Johann Ruinen von Häusern vorbeiwischen, verkohlte Palmen, deren Stämme wie abgebrannte Streichhölzer aus der Abenddämmerung ragten, und über flachen Sanddünen vergoß die untergegangene Sonne noch ein blutrotes Rinnsal.

Die Schlaftabletten, die der Sanitäter ihm gegeben hatte, wirkten schnell und gründlich, denn als Johann erwachte, fand er sich in einem weiß gekalkten Zimmer wieder. Das geöffnete Fenster wies auf einen Park, sattgrüner Rasen, im Wind fächernde Palmen, blühender Hibiskus, Bänke an Kieswegen. Von irgendwo drangen Stimmen. Es roch nach Desinfektionsmitteln und Äther. Er lag zwischen gestärkten, weißen Laken, neben dem Bett stand ein Tischchen mit Wasserkaraffe und Glas. Er richtete sich auf, trank, fühlte sich erfrischt, spürte keine Schmerzen im Bein, selbst wenn er es leicht anhob. Eine Krankenschwester erschien in der Tür, das dunkle Gesicht weiß gerahmt von Haube und Schürze, lächelte ihm zu, sagte aber nichts, sondern verschwand gleich wieder.

Wenige Minuten später kam ein Mann ins Zimmer, der eine Khakiuniform trug, scharf gebügeltes Hemd ohne Rangabzeichen über Shorts, deren Saum fast die Kniestrümpfe berührte, Halbglatze, blonder Bürstenschnurrbart. Er gab Johann die Hand, erkundigte sich, ob er Englisch spreche, stellte sich als Doktor Simmons vor und erklärte ohne weitere Umschweife, daß Johann im letzten Moment eingeliefert worden sei. Er habe ihm heute früh, sofort nach Eintreffen des Transports, unter Narkose Gewebe entfernt, das von Wundbrand befallen gewesen sei. Wäre er auch nur einen Tag später gekommen, wäre sein Bein nicht mehr zu retten gewesen. So jedoch könne er damit rechnen, in einigen Tagen durch den Garten humpeln zu dürfen, und in spätestens einem Monat sei er vollständig wiederhergestellt. Über die ungewöhnlichen Umstände von Johanns Einlieferung verlor Simmons kein Wort; vielleicht kannte er die Hintergründe nicht, vielleicht interessierten sie ihn auch nicht, und im übrigen war er sehr in Eile, weil dringendere, schwerere Fälle auf ihn warteten. Johann habe Glück gehabt, nur ein Kratzer, verglichen mit dem, was andere abbekommen hätten. Simmons deutete aus dem Fenster. Eine Krankenschwester schob auf einem Rollstuhl einen Mann durch den Park, dem beide Beine fehlten. Über die Stümpfe der amputierten Oberschenkel hingen die Beine von Khakishorts. Deutsche Landminen, sagte Simmons trocken, wünschte Johann gute Besserung und ging.

Wortlos lächelnd, vermutlich konnte sie kein Englisch, kam die dunkelhäutige Krankenschwester zurück, brachte auf einem Tablett gebackene Bohnen in Tomatensauce, drei Spiegeleier, weißes Brot und einen Blechbecher mit Kaffee.

Johann aß mit Heißhunger, und als er die Saucenreste mit Brot vom Teller wischte, erschien Bloomfeld. »Guten Appetit«, sagte er, zog einen Stuhl heran und setzte sich neben Johanns Bett. »Der Arzt ist zufrieden mit Ihnen. Sie sind im richtigen Moment zu uns gekommen.«

Zu uns gekommen – wie zweideutig das klang, nach Desertion

und Frontenwechsel. Johann nickte stumm, schluckte den Brotkanten herunter, spülte mit Kaffee nach.

»Durch unsere Funkstationen auf Kreta waren wir über Sie und Ihren Fall informiert«, fuhr Bloomfeld lächelnd fort und bot Johann eine Zigarette an. »Jedenfalls in Grundzügen. Der junge Mann, der mit Ihnen gekommen ist, dieser Meldegänger, *runner*, wie wir beziehungsweise die Briten sagen, dieser Gregor ...«

»Georgi«, verbesserte Johann ihn.

»Ganz recht. Dieser Georgi hat uns einen Brief Ihres Freundes Andreas Siderias übergeben, ein Mann, der für uns bisher von größtem Nutzen war. Dem Brief beigefügt war auch ein Bericht unseres Agenten Paul Bates, den Sie ja inzwischen kennengelernt haben. Wir wissen also ziemlich genau darüber Bescheid, was passiert ist und aus welchen Gründen Sie zu uns gekommen sind. Es versteht sich von selbst, daß wir von Ihnen noch sehr viel mehr erfahren möchten. Nicht sofort, kommen Sie erst mal wieder auf die Beine. Aber angesichts der militärischen Lage könnten sich die Dinge auf Kreta bald zuspitzen, und da sind Informationen, wie Sie sie geben können, für uns natürlich von allergrößtem Interesse und ...«

»Welche militärische Lage?« fragte Johann. »Ich habe als Zivilist nur wenig gehört, und was ich gehört habe, war widersprüchlich.«

»Daß alliierte Truppen in Italien gelandet sind, wissen Sie vermutlich längst«, sagte Bloomfeld, und Johann nickte. »Vor einer Woche, am dritten September 1943, ist ein separater Waffenstillstand mit Italien unterzeichnet worden. Deutschland steht in Italien militärisch jetzt also allein, und da, wie Sie wissen, die Osthälfte Kretas von Italienern besetzt ist, wird es in den nächsten Tagen und Wochen auf der Insel ein ziemliches Durcheinander geben, das wir natürlich gern ausnutzen würden. Details kann ich Ihnen nicht nennen. Aber von *Ihnen* würden wir gern einige Details hören. So bald wie möglich werden deshalb zwei britische Offiziere aus Kairo hierherkommen, ins Lazarett nach Alexandria, um sich mit Ihnen zu unterhalten. Wir sind sehr glücklich, Sie bei uns ... ich meine, daß Sie zu uns gekommen sind.«

Johann blies Rauch durch Mund und Nase, starrte an die Zimmerdecke. An einigen Stellen zeigten sich Risse im Kalk, die wie ein

Flußdelta in Richtung Fenster liefen. »Ich bin nicht gekommen«, sagte er leise. »Eigentlich hat man mich eher geholt, Andreas, seine Freunde und dieser Bates. Ich weiß nicht mehr, wo ich hingehöre.«

Bloomfeld sah ihn nachdenklich an, zog an seiner Zigarette, kratzte sich den Hinterkopf und schien zu überlegen, ob und was er Johann erklären sollte. »Irgendwie kann ich Sie verstehen«, sagte er dann. »Sie haben sich vielleicht auch schon gefragt, wieso hier ein Deutscher bei Ihnen sitzt, beziehungsweise jemand, der einmal Deutscher war.«

»Ich habe nicht darüber nachgedacht«, sagte Johann. »Der Krieg. Er hat alles auf den Kopf gestellt. Oder nivelliert. Es gibt kein Schwarz oder Weiß mehr, nur noch Grautöne. Man hat keine Heimat mehr. Man weiß nicht, wessen Freund man ist. Man weiß auch nicht mehr, wessen Feind man ist. Ich weiß nicht einmal mehr genau, wer ich überhaupt bin.«

»Der Krieg, ja«, nickte Bloomfeld, »manchmal macht er die Dinge aber auch klarer. Sein Licht ist tödlich, läßt aber die Unterschiede erkennen. Für mich dauert der Krieg übrigens schon sechs Jahre länger als für Sie. Meine Familie stammt aus Hamburg. Wir hatten da seit Generationen ein ziemlich großes Konfektionsgeschäft. Als Hitler kam, hat man uns erst die Schaufensterscheiben eingeworfen. Dann hat man uns gezwungen, zu einem lächerlichen Preis zu verkaufen, und selbst dieser lächerliche Preis ist nicht ausgezahlt worden. Arisierung nennt man so etwas. Ich war damals siebzehn, ging in die Tanzstunde, hatte eine Freundin. Na ja, das tut nichts zur Sache. Wir sind jedenfalls nach London emigriert, wo mein Vater Geschäftsfreunde hat, und wir sind relativ schnell eingebürgert worden. Seitdem heißen wir nicht mehr Blumfeld mit u, sondern Bloomfeld, sozusagen mit null-null. Als ich mit der Schule fertig war, bin ich nach Palästina gegangen, wollte als Ingenieur arbeiten, aber als der Krieg ausbrach, habe ich mich für den Dienst im britischen Geheimdienst entschieden. Da ich Deutsch, Englisch und Hebräisch spreche und auch ein paar Brocken Arabisch aufgeschnappt habe, kann man mich in dieser Weltgegend natürlich gut gebrauchen. Leider spreche ich kein Griechisch. Nur das obligatorische Altgriechisch«, er lachte leicht gequält, »das in Deutschland zur sogenannten humanistischen Bildung gehörte.«

»Deutschland. Humanistische Bildung«, echote Johann. Die Worte klangen so fremd und dissonant, als würden sie nie wieder miteinander in Verbindung zu bringen sein. »Wissen Sie, wie es in Deutschland aussieht?«

»Hamburg ist bombardiert worden«, sagte Bloomfeld leise. »Unser Geschäft ist ein Trümmerhaufen. Die halbe Stadt ist verbrannt. Die Gemeinde, zu der wir gehörten, gibt es nicht mehr. Juden werden nicht mehr nur schikaniert, sie werden vernichtet. Systematisch. Eine Großindustrie des Todes wirtschaftet in Deutschland. Aber das wissen Sie vermutlich besser als ich.«

»Ja, das heißt, nein, also ...«, stammelte Johann, »was man so hört, es gibt natürlich Gerüchte. Die Bevölkerung wird da größtenteils im Dunkeln ...«, und verstummte.

»Schon gut«, sagte Bloomfeld. »Ich mache Ihnen keine Vorwürfe. Ich kenne Sie ja gar nicht. Jetzt sind Sie hier. Und wir müssen zusammenarbeiten. Ob uns das paßt oder nicht. Gute Besserung, Herr Martens.«

Im Park schrie ein Vogel, ein entfernterer Schrei antwortete. Bloomfeld stand langsam vom Stuhl auf, sah plötzlich grau und alt unter der Sonnenbräune aus, ging mit kleinen, schlurfenden Schritten zur Tür. Johann hörte, wie das Schlurfen draußen auf dem Gang leiser wurde und wie ein mattes Seufzen verklang.

Dies Seufzen hatte Johann schon einmal gehört. Es ist Professor Lübtow aus dem Archäologischen Institut, der so resigniert seufzt, als sein Kollege Beersohn aus der Altphilologie ihnen beim Wein im Ratskeller eröffnet, daß er mit seiner Familie nach Japan emigrieren werde; die Schiffspassage sei schon gebucht, das Haus verkauft, noch könne er halbwegs unbehelligt aus dem Land, und an einer Universität in Tokio gebe es keine Einwände, wenn Thukydides oder Homer aus jüdischem Mund zitiert würden. Und drei Jahre später seufzt Lübtow noch schwerer, als der Medizinhistoriker Krombach mitten in der Vorlesung verhaftet wird, weil eine deutsche Alma mater auch keine Halbjuden mehr duldet. Das sind keine Gerüchte, das sind Tatsachen, und Lübtow knüpft hilflos seufzend den Tarnmantel seiner urgermanischen Archäologie immer dichter, und Johann schweigt, zieht den Kopf ein und poliert das Parteiabzeichen am Revers.

Wieder schrie der Vogel im Park, wieder kam die entfernte Antwort. Es klang hoffnungslos, als riefe sich ein durch unsichtbare Mauern getrenntes Paar sehnsüchtige Botschaften zu. Es waren zwei Königskinder, fiel Johann das alte Lied ein. Die Melodie war gleich da, aber der Text fehlte. Er dachte an Eléni. Zwischen ihr und ihm lag das Meer. Das Meer und der Krieg. In dem Lied konnten zwei nicht zusammenkommen, weil das Wasser zu tief war. Ja, das Wasser war viel zu tief, so ging der Text, viel zu tief.

10.

Die beiden Vögel schrien jeden Tag, aber immer nur bei Einbruch der Dämmerung, wenn das Grün des Parks verblaßte, die flimmernde Hitze abschwoll wie der pochende Schmerz in seinem Oberschenkel, wenn Doktor Simmons seine Visite gemacht, den Verband gewechselt, Johann eine Spritze gesetzt hatte und die schweigsame, schwarze Krankenschwester das Abendessen brachte. Und wenn es dann ganz dunkel war, verstummten die Vögel. Es wurde sehr still, nicht einmal Grillen zirpten. Manchmal glaubte Johann, das Meer rauschen zu hören, und obwohl Simmons sagte, es sei zu weit entfernt vom Lazarett, rauschte es in Johanns Ohren und wiegte ihn in den Schlaf.

Am dritten Tag seines Aufenthalts konnte er aufstehen und auf Krücken im Park herumlaufen. Das Personal achtete jedoch darauf, daß die anderen Patienten nicht mit ihm in Kontakt kamen. Das sei kein Mißtrauen, erklärte Bloomfeld ihm, sondern lediglich eine Vorsichtsmaßnahme, solange Johanns Status ungeklärt und er noch nicht vernommen worden sei. Im übrigen böte diese freundliche Isolation den Vorteil eines Einzelzimmers, das sonst nur Offizieren zustehe. Die Soldaten lagen in Sälen mit bis zu zwanzig Betten. »Sie sehen also«, lächelte Bloomfeld, »wie wichtig Sie uns sind.«

Am vierten Tag, Johann hatte eben sein Frühstück beendet und wollte zu einem Gang durch den Park aufbrechen, erschien Bloomfeld mit zwei britischen Offizieren, Major Grayson und Colonel Stiles, und einem jungen Zivilisten namens Moss. Nachdem man sich begrüßt und vorgestellt hatte, entrollte Stiles eine große, sehr detaillierte Karte Kretas und heftete sie mit Reißzwecken an die Zimmerwand. Die Krankenschwester brachte Kaffee, Zigaretten wurden angeboten.

Obwohl, so Grayson, aus Andreas' Brief und Paul Bates' Bericht schon weitgehend bekannt, bitte er Johann, noch einmal ausführlich zu erzählen, wieso, wann und wie er nach Kreta geschickt worden sei, was Johann in seinem passablen Schulenglisch tat, und wenn ihm gelegentlich Vokabeln fehlten, sprang Bloomfeld als Übersetzer ein. Dann erkundigte man sich nach Einzelheiten: Welche Gegenden und Orte hatte er während seiner Exkursionen mit Andreas besucht? Wo deutsche Stellungen, Posten und Truppenansammlungen beobachtet? Und in welcher Stärke? Welche der besuchten Gegenden wiesen Plateaus, Ebenen oder sonstige Flächen auf, die sich als Fluglandeplätze eigneten? Welche Strandabschnitte kannte er? Und wie genau? Wassertiefe? Felsformationen? Ob zu diesen Abschnitten Schiffe oder U-Boote Zugang finden konnten?

Während Johann an dieser und jener Stelle auf die Landkarte tippte, machte Stiles in Kurzschrift Notizen. Schließlich fragte Moss, der bislang geschwiegen hatte, ob Johann die Umgebung der Villa Ariadne bei Hiraklion kenne, den Sitz des deutschen Generalstabs. Und ob er schon einmal in dem Gebäude gewesen sei? Johann verneinte, berichtete aber von seinem Aufenthalt in der Pension »Minos«, was Moss und die Offiziere besonders interessierte. Moss erkundigte sich mehrfach nach Details der Gebäude und der näheren Umgebung.

Ob er Namen deutscher Offiziere nennen könne? Johann nannte Namen, darunter Feldwebel Sailer und Hauptmann Karsch, beide tot, darunter auch Leutnant Hollbach, vermutlich noch am Leben. Ob Johann auf Kreta, fragte Grayson und zog dabei die buschigen Augenbrauen hoch, jemals Kontakte zur Gestapo gehabt habe? Zum Beispiel mit einem gewissen Schlosser, Grayson blätterte in einem Notizbuch, Horst Schlosser? Johann schüttelte den Kopf; den Namen hatte er nie gehört, und seine Kontakte hatten sich auf Angehörige der Wehrmacht beschränkt. Grayson und Stiles nickten und warfen Bloomfeld Blicke zu, die Johann nicht einzuordnen wußte. Zufrieden? Bestätigt?

»Very well then«, sagte Grayson schließlich, während Stiles die Karte von der Wand nahm, zusammenrollte und seine Notizen einsteckte, »Sie haben uns sehr geholfen, Mister Martens. Alles Weitere wird Ihnen Mister Bloomfeld erklären. Eine Frage hätte ich allerdings noch. Wo sind eigentlich die Fotos geblieben, die Sie von diesen deutschen Massakern gemacht haben?«

»Andreas hat sie vermutlich versteckt«, sagte Johann.

»Vermutlich hat er das«, sagte Grayson und tippte sich dabei nachdenklich mit der stumpfen Seite eines Bleistifts gegen die Schneidezähne. »Überhaupt, dieser Andreas, Andreas Siderias, seine unübersichtliche Familie und seine Leute, mit denen Sie Kontakt hatten. Wie schätzen Sie die ein?«

»Wie ich sie einschätze? Wie meinen Sie das? Sie haben mir das Leben gerettet, zusammen mit Paul Bates. Das habe ich Ihnen doch schon erzählt. Das sind doch Ihre Verbündeten.«

»Gewiß, gewiß sind sie das«, sagte Grayson. »Es gibt im griechischen Andartiko aber leider auch starke kommunistische Unterwanderungen und Einflußnahmen, die unseren Interessen nicht sehr dienlich sind. Wir haben Grund zu der Befürchtung, daß diese Gruppen eines Tages gefährlicher werden könnten als die deutsche Besatzung. Auf dem Festland nimmt das bereits Dimensionen an, die ausgesprochen ... Nun ja, wie auch immer: Sind Ihnen im Umkreis von Andreas Siderias jemals irgendwelche kommunistischen Umtriebe bekanntgeworden? Oder einschlägige Propaganda?«

Johann zuckte mit den Schultern und dachte an die Auseinandersetzung zwischen Georgi und Pavlos, bevor sie in die Schlucht abgestiegen waren. »Nein«, sagte er fest, »niemals.« In der Schlucht lagen jetzt wahrscheinlich immer noch Georgis zerfetzte Schuhe. Und Pavlos, unter Geröll begraben. Und die Leichen von zwei erstochenen deutschen Soldaten. »Die Leute, mit denen ich es zu tun hatte, sind Kreter. Sonst gar nichts. Sie wollen ihre Insel wieder für sich haben. Dafür kämpfen sie.«

»Natürlich«, nickte Grayson, »dafür kämpfen wir auch.« Er stand auf und ging zur Tür. Stiles, Moss und Bloomfeld folgten ihm.

»Einen Moment bitte noch«, sagte Johann. »Darf ich auch eine Frage an Sie richten?«

»Selbstverständlich.« Grayson lächelte ihn an.

»Wann komme ich nach Kreta zurück?«

Stiles und Grayson sahen verblüfft aus, Moss grinste, Bloomfeld blickte zu Boden. »Sie wollen ernsthaft zurück auf die Insel? Tja, also wissen Sie ... Mr. Bloomfeld wird Ihnen alles Weitere erklären. Er kommt gleich zurück.«

»Ich muß zurück, weil ...«, wollte Johann nachfassen, aber da waren die drei Männer bereits aus der Tür. Er humpelte ihnen auf seinen Krücken nach, konnte mit ihrem Tempo aber nicht Schritt halten, sah, wie sie miteinander diskutierend über den langen Korridor zum Ausgang gingen. Als Johann das Foyer erreichte, fuhr draußen ein Jeep ab. Bloomfeld stand vor der gläsernen Drehtür, legte Johann eine Hand auf die Schulter und schlug vor, einen Spaziergang im Park zu machen.

»Nun passen Sie mal auf, Martens«, sagte er, als sie unter Palmen über den Kiesweg gingen, vorbei an anderen Patienten, die mit Verbänden auf den Bänken saßen, in kleinen Gruppen herumstanden oder in Rollstühlen geschoben wurden, »auf Kreta sind Sie einer der gesuchtesten Leute. Die halbe Besatzungsmacht hat Jagd auf Sie gemacht. Seien Sie doch froh, daß Sie hier in Sicherheit sind.«

»Ich gehöre hier nicht hin«, sagte Johann.

»Gehören Sie denn nach Kreta?«

»Ich weiß es nicht.«

»Irgendwie kann ich Sie verstehen«, sagte Bloomfeld bedrückt. »Manchmal weiß ich auch nicht, wohin ich gehöre. Aber wir werden uns schon um Sie kümmern, und wir werden Ihnen selbstverständlich Papiere beschaffen. Wer weiß, vielleicht können Sie sogar eines Tages die britische Staatsbürgerschaft erwerben. Ihre Informationen waren für uns hilfreich. Aber wir haben noch eine Bitte an Sie, einen Auftrag, wenn Sie so wollen.«

»Was für einen Auftrag?«

»Kommen Sie, setzen wir uns doch.« Bloomfeld deutete auf eine Bank, die vor einer großen Papyrusstaude stand. Ein leichter Wind ließ die Blätter rascheln. Sie steckten sich Zigaretten an. »Major

Grayson hat Sie doch eben gefragt, ob Sie den Gestapomann Horst Schlosser kennen, nicht wahr?«

Johann nickte. »Ich sagte ja schon, daß ich ihn nicht kenne. Mit der Gestapo habe ich auf Kreta nie etwas zu tun ...«

»Eben drum«, sagte Bloomfeld lächelnd. »Wenn Sie ihn kennen würden und er Sie, wäre die Sache gar nicht durchführbar.«

»Die Sache?«

»Folgendes: Beim Rückzug der Deutschen von Gávdos Richtung kretischer Nordküste hat es allerlei Scharmützel mit Andarten gegeben, strategisch übrigens alles ziemlich sinnlos, aber manche Andarten sind nun mal Hitzköpfe. Bei einem dieser Kämpfe vor zwei Wochen hat die Gruppe des Andartenführers Panduwas eher zufällig ein paar Gefangene gemacht. Es handelt sich um vier einfache Soldaten, aber auch, wie wir festgestellt haben, um eben diesen Horst Schlosser. Vermutlich war er mit einem Sonderauftrag unterwegs. Die fünf Männer haben wir nach Ägypten evakuiert. Sie sind hier in einem Kriegsgefangenenlager. Schlosser haben wir natürlich isoliert. Er ist schon mehrfach verhört worden, will von nichts etwas wissen und schweigt sich eisern aus. Aber wer weiß«, Bloomfeld kniff ein Auge zu und grinste, »vielleicht erzählt er Ihnen mehr als uns?«

»Ich verstehe nicht ganz ...«, sagte Johann.

»Natürlich nicht«, sagte Bloomfeld, »ich erkläre es Ihnen sofort.«

Der Vogel schrie. Johann blickte zu den Palmenwipfeln auf, konnte ihn aber nicht sehen. Der andere Vogel antwortete. Diesmal klang sein Ruf näher.

11.

Böiger Wind peitschte Staubfontänen über die Piste, trieb abgerissene Palmwedel und trockenes Strauchwerk vor sich her. Die beiden Wachposten am Eingang des Gefangenenlagers hatten sich Beduinentücher um die Gesichter gewickelt, die nur schmale Sehschlitze frei ließen. Sie grüßten, öffneten das Drahtgatter und ließen den Jeep passieren. Das Lager bestand aus einer Ansammlung von etwa dreißig mit Wellblech gedeckten Holzbaracken, zwischen denen ein paar kümmerliche Palmen vegetierten, umgeben von nachlässig gespanntem Stacheldraht, hinter dem ein Minengürtel lag. Nach Osten und Westen erstreckte sich vertrocknetes, von rotem Staub bedecktes Strauchwerk, im Norden blinkte das Meer, im Süden war nichts als Wüste.

»Hier bricht keiner aus«, sagte der Lagerkommandant, ein australischer Major namens Kelly, nachdem er Bloomfeld und Johann begrüßt und in sein Büro geführt hatte. »Wohin auch? Außerdem werden sie gut behandelt und verpflegt. Die meisten Deutschen aus Rommels Armee, die wir hier untergebracht hatten, sind inzwischen sowieso nach Kanada und in die USA gebracht worden. Machen sich da als Erntehelfer nützlich. Dann haben wir noch ein paar Baracken mit Italienern. Die waren von Anfang an eher friedlich, und seitdem wir ihnen gesagt haben, daß Italien kapituliert hat, spielen sie sich fast schon wie unsere Verbündeten auf. Vermutlich können die bald nach Hause. Ziemlich langweiliger Job also, den wir hier schieben.« Während er sprach, zeichnete Kelly Linien in den Staub auf seinem Schreibtisch. Zwei Standventilatoren brummten und verquirlten die heiße Luft, ohne Kühlung zu schaffen.

»Dann wird Ihnen das kleine Theaterstück, das wir hier mit dem sauberen Mister Schlosser als Schurken und Mister Martens als Held inszenieren wollen, etwas Abwechslung bieten«, sagte Bloomfeld.

»Das ist ein harter Brocken«, knurrte Kelly, »kann mir nicht denken, daß der Ihnen was erzählt.«

»Das werden wir ja sehen«, sagte Bloomfeld. »Vorhang auf.«

Zwei Soldaten der Wachmannschaft nahmen Johann in ihre Mitte und führten ihn durch Staub- und Sandwolken über den Hof zu einer kleinen Baracke. Sie war in drei Räume aufgeteilt, in denen jeweils zwei Etagenbetten Platz für vier gefangene Offiziere geboten hatten. Zwei dieser Verschläge standen jetzt leer. Der Staub lag fingerdick auf groben Dielen. Quer vor der Tür zum dritten Raum war ein Metallriegel angebracht. Er wurde geöffnet, Johann wurde in den Raum gestoßen. Die Tür fiel hinter ihm zu, der Riegel knirschte.

Auf einem der unteren Betten lag, die Arme unter dem Kopf verschränkt, ein Mann in Khakishorts und fleckigem Baumwollunterhemd, der Johann mit zusammengekniffenen Augen musterte. Im Licht der durchs staubblinde, vergitterte Fenster einfallenden Sonne schimmerte seine Glatze wie ein schmutziges Ei.

»Guten Tag«, sagte Johann gepreßt.

Schlosser stützte sich auf einen Ellbogen und stieß ein heiseres Lachen aus. »Warum nicht gleich Heil Hitler?«

Johann zuckte mit den Schultern, fingerte eine Zigarette aus der Hosentasche und steckte sie an. »Mein Name ist Dirksen«, sagte er und stieß Rauch aus Mund und Nase.

»Wieso haben diese Schweinehunde Ihnen Zigaretten gegeben?« fragte Schlosser lauernd.

»Wollen Sie eine?« Johann hielt ihm die Packung hin.

Schlosser starrte gierig auf die Zigaretten. »Die kriegt man hier nur, wenn man was sagt«, knurrte er.

»Kann schon sein«, sagte Johann, »aber was man sagt, muß ja nicht unbedingt stimmen.«

Schlosser griff zu, Johann gab ihm Feuer.

»Auch wieder wahr«, sagte Schlosser und inhalierte wie ein Ertrinkender. »Schlosser mein Name. Horst.« Er streckte ihm die rechte Hand entgegen.

»Ich bin Manfred«, sagte Johann und schlug ein.

Als Schlosser ihn fragte, wie er ins Lager geraten sei, zierte Johann sich, wie Bloomfeld ihm geraten hatte, erst eine Weile, redete von streng geheimen Kommandosachen, rückte auf Schlossers neugieriges Insistieren schließlich aber seufzend und umständlich mit der Geschichte heraus, die Bloomfeld für ihn erfunden hatte. Als Mitglied der deutschen Botschaft in Kairo habe er, im Auftrag der Abwehr und natürlich nur zum Schein, im Stil der Fünften Kolonne also, den Briten seit Jahren politische und militärische Informationen verkauft, manchmal belanglos zutreffende, öfter jedoch gezielt falsche. Aufgeflogen sei er, als ein anderer Doppelagent nach der Schlacht von El Alamein endgültig zu den Briten übergelaufen sei und ihn enttarnt habe. Freilich gebe es immer noch deutsche Agenten, die bislang unentdeckt in Ägypten operierten, und nun versuche man, aus ihm, Manfred Dirksen, weitere Namen herauszupressen. Verhört worden sei er schon zweimal, und zwar nicht nur von Briten, sondern ausgerechnet von einem kleinen, deutschsprechenden Judenlümmel, der sich an den britischen Geheimdienst prostituiert habe.

Schlosser lachte scheppernd. Diesen Kretin kenne er selbst zur Genüge, ein gewisser Bloomfeld. Der käme zusammen mit einem britischen Offizier alle zwei, drei Tage ins Lager, um ihn, Schlosser, zu verhören. Aber dessen Methoden seien lächerlich, geradezu rührend. Wenn er, Schlosser, an Stelle dieses Juden sei, hätte er die gewünschten Informationen längst bekommen. Oder aber, er wäre jetzt tot. Auf Kreta hätten sie ihn geschnappt, irgendwelche dreckigen Partisanen. Sein Auftrag sei es gewesen, mit deutschfreundlichen, kooperationsbereiten Kretern zu verhandeln beziehungsweise schwankende Kreter durch Bestechung kooperationsbereit zu machen. Diese Leute seien ja bereit, für einen Appel und ein Ei ihre eigenen Kinder zu verkaufen. Und wenn es gelingen sollte, einen Teil der Bevölkerung gegen die Partisanen und Briten aufzuwiegeln, würden die sich gegenseitig an die Gurgel gehen, und das kretische Problem löste sich wie von selbst. Leider sei er in einen Hinterhalt geraten, bevor seine Mission zu irgendwelchen Ergebnissen geführt habe. Ob er, Dirksen, schon einmal auf Kreta gewesen sei? Nein? Da könne er sich aber glücklich schätzen. Ein Dreckhaufen sei das. Verlaust, verwanzt, jüdisch infiziert, kommunistisch unterwandert, die übliche Verschwörung eben. Die Briten würden sich noch wundern, und der Tag sei vielleicht nicht allzufern, da würden die Briten die Deutschen auf Knien anflehen, ihnen diese verdammten Banden vom Hals zu schaffen. Das habe er übrigens auch diesem Scheißjuden gesagt, der ihn verhöre oder die Verhöre dolmetsche, aber ...

Der Riegel wurde geräuschvoll entfernt, die Tür aufgerissen. Einer der Aufseher brüllte: »Prisoner Schlosser!«

»Es geht wieder los«, sagte Schlosser. »Wenn man vom Teufel redet ...« Er stand auf, die Tür wurde hinter ihm zugeworfen.

Johann sah aus dem Fenster, wie Schlosser mit dem britischen

Soldaten über den Hof ging und in der Baracke des Kommandanten verschwand. Möglicherweise war aus dem Mann wirklich nicht mehr herauszuholen. Sein Auftrag, hatte er gesagt, sei ergebnislos gewesen, was Johann nicht weiter wunderte. Zwar gab es unter der kretischen Bevölkerung Kollaborateure und Verräter, freiwillige, bestochene und solche, aus denen man die gewünschten Informationen mit brutaler Gewalt herauspreßte. Das hatte Johann selbst erfahren. Aber eine Spaltung des Andartiko zugunsten der deutschen Besatzungsmacht hielt er für ausgeschlossen. Die Konflikte zwischen kommunistischen und bürgerlichen oder nationalen Andarten, denen die Briten so große Bedeutung zumaßen, schienen auf Kreta viel weniger ausgeprägt zu sein als auf dem griechischen Festland. Wenn das Andartiko überhaupt zersplittert war, dann wegen innerkretischer Konflikte, Blutrachen und Familienfehden, die sich manchmal über Jahrzehnte hinzogen. Andreas hatte ihm davon erzählt. Es ging dabei meistens um Ehrverletzungen, häufiger noch um Viehdiebstahl, manchmal auch um Mord, und ganz selten um die Entführung von Frauen. Aber diese Affären lösten sich zumeist in Wohlgefallen auf, weil solche Entführungen als Heldentaten galten und die betroffenen Familien nach einigem Grollen und kleineren Messerstechereien miteinander Frieden schlossen. Andreas selbst hatte seine Frau, Elénis Mutter, seinerzeit aus deren Familie entführt, weil sie einem anderen Mann zugedacht gewesen war. Heute war sein Schwiegervater auf Andreas stolzer als auf seine eigenen Söhne, weil das ein Mann war, der noch wußte, wie man sich Frauen nahm. Aber von all dem dürfte Schlosser keine Ahnung haben.

Johann ging in dem Barackentrakt auf und ab, von der Toilettentonne zum vergitterten Fenster, vom Fenster zur Tür, von Etagenbett zu Etagenbett, rauchte, ging zurück zum Fenster, sah eine Gruppe italienischer Kriegsgefangener auf dem Hof antreten. Sie hatten Schaufeln und Spaten geschultert. Ein LKW fuhr vor, die Gefangenen kletterten auf die Ladefläche. Der LKW verließ das Lager in einer Staubwolke.

Nach etwa einer Stunde kam Schlosser in Begleitung des Soldaten wieder aus der Baracke des Kommandanten. Er schüttelte den Kopf und grinste triumphierend vor sich hin. »Ich habe auf deinen

Rat gehört«, sagte er zu Johann, als er wieder bei ihm in der Zelle war. »Hab den Dummköpfen erzählt, was sie hören wollten.«

»Aber dein Auftrag ist doch gar nicht ...«

»Hab mir irgendwelche Namen ausgedacht, griechische Namen. Hab gesagt, daß das Leute sind, die mit uns zusammenarbeiten. Zigarette?« Er hielt Johann eine volle Packung *Camel* vor die Nase.

»Und das haben sie dir geglaubt?«

»Warum nicht? Diese gottverdammte Judensau in ihrem weißen Tuntenanzug hat doch keine Ahnung, wie man ein Verhör führt. Wenn wir den damals, als er noch in Deutschland war, erwischt hätten, dann wüßte er es heute. Aber den erwischen wir auch noch. Alle erwischen wir sie. Alle!«

Er ließ sich von Johann Feuer geben und senkte die Stimme. Was er im Verhör erzählt habe, stimme durchaus, von den falschen Namen abgesehen. Im Spalten des Andartiko habe seine Hauptaufgabe auf Kreta allerdings gar nicht bestanden. Seine Aufgabe sei es vielmehr gewesen, an der Endlösung der Judenfrage im Mittelmeerraum mitzuwirken. Auf Kreta liefen sie immer noch frei und unbehelligt herum, brauchten sich nicht zu verstecken, trügen nicht mal den gelben Stern. Es gebe aber genug Kreter, die froh wären, wenn man ihnen die Juden von der Insel schaffe. Die saugten denen genauso das Blut aus, wie sie dem deutschen Volk das Blut ausgesaugt hätten. Schlosser habe Kontakt mit diversen Leuten aufgenommen, die die Gestapo unterstützen würden, wenn demnächst die Juden auf Kreta zusammengetrieben und deportiert werden sollten. Die Aktion werde akribisch vorbereitet. In einem halben Jahr, im Frühling 44, werde es soweit sein. Er, Schlosser, könne leider nicht mehr dazu beitragen, aber seine Kollegen würden ganze Arbeit leisten. Man habe bereits jetzt kostbaren Schiffsraum reserviert. Und bald werde es keinen einzigen Juden mehr auf Kreta geben.

»Ich verstehe«, murmelte Johann tonlos und roch plötzlich den Gestank, der durch den schlecht schließenden Deckel der Toilettentonne drang und vom Zigarettenrauch nicht mehr überdeckt wurde.

»Jetzt bist du dran, Kamerad«, sagte Schlosser, als sich draußen Schritte näherten und die Tür entriegelt wurde.

»Prisoner Dirksen!« brüllte der Aufseher.

Johann folgte ihm durch die Staubfontänen des Hofs. Im Büro erwarteten ihn Bloomfeld, Colonel Stiles und Kelly, tranken Tee, rauchten und sahen ihn erwartungsvoll an. Kelly schob ihm eine Teetasse über den Tisch.

»Hat er Ihnen etwas gesagt?« fragte Bloomfeld hastig.

Johann trank einen Schluck Tee und nickte. »Die Namen, die er Ihnen genannt hat, sind falsch. Er hat sie sich ausgedacht.«

»Das haben wir uns natürlich schon gedacht«, sagte Stiles, schlau lächelnd. »Wir glauben aber, daß er auf Kreta etwas ganz anderes zu tun hatte, als irgendwelche armen Bauern oder Fischer zu bestechen.«

»Er ist daran beteiligt, die Deportation der kretischen Juden vorzubereiten«, sagte Johann.

Bloomfeld setzte die Teetasse, die er gerade zum Mund führen wollte, hart auf dem Tisch ab. Kelly und Stiles warfen sich einen Blick zu. »Auch das«, sagte Stiles, »haben wir uns schon gedacht.«

»Sie wissen das schon?« Johann starrte die beiden Engländer irritiert an.

»Wir waren uns nicht sicher, ob auch Schlosser an dieser, nun ja, dieser Sache arbeitet. Aber wir wissen natürlich längst, daß die Deutschen gegen die kretischen Juden vorgehen wollen.« Stiles klang emotionslos, fast gelangweilt.

Einige Augenblicke herrschte Schweigen. Sand pickte gegen die Fensterscheiben. Bloomfeld sah sehr blaß aus. Kelly schlürfte geräuschvoll Tee. Die Uhr an der Wand tickte die Sekunden fort.

»Und was«, fragte Johann, »unternehmen Sie dagegen? Ich meine, Sie können doch nicht ...«

»Nichts«, schnitt Stiles ihm das Wort ab. »Was sollten wir denn dagegen unternehmen?« Er zuckte mit den Schultern und steckte sich eine neue Zigarette zwischen die Lippen, während Bloomfeld mit geballten Fäusten aufstand, zum Fenster ging, die Stirn gegen das Glas drückte und regungslos stehenblieb. Kelly schenkte Tee nach. »Verhindern ließe sich das nur«, fuhr Stiles fort, »mit einer Invasion der Insel. Wir planen aber keine Invasion. Kreta ist von den Deutschen zu einer Festung ausgebaut worden. Unsere Verluste wären enorm. Wir haben auch kein strategisches Interesse mehr an der Insel. Wir umgehen sie einfach. Wenn die Deutschen sich vom griechischen Festland zurückziehen, und wir nehmen an, daß das bald geschieht, sitzt die deutsche Besatzung auf Kreta im Nirgendwo. Eine gut ausgebildete und gut bewaffnete Truppe, die an keiner anderen Front eingreifen kann. Wissen Sie, was Churchill darüber sagt?« Johann schüttelte den Kopf. »Die Deutschen auf Kreta sind meine billigsten Kriegsgefangenen. Sie müssen weder bewacht noch verpflegt werden. Unsere Agenten und das Andartiko beschäftigen sie ein bißchen. Und umgekehrt beschäftigen sie sich mit dem Andartiko. Wir sind derzeit also nicht daran interessiert, die Situation zu verändern.«

Johann sah ihn entgeistert an. »Aber wenn die Juden deportiert werden...«

»Sie haben es doch gehört«, unterbrach ihn Stiles kalt. »Wissen Sie eigentlich, was Ihre Landsleute anderswo mit den Juden machen? In Polen zum Beispiel? Deportieren ist ein zu freundliches Wort, Mr. Martens. Es geht um Völkermord.«

»Aber dann müßten Sie doch erst recht...«

»Wenn die Alliierten hier gezielt einschreiten würden, vorausgesetzt, das wäre militärisch überhaupt möglich, würde das den Krieg um Monate, vielleicht um Jahre verlängern. Daran kann niemand Interesse haben. Und was die kretischen Juden angeht...«

»Sind es nur wenige«, unterbrach ihn plötzlich Bloomfeld, der immer noch am Fenster stand.

»Ganz recht«, sagte Stiles. »Keine tausend. Vielleicht keine fünfhundert.«

»Für die sich keine Invasion lohnt«, sagte Bloomfeld, und seine Stimme klang, als käme sie aus dem Grab.

»So ist es«, sagte Stiles und zeichnete mit der Fingerspitze Muster in den Staub, der unaufhaltsam durch die Ritzen in Fenstern und Türen drang.

12.

Von der Dachterrasse des Hauses konnte man den Nil sehen. Im fransigen Novemberregen verschwamm das gewaltige, braune Band seines Wassers zu schmutzigem Grau. Dampfboote stießen Rauch in den niedrigen Himmel, und die Segel der kleineren Boote krochen so träge über die Flut, als hätten sie kein Ziel, als bestünde ihr einziger Zweck darin, dem trüben Anblick ein paar hellere Tupfer abzuzwingen.

Sobald Johann wieder ohne Krücken laufen konnte, hatte Bloomfeld ihn zu den Pyramiden geführt; großartig sei das, er müsse es unbedingt sehen. Sie hatten in einem Boot über den Nil gesetzt, vorbei an einer Insel mit Pavillons, Gärten und Kiosken, und waren auf Eseln weitergeritten. Aus der Entfernung hatten die Pyramiden geleuchtet, rot wie die kretischen Berge im Morgenlicht, und unter ihren Spitzen, um die Milane wie suchend ihre Kreise gezogen hatten, hatte Dunst gelagert. Sie waren über Hügel aus Sand und Asche und Tonsplittern gestiegen, dann auf Pfaden höher, vorbei an Höhlen und Plattformen, und auch diese Zickzackwege hatten Johann an die Bergpfade Kretas erinnert, über die er mit Andreas geklettert war, Abgrund auf Abgrund, Klippe an Klippe. Ein Araber hatte sie in eine Seitenhöhle geführt, einen staubigen, überwölbten Gang, der steil abgefallen war wie ein Kohlenschacht, wie eine unterirdische Schlucht, und Johann hatte plötzlich das Gefühl gehabt, daß dort unten Tote liegen mußten. Leichenberge. Als sie schließlich wieder im Freien und auf der Spitze gewesen waren, hatte ihn der Ausblick irritiert. Die Grenze zwischen Wüste und Vegetation wie mit dem Lineal gezogen, aber alle anderen Grenzen hatten sich für Johann vermischt, die zwischen Freund und Feind, zwischen Verrat und Treue zu seinem Land. Sand und berstende Fruchtbarkeit waren da unten kollidiert, und die Wüste hatte wie eine Wolke des Todes über der Vegetation geschwebt.

Johann warf die Zigarettenkippe über die Mauerbrüstung in den Hof, trank den letzten Schluck Gin aus der Flasche und stieg über die wackelige Holztreppe wieder nach unten. Seit zwei Monaten wohnte und arbeitete er nun in diesem stillen Vorort Kairos, und obwohl er sich in der Stadt frei bewegen konnte, kam er sich wie ein Gefangener vor. Im ersten Stock des kleinen Hauses, unter der Dachterrasse, befanden sich drei Zimmer. In einem wohnte Bloomfeld, im zweiten Professor Adamowski, ein polnischer Ägyptologe, den die Kriegswirren von Krakau über London nach Kairo verschlagen hatten, wo er, wie Bloomfeld auch, für den britischen Geheimdienst arbeitete; worin seine Aufgabe bestand, war Johann unklar geblieben, zumal Adamowski häufig verreiste und nur selten im Haus Quartier nahm. Ein drittes, leerstehendes Zimmer hatte man Johann zugewiesen.

Das Erdgeschoß bestand aus einem einzigen Raum, der als Küche, gemeinsames Eßzimmer und Büro diente. Bloomfeld schrieb hier auf einer klapprigen Schreibmaschine seine Berichte und Memoranden, die sich mit der politischen Lage und der Situation der Juden in Palästina, im Nahen Osten und im Mittelmeerraum befaßten, über die er mit Johann aber fast nie sprach. Zudem machte Bloomfeld bei dieser Arbeit einen so resignierten und apathischen Eindruck, als sei seine Tätigkeit sinn- und nutzlose Zeitvergeudung.

Johann selbst war offiziell als Übersetzer beschäftigt und bezog für seine Tätigkeit ein Gehalt, das zwar bescheiden war, in Anbetracht der wenigen Arbeit, die er zu leisten hatte und die eher einer Beschäftigungstherapie glich, jedoch mehr als angemessen. Ein Bote brachte manchmal Ausschnitte aus griechischen, seltener aus englischen Zeitungen ins Haus, die Johann dann ins Deutsche zu übersetzen hatte, gelegentlich auch Texte für Flugblätter, die von britischen Flugzeugen über griechischem Gebiet abgeworfen wurden und auf denen die deutschen Truppen davon überzeugt werden sollten, daß der Krieg verloren und die Waffen niederzulegen seien.

Johann warf die leere Ginflasche in das verrostete Ölfaß, das als Mülleimer diente. Es splitterte und dröhnte.

Bloomfeld hockte vor seiner Schreibmaschine. »Sie trinken zuviel«, sagte er, ohne aufzusehen und hackte mit dem Zeigefinger auf der Tastatur herum, während Johann eine neue Flasche öffnete.

»Was geht Sie das an?« sagte Johann. Als er Gin in ein Glas

schüttete, stand Bloomfeld auf, legte ihm eine Hand auf die Schulter und versuchte, ihm das Glas aus der Hand zu nehmen.

Johann gab ihm einen heftigen Stoß vor die Brust, Bloomfeld taumelte zurück. »Lassen Sie mich in Frieden«, sagte Johann und trank.

Bloomfeld sah ihn müde und mitfühlend an. »Ich kann Sie ja verstehen, Martens«, sagte er sanft, »aber was wollen Sie denn eigentlich? Wir haben für Sie mehr getan als für ...«

»Nach Hause«, lallte Johann, »ich will nach Hause.«

»Wenn der Krieg zu Ende ist, können Sie zurück nach Deutschland. Leute wie Sie werden wir da brauchen.«

»Deutschland?« Johann machte eine wegwerfende Handbewegung. »Ich will wieder nach Kreta, verdammt noch mal. Ich muß!«

Bloomfeld zuckte mit den Schultern. »Sie wissen genau, daß das unmöglich ist. Stiles hat es Ihnen erklärt. Grayson hat es Ihnen erklärt, bevor wir von Alexandria abgereist sind. Aber ich erkläre es Ihnen gerne noch einmal. Wir verzichten darauf, Sie hier als sogenannten feindlichen Ausländer zu internieren, obwohl wir das könnten. Wir haben Ihnen einen holländischen Paß beschafft, wir haben...«

»Ich pfeife auf den holländischen Paß!«

»Wir bringen Sie angemessen unter«, Bloomfeld ließ sich nicht beirren, »geben Ihnen einen Job und bezahlen Sie. Das sind Bedingungen, nach denen sich andere in Ihrer Situation die Finger lecken würden. Wenn wir Sie jedoch wieder nach Kreta einschleusen würden und Sie da Ihren Landsleuten in die Hände fielen, wird man anders mit Ihnen umspringen als wir mit diesem Herrn Schlosser. Dann sind Sie nämlich ein toter Mann. Aber bevor Sie an die Wand gestellt werden, wird man aus Ihnen herauspressen, was Sie übers Andartiko wissen.«

»Andreas hat mir sein Wort gegeben«, sagte Johann mit zusammengebissenen Zähnen.

»Mann, Martens, verstehen Sie das doch. Wenn Sie etwas für Andreas Siderias tun wollen, bleiben Sie hier. Auf Kreta werden Sie Andreas und seine Freunde gefährden, Sie setzen das Leben seiner Familie aufs Spiel, seiner Söhne, seiner Töchter. Wenn Ihnen Ihr eigenes Leben egal ist, ist das Ihre Sache. Aber für das Leben unserer

Verbündeten sind wir verantwortlich. Ich sage Ihnen jetzt etwas, was ich Ihnen bislang vorenthalten habe, um Sie zu schonen. Kurz nach Ihrer Evakuierung von der Insel hat die deutsche Wehrmacht in dem Dorf Áno Viános ein furchtbares Massaker angerichtet. An einem einzigen Nachmittag sind dort 400 Menschen, Kinder, Frauen und Männer, zusammengetrieben und vor Maschinengewehre gestellt worden, und zwar ...«

»Großer Gott«, stammelte Johann. Das Glas rutschte ihm aus der Hand, zerschellte auf dem Steinfußboden. Plötzlich hatte er wieder den Schacht in der Pyramide vor Augen, in dem seine Phantasie alle Leichen dieses Krieges versenkt hatte.

»Wir können leider nicht ausschließen, daß Ihre Entführung durch das Andartiko diese Aktion ausgelöst hat. Verstehen Sie jetzt, warum Sie nicht zurück dürfen?«

»Dann sagen Sie mir wenigstens, wo Georgi steckt«, druckste Johann kleinlaut, mit schwerer Zunge. »Oder darf der auch nicht zurück? Haben Sie den etwa auch eingesperrt? Vielleicht in einem Gefangenenlager? Damit er Spitzeldienste leistet für Sie?«

»Ich weiß nicht, wo Georgi untergebracht worden ist«, sagte Bloomfeld. »Und wenn ich es wüßte, dürfte ich es Ihnen nicht sagen. Außerdem müßte er inzwischen wieder auf Kreta sein.«

»Leckt mich alle am Arsch!« schrie Johann, wankte zum Ausgang, warf die Tür hinter sich zu.

Er ging in den Hof, bestieg das Fahrrad, das man ihm zur Verfügung gestellt hatte, strampelte in Schlangenlinien die stille Straße entlang, vorbei an hohen Mauern, über die Dattelpalmen, Johannisbrotbäume und schwere Weinreben ragten, und fuhr über eine lange, von Akazien bestandene Allee. Es hatte zu regnen aufgehört, die Luft roch frisch, Staub und Abgase waren weggewaschen. Je länger Johann radelte, desto nüchterner wurde er.

Nach einer Weile erreichte er die Gärten von Gezirah, in denen er manchmal saß oder spazierenging. Die kurzgeschorenen Rasenflächen schimmerten im gelben Lampenlicht wie ein dunkelgrüner Teppich. Abgesehen von einigen späten Passanten und Liebespaaren auf Bänken war der Park jetzt leer. Johann stellte das Fahrrad bei der künstlichen Berglandschaft ab, die von Bäumen und Blumenbeeten umgeben war. Über eins der Treppchen, die dies Phantasiegebirge durchzogen, stieg er nach oben. Die Grotten mit den Aquarien, vor denen sich tagsüber Schulklassen drängten, lagen verlassen, aber die Beleuchtung war noch nicht ausgeschaltet. Er ging hinein und setzte sich auf die Steinbank vor einen der gläsernen Tanks.

Die schwerelose Eleganz, mit der die Fische sich fortbewegten, beruhigte ihn. In kaum wahrnehmbaren Bewegungen wechselten sie die Richtung, huschten von links nach rechts, von rechts nach links, sanken in die Tiefe ab, stiegen höher zur Oberfläche auf, kamen aus dem Dunkel des hinteren Teils ins Licht, bis die Glaswand ihnen den Weg versperrte und sie gelassen abdrehten, steigend, fallend, von hier nach dort, von dort nach hier, sicher in ihrem Element und doch Gefangene, ausgestellt als Trophäen, von den Regionen ihrer Herkunft auf immer getrennt. Aus einem Schwarm rötlich glänzender Fische löste sich einer, begegnete im Dickicht von Seegras und Tang einem blau geschuppten, fast stießen sie gegeneinander, umkreisten sich fremd und mißtrauisch, schwammen dann nebeneinander dem blauen Schwarm entgegen, der den roten Gast wie selbstverständlich aufnahm. Aber nach einer Weile entstand Unruhe in der sanft gleitenden Ordnung des Schwarms, die Regelmäßigkeit ihres trägen Dahinziehens wich einer chaotischen Hektik, als sei ein Stein in ihre Mitte geworfen worden, dessen Gewalt die vertrauten Strömungen zerstörte, und der Schwarm spritzte in alle Richtungen auseinander, bis schließlich nur noch der rote Fisch wie verirrt überm Riff schwebte, vom Fremden zum Gast geworden, vom Gast zum Störenfried, vom Störenfried wieder zum Fremden, dessen eigener Schwarm längst in den dunklen Höhlen verschwunden war. Im grün schimmernden, lichtdurchfluteten Wasser sah Johann ein Gesicht, die tiefe Sonnenbräune auf den unrasierten Wangen fast schwarz, große, skeptisch blickende Augen, die nach etwas zu suchen schienen. Es dauerte eine Weile, bis er begriff, daß sich sein eigenes Gesicht wie das eines Fremden auf dem Glas des Aquariums spiegelte. Er fingerte eine Zigarette aus der Brusttasche des Khakihemds und ließ das Feuerzeug schnippen. Die bläulich aufschießende Benzinflamme löschte sein Spiegelbild aus.

Er ging zurück zum Fahrrad und schob es durch die Gärten bis zur Badeanstalt. Das Schwimmbecken lag verlassen im Licht der bunten Lampions, die vor den Arkaden hingen. Stimmengewirr, Gelächter und Musik drang von den Bars, Cafés und Tanzdielen herüber. Er setzte sich vor eins der Cafés und bestellte Mokka, lauschte in die Stimmen hinein, Arabisch, Englisch. Jongleure und Taschenspieler, Tee- und Wasserverkäufer, Bettler und elegante Araber zogen vorbei, Prostituierte flanierten mit ausladenden Hüftschwüngen und suchenden Blicken an den Tischen der Lokale entlang, britische Soldaten stolperten gröhlend vorüber; vor dem Eingang eines Tanzlokals gab es einen Tumult, der sofort eine Polizeistreife auf den Plan rief und geschlichtet wurde.

Der Mokka ließ Johann klarer werden; er bestellte einen zweiten und fühlte sich ausgenüchtert. Er überlegte, ob er ins »Ramses« gehen sollte, einen Nachtclub mit Bordellbetrieb im ersten Stock, der vor allem von neuseeländischen und australischen Offizieren frequentiert wurde und nicht weit entfernt in einem älteren Stadtviertel lag. Nachdem Bloomfeld, um Johanns trübe Stimmung aufzuheitern, einmal mit ihm den Laden besucht hatte, war Johann jede Woche dort erschienen, hatte Cocktails und Bier getrunken, war mit wechselnden Mädchen und Frauen nach oben gegangen, war zu einem Stammgast geworden und hatte doch immer nur als Fremder bei Fremden gelegen, getröstet von den kurzen Momenten wahlloser Lust, um schließlich wieder im Lärm und Licht der nächtlichen Stadt zu verschwinden, bis er die stille Straße erreichte und von der Dachterrasse den Nil strömen sah, dessen Wasser sich durchs Labyrinth seines Deltas träge ins Meer ergoß, ins Meer, das auch die kretische Küste umschloß. Dann träumte er davon, einfach mit diesen Wassern zu fließen, um sich irgendwann im Hafen von Agia Galini zu finden, wo Eléni, auf der Mole sitzend, die Beine über den Rand gestreckt, die Füße knapp über der Wasseroberfläche, auf ihn warten würde. Und dann schlief er ein und erwachte morgens mit schwerem Kopf, und so gingen die Tage dahin, die Wochen, und jetzt war er schon zwei Monate hier, und Jahre würden vergehen, sein Leben würde vergehen in diesem Aquarium der Stadt Kairo.

Nüchtern genug, um sich im »Ramses« erneut zu betrinken, winkte er dem Kellner, um zu zahlen, als er hinter sich griechische

Worte aufschnappte. »Den pirasi polemos«, hatte da einer gesagt, »macht nichts, ist ja Krieg«, und dann wurde laut gelacht. Mehr noch als der Klang der Worte versetzte das Gelächter Johann augenblicklich in Euphorie. Er fuhr herum. Am Nebentisch saßen zwei Männer in Uniformen der griechischen Exilarmee, Rakigläser in Händen.

»Cherete!« rief Johann ihnen zu, wurde sogleich an den Tisch gebeten, weil man ihn für einen Griechen hielt, und er bestellte eine neue Runde Raki. »Zur Gesundheit!«

Die beiden Männer waren Unteroffiziere. Einer stammte aus Athen, der andere aus Patras. Nach der Kapitulation der griechischen Armee waren sie mit einem britischen Transporter nach Ägypten evakuiert worden und bildeten hier Freiwillige und Versprengte für die bevorstehende Offensive in der Ägäis aus.

Daß Johann mit seinem fließenden, aber fehlerhaften Griechisch kein Landsmann war, merkten sie sofort. Johann gab sich als Australier aus, hatte man ihm doch eingeschärft, seine Identität unter keinen Umständen preiszugeben: In Kairo wimmelte es immer noch von deutschen und italienischen Agenten, und es war nicht ausgeschlossen, daß auch hier nach ihm gefahndet wurde. Er habe, erzählte er den beiden Griechen, als Funker auf Kreta gearbeitet und sei jetzt auf Fronturlaub.

Dann, sagte der Athener, kenne er doch sicher die Café-Bar »Trianon«. Dort säßen nämlich sämtliche Kreter herum, die sich in Kairo aufhielten, tränken ihren schweren kretischen Wein, sängen ihre wilden Lieder und tanzten ihre merkwürdigen Tänze. Der freundliche Spott, mit dem der Mann dies erzählte, ließ darauf schließen, daß die Abneigung der Kreter gegen die Festlandsgriechen auf Gegenseitigkeit beruhte.

Johann war wie elektrisiert. Ein kretisches Lokal! Wenn überhaupt irgendwo, würde er dort Georgi finden. Das Lokal kenne er leider nicht, sagte er, weil er in Alexandria untergebracht sei und nur kurz in Kairo zu Besuch.

Die Café-Bar sei nicht weit von hier, in der Nähe des Töpferbasars, erklärte der Athener, und als Johann nun eine fast unhöfliche Eile an den Tag legte, lachten die beiden gutmütig. Er sei am Ende wohl gar kein Australier, sondern selber Kreter? Die hätten ja auch so einen komischen Akzent wie er. Sie tranken noch einen Raki auf die gegenseitige Gesundheit und einen weiteren zum Abschied. In der Trinkfreudigkeit blieben Kreter und Festlandsgriechen sich immerhin gleich.

Während er im engen Gassengewirr um den Töpfermarkt nach dem Lokal suchte, fragte er sich, warum Bloomfeld ihm nie von dessen Existenz erzählt hatte. Offenbar sollte verhindert werden, daß Johann den Kontakt zu Georgi hielt und womöglich Kontakte zu anderen Kretern aufnahm. Die Altstadt war ein Labyrinth; vielleicht hatte er deshalb bei seinen Gängen das Lokal nie gesehen. Die ungepflasterten Gassen waren teilweise mit Planken und Matten bedeckt, tunnelartige Durchgänge nur, über denen sich vorspringende Fenster in der Höhe trafen. Er sah in durch Schatten verdunkelte Höfe, staubige, gespenstische Ruinen, geborstene Dachsparren, leere Fensterhöhlen. Die Häuser kamen ihm vor wie ein Haufen alter Möbel, die eine Dachkammer verstopften, mit dem Staub der Jahrzehnte bedeckt. Hinterm Gitterwerk eines vorspringenden Fensters erschien plötzlich das unverschleierte Gesicht eines Mädchens, das, als sein Blick sie traf, sofort wieder verschwand.

Schließlich fand er das »Trianon« in einer Ladenreihe, die gegen eine alte Befestigungsmauer gebaut war, zwischen einem Friseurgeschäft und einem Bäcker. Die Cafétischchen unter der rot-weiß gestreiften Markise waren dicht an dicht besetzt. Es gab, anders als auf Kreta, sogar einige Frauen im Publikum. Manche der Männer trugen Uniformen der griechischen Exilarmee, andere waren in Zivil, und einige trugen, unverkennbar und stolz, ihre kretische Tracht, fransige Kopftücher, Pluderhosen, hochschäftige Reitstiefel, und in Bauchschärpen blitzten Dolche und Pistolengriffe.

Der Wirt hieß Stalios, stammte aus Rhetimnon, und als Johann sich im Inneren der Kneipe durchs Gedränge an die Bar gekämpft und sich nach Georgi erkundigt hatte, grinste Stalios, nickte heftig, zeigte auf einen Tisch am hinteren Ende des Lokals, an dem ein Mann und eine Frau saßen. Auf der Straße hätte Johann Georgi vielleicht gar nicht wiedererkannt. Statt seiner abgerissenen kretischen Tracht trug er einen kessen Strohhut mit grünem Band und einen weißen Baumwollanzug. Außerdem war er glattrasiert, und als Johann und er sich um den Hals fielen, roch er wie ein Parfümladen, aber die süßlichen Düfte mochten auch von der Frau ausgehen, die Georgi ihm als Michelle vorstellte.

»Französin«, sagte er augenzwinkernd zu Johann, aber auf dessen Versuch, sie mit ein paar französischen Brocken anzusprechen, reagierte sie verständnislos, sondern sprach nur gebrochenes Englisch.

Georgi bestellte Wein, und dann erzählten sie sich gegenseitig, was sie in den vergangenen zwei Monaten erlebt hatten. Georgi war zusammen mit sechs anderen Kretern in Kairo untergebracht, neu eingekleidet und bestens verpflegt worden. Sie hatten sich die Stadt angesehen, waren sogar auf die Pyramiden geklettert, hatten ihren Urlaub mit ausgiebigen Festen genossen und begossen und hatten dann sogar die Möglichkeit bekommen, eine Art Pilgerfahrt ins Heilige Land zu machen, wo sie Jerusalem und Bethlehem besuchten. Besonders beeindruckt zeigte Georgi sich von der Grabkirche und dem zugehörigen Kloster, da diese von griechischen Mönchen bewohnt und verwaltet wurden.

»Aber alle anderen Christen dürfen hinein«, sagte er, »den Katholiken haben wir sogar eine Seitenkapelle gegeben. Und wenn Menschen anderer Religionen die Kirche sehen wollen, lassen wir sie auch hinein. Alles Menschen. Alles unsere Gäste.«

Anschließend hatte Georgi noch vierzehn Tage in einem Ausbildungscamp verbracht, wo man ihn und seine Kameraden im Umgang mit neuen Waffen und Funkgeräten trainiert hatte. »Nach dir habe ich mich überall erkundigt, habe dich gesucht, habe gehofft, daß du irgendwann in dieser Bar auftauchen würdest«, sagte er schließlich und hob sein Glas. »Aber niemand wußte, wo du warst. Niemand kannte dich. Ich bin so glücklich, daß du mich gefunden hast.«

»Vielleicht wollte dir niemand sagen, wo ich war«, sagte Johann. »Vielleicht durfte mich niemand kennen.«

»Warum?« Georgi sah ihn verständnislos an. »Sie hatten doch den Brief von Andreas und wußten, daß ich mich um dich kümmern sollte.«

Johann nickte. »Das wußten sie. Aber sie wollen unbedingt verhindern, daß ich wieder nach Kreta gehe, verstehst du?«

Georgi verstand es erst, als Johann ihm seine Geschichte erzählt und auch das Massaker von Áno Viános erwähnt hatte, war aber dennoch über den Wortbruch der Engländer empört. »Übermorgen«, sagte er, »werden wir wieder zurückgebracht. Wir haben also großes Glück gehabt, daß du mich noch gefunden hast. Ich kann es kaum abwarten, endlich nach Hause zu kommen und den Kampf aufzunehmen. Aber es tut mir leid, daß sie dich nicht mitkommen lassen.«

»Den pirasi polemos«, murmelte Johann, aber es machte eben doch so viel, daß er Tränen in den Augen hatte, als er Georgi zutrank.

»Ich werde Andreas alles erzählen«, sagte Georgi tröstend. »Vielleicht kann er etwas für dich tun.«

»Was soll er tun können?«

»Die Engländer hören auf ihn.«

»Auch die Engländer«, sagte Johann, »meinen und tun nicht immer das, was sie sagen und versprechen. Bist du morgen abend noch einmal hier?«

»Natürlich. Aber willst du etwa schon gehen?«

Johann schüttelte den Kopf und bestellte mehr Wein. »Ich werde morgen abend kommen und dir einen Brief für Andreas mitgeben.«

»Sehr gut«, sagte Georgi. »Auf deine Gesundheit.«

Sie tranken.

»Und vielleicht noch einen zweiten Brief«, sagte Johann.

Und dann tranken sie wieder den schweren Rotwein, aus dem der Duft nach kretischer Erde, kretischem Himmel und auch der Duft des Meeres stieg, und lange nach Mitternacht spielten zwei Kreter Lyra und Bouzouki, eine langsame, klagende Melodie. Einige Männer begannen, danach zu tanzen, in abgemessenen Schritten, würdevoll und ernst. Die Arme auf die Schultern der Nebenleute gelegt, bildeten sie einen offenen Halbkreis, in dem Platz für weitere Tänzer blieb. Georgi stand auf, nahm Johanns Hand, zog ihn vom Stuhl hoch. »Tanz mit uns.«

»Ich kann nicht tanzen«, sagte Johann.

»Unsinn«, sagte Georgi, »wir bringen es dir bei«, legte ihm den Arm um die Schulter und führte ihn in den Kreis, Schritt für

Schritt. Tastend, ängstlich, Fehler zu machen, stolperte Johann mit, aber Georgi rief ihm zu, er solle nicht an seine Füße denken, die seien klüger als er, die würden sich schon in den Tanz finden, er solle lieber an Kreta denken und an die Menschen, die er liebe. Und während Johann Eléni vor sich sah, die kokette Locke in der Stirn, das Lächeln und die Berührung ihrer Hand, wurde die Musik von Strophe zu Strophe schneller, und gehalten von Georgi und seinem Nebenmann auf der anderen Seite wurde Johann ein Teil der Reihe, des Kreises, des Tanzes und der immer wilder lodernden Musik. Der Kreis der Männer wirbelte um ein imaginäres Zentrum, das vielleicht die Liebe war oder die Freiheit, und alles um sie herum strömte diesem Wirbel zu, die Bar, die Straße, der Basar, die ganze Stadt Kairo, der Fluß und das Meer und die Inseln im Meer. Und das imaginäre Zentrum war diese eine Insel, von der sie alle kamen und zu der sie alle zurückwollten.

13.

Wie er nach Hause gefunden hatte, wußte Johann nicht mehr, als er am nächsten Tag mit schwerem Schädel erwachte. Es ging schon auf Mittag zu, der Himmel hatte sich geklärt. Bloomfeld war nicht da, der polnische Professor wie üblich verreist. Es war still im Haus. Das Rauschen der Stadt drang nur leise durch die geöffneten Fenster zum Hof. Nachdem er gefrühstückt hatte, setzte sich Johann an den Schreibtisch, nahm ein deutsch-griechisches Wörterbuch aus dem Regal und schrieb.

Kairo, 21. November 1943
Lieber Andreas!
Ich beneide Georgi, wenn er Dir diesen Brief bringen wird, weil er dann an dem Ort sein wird, an dem auch ich jetzt sein möchte. Wie die Dinge liegen, werde ich aber nicht mehr nach Kreta

zurückkehren können, jedenfalls nicht, solange dieser unselige Krieg dauert.
Die Engländer glauben, daß meine Anwesenheit auf Kreta nicht nur mich selbst gefährdet, sondern auch Dich, Deine Familie und Deine Freunde, von denen manche auch meine Freunde geworden sind. Paul Bates, Pavlos, wird Dir das vielleicht schon erklärt haben. Oder er wird es Dir erklären müssen, wenn Du diesen Brief bekommen hast und Du ihn danach fragst.
Sonst braucht Ihr Euch aber keine Sorgen um mich zu machen. Ich bin gut untergebracht und werde gut verpflegt. Gestern abend habe ich kretischen Wein getrunken, Du weißt schon, nicht dies Zeug vom Festland, sondern den schweren, dunklen, roten. Und außerdem habe ich gelernt zu tanzen.
Freiheit oder Tod!
    Yannis

Kairo, 21. November 1943
Liebe Eléni!
Georgi, der Dir diesen Brief geben wird, hat mich gelehrt zu tanzen. Beim Tanzen habe ich verstanden, daß ich Dich liebe. Wie ich Dir meine Liebe zeigen kann, weiß ich nicht, weil man mir verboten hat, Dich wiederzusehen. So kann ich es Dir nicht einmal sagen, sondern muß es Dir schreiben: Ich liebe Dich. Vielleicht bist du jetzt erschrocken, aber schreiben muß ich es Dir trotzdem, weil ich nicht weiß, ob ich je wieder in Deiner Nähe sein werde. Die Zeiten sind schlecht für die Liebe. Aber die Liebe ist doch da und wird immer bleiben.
Dein
    Yannis
PS: Dein Vater hat mir sein Komboloi geschenkt, als ich von Kreta weggebracht wurde. Mit dessen Perlen, sagte er, kann man seinen Kummer zählen. Der Komboloi, der meinen Kummer zählen könnte, müßte von Kairo bis Kreta reichen.

VIII. Kapitel

KRETA 1975

1.

Mondlicht fingerte bleich durch Spalten eines geschlossenen Fensterladens. Als seine Augen sich ans Zwielicht gewöhnt hatten, erkannte er Einzelheiten. Er lag unter einem sauberen Laken auf einem Bett. Wände und Decke des Zimmers waren weiß gekalkt. Neben einem Waschbecken, über dem ein Spiegel hing und das matte Licht verstärkte, stand ein Schrank aus dunklem Holz. An der Wand gegenüber dem Fenster, durch dessen Laden das Licht sickerte, hing ein Kalender. Darunter standen ein Tisch, darauf zwei Gläser und ein Teller mit Weintrauben, daneben zwei blaue Holzstühle mit aufgeflochtenen Sitzflächen. Über der Lehne eines Stuhls hing ein Tuch oder ein Lappen. Duft von Lavendel, Salz und Thymian hing in der Luft, und von irgendwo klang leise, fetzenweise vom Nachtwind hergewehte Musik. Manchmal glaubte er, Gelächter zu hören und Stimmengemurmel. Sein Bein schmerzte. Er schlug das Laken beiseite. Der Oberschenkel steckte in einem sauberen Verband. Er erinnerte sich wieder. Der Baum hatte ihn in sich aufgenommen wie einen Gast, und er hatte ins Blau des Himmels und aufs tiefere Blau des Wassers geblickt. Dann war das Blau immer heller geworden, blendendweiß schließlich, und seitdem wußte er nichts mehr.

Er hatte Durst, setzte die Füße auf den rot gefliesten, kühlen Boden, humpelte zum Tisch, nahm ein Glas, humpelte zum Waschbecken, ließ Wasser ins Glas laufen und trank. Das Bein schmerzte stechend, aber wenn er vorsichtig auftrat, war es erträglich. Er öffnete die Tür, die auf einen schmalen Flur führte, schloß sie wieder, ging zum Fenster, drückte die Läden auf und sah in einen kleinen, von hohen Mauern umgebenen Garten. Die Musikfetzen klangen jetzt etwas lauter, aber es waren keine Mantinádes mit Lyra und Bouzouki, sondern pulsierende, elektrische Rhythmen, Discomusik. Er zupfte ein paar Weintrauben von der Rebe und schob sie sich in den Mund. Er hatte keine Uhr. Die lag bei seinen Sachen in Angelikas Pension. Er schätzte, daß es etwa Mitternacht sein mußte. Und sein Motorroller lag, zu Schrott gefahren, irgendwo in den Bergen. Da hatte er selbst gelegen, da war er herumgekrochen wie ein Tier, da hatte er das Bewußtsein verloren. Irgend jemand mußte ihn gefunden und hierher gebracht haben. Aber wo war hier? Agia Galini? Sollte er durch den Flur humpeln, bis er einen Ausgang erreichte, eine Straße? Oder rufen? Durch die Nacht schreien, daß er aufgewacht war? Was da über der Stuhllehne hing, war kein Lappen, sondern seine zerfetzte, schmutzige, blutgetränkte Hose. Er griff in die Tasche, zog Zigaretten und Feuerzeug heraus, legte sich aufs Bett, rauchte. Er würde einfach warten, bis jemand käme. Wenn man ihn gefunden und hierher gebracht hatte, würde man schon nicht vergessen, wo er war. Irgendwann verstummte die Musik. Grillen zirpten durch die Nacht. Lukas Hollbach schlief tief im Irgendwo.

Kaffeeduft weckte ihn. Das Zimmer war hell. Auf einem der Stühle saß Sophia und lächelte ihm zu. »Guten Morgen«, sagte sie so selbstverständlich, als sagte sie das jeden Morgen zu ihm, »das Frühstück ist fertig«, und zeigte auf ein Tablett, das auf dem Tisch stand. Angenehm müßte das sein, von ihr jeden Morgen so geweckt zu werden.

»Guten Morgen«, murmelte er verschlafen, wischte sich die Augen, als müsse er sich versichern, nicht mehr zu träumen, und setzte sich aufrecht. »Wo, ich meine, wie bin ich ...«

»Überraschung«, sagte sie und schenkte Kaffee ein.

»Das kann man wohl sagen.« Nun lächelte er auch.

»Steh auf«, sagte sie. »Griechen frühstücken nie im Bett.«

»Ich habe nichts anzuziehen«, sagte er und zeigte auf seine zerrissene, blutgetränkte Hose.

»Stell dich nicht so an«, sagte sie. »Du hast doch eine Unterhose an.«

»Ich, ja natürlich. Woher weißt du ...«

»Ich hab geholfen, dein Bein zu verbinden. Und jetzt steh endlich auf.«

Er setzte sich zu ihr an den Tisch, trank Kaffee, aß weißes Brot, Honig und Joghurt, starrte Sophia an wie ein Wesen aus einer anderen Welt. Die Morgensonne blitzte in den grauen Strähnen ihres Haars. Wenn er sie fragen würde, wie er hierhergekommen war, in dies Zimmer, in ihre Gegenwart, dann, das schien ihm klar wie das Licht, würde er aufwachen aus dem Traum, den er immer noch träumen mußte, da draußen auf den Klippen in der Umarmung des Olivenbaums.

»Willst du gar nicht wissen, wie du hierhergekommen bist?« Sie konnte also auch Gedanken lesen.

Er schüttelte heftig den Kopf. »Auf keinen Fall!«

Sie lachte. »Wieso nicht?«

»Weil das, was man genau weiß, uns nicht mehr schön vorkommt. Oder nicht mehr interessiert. Oder so ähnlich jedenfalls.«

»Aha«, sagte sie spöttisch, »ich verstehe. Du bist ein Philosoph.«

»Nein! Philosophen wollen doch immer alles genau wissen.«

»Na schön«, sagte sie und schenkte Kaffee nach. »Aber ich erzähle es dir trotzdem. Du hast unglaubliches Glück gehabt, weil du ...«

»Sieht so aus, ja. Unglaublich.«

»Willst du es nun hören oder nicht?«

»Nein.« Er grinste sie an.

Sie lachte wieder. »Dann halt jetzt den Mund und hör zu. Dem Gemüsebauern Levtheris Gyparis schuldest du ein Trinkgeld, und zwar ein ziemlich großzügiges. Ohne den wärst du nämlich jetzt nicht hier, sondern vielleicht schon im Himmel. Er hat dich nämlich ...«

»Kommt mir aber so vor, als sei ich hier im Himmel«, unterbrach er sie. »Ein schöner Engel sitzt vor mir.«

»Oh, Mann, bitte nicht so ein Gesülze!« Sie runzelte die Stirn und sah ihn streng an, aber als er sie einfach weiter anlächelte, lächelte sie auch. »Levtheris hat gestern nachmittag Wassermelonen geerntet und mußte, um zu seinem Feld zu kommen, da oben durch die Küstenberge, wo du wie ein Volldidiot rumgebrettert bist. Nur Lebensmüde fahren mit dem Motorrad über solche Trampelpfade. Levtheris war mit einem Maultier und einem Karren unterwegs, und er hat deinen Roller gefunden beziehungsweise das, was davon übrig ist. Das hat ihn erst nicht besonders gewundert. Leider schmeißen die Leute hier überall ihren Müll in die Gegend. Aber als er nachgesehen hat, ob der Roller vielleicht wieder flottgemacht werden könnte, ist er auf eine zerfetzte, blutige Hose und eine Blutlache gestoßen, die noch nicht völlig getrocknet war. Da ist ihm natürlich der Verdacht gekommen, daß etwas passiert sein mußte, und er hat angefangen, die Gegend abzusuchen. Es hätte ihm ja eigentlich völlig egal sein können, und zu arbeiten hatte er auch, aber er hat trotzdem ziemlich lange gesucht. So sind die Leute hier nun mal. Und dann hat er dich schließlich gefunden. Er sagt, du hättest ohnmächtig an einem Olivenbaum gelegen und seist so verkrampft am Stamm festgeklammert gewesen, als hättest du in den Baum hineinkriechen wollen. Levtheris hat das Maultier geholt, hat dich auf den Karren gelegt und ist dann in Richtung Dorf geritten. An der Straße hat er das erstbeste Auto angehalten, das vorbeikam. Und jetzt darfst du mal raten, wer in diesem Auto saß.«

»Tja«, Lukas kratzte sich den Hinterkopf und machte ein nachdenkliches Gesicht. »Vielleicht Alexis Sorbas?«

»Blödmann!«

»Mikis Theodora...«

»Idiot!« Sophia warf ihm eine Brotkante ins Gesicht. »Du hast so ein sagenhaftes Glück gehabt, das gibt's gar nicht.«

»Glück? Dann mußt *du* in dem Auto gesessen haben.«

»Falsch. In dem Auto saß mein Onkel.«

»Dein ... wer?«

»Mein Onkel Demis.«

»Verstehe.«

»Ach, wirklich? Ich dachte, du willst das gar nicht verstehen?«

»Inzwischen schon. Klingt irgendwie spannend.«

»Onkel Demis ist eigentlich kein richtiger Onkel von mir, sondern ein Vetter meiner Mutter.«

»Wie interessant«, sagte er.

»Mach dich nicht lustig. Du solltest ihm vielmehr dankbar sein.

Erstens hat er dich mit seinem Auto hierhergebracht. Zweitens hat er den Arzt in Timbaki angerufen, der dann auch gleich gekommen ist. Er hat sich die Wunde angesehen, hat gesagt, es sei nur ein Riß, der schlimmer aussehe, als er ist. Ohnmächtig seist du wegen eines Blutstaus geworden. Du hast das Bein viel zu fest abgebunden und außerdem zu lange in die Sonne geschaut. Der Arzt hat die Wunde geklammert und verbunden, und ...«

»Und dabei hast du geholfen?« Er blinzelte ihr zu.

»Wenn du kein Gast wärst, würde ich sagen, daß du unverschämt bist«, sagte sie, biß sich aber dabei auf die Unterlippe, um nicht lachen zu müssen. »Wußtest du eigentlich, daß Gast und Fremder im Griechischen dasselbe Wort sind? Xenos. Der Gast. Aber eben auch der Fremde.«

»Ich kann kein Griechisch.«

»Meine Mutter ist Griechin«, sagte sie, »aber sie lebt in England. Na ja, das ist eine andere Geschichte.«

»Du kannst Sie mir ruhig erzählen«, sagte er.

»Vielleicht ein anderes Mal«, sagte sie.

»Soll das eine Verabredung sein?«

Sie lachte, zog statt einer Antwort einen Zettel aus der eng sitzenden Bluejeans. »Bezahlt haben wir den Arzt. Hier ist die Quittung.«

»Ich glaub's dir auch so«, sagte er. »Mein Geld liegt aber in der Pension, in der ich wohne. Wo bin ich eigentlich hier?«

»Es eilt nicht mit dem Geld«, sagte sie. »Und du bist im Haus von Onkel Demis, in Agia Galini. Während des Sommers wohne ich manchmal auch hier und helfe etwas aus. Das Haus ist seit einigen Jahren eine Pension. Es kommen jetzt ja immer mehr Gäste.«

»Schön für euch«, sagte er.

»Allerdings. Onkel Demis ist eigentlich Fischer. Er hat Boote von seinem Vater geerbt, der auch Fischer war. Aber das bringt heute fast nichts mehr ein. Der Tourismus ist ein Segen für ihn und seine Familie. Ich bin eigentlich mehr zum Spaß hier.«

»Schön für dich«, grinste er. »Und für mich.«

Sie winkte ab. »Du bist, wie gesagt, unser Gast. Aber nur noch bis zum Mittag. Das Zimmer ist nämlich vergeben. Die neuen

Gäste kommen heute mit dem Bus. Aber du hast ja ein Zimmer bei Angelika Vandoulakis, oben im Ort. Und das ist auch besser so.«

»Wieso besser? Dies Zimmer gefällt mir ausgezeichnet. Du gefällst mir auch ausge ...«

»Onkel Demis mag keine Gäste, die mir schöne Augen machen.« Sie versuchte, streng auszusehen, lächelte aber bei diesen Worten. Und die Sonne schien sehr hell.

2.

Ein Junge wurde zu Angelika geschickt, um aus Lukas' Gepäck eine Jeans zu holen, weil es gegen jeden Anstand verstoßen hätte, in Unterhosen durchs Dorf zu humpeln. Da Sophias Onkel Demis und dessen Frau schon früh nach Hiraklion gefahren waren, um Besorgungen zu machen, konnte Lukas sich nicht bei ihnen bedanken.

»Das kannst du nachholen, wenn du wieder aufrecht gehen kannst«, sagte Sophia und gab ihm einen hohen, aus Holz geschnitzten Hirtenstab, den er als Krückstock verwenden sollte. »Der ist noch von meinem Opa. Und der hat ihn schon von seinem Opa. Vielleicht ist er noch älter.«

»Wahrscheinlich von König Minos«, sagte Lukas.

Angelika stellte ihm einen klapprigen Liegestuhl auf die Terrasse und war überhaupt rührend um das Wohl ihres verletzten Gastes besorgt, versorgte ihn mit Obst, stellte ihm eine Flasche Wein neben den Liegestuhl und behauptete, das wäre die beste Medizin: Man sage nicht zufällig »Zur Gesundheit«, wenn man ihn trinke. Außerdem stieß sie üble Verwünschungen auf Levtheris aus. Der habe Lukas zwar gefunden, das schon, aber wenn der alte Faulpelz früher aufgestanden wäre, hätte er Lukas auch früher gefunden; vielleicht wäre sogar der Unfall erst gar nicht passiert, wenn Levtheris mit seinem Melonenkarren rechtzeitig auf dem Weg gewesen wäre.

»Ich weiß nicht, ob ich dich mit ihr allein lassen darf«, sagte Sophia, nachdem sie Angelikas Suada übersetzt hatte. »Sie scheint in dich verliebt zu sein.«

»Bist du etwa eifersüchtig?« fragte er grinsend, zupfte an den Weintrauben und ließ sich einen Schluck Wein über die Zunge laufen.

»Natürlich nicht«, sagte sie schnippisch, »aber ich werde trotzdem nach dir sehen, damit die Alte dich nicht verhext. Ab morgen mußt du sowieso wieder laufen.« Dann warf sie ihm eine Kußhand zu und verschwand.

Vielleicht war jedoch Rob ein wenig eifersüchtig, als er sah, wie Lukas ausgerechnet von der Frau umhegt wurde, auf die auch er einmal ein Auge geworfen und sich einen Korb eingehandelt hatte. Vielleicht aber wollte er tatsächlich auch nur weiterziehen. Agia Galini, sagte er, als er mit seinem Gepäck auf die Terrasse herauskam, werde ihm zu voll. Er fahre weiter nach Süden, nach Matala. Dort gebe es noch nicht die Unsitte von Pensionen, zu schweigen von Hotels. Man könne am Strand schlafen und auch in Höhlen der Steilküste. »Zurück zu den Wurzeln«, sagte er und verabschiedete sich von Lukas. Das sonore Brummen von Robs Motorrad durchzitterte die Luft.

Lukas blickte schläfrig aufs Meer, dessen unbewegte Glätte wie ein Spiegel war, und weit draußen schwammen die unbewohnten Felseninseln am Ende des Blicks. Er fragte Angelika, die ihm eine Wasserkaraffe brachte, ob diese Inseln Namen hätten, aber sie zuckte nur die Achseln. Wahrscheinlich hatte sie die Frage gar nicht verstanden, oder sie wußte es nicht, oder die Inseln hatten keine Namen. Es war auch egal. Lukas beschloß, die Zeit bis zu Sophias Rückkehr zu verschlafen.

Nachdem Sophia gegangen war, schien die Sonne deutlich matter, und die Schatten wurden länger und schwerer. Das Blau auf den derben Fensterläden und Türen, das Blau der wackeligen Holzstühle, das tiefer werdende Blau der Bucht und das hellere Blau hoch darüber, diese eine und doch unendlich abschattierte Farbe verschmolz hinter Lukas' geschlossenen Lidern zu einem Ton, den nur Träume hervorbringen können oder das Glück, zur richtigen Zeit am richtigen Ort zu sein.

Als die Sonne den Horizont küßte, kam Sophia mit einem Essenskorb zurück, kaltes Ziegenfleisch, Brot, Käse, Oliven und eine Flasche dunklen, sehr schweren Rotweins. Den baue ein anderer Onkel von ihr selber an, es sei der beste Wein Kretas. Als Lukas ein Glas davon getrunken hatte, sagte er, es sei der beste Wein der Welt; aber nicht, weil Sophias Onkel ihn anbaue, sondern weil Sophia diesen Wein mit ihm zusammen trinke.

Sie schenkte sein Glas erneut voll, beugte sich dabei über ihn und berührte mit den Lippen seine Wangen. »Du könntest dich ruhig mal wieder rasieren«, sagte sie, entzog sich ihm aber, als er sie festhalten und an sich drücken wollte. »Wir wollen es nicht mit Angelika verscherzen.«

Sie saßen eine Weile schweigend da und sahen zu, wie der Tag vom Spiegel der See aufgesogen wurde. »Als wir uns kennengelernt haben«, sagte er, »wann war das? Vorgestern erst? Es kommt mir vor, als würde ich dich schon viel länger kennen. Aber ich weiß nicht, wie ich es erklären kann.«

»Du mußt nichts erklären«, sagte sie.

»Zum Glück nicht«, sagte er, »zum Glück.« Wie hätte er auch von Momenten und Augenblicken sprechen können, die es schon lange vor diesem Vorgestern gegeben haben mußte und deren Bewegungen dazu beigetragen hatten, daß sie aufeinander zugetrieben worden waren, bewegt von gleichen Kräften, aber so lange voneinander getrennt, ahnungslos über die Existenz des anderen, bis der Zufall sie zur gleichen Zeit am gleichen Ort zusammenfallen ließ, im Vorübergehen und Zurückschauen am Strand, an dem sich die Spuren zweier Menschen wie Parallelen geschnitten hatten? Zu kompliziert, dachte er. Hier und jetzt ist doch alles ganz einfach. Zum Glück.

»Vorgestern also«, sagte er, weil er nicht wußte, was er sagen sollte, aber weiter ihre Stimme hören wollte, wenn er denn ihren Körper nicht berühren konnte, »vorgestern hast du gesagt, daß deine Mutter Griechin ist. Was hat sie denn nach England verschlagen?«

»Du bist aber neugierig«, seufzte sie.

»Ich möchte wissen, wer du bist, woher du kommst, was du machst. Einfach alles.«

Sie lächelte, aber dann wurde ihr Gesicht ernst. »Na schön, wenn du's also ganz genau wissen willst – der Krieg.«

»Der Krieg?« Er sah sie verblüfft an.

»Der Krieg hat meine Mutter nach England verschlagen. Sie lebte damals hier in Agia Galini bei ihrem Onkel Demis, dem Vater ihres Vetters Demis, bei dem ich jetzt wohne. Es gab heftige Partisanenkämpfe gegen die deutsche Besatzungsmacht, Engländer waren daran beteiligt. Als der Krieg zu Ende war und der Bürgerkrieg begann, hat einer dieser Engländer meine Mutter mit nach England genommen.«

»Dein Vater also?«

»Paul Bates hieß er«, sagte sie. »Er ist vor einem Jahr gestorben. Meine Mutter lebt immer noch in Bristol. Sie ist nach dem Krieg nie wieder nach Kreta zurückgekommen.« Sophia blickte dem letzten Abendlicht hinterher, als könne sie dort etwas sehen oder lesen.

»Du willst nicht darüber sprechen?«

»Jetzt nicht«, sagte sie.

»Merkwürdig«, sagte er nachdenklich, »deine Mutter hat der Krieg nach England verschlagen. Und in gewisser Weise hat auch mich der Krieg nach Kreta verschlagen. Mein Vater gehörte zur deutschen Besatzungsmacht, ist aber nie auf der Insel gewesen, sondern angeblich die ganze Zeit in Athen. Jedenfalls behauptet er das.«

»Du meinst, daß du ihm nicht glaubst?«

»Ich weiß nicht.« Er zuckte mit den Schultern. »Es hat etwas mit diesen Fotos zu tun, von denen ich dir vorgestern erzählt habe. Die Fotos, die ich dir zeigen wollte, als ich, nun ja, leider etwas aus dem Ruder gelaufen bin. Du hast wahrscheinlich geglaubt, das sei nur ein mieser Trick, um dich zu ...«

»Oh Gott!« Sie schreckte hoch, sah auf ihre Armbanduhr. »Entschuldige«, sagte sie, »ich muß los. Bin schon zu spät. Deine Nähe ist offenbar wirklich gefährlich für mich.«

»Wieso? Es ist doch erst ...«

»Ich habe meiner Tante versprochen, sie nach Timbaki zu fahren. Sie wartet schon seit einer halben Stunde.« Sophia packte hastig die Essensreste in den Korb und hauchte Lukas einen Kuß auf die Wange. »Morgen früh hole ich dich hier ab. Dann fahren wir zu Levtheris, dem du etwas schuldig bist.« Über die Treppe, die von der Terrasse auf die Seitengasse führte, verschwand sie im Schatten.

»Vergiß nicht, dich zu rasieren!« hörte er sie leise rufen – und dann nur noch das eilige Geräusch leichter Schritte auf Stein.

3.

Am nächsten Morgen erschien Sophia mit dem klapprigen Toyota-Pritschenwagen ihres Onkels, um Lukas abzuholen. Wenn er vorsichtig auftrat, konnte er ohne den Hirtenstab gehen, mit dem er sich albern vorkam. Angelika war allerdings der Ansicht, daß Lukas bewegungsunfähig sei und mindestens noch einen Tag auf der Terrasse verbringen müsse, und wenn ihm etwas zustoße, dann sei Sophia verantwortlich, soweit Kinder wie Sophia überhaupt schon für irgend etwas verantwortlich sein könnten.

Sie fuhren über die ungepflasterte, staubige Bergstraße nach Melambes. Umgeben von Gemüsefeldern und großen, zeltartigen Konstruktionen aus Bambusrohr und Plastikfolie, die als Gewächshäuser dienten, stand Levtheris' Haus auf einer Hochebene. Der Hof sah wie ein Schrottplatz aus. Zwischen einem uralten Traktor, aufgebockten Anhängern, Eselskarren und undefinierbarem, rostigem Gerät pickten Hühner im Staub. Der übel ramponierte Motorroller lag auf der Ladefläche eines Holzkarrens; Levtheris hatte ihn also bereits geborgen, aber zu retten war da nichts mehr. Hinter einem Stacheldrahtzaun rupften zwei Maultiere und ein Esel Disteln und verdorrtes Gras von karger Weide. Das Haus selbst war ein halbfertiger Neubau, sah aber wie eine Ruine aus. Betonpfeiler und -träger, auf denen der Abdruck der Schalhölzer erkennbar war, ragten über dem fertiggestellten Erdgeschoß auf. An der unverputzten Hauswand standen einige mannshohe Tonkrüge, wie Lukas sie auch in den Ruinen von Knossos gesehen hatte; Form und Farbe hatten sich in viertausend Jahren nicht verändert. Zwei kleine Jungen kletterten zwischen Bauschutt, Eisenmatten und Arbeitsgerät herum.

Sophia bemerkte Lukas' skeptischen Blick. »Auf das Haus ist Levtheris sehr stolz«, sagte sie. »Er baut es selbst mit seiner Familie und den Nachbarn. Sie basteln seit über zehn Jahren daran herum. Wenn etwas Geld da ist, bauen sie weiter, und wenn ihnen das Geld ausgeht, machen sie Pause.«

Sie stellten den Wagen neben einem Stapel Betonsteine ab und stiegen aus. Die beiden Jungen kamen angelaufen, große, dunkle Augen, schwarzes, von Staub grau durchsetztes Haar. Sie erinnerten Lukas an die Kinder, denen er auf dem Flohmarkt die Fotos abgekauft hatte. Ihre Eltern seien dort hinten, sie zeigten auf ein langgestrecktes, flaches Plastikzelt, bei den Tomaten, und dann rannte einer von den beiden los, um den Besuch zu melden.

Levtheris und seine Frau Maria waren Mitte Dreißig. Beide trugen blaue Overalls und buntgemusterte Kopftücher. Sophia schienen sie gut zu kennen, denn mit gegenseitigen Umarmungen und Wangenküssen fiel die Begrüßung herzlich aus. Durch einen türlosen Eingang, der mit an Schnüren aufgereihten Plastikperlen verhängt war, komplimentierten sie ihre Gäste in eine geräumige Küche. Die Schränke waren aus weißem Resopal, aber der Tisch bestand aus dunklem Olivenholz. An der Wand hing ein Shell-Kalender, dessen Monatsmotiv einen amerikanischen Truck vorm Grand Canyon zeigte, daneben eine Marien-Ikone und grell kolorierte Familienfotos.

Kaum hatten sie Platz genommen, stand schon der Raki auf dem Tisch, und Levtheris rief: »Is igian!«, zur Gesundheit, besonders zur Gesundheit des armen Lukas, dem es aber, wie man sehe, dem Himmel sei Dank, schon wieder bessergehe. Sophia fungierte als Übersetzerin und brachte, nach ihrem Wortschwall zu schließen, wohl auch Lukas' floskelhaft-steife Dankesworte in angemessen hymnische Form. Das sei, übersetzte sie Levtheris' Erwiderung, eine Selbstverständlichkeit gewesen und der Rede nicht wert, und er freue sich, daß Lukas von seinem schönen Haus so angetan sei. Lukas warf Sophia einen fragenden Blick zu, aber sie nickte nur lächelnd vor sich hin. Ob es denn auch in Deutschland so schöne neue Häuser gebe? Da würde er auch einmal gern hinfahren, aber nur zu Besuch, nicht wie viele andere seiner Landsleute, um dort zu arbeiten und zu bleiben wie zum Beispiel Spyros, ein weiterer Onkel oder Vetter Sophias, der ja vor Jahren mit seiner Familie nach Hamburg gezogen sei. Wie es dem eigentlich gehe? Und ob der nicht auch Kinder im Alter von Levtheris' Söhnen habe? Ein Junge und ein Mädchen? Und wenn Lukas aus Hamburg komme, kenne er ja womöglich sogar den Onkel Spyros und dessen Familie? Nicht? Weil Hamburg sehr groß sei? Schade drum, sehr nette Leute seien das, bezaubernde Kinder. Wie aber auch immer: »Is igian!«

Draußen erscholl panisches Gackern von Hühnern, Kinderlachen und die Stimme von Levtheris' Frau, die die Küche verlassen hatte, ohne daß Lukas es bemerkt hatte. Daß er sich gern, ließ er über Sophia verlauten, erkenntlich zeigen würde für die Mühe, die Levtheris mit ihm gehabt habe; vielleicht habe er ihm ja sogar das Leben gerettet. Jedenfalls habe er dafür gesorgt, sagte er mit einem grinsenden Seitenblick auf Sophia, daß ihm diese wunderschöne Frau unvermutet und unverdient sehr nahe gekommen sei. Daß Sophia dies Gesülze nicht übersetzte, war ihm klar, aber sie hatte es gehört, und das war das Wichtigste.

Eine Bezahlung, so Sophia, würde Levtheris selbstverständlich als Beleidigung auffassen. Er, Lukas, sei schließlich zu Gast auf dieser Insel, und es sei Levtheris eine Ehre, ihm geholfen zu haben. Was aber könne er dann für seinen Retter tun? Lukas war ratlos, ein weiterer Wortwechsel zwischen Sophia und Levtheris folgte. Was Lukas denn eigentlich mit dem kaputten Motorroller anfangen wolle? Der sei ja Schrott, nichts wolle er mehr damit anfangen, sagte Lukas, was denn auch, wohin denn damit? Levtheris, erklärte Sophia, habe nichts dagegen, wenn Lukas diesen Schrott auf seinem Hof liegen lasse. Levtheris sei nämlich dafür bekannt, noch das rettungslos Kaputte wieder funktionstüchtig machen zu können, und der Motorroller würde zwar nie mehr verkehrssicher, unter seinen Händen aber eines Tages wieder durchaus fahrtüchtig sein. So sei doch jedem geholfen. Lukas sei seinen Schrott los und zeige sich Levtheris gegenüber erkenntlich, während Levtheris sich belohnt fühlen könne und es übrigens auch sei, ohne etwas von einem Gast geschenkt zu bekommen, was für den Gast von Wert sei. Großartig! »Is igian!«

Inzwischen war auch die Frau zurückgekommen und hatte sich am Herd zu schaffen gemacht. Es roch nach Kräutern, Öl und Hühnerbrühe.

»Laß uns aufbrechen«, sagte Lukas auf Englisch, »ich glaube, die wollen gleich zu Mittag essen.«

»Aufbrechen? Wo denkst du hin? Das wäre eine große Beleidigung. Wir sind natürlich zum Essen eingeladen.«

»Eingeladen? Ich habe aber noch gar keinen Hunger und ...«

»Sie haben ein Huhn geschlachtet. Für dich und mich. Da kannst du jetzt doch nicht weglaufen.«

»Ein Huhn geschlachtet? Aber ...«

»Und außerdem ist es unhöflich, wenn wir Englisch sprechen. Levtheris möchte, daß du ihm mehr von Deutschland erzählst. Ob es dort wirklich so viel regnet zum Beispiel. Was man ißt. Was man trinkt, all diese wichtigen Sachen.«

»Is igian!« sagte Lukas, hob sein Glas, das Levtheris neu gefüllt hatte, und dann stand auch schon eine Flasche Rotwein aus eigenem Anbau auf dem Tisch. Die Kinder wurden hereingerufen, das Essen wurde serviert. Zum Huhn von Levtheris' Hof gab es Reis, Tomaten und Auberginen von Levtheris' eigenen Beeten und Feldern, und die Gläser wurden noch so oft auf die Gesundheit erhoben, daß Lukas sich, als es bereits nachmittags um Vier war, ziemlich hinfällig fühlte. Schließlich schien auch Sophia der Ansicht zu sein, der Gastfreundschaft zumindest ansatzweise Genüge getan zu haben. Wort- und gestenreich gelang die schwierige Prozedur des Abschieds, und als Sophia den Toyota vom Hof fuhr, sah Lukas im Rückspiegel, daß Levtheris freudestrahlend vor dem Karren stand, auf dem die Reste des Motorrollers lagen.

Sophia fuhr nicht nach Agia Galini zurück, sondern nahm einen Weg, der noch schmaler, steiniger und steiler war als der, über den sie gekommen waren. Nach einer halben Stunde endete der Weg bei einem Zypressenhain. Dahinter fiel die Steilküste schroff zum Meer ab, aber an einigen Stellen gab es Buchten mit schmalen Stränden. Der Sand leuchtete in der Nachmittagshitze. Sophia nahm ein zusammengerolltes Bündel vom Rücksitz und führte Lukas hundert Meter an der Steilküste entlang, bis sie eine Stelle erreichten, an der ein begehbarer Pfad begann, der zum Meer hinab führte. An den steilsten Stellen waren Stufen in den Fels geschlagen, so daß Lukas trotz seines verletzten Beins den Abstieg bewältigen konnte.

»Schwimmen kann ich damit aber nicht«, sagte er, als sie den Strand erreicht hatten.

»Aber ich«, sagte Sophia, breitete das Bündel aus, eine bunte, handgewebte Decke, ein Handtuch, und streifte sich Jeans und T-Shirt ab. Darunter trug sie einen schwarzen Bikini. Sie lief ins Wasser, bis es ihr zu den Oberschenkeln reichte, streckte den Kopf nach vorn zwischen die Arme und tauchte mit einer so fließenden Bewegung ins Meer, daß das Wasser kaum aufspritzte, sondern sich ganz ruhig über ihrem Körper schloß, bis sie nach einer halben Minute mit dem Kopf an einer entfernteren Stelle wieder auftauchte und die Haare schüttelte. Das Sonnenlicht fing sich im Tropfenregen und legte einen funkelnden Schleier um ihr Gesicht.

Während sie weiter hinausschwamm, setzte er sich auf die Decke, steckte sich eine Zigarette an und sah zu, wie Sophia mit gleichmäßigen Bewegungen ihre Bahn durch die kleine Bucht zog. Je weiter sie sich von ihm entfernte, desto klarer wurde ihm, daß er in sie verliebt war, desto unfaßbarer schien ihm sein Glück, daß seine Gefühle erwidert wurden.

Sie kam zurück, stieg langbeinig aus dem Wasser, die Feuchtigkeit glitzerte auf ihren Schultern, ihrem Bauch, auf den Schenkeln und vertiefte noch die dunkle Bräune ihrer Haut. Sie setzte sich neben ihn, ohne sich abzutrocknen, stützte die Ellbogen in den Sand, reckte Kopf und Oberkörper der sinkenden Sonne entgegen. »Ich hoffe, du weißt diesen Strand zu schätzen«, sagte sie. »Den kennen nämlich nur die Einheimischen. Und ein paar alte Engländer.«

»Alte Engländer?« Er drehte sich zu ihr und brachte sein Gesicht dicht an ihre Schulter.

»Vielleicht sogar Australier und Neuseeländer.«

»Erzähl mal«, sagte er, obwohl ihm nicht mehr nach Reden und Zuhören war, weil er sie berühren und spüren wollte. Mit den Lippen strich er sanft über ihren noch feuchten Oberarm. Der Geschmack des Salzes.

»Von solchen Stränden, auch von diesem, sind während des Krieges Kreter und Engländer evakuiert worden. Manchmal auch gefangene Deutsche. Dann hat man sie nach Ägypten gebracht. Und wenn sie zurückkamen, sind sie wieder an solchen Stränden abgesetzt worden. Als ich zum ersten Mal mit meinem Vater nach

Kreta gekommen bin, vor mehr als zwanzig Jahren, da hat er mir diesen Strand gezeigt und vom Krieg erzählt. Ich war noch ein kleines Mädchen und habe das damals gar nicht richtig verstanden. Heute verstehe ich es besser. Ach, laß uns von etwas anderem reden.« Sie brachte ihr Gesicht dicht an seins.

»Wir haben genug geredet«, sagte er und berührte mit den Lippen ihr Ohrläppchen.

»Eigentlich müßtest du mich jetzt entführen«, flüsterte sie. »Früher haben die Männer auf Kreta das so gemacht, wenn sie eine Frau ...«

»Früher war früher«, sagte er, »heute ist heute«, und näherte seinen Mund ihren leicht geöffneten Lippen.

»Du hast dich rasiert«, sagte sie.

Der Tag endete im stillen Glanz ihres ersten Kusses. Das Wasser funkelte, der Himmel war ohne Fleck, reine Unermeßlichkeit schwindenden Lichts, unermeßlich wie der zweite Kuß. Als sie ihn anlächelte, war das wie ein Winken aus einem anderen Bereich, keine Form und kein Farbton ihres Körpers spielten noch auf die Welt an, in der er atmete, sich bewegte und in der er jetzt die Starre seiner Erektion fast wie eine Versteinerung spürte. Aber zugleich war ihr Körper und das Lächeln auf geschürzten Lippen so wirklich, wie nur etwas wirklich sein konnte, hatte eine atemberaubende Gegenwart, empfing seinen Sinn überhaupt erst durch die Körper, durch ihren und durch seinen. Er streifte ihr den Bikini ab, sie half ihm aus Hemd und Hose. Als sie die Schenkel öffnete und die Arme um seinen Rücken schlang, sah er in ihren Augen ein Wissen um die eigene Schönheit, das aber ohne jede Spur von Koketterie war. In ihrer gemeinsamen, sich langsam steigernden Bewegung verstand er plötzlich, daß die Vorstellung des ganz Fremden nur die Beklommenheit vor dem Rausch war, der sie und ihn in eine Erfahrung gleiten ließ, die aus den Fremden, die sie gewesen waren, füreinander Gäste machte. Ihre Haut war kühl und heiß zugleich, ihre Glieder empfand er als wirklicher als seine eigenen. In der geformten Materie ihres Körpers pulsierte nicht nur Lust, sondern fast so etwas wie eine Belehrung, in der feuchten und festen Spannung, mit der sie ihn umgab, spürte er eine Intention, die auch ihn in einem Maß spannte, wie er es zuvor nie erlebt hatte.

Schien nicht für einen Bruchteil der vor- und zurückgleitenden Bewegungen, für ein Wimpernzucken, für einen der kleinen Schreie aus ihrem Mund, das Universum offen? Und noch, als sie voneinander abließen, ernüchtert, verstört beinah und wieder bei sich selbst, verströmte ihr Körper trotz aller Festigkeit etwas Fließendes, Sehnsüchtiges, und das griff sogleich wieder auf ihn über und würde niemals enden.

»Bleib bei mir«, bat er, als sie ihn in der Dunkelheit bei Angelikas Pension absetzte.

»Das geht nicht«, sagte sie. »Onkel Demis und die Tante sind streng.«

»Du bist doch erwachsen«, sagte er.

»Wir sind hier nicht in England oder Deutschland«, sagte sie, gab ihm einen Kuß durchs geöffnete Seitenfenster und fuhr weiter.

Das Glücksgefühl, das ihn schweben ließ, war ungeheuer, aber allein im Zimmer, allein auf dem Bett hatte er plötzlich Angst, daß es nicht dauern, nur ein flüchtiges Erlebnis wie viele andere sein würde, ein vages Berühren im Vorübergehen ohne Dauer, ohne Zukunft. Die Nachtluft trieb Glyzinienduft und Salzgeruch ins Zimmer, und den Duft ihrer Haut spürte er immer noch auf den Lippen. Das Bein schmerzte ein wenig, aber dem Schmerz war ein süßes Lustgefühl beigemischt, denn wenn er nicht diesen Unfall gehabt und Levtheris ihn nicht gefunden hätte, wenn Sophias Onkel nicht mit dem Auto vorbeigekommen wäre, dann hätten er und Sophia auch nie an diesem Strand gelegen und sich dort geliebt. Und war das Dunkel ihrer Geschichten, aus denen sie und er gekommen waren, ohne etwas voneinander zu wissen, nicht noch tiefer, war ihr Zusammentreffen nicht das Ende einer Kette von Ereignissen, die weit zurückreichten bis zu ihrer Mutter und seinem Vater? Eine Kette von Zufällen. Zufälle? Oder das Glück.

Fast war er eingeschlafen, als es leise an die Tür klopfte. Sophia kam zurück. Im Haus des Onkels schlief alles fest und tief. Nur sie wollte und konnte nicht schlafen in dieser Nacht, und er konnte und wollte auch nicht schlafen, oder wenn, dann nicht ohne sie. So schliefen sie miteinander, und als der Morgen kam, schliefen sie eng umschlungen nebeneinander auf dem schmalen Bett.

Als das Licht in klar umrissenen Spalten durch die Jalousien brach, stand sie auf, zog sich an, öffnete die Tür, drehte sich zu ihm um, sah ihn einen Moment lang wortlos an und ging. Als strahlender Balken fiel das Licht durch den Türrahmen in den dämmrigen Raum, der gefüllt war mit dem Aroma ihrer Lust, dem Geruch von Schweiß und Sperma, Salz und Sand. Das Licht in der geöffneten Tür, durch die sie eben gegangen war. Ein Erinnerungsfoto, das ohne Kamera entstand, ohne Film, ohne Papier. Das unvergängliche Bild.

4.

Demis Siderias war der Sohn eines Vetters von Sophias Mutter, weshalb er und Sophia sich zu Lukas' milder Verwunderung als sehr nahe Verwandte empfanden. Zur entfernteren Verwandtschaft, erklärte Demis nach dem zweiten Schluck auf die Gesundheit, zählten demgegenüber beispielsweise die Kinder von Neffen angeheirateter Schwäger oder die Urgroßeltern von Schwiegertöchtern – da werde es dann allerdings schon etwas unübersichtlich, zumal sich auch gelegentlich Festlandsgriechen in die Ahnenreihen mischten, in Sophias Fall sogar ein Engländer, was an und für sich kein Problem sei, gleichwohl eine gewisse Verwässerung des kretischen Elements darstelle, worauf es aber am Ende nicht ankäme. Wichtiger als das Herkommen sei vielmehr der Charakter, wichtiger als die Nationalität die Menschlichkeit. Und daß der freundlich lächelnde und heftig Zustimmung nickende Lukas, übrigens ja auch ein griechischer Name, da völlig seiner Meinung sei, freue Demis sehr, weshalb er ihm auch ein erneutes »is igian!« zurufe.

Wer da nun eigentlich wie mit wem und im einzelnen verwandt sei, sagte Lukas auf englisch zu Sophia, habe er immer noch nicht recht verstanden, aber wenn das mit dem Gesundheit Wünschen und Trinken so weitergehe, werde er sich wohl selbst über kurz oder lang in diesem Familiengeflecht wiederfinden. Und Sophia sagte, das sei in gewisser Weise bereits geschehen, weil ein von ihr vorgestellter Mann von Onkel Demis und Tante Kyra selbstverständlich als eine Art Verlobter und damit demnächst vergleichsweise eng Verwandter begriffen werde.

Sein jüngerer Bruder Spyros, erzählte Demis weiter, sei vor fünfzehn Jahren nach Deutschland gezogen, weil es hier mit der Fischerei immer mehr bergab gegangen sei; kaum noch eine einzige Familie hätte davon leben können, von zweien zu schweigen. Spyros habe übrigens eine Deutsche geheiratet, Helga heiße sie, habe inzwischen zwei Kinder mit ihr, einen Jungen und ein Mädchen, und lebe in Hamburg, wo er ein Restaurant eröffnet habe. »Zeus« heiße es, weil Zeus ja auf Kreta geboren sei, insofern, Demis lachte, auch ein entfernter Verwandter, und Lukas als Hamburger müsse das Restaurant »Zeus« doch gewiß kennen, oder etwa nicht?

Lukas kannte es nicht, leider, werde es aber nach seiner Rückkehr unverzüglich aufsuchen und sämtliche Grüße getreulich ausrichten. Gestern bereits hatte Levtheris vom ausgewanderten Spyros und seiner Familie erzählt, und da hatte Lukas eine unklare Ahnung überkommen, daß er in irgendeiner Weise in Bezug zu diesen Leuten stehe – ein vager Erinnerungsreiz, der sich nun, bei Demis' Erzählungen, deutlicher regte, aber der Zusammenhang, wenn es denn einen gab, stellte sich nicht ein oder ertrank im Raki.

Tante Kyra hatte unterdessen die Terrasse, auf der man saß und plauderte, für eine Weile verlassen und sich in der Küche zu schaffen gemacht. Daß er, der sich doch nur für die Aufnahme und Versorgung nach seinem Unfall bedanken und das für den Arzt verauslagte Geld erstatten wollte, zum Essen bleiben mußte, wunderte Lukas nach der gestrigen Erfahrung bei Levtheris nicht mehr. Er fragte Sophia, ob man hier nun ein Schaf schlachten werde, nachdem gestern ihm zu Ehren ein Huhn sein Leben gelassen hatte. Sophia beruhigte ihn, es gebe lediglich ein paar Mezédes, Vorspeisen also, geröstete Schnecken, Oktopus in Tomatensauce, Gemüse und Früchte, mithin ein bescheidenes Mahl.

Und prompt erschien Tante Kyra mit einer gewaltigen Platte Mezédes, Salat, gefüllte Weinblätter, Tsatsiki, marinierte Artischocken, gefüllte Zucchiniblüten, gegrillte Sardinen. Während das Gespräch von Demis wieder auf die ausufernd unübersichtlichen Verwandtschaftsverhältnisse gebracht wurde, verschwand Kyra noch einmal kurz im Haus, kam lächelnd zurück und legte zwischen Sophia und Lukas zwei gerahmte Fotos auf den Tisch.

Lukas warf einen Blick darauf, hörte zu kauen auf, ließ die Gabel fallen, würgte den Bissen herunter, den er im Mund hatte, um sich nicht zu verschlucken, und machte eine so heftige, wie abwehrende Handbewegung, daß er fast die Weinflasche umstieß.

»Ist dir nicht gut?« fragte Sophia besorgt. »Oder schmeckt es dir nicht?«

»Doch, doch«, murmelte Lukas und griff mit zitternden Händen nach den Bildern – Schwarzweißfotografien in dunklen Holzrahmen. Die Bilder hatte er noch nie gesehen, aber er hatte einmal zwei andere, sehr ähnliche Bilder gekauft, und die hatten in genau solchen Holzrahmen gesteckt. Eins der Fotos, die Tante Kyra gebracht hatte, zeigte einen Mann in kretischer Tracht vor am Kai vertäuten Booten.

»Das ist der Vater von Onkel Demis, der Vetter meiner Mutter«, sagte Sophia, »und das«, sie zeigte auf das andere Bild, eine große Familie an gleicher Stelle, »sind sie alle zusammen, Onkel Demis und Onkel Spyros mit ihren Eltern, das da ist Tante ...«

»Gibt es ... ich meine, gab es noch mehr von diesen Fotos?« stammelte Lukas.

»Nicht daß ich wüßte«, sagte Sophia. »Wie kommst du denn darauf?«

»Frag deinen Onkel«, sagte er heiser, hielt jetzt je eins der Bilder in beiden Händen, starrte sie abwechselnd an, kopfschüttelnd und fassungslos.

»Die Fotos hat mein Vater gemacht«, sagte Sophia, »als er im Krieg hier zu Gast war.«

»Ich will wissen, ob es mehr davon gab? Bitte, Sophia!«

Sie fragte Onkel Demis. In der Tat, sagte der, habe es ursprünglich vier dieser gerahmten Fotos in der Familie gegeben. Aber als Spyros nach Deutschland gezogen sei, um Arbeit zu finden, da habe er zwei davon mitgenommen ins ferne Hamburg, als Erinnerung an seine Heimat, und zwar ...

»Ich kenne diese Fotos«, sagte Lukas, wobei ihm der Klang seiner eigenen Stimme fremd vorkam. »Und wahrscheinlich kenne ich auch die Kinder von Spyros.«

»Wie meinst du das? Hast du zuviel Raki intus? Was redest du denn da?« Sophia war verwirrt.

»Ich habe diese Fotos auf einem Flohmarkt gekauft, von zwei Kindern, die mir erzählt haben, daß ihre Eltern aus Griechenland stammen. Und ich wollte dir diese Fotos neulich zeigen, weißt du noch? Aber du wolltest sie nicht sehen.«

Lukas begann zu lachen, ungläubig erst, fast hysterisch, dann befreit und ansteckend, als würde sein Lachen alles erklären, was sich auf der Welt erklären ließ. Sophia fiel in dies Lachen ein, und obwohl Demis und Kyra nicht verstanden hatten, was Lukas und Sophia auf englisch gesagt hatten, lachten sie auch.

IX. Kapitel

ÄGYPTEN UND KRETA 1943/44

1.

Der Lärmpegel kündete schon auf der Straße davon, daß die Stimmung im »Ramses« früh hohe Wellen schlug, als Johann am Silvesterabend das Lokal erreichte. Der Türsteher, ein baumlanger Schwarzer aus dem Sudan, erkannte Johann gleich als Stammgast, grinste breit und vertraulich, bekam das übliche Bakschisch in die ausgestreckte Hand gedrückt und gab unter übertrieben tiefen Verbeugungen den Weg frei. Weil es windig und regnerisch war, hing die Garderobe voller Dufflecoats, Gummiponchos und Staubmäntel. Johann händigte seinen durchnäßten Trenchcoat der Garderobiere aus, einer steinalten, zahnlosen Mulattin, die vor zwei Generationen angeblich die schönste Prostituierte Kairos gewesen sein sollte. Auch ihr drückte er ein Trinkgeld in die vertrocknete, von Altersflecken übersäte Hand, schob den schweren, roten Samtvorhang beiseite und betrat den Clubraum.

Die Barhocker waren fast alle besetzt, und auch an den Tischchen im Zuschauerraum gab es nur noch wenige freie Plätze. Im grellbunten Scheinwerferlicht der Bühne ließ eine Bauchtänzerin ihre ausladenden Hüften kreisen und wackelte dabei mit ihrem notdürftig von einem glitzernden Oberteil gebändigten Busen. Die Männer an den Tischen johlten, klatschten und pfiffen, die ägyptischen Musiker auf der Bühne bearbeiteten schwitzend ihre schrill schrammelnden Instrumente. In einer Loge saßen ein paar Ägypter, den roten Fez auf dem Kopf, und rauchten gelassen ihre Wasserpfeife. In der Luft hing, dicht wie Nebelbänke im Herbst, Zigaretten- und Zigarrenqualm.

Johann nahm auf einem der freien Barhocker Platz. Gérard, der Barmann, ein Franzose aus Rouen, der schon vor dem Krieg als Schiffskoch nach Alexandria gekommen war und es inzwischen zum Teilhaber des »Ramses« gebracht hatte, nickte Johann, den silbernen Shaker schwingend, zu und setzte ihm dann das Übliche vor, einen doppelten Scotch on the rocks. Assistiert wurde Gérard von Leila, einer hochbusigen Libanesin mit blond gebleichtem Haar, die zum Stammpersonal des Lokals gehörte. Heute, rief sie Johann durch den sich steigernden Lärm ins Ohr, seien ein paar Mädchen aus Alexandria und sogar aus Haifa zur Verstärkung gekommen, um den zu erwartenden Stoßverkehr in den Zimmern des ersten Stocks einigermaßen zügig abwickeln zu können.

Unter tosendem Beifall war inzwischen die Bauchtanznummer beendet worden. Geldscheine flogen auf die Bühne. Die Tänzerin und ihre Begleitmusiker sammelten das Geld auf, verschwanden hinter dem Bühnenvorhang, und dann zog die kleine Hausband ihr Repertoire aus Jazz und Swing durch, gelegentlich unterbrochen von australischen oder britischen Gassenhauern, wenn diese aus dem Publikum gewünscht wurden. Eins der Mädchen, die zur Aushilfe angeheuert waren, drängte sich neben Johann an die Bar, hielt ihm eine Zigarette in langer Spitze entgegen und bat um Feuer. Ob er ihr einen Drink ausgeben wolle?

Johann spendierte ein Glas Sekt und orderte für sich selbst einen zweiten Whisky, obwohl das Mädchen ihm nicht gefiel und er, wie immer, wenn er hier war, nach etwas anderem Ausschau hielt. Aber das, was er suchte, war im »Ramses« nie zu finden. Weil er das genauer wußte, als ihm lieb war, brauchte er stets mehrere Whiskys und Biere, um seinen Blick, seine Erinnerung, seine Sehnsucht so weit zu trüben, daß er in fast jeder Frau das zu sehen glaubte, wonach er suchte.

Das Mädchen schlang ihren nackten, mit breiten Messingreifen behängten Arm um seine Hüfte, die Hand mit den violett lackierten Fingernägeln, als der Pianist der Band eine Gesangseinlage ankündigte und um Applaus für Esther aus Haifa bat. Durch den Schlitz im Vorhang trat eine schmale, schwarzhaarige Frau mit dunklen, stark geschminkten Mandelaugen. Sie trug ein hoch geschlossenes, dunkelblaues Kleid, stellte sich neben das Klavier, nickte dem Pianisten zu. Er präludierte ein paar Takte, Bass und Schlagzeug fielen schleppend ein. Johann kannte die Melodie. Ganz Deutschland kannte sie. Esther begann mit sicherem Sopran zu singen.

»Underneath the lantern,
by the barrack gate
darling I remember
the way you used to wait ...«

Wie war es möglich, daß dies Lied hier und jetzt auf Englisch gesungen wurde? In einem Kairoer Nachtclub, vor englischen, australischen, neuseeländischen Soldaten, vor einem wüsten Haufen, der von den Wechselwinden des Kriegs in Ägypten zusammengeweht worden war? Wie konnte eine Jüdin aus Haifa dies Lied singen?

»T'was there that you whispered tenderly,
that you loved me,
you'd always be,
my Lilli of the lamplight,
my own Lilli Marlene.«

Johann war fassungslos, schob das Mädchen von sich weg und drängte sich, das Glas in der Hand, dichter an die Bühne heran.

»Time would come for roll call,
time for us to part ...«

Das Lärmen und Pfeifen im Publikum war verstummt, manchmal klirrten noch Gläser und Flaschen, aber bald herrschte vollkommene Stille. Alle lauschten in dies Lied hinein, als sei es ein englisches, ein australisches, ein neuseeländisches, ein ägyptisches, ein französisches, ein libanesisches Lied, gesungen von der zarten Esther aus Haifa. Beim zweiten Refrain summten einige der Männer mit, bei der dritten Strophe fielen mehrere Stimmen zögernd ein.

»Orders came for sailing,
somewhere over there
all confined to barracks
was more than I could bear ...«

Wieso kannten alle dies Lied? Seit wann gab es einen englischen Text dazu? Wer in Deutschland käme auf die Idee, wer hätte den Mut, mitten im Krieg öffentlich ein englisches Lied zu singen? Bei der vierten Strophe sangen alle mit, und die Stimme Esthers schwebte wie ein Schmetterling über dem rauhen Brummen und Gröhlen. Auch Johann sang. Im englischen Chor sang er auf Deutsch.

»Aus dem stillen Raume,
aus der Erde Grund,
hebt mich wie im Traume
dein verliebter Mund ...«

Der Text kam ihm merkwürdig fremd vor, die Sprache ungelenk, unpassend. Wenn es einen griechischen Text gäbe, würde er den jetzt singen. Der würde passen. Eléni mußte es heißen, nicht Lili, Eléni, nicht Marlene oder Marleen, Eléni. Er sang auf Deutsch weiter, und jetzt kam ihm seine Stimme wie die eines Kreters vor, der seine Mantinádes sang. Ja, ein kretisches Lied war das natürlich auch.

»Wenn sich die späten Nebel drehn
werd ich bei der Laterne stehn
wie einst Lili Marlen ...«

Und alle anderen gröhlten im Chor: My own Lilly Marlene, aber es klang wie My own Lili Eléni. Schlußakkord des Pianisten. Esther verbeugte sich. Der Saal tobte. Geldscheine regneten auf die Bühne. Der Bassist sammelte sie ein, gab sie Esther, die sich bereits zum vierten oder fünften Mal verneigte und hinter dem Vorhang verschwand. Die Band schrammelte Dixie, *over in the gloryland.* Im Saal setzte wieder der übliche Lärm ein, Lachen und Johlen. Johann stand noch eine Weile wie versteinert zwischen den Tischen. Dann stieg er über ein paar Stufen neben dem Vorhang hinter die Bühne.

Er wunderte sich, daß niemand aus dem Publikum vor oder in der Garderobe war. Hier mußten sie doch eigentlich Schlange stehen, mit Blumensträußen, Champagnerflaschen und offenen Brieftaschen. Esther saß vor dem Spiegel und zupfte an ihren langen Wimpern herum. Sie drehte sich nicht zu ihm um, fixierte ihn aber gelangweilt im Spiegel, wie er da unschlüssig und verlegen in der Tür stand.

»Bitte?« sagte sie mechanisch.

»Ich würde sie gern zu einem Drink einladen.«

Sie lachte. »Das wollen viele.« Auch im Saal wurde gelacht, weil dort jetzt ein Komiker Nazi-Witze erzählte. Es klang wie ein grobes Echo von Esthers Lachen.

»Das kann ich mir denken«, sagte er. »Das Lied, das Sie da eben gesungen haben ...«

»Was soll damit sein?«

»Das ist doch ein deutsches Lied. Wieso kann das hier von Ihnen auf Englisch gesungen werden?«

Jetzt drehte sie sich doch zu ihm um, musterte ihn halb spöttisch, halb skeptisch. »Wieso denn nicht? Das Lied gehört doch allen. Alle kennen es, alle lieben es, alle singen es.«

»Ja, aber ich dachte ...«

»Sind Sie etwa Deutscher?« unterbrach sie ihn.

»Ich? Nein, natürlich nicht. Wie kommen Sie darauf?«

»Ihr Akzent«, sagte sie. »Ihr Englisch hat einen deutschen Akzent.«

»Ich bin Holländer«, sagte er hastig.

»Ach so«, sagte sie. »Schade. Ich hätte gerne einmal wieder Deutsch gesprochen.«

»Sind Sie denn Deutsche?«

»Ich war es mal«, sagte sie schroff und blickte wieder in den Spiegel.

»Hören Sie zu«, sagte er, machte einen Schritt in den Raum hinein, »ich habe Sie angelogen. Ich bin Deutscher.«

»Und warum haben Sie mich angelogen?«

»Weil, na ja«, sagte er und sprach nun Deutsch, »also wenn Sie aus Haifa kommen, ich meine, dann sind Sie vermutlich ...«

»Sie vermuten richtig«, unterbrach sie ihn kühl. »Und was verschlägt einen Deutschen nach Kairo in dies bemerkenswerte Etablissement? Oder«, sie lachte kokett, »sind Sie etwa ein Spion?«

Nun lachte er auch. »Das ist eine lange Geschichte«, sagte er. »Wenn Sie meine Einladung annehmen, erzähle ich sie Ihnen.«

In einem stilleren Winkel des Lokals fanden sie einen freien Tisch dicht beim Eingangsvorhang. Fast schüchtern bat sie um Champagner, und während sie genießerisch das Getränk aus den

Glasschalen schlürften und ovale, ägyptische Zigaretten rauchten, erzählte Johann ihr, untermalt von *In the Mood,* das die Band intoniert hatte, seine Geschichte, erwähnte dabei aber mit keinem Wort Eléni. »So bin ich also«, kam er zum Schluß, »nach Kairo gekommen und verbringe Silvester 1943 in diesem Lokal.«

»Haben Sie denn kein Heimweh?« fragte sie.

»Nicht nach Deutschland«, sagte er. »Ich würde lieber nach Kreta zurück. Aber so lange der Krieg dauert, bin ich wohl ein Gefangener, der frei herumlaufen und sogar goldene Käfige wie diesen hier besuchen darf.« Er zuckte resignierend mit den Schultern.

»Ich habe manchmal Heimweh nach Deutschland«, sagte sie, »obwohl ich weiß, was dort mit den Juden geschieht. Aber was soll ich in Palästina?« Und dann erzählte sie, wie sie 1936 mit ihren Eltern und Geschwistern aus Berlin, wo die Familie gelebt hatte, nach London ausgereist und auf einem überfüllten, britischen Dampfer nach Tel Aviv gekommen war. Die Gesangsausbildung, die sie in Berlin bekommen hatte, erwies sich jetzt als Glücksfall. Von einer Opernkarriere träumte sie zwar nicht mehr, hielt sich aber mit Auftritten in Bars und zwielichtigen Clubs über Wasser, und manchmal buchte sie das britische Militär für Unterhaltungsshows vor den Truppen. So also war sie Silvester 1943 ins »Ramses« verschlagen worden. »Wir sind Entwurzelte, Sie genauso wie ich«, sagte sie und hob ihm die Champagnerschale entgegen. »Wir sind Treibgut, das der Krieg durch Länder treibt und an Küsten schwemmt, die wir im Frieden vielleicht freiwillig aufsuchen würden, wenn wir es uns leisten könnten. Wir wissen nicht mehr, wohin wir gehören und wohin mit uns jetzt. Aber wir können nicht vergessen, wo wir herkommen, ich jedenfalls nicht. Am meisten fehlt mir die Sprache, die Sprache der Leute auf den Straßen Berlins, in den Kneipen und Cabarets. Ich spreche nur ein paar Brocken Hebräisch, kann immer nur das aussprechen, was ich mit diesen Brocken sagen kann, aber nie das, was ich wirklich sagen will. Da spreche ich dann lieber gleich Englisch.«

»Mir können Sie aber doch sagen, was Sie sagen wollen.« Er lächelte und hob sein Glas. Sie stießen an.

»Ich kenne Sie ja gar nicht«, sagte sie etwas kokett und blinzelte ihm dabei zu.

»Wir könnten uns aber kennenlernen.« Er beugte sich über den Tisch und küßte ihr das Ohrläppchen, an dem ein schwerer Silberring hing.

»Ich bin Sängerin«, sagte sie, zog den Kopf jedoch nicht zurück, »keine ... Sie wissen schon.«

»Und Sie haben sehr schön gesungen«, sagte er.

»Finden Sie wirklich?«

»Es hat mich tief bewegt«, flüsterte er, dachte an Eléni und berührte mit dem Mund Esters dunkelrot geschminkte, feucht glänzende Lippen. Sie erwiderte den Kuß. Er rückte mit dem Stuhl um den Tisch herum, setzte sich neben sie, legte ihr den Arm um die Schulter, spürte unter dem dünnen Chiffon die Träger ihres Büstenhalters und küßte sie noch einmal. Während sich ihre Zungen trafen, legte sie eine Hand auf seinen Nacken und strich ihm über den Hinterkopf.

»Ich weiß«, sagte er, »daß du nicht ... also, daß du keine du weißt schon was bist. Aber in der ersten Etage wären wir doch irgendwie ungestörter ...«

In diesem Moment gab es draußen Tumult, eine lautstarke Auseinandersetzung. Durch den Vorhang, der den Garderobenraum vom Club trennte, hörte Johann, wie der hünenhafte Türsteher offenbar versuchte, jemandem den Zutritt zu verweigern: In solcher Kleidung gebe es keinen Einlaß, und schon gar nicht bewaffnet. Und dann schrie eine Stimme, die Johann bekannt vorkam, auf griechisch: »Aus dem Weg, du Zwerg!«

Der Vorhang teilte sich. Ein Mann mit einem schwarzen Stirnband, dessen Fransen ihm bis auf die buschigen Augenbrauen hingen, mit einer bunt bestickten Weste, einer Bauchschärpe, aus der ein Messergriff ragte, und hohen Reitstiefeln, betrat den Saal. Er hielt eine Beretta in der rechten Hand, machte ein paar Schritte vorwärts und blickte sich mißtrauisch um. Andreas! Andreas Siderias aus Chania.

Bevor der Türsteher Andreas eingeholt hatte, sprang Johann auf, stieß dabei den Tisch um, Glas klirrte, eine Champagnerschale fiel Esther in den Schoß, und dann stand Johann vor Andreas. »Steck die Pistole weg«, sagte er, »hier bist *du* zu Gast.«

Andreas grinste so breit, daß seine Mundwinkel fast die Ohrläppchen erreichten, steckte die Beretta in die Schärpe, breitete die Arme aus und drückte Johann an sich. »Wenn man nicht auf dich aufpaßt, treibst du dich in üblen Lokalen herum, Yannis.«

Dem Türsteher, der sich inzwischen breitbeinig und drohend vor Andreas aufgebaut hatte, schob Johann einen Geldschein in die Pranke und versicherte ihm, daß er persönlich für den Mann, seinen Freund, bürge und hafte. Die Waffen, beharrte der Sudanese dennoch, müsse er draußen abgeben. Das sei Vorschrift.

»Nicht nötig«, Andreas schüttelte den Kopf. »Wir gehen sowieso.«

»Wohin?«

»Zuerst ins ›Trianon‹, das neue Jahr begießen. Wenn wir uns beeilen, sind wir um Mitternacht da. Und übermorgen geht unser Schiff.«

»Welches Schiff?«

»Nach Kreta«, grinste Andreas. »Nach Hause.«

2.

Das Silvesterfeuerwerk, das in den Gezirah-Gärten abgebrannt wurde, erleuchtete den Himmel über Kairo, als Andreas und Johann die Café-Bar »Trianon« erreichten. Die Gäste standen trotz des Nieselregens auf der Straße und starrten zur niedrigen Wolkendecke hinauf, die im Licht explodierender Raketen wie ein schmutziges, graues Laken vor der Dunkelheit hing. Die Feuerwerkskörper zogen glutrote Streifen und Rauchfahnen hinter sich her, bis sie fauchend und zischend in unterschiedlichen Höhen barsten, bunten Regen ausstoßend, künstliche Sterne in allen Farben des Spektrums, irrwitzige Konstellationen in der Luft eingingen, die komponiert waren und doch chaotisch aufschienen für Augenblicke, aufeinander zuschossen, sich mischten, neue Farben, Töne, Laute erzeugten, übereinanderjagten, durcheinander, in Streifen, Schleiern, Bahnen, Kurven, Kreisen, dann plötzlich in gradlinigen Formationen wie Fliegerstaffeln, wie Bomberverbände über verdunkelten Städten. Und unter den staunenden Ahs und Ohs der kretischen Gäste des »Trianon« dachte Johann an Deutschland, an seine Eltern, an Ingrid, dachte daran, wie lange das alles schon her war – eine andere Epoche, ferner als die minoische, eine andere Welt, weiter entfernt als die Südsee. Als schließlich eine letzte Rakete aufstieg und wie ein Donnerschlag zerplatzte, so daß die plötzliche Stille nur noch tiefer wirkte, wußte er, daß die Welt, aus der er gekommen war, nicht mehr existierte und er, selbst wenn er je nach Deutschland zurückkehren sollte, auch dort für immer ein Versprengter, ein Fremder sein würde, bestenfalls ein Gast in der Fremde wie diese Kreter in Kairo.

Sie gingen zurück ins Lokal, hielten aber Fenster und Türen geöffnet, um nach kretischer Sitte das alte Jahr hinaus- und das neue hineinzulassen, ließen wieder Rotwein und Raki kreisen. Stelios, der Wirt, servierte jedem Gast ein Stück des Neujahrskuchens. Johann biß hinein. Seine Zähne trafen auf etwas Hartes. Ein Stein? Er spuckte es auf den Teller, aber es war eine Geldmünze.

»Yannis hat den *flóuri* erwischt!« brüllte Andreas begeistert, und es gab großes Hallo und donnernden Applaus, weil demjenigen, der die eingebackene Münze fand, im neuen Jahr besonderes Glück zuteil werden würde.

»Ich hab schon genug Glück gehabt«, sagte Johann, »daß du mich hier überhaupt gefunden hast. Jetzt mußt du mir alles erzählen, Andreas.«

Und Andreas erzählte. Nachdem Georgi wieder nach Kreta eingeschleust worden war, übrigens unter gefährlichen Umständen, weil das Schiff beinah von einem deutschen Flugzeug versenkt worden wäre, hatte er die beiden Briefe Johanns nach Agia Galini gebracht. Eléni hatte geweint, war tagelang mit geröteten Augen herumgelaufen, hatte mit niemandem mehr sprechen wollen. Andreas hatte geschäumt vor Wut, weil die Engländer nicht nur ihr eigenes Versprechen gebrochen hatten, Johann zurückkehren zu lassen, sondern damit auch Andreas selbst wortbrüchig werden ließen, zu einem Mann machten, der die uralten Gesetze der Gastfreundschaft verletzte. Mit Bates, Pavlos also, wäre es fast zu einem handgreiflichen Streit gekommen, weil der jede Verantwortung ablehnte und behauptete, auf die Entscheidungen des Militärs und

Geheimdienstes in Ägypten keinen Einfluß nehmen zu können, sondern lediglich deren Befehle auszuführen habe.

»Ein Ehrenwort zählt aber mehr als alle Befehle«, sagte Andreas, der sich in Erinnerung daran inzwischen in Rage geredet hatte. »Die Engländer sind unsere Verbündeten. Und auf der Insel sind sie unsere Gäste. Aber sie sind nicht unsere Kommandanten.«

Weil Bates die Sache nicht einrenken konnte, vielleicht auch nicht wollte, das war leider sehr unklar geblieben, hatte Andreas darauf bestanden, persönlich mit den Leuten zu verhandeln, die für solche Befehle und solchen Wortbruch verantwortlich waren. Andernfalls, hatte er gedroht, würden jene Teile des Andartiko, auf die er persönlich Einfluß hatte, ihre Kooperation mit den Briten einstellen. Die Drohung hatte gewirkt, und so war es ihm schließlich gelungen, mit einem der Schleuserschiffe von Kreta nach Ägypten zu gelangen, wo er vor drei Tagen angekommen war. Man hatte ihn fürstlich in einer Villa untergebracht und respektvoll behandelt, weil man seine Bedeutung fürs kretische Andartiko kannte. Dann hatten ihn Major Grayson und Colonel Stiles aufgesucht, begleitet von dem Zivilisten Stanley Moss; es war also die gleiche Delegation, die auch schon Johann nach dessen Ankunft im Lazarett in Alexandria vernommen hatte. Sie hatten Andreas darauf hingewiesen, daß Johanns Rückkehr eine Gefährdung des kretischen Widerstands bedeuten würde, mithin auch zu einer Bedrohung von Andreas und seiner Familie werden könnte. Aber Andreas hatte darauf bestanden, den Mann wieder nach Kreta kommen zu lassen, der durch seine Warnung damals vielen Zivilisten das Leben gerettet und auch das strategische Treffen der verschiedenen Andartengruppen mit den britischen Agenten vor dem deutschen Zugriff bewahrt hatte. Grayson und Stiles hatten das kategorisch abgelehnt und waren auch durch Andreas' Drohung nicht umzustimmen gewesen, nicht mehr mit den Briten zusammenarbeiten zu wollen. Dann aber hatte dieser Moss angefangen, auf die Offiziere einzureden. Was er gesagt hatte, war Andreas zwar nicht übersetzt worden, aber Grayson und Stiles hatten erst skeptisch ausgesehen, dann nachdenklich, und schließlich hatten sie immer nur noch genickt, bis Moss sie endlich umgestimmt hatte. Andreas wurde erklärt, daß Moss ein Kommandounternehmen plante, bei dessen Vorbereitung ein Mann wie Johann, der Deutscher war und die Verhältnisse kannte, von Nutzen sein könnte. Worum es sich bei diesem Unternehmen im einzelnen handeln sollte, hatte man Andreas nicht gesagt. Man werde, sobald die Sache konkretere Formen annehmen würde, ihn und Johann in Agia Galini kontaktieren. Für Johanns Sicherheit übernehme man allerdings keine Verantwortung. »Das«, hatte Andreas da geantwortet, »machen wir.« Dann hatte man ihn instruiert, wie die Rückführung organisiert werden sollte und ihn noch am gleichen Abend zu Bloomfelds Haus gefahren, wo er Johann aber nicht angetroffen hatte. Bloomfeld hatte ihn zum »Trianon« geschickt. Dort werde Johann im Laufe der Nacht mit Sicherheit auftauchen, aber im »Trianon« war Andreas erzählt worden, daß Johann die Silvesternacht im »Ramses« verbringe. Und dann war Andreas also zum »Ramses« gegangen, wo er dem Türsteher erst die Beretta unter die Nase halten mußte, um eingelassen zu werden.

»Und jetzt sitzen wir hier«, schloß Andreas seinen Bericht. »Und übermorgen geht's zurück nach Kreta. Vorher mußt du mir aber noch eins verraten, Yannis. Was war das für eine Frau, mit der du da am Tisch gesessen hast?«

Johann zuckte mit den Schultern. »Eine wie ich. Eine, die nie mehr nach Hause kommen wird.«

Andreas nickte nachdenklich. »Aber du kommst zu uns. Es wird höchste Zeit. Wir freuen uns alle auf dich. Ich glaube«, er kniff ein Auge zu, »Eléni freut sich am meisten.«

3.

Der Boden wirkte wie trocken gefallenes Watt, endlose braune Flächen, die in der Sonne schimmerten, als der Zug auf dem Weg von Kairo nach Alexandria das Nildelta durchquerte. Felder mit Zuckerrohr, Weizen, Baumwolle, dazwischen Dörfer aus ungebrannten Lehmziegeln, die Dächer mit Schoten und Stroh gedeckt. Büffel trotteten umher, Kamele, auf denen Beduinen ritten, schwerbepackte Esel. Unter Palmen lagen Dörfer in der Ferne wie Sandbänke in der flirrenden Luft. In den Deltaarmen manövrierten Boote, deren Rahen wie Ziehstangen von Brunnen aufragten, und die Ziehstangen der Brunnen wirkten wie an Land verirrte Rahen. Auf den Dächern der Waggons hockten dicht an dicht Fellachen, in den Waggons drängten sich Soldaten.

In Alexandria mußten sie den Zug wechseln und erreichten in der Abenddämmerung El Alamein. Auf beiden Seiten der Bahnlinie sah man vom Sand halb verwehte Schützengräben, Stacheldrahtverhaue, Bombenkrater, Granattrichter. Johann kam es vor, als fahre der Zug durch einen gigantischen Schrottplatz. Bis zum Ende des Blicks war die Wüste übersät mit Trümmern, zerschellten Flugzeugen, ausgebrannten Panzern, Autowracks, zerschossenen Geschützen, alle überzogen von einer Schicht aus Staub und Sand. Dann wurde es dunkel, und Johann und Andreas schliefen aneinandergelehnt auf den Holzsitzen.

Bei Tagesanbruch hielt der Zug auf freier Strecke, mitten in der Wüste. Die Passagiere, die nach Kreta eingeschleust werden sollten, zwölf Andarten und vier britische Agenten, mußten auf einen Lastwagen umsteigen. Sie durchquerten Tobruk oder das, was von Tobruk übrig geblieben war, ein Hafenbecken voller Wracks und eine Ansammlung rauchgeschwärzter Hausruinen. Die Piste erschien Johann wie ein Pfad des Todes und der Zerstörung, der ins Nichts und Nirgendwo führte. Irgendwo in der lybischen Wüste stoppte der Lastwagen in einem militärischen Zeltlager. Bevor man sie verpflegte, wurden sie gewarnt, nicht von der Piste abzuweichen. Überall gebe es ungeräumte Minenfelder. Ein starker Wind blies ihnen beim Essen Sand in Mund, Nase und Ohren.

Als sie endlich die Hafenstadt Darnah erreichten, fiel bereits wieder die Nacht über Wüste und Meer. Der Lastwagen hielt am unversehrten Kai des Hafens, wo ein kleines Küstenmotorschiff auf sie wartete. An Bord wurden sie verpflegt, der Raki floß in Strömen. Am folgenden Nachmittag stachen sie bei leichtem Südwestwind in See, und im schwindenden Licht des Abends machte einer der Andarten die Spitzen der Weißen Berge Kretas aus. Unter Jubel und Gelächter wurden Ferngläser herumgereicht. Zwischen zehn und elf, als es längst stockdunkel war, passierte man die von den

Deutschen geräumte Insel Gávdos. Sie lag wie ein schwarzer Stein auf dem schimmernden Wasser. Als das Schiff nach Osten beidrehte, blitzte aus dem Dunkel der kretischen Küste ein Suchscheinwerfer auf, harkte über die Wasseroberfläche, war aber zu weit entfernt und zu schwach, um sie zu erreichen. Inzwischen hatte sich die lang rollende Dünung geglättet, die See lag still wie ein Spiegel, als hätte der tief hängende Dunst sie besänftigt, und der Dunst schien bereits den Geruch von Harz und wildem Thymian übers Meer zu tragen, während die gebirgige Silhouette der Südküste dunkel und geheimnisvoll in den Himmel ragte. Das Schiff war noch drei Meilen von der Insel entfernt, doch beim Geruch der angewehten Düfte, im Anblick der bizarr gezackten Felsen und des auf dem Wasser spiegelnden Halbmonds hatte Johann das Gefühl, daß er nur über die Reling klettern müßte, um den Strand zu betreten. Schon schimmerte der weiße Gürtel einer schwachen Brandung.

Der Kapitän, einer der britischen Agenten und einer der Andarten standen auf der Brücke, durchsuchten mit Nachtfeldstechern die Dunkelheit nach den verabredeten Signalen. Im Licht des steigenden Monds erhellte sich die Nacht, Kretas Silhouette wurde schärfer erkennbar, als ob ein Foto im Entwicklungsbad langsam preisgebe, was in seiner Schwärze verborgen lag. Doch je klarer die Küste sichtbar wurde, desto dröhnender klang das Nageln des Schiffsdiesels, lauter und lauter, laut genug, um die gesamte Besatzungsmacht Kretas zu wecken. Es kam Johann auch ausgeschlossen vor, daß das Schiff so klein sein sollte, um von Land aus nicht gesehen zu werden. Im stampfenden Takt des Diesels spürte er sein Herz schlagen, aus Vorfreude und aus Angst. Noch einmal wurde der Kurs korrigiert, nachdem Andreas und einige andere Kreter behaupteten, bestimmte Landmarken zweifelsfrei ausmachen zu können, wobei es lautstarke Diskussionen und Streit über den genauen Standort gab.

Der Kapitän befahl Ruhe. Die Situation war absurd, weil alle nur noch flüsterten und auf Zehenspitzen übers Deck schlichen, während der Diesel so laut stampfte, daß er Tote hätte erwecken können. Zwei Meilen westlich und drei Meilen östlich des Strands, an dem angelandet werden sollte, gab es noch letzte deutsche Küstenposten, aber man war sich sicher, daß nicht geschossen werden würde, solange die Identität des Schiffs unklar blieb, weil in diesen Gewässern auch deutsche Boote patrouillierten. Beruhigend fand Johann diese Informationen allerdings nicht.

Ein Matrose warf das Lotblei über Bord, rief mit gedämpfter Stimme die gemessenen Wassertiefen zur Brücke, während ein anderer, am Bug stehend, vor Felsen und Riffen warnte. Für einige Minuten waren durchs immer lauter anschwellende Dröhnen des Motors nur diese beiden Stimmen zu hören, bis plötzlich jemand schrie: »Lichtsignale, Sir!« Trotz des Motors war das Flüstern der Wellen am Rumpf vernehmbar. »Da! Südsüdwest an Backbord!«

Wie ein Stab aus Licht unter einer gewaltigen, schwarzen Decke zuckten die Signale durch die Nacht. Der Motor wurde gedrosselt, das Schiff lief langsamer auf die Signale zu. Anfangs kamen die Lichtblitze unregelmäßig, nervös, brachen durch den Dunst, verschwanden wieder, doch im Näherkommen wurden sie deutlicher. Lang und kurz und kurz und lang.

Einer der britischen Funkagenten ging mit dem Fernglas zum Bug. »Signal korrekt, Sir!« rief er zur Brücke. »Das gilt uns.«

Das Licht blinkte jetzt regelmäßiger und klarer durch den sich unter Land hebenden Dunst, während das Schiff sich langsam dem Ufer näherte. Johann konnte die kleine Bucht erkennen, den hellen Strandstreifen und eine Reihe Klippen, die den Landeplatz von zwei Seiten umschloß. An der Wasserlinie liefen mehrere gestikulierende Personen hin und her.

»Fünf Faden, Sir!«

Das Schiff lief in die Bucht ein, das Echo von den Felsen ließ den Diesel noch durchdringender dröhnen. Die blinkende Lichtquelle war jetzt groß wie ein Autoscheinwerfer, und Johann hörte, wie die Wellen aufschäumend an Land schlugen. Sein Herz pochte ihm bis zum Hals.

Die Männer an Bord setzten ihre Rucksäcke auf, schulterten die Marlin- und Mannlicher-Gewehre, legten kreuzweise Munitionsgürtel über die Schultern. Andreas knuffte Johann lachend in die Seite und begann, ein kretisches Hirtenlied zu pfeifen. Fünfzig Meter vom Ufer entfernt gab der Kapitän Order, den Motor abzustellen und Anker zu werfen. In der plötzlichen Stille klang das Schmatzen der Wellen am Rumpf und das Knirschen von Kieseln im Brandungssog wie entspanntes Geplauder unter Freunden.

Ein Beiboot wurde steuerbords zu Wasser gelassen, an einem eisernen Belegnagel eine Schleppleine befestigt. Einer der britischen Agenten kletterte mit zwei Ruderern ins Boot, und während sie mit kräftigen Zügen dem Strand entgegenpullten, ließ der Agent die Schleppleine abrollen. Zwei Schlauchboote wurden zu Wasser gelassen und so schwer mit Waffen, Munition, Verpflegung und Medikamenten beladen, bis das Wasser über die Bootsränder schwappte. Kurz darauf blinkte vom Strand das Signal, daß die Schleppleine festgemacht war, und dann glitten die Schlauchboote, wie von Geisterhand gezogen, dem Ufer entgegen. Nach einer Weile kam das Signal, daß die Boote entladen waren, und sie wurden zum Schiff zurückgezogen. Über eine Strickleiter an der Bordwand kletterten die Männer, die eingeschleust werden sollten, ins Beiboot, legten ab und ließen sich zum Strand ziehen. Einige der Männer, die sie dort erwarteten, standen bis zu den Hüften im Wasser, andere winkten ihnen aufgeregt zu, wieder andere riefen schon Willkommensgrüße.

Endlich spürte Johann festen Boden unter den Füßen, fand sich umringt von Männern, deren dunkle Gesichter unter Kopftüchern und Bärten kaum zu erkennen waren, aber dann blickte er in Georgis breit grinsendes Gesicht, und auch Vangelis war da und Demis und zwei seiner Söhne und noch andere, die er nicht kannte. Es gab Umarmungen und Händeschütteln und Wangenküsse und Gelächter, das kein Ende nehmen wollte, bis Demis Ruhe befahl. Der Strand, sagte er, sei von den Deutschen vermint worden, und obwohl die meisten Minen durch Wellen und Sandbewegungen, einige auch durch Schafe und Ziegen, längst explodiert waren, müsse man vorsichtig sein und im Gänsemarsch über sicheres Terrain gehen. Johann sah auch noch Reste von Stacheldrahtverhauen, aber sie waren zerrissen, teilweise von Sand verweht und bildeten kein Hindernis mehr.

Die Schiffsbesatzung verabschiedete sich, das Boot wurde zurückgezogen, die Schleppleine gekappt. Der Nachschub wurde auf Esel und Maultiere geladen, die am Ende des Strands standen. Als einer der Esel unter der Last einknickte, richteten vier Männer das Tier unter wüsten Beschimpfungen wieder auf und gaben ihm zur Strafe für seine Schwachheit noch ein paar Gertenhiebe aufs Hinterteil. Dann teilte sich die Gruppe in zwei Abteilungen. Die größere verließ den Strand westwärts in Richtung Plakias, um von dort nach Chora Sfakion weiterzuziehen, das mit Ausnahme eines Küstenpostens inzwischen von den Deutschen geräumt worden war. Die kleinere Gruppe um Andreas und Demis kletterte einen steilen Pfad aufwärts und wandte sich nach Osten, Richtung Agia Galini.

Als sie einen Grat erreicht hatten, blickten sie aufs Meer zurück. Es lag still und silbergrau wie gefroren. Die Gleichmäßigkeit der kleinen Wellen wirkte auf Johann, als schaue er durchs falsche Ende eines Fernglases. Am Horizont irrte der Suchscheinwerfer eines Küstenpostens nervös übers Wasser, war aber zu weit entfernt, um das Schiff zu erfassen. Es hatte bereits die Bucht verlassen und verschwand, lautlos kleiner und kleiner werdend, wie eine Fata Morgana in Nacht und Dunst, während die Insel ihre Düfte nach Thymian und Lavendel, Erde und Früchten, Honig und Ziegenmilch verströmte, bis kalter, feiner Regen einsetzte und die Gerüche wegwusch wie der Tag die Träume.

4.

Der Tisch in Demis' Haus bog sich unter Schüsseln und Tellern, Platten und Karaffen. Ein Schaf war zur Feier von Andreas' und Johanns Rückkehr geschlachtet worden, dazu gab es in Olivenöl eingelegte Linsen, von Demis persönlich gefangene Makrelen und Tintenfische, geröstete Schnecken, die bei der regnerischen Witterung buchstäblich am Weg lagen und von den Kindern nur eingesammelt werden mußten, hausgemachten Ziegenkäse, englischen Zwieback aus der Nachschublieferung, verschiedene Gemüsesorten und zum Nachtisch Joghurt, Honig und Halva.

Neben der männlichen Verwandtschaft der Siderias-Brüder, Söhne, Schwiegersöhne, Onkel und Vettern, waren noch Georgi und Vangelis geladen, aber auch Bates und sein Kamerad, der Funkoffizier Charles, dazu der unvermeidliche Pope, der Lehrer und sogar der Polizist des Dorfs – insgesamt über zwanzig Männer. Während sie lautstark tafelten, hatten sich die Frauen, unter ihnen Eléni, im Hintergrund zu halten, sie kochten, schleppten Reisig und Scheite aus Olivenholz zur Feuerstelle und servierten die Gerichte.

Demis eröffnete das Gelage, indem er sich bekreuzigte und zugleich einen enormen Rülpser ausstieß. Dann zog er seinen Dolch mit dem Silbergriff aus dem Gürtel, spießte mit einer dramatischen Geste, die offenbar seine Verachtung für ein derart ziviles oder weibisches Instrument wie eine Gabel demonstrieren sollte, ein gewaltiges Stück Lammfleisch auf und begann zu essen. Nun langten alle zu.

Mit Eléni hatte Johann noch nicht sprechen können, seit die Gruppe nach einem weiteren Nachtmarsch im Morgengrauen Agia Galini erreicht hatte. Und auch jetzt konnte er mit ihr nur Blicke tauschen, aber so wie sie ihm unter der koketten Locke zulächelte, so wie sie darum bemüht war, ihm Essen nachzulegen und seinen Blechbecher wieder mit Wein zu füllen, so wie sie ihn dabei gezielt unabsichtlich berührte, wußte er, daß er von ihr erwartet worden war.

Demis spießte mit seinem Dolch ein Schafsauge auf und hielt es Johann über den Tisch entgegen. Das sei von allen Delikatessen Kretas die beste. Er rieb sich grimassierend den Bauch. Johann müsse es probieren. Der aber wehrte erschrocken ab, was allgemeines Gelächter auslöste, und redete sich darauf heraus, schon mehr als satt zu sein. Demis nickte gutmütig und schob sich das Schafsauge in den Mund. Johann sah, wie es als kleiner, hin und her rollender Ball Demis' Backen blähte.

Wenn er denn schon auf die Augen verzichten wolle, rief ihm nun Andreas zu, immer noch lachend, müsse er aber das hier probieren, und schob ihm einen Teller mit Schafshoden entgegen. Das sei das zweitbeste in der kretischen Küche. Eléni, die mit frischem Wein hinter Johann stand, stieß ihm aufmunternd gegen die Schulter.

Johann, der von der ganzen Gesellschaft gespannt angestarrt

wurde, nahm, was man ihm da reichte, kaute, trank einen Schluck Wein, kaute, schluckte, spülte nach, lächelte süß-sauer, was mit allgemeinem Gelächter quittiert wurde, trank mehr Wein und lachte mit. Eine weitere Runde Raki folgte zur Gesundheit, in diesem speziellen Fall auch zur besseren Verdauung. Auf seiner Schulter spürte Johann sanft und fest Elénis Hand.

Natürlich mußte er ausführlich von seinem ungewollten Aufenthalt in Ägypten berichten, was der alkoholisch bereits schwer angeschlagene Pope mit allerlei konfusen Vergleichen zur ägyptischen Gefangenschaft des Volkes Israel garnierte. Es gab auch Murren über den Wortbruch der Engländer, aber mit Rücksicht auf Pavlos und Charles blieb die Empörung gedämpft. Dennoch war nicht zu übersehen, daß Bates über die Entwicklung alles andere als glücklich war. Johanns Geschichte hörte er sich kommentarlos an, schüttelte gelegentlich den Kopf, als wolle er seiner Skepsis gegenüber dieser Entscheidung ferner, realitätsfremder Vorgesetzter diskreten Ausdruck geben, und zog überhaupt den ganzen Abend lang ein verkniffenes Gesicht. Auch das unübersehbare Einverständnis zwischen Eléni und Johann, das Demis und Andreas mehrfach augenzwinkernd und verschwörerisch guthießen, schien Bates stumm und streng zu mißbilligen.

Demgegenüber wirkte Charles sehr viel aufgeräumter, lachte viel, aß mit gutem Appetit, trank zügig mit englischer Pub-Routine. Als zu vorgerückter Stunde Erzählungen und Anekdoten über geglückte Aktionen des Andartiko immer abenteuerlichere Färbungen annahmen, wurde er aufgefordert, Johann zuliebe noch einmal von seiner Begegnung mit dem italienischen General Carta zu berichten. Charles ließ sich nicht lange bitten. Gleich nach Bekanntwerden des Waffenstillstands zwischen Italien und den Alliierten im vergangenen September hatten die Deutschen die Befehlsgewalt im Ostteil Kretas übernommen, der bis dahin von den Italienern besetzt gewesen war. Die italienischen Truppen wurden entwaffnet und vor die Wahl gestellt, als faschistisch gesinnte Männer auf deutscher Seite weiterzukämpfen oder sich internieren und abschieben zu lassen. Eine Minderheit schloß sich den Deutschen an, eine weitere Minderheit desertierte allerdings und lief zum Andartiko über. Als im Oktober fünf italienische Offiziere und neunzehn Soldaten bewaffnet in den Weißen Bergen festgenommen wurden, machte man kurzen Prozeß. Alle wurden standrechtlich erschossen, das Dorf, in dem sie gefangengenommen worden waren, wurde niedergebrannt. Die große Mehrheit der über 30000 Italiener auf Keta, kriegsmüde, schlecht versorgt und ohne jede Kampfmoral, zog es vor, sich internieren zu lassen, um dann aufs Festland abgeschoben zu werden, doch verzögerte der Mangel an Schiffsraum den Abtransport. Zudem machten die britische Seehoheit und zunehmende Luftangriffe alle Transporte zu einem hohen Risiko. Im Oktober erst war ein Dampfer mit 2500 Italienern, 250 deutschen Soldaten, 23 Mann Besatzung und 75 Griechen an Bord von einem britischen Geschwader angegriffen und versenkt worden. Was nun allerdings den besagten General Carta betraf, hatte der, in weiser Voraussicht einer sich abzeichnenden Niederlage Italiens, schon lange vor dem Waffenstillstand Kontakte zu britischen Agenten und Vertretern des Andartiko aufgenommen. Carta hatte vollmundig angekündigt, sich nicht den deutschen Truppen ergeben zu wollen, sondern eine britische Invasion zu unterstützen. Da die Briten aber keinerlei Interesse an einer Invasion mehr hatten, lehnte man die angebotene Waffenhilfe der Italiener ab, an deren Kampfkraft ohnehin starke Zweifel bestanden. Allerdings überredete man Carta und einen Teil seines Stabs zur Desertion. Mitte September wurden der General und sieben weitere Offiziere in einem nächtlichen Kommando an die Südküste geschmuggelt. Da das Unternehmen verraten wurde, ordneten die Deutschen sofort Straßenüberwachungen an, sandten Spürtrupps in die Berge und verstärkten die Beobachtungsposten an der Küste. Doch selbst die Aussetzung einer Belohnung von 20 Millionen Drachmen, mit der die Bevölkerung geködert werden sollte, sich an der Fahndung zu beteiligen, blieb ohne Erfolg.

»Auf welchen Wegen man an den Strand dieser Insel kommt«, kam Charles zum Schluß seiner Geschichte, »wißt ihr ja alle selbst. Und wie man vom Strand dieser Insel an Bord eines Schiffs nach Ägypten kommt, wißt ihr auch. Ich hatte den Wagen gefahren, in dem Carta saß. Und als er sich von mir verabschiedete und sich bedankte, fragte er mich, was ich nach dem Krieg machen wolle. Ich sagte, daß ich erst einmal ein schönes Bier in meinem Pub trinken würde, und fragte zurück, was *er* denn nach dem Krieg machen wolle. Wißt ihr, was er da gesagt hat?« Außer Johann wußten es alle, da Charles die Geschichte schon mehrfach erzählt hatte, aber natürlich hörten es alle gern noch ein weiteres Mal. »Ich werde Sie in London besuchen, Signore Charlie, und dann trinken wir gemeinsam ein Bier‹, hat er gesagt.«

Demis' Haus bebte vom Gelächter der Runde, Gläser wurden aneinandergestoßen, und man war sich feurig darüber einig, daß auch die deutsche Besatzung in Kürze von der Insel verjagt sein würde.

»Cartas Evakuierung«, rief Charles, »war aber nur der erste Streich! Ein Spaziergang, verglichen mit dem, was inzwischen Stanley Moss vorbereitet und ...«

»Halt's Maul!« unterbrach jedoch Bates jetzt, laut, schroff und auf englisch, den redseligen Charles. »Du hast zuviel getrunken. Es reicht. Und es ist Zeit zu gehen.« Er stand abrupt vom Tisch auf, packte Charles am Arm, zog ihn zur Tür, rief ein paar griechische Abschiedsfloskeln in die lärmende Runde und verschwand mit seinem Kameraden in der Nacht.

»Stanley Moss?« Johann sah Andreas fragend an. »Ist das der englische Zivilist, den du und ich in Ägypten kennengelernt haben?«

Andreas zuckte mit den Schultern. »Kann sein.«

»Und was plant er?«

»Ich weiß es nicht«, sagte Andreas.

»Und was ist mit Pavlos los? Warum ist er so schlechtelaunt? Meine Rückkehr scheint ihm nicht zu gefallen.«

Andreas runzelte die Stirn. »Manchmal hat er Geheimnisse vor uns. Er fürchtet Gerede, fürchtet Verrat. Ganz unrecht hat er vielleicht nicht. Die Sache mit Carta wäre ja auch fast schiefgegangen.«

»Verrat? Hier? Aus deiner Verwandtschaft?«

Andreas lächelte. »Meine Verwandtschaft redet gern. Das müßtest du inzwischen wissen. Auf Kreta kann man nichts geheimhalten. Dafür ist die Insel zu klein, die Verwandtschaften sind zu groß, und man erzählt sich gerne Geschichten. Und was Pavlos' schlechte Laune angeht ...« Andreas machte eine Geste, als wolle er etwas verscheuchen, sprach aber nicht weiter.

»Was ist damit?«

»Frag Eléni«, sagte Andreas. »Sie weiß es besser. Aber vergiß nicht, sie auch nach dem zu fragen, was sie hören will.«

»Was will sie denn hören?«

»Wenn du das nicht selber weißt, bist du der größte Dummkopf, der je über diese Insel gestolpert ist.«

Johann stand auf, warf Eléni einen Blick zu und ging nach draußen. Der ausgelassene Lärm, das Gelächter und das Licht des Herdfeuers aus Demis' Haus verfolgten ihn durch die Winternacht. Ein schneidender Wind fiel von den Bergen über die Bucht, kräuselte das Wasser im Hafenbecken, trieb Graupelschauer über die Mole seewärts. Er zog die Kapuze des gefütterten Dufflecoats, der ihm in Kairo geschenkt worden war, über den Kopf und schlenderte ungeduldig auf der Mole auf und ab.

Endlich kam Eléni. In ihrem weißen, fußlangen Lammwollmantel lief sie quer über den Hafenplatz auf ihn zu. Er ging ihr entgegen, breitete die Arme aus, und sie schmiegte sich atemlos an ihn. Durch den dicken Stoff der Mäntel konnte er ihren Körper nur erahnen, doch bei dieser ersten Umarmung fiel ihm überhaupt erst auf, wie zierlich sie war, einen Kopf kleiner als er und trotz des Mantelungetüms schmal wie ein Kind.

»Hast du meinen Brief bekommen?« flüsterte er.

»Natürlich.« Sie sah ihm in die Augen. »Sonst stünde ich doch jetzt nicht hier. Ich hatte Angst, daß du nie wiederkommen würdest.«

Er berührte mit dem Mund ihre Lippen. Sie zog den Kopf nicht zurück, erwiderte den Kuß aber auch nicht. Da wußte er, daß sie noch nie von einem Mann geküßt worden war.

»Wie alt bist du?« fragte er irritiert.

»Fast achtzehn«, sagte sie. »Warum willst du das wissen?«

»Ich dachte, daß du schon über zwanzig bist.«

»Stört es dich?«

Statt einer Antwort küßte er sie noch einmal. Diesmal öffnete sie leicht die Lippen und ließ ihn mit der Zunge gewähren. »Ich liebe dich«, flüsterte er.

»Ja«, sagte sie lächelnd, »ich weiß. Das stand ja in deinem Brief.«
»Und du? Liebst du mich auch?«
»Ich glaube schon«, sagte sie.
»Du glaubst?«
»Ich wußte bis jetzt nicht, wie sich das anfühlt, wenn man jemanden liebt.«
»Wie fühlt es sich denn an?«
»Das kann ich nicht beschreiben.«
»Dann liebst du mich.«

Wieder küßten sie sich. Ihre Zunge lernte schnell. Sie seufzte leise, erwiderte den Druck seines Körpers gegen ihren. Der Wind trieb ihnen Regen und Graupel in die Gesichter, aber sie froren nicht.

»Andreas, ich meine, dein Vater hat mir gesagt, daß du weißt, warum Pavlos, der Engländer, so schlechter Laune ist.«

Sie kniff die Augen zusammen, runzelte die Stirn. »Das hat mein Vater gesagt?«

Johann nickte. Eléni löste sich aus seiner Umarmung, griff nach seiner Hand, und gemeinsam gingen sie bis ans Ende der Mole. Wellen klatschten aufschäumend gegen die Mauer, der Wind trieb ihnen Gischt entgegen. »Ich glaube«, sagte sie schließlich, »Pavlos geht es wie dir.«

»Wie meinst du das, es geht ihm wie mir? Ich bin so glücklich wie noch nie in meinem Leben, während Pavlos ein Gesicht zieht, als ob ...«

»Pavlos ist eifersüchtig auf dich. Ich glaube, daß er in mich verliebt ist.«

Johann erschrak und machte instinktiv einen Schritt rückwärts. »Wie kommst du darauf?« fragte er heiser.

Eléni ließ seine Hand nicht los, sondern zog ihn sanft wieder zu sich heran. »Das ist nicht schwer zu bemerken. Er ist immer sehr nett, macht mir schöne Augen und Komplimente, bringt mir manchmal sogar kleine Geschenke mit.«

»Bist du etwa auch in ihn verliebt?«

»Dummkopf«, sagte sie, strich sich die klatschnasse Locke aus der Stirn, schlang die Arme um Johanns Hals und küßte ihn so heftig, daß alle Zweifel schmolzen wie die Salz- und Graupelkristalle auf ihren geröteten Wangen.

5.

Um die Stirn trug er ein schwarzes Tuch mit eingeknüpften Fransen, das Eléni während seiner Abwesenheit gewebt hatte, einen olivfarbigen, britischen Militärpullover mit abgewetztem Lederbesatz an Schultern und Ellbogen, hohe Stiefel über der weit geschnittenen Hose, und er hatte sich einen Schnurrbart stehen lassen, der über die Mundwinkel bis aufs stoppelbärtige Kinn herabhing. Er sah jetzt wie ein Kreter aus, nur daß Haare und Bart dunkelblond waren, ein unter den Inselbewohnern eher seltenes, auffälliges, im schlimmsten Fall verräterisches Phänomen.

Diese äußere Verwandlung machte aus Johann allerdings noch lange keinen allgemein akzeptablen, zukünftigen Verlobten der jüngsten Tochter des Andreas Siderias. Die gegenseitige Zuneigung zwischen Johann und Eléni war niemandem im Dorf entgangen, wurde jedoch keineswegs von jedem, der in derlei familiären Angelegenheiten mitzureden hatte, gebilligt.

»An mir«, sagte Andreas zu ihm, »wird eine Heirat nicht scheitern. Aber diese Dinge kann ich nicht allein entscheiden. Wenn's um die Familie geht, reden sogar die Frauen mit. Nicht im Familienrat, das wäre ja noch schöner. Aber sie reden dennoch mit.«

»Was spricht denn gegen eine Heirat?« fragte Johann.

Andreas zog ein bekümmertes Gesicht, strich sich den Bart. »Geld«, sagte er, und Johann spürte, wie peinlich ihm das war. »Du hast kein Geld, hast weder ein Haus noch Grundbesitz, weder Vieh noch ein Boot.«

Johann nickte. Er hatte nichts. Nichts als sein Leben. »Und das«, sagte er, »verdanke ich auch noch der Familie, deren jüngster Tochter ich den Hof mache.«

»Aber umgekehrt«, sagte Andreas, »verdanken ein Teil meiner Familie und viele meiner Freunde dir ihr Leben, Yannis. Und deshalb kann dein Werben um Eléni auch schlecht verboten werden. Nicht einmal von meiner Frau.« Dennoch werde größter Wert darauf gelegt, daß der Umgang zwischen Eléni und Johann im komplizierten Regelwerk kretischer Wohlanständigkeit verlaufe. In Onkel Demis' Haus, in dem auch Andreas, seine Frau und Eléni nach ihrer Flucht aus Korifi immer noch wohnten, könne Johann deshalb unter keinen Umständen bleiben. Die ehernen Gesetze der Gastfreundschaft kollidierten hier mit den granitfesten Regeln von Anstand, Sitte und Moral.

»Es gibt ein deutsches Sprichwort«, sagte Johann. »Fische und Gäste stinken nach drei Tagen.«

»Wenn das wirklich ein deutsches Sprichwort ist«, sagte Andreas, »dann wundert mich gar nichts mehr. Mach dir deswegen keine Sorgen. Wir haben uns mit dem Popen beraten. Natürlich bleibst du weiterhin unser Gast, aber der Pope meint, daß man dir den Status eines zugezogenen Dorfbewohners verleihen kann. Wenn das sogar einmal dem Festlandsgriechen Dimitri zugebilligt worden ist, wenn auch gegen enorme Widerstände, gibt es keinen vernünftigen Grund, dir diesen Status vorzuenthalten. ›Den pirasi polemos‹, hat der Pope gesagt, macht nichts, ist ja Krieg. Im übrigen hoffe ich sehr, daß du eines Tages zum vollwertigen Familienmitglied werden wirst, auch wenn dieser Tag noch weit ist. Nach Meinung von Elénis Mutter noch unendlich weit, aber meiner Meinung nach darf dieser Tag früher kommen, spätestens sobald der Krieg zu Ende geht und wir deine ungebetenen Landsleute von der Insel verjagt haben. Die stinken nämlich wirklich und nicht erst seit drei Tagen. Unter den gegebenen Umständen ist es aber ganz unmöglich, eine auch nur halbwegs würdige Hochzeit auszurichten, zu der mehrere hundert Gäste aus allen Teilen der Insel anreisen müssen und zu bewirten sind.«

Einquartiert wurde Johann im Haus von Anastasios, Demis' ältestem Sohn und mithin einer von Elénis Vettern. Mit seiner Frau und zwei kleinen Kindern wohnte er direkt am Hafen. Da Johann sich bereit erklärt hatte, auf den Fischerbooten der Familie zu arbeiten, war das nicht nur eine Lösung, die jene zwischen ihm und Eléni gebotene Distanz garantierte, sondern auch praktisch. Das Haus war klein, verfügte nur über einen einzigen Raum im Erdgeschoß, der als Küche und Wohnzimmer diente, und über zwei Kammern im ersten Stock. Aber neben dem Bett, in dem beide Kinder schliefen, schüttete man für Johann aus Reisig, Stroh und Schafsfellen eine Schlafstelle auf.

In einer Munitionskiste verstaute er seine wenigen Habseligkeiten, darunter auch die Negative und Filme, die Andreas für ihn aufbewahrt und inzwischen an ihn zurückgegeben hatte. Auch die Ikone, die er damals aus der brennenden Kirche gerettet hatte, war ihm von Andreas zurückgegeben worden. Hielt er sie für Johanns Eigentum? Oder müßte Johann sie dem Popen aushändigen? Andreas schien das gleichgültig zu sein.

Wenn er nachts zwischen den Schaffellen und schweren Wolldecken lag, dem Winterwind lauschte, der am baufälligen Dach rüttelte, oder die Kinder neben sich im Schlaf seufzen hörte, überlegte er manchmal, ob er die Ikone dem Dorfpopen übergeben sollte, aber dann dachte er wiederum, daß er sie vielleicht noch einmal würde gebrauchen können, als Beweismittel für das, was er mit eigenen Augen gesehen hatte. Vielleicht hing er auch nur an der Ikone, weil ihm sonst nichts geblieben war? Sie war wertvoll, das wußte er, und wenn er irgendwann damit an die richtige Adresse käme, könnte er sie vielleicht zu Geld machen. Und von dem Geld könnte er ein Haus kaufen, ein Boot oder Vieh oder eine Mühle. Und das würde die Widerstände von Elénis Mutter gegen die Heirat brechen. Oder wenn endlich der Krieg zu Ende ginge, könnte ihm die Ikone vielleicht als eine Art Eintrittsbillet zurück in die Welt der Archäologie und Kunstgeschichte dienen? Aber wer würde sich nach diesem weltumspannenden Blutbad noch für Kunstgeschichte interessieren, für Archäologie? Auch die Fotos waren Beweise, und er erinnerte sich, daß die Engländer in Alexandria sich dafür interessiert hatten. Hier fragte niemand mehr danach, weil hier auch ohne solche Fotos jeder wußte, welcher Terror wie eine dunkle, blutrot getränkte Wolke über der Insel hing. Trennen wollte er sich jedenfalls weder von den Fotos noch von der Ikone, doch wurden manchmal im Halbschlaf Befürchtungen in ihm wach, daß diese Dinge in der Munitionskiste nicht sicher waren. Was, wenn auch Agia Galini eines Tages Ziel einer sogenannten Sühneaktion werden sollte? Wenn man es durchsuchen und die Fotos finden würde? Wenn dann das Dorf zur Strafe für diese Fotos, die Johanns Anwesenheit bewiesen, niedergebrannt werden würde? Er mußte ein besseres Versteck finden.

Eins der Kinder, das Mädchen, hatte manchmal Angstträume, schrie im Schlaf und wachte verstört und weinend auf. Dann versuchte Johann sie zu trösten, indem er ihr Schlaflieder seiner eigenen Kindheit vorsummte, ›Schlaf, Kindchen, schlaf, dein Vater hüt' die Schaf‹ oder auch ›Maikäfer flieg, dein Vater ist im Krieg, deine Mutter ist in Pommerland, Pommerland ist abgebrannt, schlaf, Kindchen, schlaf‹. Griechische Wiegenlieder kannte Johann nicht, die deutschen wirkten auf das Kind durchaus besänftigend und auf ihn selber auch. Und die Worte, dachte Johann, während er selbst wieder einschlief, passen nach Kreta so gut wie nach Deutschland, besser sogar, denn hier wurden noch Schafe gehütet, und für Pommerland konnte man Korifi einsetzen oder Áno Viános oder jedes andere Dorf der Insel, das niedergebrannt worden war.

Als Anastasios einmal beobachtete, wie Johann seine Tochter aus nächtlichem Schrecken zurück in den Schlaf sang, sagte er augenzwinkernd, früher oder später müsse Johann sich sowieso an Kinder gewöhnen. Das war gutmütig und auch ein wenig zweideutig gemeint. Johann hatte das Gefühl, daß Anastasios sich über ihn lustig machte, beschränkte sich sein Kontakt mit Eléni doch auf mehr oder weniger geheime Treffen im Freien. Die kalte Witterung trug ein übriges dazu bei, daß ihre Liebe halbwegs züchtig blieb und die Leidenschaft einstweilen nur ein fahles, wenn auch größere Hitze versprechendes Feuer. Und diesem Feuer sehnte sich Johann mehr als allem anderen entgegen, wenn er zwischen den Kindern und seiner Munitionskiste einschlief – halb noch ein Gast und immer noch ein Fremder.

6.

Die Weißen Berge und das Ida-Massiv waren bis in die Hochebenen verschneit, in den Tälern und an den Küsten regnete es viel, aber der ungewöhnlich kalte Winter hatte auch den Vorteil, daß die deutsche Besatzung, ebenso frierend wie die Andartengruppen in ihren Höhlen und Verstecken, in ihren Unterkünften blieb, so daß es schon seit Wochen kaum noch Kampfhandlungen gegeben hatte, sah man von der Sprengung einer Brücke im Ostteil ab, mit der die kommunistischen Andarten die Internierung der italienischen Truppen verzögern wollten: eine eher symbolische bis sinnlose Aktion, gegen die sich nicht nur die britischen Agenten, sondern auch andere Andartengruppen gewandt hatten, aber die kommunistische ELAS hielt es für angebracht, deutliche Zeichen zu setzen, um die Bevölkerung auf ihre Seite zu ziehen und ihren Einfluß zu stärken. Als Dimitri stolz von der Sprengung der Brücke berichtete, an der er beteiligt gewesen war, hatten Andreas und Demis dafür nur Spott übrig, waren allerdings auch wütend, weil jeder Italiener, der länger als nötig auf der Insel blieb, verpflegt werden mußte und die Versorgungslage verschlechterte. Zwar ließ die englische Marine weiterhin Schiffe mit Hilfslieferungen des Internationalen Roten Kreuzes nach Kreta passieren, aber die Mehrheit der Bevölkerung lebte am Rande des Existenzminimums. Ausufernde Feste wie das in Demis' Haus mußten buchstäblich vom Munde abgespart werden. Meist gab es nur Reis, geröstete Schnecken von den Wegen, Ziegenmilch und manchmal Fisch. Ein Hochzeitsessen war das nicht.

Wenn das Wetter es zuließ, fuhr Johann zusammen mit Anastasios auf dessen Boot zum Fischen. Früher, im anderen Leben, hatte er Scherben, Ruinen und Trümmer aus der Erde gegraben, hier und jetzt zog er zappelnde, glitschige, silbern und rötlich schimmernde Fische aus dem Wasser. Anfangs scheuerten die nassen Hanfseile ihm Finger und Handflächen blutig. Eléni mischte Schafsmilch mit Olivenöl und Kräutern, er badete die Hände darin, bis sie nicht mehr schmerzten. Bald bildeten sich Schwielen und Hornhaut, und wenn die Netze und Seile durch seine Finger liefen, spürte er sie kaum noch. Doch wenn er damit Elénis Haut berührte, spürte er sie so intensiv wie nie zuvor. Der Fang war meistens dürftig und gab dann nach zehn- bis zwölfstündiger Plackerei nur ein paar Körbe Sardinen und Oktopus her, kaum genug für die eigene Verwandtschaft, zu wenig, um sie zu verkaufen oder bei Bauern aus der Mesara-Ebene gegen Öl, Käse und Gemüse einzutauschen.

Als sie Ende Februar, an einem milden, fast schon frühlingshaften Tag, ausliefen, tauchte kurz nach der Hafenausfahrt eine Gruppe von sechs oder sieben Delphinen auf, die dem Boot folgten, als wollten sie ihm Begleitschutz gewähren. Der abergläubische Anastasios meinte, das sei ein gutes Omen, und Johann erinnerte sich, wie er vor einem Jahr im Museum von Hiraklion vor dem Fries gestanden hatte. Die Art und Weise, wie die Delphine in kraftvollen, langgezogenen Sprüngen auftauchten, als würfe das Meer sie empor, und die im Sonnenlicht glänzenden, graublauen Körper wie schwerelos über dem Wasser schwebten, hatte etwas Unwirkliches, Traumverlorenes, als seien sie auf einer nie endenden Reise von Anbeginn der Zeit in die Gegenwart, formiert in einer Gruppe, die sie nicht gewählt hatten, der sie aber zugehörten, frei in ihrem Element. Der minoische Fries strahlte etwas von der zeitenthobenen Eleganz der Delphine aus und war doch nur ein matter Abglanz ihrer lebendigen Wirklichkeit, die nie auf Bilder gebannt werden konnte, weder auf Mosaiken noch Fresken, von Fotos zu schweigen, und auch nicht zu beschreiben war, weder in Mantinádes noch in Romanen.

Die See, von schwachen Wellen gerippelt, dehnte sich wie eine zarte Gravur der Unendlichkeit. Der Himmel, durchscheinend blau und wolkenlos, schien aus dem gleichen Stoff gemacht wie das Wasser. Johann blickte zur Küste zurück. Erstes Frühlingsgrün behauchte die Insel, deren Berggipfel noch schneebedeckt ins Blaue ragten. Von dort, wo jetzt Rauch der Herdfeuer aufstieg, hatten sie abgelegt. Der Rauch schien etwas in die Luft zu schreiben, flüchtige, im Entstehen bereits vergehende Buchstaben oder ein einziges Wort. ξένος, schrieb der Rauch, der Fremde, und noch einmal, deutlicher jetzt, ξένος, der Gast, und löste sich auf ins unwirklich Helle. Auch die Delphine waren längst ihres Wegs gezogen, verschwunden im schimmernden Blau.

Vielleicht aber waren es tatsächlich die Delphine, die ihnen an diesem Tag Glück brachten. Denn als es bereits Abend wurde und sie umkehren wollten, weil sie außer einem Korb kümmerlicher Sardinen nichts gefangen hatten, liefen sie etwa fünfzehn Meilen von der Küste entfernt in einen Thunfischschwarm. Die Fische schwammen so dicht an der Oberfläche, daß Anastasios sie mit seinem dreizackigen Speer vom Boot aus aufspießen konnte. Er warf die sich windenden, zuckenden Tiere auf die Planken, und Johann, im Blut watend, tötete sie mit schnellen Messerschnitten hinter die

Kiemen. Das Blut lief durch Speigatten ab, bildete im Kielwasser eine rote Spur und würde sich irgendwo auch mit jenem Wasser mischen, das aus dem Bach der Imbros-Schlucht ins Meer floß. Erst nachdem sie auf diese Weise zwölf Thunfische eher geerntet als gefischt hatten, tauchte der Schwarm tiefer ab. In der fallenden Dämmerung bekam das Meer einen bleiern schwärzlichen, schwerflüssigen Glanz. Die Wellen gaben ihm eine Narbung wie auf Tierhäuten und Leder.

Als Anastasios beidrehte und Kurs auf Agia Galini nahm, waren die Berge in dichten, tief hängenden Wolken verschwunden. Von Norden frischte der Wind kräftig auf, nahm von Minute zu Minute zu. Die Sonne war längst von der wie schwarze Tinte aufquellenden Wolkenwand verdeckt, aus der jetzt schweres Donnerrollen dröhnte, und als sich erste Blitze explosionsartig über der Insel entluden, ging die See so hoch, daß Wellen über die niedrige Bordwand brachen. Wolkenbruchartiger Regen setzte ein, fiel so dicht, daß die Sicht auf unter hundert Meter schrumpfte. Der kleine, offene Kutter kämpfte sich schwerfällig stampfend durch die kochende See.

Anastasios, der auf der Ruderbank mit beiden Armen die Pinne hielt, brüllte Johann zu, daß er den Kurs ändern und auf die beiden unbewohnten Inseln im Golf von Mesara zulaufen wolle. Nach Agia Galini zurückzukehren, sei aussichtslos. Vom Ufer aus hatte Johann die Inseln manchmal gesehen, kahle Felsen, die etwa fünf Seemeilen vor der Küste lagen. Der Diesel keuchte, das Boot stampfte, Gischt schäumte übers Deck, und der Regen pladderte wie aus Kübeln gegossen. Nach krachenden Donnerschlägen zuckten Blitze durch die tobende Undurchsichtigkeit, tauchten die nasse Welt in Feuer, und plötzlich, im Licht eines Blitzes, sah Johann die Inselchen wie aus dem Nichts aufragen, steil in die See abfallende, schroffe Felsen, gegen die donnernd das Meer wütete.

Anastasios manövrierte das Boot zu einer schmalen Durchfahrt zwischen den beiden Eilanden und lief dann in eine windgeschützte Bucht der östlichen Insel ein. Zwischen den Felsen war das Wasser ruhiger, weil sich die Sturmböen an der Nordseite der Insel brachen. Johann nahm an, daß Anastasios in der Bucht vor Anker gehen wollte, aber als Johann schon zur Kette griff, winkte Anastasios ab und deutete mit ausgestrecktem Arm auf drei dunkle Kreise, die an der Felswand zu kleben schienen. Erst als das Boot dicht heran war, erkannte Johann, daß es Lastwagenreifen waren, die an armdicken Tauen über einem Absatz im Fels hingen. Das Wasser war hier fast glatt, aufgewühlt nur vom unaufhörlich stürzenden Regen. Anastasios brachte das Boot längsseits und rief Johann zu, mit den Festmachleinen über einen der Reifen auf den Felsabsatz zu steigen. Der Absatz, ein schmales Plateau, bildete mit den Reifen, deren Haltetaue an in den Fels getriebenen Eisenringen befestigt waren, einen natürlichen Kai.

Nachdem sie das Boot vertäut hatten, führte Anastasios Johann über Stufen, die in den Fels geschlagen waren, weiter nach oben, bis sie ein zweites Plateau erreichten. Das Boot lag nun tief unter ihnen. In der Felswand klaffte ein dunkler Spalt, der Eingang zu einer Höhle. Anastasios ging voran. Es war so dunkel, daß man kaum die Hand vor den Augen erkennen konnte. Anastasios ließ sich von Johann das Benzinfeuerzeug geben und schnippte es an. Im unruhig flackernden Licht fanden sie einige Meter weiter, was Anastasios gesucht hatte. Neben einer Feuerstelle standen zwei Körbe, in denen Kerzen und Brennholz lagen. Sie zündeten die Kerzen an und klebten sie mit Wachs auf den Felsboden. Im hinteren Teil der Grotte erkannte Johann schwarze Stalagmiten, und durch enge Korridore schien es dort in weitere Kammern zu führen, tiefer in den Fels. Sie machten ein Feuer, trockneten ihre nasse Kleidung und wärmten die durchgefrorenen Glieder.

»Es ist ein Nothafen«, erklärte Anastasios, »den schon unsere Vorväter angelegt und benutzt haben. Das, was wir hier verbrauchen, müssen wir bei der nächsten Fahrt zurückbringen, damit es wieder da ist, wenn andere es brauchen werden. Auf den Inseln gibt es nichts als Steine und Disteln. Außer uns Fischern von Agia Galini kennt niemand diesen Platz. Wir haben lange überlegt, ob wir ihn den Engländern zeigen sollen. Für Schleuserschiffe kommt er nicht in Frage, weil es zu viele Riffe und Untiefen gibt. Als Funkstation ist die Höhle vielleicht geeignet, aber wenn die Deutschen dahinter kommen, mit ihren Funkpeilgeräten spüren sie jetzt ja immer mehr Stationen auf, dann sitzen sie uns in Agia Galini direkt vor der Nase. Wahrscheinlich hätten sie unser Dorf dann längst niedergebrannt. Wir haben den Platz also geheim gehalten, und du darfst ihn auch niemandem verraten. Zum Fischen werden wir noch hinausfahren, wenn die Deutschen und Engländer längst weg sind. Stürme wird es dann immer noch geben. Und Feuerholz und Kerzen für die, die Schutz vor den Stürmen brauchen.«

Nach zwei Stunden hatte sich das Gewitter ausgetobt. Es regnete nicht mehr, und der Wind war abgeflaut. Als sie aus der Bucht heraus waren und durch die Nacht auf die wenigen Lichter Agia Galinis zuliefen, das Boot voll mit dem besten Fang seit Jahren, die Luft schon schwanger von Thymianduft und Herdfeuerrauch, sah Johann zu den schwarz aus dem Wasser ragenden Felsen zurück.

»Wie heißen die Inseln?«

»Paximádia«, sagte Anastasios. »Die westliche heißt Sakolévas. Und die, auf der wir Unterschlupf gefunden haben, heißt Akoníza.«

»Paximádia«, wiederholte Johann, weil ihm die Namen wie eine Losung oder ein Zauberwort im Ohr klangen. »Paximádia Akoníza.«

7.

An einem warmen Abend im April, als Anastasios und Johann mit mäßigem Fang in den Hafen eingelaufen waren und die nässetriefenden Körbe mit Sardinen auf den Kai wuchteten, kam Eléni über den Hafenplatz gelaufen, umarmte und küßte Johann, weil außer dem grinsenden Anastasios niemand in der Nähe war, der sich hätte entrüsten können. Johann solle so schnell wie möglich ins Haus von Onkel Demis kommen. Beim Sortieren der Sardinen werde sie Anastasios helfen.

»Was ist denn los?« fragte Johann, die Hände noch auf ihren Hüften.

»Pavlos ist wieder da. Mein Vater sagt, es sei eine sehr wichtige Angelegenheit.«

»Pavlos?« Johann runzelte die Stirn. Seit seiner Rückkehr nach Agia Galini war Bates nicht mehr im Dorf aufgetaucht, und das, fand Johann, war auch besser so. Wenn er sich, wie zurückhaltend auch immer, um Eléni bemüht hatte, war er vielleicht immer noch eifersüchtig, und der Umgang mit ihm würde schwierig sein. Eléni hatte seit jenem Winterabend nie wieder von Bates gesprochen, und auch Johann hatte das Thema gemieden. Manchmal war allerdings in ihm der Verdacht aufgekeimt, Bates könne darauf Einfluß genommen haben, seine Rückkehr aus Ägypten zu verhindern, um ihn als Nebenbuhler auszuschalten.

»Pavlos, ja doch«, sagte Eléni. »Und auch Charles. Beeil dich, Yannis. Sie warten schon alle auf dich.«

In dem kleinen, ummauerten Garten hinterm Haus hatten sich Demis und Andreas, Bates und Charles, aber auch Georgi und Vangelis eingefunden, die Johann ebenfalls lange nicht mehr gesehen hatte. Von ihnen wurde er herzlich begrüßt, von Bates eher kühl und korrekt, fast militärisch, aber das wunderte Johann nicht, der noch den Duft von Elénis Haar spürte. Auf dem Tisch stand der unvermeidliche Raki, und Charles hatte eine Stange *Lucky Strike* mitgebracht. Zusammen mit anderen Nachschub- und Versorgungsgütern waren die Zigaretten vor einigen Tagen von einem Flugzeug über einer Hochebene abgeworfen worden.

Nachdem Johann zur Gesundheitsvorsorge einen Raki gekippt hatte, kam Bates unverzüglich zur Sache. Johann könne sich wahrscheinlich noch an einen gewissen Moss erinnern, Stanley Moss, den er in Ägypten kennengelernt habe. Und auch Andreas sei in Kairo einmal mit diesem Mann zusammengetroffen, der sich für Johanns Rückkehr nach Kreta ausgesprochen hatte. Vor drei Tagen nun sei Moss, nach mehreren fehlgeschlagenen Versuchen, auf die Insel eingeschleust worden. Er leite hier ein Kommandounternehmen, an dem Briten und Kreter beteiligt seien, eine streng geheime, höchst riskante, nahezu tollkühne Angelegenheit, über die er, Bates, zum gegenwärtigen Zeitpunkt keine detaillierten Auskünfte geben dürfe. Unverzichtbar für das Unternehmen sei jedoch eine Person, die Deutsch sprechen könne. Der ursprünglich vorgesehene Mann, ein gewisser Bloomfeld, den Johann, soweit Bates wisse, ja wohl auch persönlich kennengelernt habe, sei leider vor wenigen

Tagen, kurz vor der Abreise aus Kairo, bei einem Flugzeugabsturz ums Leben gekommen, so daß ...

Johann schrak zusammen. »Bloomfeld ist tot?«

Bates nickte. Das Flugzeug sei über Palästina abgestürzt, die Ursache sei unbekannt, man müsse aber davon ausgehen, daß nicht etwa deutsche Agenten, sondern gewisse arabische Kräfte ... Bates sprach den Satz nicht zu Ende, machte eine resignierende Handbewegung, griff zum Glas und kippte den Raki, den Demis nachgeschenkt hatte.

Auch Johann hob das Glas. »Auf Bloomfeld.«

Bates winkte ab. Das gehöre alles gar nicht zur Sache. Nachdem Bloomfeld nun einmal für das Unternehmen ausgefallen sei, habe Moss sich an Johann erinnert. Der langen Rede kurzer Sinn sei mithin, daß Johann gebeten, nein, aufgefordert werde, sich zur Verfügung zu stellen. Immerhin habe man ihn wieder nach Kreta zurückkehren lassen, obwohl man ihn auch weiterhin in Kairo hätte internieren können. Er möge sich also mit Moss treffen, der sich derzeit mit einigen Andarten versteckt halte.

»Ich weiß ja nicht mal, worum es eigentlich geht«, sagte Johann.

Das werde Moss ihm schon erklären, sagte Bates kühl. »Jedenfalls geht es um unsere Sache. Um die gute Sache also.«

Was war das, die gute Sache? Die Vertreibung der Deutschen von Kreta? Gewiß, das war gut. Aber was würde folgen? Die Engländer würden die Insel übernehmen und verwalten, würden versuchen, ihre Interessen durchzusetzen, nicht die Interessen der Kreter. Gehörte auch das zur guten Sache? Auf wessen Seite stand Johann eigentlich? Im Grunde auf keiner. Er driftete in einem Niemandsland zwischen allen Fronten, Nationalitäten, Interessen. Ein Gast war er. Sonst nichts. Sein Interesse hieß Eléni. Mit ihr in Frieden leben. Das war seine gute Sache. Sonst nichts.

Andreas, der zu verstehen schien, warum Johann zögerte, gab ihm einen gutgemeinten Stoß vor die Brust, als wollte er ihn aufwecken. »Es geht um uns«, sagte er. »Um unsere Familien. Um unser Leben und unsere Freiheit.«

Johann wog langsam den Kopf hin und her, zog eine *Lucky Strike* aus der Packung. Bates gab ihm Feuer und sah ihn erwartungsvoll an. Johann verdankte diesem undurchsichtigen Engländer sein Leben. Er verdankte auch Andreas sein Leben. Und umgekehrt verdankte vielleicht ein ganzes Dorf Johann sein Leben. Aber wie viele waren ermordet worden, um Johanns Entführung zu »sühnen«? Wie viele Männer, Frauen und Kinder hatte man vor die Maschinengewehre und Karabiner der Exekutionskommandos getrieben, weil das Andartiko den deutschen Verräter befreit hatte? Wie viele würden massakriert werden, wenn das geheimnisvolle Kommandounternehmen, an dem Johann sich beteiligen sollte, erfolgreich sein würde? Jeder Erfolg des Andartiko, jede Sabotageaktion britischer Agenten lösten brutale Rachaktionen aus. Wie gut war die gute Sache? Provozierte sie nicht immer ihr Gegenteil?

»Also?« Bates sah ihm immer noch in die Augen.

»Sag ja, Yannis«, sagte Andreas. »Freiheit oder Tod.« Das waren große Worte, aber in der ruhigen Selbstverständlichkeit, mit der Andreas sie aussprach, klangen sie nicht hohl.

Johann nickte schwer, als müsse er seinen Kopf zwingen, sich zu beugen. »Also gut, ich bin dabei.«

»Ich wußte es!« rief Georgi, sprang auf und küßte Johann in einer Knoblauchwolke auf die stoppelbärtigen Wangen.

»Zur Gesundheit!« rief Demis und hob sein Glas.

»Wie lange wird die Sache dauern?« fragte Johann.

Bates zuckte die Schultern. »Bis sie erledigt ist.«

»Und wann geht es los?«

»Sofort«, sagte Bates. »Es ist schon dunkel.«

»Ich muß mich erst noch verabschieden«, sagte Johann, machte eine Pause und fixierte dabei nun seinerseits Bates, »von Eléni.«

Bates schlug die Augen nieder, lächelte verkrampft. »Wir warten oben an der Straße«, sagte er ruhig und bestimmt. »In einer halben Stunde.«

Eléni arbeitete im Stall hinterm Haus, kümmerte sich um ein Lamm, das gestern geboren worden war. Johann umarmte und küßte sie. »Ich komme wieder«, sagte er.

»Das weiß ich«, sagte sie. »Ich werde für dich beten.«

Er ging noch einmal ins Haus von Anastasios, verabschiedete sich auch von den Kindern, packte ein paar Sachen in den Rucksack und stieg dann durch Torbögen, Höfe und Gassen zur Straße hoch, wo er von Bates, Georgi und Vangelis erwartet wurde. Zu seiner Überraschung standen sie neben dem Kübelwagen, der ihnen bei seiner Entführung in die Hände gefallen war. Sie hatten ihn in einer Steinhütte in den Bergen versteckt, und jetzt wurde er gebraucht, denn das Versteck, in dem Moss auf sie wartete, war fast fünfzig Kilometer entfernt. Vangelis sollte sie im Schutz der Dunkelheit durch die Mesara-Ebene bis Agii Déka fahren, Georgi und Johann dort absetzen und den Wagen zurück ins Versteck bringen, während Georgi, der die Gegend und die Höhle kannte, in der Moss wartete, mit Johann den Rest des Weges durch die Berge marschieren würde.

»Du kommst nicht mit?« Johann sah Bates fragend an.

»Ich würde gerne mitkommen«, sagte er. »Aber Charles und ich müssen das vorbereiten, was nach der Aktion zu geschehen hat. Viel Glück.«

Die Fahrt durch die Mesara-Ebene war relativ risikolos. Sie hatte zur italienischen Zone gehört und war von den Besatzungstruppen geräumt worden. Einzelne deutsche Posten gab es nur noch an der Küste, weil die Hauptmacht der Deutschen sich inzwischen nach und nach in den schwer befestigten Nordwesten der Insel, ins Gebiet um Chania, zurückzog. Sie fuhren durch Timbaki und Mires. Die Orte lagen schlafend, still und nahezu unbeleuchtet in der Nacht, und auf der Straße nach Osten begegneten sie keinem einzigen Fahrzeug. Kurz nach Mitternacht erreichten sie bei Górtis und Agii Déka die Gabelung, an der die Straße nach Hiraklion in nördlicher Richtung abzweigte. Ab hier wurde die Sache gefährlicher, weil mit Kontrollen, zumindest mit gelegentlichem Verkehr zu rechnen war. Georgi und Johann stiegen aus und verabschiedeten sich von Vangelis, der den Wagen wendete und zurückfuhr. Sie schauten ihm nach, bis die Rücklichter wie rotglühende Nadeln in der Dunkelheit verschwanden.

Über einen schmalen Weg marschierten sie bergauf, bis sie weit genug von der Straße entfernt waren und beschlossen, in einem Olivenhain zu übernachten, um die restlichen zwanzig Kilometer am nächsten Tag anzugehen. Sie breiteten ihre Decken im raschelnden Laub aus, aßen von den mitgebrachten Vorräten und rauchten noch eine Zigarette. Ein niedriger Mond streute weißes

Licht durch Geäst und Blattwerk, Webmuster der Nacht. Irgendwo klang das ferne Scheppern von Ziegenglocken, einmal schlug ein Hund an, Grillen zirpten im Gestrüpp.

»Merkwürdig«, sagte Johann, »daß ich, ein Deutscher, mit dir, einem Kreter, nun unterwegs bin, um mich mit einem Engländer zu treffen, der etwas gegen Deutsche unternehmen will, um euch Kretern zu helfen.«

Georgi überlegte eine Weile. »Der Krieg vermischt alle Dinge«, sagte er dann, »man weiß nicht mehr genau, was gut und was schlecht ist. Er vermischt auch die Menschen. Aber es gibt auch Frieden mitten im Krieg, meistens sogar. Gekämpft wird nur selten. Dazwischen herrscht Frieden. Oder, wenn es kein Frieden ist, zumindest Langeweile. Im letzten Herbst, als du noch in Ägypten warst, ist in meinem Heimatdorf etwas Seltsames passiert. Wir haben eine Kindstaufe gefeiert, natürlich war das ganze Dorf eingeladen, und es waren auch drei britische Agenten da, Pavlos, Charles und ein anderer, dessen Namen ich vergessen habe. Während wir noch in der Kirche waren, kamen mit einem Auto vier deutsche Offiziere ins Dorf. Erst hatten wir Angst, aber dann stellte sich heraus, daß sie gar nichts von uns wollten, nicht einmal nach jemandem fahndeten. Sie machten nur einen Ausflug, wollten ein Kloster und minoische Ruinen in der Nähe besichtigen und fragten nach dem Weg. Also haben wir sie eingeladen, mit uns zu feiern. Gäste sind Gäste. Sie sind mehrere Stunden geblieben, haben gegessen und getrunken und dabei an einem Tisch gesessen, der nur ein paar Meter von dem Tisch entfernt stand, an dem die Engländer saßen und aßen und tranken; sie sehen ja aus wie wir und sprechen etwas Griechisch. Die Deutschen haben nichts bemerkt, und die Engländer haben sich nichts anmerken lassen. Abends sind die Deutschen dann wieder weggefahren und haben den Eltern des Kindes Geld geschenkt. Das ist es, was ich meine. Es gibt Frieden im Krieg. Kalli nixta, Yannis«, gute Nacht, sagte er, wickelte sich in seine Decke und schlief ein.

»Kalli nixta, Georgi«, sagte Johann und schaute in die schwankenden Schattenrisse, die der Mond in den Baumkronen erzeugte. Dunkelheit und Licht mischten sich zu undeutlichen Mustern, die bei Tageslicht scharf umrissenen Dinge gingen diffuse Verbindungen ein. Zwischen Hell und Dunkel gab es keine Unterschiede mehr, sondern nur noch ein silbergraues Huschen und Weben.

8.

Weiß und wuchtig ragte der schneebedeckte Gipfel des Ida ins rosa schimmernde Porzellan des Morgenhimmels. Über die Flanken des Massivs rannen glitzernde rote Lichtströme, und weit im Westen schimmerten die Spitzen der Weißen Berge, über denen Dunstschleier wie Rauchzeichen aufstiegen. Von dort aus, dachte Johann, hatte Ikarus einst versucht, von der Insel zu fliehen, war aufgestiegen zur Sonne und ins Meer gestürzt. Es war immer noch das gleiche Dunkelblau dieses Meeres, vor dem im Norden Hiraklion lag. Die zusammengedrängten Dächer wirkten aus der Ferne wie Steinchen eines schadhaften Mosaiks.

Zum Frühstück aßen sie Misithra, weißen, bröckeligen Frischkäse, und kretisches Hartbrot, das sie in einem Wassersack aus Ziegenleder einweichten. Dann machten sie sich auf den Weg. Drei Stunden stiegen sie aufwärts, der gewundene Pfad krümmte sich hinter ihnen über die steilen Hänge wie die abgefallene Haut einer Riesenschlange. Der Weg endete auf einem breiten Grat, der sich zu einem Plateau erweiterte. Zwischen einzelnstehenden Steineichen, Wildbirnen und lichten Pinienhainen marschierten sie über Geröllhalden und Felstrümmer weiter. Manchmal schien Georgi sich über die Richtung unsicher zu sein, hielt kurz an, sah sich um, orientierte sich am Sonnenstand und an Berggipfeln und ging dann zielstrebig weiter. Gegen Mittag erreichten sie einen zerklüfteten, mit Krüppelkiefern bestandenen Steilhang, aus dem ein Bach talwärts sprudelte.

»Wir sind da«, sagte Georgi. »Es gibt allerdings mehrere Höhlen, und ich weiß nicht genau, in welcher das Versteck ist. Wir müssen warten.« Er setzte sich auf einen Felsbrocken und steckte sich eine Zigarette an.

»Worauf warten?« fragte Johann.

»Daß sie uns sehen.« Georgi deutete auf die Steilwand. »Wahrscheinlich haben sie uns längst bemerkt. Falls nicht, sind es Dummköpfe.«

»Du bist der Dummkopf«, hörten sie eine Stimme hinter sich, fuhren herum, sahen aber niemand. Georgi zog die Pistole aus der Gürtelschärpe, entsicherte sie. »Laß die Kanone stecken«, sagte die Stimme, und dann kamen zwei Männer hinter einem mit Gestrüpp bewachsenen Geröllhaufen hervor, Maschinenpistolen locker in den Armbeugen.

Einer der beiden war Stanley Moss, den Johann in Ägypten kennengelernt hatte. Er trug jetzt eine braune, britische Uniformjacke aus Wolle und bis zu den Knien gewickelte Gamaschen. Der andere Mann war offenbar ein Kreter, weite Pluderhose, Kopftuch, Patronengurt diagonal über dem Schafswollpullover.

Moss ging grinsend auf Johann und Georgi zu und schüttelte ihnen die Hand. »So sieht man sich also wieder, Mister Martens«, sagte er auf englisch, während auch der andere Mann sie begrüßte und sich als Stratos vorstellte. »Ich bin froh, daß Sie so schnell gekommen sind. Und da wir uns hier alle mit Vornamen anreden, schlage ich vor, daß Sie mich ab sofort Stanley nennen.«

»Einverstanden«, sagte Johann, »mein Name ist Yannis.«

Sie kletterten über einige Absätze in der Steilwand zu einem Plateau, von dem die Höhle in den Fels führte. Der Eingang war bis auf einen schmalen Spalt mit Feldsteinen vermauert, so daß man ihn erst sah, wenn man direkt davorstand. Weiter unten, im Schatten der Bäume, weideten vier Maultiere. Die Höhle, die von zwei Ölfunzeln erleuchtet wurde, war etwa zwanzig Quadratmeter groß. In einer Ecke gab es eine aufgemauerte Feuerstelle, der Boden war mit Farnen und Blättern ausgepolstert. An den Wänden lagen Schlafsäcke, überall standen Kisten und Säcke mit Ausrüstungsmaterial und Munition herum. Stratos nahm einen Topf mit Nudeln und Lammfleisch von der noch glimmenden Feuerstelle, brachte ihn nach draußen und verteilte Blechgabeln. Es gab sogar Wein in Flaschen. Sie hockten sich im Kreis auf den Boden und langten mit den Gabeln in den Topf. Anschließend holte Moss noch eine Flasche Raki aus der Höhle und ließ sie herumgehen.

»Zur Gesundheit«, sagte Moss, »und damit auch gleich zur Sache. Ich nehme an, daß du nicht genau weißt, warum du eigentlich hier bist?«

Johann nickte und zog eine Zigarette aus der Packung, die Moss ihm hinhielt. »Bates hat nur Andeutungen gemacht«, sagte Johann. »Sabotage vermutlich?«

Moss lachte. »So kann man es auch nennen. Kennst du den General Kreipe? Generalmajor Heinrich Kreipe?«

»Nie gehört.« Johann schüttelte den Kopf.

»Das ist verständlich«, sagte Moss, »du bist ja inzwischen zu einem kretischen Fischer geworden.« Er lachte wieder. »Aber wir hatten bislang auch nichts von Kreipe gehört. Er ist nämlich erst seit zwei Wochen auf der Insel, als Nachfolger von General Müller. Ich muß da wohl etwas weiter ausholen. Wir von der SOE verfolgen seit 1942 den Plan …«

»SOE?«

»Special Operation Executive. Wir haben schon lange den Plan, einen deutschen General zu entführen. Ursprünglich wollten wir Andrae entführen, den ersten Kommandanten auf Kreta, aber das hat aus verschiedenen Gründen nicht geklappt. Nach den Massakern von Áno Viánnos im vergangenen Jahr haben wir dann beschlossen, uns General Müller zu schnappen, weil er die Verantwortung für die Massenerschießungen trug. Aber kaum, daß unser Kommando endlich vollzählig nach Kreta eingeschleust werden konnte, ist Müller durch Kreipe ersetzt worden. Wir halten trotzdem an unserem Plan fest. Wenn wir Müller nicht erwischen können, holen wir uns eben Kreipe. Wir mußten und müssen unsere Vorbereitungen jetzt allerdings schnell ändern und ziemlich stark improvisieren.«

»Einen deutschen General entführen?« Johann wunderte sich. »Welchen Sinn soll das haben?«

»Einen unmittelbar militärischen oder strategischen Sinn hat das nicht, da hast du schon recht«, sagte Moss. »Aber wenn es uns gelingt, einen hohen Repräsentanten der bei der Bevölkerung verhaßten Besatzungsmacht auf spektakuläre Art von der Insel zu bringen, dann verunsichert das nicht nur die Deutschen. Vielmehr, und das ist das Entscheidende, hebt es die Moral der Bevölkerung und stärkt den Zusammenhalt des Andartiko. Die Kreter lieben und bewundern solche individuellen, abenteuerlichen und risikoreichen Aktionen viel mehr als jede Materialschlacht. Das müßtest du doch inzwischen besser wissen als ich. Derzeit herrscht im Andartiko große Enttäuschung darüber, daß wir keine Invasion der Insel durchführen werden. Und es macht sich deshalb das Gefühl breit, daß die Kreter immer noch für uns kämpfen, aber wir nicht mehr für sie. Außerdem gibt es heftige Flügelkämpfe, weil die Kommunisten an Einfluß gewinnen, auf Kreta nicht so stark wie auf dem Festland, aber immerhin sehr bedenklich. Mit der Entführung würden wir ein Zeichen setzen, würden den Kretern beweisen, daß es uns noch gibt, daß wir nach wie vor für sie kämpfen und daß wir ihr Schicksal nicht den Kommunisten überlassen.«

»Ich verstehe«, sagte Johann, »aber was soll ich dabei tun?«

»Wir haben überlegt, ob du dich direkt an der Aktion beteiligen kannst. Das hätte Vorteile, weil du dich in Hiraklion auskennst, vor allem aber, weil du Deutsch sprichst. Paul Bates hat dir vermutlich schon erzählt, daß Bloomfeld nicht mehr lebt. Deine Teilnahme hätte aber leider auch den großen Nachteil, daß dich zu viele Leute auf deutscher Seite kennen und wiedererkennen könnten. Du warst im letzten Jahr schließlich der meistgesuchte Mann auf der ganzen Insel. Inzwischen hat sich dein Äußeres sehr verändert, keine Frage. Aus dem Archäologen Dr. Martens ist der Fischer Yannis geworden. Aber trotzdem ist die Gefahr zu groß, daß du identifiziert wirst.«

»Und was soll ich dann hier?«

Moss grinste. »Wir brauchen einen Deutschlehrer.«

»Einen ... Deutschlehrer?«

»Ganz recht. Der zweite Engländer, der mit den Kretern und mir an der Aktion beteiligt ist, heißt Patrick Leigh-Fermor, genannt Paddy. Er spricht einige Brocken Deutsch. Zwar sieht unser Plan vor, daß ein paar Brocken reichen, aber die müssen dann auch absolut korrekt klingen. Das sollst du ihm beibringen. Und dann haben wir da noch einen Brief, der übersetzt werden muß.«

»Und wo ist dieser Mann jetzt?«

»Er ist mit unseren kretischen Freunden in Hiraklion, um die Lage zu peilen. Wir kennen natürlich schon Details, weil wir Freunde vor Ort haben, aber da sich die Situation nun einmal verändert hat, ist es besser, wenn wir das vorher selber in Augenschein nehmen. Wir rechnen damit, daß sie heute abend, spätestens aber morgen wieder hiersein werden. Dann kannst du mit dem Nachhilfeunterricht beginnen.«

Tatsächlich erschien Leigh-Fermor mit drei kretischen Begleitern, früher als erwartet, bereits am Nachmittag. Nachdem man sich miteinander bekannt gemacht hatte, erklärte er, daß das verabredete Treffen mit einem Verbindungsmann des Andartenführers Michalis Xilouris geplatzt sei, was den Plan erneut gefährdete. Nach der Entführung sollte der General nämlich ins Hauptquartier von Xilouris gebracht werden, in dem sich derzeit auch die von Charles betriebene Funkstation befand. Er hatte die Aufgabe, per Funk Kontakt zum SOE und zum Schleuserschiff aufzunehmen, sobald absehbar wäre, an welchem Tag das Kommando mit seinem Gefangenen die Südküste erreichen würde. Irgend jemand mußte schleunigst zu Charles geschickt werden, um ihn über den neuen Zeitplan zu informieren.

»Von uns kennt aber niemand die genaue Lage des Verstecks«, sagte Leigh-Fermor, »und selbst wenn wir sie kennen würden, wäre es zeitlich kaum noch zu schaffen. In drei Tagen muß die Sache abgewickelt werden.«

»Ich kenne Xilouris«, sagte Georgi grinsend. »Er ist mit meiner Familie entfernt verwandt. Ich kenne auch sein Versteck. Als Kurier bin ich in den letzten zwei Jahren mehrmals dort gewesen. Es liegt südlich von Anogia am Fuß des Ida, vorausgesetzt, die Deutschen haben ihn da inzwischen nicht aufgespürt und verjagt.«

Moss und Leigh-Fermor sahen sich verblüfft an. »Wie lange würde man dorthin brauchen?« fragte Moss.

Georgi überlegte eine Weile. »Es sind zwar nur zwanzig oder fünfundzwanzig Kilometer Luftlinie«, sagte er dann. »Aber man muß quer durch die Berge. Es gibt keine Wege, schwieriges Gelände.«

»Wie lange?« fragte Moss ungeduldig.

»Zwei Tagesmärsche«, schätzte Georgi.

»Das würde noch reichen«, sagte Leigh-Fermor. »Wenn du mit Yannis morgen früh aufbrichst, seid ihr bei Charles und Xilouris, bevor die Aktion läuft.«

»Wir gehen!« Georgi strahlte begeistert. Offensichtlich war er stolz, aktives Mitglied einer Aktion zu werden, von der man sich, wenn sie gelänge, noch nach Generationen in allen Kafenions auf der Insel erzählen würde.

»Und du, Yannis?« Leigh-Fermor sah ihn fragend an.

Johann zuckte mit den Schultern. »Von Xilouris habe ich schon einmal gehört. Ist das nicht der Mann, der einem deutschen General aus Respekt vor dessen militärischen Leistungen ein Pferd geschenkt hat, und zum Dank haben die Deutschen dann seinen Sohn erschossen?«

»Woher weißt du das?« Georgi wunderte sich.

»Hollbach, dieser Leutnant, mit dem ich zusammenarbeiten mußte, hat es mir erzählt.«

»Und? Kommst du mit?«

»Xilouris würde ich gern kennenlernen. Und wenn ich als Deutschlehrer arbeiten kann, bin ich vielleicht auch als Kurier brauchbar. Außerdem würde ich ohne Georgi nicht nach Agia Galini zurückfinden. Mir bleibt also gar nichts anderes übrig. Ich gehe mit.«

»Bravo, Herr Lehrer!« rief Georgi und klopfte Johann auf den Rücken. Alle lachten, und dann begann der Unterricht. Leigh-Fermor ließ sich von Johann mehrere Sätze und Wendungen diktieren, die er in Lautschrift auf einen Zettel schrieb und, von Johann geduldig korrigiert, auszusprechen übte. Leigh-Fermor war sprachbegabt und sein englischer Akzent schließlich kaum noch herauszuhören, wenn er etwa sagte: »Ist das der Wagen von General Kreipe?« oder »Gehen Sie aus dem Weg!« oder »Der General hat es eilig!« oder »Räumen Sie sofort die Straße!«

Schließlich zog Moss einen Bogen Briefpapier hervor, beschrieben mit einem englischen Text. »Es wäre gut«, sagte er, »wenn die Deutschen unsere Nachricht an sie auch gleich auf deutsch bekämen. Man kann ja nicht davon ausgehen, daß die alle so gut Englisch sprechen wie Paddy jetzt Deutsch. Und die Nachricht ist wichtig, weil wir sehr klarmachen wollen, daß das Unternehmen ohne kretische Beteiligung abgelaufen ist, um weiteren Terror und Racheaktionen zu vermeiden.«

Johann las den Text durch und fühlte sich unbehaglich. »Ich

kann mir nicht vorstellen, daß der Brief das bewirkt, was ihr euch davon erhofft«, sagte er. »Ich habe mit eigenen Augen gesehen, wie die sogenannten Sühnemaßnahmen durchgeführt werden. So ein Brief ist in den Wind geschrieben. Aber natürlich kann ich ihn übersetzen.« Er nahm den Stift, den Moss ihm reichte, und schrieb.

AN DIE DEUTSCHEN BESATZUNGSBEHÖRDEN
AUF KRETA

23. April 1944
Sehr geehrte Herren!
Ihr Divisionskommandeur, General Kreipe, ist soeben von einem britischen Kommandounternehmen unter unserer Führung gefangengenommen worden. Wenn Sie diesen Brief lesen, befinden wir uns mit ihm bereits auf dem Weg nach Kairo.
Wir möchten besonders nachdrücklich betonen, daß diese Operation ohne jede Mitwirkung der kretischen Bevölkerung oder kretischer Partisanen erfolgt ist, und bei den eingesetzten Führern handelt es sich ausnahmslos um Soldaten der Königlich Griechischen Armee im Mittleren Osten, die uns begleitet haben.
Ihr General wird als Kriegsgefangener behandelt; ihm wird jeder Respekt entgegengebracht, den sein Rang erfordert.
Jegliche Repressionen gegen die einheimische Bevölkerung wären also völlig unbegründet und ungerechtfertigt.
Auf baldiges Wiedersehen!

Im englischen Original folgten die Unterschriften von Moss und Leigh-Fermor; außerdem hatten sie ihre Siegelringe in rotes Siegelwachs gedrückt. Der Brief schloß mit dem

PS: Wir sind untröstlich, diesen wunderbaren Wagen zurücklassen zu müssen.

Als Johann fertig war, sah Moss ihn triumphierend an. »Na, wie findest du das?«

Johann zuckte mit den Schultern. »Ich hoffe, es schadet nichts.«

»Wieso schaden?« Moss war begeistert von der Aktion, offenbar auch und besonders von sich selbst. Wie ein Kind, das Indianer spielt, dachte Johann. Es stimmte zwar, daß die Andarten durch solche Husarenstücke zu beeindrucken waren – Johann mußte ja nur in Georgis Gesicht sehen, das vor Begeisterung und Kampfeslust glühte. In einer Gesellschaft, in der sich blutige Familienfehden über Generationen erstreckten, die Entführung von Frauen als Kavaliersdelikt und Viehdiebstahl als ehrenvolle Mutprobe galten, mußte die geplante Entführung als Heldentat aufgenommen werden. Doch diese jungen Engländer, beide höchstens Mitte Zwanzig, hatten offensichtlich nicht die geringsten Vorstellungen davon, was auf der Insel wirklich geschah. Für sie war der Krieg ein großes Abenteuer, das sie unter keinen Umständen verpassen, ein sportliches Ereignis, hart, aber fair, bei dem sie mitspielen wollten. Der mokante und überhebliche Ton dieses Brief würde das Gegenteil von dem bewirken, was er bewirken sollte. Ein Offizier wie etwa Leutnant Hollbach, das wußte Johann genau, mußte den Brief als reine Provokation verstehen. Moss und Leigh-Fermor schienen aber der Ansicht zu sein, daß die deutsche Seite ihr Schreiben akzeptieren würde wie die Aufstellungsliste der gegnerischen Mannschaft bei einem Fußballspiel.

Leigh-Fermor, der in der Höhle verschwunden war, während Johann den Brief übersetzt hatte, kam jetzt wieder heraus. Er trug eine deutsche Feldjägeruniform, knallte die Hacken zusammen und brüllte: »Räumen Sie sofort die Straße!«

Moss, Georgi und die anderen Kreter brachen in schallendes Gelächter aus, aber Johann lief es eiskalt den Rücken herunter. Der Krieg, hatte Georgi gestern nacht gesagt, vermischte die Dinge und Menschen, stellte alle Ordnungen auf den Kopf und verkehrte schließlich die Fronten zu Unkenntlichkeit und Ununterscheidbarkeit. Gewiß, diese Uniform war nur eine notwendige Verkleidung für die vermutlich sinnlose Entführung Kreipes. Doch Leigh-Fermors makabere Maskerade kam Johann wie ein unheimliches Omen vor. Das mochte an seinem Umgang mit dem abgrundtief abergläubischen Anastasios liegen, der jeden niedrig fliegenden Vogel, jeden aus dem Wasser springenden Fisch, jeden krumm gewachsenen Baum als Vorzeichen drohenden Unheils oder kommenden Glücks sah. Aber der Eindruck, den Leigh-Fermors Auftritt auf Johann machte, war ein unabweisbares Entsetzen. Vielleicht war die Zeit nicht mehr fern, in der englische Soldaten in deutschen Uniformen steckten? Oder umgekehrt? Vielleicht gehorchten eines Tages deutsche Soldaten den Befehlen britischer Offiziere? Oder umgekehrt? Und was für Befehle würden das sein? Gegen wen würden sie sich richten? Vielleicht würde Hollbachs Wunschvorstellung, gemeinsam mit den Briten den Kommunismus zu bekämpfen, irgendwann Wirklichkeit werden? Georgi hielt sich immer noch vor Lachen den Bauch. Mit verzerrtem Gesicht lachte er Tränen. Es sah aus, als habe er einen Bauchschuß bekommen und krümmte sich vor Schmerzen am Boden.

9.

Der Fußmarsch durch die Berge war anstrengend, verlief aber ohne Zwischenfälle. Nach dem ersten Tag übernachteten sie bei einem Vetter Georgis in Kamari, einem Bergdorf ohne Kirche oder Kapelle, das nur aus einer Handvoll elender Häuser bestand. Der Vetter überschüttete sie mit dem unvermeidlichen Raki und den üblichen Gesten der Gastfreundschaft, bestand sogar darauf, mit seiner Frau auf dem Lehmboden vor der Feuerstelle zu schlafen und überließ den Gästen das Ehebett.

Mit Flohstichen am ganzen Körper, gelindert durch mehrere Runden Raki zum Frühstück, zogen Johann und Georgi im Morgengrauen weiter. Am Spätnachmittag sahen sie auf einem Felsgrat eine Gestalt mit geschultertem Gewehr, dessen Lauf wie eine Nadel in den wolkenlosen Himmel stach. Im Gegenlicht der sinkenden Sonne sah der regungslose Posten wie ein Scherenschnitt aus. Georgi hatte den Mann gleich erkannt und schrie ihm entgegen, wer da ins Lager komme. Zwei schrille Pfiffe antworteten, und während sie die letzten beiden Kilometer bergauf stiegen, kamen hinter Felsen, Bäumen und Gestrüpp immer mehr Andarten zum Vorschein, die Georgi alle persönlich zu kennen schien. Als sie schließlich das

Hauptquartier des Andartenführers Michalis Xilouris erreichten, sah es aus, als kämen sie mit großem Gefolge.

In einem Olivenhain lagerten etwa zwanzig Männer, aßen, rauchten, putzten ihre Waffen. Mit den vor der Brust gekreuzten Patronengürteln, Pistolen und Messern in den Gürtelbändern, bunten Hemden, schwarzen Kopftüchern und Stiefeln boten sie einen pittoresken Anblick, doch befand sich die Gruppe in einem erbärmlichen Zustand. Viele der Männer waren weit über fünfzig, einige noch älter, Greise schon. Sie waren gekommen, um dem Hunger zu entfliehen oder weil sie den Tod von Angehörigen rächen wollten, die von den Deutschen umgebracht worden waren; und einige waren dabei, die nichts verpassen wollten, was ihrem eintönigen Leben vielleicht eine Prise abenteuerlicher Würze geben könnte.

Xilouris selbst, mit langem, silbergrauem Haar unter dem Stirnband und tiefen Falten im sonnenverbrannten Gesicht, am Gürtel einen gewaltigen Dolch, der fast schon die Dimension eines türkischen Krummschwerts hatte, war auch schon über sechzig. Nachdem er Johann und Georgi begrüßt hatte, lamentierte er über die schlechte Versorgungslage. Zwei britische Flugzeuge hatten in den vergangenen Nächten abdrehen müssen, ohne Nachschub abwerfen zu können, weil verstärkt deutsche Nachtaufklärer unterwegs waren. Vielleicht, Xilouris zuckte resigniert mit den Schultern, waren auch die Abwurfzonen von seinen Leuten nicht eindeutig markiert worden, oder sie hatten falsche Lichtsignale gemorst. Die Bewaffnung ließ ebenfalls mehr als zu wünschen übrig. Automatische Gewehre hatten nur die wenigsten, niemand eine Maschinenpistole. Die meisten Waffen waren jahrelang in Gärten vergraben oder in Schornsteinen versteckt gewesen. Manche Flintenläufe starrten braun vor Rost und sahen aus, als stammten sie noch aus der Zeit des kretischen Aufstands gegen die Türken.

Das Hauptquartier bestand aus mehreren Höhlen im Steilhang, die zum Teil durch natürliche Tunnel und Korridore miteinander verbunden waren. Auf dem darüber liegenden Hochplateau gab es eine Mitáda, eine wie ein Iglu aus Schieferplatten aufgeschichtete, runde Schäferhütte. Vor dem niedrigen Eingangsloch stand, die Arme wie abwehrend verschränkt, Bates und sah dem unerwarteten Besuch mit hochgezogenen Augenbrauen entgegen. Nach ein paar Begrüßungsfloskeln zog Georgi den Zettel mit der Nachricht, die Leigh-Fermor aufgeschrieben hatte, aus seinem Stirnband.

Bates überflog die Zeilen. »Das bedeutet also«, sagte er, »daß die Aktion schon morgen abend stattfindet. Tagsüber wird das Kommando sich verstecken müssen. Wenn alles glatt läuft, können wir den Herrn General in der folgenden Nacht als unseren Gast begrüßen. Sehr knapp kalkuliert. Mal sehen, was sich machen läßt.«

Er machte eine einladende Bewegung und kroch ins Innere der Hütte. Johann und Georgi folgten ihm. Der Raum hatte nur wenige Meter Durchmesser und eine so knappe Stehhöhe, daß außer dem kleingewachsenen Georgi alle den Kopf einziehen mußten, um nicht gegen die Steindecke zu stoßen. An der Wand lehnten zwei Maschinenpistolen und Munitionskisten. In der höchsten Stelle der Decke befand sich als Rauchabzug ein kreisrundes Loch über einer Feuerstelle, aber auf der Feuerstelle stand ein tragbares Funkgerät, und die ausgefahrene Antenne ragte oben aus dem Loch heraus. Auf einem niedrigen Holzschemel hockte Charles, einen Kopfhörer auf den Ohren, auf den Knien einen Notizblock, auf dem er offenbar eine soeben eingehende Nachricht stenografierte. Bei ihrem Eintreten legte er den Finger auf die Lippen, und erst, als er den Kopfhörer abgesetzt hatte, begrüßte er Johann und Georgi und ließ sich von Bates die Situation erklären.

Die Neuankömmlinge wurden in der Funkerhütte einquartiert. Sie sollten das Eintreffen des Kommandos abwarten, damit Johann, falls es zu Verständigungsproblemen mit dem gefangenen General kommen sollte, als Dolmetscher zur Verfügung stehen konnte. Charles gab die veränderte Lage und den sich daraus ergebenden, neuen Zeitplan per verschlüsseltem Funkcode an die Mittelsmänner der SOE durch. Als Treffpunkt für das Schleuserboot wurden Bucht und Strand bei Plakias festgelegt. Mehr war im Augenblick nicht zu tun.

Der Proviant erwies sich keineswegs als so dramatisch knapp, wie Xilouris behauptet hatte. Zumindest gab es ausreichend Nudeln aus der Ladung eines schwedischen Rotkreuz-Schiffs. Die Andarten hatten vor zehn Tagen einen deutschen LKW überfallen, der einen Teil der Hilfslieferung vom Hafen Hiraklion nach Chania bringen sollte. Außerdem verfügten sie über Restbestände neuseeländischer Corned-Beef-Dosen, die Nachschubflugzeuge abgeworfen hatten. Und natürlich gab es geröstete Schnecken im Überfluß, allerdings auch zu Johanns Überdruß. Xilouris' Klage bezog sich wohl eher auf die zur Neige gehenden Weinvorräte und den vollständigen Mangel an Raki. Um den dringend benötigten Nachschub zu beschaffen, hatte der Chef inzwischen aber drei seiner Männer nach Anogia in Marsch gesetzt.

»Und wenn es da keinen Raki gibt«, rief er mit kämpferischem Pathos, »holen sie eben Raki aus Hiraklion« – was dann auch tatsächlich geschah.

Als die drei Schnapskuriere am folgenden Abend mit zehn Litern des Moraltreibstoffs wieder im Hauptquartier eintrafen, wurden sie gefeiert, als hätten sie zehn deutsche Panzer vernichtet. Die allgemeine Niedergeschlagenheit wich rasch unbändiger Siegeszuversicht.

»Mit solchen Leuten läßt sich kein Krieg gewinnen«, murrte Bates, »aber ohne sie leider auch nicht«, und kippte einen Raki.

Johann kam mit einigen der Andarten ins Gespräch, die ihm mehr oder minder glaubwürdige Geschichten erzählten, aus welchen Gründen sie zu Xilouris' zusammengewürfeltem Haufen gestoßen waren. Am meisten beeindruckte ihn, was Nikos erzählte, ein etwa vierzigjähriger Familienvater aus Kastelos. Vor einigen Monaten war ein deutsches Transportflugzeug mit Motorschaden notgelandet, und zwar mitten in den Gemüsefeldern des Dorfs. Die Ortskommandantur hatte zwei Mann zur Bewachung der Maschine abgestellt. Während die Soldaten im Laderaum ein Mittagsschläfchen hielten, hatten sich die beiden Söhne von Nikos, fünfzehn und siebzehn Jahre alt, angeschlichen und es irgendwie fertiggebracht, den Treibstofftank in Brand zu setzen. Das Flugzeug war in Flammen aufgegangen, aber die beiden Soldaten hatten sich noch ins Freie retten können. Da die Jungen sofort weggelaufen waren, wußten die Deutschen nicht, wen sie verantwortlich machen konnten. Leider prahlten die Jungen im Dorf mit ihrer Heldentat, was einem Mann zu Ohren kam, der mit Nikos' Familie in jahrelanger Fehde lag. Dieser Mann ging zur Kommandantur und verriet die Täter, die inzwischen in die Felder geflohen waren und sich dort versteckt hielten. Die Deutschen umstellten das Dorf, trieben alle männlichen Einwohner zusammen und verlangten die Auslieferung der Jungen. Andernfalls würde man ihre Eltern, Nikos und seine Frau also, zur Verantwortung ziehen. Aus ihrem Versteck hatten die Jungen beobachtet, was vor sich ging, und obwohl sie noch Kinder waren, wußten sie genau, was geschehen würde. Zum Entsetzen von Nikos kamen sie zurück, wurden von den Deutschen nach Chania gebracht und vor Gericht gestellt. Was dann mit ihnen geschah, wußte Nikos nur aus Berichten. Der Fünfzehnjährige wurde zu Zwangsarbeit verurteilt und in ein Lager gesteckt, der Siebzehnjährige hingerichtet. Ein Augenzeuge dieser Hinrichtung hatte Nikos erzählt, daß man seinen Sohn, als er schon vor dem Erschießungskommando stand, nach seinem letzten Wunsch gefragt habe. Ein Glas Wein und die Erlaubnis, noch eine Mantináda zu singen, sei die Antwort gewesen. Den Wein habe man ihm gewährt, aber als er anfangen wollte zu singen, sei der Feuerbefehl erteilt worden.

Nikos hatte die entsetzliche Geschichte ruhig, fast sachlich erzählt, und als er den letzten Wunsch seines ältesten Sohnes erwähnte, vibrierte in seiner Stimme ein trotziger Stolz. »Deswegen«, sagte er, »bin ich hier«, griff zum Raki, trank und reichte Johann die Flasche.

Johann wollte reflexartig »zur Gesundheit« sagen, aber die Worte blieben ihm im Hals stecken. Er trank und verstand, warum Nikos sich dem Andartiko angeschlossen hatte. Und er verstand auch, daß all diese Dinge ohne Raki noch unerträglicher sein mußten.

10.

Aus unruhigem, flachem Schlaf weckten ihn Pfiffe, denen halblaute, aufgeregte Rufe folgten. Im Zwielicht des Morgengrauens, das wie eine milchige Säule durchs Rauchloch in der Decke fiel, sah er, daß Bates und Charles die Hütte schon verlassen hatten. Johann schälte sich aus dem Schlafsack und kroch ins Freie. Unten, vor den

Höhlen, umringten die Andarten eine Gruppe von sechs Personen. Er erkannte Moss und Leigh-Fermor, die noch die Feldjägeruniformen trugen, und die drei Kreter, die er im Versteck kennengelernt hatte. Zwischen ihnen stand, auf einen Stock gestützt, ein Mann in deutscher Generalsuniform, aber ohne Mütze auf dem blonden Schopf. Sie hatten Kreipe also erwischt. Johann hastete nach unten, aber als er ankam, hatte man den General bereits in eine Höhle gebracht.

Moss warnte die Andarten eindringlich, sich ebenfalls in die Höhlen zurückzuziehen, da bei Tagesanbruch mit Aufklärungsflugzeugen zu rechnen sei. »Sie wissen nicht, wo wir sind«, sagte er, »aber sie haben schneller als erwartet reagiert und versuchen, uns abzufangen. Wir haben gestern bereits Flugzeuge gehört, als wir im Versteck den Tag abgewartet haben.«

Xilouris ließ schleunigst sämtliche Ausrüstungsgegenstände in die Höhlen schaffen, die Feuerstellen löschen und die Esel und Maultiere in der Talmulde unter Bäumen anpflocken, damit sie, durchs Laub geschützt, aus der Luft nicht entdeckt werden konnten. Charles zog die Antenne des Funkgeräts aus dem Rauchabzug. Der General, erschöpft vom Schrecken der Entführung und dem ungewohnten Fußmarsch durch bergige Weglosigkeit, schlief schnarchend auf einem Farnbett in einer Höhlenecke, während Moss und Leigh-Fermor von ihrem, zumindest vorerst, geglückten Coup berichteten.

»Wir wußten von unseren kretischen Verbindungsmännern in Hiraklion«, begann Moss, eine Rakiflasche in der linken Hand, eine Zigarette in der rechten, »daß sich Kreipe zweimal täglich von seinem Schlafquartier in der Villa Ariadne bei Knossos ins deutsche Hauptquartier nach Ano Arkhanais fahren ließ. Normalerweise arbeitete er dort von neun bis eins am Vormittag und von vier bis halb neun am Abend. Manchmal blieb er aber auch sehr viel länger im Hauptquartier, aber nicht weil er Überstunden machte, sondern weil er dann mit anderen Offizieren noch Karten spielte, so eine Art deutsches Bridge, nehme ich an.«

»Skat«, sagte Johann.

»Woher weißt du das?« fragte Leigh-Fermor.

»Weil alle deutschen Soldaten Skat spielen.«

Moss lachte gönnerhaft. »Also gut, meinetwegen Skat. Der beste Moment, ihn zu entführen, war jedenfalls während seiner zweiten Rückfahrt nach Knossos, weil es zu der Tageszeit dunkel ist; die Sonne geht ja jetzt kurz vor acht unter. Außerdem würden die Wachposten in der Villa Ariadne keinen Verdacht schöpfen, wenn er nicht pünktlich käme, weil sie wußten, daß er dann dies Kartenspiel spielte. Wir legten uns an der Stelle in den Hinterhalt, wo die Straße aus Arkhanais auf die Straße nach Hiraklion mündet, weil Autos dort das Tempo stark drosseln, manchmal sogar anhalten müssen. Die Straßenböschungen sind hoch und mit Gestrüpp bewachsen, so daß wir beste Deckung hatten. Der General war schon mehr als eine Stunde überfällig, und wir fragten uns, ob er ausgerechnet heute vielleicht nicht seinen eigenen Wagen benutzt hatte, sondern in einem der Fahrzeuge saß, die schon vorbeigefahren waren. Es war kalt, wir froren in den dünnen Feldjägeruniformen. Aber dann kommt der Wagen doch und fährt langsam auf die Einmündung zu. Wir sehen den Stander des Generals auf dem Kotflügel. Wir kriechen von der Böschung und stellen uns mitten auf die Kreuzung. Paddy schwenkt eine rote Signallampe. Wir stehen im vollen Scheinwerferlicht des Wagens, der sich im Schrittempo nähert. Paddy ruft: ›Halt!‹ Der Wagen hält an, die Seitenscheiben werden heruntergekurbelt. Ich gehe auf die Seite des Chauffeurs, Paddy auf die des Generals. Gleichzeitig kommen Mikis, Stratos und Nikos hinter der Böschung hervor, und als wir aus dem Scheinwerferkegel heraus sind, ziehen wir unsere Pistolen. Paddy sagt diesen schweren, deutschen Satz.« Moss lachte und wandte sich an Leigh-Fermor. »Paddy, sag uns, was du gesagt hast, ich kann's mir einfach nicht merken!«

»Ich habe gesagt: ›Ist das der Wagen von General Kreipe?‹ So hat Yannis es mir beigebracht, und es hat funktioniert, weil Kreipe nämlich ›Ja, ja‹ gemurmelt hat und noch etwas anderes, was ich nicht verstanden habe.«

»Dann geht alles sehr schnell«, fuhr Moss fort, immer hingerissener von seinen eigenen Worten. »Wir reißen die Türen auf, leuchten mit Taschenlampen ins Wageninnere. Das erschrockene Gesicht des Generals, die blanke Angst in den Augen des Chauffeurs, die Rückbank leer. Mit der rechten Hand greift der Chauffeur zu seiner

Dienstpistole, ich schlage ihm den Pistolenkolben auf den Kopf. Er fällt vornüber aufs Steuerrad, Mikis zieht ihn vom Fahrersitz auf die Straße. Im selben Moment zerren Paddy, Nikos und Stratos den General aus dem Auto. Er wehrt sich mit Händen und Füßen, hat wohl Angst, daß er umgebracht werden soll, flucht und schreit um Hilfe. Ich setze mich hinters Steuer, während Nikos dem General das Messer an die Kehle setzt, die anderen ihn fesseln und auf die Rückbank stoßen. Nikos und Stratos steigen hinten mit ein, Paddy setzt sich neben mich. Wir winken Mikis zu, der sich um den stark blutenden Chauffeur kümmert. Verletzen wollten wir ihn nicht, aber es ging nicht anders. Ich gebe jedenfalls Gas. Paddy hat sich die Mütze des Generals aufgesetzt, der gefesselt auf der Rückbank liegt, Nikos' Messer immer noch am Hals und inzwischen ganz ruhig. Zu meiner Erleichterung stelle ich fest, daß die Tankanzeige auf ›voll‹ steht. Übrigens ein sehr schönes Auto, ein nagelneuer Opel. Nach wenigen Minuten kommt uns die Scheinwerferkette eines Konvois entgegen, und wir können von Glück sagen, daß er nicht früher gekommen ist. Die Ladeflächen der Lastwagen sind voll mit deutschen Soldaten. Um den General zu beruhigen, versucht Paddy mit ihm zu sprechen. Er kann nur wenige Brocken Deutsch, das wißt ihr ja, Kreipe spricht kein Englisch. Sie einigen sich auf eine Art Pidgin-Französisch, in dem Paddy dem General erklärt, daß wir zwei englische Offiziere sind, er unser Gefangener ist und wir ihn angemessen und korrekt behandeln werden. Das beruhigt ihn tatsächlich. Er stammelt ›Danke, danke‹ und ist sichtlich heilfroh, daß wir keine kretischen Andarten sind und er nicht exekutiert werden soll. Kurz darauf erreichen wir die erste Straßensperre, und Paddy ...«

»Ruhig!« unterbrach ihn Charles, legte den Zeigefinger der rechten Hand an die Lippen und deutete mit der linken zum Höhleneingang. »Flugmotor.«

Alle hielten den Atem an. Sogar Kreipe hörte zu schnarchen auf. Vielleicht war er wach, ließ sich aber nichts anmerken. In der stickigen Stille der Höhle hörte Johann nur das leise, regelmäßige Tropfen von Wasser, das aus tieferen Regionen des Höhlensystems drang. Doch dann war das aus der Ferne anschwellende, gleichmäßige Brummen nicht mehr zu überhören, kam näher und tiefer, kreiste dröhnend, von der Felswand verstärkt, eine Weile über ihnen und zog nach einigen Minuten, die Johann wie Stunden vorkamen, verebbend nach Süden ab.

Bates robbte auf allen vieren zum Höhleneingang und schob den Oberkörper ins Freie. »Fieseler Storch«, sagte er, »fliegt sehr tief. Seid ihr euch sicher«, wandte er sich an Moss und Leigh-Fermor, »daß ihr uns keine Suchtrupps auf den Hals geschickt habt?«

Moss zuckte mit den Schultern. »Was heißt sicher? Wir haben unser möglichstes getan.«

»Und was ist das hier?« Bates hielt ein Stück Papier hoch, das er vor der Höhle gefunden hatte. »Das Flugzeug wirft dies Zeug überall in der Gegend herum.«

Es war ein hektographiertes Blatt, der Text mit Schreibmaschine in griechischer Sprache abgefaßt, vervielfältigt offenbar in großer Eile, da einige Tippfehler unkorrigiert waren.

AN DIE KRETISCHE BEVÖLKERUNG

Der deutsche General Kreipe ist gestern abend von Banditen entführt worden. Er wird jetzt in den kretischen Bergen versteckt gehalten, und sein Aufenthaltsort kann der Bevölkerung nicht unbekannt bleiben. Wenn der General nicht innerhalb von drei Tagen unversehrt freigelassen wird, werden alle Dörfer im gesamten Bezirk Hiraklion dem Erdboden gleich gemacht. Für die rücksichtslosen Vergeltungsmaßnahmen gegenüber der Zivilbevölkerung sind einzig und allein die Banditen verantwortlich.

Leigh-Fermor war der Ansicht, das Flugblatt müsse verfaßt worden sein, bevor die Deutschen den Wagen des Generals aufgefunden hatten, da die Entführer darin den von Johann übersetzten Brief hinterlegt hatten. Wenn sie nämlich den Brief gelesen hätten, meinte Moss, müßte den Deutschen doch klar sein, daß kein Kreter an der Sache beteiligt gewesen sei.

Johann fragte sich, ob die beiden vielleicht gar nicht blauäugig und naiv waren, sondern ihr Unternehmen, das ihm wie ein Privatkrieg vorkam, mit kalkulierter Skrupellosigkeit gegenüber der Bevölkerung durchzogen.

»Haben Sie das Flugzeug gehört? Sie haben doch überhaupt keine Chance«, erklang plötzlich auf deutsch die Stimme des Generals aus dem Hintergrund, als habe er den Wortwechsel verstanden und wisse, was in dem Flugblatt stand. Er hatte sich auf die Ellbogen gestützt und blickte mit gerunzelter Stirn zu ihnen herüber.

»Was sagt er?« erkundigte sich Moss.

Johann übersetzte.

»Sag ihm, daß er sich ruhig verhalten soll. Wenn er in irgendeiner Weise versucht, auf sich und uns aufmerksam zu machen, müssen wir ihn fesseln und knebeln. Sag ihm, daß er uns sein Ehrenwort geben soll.«

Johann übersetzte.

Der General nickte. »Ich gebe Ihnen mein Ehrenwort«, sagte er pathetisch. Dann sah er Johann mißtrauisch an. »Sie sprechen sehr gutes Deutsch. Sind Sie Dolmetscher?«

Johann wich seinem Blick aus, starrte gegen die Felswand. »Ja«, sagte er dann entschieden, »ich bin hier der Dolmetscher.«

Kreipe bat um eine Zigarette. Johann steckte sich zwei Lucky Strike in den Mund, zündete sie an und gab eine dem General, der sich bedankte. Nachdem er zwei, drei gierige Züge geraucht hatte, sagte er plötzlich: »Ein Husarenstreich. Unangenehm für mich, leider. Aber doch 'ne dolle Sache. Respekt, meine Herren.«

Johann gab das Kompliment an Moss und Leigh-Fermor weiter, die es mit geschmeicheltem Lächeln entgegennahmen und Kreipe durch Johanns Mund ausrichten ließen, daß der General ehrenhaft behandelt werde.

»Warum küßt ihr euch nicht gleich?« sagte Bates. »Erzählt uns lieber, wie die Sache weiter abgelaufen ist. Wir haben keine Zeit zu verlieren.«

Moss, der seinen Bericht wie eine Sportreportage vorgetragen hatte, schien das Erscheinen des Flugzeugs ernüchtert zu haben. Er ließ Leigh-Fermor in dürren Worten den Rest erzählen. Sie waren mitten durch das von deutschen Truppen wimmelnde Hiraklion gefahren, Leigh-Fermor mit der Mütze des Generals auf dem Kopf, Moss als Chauffeur, Kreipe und Stratos unter einer Decke auf Rücksitz und Wagenboden, und hatten so mehr als zwanzig Straßensperren und Kontrollen passiert, ohne auch nur ein einziges Mal ernsthaft aufgehalten zu werden. Der Generalsstander auf dem Kotflügel und Leigh-Fermors deutscher Grundwortschatz, der aus »Generalswagen!«, »Gehen Sie aus dem Weg!«, »Der General hat es eilig!« und »Räumen Sie sofort die Straße!« bestand, hatte ausgereicht, sie unbehelligt durch die Höhle des Löwen zu bringen. Anders als Moss merkte man Leigh-Fermor an, daß er über die eigene Chuzpe verblüfft war und sich wunderte, tatsächlich so weit gekommen und noch am Leben zu sein. Sie waren dann über Tilissos bis Anogia gefahren, wo Moss und der General ausgestiegen waren und sich auf den Marsch zum ersten Höhlenversteck gemacht hatten. Leigh-Fermor und Stratos hatten den Wagen noch zehn Kilometer weiter gefahren, um die Deutschen auf eine falsche Fährte zu locken. Sie sollten annehmen, daß die Gruppe nicht nach Süden floh, sondern an einen Strand der Nordküste, wo häufig britische U-Boote Nachschub und Agenten anlandeten und evakuierten. An einer nach Norden führenden Straße hatten sie den Wagen abgestellt, den Brief auf den Fahrersitz gelegt und waren ebenfalls zum Versteck marschiert, wo sie Moss und den General getroffen hatten. Kurz vor Morgengrauen waren dann auch noch Mikis und Nikos zu ihnen gestoßen. Zusammen mit zwei weiteren Andarten, die sich während der Entführung für den Notfall mit entsicherten Maschinenpistolen hinter der Böschung versteckt gehalten hatten, wäre es ihre Aufgabe gewesen, den Chauffeur zu fesseln und so hinter die Böschung zu legen, daß er bei Tageslicht gefunden worden wäre. Aber der von Moss bereits schwer verletzte Mann hatte sich in seiner Panik so heftig gewehrt, daß es zum Kampf kam. Einer der drei Kreter, sagte Leigh-Fermor, habe ihn erstechen müssen, leider. Wer, tue weiter nichts zur Sache. Nachdem sie den Tag in der Höhle abgewartet und dabei bereits Aufklärungsflugzeuge gesichtet hatten, waren sie in der nächsten Nacht weitermarschiert und hatten schließlich das Lager von Xilouris erreicht.

Der Plan sah vor, Kreipe übers Ida-Massiv zur Bucht von Plakias zu schaffen. Charles hatte die verschlüsselte Funkbotschaft bekommen, daß sich dort ein Schleuserschiff in der Nacht vom 14. auf den 15. Mai einfinden würde, um den General nach Ägypten zu bringen. Wenn nichts Unerwartetes geschehen würde, war die Zeit trotz des extrem schwierigen Wegs ausreichend. Morgen abend, bei Einbruch der Dämmerung, wollten sie aufbrechen.

Georgi war von dem ganzen Unternehmen so glühend begeistert, daß er unbedingt mitwollte. Er versuchte, Moss und Leigh-Fermor von seinen Qualitäten als ortskundiger Kurier und Führer zu überzeugen, aber die Engländer lehnten seine Hilfe ab. Sie wollten die Gruppe aus logistischen Gründen so klein wie möglich halten. Georgi war tief gekränkt, aber als der Trupp bei Einbruch der Dunkelheit abzog, war er wieder bester Laune – Leigh-Fermor hatte ihm zum Abschied eine der Feldjägeruniformen geschenkt.

Johann sah ihnen nach, wie sie im Gänsemarsch den Ziegenpfad emporzogen. Nikos und Moss voran, dann General Kreipe, der sich während der Entführung den Fuß verstaucht hatte und schlecht laufen konnte, auf einem Maultier, das Stratos an einem Strick führte, gefolgt von einem mit Ausrüstung bepackten, von Mikis geführten Esel. Leigh-Fermor bildete das Schlußlicht. Bevor ihn die Nacht verschluckte, drehte sich der auf dem Maultier schwankende General noch einmal um, als habe er Johanns Blick gespürt, legte die rechte Hand zum Gruß an die Schläfe, verbeugte sich leicht und rief Johann zu: »Ein Husarenstück! Respekt, meine Herren!«

Die Grillen antworteten höhnisch und schrill. Dolmetscher, kreischten sie, Dolmetscher.

11.

Über einen einsamen Paß machten sich Johann und Georgi am nächsten Morgen in südöstlicher Richtung auf den Heimweg. Außer einigen Schäfern, die am Fuß des Ida-Massivs ihre Herden weideten, begegneten sie niemandem, und auch die Schäfer hatten keine deutschen Patrouillen gesehen, nur einmal ein in geringer Höhe kreisendes Flugzeug.

Am späten Abend erreichten sie Agii Déka und fanden Quartier beim Arzt, der mit dem Andartiko zusammenarbeitete. Für sein

Haus hatte sich der Arzt Baumaterial aus dem römischen Ruinenfeld von Górtis geholt. Die Treppe zum ersten Stock bestand aus Kapitellen und Marmorplatten, als Waschtrog diente im Hof ein Sarkophag mit Stierköpfen. Überhaupt war keins der ärmlichen Häuser im Dorf ohne römische Steine gebaut. Vor einem Jahr hätte Johann eine solche Verwertung der Antike noch als empörendes Sakrileg empfunden, aber seine alte Profession, die ihn auf die Insel verschlagen hatte, war inzwischen so abgeschliffen, von der mörderischen Gegenwart so ausgetreten wie der Marmor, der einst in Górtis den Boden bedeckt haben mochte und jetzt der Arztfamilie als Tisch diente. Wenn Johann früher daran interessiert gewesen war, aus den Trümmern den Bau des Gewesenen zu rekonstruieren, so begriff er hier das Interesse der Gegenwart am Bruchstück, am einzelnen Stein. Der Stein wurde wieder zu dem, was er gewesen war, bevor er zu Tempel oder Theater zusammengeschichtet worden war. Baumaterial. Der Sarkophag war als Waschtrog bestens geeignet, in der Mauer eines Schafstalls war der Säulenstumpf wichtiger als im Museum. Im Schafstall trug er wieder, im Museum war er nur ein Schatten seiner Funktion.

Am nächsten Morgen zogen sie weiter, vorbei am Ruinenfeld. Bis vor kurzem hatten es italienische Archäologen noch umgewühlt, mitten im Krieg. Landwirtschaft und Archäologie vermischten sich hier, wurden ununterscheidbar. Unter Olivenbäumen weideten Ziegen zwischen Disteln und dürrem Gras, an einer Säule war ein Maultier angebunden, Schafe suchten schwer atmend den Schatten von Mauerruinen, im Feld ragten Gewölbereste auf.

Als sie auf der Straße nach Mires und Timbaki weitermarschierten, näherte sich durch Staub und flimmernden Dunst von hinten ein Lastwagen und hupte. Sie stellten sich an den Straßenrand, winkten, um mitgenommen zu werden. Der Wagen hielt. Auf der offenen Ladefläche lagen Wassermelonen. Zu Johanns Entsetzen trugen Fahrer und Beifahrer deutsche Uniformen, ein Gefreiter und ein Feldwebel, aber zum Davonlaufen war es zu spät. Im landesüblichen Kauderwelsch aus Deutsch, Griechisch und Englisch fragte der Feldwebel, wohin sie wollten. Nach Timbaki, sagten sie, um nicht zu sagen, wohin sie wirklich wollten, und durften aufsteigen, hinten zwischen den Melonen.

»Aber nix klepsi klepsi«, rief der Feldwebel gutmütig, drohte mit dem Finger, wie ein Lehrer ungezogenen Schülern droht, und vielleicht war er in seinem fernen Leben in Deutschland wirklich Lehrer.

Er hätte es nicht zu sagen brauchen. Nach Melonenstehlen war Johann nicht zumute. Auf der schwankenden Ladefläche schwankte er selber zwischen der Angst, von den Männern im Führerhaus doch noch erkannt oder erinnert zu werden, und der Freude, Eléni bald wiederzusehen. In Timbaki verabschiedeten ihre deutschen Chauffeure sich freundlich von ihnen, und die letzten Kilometer bis Agia Galini gingen Johann und Georgi wieder zu Fuß.

»Ihr hättet uns aber ruhig ein paar Melonen mitbringen können«, grinste Andreas und hob das Glas. »Zur Gesundheit.«

Der Südwind wehte Ahnungen des Sommers übers Meer, brachte auch gelben Saharastaub mit. Im Schattenduft des Weinlaubs saßen die Männer vor dem Kafenion, schlürften Mokka und kippten Raki. Johann und Georgi erzählten von ihren Erlebnissen, und Georgi zog dabei mit dem kleinen Finger Linien in die dünne Staubschicht auf dem Tisch – Pfade und Wege, über die er Johann geführt hatte.

Über Agia Galini waren keine Flugzeuge geflogen, von deutschen Truppen weit und breit keine Spur.

»Vielleicht hat das Auto des Generals sie wirklich getäuscht, und sie suchen jetzt die Nordküste ab«, vermutete Georgi.

»Wir wollen es hoffen«, sagte der Pope, schlug nachlässig, fast zerstreut ein paar segnende Kreuzzeichen über die Männer und ging, denn es war Zeit fürs Abendessen.

Johann und Georgi waren bei Onkel Demis eingeladen. Es gab kein Festmahl wie bei Johanns Rückkehr aus Ägypten, aber Eléni war da und ließ sich von ihm vor aller Augen umarmen, sogar vor den strengen Augen ihrer Mutter, in denen Johann dennoch eine lächelnde Zustimmung zu sehen glaubte. Vielleicht hoffte er das auch nur. Ein Kuß hätte freilich die Grenzen des Anstands gesprengt.

Den Kuß sparten sie sich auf für später, als sie am Hafen vorbei zum Strand gingen und sich dort in den warmen Sand legten, die nackten Füße dicht an der fahl im Mondlicht schimmernden Wasserlinie. Über Umarmungen, Küsse und Körperberührungen, die von Eléni schüchtern, aber gelehrig und begierig erwidert wurden, waren sie bislang nicht hinausgekommen. Johann bedrängte sie, aber nur sanft, weil er um das strenge Moralkorsett wußte, in das Eléni eingezwängt war.

»Laß uns baden gehen«, flüsterte er ihr ins Ohr.

»Baden? Du meinst doch nicht etwa hier? Im Meer?«

»Natürlich meine ich das.«

Sie richtete sich auf und lachte leise. »Wir baden nie im Meer.«

»Das ist aber sehr schön.«

»Es ist doch salzig. Und viel zu kalt.«

»Wir müssen ja nicht lange drinbleiben.«

»Im Meer?« Sie staunte. Der Gedanke schien ihr noch abwegiger zu sein, als eine Heirat ohne den Segen ihrer Mutter. »Was willst du denn anziehen, wenn du ins Wasser gehst, Yannis?«

»Nichts. Wenn man etwas anzöge, würde es doch naß.«

»Heiliger Erzengel Michael!«

»Du kannst ja wegsehen«, sagte er, »außerdem ist es dunkel.«

»Aber der Mond ...«, sagte sie, während er schon aufstand und sich auszog.

Eléni schlug die Hände vors Gesicht und wandte sich ab. Als er im Wasser plantschte, um die Kälte besser ertragen zu können, ließ sie die Hände sinken, blickte zu ihm hinüber und machte ein Kreuzzeichen vor der Brust.

Er stand bis zum Bauchnabel im Wasser, winkte ihr zu. »Komm her, Eléni, komm schon. Der Mond verrät nichts.«

Sie stand auf und ging mit den Füßen ins Wasser, bis es den Saum ihres wadenlangen Kleids umspülte. »Es ist eiskalt, Yannis.«

»Um so wärmer wirst du dich hinterher fühlen. Los jetzt.«

»Aber Yannis, das Salz ...«

»Komm!«

»Aber Yannis ...«

»Komm!«

»Aber ...« Und jetzt legte sie langsam beide Hände in den Nacken, öffnete Knöpfe, das Kleid bauschte sich in einer warmen Böe, rutschte von ihrem Körper in den Sand, und sie lief ins Wasser, ihm in die Arme. »Ich kann nicht schwimmen«, sagte sie atemlos.

»Halt dich an meinem Rücken fest«, sagte er.

Sie legte ihm die Arme von hinten um den Hals, während er tiefer hineinwatete, einen ihrer Arme jetzt quer über seiner Brust, und ihr schwarzes Haar trieb hinter ihnen im stillen Wasser. Sie legte das Kinn auf seine Schulter, ihren Mund dicht an sein Ohr. Er fühlte, wie zierlich sie war, leicht und warm im kühlen Wasser. Wortlos bückte er sich, und sie tauchten unter und sahen den Mond durchs glasige Wasser sicheln, tauchten wieder auf, sogen die dunkle, milde Luft ein, lachten. Dann drehte Johann sie auf der Stelle im Kreis, wobei ihr Haar einen Kreis um sie beide zu schließen schien. Sie verharrten eine Weile und lauschten in die Nacht, bis ihre Gesichter bleich und die Körper vor Kälte steif wurden. Er trug sie zurück auf den Strand, wo sie die Kleider über ihre nassen Körper streiften und wortlos Hand in Hand zum Dorf gingen.

Als sie den Hafenplatz erreichten, auf dem kein Mensch mehr zu sehen war, hörten sie plötzlich ein Scheppern und Klappern. Ein Junge kam auf einem verrosteten Fahrrad die steile Straße herunter, fuhr auf den Platz, hielt an, stieg ab, blickte sich um, sah im Mondlicht Eléni und Johann, ging ihnen, das Fahrrad schiebend, entgegen, grüßte schüchtern und außer Atem. Er komme aus Akoumia, 15 Kilometer nordwestwärts, der Pope habe ihn geschickt, habe ihm sogar sein wertvolles Fahrrad geliehen. Es sei wichtig und dringend, er müsse sofort den Popen von Agia Galini sprechen.

»Was ist passiert?« fragte Johann.

»Deutsche Soldaten sind in unserem Dorf. Und sie wollen morgen auch nach Agia Galini kommen.«

»Bring ihn zum Popen«, sagte Johann zu Eléni, »ich hole die Männer. Wir kommen sofort nach.«

Er hastete zum Haus, klopfte an die Fensterläden, holte Andreas, Demis und Georgi aus dem Schlaf, und wenige Minuten später saßen sie im Haus des Popen zusammen. Eléni wurde weggeschickt. Johann sah, daß das durchfeuchtete Kleid an ihrem Körper klebte.

»Sie sind gestern nachmittag gekommen, zehn Soldaten und ein

Offizier«, berichtete der Junge. »Sie haben erst mit dem Popen und dem Bürgermeister gesprochen. Dann sind alle aus dem Dorf zusammengerufen worden, und die Soldaten haben diese Zettel verteilt.« Der Junge griff in die Hosentasche und zog eins der Flugblätter heraus. *AN DIE KRETISCHE BEVÖLKERUNG.*

Der Pope las den Text vor, den Johann schon kannte.

»Und sonst haben sie nichts gemacht?« fragte Andreas. »Nur diese Zettel verteilt?«

»Doch«, sagte der Junge, »sie sind auch durch die Häuser gegangen, haben gesucht, aber nicht sehr intensiv, und sie haben niemandem etwas getan. Sie haben sich im Dorf einquartiert und haben sogar gefragt, ob sie ein Lamm kaufen können.«

»Kaufen?« Georgi wunderte sich. »Das sind ja ganz neue Sitten.«

»Ja. Sie haben es bezahlt, bevor sie es geschlachtet und gegessen haben.«

»Sie suchen ihren General«, sagte Johann. »Und sie setzen darauf, daß die Bevölkerung ihnen dabei hilft. Die Drohungen auf dem Flugblatt sind ja deutlich genug. Aber mit Drohungen kommen sie nicht weiter. Wenn sie schlau wären, würden sie eine Belohnung aussetzen. Dann würde sich vielleicht ein Verräter finden.«

»Der Pope hat gesagt, daß sie morgen hierherkommen«, sagte der Junge. »Wenn ihr etwas zu verstecken habt, sollt ihr es schnell verstecken.«

»Wir haben nichts zu verstecken«, gähnte der Pope.

»Doch!« widersprach Andreas. »Wir müssen Yannis verstecken. Und mich selbst. Bei dem Kommando könnten Soldaten sein, die uns aus Chania kennen. Vielleicht sogar der Offizier.«

»Wo wollt ihr hin?« fragte der Pope.

Andreas und Demis sahen sich in wortloser Beratung an. Demis nickte.

»Nach Paximádia Akoníza«, sagte Andreas. »Wohin sonst?«

12.

Vom Morgenlicht gebadet, erschien die Küste wie ein impressionistisches Aquarell, doch die Verschwommenheit wich konturscharfer Klarheit, als Johann am Rädchen der Feineinstellung drehte und den Feldstecher auf die ferne Straße richtete. Lautlos, klein, harmlos wie ein Spielzeug glitt ein LKW, Soldaten auf der offenen Pritsche, zum Hafen hinab, verschwand hinter Häusern, Oliven, Mauervorsprüngen, kam wieder zum Vorschein und hielt auf dem Hafenplatz, wo er von der Molenmauer verdeckt wurde.

Johann reichte Andreas das Glas. »Sie sind da.«

»Hast du jemanden erkannt?« fragte Andreas.

»Nein«, Johann schüttelte den Kopf, »die Entfernung ist zu groß.«

»Gut für uns«, murmelte Andreas und hantierte eine Weile mit dem Feldstecher herum. »Jetzt können wir nur noch warten.«

Dann robbten sie zwischen Geröll, wildem Thymian, verkrüppelten Kiefern, mannshohen Disteln zur Südseite des Eilands zurück und kletterten zur Höhle hinab. Unter ihnen lag Anastasios' Boot, vertäut an den Reifen, hob und senkte sich fast unmerklich auf dem ruhigen Atem des Meers. Andreas ging in die Höhle, um zu schlafen. Johann blieb auf dem Felsvorsprung sitzen, ließ die Beine übers Blau der Bucht baumeln und rauchte eine Zigarette.

Nachdem der Junge aus Akoumia sie gewarnt hatte, war Johann zu Anastasios' Haus gegangen, hatte ihm die Situation erklärt und sich ins Zimmer geschlichen, in dem neben seinem Lager die beiden Kinder schliefen. Leise hatte er seinen Rucksack gepackt und aus der Munitionskiste das heikle Wachstuchbündel genommen. Wenn es zu Hausdurchsuchungen kommen sollte, wären die Filme und die Ikone Gegenstände, die das ganze Dorf gefährden würden. Und vielleicht gab es unter den Deutschen, die auf der Suche nach Kreipe unterwegs nach Agia Galini waren, sogar einen Leutnant, der sich nicht nur für den General und seine Entführer interessierte, sondern auch für jene Negative, auf denen festgehalten war, was er für die Erfüllung seiner Pflicht hielt? Mit einem Verpflegungskorb hatte Andreas schon an der Mole gewartet. Sie waren mit Anastasios' Boot ausgelaufen und hatten noch vor Sonnenaufgang den geheimen Nothafen von Akoníza erreicht.

Johann gähnte. Er hatte während der Nacht nicht geschlafen, und hier gab es nichts weiter zu tun, als abzuwarten, bis der Suchtrupp Agia Galini wieder verlassen würde. Er schnippte die Zigarettenkippe weg, sah zu, wie sie tief unter ihm auf die Wasseroberfläche traf und als winziger, weißer Punkt von der Strömung abgetrieben wurde. In der Höhle breitete er ein Schafsfell und die Decke aus, legte sich den Rucksack unter den Kopf, versuchte einzuschlafen. Andreas schnarchte laut und gleichmäßig. Aus den Tiefen der Korridore im hinteren Teil der Höhle drang Ticken und Klopfen tropfenden Wassers. Je länger er in das Geräusch hineinhorchte, desto durchdringender wurde es. Es erinnerte an das Ticken des Wassers, das vom Dach des Gartenhauses abläuft, als er am Morgen nach seiner Ankunft in Chania erwacht, an das Ticken der Uhr, die dem Hitlerbild gegenüber an der Wand von Stövers Dienstzimmer hängt, in jener fernen, fremder und fremder werdenden Welt, die Deutschland heißt. Manchmal klang das Tropfen wie Schmatzen und Schnalzen, manchmal wie Flüstern in einer Sprache, für die es keine Dolmetscher gab. Klick, zischte es, klack, klack, flüsterte es, klick, als werde irgendwo in der schwarzen Tiefe eine Waffe entsichert, die Pistole, die Hollbach dem Popen ins Genick setzt, klick, der Verschluß von Johanns Kamera, Sailer gibt den Feuerbefehl, klick. Die Bilder schliefen in der Nacht der Negative. Und Hollbach hatte alles ihm Mögliche versucht, um zu verhindern, daß Licht in diese Nacht fiel. Vielleicht würde Hollbach irgendwann in Agia Galini auftauchen, vielleicht war er schon da, durchwühlte Kammern und Betten, Truhen und Kisten. In Anastasios' Haus konnten die Filme nicht bleiben. Wenn man sie dort fände, würde Anastasios' Familie das gleiche geschehen, was auf den Filmen festgehalten war. Allen Dorfbewohnern würde es geschehen, und Agia Galini würde dem Erdboden gleichgemacht. Wo wollt ihr euch verstecken, fragt der Pope, und Andreas sagt: Akoníza, wo sonst? Ja, wo sonst? Dies Inselchen, diese Höhle war das Versteck schlechthin. Außer ein paar Fischern, die von ihren Vätern gelernt hatten, wie durch die schwierige Strömung und um die verborgenen Riffe herumzunavigieren war, mied jedes Schiff das Gebiet weiträumig. Hier gab es nichts als Riffe und Kliffs, Steine und Disteln.

Johann stand leise auf, zog das Päckchen aus dem Rucksack, nahm eine Kerze, steckte sie aber erst an, als das durch den Höhleneingang sickernde Zwielicht von der feuchten Dunkelheit verschluckt wurde. Im flackernden Lichthof erkannte er niedrige Gewölbe. Stalagmiten glitzerten, unregelmäßig polierte Säulen, das Innere eines Tempels, der dem Nichts und der Dunkelheit gehörte. Johann watete platschend durch knöcheltiefe Wasserlachen, seine Schritte warfen scharfe Echos, und dann sah er, was er gesucht hatte – eine Ausbuchtung in der Felswand, eine Nische, rechteckig, fast wie ein Regal, wie sein Postfach im archäologischen Institut, aus dem er den Brief von Professor Lübtow zieht. Er leuchtete mit der Kerze hinein, tastete den Fels ab. Von etwas Kondensfeuchtigkeit abgesehen, war die Nische trocken. Er legte das Päckchen hinein und ging zurück, bis das Licht vom Eingang den Kerzenschein verblassen ließ.

Er legte sich neben den schnarchenden Andreas und zog die Decke über sich. Selbst ihm würde er nicht verraten, wo er das Päckchen versteckt hatte. Allein schon das Wissen konnte eine Gefahr für ihn und andere bedeuten, weil auch Andreas von den Deutschen gesucht wurde. Was, wenn er ihnen in die Hände fiel? Wenn sie ihn prügeln und foltern, wenn sie damit drohen würden, seine Familie an die Wand zu stellen? Vielleicht würde er dann das Versteck preisgeben. Aber nützen würde es ihm doch nichts. Die Filme wären Beweis genug, ihn standrechtlich abzuurteilen und zu exekutieren. Etwas nicht zu wissen, war manchmal der beste Schutz.

Johann schlief traumlos und tief. Als er am Nachmittag erwachte, fand er Andreas vor der Höhle sitzend. Sie aßen von dem mitgebrachten Proviant, Käse, Oliven, getrockneten Fisch. Anschließend kletterten sie noch einmal an die Südspitze der Insel, richteten das Fernglas auf Agia Galini, konnten aber nichts Auffälliges entdecken. Mit Anastasios war verabredet worden, daß Lichtsignale vom Hafen gegeben werden sollten, sobald die Deutschen abgezogen waren. Die Signale konnten aber erst nach Einbruch der Dunkelheit gemorst werden. So setzten sie sich also wieder vor die Höhle, rauchten und starrten auf die Bucht, deren Wasser sich im Licht der sinkenden Sonne rötete.

»Als der Junge mit dem Fahrrad gekommen ist«, sagte Andreas wie beiläufig, »gestern nacht, du weißt schon – da war Elénis Kleid ganz naß.«

Johann wurde blaß und schluckte trocken. »Ach ja?«

Andreas nickte lächelnd. »Und dabei hat es gar nicht geregnet.«

»Nein, hat es nicht.«

Sie schwiegen eine Weile.

»Hör zu, Yannis«, sagte Andreas schließlich und legte ihm die Hand auf die Schulter. »Du willst Eléni heiraten. Damit bin ich einverstanden. Eléni will dich heiraten. Damit bin ich auch einverstanden. Ihr wollt lieber gestern als heute heiraten. Das verstehe ich. Meine Frau versteht das vielleicht auch, ist damit aber keineswegs einverstanden. Sie sagt, das habe Zeit, bis der Krieg zu Ende ist. Und gegen die Ansicht meiner Frau bin ich ziemlich machtlos. Jedenfalls in solchen Angelegenheiten.« Er lachte und stieß Johann freundschaftlich in die Seite. »Mach nicht so ein langes Gesicht.«

»Ich finde das nicht sehr komisch«, sagte Johann mürrisch.

»Als ich meine Frau heiraten wollte, war die Situation ähnlich. Es war kein Krieg, das nicht, aber mein Schwiegervater fand, daß ich nicht wohlhabend genug sei. Heute ist mein Schwiegervater auf mich stolzer als auf seine eigenen Söhne. Und weißt du auch warum?«

»Weil du jetzt wohlhabender bist als sie?«

»Unsinn. Weil ich das getan habe, was man tun muß, wenn man heiraten will, aber nicht mehr darauf warten mag, daß die Alten endlich ihren Segen geben.«

»Und das wäre?« Johann sah Andreas verblüfft an.

»Ach, Yannis«, Andreas seufzte theatralisch, »immerhin bin ich der Vater von Eléni. Man kann den Esel zur Quelle führen, aber trinken muß er selber.«

»Ich verstehe dich nicht«, sagte Johann.

»Du bist noch dümmer als der dümmste Esel. Was haben die Engländer mit diesem deutschen General gemacht? Sie wollten ihn zwar nicht heiraten, aber was haben sie mit ihm gemacht?«

»Ihn entführt.«

Andreas grinste und schlug Johann auf die Schulter. »Wie klug du bist, Yannis.«

»Was wird deine Frau dazu sagen?«

»Sie wird keifen und zetern. Und ich werde sie dann daran erinnern, wie es damals mit ihr und mir war.«

»Und was sagst *du* dazu?«

»Ich?« Andreas lachte so laut, daß die Felsen Echos warfen. »Den pirasi polemos!« Macht nichts, ist ja Krieg. »Was denn sonst?«

Die Lichtspur der Sonne, deren oberer Rand noch wie eine glühende Lavainsel auf dem Horizont vibrierte, verblaßte. Der Mond stand hoch und scharf geschnitten im Blau, aus dem nun auch die Sterne wie Nadelspitzen aus einem dunklen Tuch stachen. Als es ganz dunkel geworden war, sahen sie die Blinksignale, die Anastasios von der Mole aus gab. Die Luft war rein.

13.

Das Suchkommando hatte auch in Agia Galini die Einwohner zusammenrufen lassen, die Flugblätter verteilt, flüchtige Kontrollgänge durchs Dorf gemacht und war wieder abgezogen. Eins der Flugblätter hing an der Kirchentür, ein zweites im Kafenion am Hafen. Der Rest wurde vom Lehrer für den Schulunterricht eingesammelt, damit die Kinder auf den Rückseiten schreiben konnten.

Schon am nächsten Morgen fuhren die Fischer wieder auf Fang aus, auch Anastasios und Johann. Das Leben ging seinen normalen Gang, fast wie im Frieden, aber alle, die von der Entführung des Generals wußten, warteten gespannt auf Nachrichten, wie die Sache ausgehen würde.

Markos, einer der Brüder von Andreas, der bei Pombia in der Mesara-Ebene eine bescheidene Landwirtschaft betrieb, war vom Dach seines Hauses gefallen, als er es reparieren wollte, und hatte sich dabei ein Bein gebrochen. Um das Unglück perfekt zu machen, war auch noch seine Frau erkrankt. Der Zeitpunkt war denkbar ungünstig, da soeben der Frühjahrsweizen gemäht worden war und dringend verarbeitet werden mußte. Markos schickte also einen seiner Söhne nach Agia Galini, um bei den Onkeln Demis und Andreas um Hilfe zu bitten. Zwar war Andreas überzeugt, daß der Sturz vom Dach Markos Vorliebe für selbstgebrannten Trester zuzuschreiben war und stieß ein paar pflichtschuldige Flüche auf seinen nichtsnutzigen jüngeren Bruder aus, aber dann erklärte er sich doch bereit, in Pombia auszuhelfen. Immerhin sei der Trester von einzigartiger Qualität. Und wenn Anastasios ein paar Tage ohne Johann auskommen könne, solle der gleich mitkommen, um die Sache abzukürzen.

Johann hatte den Verdacht, daß damit Abstand zwischen ihm und Eléni geschaffen werden sollte, und suchte nach Ausreden. Anastasios allein lassen? Bei dessen harter und gefährlicher Arbeit? Und wer würde die Kinder Anastasios' in den Schlaf singen? Und patrouillierten nicht immer noch deutsche Truppen durch die Ebene? Zum Beispiel der Lastwagen mit den Melonen, auf dem er und Georgi ...

»Du hast recht, Yannis«, unterbrach Andreas ihn, »daran habe ich nicht gedacht. Dann müssen Eléni und ich ohne dich nach Pombia gehen.«

»Eléni kommt mit? Das ist natürlich etwas anderes. Ich meine, ich dachte ...«

»Du meinst und du denkst immer noch viel zuviel«, grinste Andreas. »Pack deine Sachen, Yannis.«

Am nächsten Morgen kletterte Andreas auf Markos' Hausdach und reparierte, was zu reparieren war. Eléni kochte, kümmerte sich um die Kinder und um die kranke Frau. Markos saß im Schatten auf einem Melkschemel, das eingegipste Bein von sich gestreckt, und gab Johann gute Ratschläge, wie mit dem Maultiergespann und dem Dreschschlitten umzugehen sei. Ein Teil des Hofs war mit Marmorplatten ausgelegt, die bereits Markos' Urgroßvater aus Gortis herangeschafft hatte; was einmal der Fußboden einer römischen Therme gewesen sein mochte, diente jetzt als Tenne.

Stunde um Stunde trotteten die Maultiere im Rund. Der hölzerne Schlitten, den sie im Kreis zogen, war vorn gekuft wie ein überdimensionales Skibrett. Auf der Unterseite war er dicht an dicht mit scharfen Feuersteinen besetzt, die fest im Holz staken. Auf dem Schlitten stand Johann, die Zügel in der Hand, dirigierte die Maultiere und ließ sich von ihnen ziehen. Die Feuersteine zerschnitten das Korn zu Häcksel, und der Druck des Schlittens preßte die Frucht aus den Ähren. Unter Markos' Anleitung legte Johann Lage um Lage Korn neu auf, bis am Ende des Tages die Tenne voll weichen Gemenges war. Das Holz des Schlittens war von den Ähren so glänzend geschliffen, daß es wie dunkles Glas aussah, und die Steine und Kufen hatten im Lauf der Tage, Jahre, Jahrzehnte, die er als Tennenboden diente, tiefe Spuren in den römischen Marmor gezogen.

Ein entfernter Nachbar, erzählte Markos, während Johann schweißüberströmt, mit schmerzendem Rücken und wunden Händen im Kreis gezogen wurde, habe eine neumodische Dreschmaschine. Sie stamme aus Saloniki, vom Festland, also tauge sie nichts, mache einen Höllenlärm, bringe aber weniger fertig als die Maultiere, und außerdem zerquetsche sie das Korn, produziere zuviel Ausschuß. Johann werde schon sehen. Wenn die Spreu vom Weizen zu trennen sei, werde die Überlegenheit des Schlittens vor der Maschine erst richtig deutlich werden.

Drei Tage verbrachte Johann auf dem Schlitten, angefeuert von Markos, gelegentlich abgelöst von Andreas. Manchmal kam Eléni, brachte den Männern Wasser und Wein. Zum Feierabend gab es den selbstgebrannten Trester, und nach dem Essen gab es ihn wieder zur Gesundheit.

Im Dunkeln machten Eléni und Johann Spaziergänge, fanden einen stillen Olivenhain, lagen zusammen im raschelnden Laub und bedauerten, daß kein Meer oder Fluß in der Nähe war, in dem sie hätten baden können.

»Wenn wir wieder in Agia Galini sind«, sagte Johann und ließ dabei Elénis Stirnlocke durch die Finger gleiten, »werde ich eine kleine Reise mit dir unternehmen.«

»Eine Reise? Aber wohin denn?«

»Du wirst schon sehen.«

»Und wozu soll die Reise gut sein?«

»Um allein zu sein.«

»Aber Yannis! Meine Eltern werden es verbieten.«

»Macht nichts«, sagte Johann, »ist ja Krieg.«

Dann trennten sie die Spreu vom Weizen, warfen das gedroschene Gemenge mit Schaufeln in den Wind, der von den Bergen blies, hoch über ihre Köpfe ins Blau. Und so vergingen die Tage und Nächte, bis sie, mit einem Fünf-Liter-Glasballon voll Trester als Dank, wieder nach Agia Galini zurückkehrten.

Am Abend vorher waren Bates, Charles und Georgi ins Dorf gekommen und erwarteten Andreas und Johann bereits in Demis' Haus. Da die ehemals italienisch besetzte Osthälfte der Insel von den Deutschen nicht mehr kontrolliert wurde, von wenigen Küstenposten abgesehen, würden britische Versorgungsflugzeuge nun verstärkt die Mesara-Ebene anfliegen, um Nachschub abzuwerfen. Geeignete Plätze mußten festgelegt und in den Nächten, in denen die Flüge kämen, mit Lichtsignalen markiert werden. Außerdem benötigte man Esel und Maultiere, um den Nachschub in die Operationsgebiete des Andartiko nach Westen zu schaffen. Die erste Lieferung wurde in zehn Tagen erwartet.

Demis und Andreas sagten ihre Hilfe zu.

Bates nickte zufrieden. »Und was den General betrifft«, sagte er lächelnd, »hat alles bestens geklappt. Er ist in Ägypten. Wir haben die Deutschen lächerlich gemacht, mit eurer Hilfe.«

»Das werden wir zu spüren bekommen«, sagte Demis.

Bates zuckte mit den Schultern. »Aber die Lage verbessert sich immer mehr zu unseren Gunsten. Zu euren Gunsten. Auf den Kriegsschauplätzen geht es für die Deutschen nur noch zurück, überall bröckeln die Fronten. Wir nehmen an, daß die Alliierten über kurz oder lang in Frankreich landen werden, wahrscheinlich noch in diesem Frühjahr. Die Deutschen ziehen sich vielleicht schon bald vom griechischen Festland zurück, und inzwischen verringern sie auch ihre Kontingente auf Kreta, weil sie die Truppen anderswo brauchen. Aber sie haben die üblichen Transportprobleme. Die Navy schießt auf alles, was schwimmt und aus Kreta kommt. Sie hat sogar ... nun ja, das gehört eigentlich nicht zum Thema.«

»Was hat die Navy sogar?«

Bates wich Johanns fragendem Blick aus, trommelte mit den

Fingernägeln auf der Tischplatte herum. »Es muß sich um ein Versehen gehandelt haben«, sagte er dann kopfschüttelnd.

»Wovon redest du, Pavlos?« fragte Andreas.

»Es geht darum«, sagte jetzt Charles, »daß die Deutschen die Juden aus Chania zusammengetrieben haben. Sie sind auf den letzten Dampfer gebracht worden, über den die Deutschen noch verfügten, die ›Danais‹, und sollten nach Piräus verschifft werden. Das Schiff ist aber von einem Torpedo getroffen worden und gesunken. Alle, die an Bord waren, sind ums Leben gekommen, mindestens 500 Menschen. Die Juden, einige italienische Gefangene, die Besatzung. Alle.«

»Und das habt *ihr* gemacht?« Johann war fassungslos. »Warum, um Gottes willen?«

»Wie gesagt, ein Versehen«, murmelte Bates.

»Vielleicht aber auch nicht«, sagte Charles. »Es gibt Gerüchte, daß die Deutschen im unverschlüsselten Funkverkehr durchgegeben hätten, was für ein Schiff da aus Chania abgeht, damit die Navy Bescheid wußte.«

»Aber warum hat die Navy das Schiff dann torpediert?«

»Ich weiß es nicht, Herrgott noch mal!« Bates verlor für einen Moment seine Gelassenheit. »Warum, warum, warum? Krieg ist nicht logisch. Warum sitzt du als Deutscher hier bei uns? Kämpfst mit uns und den Kretern gegen deine eigenen Leute? Findest du das logisch? Krieg ist manchmal zynisch. Warum bombardieren wir deutsche Städte, aber nicht die Bahnlinien zu den Konzentrationslagern? Ich weiß es nicht, verdammt noch mal. Ich bin kein General. Ich weiß es nicht! Ich bin nicht Churchill.«

»Sie hätten die Juden sowieso umgebracht«, sagte Charles.

Johann sah Bloomfeld vor sich, wie er in der Baracke des Lagerkommandanten am Fenster steht, das Gesicht am staubigen Glas in die Wüste hinausstarrt. Er trank sein Glas leer, stand wortlos auf, ging zur Tür.

»Wo willst du hin, Yannis?« fragte Andreas.

Johann gab keine Antwort, verließ das Haus und ging zu Anastasios.

»Ich brauche dein Boot«, sagte er, »für ein paar Tage.«

»Wofür?«

»Für Eléni und mich.«

Anastasios grinste. »Na endlich«, sagte er.

Johann ging in die Kammer, in der die Kinder schliefen, und wartete, bis das ganze Dorf eingeschlafen war. Dann nahm er seinen Rucksack, den er nach der Rückkehr aus Pombia noch nicht wieder ausgepackt hatte, schlich sich zu Demis' Haus, kletterte über die Gartenmauer in den Hof, klopfte leise an den Fensterladen des Zimmers, in dem Eléni mit zwei ihrer Cousinen wohnte. Es war das gleiche Zimmer, in dem Johann aus seiner Ohnmacht erwacht war, nachdem ihnen die Flucht vom Strand geglückt war. Die Mädchen hatten noch nicht geschlafen. Johann hörte Getuschel und Kichern. Eléni öffnete den Fensterladen einen Spaltbreit.

»Pack Essen für drei Tage ein«, flüsterte er, »und komm dann runter zur Mole.«

»Aber Yannis, ich kann doch nicht ...«

»Beeil dich«, sagte er, »ich warte auf dich.«

Er mußte nicht lange warten. Sie kam mit einem Korb in der Hand. Sie stiegen ins Boot. Johann löste die Leinen, ruderte aus dem Hafenbecken und warf den Motor erst an, als man das Geräusch im Dorf nicht mehr hören konnte.

Die Nacht war warm, der Wind kam von Afrika, kündigte Sommerhitze an. Die zarte Kräuselung der Wellen sah aus, als sei das Meer mit einer Gänsehaut überzogen, aber nicht weil es fröstelte, sondern aus Vorfreude und Erregung. Der Bug schnitt durchs Wasser, teilte es schäumend, und im Kielwasser liefen zwei weiße Linien über die schwarze See, die sich voneinander entfernten, im Dunkel vergingen, aber zugleich ständig neu erzeugt wurden. Eléni und Johann saßen im Heck. Mit der linken Hand führte er die Ruderpinne, den rechten Arm hatte er über ihre Schulter gelegt, und unter dem dünnen Stoff ihres Kleids spürte er, daß auch sie eine Gänsehaut hatte. Vom südwestlichen Horizont hoben sich die beiden Inselchen als flache Kuppen ab, wuchsen im Näherkommen steiler an. Er brachte das Boot sicher an den Ankerplatz, vertäute es und half Eléni an Land.

Mit einem Öllicht leuchtete er ihr über den Aufstieg zur Höhle, machte aus Decken und Fellen das Bett und entzündete eine Kerze. Ein Feuer brauchten sie nicht. Gleichmäßig und hell brannte die

Kerze. Ihr gelber Lichthof erzeugte Verbindungen, die zuvor unvorstellbar, undenkbar gewesen waren. In den unregelmäßigen Wänden der Höhle sah er Kegelschnitte und Linien des Lichts, aber in dem Körper, der sich dort zum ersten Mal mit seinem verband, waren auch andere Linien verborgen, alle denkbaren, alle möglichen, die Ellipsen der Planetenbahnen in der Beugung ihrer Schultern, die Parabeln der Kometen in ihren Hüften, das dunkle Dreieck ihres Schoßes, die Halbkugeln der Brüste. In ihren Augen waren geschliffene Steine, wie von der Schale eines Vogeleis gefaßt, ihre Ohren wie Muscheln, die am Strand glänzten, und im Beben ihrer Nasenflügel, im Zittern ihrer Lippen spiegelten sich die Bewegungen des Meers, ein Heben und Senken und tiefes Atmen, das zum Sturm anschwoll und langsam verebbte. Aber in keiner dieser Ähnlichkeiten gab es ein System, weil sie, kaum daß sie aufleuchteten, sofort zu etwas anderem wurden, zu neuen Linien, zu Bewegung, zu geflüsterten Worten, zu Atemlosigkeit und wieder zu Worten.

»Du darfst nie mehr weggehen«, sagte sie, den Kopf auf seiner Brust, als das Morgenlicht rosig in die Höhle fingerte und die Kerze erlosch.

»Ich bleibe bei dir«, sagte er und küßte ihren Bauchnabel. »Für mich ist der Krieg zu Ende.«

X. KAPITEL

KRETA 1975

1.

»Ja, das sind tatsächlich die Bilder, die mein Bruder Spyros mitgenommen hat, als er nach Deutschland gezogen ist«, sagte Onkel Demis ungläubig, staunend und kopfschüttelnd, nachdem Lukas in Angelikas Pension gelaufen war und die Fotos geholt hatte.

Demis' Frau murmelte »Heiliger Erzengel Michael« und bekreuzigte sich dreimal hastig, als werde sie Zeuge eines Wunders.

»Aber ich verstehe nicht«, sagte Demis, »warum Spyros die Bilder verkauft hat. Sie haben doch nur für ihn persönlich einen gewissen Wert. Für unsere Familie.«

»Ich habe die Bilder von Kindern gekauft«, sagte Lukas, »von einem Jungen und einem Mädchen.«

»Das müssen Stephanos und Maria gewesen sein, die Kinder von Spyros«, nickte Demis. »Aber wie kommen die auf die Idee, etwas zu verkaufen, was ihrem Vater gehört?«

»Vielleicht haben die Bilder nicht mehr an der Wand in ihrer Wohnung oder im Restaurant gehangen, sondern irgendwo in der Ecke gelegen, im Keller, auf dem Dachboden, und sind da verstaubt. Und die Kinder haben sie eingepackt, als sie mit ihren Sachen zum Flohmarkt gegangen sind?« vermutete Sophia.

»Kann schon sein«, sagte Demis. »Spyros hat in den letzten Jahren auch kaum noch Kontakt zu uns gehabt, kam nie zu Besuch, hat sogar die griechische Staatsbürgerschaft aufgegeben und die deutsche angenommen. Verstehen können wir das nicht, auch wenn es ihm in Deutschland Vorteile bringt. Es ist traurig, wenn sich Familien so auseinanderleben. Ich habe den Verdacht, daß seine Frau dahintersteckt, diese Helga. Die wollte von unserer Familie eigentlich nie so recht etwas wissen. Vielleicht sind wir ihr peinlich.«

»Das glaube ich nicht«, sagte Sophia und sah Lukas an. »Findest du uns etwa peinlich?«

Statt einer Antwort versuchte er, sie zu küssen, was sie lachend abwehrte. »Doch nicht hier! Was sollen mein Onkel und meine Tante denken? Und Großvater guckt auch schon ganz streng.«

»Welcher Großvater?«

»Meiner«, sagte Sophia und tippte auf das Bild mit dem Mann in kretischer Tracht, der ein Gewehr auf den Knien liegen hatte. »Das ist Andreas Siderias, der Vater meiner Mutter.«

»Und der Bruder meines Vaters«, nickte Demis. »Die Fotos hat Paul Bates Anfang der vierziger Jahre gemacht. Da war mein Onkel Andreas Ende Fünfzig. Das Gewehr hat er übrigens von seinem Vater geerbt, und er hat es immer noch.«

»Also lebt er noch?« fragte Lukas.

»Allerdings«, sagte Demis. »Er ist jetzt fast neunzig Jahre alt, aber noch recht gut beieinander. Manchmal geht er mit alten Freunden sogar noch auf Kaninchenjagd, mit dem Gewehr. Aber ich glaube, er trifft nicht mehr viel.« Demis lachte. »Er wohnt übrigens bei der Familie meines Bruders Anastasios in Chania. Anastasios, der früher auch Fischer war, betreibt dort ein Restaurant am Hafen, das er von Andreas übernommen hat. Mit der Fischerei ist es hier ständig bergab gegangen, davon konnte niemand mehr leben. Wir auch nicht. Mit dem Boot machen wir nur noch Ausflüge für die Touristen, immer schön an der Küste entlang. Und weil von Andreas' eigenen Söhnen damals keiner das Restaurant übernehmen wollte, sie haben alle andere Berufe, manche leben im Ausland, einer sogar in Amerika, hat Andreas sein Lokal Anastasios angeboten. Wie dem auch sei«, Demis nahm das Foto mit der Hafenansicht in die Hand, »das ist jedenfalls Agia Galini, wie es früher ausgesehen hat.«

»Viel hat sich eigentlich gar nicht verändert«, sagte Lukas.

»Leider«, sagte Demis, »es müßte sich schneller verändern. Aber wir planen jetzt richtige Hotels, und Fotografen machen Bilder für

Reisekataloge. Pavlos, so nannten wir Paul Bates, muß das Foto jedenfalls von einem Boot aus gemacht haben, das in den Hafen einlief. Wir haben ihn und andere Agenten manchmal mit unseren Booten transportiert, wenn die Wege an Land zu gefährlich waren. Gott sei Dank, daß diese Zeit vorbei ist. Es war furchtbar. Manches habe ich miterlebt, manches auch nicht. Ich war damals noch ein Kind, war erst fünfzehn, als die Deutschen endlich abzogen. Der Krieg war zu Ende, aber dann kam der Bürgerkrieg, und das war eigentlich noch viel schlimmer. Wenn ihr genau wissen wollt, wie das damals war, müßt ihr Onkel Andreas fragen, Sophias Großvater. Der war sehr aktiv im Partisanenkampf und kann viel erzählen. Aber Vorsicht, manchmal hört er dann gar nicht mehr auf.«

»Auf der Rückseite des Fotos«, sagte Lukas, »hat irgend jemand etwas notiert. Könnt ihr das entziffern?«

Demis drehte das Bild um, das er immer noch in der Hand hielt. Auch Sophia beugte sich darüber. Gemeinsam murmelten sie griechische Worte, die Sophia übersetzte.

»Bilder, steht da, ikones, schwer zu entziffern, oder vielleicht auch nur Bild, Singular, das ist sehr undeutlich geschrieben, in einer Höhle, ja, Höhle, acht Meter über, über Ankerplatz? Ja, Demis sagt, es heißt Bild oder Bilder in Höhle acht Meter über Ankerplatz. Das hat vielleicht jemand geschrieben, der Probleme mit dem Griechischen hatte. Es gibt Rechtschreibfehler, und die Akzente fehlen. Vielleicht ist es auch nur hastig hingekritzelt worden? Und dann sind da noch ein paar Buchstaben. Pax Ar, nein Ak, Pax Ak, ja, ziemlich sinnlos. Abkürzungen vielleicht.«

»Könnte es statt Bilder auch Fotos heißen?«

»Nein, Ikona heißt Bild, ganz allgemein. Könnte höchstens Ikone meinen, du weißt schon, diese religiösen Bilder«, sagte Sophia.

»Und habt ihr irgendeine Ahnung oder Idee, was das bedeuten könnte? Oder wer es geschrieben hat?«

Sophia und Demis sahen sich kopfschüttelnd an. »Vielleicht hat Pavlos es geschrieben? Oder später mal Spyros?« sagte Demis. »Obwohl die Fotos ja in den Rahmen waren. Und was die Worte bedeuten könnten, weiß ich nicht.«

»Der Rahmen, in dem dies Bild gesteckt hat, muß schon einmal geöffnet worden sein«, sagte Lukas.

»Ja und?« sagte Sophia.

»Nichts und.« Lukas zuckte ratlos mit den Schultern.

»Du hast wohl gedacht, das ist eine Schatzkarte oder so etwas Ähnliches.« Sophia lachte. »Hier gibt's aber keine Schätze.«

»Außer dir«, sagte Lukas. »Die Fotos haben mich zu dir geführt. Und jetzt würde ich dich gern entführen.«

»Wohin?«

»Wo wir allein sind. In mein Zimmer.«

»Angelika wird uns sehen. Und hören.«

»Das ist mir egal.«

»Laß uns vorher noch schwimmen gehen«, sagte sie. »Draußen am Strand. Da sind wir um diese Zeit auch allein.«

Sie verabschiedeten sich von Demis und seiner Frau. Lukas bedankte sich für die Bewirtung.

Es sei nicht zu glauben, sagte Demis immer noch staunend, daß diese Fotos nun wieder dort angekommen seien, von wo sie stammten. Da müsse wohl ein Heiliger seine Hand im Spiel gehabt haben. Wenn das der abergläubische Anastasios erführe! Ob Lukas die Bilder nicht mitnehmen wolle?

»Ich brauche sie nicht mehr«, sagte Lukas und legte einen Arm um Sophias Hüfte. »Ich habe schon gefunden, was ich gesucht habe. Die Fotos sollen bleiben, wo sie hingehören. Die Rahmen schicke ich euch, sobald ich wieder in Deutschland bin.«

Der Strand lag silbrig und verlassen im Licht des zunehmenden Monds. Aus dem Dorf wehten Musikfetzen herüber, Grillgeruch, Essensdüfte vom Hafenplatz, wo sich nun vor den Restaurants die Touristen einfanden, die den Tag am Strand verbracht hatten. Ihre Spuren waren schon vom Nachtwind verweht, so daß die gemeinsame Spur, die Sophia und Lukas eng umschlungen mit ihren Füßen in den Sand schrieben, so aussah, als sei vor ihnen noch nie ein Mensch über diesen Strand gegangen. Obwohl Sophia der Ansicht war, daß seine Wunde inzwischen ein Bad vertragen könne, blieb Lukas an der Wasserlinie sitzen und hielt nur Füße und Waden in die sanft plätschernde, flache Brandung, während Sophia mit gleichmäßigen Zügen hinausschwamm und hinter sich ebenfalls eine Spur aufkräuselte, die im Mondlicht flimmerte und schnell verging. Die Spur, die sie gemeinsam im

Sand verursacht hatten, würde kaum länger Bestand haben. Indem Lukas vergeblich versuchte, Grund im Abgrund der Zufälle zu finden, ein erstes Glied in der Kette, die ihn an diesen Strand geführt hatte, begriff er plötzlich die Spur als ein übergreifendes Bild, als etwas ganz offenkundig Zusammenhängendes, sehr Einfaches und Klares, zusammengesetzt aus den Abdrücken der Füße zweier Menschen, die ein Stück Weg gemeinsam gingen. Die Spur schien die disparaten Momente und Bilder ineinanderfließen zu lassen und zu sammeln. Er selbst war Teil der Spur, Sophia war Teil der Spur, ihr Onkel, ihr Großvater, sie alle waren in dieser Spur gelaufen, liefen immer noch in ihr. Und sein Vater? Waren auch dessen Schritte irgendwo in dieser Spur erkennbar? Das Foto, das er im Garten verbrennt. Es zeigt ihn unter einer Mandoline oder Gitarre, und es zeigt einen Mann, der Ähnlichkeit mit Sophias Großvater hat, mit Andreas Siderias. Vielleicht ergab sich die Ähnlichkeit aus der Tracht, dem Kopftuch, dem schweren Schnurrbart. Vielleicht ergab die Ähnlichkeit sich auch nur aus Lukas' Entrückung, mondbeschienen an diesem Meer, in dem die Frau schwamm, die er gefunden hatte, ohne zu suchen, die er, das wußte er jetzt, liebte; eine Entrückung, die, einmal ausgelöst, überall Ähnlichkeiten sah und gemeinsame Spuren. Die Spuren kamen aus der Zeit, die Demis als Kind erlebt hatte, aus der Zeit, in der Sophias Vater an diesem Meer, an diesem Hafen, Fotos gemacht hatte, aus der Zeit, die Lukas' Vater in Athen verbracht hatte, verbracht haben wollte, und über die er schwieg wie ein Grab. Und die Spuren reichten genau bis hier, an die Stelle, an der Lukas im Sand saß, die Füße im Meer.

Sophia kam zurück, richtete sich im flachen Wasser auf. Rinnsale blinkten auf ihrer dunklen Haut wie belebte Perlenketten. Sie lief an Land, spritzte mit den Füßen Wasser in Lukas' Richtung, zog den Bikini aus, wickelte sich in ein mitgebrachtes Handtuch, setzte sich neben ihn, warf den Kopf hin und her, um das Wasser aus den Haaren zu schütteln, und gab ihm einen salzig schmeckenden Kuß.

»Wenn wir noch etwas weiter vom Dorf weggehen«, flüsterte sie ihm ins Ohr, »gibt es eine Stelle, wo wir ungestört ...«

»Da hinten kommt aber jemand«, sagte Lukas und deutete über den Strand in Richtung Hafen, von wo mit schnellen Schritten eine wild gestikulierende Gestalt auf sie zukam. »Der scheint uns zu meinen.«

»Es ist Onkel Demis«, sagte Sophia und zog das Handtuch fester um den Körper. »Der ist sonst gar nicht so verbissen. Vielleicht hat Tante Kyra ihm die Hölle heiß gemacht, was wir am Strand so alles treiben könnten.« Sie kicherte. »Oder er will mich vor dir retten, bevor du mich entführst.«

Aber Demis kam durchaus nicht als Moralapostel und Mädchenretter, sondern setzte sich neben sie in den Sand und grinste geheimnisvoll. Sophia und Lukas sahen ihn verständnislos an. Er schien ihre Überraschung zu genießen, zog eine Schachtel Papastratos aus der Tasche und bot sie ihnen an. Lukas griff zögernd zu, Demis gab ihm und sich Feuer.

»Du kommst doch nicht nachts an den Strand, um mit uns deine scheußlichen Zigaretten zu rauchen«, sagte Sophia. »Was ist los?«

Demis stieß den Rauch genießerisch in die Nacht und deutete mit der Hand nach Südwesten, zum schwach nachglühenden Horizont. »Was seht ihr da?« fragte er mit Pathos in der Stimme.

»Was sollen wir da schon sehen?« sagte Sophia achselzuckend. »Den Himmel. Das Meer. Den Rest des Tageslichts.«

»Ist das alles?« fragte Demis mit gespielter Strenge.

»Ich sehe noch irgendwelche unbewohnten Inselchen. Sie liegen da hinten auf dem Wasser, wie flache Steine«, sagte Lukas. »Von der Terrasse in Angelikas Pension sieht man sie aber besser.«

»So ist es«, sagte Demis triumphierend.

»Was ist so?« fragte Sophia.

Demis murmelte ein paar griechische Worte.

»Was hat er gesagt?« fragte Lukas.

»Er hat gesagt: Bilder in Höhle acht Meter über Ankerplatz Pax Ak.«

»Ich weiß es jetzt«, sagte Demis. »Es ist so einfach und naheliegend, daß es mir erst nicht eingefallen ist. Es liegt direkt vor der Haustür. Als ich vorhin von unserem Hausdach auf die Bucht geschaut habe, wußte ich es plötzlich.«

»Also schön, Onkel Demis, mach's bitte nicht so spannend.«

»Wißt ihr, wie diese Inseln heißen?«

»Keine Ahnung.«

»Sie heißen Paximádia. Die westliche heißt Sakolévas. Und die östliche, von der aus man die Hafeneinfahrt von Agia Galini sehen kann, die heißt Akoníza. Paximádia Akoníza«, sagte Demis langsam, Silbe für Silbe betonend. »Pax Ak.«

»Pax Ak«, wiederholte Lukas verblüfft, »Pax Ak. Aber natürlich, das muß es sein.«

Demis nickte zufrieden, lächelte. »Wir Fischer«, sagte er, »haben die Insel früher manchmal als Nothafen benutzt, wenn wir es bei Sturm und Nacht nicht mehr bis zur Küste schafften. Als Kind bin ich zwei- oder dreimal mit meinem Vater dort gewesen, seitdem nie mehr. Wir fahren ja schon lange nicht mehr zum Fischen. Die Fische in unseren Restaurants kommen aus Skandinavien.«

Er seufzte, machte eine wegwerfende, verächtliche Handbewegung, und Lukas dachte an Bjarne, den norwegischen Fahrer eines Kühltransporters, der ihn von Jugoslawien bis Piräus mitgenommen hatte.

»Und mit den Touristen«, sagte Demis, »bleiben wir sowieso dichter an der Küste, jedenfalls wenn schlechtes Wetter droht.«

»Und auf der Insel gibt es also einen Ankerplatz?« fragte Lukas.

»So ist es. Auf Akoníza gibt es eine kleine Bucht mit einem versteckten Anlege- und Ankerplatz«, erklärte Demis. »Und darüber in der Felswand gibt es eine Höhle. Jedenfalls war es damals so, als ich noch mit meinem Vater zum Fischen fuhr.«

»Ich muß da hin«, sagte Lukas erregt. »Nach Pax Ak, nach Paximádia Akoníza.«

»Selbstverständlich mußt du das«, nickte Demis vergnügt. »Morgen früh fahre ich dich hin. Meine Nichte Sophia darf mitkommen. Aber nur, wenn sie sich bis dahin etwas mehr als ein Handtuch angezogen hat. Schließlich sind wir keine Touristen.«

Streifen verbliebenen Lichts versanken hinter den Inseln, bis der letzte Schimmer von der Nacht verschluckt wurde.

2.

Im Morgengrauen von der Terrasse erblickt, wirkten die nackten Felsen wie rosig und golden irisierende Panzer zweier Schildkröten, die vor dem Horizont schwammen. Geschlafen hatten Sophia und Lukas in dieser Nacht nur wenig. Die Hitze war selbst gegen Morgen kaum abgekühlt, und die Erregung ihrer Leidenschaft war durch die Neugier auf das, was der Tag bringen würde, noch gesteigert worden. Als sie nun durchs träge erwachende Dorf zur Mole gingen, wurde die Müdigkeit von einer Spannung vertrieben, die wie Strom durch Lukas pulsierte. Sie hielten sich an den Händen, und die Berührung schien Funken zu schlagen. Sie waren zwei Pole, zwischen denen der Strom beständig hin- und herfloß. Lukas hatte das Gefühl, als müsse von ihnen, für jedermann sichtbar, ein Strahlen ausgehen. Im Osten stieg die Sonne wie eine pralle Orange auf, aus deren unterem Rand, der sich eben vom Wasser hob, ein Funkenregen niederging und sich in glühenden Strömen übers Meer ergoß.

Demis stand schon im Boot und hantierte mit einem gewaltigen Schraubenschlüssel am Außenbordmotor herum. Mit ein paar Handbewegungen bedeutete er Lukas, die beiden Halteleinen zu lösen, mit denen das Boot an Pollern festgemacht war. Demis riß mit einem Seilzug den Motor an, der nach einigen Fehlversuchen, die er fluchend kommentierte, knatternd und spotzend ansprang, und manövrierte das Boot aus dem Hafenbecken.

Kurz hinter der Ausfahrt drehte er noch einmal bei, zog das Foto mit der Hafenansicht aus der Hosentasche, gab es Lukas, tippte mit dem Zeigefinger auf das ausgeblichene, an den Rändern braun angelaufene Schwarz-Weiß des Bildes, legte den Finger dann unters rechte Auge, blinzelte Lukas zu, deutete aufs Dorf zurück und sagte: »Looky, looky!«

Abgesehen vom Hotel oben an der Straße war es der gleiche Anblick, nur daß jetzt Felsen, Olivenbäume, Häuser, Meer und Himmel im Farbenrausch des kretischen Hochsommermorgens explodierten. Demis legte das Boot auf Südwestkurs.

Die Kliffs und Riffe der Inseln hoben sich in kristalliner Schärfe schroff und abweisend gegen das durchscheinende Blau ab. Aus der Entfernung sahen die rotbraunen, dunkel geäderten Felsen wie Schädel aus, deren Kahlheit nur hier und da von Büscheln verbrannten Grases und aufragenden Disteln durchsetzt war, und an einigen Stellen schien der Knochen offenzustehen, so daß das Gehirn sichtbar war. Im Näherkommen wirkten die Buchten wie aus Gehirnrinde geschnitten. Der Anblick ergriff Lukas mit einer so glasklaren Transparenz, daß er für einige Momente glaubte, unter LSD zu stehen. Doch als er Sophias Hand ergriff und deren pulsierende Wärme spürte, wußte er, daß dies keine Halluzination war, sondern die Wirklichkeit, wie sie strahlender und präsenter nicht sein konnte. Kein Traum, sondern das Leben, ein Glied in der Kette, ein Schritt in der Spur. In der Bucht an der Südseite, durch deren Riffs Demis mit gedrosseltem Motor navigierte, war das Meer von so unbewegter Glätte, daß seine Säume sich am Fuß der Klippen kaum kräuselten.

Demis deutete auf dunkle Ringe an der Felswand, die Lukas bald als an Tauen hängende Lastwagenreifen identifizierte. Früher mußten sie schwarz gewesen sein, waren von Sonne und Salz der Jahrzehnte aber in ein schmutziges Hellgrau verwandelt. Demis brachte das Boot mühelos vor die Reifen, warf eine Leine über einen Poller, der auf dem schmalen Plateau stand, und zog das Boot damit an die Felswand. Sie stiegen aus, vertäuten das Boot mit einer zweiten Leine und folgten dann Demis, der über Absätze und in den Fels gehauene Stufen höherkletterte. Als sie ein weiteres Plateau erreichten, deutete Demis aufs Schiff, das unter ihnen lag.

»Das dürften ungefähr acht Meter sein«, sagte er. »Acht Meter über Ankerplatz. Vielleicht sind's nur sieben. Aber die Höhle ist hier.«

Er zeigte auf den dunklen, im Fels klaffenden Spalt, knipste die mitgebrachte Taschenlampe an und ging hinein. Lukas und Sophia folgten ihm. Im Lichtkegel sahen sie eine aus groben Feldsteinen gemauerte Feuerstelle, auf der noch Asche und verkohlte Scheite lagen. Daneben standen zwei Körbe. Einer war mit Feuerholz gefüllt, auf dem zerknülltes Zeitungspapier lag; in dem anderen befanden sich Kerzen, Brot und Käse, verschrumpelt, verstaubt, steinhart, eine Flasche Rotwein, Konservendosen mit Corned-Beef und

Baked Beans mit englischen Etiketten. An der Wand neben der Feuerstelle lagen auf einem Haufen Reisig, Laub und Stroh zusammengerollte Schafsfelle. Als Demis sie aufhob, staubte es, und irgendein kleines Tier huschte raschelnd ins tiefere Dunkel der Höhle.

»Alles noch da«, sagte Demis. »So war es damals abgesprochen. Aber hier ist schon lange niemand mehr gewesen.«

Sophia hatte das zerknüllte Papier aus dem Korb genommen, glättete die Seiten und hielt sie ins Licht, das vom Eingang in die Höhle fiel. »Diese Zeitung ist vom 12. Januar 1949«, sagte sie und las vor: »Feldmarschall Papagos begrüßt Waffenhilfe Amerikas. Um den Terror der kommunistischen Banden gegen die Zivilbevölkerung endgültig zu brechen, begrüßt die Regierungsarmee des Königreichs Griechenland den verstärkten Einsatz amerikanischer Militärberater im gesamten Operationsgebiet. Bereits jetzt fliehen die Bolschewisten von Kreta, um sich … und so weiter und so fort.«

»Das war am Ende des Bürgerkriegs«, sagte Demis. »Er hat mehr Kreter das Leben gekostet als der Weltkrieg und die deutsche Besatzung. Ich kann mir schon denken, wer sich zuletzt in dieser Höhle versteckt gehalten hat. Dein Großvater könnte dir davon erzählen. Ihm haben sie damals übel mitgespielt.«

»Vielleicht stammt die Notiz auf dem Foto aus dieser Zeit?« sagte Sophia, zerknüllte das Zeitungsblatt wieder und warf es auf die Feuerstelle.

Demis zuckte die Achseln. »Kann sein. Kann auch nicht sein. Vielleicht bedeutet es gar nichts.«

Er tastete mit dem Lichtstrahl der Taschenlampe die Höhlenwände ab. Aus dem hinteren Bereich, zu dem ein schmaler Korridor führte, hörten sie das gleichmäßige Tropfen von Wasser, ein Klacken und Klicken, als ob dort irgendwo in der Dunkelheit eine Kamera ausgelöst würde. Sie folgten Demis in Richtung des Geräuschs zu einem niedrigen Gewölbe. Der Boden war mit Wasser bedeckt, im Schein der Lampe glänzten die Wände vor Feuchtigkeit, und Kristalladern glitzerten im Gestein der Stalagmiten, die wie stumme, drohende Wächter eines Schatzes oder Geheimnisses aus dem Boden wuchsen.

»Ich sehe hier keine Bilder«, sagte Demis, als Lukas plötzlich an der Felswand einen hellblauen Fleck bemerkte. Er nahm Demis die Lampe aus der Hand, richtete den Lichtstrahl auf die Stelle und ging durchs Wasser, das ihm bis zu den Fußknöcheln reichte, darauf zu.

In einer muldenartigen Vertiefung, die eine Art natürliches Regalfach im Gestein bildete, lag ein Gegenstand. Mit vor Aufregung zitternden Händen zog Lukas ihn hervor und wog ihn in der Hand – ein in hellblaues Wachstuch eingewickeltes Päckchen, zusammengehalten von einer Hanfschnur. Er hielt es triumphierend in die Höhe.

Vor dem Höhleneingang setzten sie sich auf den Boden. Lukas zerrte an der Hanfschnur herum, konnte aber den Knoten nicht lösen. Demis zerschnitt die Schnur mit seinem Klappmesser. Das Wachstuch war von außen feucht und glitschig, hatte aber das Innere des Päckchens trocken gehalten. Ein kleineres, in bedrucktes Papier gewickeltes Päckchen kam zum Vorschein und ein Gegenstand, groß wie ein Buchdeckel, der in der Sonne aufglühte wie flüssiges Glas.

»Heiliger Erzengel Michael«, flüsterte Demis und bekreuzigte sich.

Auf einer moosgrünen Wiese, mit Blüten aus Edelsteinen übersät, erhob sich mit entfalteten Flügeln ein Engel. Die Linien und Umrisse bestanden aus Goldstegen, die Flächen aus geschmolzenem Glas, in dessen Klarheit sich die Sonne wie in einem Spiegel brach. Gleißende Strahlenbündel, zuckend und pulsierend. Vielleicht rührte das Zucken auch von Lukas' zitternden Händen, in denen er die Ikone hielt und nun vorsichtig wie ein rohes Ei an Sophia weitergab, die sie staunend von vorn und hinten besah und Demis anreichen wollte – aber der zuckte zurück, streckte die erhobenen Handflächen wie zur Abwehr eines bösen Zaubers aus und bekreuzigte sich sicherheitshalber ein weiteres Mal. Lächelnd legte Sophia das Stück aufs Wachstuch zurück.

»Was glaubst du, was das ist?« fragte sie Demis.

»Eine Ikone. Das siehst du doch.«

Sophia nickte. »Und zwar eine sehr wertvolle. Seht ihr die Steine? Das Gold? Den Silberrahmen?«

»Heilige Mutter Gottes, ja doch, Sophia, das sehen wir! Aber wie kommt so etwas Kostbares hierher? Wer hat diese Ikone …«

»Vielleicht hilft uns das hier weiter«, unterbrach Lukas ihn und nahm das in Papier eingeschlagene Päckchen zur Hand. »Was war denn das? Eine Zeitung?« Er runzelte die Stirn. »Das ist ja Deutsch.« Er starrte die Buchstaben an, mit denen das Papier bedruckt war, drehte das Päckchen in der Hand, bis er eine groß gedruckte Zeile oder Überschrift lesen konnte. »Veste Kreta. Zeitschrift des deutschen Soldaten. Herausgegeben vom Oberkommando der …«

»Mach es auf«, sagte Demis.

Lukas schlug das Papier beiseite. Zwei runde Filmdosen aus braunem Bakelit, ein Stapel Schwarzweißfotos, zwanzig bis dreißig Abzüge. Die ersten Aufnahmen zeigten Klöster und Kirchen von innen und außen, Wandmalereien, Altäre, Kandelaber, Ikonen. Dann kam eine Nahaufnahme der Ikone, die vor ihnen auf dem Wachstuch in der Sonne schimmerte. Lukas schob das Foto daneben. Kein Zweifel.

»Großer Gott«, sagte Sophia und zeigte auf das nächste Foto, auf dem ein Mann vor einem schweren, doppelsitzigen Motorrad mit Seitenwagen stand. »Das ist ja mein Großvater, Andreas Siderias!«

Demis nickte. »Ja, das ist Onkel Andreas. Wer hat nur diese Bilder …« Demis sprach den Satz nicht zu Ende, als erinnere er sich plötzlich an etwas. Lukas hielt ihm ein anders Foto hin. »Heilige Mutter Gottes!«

Das schmutzige, verschwitzte Gesicht eines jungen Mannes, der Mund schmerzhaft verzerrt, die Augen entsetzt aufgerissen und schon erstarrt. Er liegt auf dem Boden, vielleicht auf einer Straße. Auf der linken Seite endet das Foto in Brusthöhe, Schulterstücke und Kragenspiegel einer deutschen Uniform. Das nächste Foto: Ein Pope im dunklen Talar, weißer Bart und Silberkreuz, steht aufrecht und würdevoll vor einer unverputzten Mauer oder Wand. Das nächste Foto: Sechs deutsche Soldaten mit angelegten Gewehren, im Hintergrund die Terrasse eines Kafenions. Das nächste Foto: Fünf Männer, Zivilisten, in ärmlicher Kleidung vor der Terrasse, verängstigte Gesichter. Das nächste Foto: Der Pope liegt zusammengekrümmt am Boden, dunkle Flecken auf der Soutane.

Das nächste Foto: Ein deutscher Offizier, den Arm angewinkelt, in der Hand eine Pistole. Das Gesicht des Offiziers deutlich im Halbprofil, fast frontal.

Lukas wurde schwarz vor Augen, der Felsboden, auf dem er saß, schwankte, die Insel begann sich zu drehen. Er wollte etwas sagen, wollte schreien, aber seine Zunge war versteinert, sein Körper erstarrt.

Sophia griff wortlos zum nächsten Foto: Der Offizier bückt sich zu dem am Boden liegenden Popen, drückt ihm die Pistole ins Genick. Das Gesicht des Offiziers scharf geschnitten und klar im Profil.

Lukas zwang sich hinzusehen. Es gab keinen Zweifel. Der Boden schwankte stärker. Schweiß lief ihm in die Augen. Brannte. Er wischte sich die Augen aus.

Das nächste Foto: Soldaten mit Benzinkanistern vor einer Kirche. Das nächste Foto: Züngelnde Flammen und Rauch. Das nächste Foto: Soldaten mit Benzinkanistern vor der Terrasse des Kafenions. Das nächste Foto: Flammen und Rauch. Das nächste Foto: Die fünf Zivilisten auf der offenen Ladefläche eines LKWs. Das letzte Foto: Flammen über Häuserdächern. Eine Rauchwolke steigt zum Himmel.

Wenn Lukas sich vorhin, bei der Annäherung an die Insel, wie im Rausch gefühlt hatte, der sich als lebendige Gegenwart erwies, so taumelte er jetzt durch einen Albtraum der mörderischen Vergangenheit.

»Was ist mit dir?« Sophia sah ihn besorgt an. »Du bist ja kreidebleich. Warum sagst du denn nichts? Sag doch was, Lukas.«

Den Mund zu öffnen, die Lippen und Zähne so weit auseinander zu bringen, daß seine Zunge Worte formen konnte, war eine Kraftanstrengung, als wäre sein Mund mit Bolzen vernietet und mit Ketten verhängt. Er brachte ein heiseres Krächzen heraus, wie ein Rabe krächzt, der in einer Winterlandschaft im kahlen Gezweig sitzt.

»Ich verstehe dich nicht«, sagte Sophia kopfschüttelnd.

»Mein Vater«, würgte Lukas hervor und deutete mit einer fahrigen, abwehrenden Geste auf die Fotos, »mein Vater.«

3.

Der Schwiegersohn einer Cousine eines Schwagers aus der mütterlichen Linie der Familie von Tante Kyra, Demis' Frau also, ein gewisser Spiros Kalomitsis, betrieb in Hiraklion ein Fotogeschäft. Der kleine Laden befand sich in einer Seitenstraße beim El-Greco-Park. Vor der Tür standen Drehständer mit Ansichtskarten, und das Schaufenster war mit lieblich weichgezeichneten und grellbunt kolorierten Familien-, Kommunions- und Hochzeitsfotos dekoriert.

»Spiros scheint ja ein Künstler zu sein«, grinste Lukas.

»Wenn ich je heiraten sollte«, sagte Sophia, »lassen wir uns hier fotografieren.«

»Wer ist wir?« fragte Lukas.

Sie küßte ihn aufs Ohrläppchen und öffnete die Ladentür. »Hab ich wir gesagt?«

Ein Glöckchen schlug an, als sie eintraten. Auch die Wände waren mit Beweisen von Spiros' Kamera-Künstlerschaft gepflastert. In einer Ecke stapelten sich Bilderrahmen, in einem Wandregal Filme, in einer Glasvitrine lagen ein paar Kameras. Aus einer mit Perlenschnüren verhängten Tür hinter dem Tresen wieselte ein leicht übergewichtiger, ölig lächelnder Mann hervor, das wie mit dem Rasiermesser gescheitelte Toupet keck in der Stirn. Womit er dienen könne?

Sophia hatte am Vortag bei Spiros angerufen, unter Mithilfe Tante Kyras den komplizierten, gleichwohl zweifelsfrei gegebenen Verwandtschaftsgrad hervorgehoben und ihr Anliegen erläutert, ohne dabei all die Details zu erwähnen, die Spiros vermutlich nur verwirrt hätten. Man habe alte, noch aus der Kriegszeit stammende Negative gefunden, die für den engeren Familienkreis von Interesse seien und vermutlich auch eine gewisse Brisanz hätten. Also wolle man sichergehen, daß diese Aufnahmen nicht in falsche Hände gerieten, unbedingt vertraulich behandelt würden und auf jeden Fall vollzählig erhalten blieben, weshalb man ihn, Spiros, ins Vertrauen ziehen wolle und ihn darum bitte, Abzüge dieser Negative höchstpersönlich herzustellen. Spiros, von so viel

Vertrauen in seine Künstlerschaft ebenso geehrt wie von der Anhänglichkeit der Verwandtschaft gerührt, war sogleich einverstanden gewesen.

Noch auf Akoníza hatten Sophia, Demis und Lukas festgestellt, daß die Bakelitdosen entwickelte Negative von mindestens fünf Filmen enthielten. Die Rollen waren zu längeren und kürzeren Streifen zerschnitten, was darauf hindeutete, daß von den Filmen irgendwann bereits Abzüge gemacht worden sein mußten. Sie hatten die Negative in die Sonne gehalten, so daß Lukas bereits vage Vorstellungen davon hatte, was da fotografiert worden war. Die Negative der Papierabzüge, die sie gefunden hatten, waren vollständig dabei, aber es gab noch viel mehr, einige unscharf, verwackelt, unter- oder überbelichtet, die meisten jedoch offensichtlich deutlich gelungen.

Die überwiegende Mehrzahl der Fotos zeigt, soweit das auf den Negativen zu erkennen ist, Kunstgegenstände und Architekturen wie schon auf den Papierabzügen. Dazwischen gibt es Landschaftsaufnahmen, Fotos von Gärten, Pflanzen, Bäumen. Doch dann ist da auch eine Sequenz von zehn Fotos, offenbar direkt nacheinander aufgenommen, die in den gleichen, furchtbaren Zusammenhang zu gehören scheinen wie die Papierabzüge, die Lukas' Vater zeigen, in Uniform, die Pistole in der Hand. Und schließlich entdeckt Lukas ein Negativ, von dem er sicher ist, bereits einmal einen Papierabzug gesehen zu haben – damals, im Garten seiner Kindheit. Sein Vater neben einem Piraten. Über ihren Köpfen baumelt eine Gitarre oder Mandoline. Rauch und Asche.

So waren Sophia und Lukas also am nächsten Morgen mit dem Bus nach Hiraklion gefahren, um mit Spiros' Hilfe die Wahrheit ans Licht und auf Papier zu bringen. Und als Sophia sich nun als jene Nichte Tante Kyras vorstellte, die aus Agia Galini angerufen habe, fiel Spiros ihr ohne Umschweife um den Hals, wobei sein Toupet bedenklich ins Rutschen geriet, und begrüßte auch Lukas wie einen Verwandten.

Lukas hatte die verdächtigen Negative von den Landschaftsfotos und den Kunstgegenständen getrennt. Die würde Spiros später, in aller Ruhe, abziehen können.

»Aber diese hier«, übersetzte Sophia das, was Lukas Spiros erklärte, »möchten wir gern sofort haben. Und wir möchten dabeisein, wenn die Abzüge gemacht werden.«

Sophias Übersetzung geriet deutlich länger. Offenbar verpackte sie Lukas' karges Ansinnen in allerlei Komplimente über Spiros' Werke an den Wänden. Ihr Wunsch, dem Meister bei der Arbeit über die Schulter zu schauen, sei kein Mißtrauen in seine Kunst, sondern verdanke sich lediglich der unbändigen Neugier, die Lukas an diesen Fotos habe.

Jedenfalls lächelte Spiros geschmeichelt, führte sie in die Dunkelkammer, schaltete das Rotlicht ein und machte sich unverzüglich ans Werk. Was da im Entwicklungsbad schwarz auf weiß aus dem Papier wuchs, verschlug ihnen den Atem, obwohl die Negative schon eine Vorahnung gegeben hatten.

Erstes Foto: Vor einer Mauer, über deren Rand Pflanzen ragen, ein Haufen übereinandergefallener Körper. Fünf Uniformierte liegen zwischen und über drei Menschen in Zivilkleidung. Zweites Foto: Eine Nahaufnahme, ein Detail des ersten Fotos. Ein unnatürlich abgewinkeltes Bein, der Fuß in einem Militärstiefel. Darüber ein nackter Arm. Die Hand zur Faust geballt. Drittes Foto: Zwei emporgereckte, verkrampfte Hände. Nicht zu erkennen, ob von einer oder zwei Personen. Viertes Foto: Über dem Kragen einer Uniformjacke, deren oberer Knopf geöffnet ist, das Gesicht eines Soldaten. Panisch oder ungläubig staunend aufgerissene Augen. Fünftes Foto: Ein Fuß, der in einem Militärstiefel steckt. Daneben einer mit einem Hanfschuh, die Sohle aus Reifen geschnitten. Sechstes Foto: Sechs Soldaten am Boden. Der Boden mit dunklen Lachen übersät. Einige Meter entfernt ein Offizier. Das Gesicht unkenntlich, entstellt. Siebtes Foto: Dies Gesicht, das, was einmal ein Gesicht war, aus der Nähe. Eine breiige Masse. Achtes Foto: Ein Uniformierter, von hinten fotografiert, mit gezogener Pistole vor einem ausgebrannten LKW. Lukas' Vater? Neuntes Foto: Offenbar der gleiche Mann vor dem LKW-Wrack, den Arm erhoben, wie gestikulierend. Von vorn fotografiert. Lukas' Vater. Kein Zweifel. Lukas' Vater als junger Mann. Er sitzt nicht in Athen in einem Verwaltungsbüro, er steht mitten in diesem Gemetzel. Zehntes Foto: Ein anderer Uniformierter, Unteroffizier vielleicht. Rechte Hand grüßend an der Schläfe. Verkniffenes, geschwärztes Gesicht. Von Blut geschwärzt. Oder von Rauch.

Diese zehn Fotos bildeten, wie an der Numerierung der Negative zu erkennen war, eine Sequenz, waren also nacheinander aufgenommen worden. Als Lukas den Blick vom Entwicklungsbecken abwandte und zu Sophia hinüberschaute, sah er, daß sie Tränen in den Augen hatte. Spiros, der wie die anderen auch, kein Wort mehr gesagt hatte, seitdem das erste Foto erkennbar geworden war, starrte wie geistesabwesend die Bilder an, wischte sich mit der Hand durch die Augenwinkel und schüttelte wieder und wieder, langsam wie eine mechanische Puppe, mit dem Kopf.

»Dies ist das letzte«, sagte Lukas und gab Spiros das einzelne, vom Streifen geschnittene Negativ.

Leutnant Friedrich Hollbach muß damals so alt gewesen sein wie sein Sohn jetzt. Er sitzt an einem Tisch, das Gesicht abweisend, verschlossen, als wehre er sich gegen die Aufnahme. Neben ihm sitzt der Mann, dessen Foto Lukas auf dem Flohmarkt gekauft hat. Andreas Siderias. Sophias Großvater. Der Raum, in dem sie sitzen, liegt im Dunkeln. Nur über ihren Köpfen erkennt man die Umrisse einer Mandoline. Es ist das gleiche Foto, das Friedrich Hollbach vor fünfundzwanzig Jahren in einem verrosteten Eimer verbrannt hat.

Nachdem sie die Fotos auf Akoníza gefunden und Lukas wie ein Ertrinkender aus dem Strudel seiner Verwirrung wieder aufgetaucht war, hatte er Demis gefragt, ob dieser Andreas Siderias sich während des Krieges je in Athen, auf dem griechischen Festland aufgehalten hatte. Aber Andreas hatte, soweit Demis wußte, die Insel nur einmal in seinem Leben verlassen, auch während des Krieges, und war nach Ägypten gereist. Also mußten all diese Fotos auf Kreta entstanden sein. Lukas' Vater behauptete jedoch, nie auf der Insel gewesen zu sein. Er log. Und die Gründe für seine Lügen lieferten die Fotos. Was jedoch Friedrich Hollbach und Andreas Siderias auf Kreta zusammengeführt hatte, blieb rätselhaft. Demis jedenfalls wußte es nicht, hatte Hollbach nie gesehen oder konnte sich zumindest nicht an sein Gesicht erinnern. Noch rätselhafter war allerdings, wer die Fotos gemacht hatte. Hollbach mußte es wissen und würde schweigen. Andreas Siderias mußte es wissen.

Bevor Lukas und Sophia am nächsten Tag nach Chania weiterfahren wollten, gab es für sie in Hiraklion noch zwei Dinge zu regeln. Zuerst gingen sie zur Agia Ekaterini, der ehemaligen Kirche einer orthodoxen Klosterschule, die nun das Ikonenmuseum beherbergte, und fragten in einem Büro nach dem Direktor.

Die Sekretärin erkundigte sich, worum es gehe, und Sophia sagte, das wollten sie schon lieber mit dem Direktor persönlich besprechen. Die Sekretärin blickte pikiert über ihren Brillenrand. Der Direktor sei ein vielbeschäftigter Mann, außerdem kämen sie außerhalb seiner Sprechzeiten, sagte sie spitz. Übermorgen, sie blätterte in einem Kalender, oder besser noch in drei Tagen sei vielleicht ein Termin zu verabreden.

Lukas griff in seine Umhängetasche, zog die Ikone heraus und legte sie wortlos auf den Schreibtisch. Die Sekretärin setzte die Brille ab, riß die Augen auf, schluckte ein paarmal trocken, stammelte, daß in einem solchen Fall der Herr Direktor natürlich jederzeit und selbstverständlich sofort zur Verfügung stehe.

Nachdem sie mit fast schon begeisterter Diensteifrigkeit in dessen Arbeitszimmer komplimentiert worden waren, erklärte Sophia ohne Umstände, man habe die Ikone durch einen Zufall gefunden, sagte jedoch nicht, an welchem Ort. Der Mann, der fließend Englisch sprach, drehte die Ikone staunend in den Händen, blickte Sophia und Lukas an, starrte wieder auf die Ikone, stand von seinem Schreibtisch auf, ging zu einem hölzernen, abgestoßenen Katalogschrank, zog eine Schublade auf, blätterte, Unverständliches vor sich hin murmelnd, durch Karteikarten, nahm eine Karte heraus und setzte sich wieder an den Schreibtisch.

Das Stück, sagte er, stamme aus einer jener Dorfkirchen, die während der deutschen Besatzungszeit im Zuge sogenannter Sühnemaßnahmen von deutschen Truppen niedergebrannt worden seien. Das ganze, südlich von Chania gelegene Dorf sei niedergebrannt worden, es habe dort auch Erschießungen gegeben. Wie dem auch immer sei, das Stück habe bis heute als verschollen gegolten. Man sei davon ausgegangen, daß es als Plündergut in irgendwelchen dunklen Kanälen unwiederbringlich verschwunden sei. »Überaus kostbar übrigens«, sagte er nachdenklich, ein ungläubiges, verzücktes Lächeln auf den Lippen, und strich mit dem Zeigefinger über die Konturen und Stege. »Erzengel Michael. Wahrscheinlich Konstantinopel, zweite Hälfte des 10. Jahrhunderts. Mit Emaillen, Filigran und Steinen geschmückte Goldikone, in reicher Silberrahmung mit emaillierten Medaillons. Ursprünglich vermutlich Buchdeckel. Seltenes Stück. Sehr, sehr selten. Und kostbar.« Der Direktor rieb sich die Hände, lehnte sich auf seinem Stuhl zurück und blickte zur Zimmerdecke. »Ikonen«, sagte er merkwürdig entrückt, »müssen Sie nämlich wissen, Ikonen zeigen Christus, Maria, die Apostel, Erzengel oder andere hohe Heilige, einzeln oder in Szene. Ihre Anfertigung folgt strengen Regeln und hat sich seit tausend Jahren kaum verändert. Noch heute gilt Ikonenmalerei als liturgische Handlung, Motive und Gestaltungsregeln sind in jahrhundertealten Malbüchern festgelegt. Heilige zum Beispiel werden nach ihrer Auferstehung dargestellt, weshalb ihnen der Ausdruck der Lebenden fehlt. Alles ist zweidimensional, ohne Raumtiefe, weil Ikonen nichts Gegenständliches aus dieser Welt abbilden, sondern die Wiedergabe heiliger Urbilder sind, die durch ihre Abbilder hindurchwirken. Auf Ikonen gibt es auch kein von außen strahlendes Licht und deshalb auch keine Schatten. In den Ikonen soll sich vielmehr das göttliche Licht bündeln und zum Betrachter streben. Insofern ist dies Stück ...«

»Vielen Dank für die Aufklärung, Herr Direktor«, sagte Lukas und sah auf die Uhr. »Wir haben noch andere Dinge zu erledigen.« Auch Sophia war aufgestanden.

Der Direktor reichte ihnen die Hand. »Ich danke Ihnen für die Rückgabe dieses ungewöhnlich kostbaren Stücks. Ihnen steht übrigens per Gesetz ein Finderlohn zu, den Sie ...«

»Danke«, sagte Lukas, »darauf möchte ich verzichten. Wir sind froh, daß die Ikone wieder da ist, wo sie hingehört.«

»Vermutlich stammt sie aus Konstantinopel«, sagte der Direktor, »und ist erst im Zuge der ...«

»Schon gut«, sagte Lukas, »dann gewähren Sie ihr hier doch jetzt Ihre Gastfreundschaft. Auf Wiedersehen.«

Dann gingen sie zu dem Motorradverleih im Schatten der Stadtmauer, wo Lukas nach seiner Ankunft den Roller gemietet hatte, dessen Überreste nun auf Levtheris' Hof ihrer Auferstehung harrten. Nachdem Lukas erzählt hatte, daß der Roller Schrott sei, wunderte sich der Eigentümer, daß er überhaupt noch einmal erschienen war. Er habe doch eine Kaution hinterlassen. Damit sei die Sache erledigt. Oder ob Lukas etwa bezweifeln wolle, daß der Wert des Rollers dem der Kaution entspreche? Lukas bezweifelte es nicht.

Sie nahmen sich ein Hotelzimmer in der Altstadt, von dessen Balkon man weit auf den Golf hinausblicken konnte, breiteten die Fotos auf dem Tischchen aus und starrten sie eine Weile schweigend an. Was stand hinter diesen Bildern? Wer hatte sie gemacht? Wessen Geschichte erzählten sie? Lukas dachte an den Monolog des Museumsdirektors. In gewisser Weise waren auch diese Fotos Ikonen, denn sie zeigten nichts aus dieser Welt, aus dieser friedlichen Gegenwart, in der sich eine Enkelin von Andreas Siderias und der Sohn des Leutnants Friedrich Hollbach liebten. Es waren Bilder von Tod und Haß, Krieg und Mord. Und trotz der scharf umrissenen Konturen schienen Licht und Schatten aus den abgestuften Grautönen der Fotos verbannt, als habe damals keine Sonne über der Insel gestanden, sondern nur ein schwarzweißes, erbarmungsloses Licht.

4.

An der Sonnenblende über der Windschutzscheibe klebte ein Heiligenbild. Lukas tippte auf Sankt Christopherus, dessen Schutz auch dringend wünschenswert war, weil der Fahrer des Busses Hiraklion – Chania keinen Gegenverkehr zu kennen schien. Vor unübersichtlichen Stellen der Straße nötigte er die Hupe lediglich zu einem krähenden Trompetensignal, nahm aber den Fuß nicht vom Gas, sondern bretterte mit Höchstgeschwindigkeit durch die Kurven. Meistens lenkte er nur einhändig, weil er die andere Hand brauchte, um das Gespräch gestisch zu begleiten, das er mit einem jungen Mann führte, der, an eine Haltestange geklammert, rauchend neben dem Fahrersitz stand. Manchmal schien die Diskussion auch so angeregt zu werden, daß der Fahrer beide Hände vom

Steuer nehmen mußte. Während sich die mitreisenden Touristen mit bedenklichen bis ängstlichen Gesichtern an ihren Sitzen festhielten, nahmen die Einheimischen die Tollkühnheit des Chauffeurs in einer Mischung aus Gleichgültigkeit und Bewunderung hin. Aus dem Lautsprecher über dem Fahrersitz plärrten süßliche griechische Schlager in so nachdrücklicher Lautstärke, daß sie das Motorengeräusch übertönten.

Lukas sah aus dem staubverschmierten Fenster aufs Meer. In Küstennähe standen die weißen Dreiecke von Seglern im Blau, ein Fährschiff zog dem Hafen von Rhetimnon entgegen, und am Horizont waren die Umrisse von zwei riesigen Tankern zu erkennen. Wenn sein Vater auf Kreta gewesen war, mußten sich ihm ähnliche Anblicke geboten haben, nur daß er dann wahrscheinlich in einem LKW gesessen hatte, die Fähre hätte vielleicht Truppen oder Nachschub gebracht, und statt der Tanker wären englische Kriegsschiffe am Horizont gekreuzt.

Als ob sie ahnte, was ihm durch den Kopf ging, oder weil sie ähnlichen Gedanken nachhing, legte Sophia den Mund an Lukas' Ohr. »Die Schnellstraße ist neu. Die hat es damals noch nicht gegeben.«

Lukas nickte, legte den Arm über ihre Schulter und küßte sie auf die Stirn. Zur Gewißheit geworden war die Ahnung, daß sein Vater stets etwas verschwiegen und systematisch gelogen hatte, wenn die Sprache auf seine griechischen Jahre gekommen war. Auch wenn Lukas die Zusammenhänge nicht begriff, waren die Fotos Beweis genug. Friedrich Hollbach war hiergewesen und hatte sich an etwas beteiligt, was er dreißig Jahre lang zu verschweigen, zu verbrennen und zu verdrängen versucht hatte. Aber jetzt fiel plötzlich Licht ins Dunkel der Vergangenheit, bündelte sich in Bildern und warf schwere Schatten in die Gegenwart.

Gestern nacht, als sie nicht einschlafen konnten, sondern ebenso verliebt wie verwirrt auf dem Hotelbett lagen und aus der offenstehenden Balkontür aufs Meer sahen, wo Positionslichter sich begegnender Schiffe aneinander vorbei- und vorüberglitten, setzte Sophia sich im Schneidersitz aufs Bett, strich sich die schweißnassen Strähnen aus der Stirn, sah Lukas nachdenklich an und zog die Stirn kraus.

»Wir wissen nicht«, sagte sie, »was dein Vater und mein Großvater miteinander zu schaffen hatten. Vielleicht werden wir es morgen von ihm erfahren, aber vielleicht auch nicht. Ich habe Angst, daß er in diese furchtbaren Dinge verstrickt war. Warum sitzt er auf dem Foto lächelnd neben deinem Vater, einem deutschen Offizier, der an Erschießungen beteiligt war? Mein Großvater hat immer behauptet, gegen die Deutschen gekämpft zu haben. Die Fotos sprechen aber eine andere Sprache. Mein Vater hat mir erzählt, daß es unter den Kretern auch Kollaborateure und Verräter gab. Heute wollen sie natürlich alle Helden des Andartiko gewesen sein, das ist hier so wie überall. Wenn wir meinem Großvater die Fotos zeigen, muß er mir die Wahrheit sagen. Und dann gibt es da noch etwas anderes, ein Gefühl nur, aber es hat vielleicht etwas mit den Fotos und diesen alten, bösen Geschichten zu tun. Dies Gefühl sagt mir, daß in der Beziehung zwischen meinem Vater und meiner Mutter etwas nicht gestimmt hat. Mein Vater ist vor einem Jahr bei einem Verkehrsunfall ums Leben gekommen. Ihn kann ich also nicht mehr fragen. Und wenn ich meine Mutter frage, warum sie nie nach Kreta zurück gekommen ist, sondern mit ihrer Familie nur noch brieflich verkehrt, dann sagt sie nur, daß sie keine alten Wunden aufreißen will. Und wenn ich sie frage, was sie damit meint, dann schweigt sie. Manchmal weint sie auch. In Agia Galini freuen sich alle, wenn ich zu Besuch komme, ob nun früher mit meinem Vater oder jetzt ohne ihn. Aber wenn ich Demis und die anderen bitte, mir zu erzählen, wie es damals war, als meine Mutter und mein Vater sich kennenlernten, dann scheinen sie auszuweichen, können sich nicht genau erinnern oder erzählen immer die gleiche, karge Geschichte. Kannst du dich erinnern, wie wir gestern auf der Insel die Fotos ausgepackt haben? Onkel Demis hat sich, genau wie wir, gefragt, wer diese Fotos eigentlich gemacht hat. Und irgendwie hatte ich da plötzlich das Gefühl, daß er wußte oder zumindest ahnte, wer sie gemacht hat, daß er es aber nicht sagen wollte. Und solche Situationen habe ich hier schon häufiger erlebt. Sie wissen etwas, was ich nicht weiß. Und sie wollen nicht, daß ich es erfahre. Genau wie dein Vater verschweigen sie etwas. Vielleicht ist das nur eine fixe Idee von mir. Aber ich spüre es deutlich, seit gestern mehr denn je.«

Dann legte sie sich wieder neben Lukas, schmiegte den Kopf an seine Schulter, einen Arm über seine Brust, und war nach wenigen Augenblicken eingeschlafen.

In Chania hielt der Bus auf dem Platz vor der Dimotiki Agora, der Markthalle. Sie mieteten sich ein Zimmer im Hotel »Casa Delfino«, einem venezianischen Palazzo des 17. Jahrhunderts, und machten sich dann auf den Weg zum Hafen. In einer schmalen Gasse deutete Sophia auf eine Loggia, die mit einem Wappen und einer Inschrift geschmückt war: NULLI PARVUS EST CENSUS QUI MAGNUS EST ANIMUS.

»Weißt du, was das heißt?«

»Ich kann kein Griechisch«, sagte er.

»Das ist doch Latein.«

»Nullen klein ist gezählt der groß ist Geist, würd ich sagen«, grinste er.

»Setzen, Hollbach. Sechs. Es heißt: Keiner ist gering geschätzt, der großherzig ist. Benimm dich hier also entsprechend, wenn du jetzt meinen Opa kennenlernst.«

Sophia hatte ihren Großvater bereits besucht, als sie vor einem Monat mit der Fähre in Chania angekommen war. Er würde sich wundern, daß sie noch einmal auftauchte, und sie hoffte, daß sie ihn antreffen würden. Um diese Zeit, am Spätnachmittag, sei er meistens im Restaurant und spiele mit alten Freunden ein paar Partien Tavli.

Der Hafen war gesäumt von Cafés und Restaurants, und bei den venezianischen Magazinen lagen die Yachten in mehreren Reihen dicht an dicht an den Kais. Vor dem Restaurant standen Tische, an denen ein paar Touristen saßen. Voll werde es erst später, zum Abendessen, sagte Sophia. Sie gingen in den noch leeren Gastraum, dessen Wände weiß gestrichen waren. An der von Rauch und Alter schwarz gebeizten Holzdecke hingen ein Vogelbauer, in den ein bunter Stoffpapagei geklemmt war, Fischernetze und Reusen, über dem Tresen einige Schinken. Hinter dem Tresen stand ein kahlköpfiger, sehr hagerer Mann zwischen fünfzig und sechzig und putzte mit einem Handtuch Gläser.

»Onkel Anastasios!«

»Sophia!«

Er kam hinter dem Tresen hervor und küßte sie auf Stirn und Wangen. »Schön, daß du dich noch einmal blicken läßt.«

»Bist du gar nicht überrascht?«

»Um ehrlich zu sein«, sagte er lächelnd, »nur ein bißchen. Ich habe nämlich heute morgen eine Taube gesehen, die auf dem Dach gehockt...«

»Ach, Anastasios! Du mit deinen Vorzeichen.« Sie lachte. »Und das ist Lukas. Mein ..., also ein sehr guter Bekannter aus Deutschland.«

Anastasios grinste einverständig und schüttelte Lukas die Hand. »Willkommen. Zum Essen«, er schaute auf die Uhr an der Wand, »seid ihr aber noch zu früh.«

»Ist Großvater nicht da?« fragte Sophia.

»Er müßte bald kommen«, sagte Anastasios. »Wollte mit Georgi noch einiges in der Markthalle besorgen.«

»Gut. Wir warten draußen.«

Sie setzten sich an einen der freien Tische. Anastasios brachte Mokka, Pistazien, Oliven und Raki und verschwand wieder im Lokal. Schon nach wenigen Minuten deutete Sophia auf zwei Männer, die Einkaufskörbe trugen, aus denen Gurken und Salatköpfe ragten. Sie steuerten durch den Passantenstrom auf das Restaurant zu. Der jüngere, den Lukas auf fünfzig schätzte, war klein und drahtig, trug einen cremefarbenen Anzug mit einem rosa Hemd, einen dünnen, scharf ausrasierten Schnurrbart auf der Oberlippe und die schwarzen, von Pomade glänzenden Haare straff nach hinten gekämmt. Der ältere hatte einen verschlissenen, dunkelblauen Nadelstreifenanzug an, darunter nur ein weißes Unterhemd. Der mächtige Schnauzbart und die Haare, die unter dem schwarzen Kopftuch hervorquollen, waren schlohweiß. Auf den Fotos waren sie noch grau gewesen. Andreas Siderias sah dennoch keineswegs wie ein Neunzigjähriger aus, sondern wirkte zwanzig Jahre jünger, ging aufrecht und straff. Seine schwarzen Augen funkelten, als er Sophia erblickte, die aufgestanden war und ihm entgegen ging. Sie umarmten sich, wechselten ein paar Worte miteinander und kamen dann an den Tisch.

Lukas stand auf, als Andreas ihm lächelnd die Hand entgegenstreckte und fest drückte. Auch der andere Mann schüttelte ihm die

Hand und wurde ihm als Georgi vorgestellt, einer von Andreas' ältesten Freunden. Sie setzten sich. Anastasios kam, trug die Einkaufskörbe ins Restaurant und brachte dann Mokka und Raki für Andreas und Georgi nach draußen.

»Fotos habt ihr also gefunden«, sagte Andreas, offenbar kaum überrascht von dem, was Sophia ihm eben schon mitgeteilt haben mußte. »Fotos aus dem Krieg und eine Ikone. Auf Akoníza. Ein gutes Versteck, vielleicht das beste. Wenn ich je nach den Fotos gesucht hätte, hätte ich mir denken können, daß er sie nach Akoníza gebracht hat. Aber ich habe nicht danach gesucht. Niemand hat nach dem Krieg mehr danach gesucht. Warum auch?«

»Du hast von diesen Fotos gewußt? Und wer ist ›er‹? Wer hat die Fotos versteckt? Wer hat sie gemacht?« fragte Sophia, nachdem sie für Lukas übersetzt hatte, was Andreas gesagt hatte.

Andreas nickte bedächtig. »Eins nach dem anderen. Natürlich habe ich von den Fotos gewußt. Wollt ihr sie uns nicht erst einmal zeigen?« Er bemerkte den Blick, den Lukas Georgi zuwarf. »Georgi weiß Bescheid. Über manches weiß er sogar besser Bescheid als ich.«

Lukas legte die Fotos auf den Tisch. Oben auf dem Stapel lag das Bild, das Andreas mit Friedrich Hollbach unter der Mandoline zeigte.

»Ja, ja«, seufzte Andreas, »so hat alles angefangen. Das Foto ist hier im Restaurant gemacht worden. Dieser Leutnant«, er tippte auf Friedrich Hollbachs Gesicht, »der hat später allerdings nach den Fotos gesucht. Wollte sie haben, um alles in der Welt. Aber er hat sie nicht bekommen. Seinen Namen weiß ich nicht mehr.«

Nachdem Sophia übersetzt hatte, sagte Lukas fest: »Hollbach. Der Name des Leutnants ist Hollbach.«

Andreas sah Lukas nachdenklich in die Augen, als erkenne er darin etwas wieder. »Ganz recht, so hat er geheißen. Hollbach. Aber woher weißt du das, Junge?«

»Weil es mein Vater ist.«

»Heiliger Erzengel Michael!« entfuhr es Georgi.

Auch Andreas war verblüfft und fuhr sich mit der Handfläche über die Augen, als müsse er einen Schleier wegwischen. »Dein Vater ...« Er schwieg einen Augenblick, schien nachzudenken und sagte dann: »So schließen sich die Kreise. So schließen sich am Ende die Kreise.«

Georgi hatte inzwischen begonnen, hastig durch die Fotos zu blättern und schob sie, eins nach dem anderen, Andreas hin, aber der beachtete sie kaum. »Ich kenne diese Fotos«, sagte er. »Yannis hat sie mir gezeigt. Ich habe sie eine Weile für ihn aufbewahrt und später an ihn zurückgegeben.«

»Wer ist Yannis?« fragte Sophia. »Der, der die Fotos gemacht hat?«

»Ja«, sagte Andreas, »Yannis hat die Fotos gemacht. Ich werde euch jetzt seine Geschichte erzählen. Es ist auch meine Geschichte, und es ist auch Georgis Geschichte. Manches, was ich nicht weiß, kann er euch erzählen. Und da du der Sohn dieses Hollbach bist, ist es auch deine Geschichte, Lukas. Und natürlich ist es auch deine Geschichte, Sophia. Pavlos kann sie dir nicht mehr erzählen. Deine Mutter will es nicht. Und ich lebe auch nicht ewig. Es ist Zeit, daß dir die Geschichte erzählt wird, höchste Zeit.«

Andreas hob sein Rakiglas, rief »Zur Gesundheit«, und alle tranken, selbst Sophia, die sonst keinen Raki anrührte. »Wer war dieser Yannis?« fragte sie, als sie die Gläser absetzten.

»Yannis«, sagte Andreas und ließ dabei leise klickend die Perlen eines Kombolois durch die Finger gleiten, »war ein Deutscher. Er kam nach Kreta, um für die Deutschen zu arbeiten. Er wurde mein Freund. Er wurde unser Gastfreund. Und am Ende wurde er noch viel mehr. Kennengelernt habe ich ihn im Februar 1943, an einem kalten, windigen Abend. Yannis hieß damals noch Johann, und er war mit diesem Leutnant Hollbach verabredet, wartete auf ihn, saß da, wo wir jetzt sitzen, hier an diesem Tisch …«

XI. Kapitel

KRETA 1944/45

1.

Von einer Teilnahme am Familienrat war Johann selbstverständlich ausgeschlossen – diesmal um so mehr, weil die Entführung Elénis und deren Konsequenzen auf der Tagesordnung standen. Während sich die männlichen Familienmitglieder in Demis' Haus versammelten, machte Johann einen Spaziergang am Strand, schaute alle fünf Minuten auf die Armbanduhr und fand sich wie verabredet um neun Uhr auf der Mole ein. Anastasios hatte ihm versprochen, sofort nach Ende der Beratung an den Hafen zu kommen, um ihm zu berichten. Als aber Anastasios um zehn immer noch nicht erschienen war, schwand Johanns Hoffnung auf einen glimpflichen Ausgang wie der blaß glimmende Lichtrest am Horizont.

Schließlich kam Anastasios doch noch, zog ein bedenklich langes Gesicht und drückte Johann eine halbvolle Rakiflasche in die Hand. »Trink erst mal«, sagte er, »damit du es besser ertragen kannst.«

»Ich kann es auch so ertragen«, sagte Johann mit zittriger Stimme, »ich will wissen ...«

»Dann trink ich eben für dich. Auf deine Gesundheit«, sagte Anastasios, setzte sich die Flasche an den Hals, trank, rülpste und grinste übers ganze Gesicht. Schadenfroh war er also auch.

»Erzähl es mir«, sagte Johann.

Anastasios nickte, nahm noch einen Schluck, hörte zu grinsen auf und erzählte, wie es im Familienrat hoch her gegangen war.

Nach der ersten Flasche Raki hatten einige Hitzköpfe aus der Linie von Elénis Mutter mit feuriger Entschlossenheit gefordert, den Entführer und damit zweifellos auch Mädchenschänder Yannis mit einer Vendetta zu überziehen, weil die Schmach, mit der er die Familie besudelt hätte, anders als mit seinem eigenen Blut nicht abzuwaschen sei. Der Vorschlag stieß bei einigen Jüngeren zwar auf kampfeslustige Zustimmung – eine Vendetta kannten sie nur aus den Erzählungen ihrer Väter; es wurde höchste Zeit, selbst einmal Teilnehmer eines solchen Familienkriegs zu werden. Manche der Älteren schienen Yannis für seine Tatkräftigkeit allerdings auch zu bewundern, gestanden es nicht offen ein, steckten aber die Köpfe zusammen und wünschten sich tuschelnd, ihre eigenen Söhne wären aus solchem Holz geschnitzt wie dieser Deutsche. Die erhitzten Gemüter kühlten sich freilich unverzüglich ab, und symbolisch bereits gezückte Klappmesser wurden zurück in die Gürtelbänder gesteckt, als Andreas nachfragte, ob man ernsthaft bereit sei, die heiligen Gesetze der Gastfreundschaft zu brechen, indem man den Gast, dem manche an diesem Tisch ihr Leben verdankten, mit der Vendetta bedrohe? Die einzig praktikable Lösung bestehe vielmehr darin, schleunigst die Hochzeit auszurichten. Demis wiegte nachdenklich den Kopf und gab zu bedenken, daß dieser Yannis, wiewohl geschätzter Gastfreund und inzwischen auch verdienter Kämpfer des Andartiko, ein Habenichts sei. Wie der denn wohl eine Familie ernähren könne? Und ob Andreas so einem armen Schlucker auch noch die Mitgift für Eléni hinterher werfen wolle? Der Krieg, sagte Andreas, könne nicht mehr lange dauern; es gebe Gerüchte, daß die Deutschen sich bald aus ganz Griechenland zurückziehen würden, also auch aus Kreta. Dann werde Yannis, der schließlich ein gebildeter Mann sei, ein Professor sogar, schon zu Geld kommen, vermutlich zu mehr, als sie alle, die sie hier zusammensäßen und sich die Köpfe heiß redeten, je gesehen hätten. Das Argument machte Eindruck. Die Gegenrede, daß eine standesgemäße Hochzeit unter den gegebenen Bedingungen, der Krieg, die Mittellosigkeit des Bräutigams, nicht zu organisieren sei, war nur noch ein Rückzugsgefecht. Dann werde eben die erste Kindstaufe dieser Ehe um so standesgemäßer ausfallen, versprach Andreas, womit er begeisterte Zustimmung erntete. Das war ein akzeptabler Kompromiß, und im Übrigen könne man sich mit alledem ja auch Zeit lassen. Andreas schüttelte den Kopf. Obwohl er nicht dafür bekannt sei, die Dinge zu überstürzen, rate er in diesem Fall doch dringend zur Eile, weil niemand in der Familie so dumm sei, daß er nicht bis Neun zählen könne. Zwar mußten einige trotzdem überlegen, was Andreas damit gemeint hatte, fielen schließlich aber ins allgemeine Gelächter ein und leerten die zweite Flasche Raki.

Johann, der Anastasios' Bericht schweigend zugehört hatte, war immer noch sprachlos – sprachlos vor Glück.

»Freust du dich gar nicht?« Anastasios knuffte ihn freundschaftlich in die Seite, hob die Flasche, sagte: »Auf deine und Elénis Kinder! Und jetzt komm mit. Sie feiern schon. Sie warten auf dich. Hörst du sie nicht singen?«

Später am Abend sangen die Männer immer noch, Johann in ihrer Mitte. Er gehörte jetzt zu ihnen.

Da alle bis neun zählen konnten, begann die Arbeit gleich am nächsten Tag. Zu Demis' Besitz gehörte ein halb verfallenes Häuschen unterhalb der Kirche, kaum größer als das Gartenhaus von Doktor Xenakis, in dem Johann in Chania gewohnt hatte. Vor einigen Generationen war es noch bewohnt worden, wurde jetzt aber nur noch als Schuppen für Körbe, Netze, Ruder und Seile benutzt. Demis überließ es Johann und Eléni als vorzeitiges Hochzeitsgeschenk. Die Fensterscheiben waren zerbrochen, aber Anastasios besorgte neues Glas. Das Dach war schadhaft, aber Georgi, der sich für ein paar Tage in Agia Galini aufhielt, weil er Botschaften und Nachrichten zu überbringen hatte, die mit den britischen Nachschublieferungen aus der Luft zu tun hatten, wußte Rat. Nicht weit vom Dorf, in unwegsamem Gelände, lagen Trümmer einer deutschen JU, die bei der deutschen Luftlandeaktion im Mai 1941 von britischer Flugabwehr getroffen worden war und auf der vergeblichen Suche nach einem Platz zur Notlandung gegen einen Berghang prallte. Einige Wellblechplatten der Flugzeugwände ließen sich soweit zurechtbiegen und -schneiden, daß sie ein neues Dach abgaben. Marko kam eigens aus Pombia, um beim Eindecken zu helfen, aber weil er immer noch humpelte, beschränkte sich seine Hilfe darauf, im Schatten zu sitzen, selbstgebrannten Trester zu trinken und Johann Anweisungen zu geben, wie das Blech auf den Sparren zu befestigen sei. Mit Schwestern und Freundinnen säuberte Eléni den einzigen Raum des Häuschens, kalkte die Wände weiß und brachte die Feuerstelle in Ordnung. Durch die Deckenöffnung an der Giebelseite stieg nun der Rauch wieder so in den Himmel, wie er schon vor hundert Jahren in diesen Himmel gestiegen war.

Ein Bett aber war nirgends aufzutreiben, und so machte Eléni ein Lager aus Reisig, Stroh, Farnen und Schafsfellen, ganz wie das Lager, auf dem sie und Johann in der Höhle auf Akonıza gelegen und sich zum ersten Mal geliebt hatten. Das sei besser als jedes Bett, fand Johann, küßte sie vor den Augen ihrer Freundinnen, die errötend kicherten und vermutlich insgeheim hofften, ihre Männer würden die knarrenden, viel zu schmalen Betten verfeuern und lieber mit ihnen so ein Lager teilen.

2.

Ende Juni fand die Hochzeit statt. Eléni trug ein weißes Kleid mit bestickten Bordüren und Bändern, in dem schon ihre Mutter und Großmutter vor den Traualtar getreten waren. Georgi hatte für Johann einen Anzug organisiert, der schwarz und sauber, aber abgetragen und an Armen und Beinen zu kurz war. Nachdem sie die Messingringe getauscht hatten, schlang der Pope seine Stola um ihre Hände und erklärte sie zu Mann und Frau, wobei er husten mußte, weil er wohl zu viele Weihrauchschwaden eingeatmet hatte. Als sie, gefolgt von den Gästen, aus der Tür traten, gaben Anastasios und ein paar andere junge Männer mit Gewehren Salutschüsse ab. Georgi übertrumpfte alle, indem er aus seiner englischen Maschinenpistole eine Salve in den strahlend blauen Himmel sandte.

Nicht alle Familienmitglieder hatten benachrichtigt werden können, und von denen, die man erreicht hatte, konnten nicht alle kommen, weil im Nordwesten der Insel heftige Kämpfe tobten. Nachdem das Andartiko mehrere Konvois überfallen hatte, mit denen die Besatzer ihren Rückzug an die Nordküste fortsetzten, hatten die Deutschen kretische Mädchen als Geiseln genommen und zwangen sie, als lebende Schutzschilde auf ihren LKWs mitzufahren. Südlich von Chania und Rhetimnon wurden mehrere Dörfer beschossen und niedergebrannt; begründet wurden die »Sühnemaßnahmen« damit, daß die Einwohner an der Entführung des Generals beteiligt gewesen seien oder, wenn sich das nicht beweisen ließ, an den Überfällen auf die Konvois – und umgekehrt.

Die Hochzeitsgesellschaft bestand aus etwa vierzig Personen, die an mehreren Tischen auf der Terrasse vor Demis' Haus tafelten. Im Frieden, behauptete Elénis Mutter pikiert, wären vierhundert gekommen. Andreas besänftigte sie mit der mehrfach wiederholten Wendung, das mache doch nichts, weil ja Krieg sei, und im übrigen werde das große, sozusagen inselumspannende Fest zur Taufe des ersten Kindes stattfinden. Lange dauern könne das nicht, denn daß das Brautpaar glücklich sei, sehe selbst ein Blinder. Und was, meinte seine Frau skeptisch, wenn dann der Krieg immer noch andauere? Das werde er nie und nimmer, sagte Andreas, erhob sich würdevoll vom Tisch und bat um Ruhe. Die beste Nachricht, rief er in die Runde, sei die Hochzeit seiner jüngsten Tochter mit Yannis. Die zweitbeste Nachricht, die er erst gestern erhalten habe, sei jedoch, daß die Alliierten in Frankreich gelandet seien. Das Ende des Krieges rücke also schnell näher. Die Gäste klatschten und jubelten und waren sich einig, daß es trotz der etwas fragwürdigen Umstände, die zu dieser Hochzeit geführt hatten, schon seit langem nicht mehr so viel Grund zum Feiern gegeben habe wie heute. Und der Hustenanfall des Popen sei, so Anastasios, sowieso ein gutes Omen gewesen.

Durch Georgi war auch eine Einladung an Bates und Charles ergangen, die noch in den Nordhängen der Weißen Berge operierten, ihre mobilen Funkstationen aber immer häufiger verlegen mußten, weil die Deutschen inzwischen neue, zielgenauere Peilgeräte einsetzten. Sie hatten ihre Teilnahme dennoch zugesagt und wollten, begleitet von einigen Andarten aus dem Hauptquartier von Xilouris, die Gelegenheit nutzen, um weitere Vorbereitungen für die Versorgungsabwürfe und den Transport des Nachschubs zu treffen. Die Gruppe war schon am Vortag erwartet worden, und als sie auch im Verlauf des Hochzeitsfests ausblieb, begannen Andreas, Demis und Georgi, sich Sorgen zu machen, ließen sich aber nichts anmerken, um die immer ausgelassener werdende Stimmung nicht zu stören. Johann war Pauls Abwesenheit allerdings nicht unlieb. Er hatte zwar die Verbindung zwischen Johann und Eléni gleichmütig hingenommen, sich ihnen gegenüber höflich und zuvorkommend verhalten, aber wenn er wirklich einmal in Eléni verliebt gewesen sein sollte, böte deren Hochzeit mit Johann für Paul jedenfalls keinen Anlaß zum Feiern. Vielleicht provozierte er sogar aus diesem Grund die Verspätung der Gruppe. Vielleicht war aber auch alles ganz anders, und Elénis Bemerkung, Paul habe ihr den Hof gemacht, war lediglich eine harmlose Koketterie gewesen, um Johann eifersüchtig zu machen und ihn um so fester an sie zu binden.

Als es dunkel wurde, entzündete man Öllichter und bunte Lampions. Zwei Männer begannen, Bouzouki und Lyra zu spielen. Die alten Lieder wurden gesungen, und von manchen kannte Johann inzwischen schon mehr als den Refrain, so daß er mitsingen konnte. Wie im Kreis der Männer mitzutanzen war, die Arme auf die Schultern der Nebenleute gelegt, hatte Georgi ihm beigebracht, damals, in jener Nacht in der Café-Bar »Trianon« in Kairo. Und so tanzte er also auf seiner Hochzeit mit den Männern, zu deren Familie er jetzt gehörte, mit den Männern, die seine Freunde und Nachbarn waren, mit den Männern, mit denen er gekämpft hatte, mit den Männern, die ihn als ihren Gast aufgenommen hatten. In der immer schneller kreisenden Bewegung ihres Tanzes spürte er, daß dies sein Ort war, daß er endlich kein Gast mehr war, der eines Tages wieder gehen würde, sondern angekommen mitten in diesem Kreis, daß er zu ihnen gehörte, daß Johann wirklich zu Yannis geworden war, während die Frauen und Mädchen einen zweiten Kreis um die Tanzenden bildeten, im Rhythmus der Musik lachend in die Hände klatschten, und im Vorbeiwirbeln sah er Elénis Gesicht, gerötet von Erregung, Glück und Wein. Und er wußte, daß in der Flüchtigkeit dieses Anblicks die Dauer beschlossen lag und vielleicht sogar ein Funken Ewigkeit.

Die Musik spielte immer noch, als sie später auf dem Lager lagen, das ihrer Liebe besseren Halt gab als jedes Himmelbett, und Elénis Gesicht glühte im Zwielicht. Im Morgengrauen erwachte er, weil irgendwo ein Hund anschlug, einmal, zweimal. Dann war wieder alles still. Eléni schlief, das Gesicht an seine Schulter gelehnt, atmete gleichmäßig und ruhig. Graues Licht sickerte durch den Raum. Yannis sah sich um. Dort, auf dem Stuhl, ihr Brautkleid. Hier, neben dem Bett, der geborgte Anzug mit den zu kurzen Ärmeln. Da die Feuerstelle, auf der Eléni heute zum ersten Mal für ihn kochen würde. Über ihm das Wellblechdach. Er schrak zusammen, als sei er von einer unsichtbaren Faust getroffen worden. Schräg über ihrem Lager war eine Blechplatte des Flugzeugwracks ins Dach montiert, auf der, von einem Dachsparren aus dem Stamm eines Olivenbaums halb verdeckt, als Hoheitszeichen ein rotes Hakenkreuz gemalt war. Er hatte es bislang übersehen, oder es war ihm so gleichgültig geworden, daß er es nicht zur Kenntnis genommen hatte. Jetzt aber war ihm der Anblick so unerträglich, daß er leise aufstand, hinters Haus schlich, wo die Werkzeuge standen, die Leiter, der Topf mit der Kalktünche, ein Pinsel. Und während Eléni noch schlief, übertünchte er mit kräftigen, wütenden Pinselhieben den letzten Schmutzfleck aus jener Welt, die er hinter sich gelassen hatte.

3.

Sie saßen beim Frühstück, als leise und dringlich an die Fensterscheibe geklopft wurde. Georgi drückte draußen sein Gesicht ans Glas und winkte Yannis mit dem Zeigefinger, daß er vor die Tür kommen sollte.

»Es tut mir leid«, sagte er mit schiefem Grinsen und schielte durch die geöffnete Tür zu Eléni, »ausgerechnet an diesem Morgen. Aber es ist wichtig. Du mußt sofort zu Demis und Andreas kommen.«

»Was ist passiert?«

»Heute nacht, kurz vor Ende des Festes, als Eléni und du schon gegangen wart, sind zwei Männer aus der Gruppe von Pavlos eingetroffen. Die Deutschen haben Pavlos und Charly erwischt.«

»Was heißt erwischt? Sind sie tot?«

»Ich weiß es nicht«, sagte Georgi. »Beeil dich.«
»Warum habt ihr mir nicht sofort Bescheid gesagt?«
»Sofort?« Georgi starrte ihn entgeistert an. »In deiner Hochzeitsnacht?«

Die beiden Männer, die die schlechte Nachricht überbracht hatten, waren die ganze Nacht gelaufen und schliefen jetzt in Demis' Haus ihre Erschöpfung aus. Was sie zu berichten gehabt hatten, klang deprimierend und ausweglos. Pavlos, Charles und vier Andarten aus Xilouris' Truppe hatten nach ihrem ersten Nachtmarsch auf dem Weg nach Agia Galini in Spili Station gemacht, wo sie im Haus des Lehrers unterkamen, der das Andartiko unterstützte. Ein Dorfbewohner, der Spitzeldienste für die Deutschen verrichtete, hatte ihre Ankunft jedoch beobachtet und dem im Dorf stationierten Posten gemeldet, daß diese sechs Männer zum Andartiko gehörten. Da der Posten nur mit zwei Soldaten besetzt war, forderten sie per Funk Verstärkung aus Rhetimnon an. Während Pavlos und seine Leute noch schliefen, kamen kurz vor Einbruch der Dunkelheit auf zwei Motorradgespannen fünf weitere Soldaten und ein Offizier in Spili an. Die acht Deutschen umstellten das Haus, der Offizier gab einen Schuß aus seiner Pistole ab. Pavlos, Charles und zwei der Andarten, die im Haus geschlafen hatten, rannten vor die Tür, direkt vor die Mündungen der deutschen Gewehre. Sie hatten keine Chance und mußten sich ergeben. Die beiden anderen Männer, die entkommen waren und sich bis Agia Galini durchgeschlagen hatten, waren aus Platzmangel nicht im Haus gewesen, sondern hatten im angrenzenden Stall auf einem Heuboden geschlafen. Als der Schuß fiel, kletterten sie sofort aufs Dach und beobachteten, wie ihre vier Kameraden von den Deutschen abgeführt wurden, vermutlich zum Haus des Dorfschulzen. Dann hörten sie noch die Salve eines Maschinengewehrs, blieben zu ihrem Glück unentdeckt, kletterten in der Gegenrichtung über einige Hausdächer bis zu einer Begrenzungsmauer, hinter der die Gärten und Felder begannen. An dieser Mauer, die vom Haus des Lehrers so weit entfernt war, daß man das Motorengeräusch nicht mehr hören konnte, hatten die Deutschen ihre Motorräder geparkt. Die beiden Fliehenden hatten noch die Gespanne mit Benzin aus einem daneben stehenden Kanister übergossen und in

Brand gesetzt, waren im Schutz der Gärten und der einbrechenden Dämmerung entkommen und hatten auf Seitenwegen und Eselspfaden schließlich Agia Galini erreicht.

»Sie werden schnell merken, daß Pavlos und Charly keine Kreter sind, sondern britische Agenten«, sagte Andreas. »Und weil das, was die beiden wissen, für die Deutschen sehr wichtig sein dürfte, werden sie sie nicht sofort erschießen, sondern nach Hiraklion oder Chania zum Verhör bringen. Weil die Motorräder zerstört sind, müssen sie aber wahrscheinlich per Funk erst einen Wagen anfordern.«

»Das haben sie bestimmt längst getan«, meinte Demis.

»Natürlich. Die Frage ist nur, ob ihnen so schnell ein Wagen geschickt wird. Die Deutschen sind mitten im Rückzug, überall Konvois und Transporte. Da sie die Leute gefangengenommen haben, besteht ja eigentlich keine unmittelbare Gefahr für sie. Vielleicht lassen sie sich Zeit mit dem Abtransport.«

»Wenn es nur acht Deutsche sind«, rief Georgi hitzig, »können wir es mit ihnen aufnehmen. Zehn, zwölf bewaffnete Männer haben wir bis heute abend zusammen, sind morgen in Spili, und dann ...«

»Und dann sind sie längst weg«, schnitt Andreas ihm das Wort ab. »Wir müssen jetzt etwas tun, sofort. Demis und ich haben gestern nacht einen Plan entwickelt. Vielleicht ist es schon zu spät, aber dann ist es auch nicht mehr gefährlich. Wenn wir es aber schaffen, bevor sie aus Spili abgeholt werden, wird es ein Spiel um Leben und Tod.«

»Raus damit!« sagte Georgi.

Nachdem Andreas ihnen den Plan erläutert hatte, sah er Johann an. »Ich weiß, daß wir dich damit in Gefahr bringen. Und ich weiß auch, daß es kaum einen schlechteren Zeitpunkt gibt, sich in Lebensgefahr zu bringen, als einen Tag nach der eigenen Hochzeit. Mir ist klar, was wir Eléni damit antun. Immerhin ist sie meine Tochter. Wenn du es nicht machen willst, Yannis, nehmen wir dir das nicht übel. Ich selbst wäre mir nicht sicher, ob ich es tun würde.«

»Ich würde es tun!« rief Georgi.

»Hol die Uniform«, sagte Yannis zu ihm. »Inzwischen werde ich mich rasieren.«

In dem kleinen, milchig angelaufenen Klappspiegel sah sein Gesicht leichenblaß aus. Die Oberlippe rötete sich und brannte, nachdem er mit dem schartigen Rasiermesser den Schnurrbart abgeschabt hatte. Er versuchte zu lächeln, aber ihm gelang nur eine Grimasse, umarmte Eléni, sagte, so sei es für sie doch gewiß viel angenehmer, ihn zu küssen, aber sie stieß ihn von sich, warf sich auf das Schlaflager, zog sich eine Decke über den Kopf und schluchzte hemmungslos. Er setzte sich neben sie, zog ihren Kopf auf seinen Schoß, redete beruhigend auf sie ein. Die Sache sei völlig ungefährlich, ein Spaziergang nur, verglichen mit dem, was er bislang durchgemacht hätte, und heute abend schon sei er wieder bei ihr. Sie hörte auf zu schluchzen, er wischte ihr die Tränen aus den Augen, aber als Georgi dann mit der Uniform erschien, geriet Eléni völlig aus der Fassung, weinte, schlug mit den Fäusten gegen die Wand, raufte sich die Haare.

»Du hast gesagt, daß der Krieg für dich vorbei ist!« schrie sie Yannis an, packte Georgi an den Schultern und schüttelte ihn. »Wollt ihr mich jetzt schon zur Witwe machen? Nach einer Nacht?«

Georgi verdrehte theatralisch die Augen und verschwand, während Yannis die Feldjägeruniform anzog, die Georgi von Leigh-Fermor geschenkt bekommen hatte. Die Spangennadel einer Tapferkeitsmedaille war locker und ritzte ihm unterhalb der linken Brusttasche die Haut überm Herzen. Als er die Nadel befestigte, sah er, daß die Medaille über eine nur notdürftig gestopfte Stelle im Tuch gesteckt war, und auf der Innenseite befand sich unterhalb dieser Stelle ein dunkler Fleck. Gestopft worden war ein Einschußloch. Der Fleck war geronnenes Blut. Die Uniform, die aus dem deutschen Archäologen, der zum kretischen Fischer geworden war, einen deutschen Soldaten machen sollte, war die Uniform eines toten Manns. Yannis legte den Gürtel mit dem Kampfmesser um, zog die Koppelschnalle fest, auf der die Worte »Unsere Ehre heißt Treue« ausgestanzt waren, setzte die Schirmmütze auf und zog sich die Stiefel an. Sie waren zu groß. Er nahm eine Handvoll Stroh vom Lager und stopfte damit die Stiefelspitzen aus, bis seine nackten Füße nicht mehr herausrutschten.

Eléni war jetzt ganz still geworden, sagte nichts mehr, weinte nicht mehr, sondern stand mit hängenden Schultern vor der Tür und starrte ihn aus geröteten Augen an wie einen Fremden. Er küßte sie auf den Mund. Sie reagierte nicht.

»Sie warten auf mich«, sagte er, »es tut mir leid«, schob sie sanft beiseite und ging.

Sie sah ihm nicht nach, winkte nicht, stand regungslos, wie festgewachsen, und starrte das auf dem Boden liegende Bündel Kleidung an, das er gegen die Uniform eingetauscht hatte.

Andreas und Georgi warteten bereits auf dem Motorrad, Yannis setzte sich in den Seitenwagen, und sie fuhren los. Der Kübelwagen, den sie bei Johanns Entführung erbeutet hatten, war in der Nähe von Melambes in der Ruine eines Schafstalls versteckt. Sie hatten den Wagen und mehrere Benzinkanister mit einer Plane abgedeckt und mit Stroh, rostigen Blechplatten und Dachsparren überhäuft, so daß es aussah, als befänden sich im Innern des Stalls nur die Trümmer des eingestürzten Dachs. Nachdem sie den Wagen frei geräumt hatten, schob Andreas ein neues Magazin in die Beretta und gab sie Yannis mit einem zweiten Magazin, der sie sich in die Seitentasche der Uniformjacke schob. Dann stiegen Andreas und Georgi wieder aufs Motorrad, fuhren weiter nach Nordosten, und Yannis folgte ihnen im Kübelwagen. Fünf Kilometer vor Spili führte die Straße nach einer Haarnadelkurve durch einen dicht mit Gestrüpp bewachsenen Hohlweg. Andreas entschied, daß er sich an dieser Stelle in den Hinterhalt legen würde.

Andreas nahm eine der beiden Maschinenpistolen mit Munition aus dem Seitenwagen, und sie gingen noch einmal gemeinsam den Plan durch. Georgi sollte mit dem Motorradgespann, gefolgt von Yannis im Kübelwagen, ins Dorf fahren. Yannis sollte erklären, daß er und sein einheimischer Führer Befehl hätten, die Gefangenen so schnell wie möglich abzutransportieren. Zur Bewachung sei je ein weiterer Soldat im Kübelwagen und auf dem Gespann mitzunehmen, während der Rest der Truppe mit einem LKW abgeholt werden würde, der bereits unterwegs sei. Nachdem sie das Dorf verlassen hätten, würden sie hier in dieser Kurve halten, sich mit Andreas' Unterstützung der beiden Wachen entledigen und dann das Weite suchen.

Yannis hatte bislang alle Einwände, Bedenken und Ängste unterdrückt, indem er, ohne nachzudenken, wie in Trance, befolgte, was Andreas und Demis sich ausgedacht hatten. Jetzt wurde ihm schlagartig bewußt, daß der Plan mindestens drei haarsträubende Schwachstellen aufwies, die das hektisch improvisierte Unternehmen zu einem Himmelfahrtskommando machten. Erstens würden sie von Süden ins Dorf fahren müssen, also nicht aus der Richtung, aus der die Deutschen den Entsatz zu erwarten hätten. Zweitens konnte man ihn als den gesuchten Deserteur Johann Martens erkennen, auch wenn es nicht sehr wahrscheinlich war, daß ausgerechnet unter den acht Soldaten in Spili einer sein sollte, mit dem er früher zu tun gehabt hatte. Drittens und, wie Yannis fand, weitaus bedenklicher war, daß das deutsche Kommando inzwischen per Funk anderslautende Befehle oder Informationen bekommen haben konnte, die seinen Auftritt sofort als Hinterhalt entlarven würden. Die Chance, aus dieser Sache lebend herauszukommen, war gering. Warum sollte er sein Leben aufs Spiel setzen, einen Tag nach seiner Hochzeit? Um ausgerechnet Paul Bates zu retten? War der nicht dafür verantwortlich, daß man ihn so lange in Ägypten festgehalten hatte? Hatte der nicht versucht, seine Abwesenheit auszunutzen, indem er Eléni nachgestiegen war? Und verfolgten die Engländer nicht überhaupt Pläne, die langfristig mit den Interessen der Kreter kollidieren mußten? Was ging ihn dieser Paul Bates aus England an? Was der Funker Charles, der sich nach englischem Bier sehnte? Hatten englische Geschwader nicht deutsche Städte ausgelöscht? Lübeck? Seine Eltern? Ingrid? Mit Ingrid, nicht mit Eléni, wäre er inzwischen verheiratet, wenn nicht …

»Bist du soweit?« Georgi stieß Yannis in die Seite.

Yannis nickte geistesabwesend. Es war zu spät, um nachzudenken, zu spät, um nein zu sagen, zu spät, um davonzulaufen. Das Stroh in den Stiefelspitzen stach ihm in die Zehen. Er war sein Leben lang mitgeschwommen im Strom, hatte sich gedrückt vor jeder Schwierigkeit, jedem Problem. »Ja«, sagte er entschlossen, »fahren wir.«

Am Rand des Dorfs, vor der Mauer zu den Gemüsegärten, stand ein einzelner Soldat mit geschultertem Karabiner vor den ausgebrannten Motorradgespannen. Georgi drehte sich fragend auf dem Motorrad um. Yannis gab ihm gestikulierend zu verstehen, bei dem

Posten anzuhalten. Der Mann trat ans Seitenfenster des Kübelwagens und schien über das Auftauchen der beiden Fahrzeuge aus südlicher Richtung nicht sonderlich überrascht zu sein.

Yannis tippte mit der Hand gegen den Mützenschirm. »Vorauskommando«, sagte er, »sollen hier ein paar Gefangene abholen.«

»Jetzt schon?« Der Soldat nahm seine Mütze ab und wischte sich Schweiß von der Stirn. »Der Leutnant hat gesagt, daß ihr frühestens morgen kommt.«

»Ja, ja«, nickte Yannis erleichtert, »hat schon alles seine Richtigkeit.« Die Gefangenen waren also noch im Dorf, und das Eintreffen weiterer Truppen war im Augenblick nicht zu befürchten. »Wo ist der befehlshabende Offizier?«

»Wahrscheinlich im Haus des Dorfschulzen, direkt am Platz. Da sind auch die Gefangenen.«

»Danke, Kamerad.«

Yannis lenkte den Kübelwagen an Georgi vorbei, rief ihm zu, ihm zu folgen, und fuhr langsam über die staubige, in der Mittagshitze flirrende Dorfstraße. Im Schatten eines Hofwegs döste ein Hund, hob müde den Kopf, als sie vorbeifuhren, schlug aber nicht an. Menschen waren nirgends zu sehen. Entweder waren sie vor der Hitze in die Häuser geflohen, oder sie rasteten, von der Arbeit in Gärten und Feldern erschöpft, unter Baumschatten. Oder man hatte sie zusammengetrieben, vielleicht in der Kirche, um sie dafür zu bestrafen, daß in ihrem Dorf Andarten und Agenten Unterschlupf gefunden hatten. Die Zweige der Platanen, die den Platz säumten, hingen schlaff und trocken, als hielten auch sie ihren Mittagsschlaf. Vor einem der armseligen Häuser standen zwei Soldaten, dicht an die Wand gedrückt im schmalen, scharfen Schatten, sahen gelangweilt zu, wie Yannis und Georgi vorfuhren und die Motoren ausstellten. Georgi blieb wie verabredet neben dem Motorrad stehen, um Yannis im Notfall mit der im Seitenwagen liegenden Maschinenpistole Feuerschutz geben zu können.

Yannis ging auf die Wachen zu, tippte wieder lässig gegen den Mützenschirm. »Ist das hier das Haus des Dorfschulzen?«

Einer der beiden Männer, ein Gefreiter, nickte gähnend. »Wenn man die Bruchbude als Haus bezeichnen will. Aber der Schulze ist gar nicht da.«

»Nehmen Sie mal Haltung an, Mann«, zischte Yannis, dessen Rangabzeichen ihn als Hauptfeldwebel auswiesen.

»Zu Befehl.« Beide Soldaten strafften sich, schlugen die Hacken zusammen und richteten die Gewehre aus, die sie geschultert hatten.

»Ich muß sofort mit dem Offizier sprechen, der hier das Kommando führt.«

»Der ist im Haus«, sagte der Gefreite grinsend. »Kann mir aber nicht denken, daß er sich gern bei seinem Mittagsschlaf stören läßt.«

»Das Denken überlassen Sie mal lieber mir«, fuhr Yannis ihn an. »Wo sind die Gefangenen untergebracht?«

»Im Stall hinterm Haus.«

»Bewacht?«

»Zu Befehl, Herr Hauptfeldwebel.«

»Rühren.«

Yannis drückte die Holztür auf. Sie knirschte mürbe in den rostigen Angeln. Es klang wie Zähneknirschen. Ein enger, schmutziger Flur. Durch schadhafte Stellen im Dach und durch den Spalt einer angelehnten Tür schwaches Licht. Am Ende des Flurs eine weitere, geschlossene Tür, vermutlich zum Hof. Er zog die Haustür hinter sich zu und lauschte am Spalt der angelehnten Tür. Gleichmäßiges Schnarchen. Schon hob er die Hand, um zu klopfen, folgte jedoch einem plötzlichen Impuls, schob die Tür ein Stück weiter auf und schaute in den Raum. Es war die Wohnküche des Hauses, Tisch, Stühle, Feuerstelle. Unter einem staubblinden Fenster zum Hof lag ein Mann auf dem Bett, das Gesicht zur Wand gedreht, bekleidet mit einem Unterhemd und Uniformhose. Die Stiefel standen vor dem Bett, über einer Stuhllehne hingen die Uniformjacke und der Gürtel mit der Dienstpistole im Halfter. Yannis hob erneut die Hand, um den Mann durch Klopfen zu wecken, als dieser sich im Schlaf von der Seite auf den Rücken wälzte.

Yannis erstarrte. Hollbach! Vor ihm lag Leutnant Friedrich Hollbach. Yannis machte zwei Schritte zurück ins Dämmerlicht des Flurs, überlegte fieberhaft. Sein Herz klopfte so laut, daß es den Schlafenden wecken mußte. Yannis versuchte, ruhig und regelmäßig zu atmen, aber das Herzrasen blieb. Der Plan war gescheitert. Dies war das schlimmste aller zu befürchtenden Hindernisse. Unlösbar. Noch war Zeit genug, das Haus zu verlassen, als sei alles in bester Ordnung, die Wachen zu grüßen, über den Platz zu schlendern, in den Kübelwagen zu steigen und mit Georgi schleunigst das Weite zu suchen. Sein Leben, Georgis Leben, wahrscheinlich auch Andreas' Leben gegen das von Bates, Charles und zwei Andarten. Drei Leben gegen vier. Er dachte an Eléni. Die Locke auf ihrer Stirn. In das aufsteigende Bild schob sich ein anderes. Hollbach, der dem am Boden liegenden Popen die Pistole ins Genick setzt. Mit zitternden Fingern knöpfte Yannis die Seitentasche der Uniformjacke auf, zog die Beretta heraus, entsicherte sie, machte ein paar Schritte in den Raum, nahm den Gürtel mit der Pistole von der Stuhllehne und hängte ihn sich über die Schulter.

Hollbach, von den Geräuschen geweckt, räkelte sich gähnend, strich sich mit der Hand über die Stirn, schlug die Augen auf, stützte sich mit einem Ellbogen auf die Matratze und starrte Yannis an. Im ersten Augenblick schien er ihn nicht zu erkennen, zwinkerte, wischte sich die Augen aus und fixierte ihn dann mit einem Ausdruck ungläubiger Verblüffung, als sähe er ein Gespenst.

»Sie ...?« ächzte er gedehnt, während Yannis die Pistole auf ihn richtete. Das Zittern seiner Hand war verschwunden, sein Herz schlug langsamer. »Aber das ist doch ...«

»Keine Bewegung«, zischte Yannis ihn an. »Und kein lautes Wort.«

Hollbach hob die Hand zu einer halb abwehrenden, halb besänftigenden Geste. »Schon gut«, sagte er gedämpft. »Was wollen Sie denn von mir, Mensch? Ich dachte, Sie sind längst nach Ägypten evaku ...«

»Wo sind die Gefangenen?« flüsterte Yannis.

Hollbach deutete aus dem Fenster. »Hinten, im Stall. Aber hören Sie zu, Martens, was Sie hier ...«

»Klappe halten. Werden sie bewacht?«

Hollbach nickte und starrte Yannis immer noch staunend, verwirrt und auch irgendwie enttäuscht oder mißbilligend an. »Ein Mann steht am Stall. Mensch, Martens«, er redete hastiger und wurde dabei lauter, »machen Sie doch keinen Unsinn. Vielleicht läßt sich ja über alles reden. Ein Mißverständnis das alles, ich meine ...«

Yannis brachte ihn zum Schweigen, indem er den Zeigefinger an die Lippen legte, den Lauf der Beretta höher hob und auf Hollbachs Kopf richtete. »Wo sind Ihre anderen Leute, außer den Wachen hier vor der Tür und an den Motorrädern?«

»Ich weiß nicht«, sagte Hollbach. »Sie haben Ausgang. Schlafen vermutlich.«

»Und wann sollen Sie hier abgeholt werden?«

»Wahrscheinlich erst morgen. Aber ich warne Sie, Martens, das geht nicht gut, was Sie ...«

»Schnauze. Wir beide gehen jetzt in den Hof, Sie voraus und ich dicht hinter Ihnen. Die Pistole halte ich so, sehen Sie, genau so in der Uniformtasche, den Finger am Abzug. Wenn Sie etwas Falsches sagen, sind Sie tot.«

»Sie auch«, sagte Hollbach.

Yannis zuckte mit den Achseln. »Schicken Sie die Wache weg. Sagen Sie, daß ich im Auftrag des Inselkommandanten mit Ihnen zusammen die Gefangenen zu vernehmen habe, mindestens eine Stunde lang.«

»Aber«, Hollbach stöhnte, »sind Sie denn völlig verrückt ...«

»Verstanden?« Yannis drückte die Pistole so durch den Jackenstoff, daß sich der Lauf abzeichnete und genau auf Hollbachs Brust zielte. »Los jetzt, Stiefel anziehen.«

Hollbach fuhr in die Stiefel, ging zögernd durch den Flur auf den Hof. Yannis folgte ihm so dicht, daß er ihn fast berührte und seinen Schweiß riechen konnte. Der Soldat, der rauchend vor der Stalltür auf dem Boden saß, den Karabiner zwischen den Knien, rappelte sich auf und nahm Haltung an.

»Schon gut«, winkte Hollbach ab, »rühren«, sagte, was Yannis von ihm verlangt hatte, und ließ den Mann abtreten.

»Aufmachen«, sagte Yannis und deutete auf die mit einem Holzriegel versperrte Stalltür.

Süßlich stechender Dunst schlug ihnen entgegen.

»Kommt raus!« rief Yannis erst auf griechisch dann auf englisch.

Bates, Charles und ein Andarte traten auf den Hof, blinzelten in die stechende Sonne und schauten sich um. Yannis kannte den Kreter. Es war Nikos, der Mann, der ihm bei Xilouris von seinen Söhnen erzählt hatte, die ein Flugzeug in Brand gesteckt hatten. Die drei Männer, vom Licht geblendet, schienen Yannis erst gar nicht zu erkennen, glattrasiert und in deutscher Uniform. Erst als er Hollbach fragte, wo der vierte Gefangene sei, merkten sie, wen sie vor sich hatten. Hollbach behauptete, der Kreter habe einen Fluchtversuch unternommen und sei dabei erschossen worden. Yannis fragte Nikos, ob das stimme. Der Mann nickte bedrückt.

Yannis gab Bates die Pistole von Hollbach, die er immer noch über der Schulter hängen hatte, und erklärte so knapp wie möglich, was sie draußen auf dem Platz erwartete. Dann setzte er Hollbach die Beretta ins Genick und befahl ihm, loszugehen. Als die Haustür knirschend aufgestoßen wurde, nahmen die beiden Wachposten Haltung an, und erst, als Nikos ihnen die Gewehre abnahm, realisierten sie, was für eine seltsame Karawane da an ihnen vorbei zu den Fahrzeugen marschierte.

»Haltung bewahren und bis 20000 zählen«, sagte Yannis, »sonst erschieße ich den Leutnant«, und preßte Hollbach dabei den Lauf so fest ins Genick, daß dieser den Kopf nach vorn schob und sich duckte.

Georgi hatte längst die Maschinenpistole in der Hand, den Lauf auf die beiden Posten gerichtet, und sah grinsend zu, wie Bates neben Hollbach auf die Rückbank des Kübelwagens kletterte und ihn mit dessen eigener Waffe in Schach hielt, während Yannis sich hinters Steuer setzte. Nikos kletterte hinter Georgi aufs Motorrad, und Charles wollte eben in den Beiwagen steigen, als er plötzlich auf dem Absatz kehrt machte.

»Wo willst du hin?« fragte Georgi.

»Das Funkgerät«, sagte Charles. »Wir können es besser gebrauchen als die hier. Es steht neben dem Stall.« Er lief zurück, schleppte das tragbare Gerät aus dem Haus und legte es neben Yannis auf den Beifahrersitz.

Sie fuhren los, wirbelten eine Staubwolke auf, die sich langsam über die Platanen, den Platz und die stramm stehenden, lautlos zählenden Wachen senkte. Niemand sagte etwas. Sie passierten den Posten an den ausgebrannten Motorrädern, der ihnen verständnislos glotzend zuwinkte. Erst als sie die Kurve erreichten, hinter der Andreas auf sie wartete, und ausgestiegen waren, fielen sie sich gegenseitig um den Hals, lachten und schrien Angst und Anspannung aus sich heraus, bis sie heiser waren.

Als Bates Yannis die Hand drückte und ihm dankte, sagte Yannis: »Ich denke, jetzt sind wir quitt.«

Von Georgi, die Maschinenpistole lässig in der Armbeuge, bewacht, hockte Hollbach unterdessen am Straßenrand, das Gesicht zwischen den Knien und die Hände im Nacken verschränkt. »Was machen wir jetzt mit dem?« fragte Georgi.

»Wir bringen ihn als Kriegsgefangenen nach Ägypten. Er wird viel zu erzählen haben«, schlug Charles vor.

»Ausgeschlossen«, sagte Bates. »In den nächsten Wochen haben wir alle Hände voll zu tun mit unseren eigenen Angelegenheiten.«

»Er macht einfach einen Fluchtversuch«, sagte Nikos. »Dimitri hat gestern auch einen Fluchtversuch gemacht. Sie haben ihm eine Salve in den Rücken gejagt. Und meinen ältesten Sohn haben sie umgebracht, die Schweine.«

»Fluchtversuch, gute Idee«, grinste Georgi und spielte mit dem Finger am Abzug.

»Schlechte Idee«, sagte Andreas barsch. »Wir tauschen ihn aus. Die Deutschen halten genug unserer Leute als Geiseln fest. Wenn sie ihren Herrn Leutnant wiederhaben wollen, werden sie dafür viele von uns freilassen müssen.«

Alle waren einverstanden, allen voran Nikos, weil er hoffte, auf diese Weise vielleicht seinen jüngeren Sohn aus dem Zwangsarbeitslager holen zu können.

Mit Georgis Kopftuch verbanden sie Hollbach die Augen, damit er später keine Aussagen machen konnte, wohin man ihn gebracht und wo man ihn gefangengehalten hatte. Das auf griechisch geführte Gespräch hatte er nicht verstanden.

»Hören Sie zu, Martens!« sagte er mit zusammengebissenen Zähnen. »Sagen Sie diesen Banditen, deren Freund Sie geworden sind, daß sie mir die Augenbinde abnehmen sollen. Ich kann denen sehr gut in die Visage sehen, wenn sie mich jetzt abknallen.«

»Aber *wir* wollen Ihre Visage nicht mehr sehen«, sagte Yannis. »Es ist genug.«

4.

Im Morgengrauen, als sich die Dinge in ihre Konturen zurücktasteten, wirkten Bäume und Masten, Häuser und Mauern, Mole und Hafenplatz wie eine unscharfe, zu schwach belichtete Schwarzweißfotografie. Als Yannis die Haustür öffnete, schreckte Eléni auf, und als er sich dem Lager näherte, starrte sie ihn mit weit aufgerissenen Augen an, als sähe sie ein Gespenst. Er streckte die Hand nach ihr aus, aber sie zuckte zurück und zog sich das Laken bis unters Kinn.

»Ich bin es«, flüsterte er, »Yannis.«

Erst als sie seine Stimme hörte, schien sie ihn zu erkennen, ließ das Laken los und griff wie eine Ertrinkende zitternd nach seiner Hand.

»Was hast du?« fragte er.

»Du hast mich erschreckt«, stammelte sie. »Die Uniform ... Du mußt diese furchtbare Uniform ausziehen. Sie ist wie eine Maske, wie eine ...«

Er riß sich die Sachen vom Leib und legte sich zu ihr. Sie strich ihm mit noch zitternden Fingern über die glattrasierte Oberlippe, über Schultern und Brust, Hüften und Bauch, als müsse sie sich seines Körpers vergewissern, und als sie sich schließlich wiedererkannten, errötete auch das blasse Zwielicht und füllte sich mit den Farben des Tages.

»Ich habe Angst um dich gehabt«, flüsterte sie, die Lippen an seinem Ohr. »Erzähl es mir, damit ich weiß, daß es nicht gefährlich war.«

»Es war nicht gefährlich«, sagte er, »ich hatte ja die Uniform«, als hätte sie ihn wie eine Tarnkappe unsichtbar oder unverwundbar gemacht, und begann zu erzählen, so beiläufig, als hätten sie einen Korb mit Fischen angelandet, so undramatisch, als seien da nur drei Männer auf Kaninchenjagd gewesen. Das Zittern seiner Hände, den Herzschlag bis zum Hals verschwieg er ihr, und daß er Hollbach besser kannte als jeden anderen Deutschen auf Kreta, verschwieg er ihr auch. Er spürte, daß sie ihm nicht glaubte, aber er spürte auch, daß sie es anders nicht hören wollte.

»Wir haben«, sagte er, »dem deutschen Leutnant einen Brief diktiert, in dem er bestätigt, daß er sich unversehrt in unserer Gewalt befindet, und darum bittet, ausgetauscht zu werden. Dann haben wir den Kübelwagen wieder ins Versteck gebracht, und dein Vater, Pavlos, Charly und ich sind zu Fuß nach Agia Galini zurückgekehrt. Deshalb sind wir auch erst heute morgen angekommen. Georgi und Nikos haben den deutschen Offizier mit dem Motorrad nach Matala transportiert. Er wird dort in einer Höhle am Strand gefangengehalten. Georgi hat gute Freunde in Matala, die den Offizier bewachen werden, bis er ausgetauscht wird. Und das ist eigentlich alles.«

Sie schwieg eine Weile, als müsse sie über etwas nachdenken, richtete sich dann auf und deutete auf die Uniform und die Stiefel, die wie ein Haufen Unrat an der Wand lagen. »Du darfst sie nie wieder anziehen.«

Nachdem Georgi und Nikos mit dem Motorrad aus Matala zurück waren, setzten sich die Männer abends im Kafenion zusammen, um das weitere Vorgehen zu beraten. Als Vermittler des Austauschs von Hollbach gegen Gefangene und Geiseln kam nur Agathangelos in Frage, der Fürstbischof von Chania. Seine Haltung gegenüber der Besatzungsmacht war zwielichtig. Manche hielten ihn für einen Kollaborateur, weil er nach der Eroberung der Insel die Aufrufe zur Waffenabgabe unterstützt hatte und sich von sämtlichen Gruppierungen des Andartiko distanzierte. Andererseits hatte er seine guten Beziehungen häufig genutzt, um mäßigend auf die Deutschen einzuwirken. Mindestens einmal, erzählte Demis, habe er sich auch offen gegen die Besatzer gestellt. Vor einem Jahr sollten inhaftierte Frauen und Kinder in deutsche Konzentrationslager deportiert werden. Die Gefangenen waren bereits zum Abtransport vor dem Gefängnistor angetreten, als der von Nachbarn alarmierte Agathangelos erschien. Er hatte mit dem deutschen Gefängnisdirektor eine heftige Auseinandersetzung, an deren Ende der Bischof rief: »Wenn meine Kinder von hier weggehen sollen, laßt sie zurück in ihre Häuser gehen. Oder ihr müßt auch mich mitnehmen!« Als er sich unter die Gefangenen mischen wollte, um seinen Worten Nachdruck zu verleihen, versuchte der Direktor ihn zurückzuhalten. Daraufhin schlug ihm der Bischof mit seinem

Hirtenstab ins Gesicht. Der Direktor blutete stark, der Bischof wurde von Wachen in ein Auto gestoßen und weggefahren. Dennoch machte sein Einsatz so großen Eindruck, daß die Deportation unterblieb. Eine offene Konfrontation mit dem orthodoxen Klerus wollte die Kommandantur unter allen Umständen verhindern, weil es sonst keine Vermittlungsinstanzen zur Bevölkerung gab. Und da Agathangelos schon mehrfach den Austausch von Gefangenen ermöglicht hatte, setzte man jetzt einen entsprechenden Brief an ihn auf und fügte eine Namensliste von zwölf Kretern bei, die in Gefängnissen oder Arbeitslagern festgehalten wurden, darunter Nikos' Sohn, aber auch drei Angehörige der Nationalen Befreiungsfront EAM, der kommunistisch orientierten Andarten.

Bates erhob Einspruch. »Diese Leute«, sagte er, »werden früher oder später zu euren Feinden werden. Sie machen bereits jetzt Schwierigkeiten, sabotieren bestimmte Aktionen, die wir planen. Die Deutschen werden nicht mehr lange hiersein, aber wenn ihr die Kommunisten gewähren laßt, werdet ihr sie nie mehr los. Streicht sie von der Liste. Seid froh, daß die Deutschen sie festhalten.«

Andreas schüttelte energisch den Kopf. »Ich weiß nicht genau, welche Ziele die EAM verfolgt. Ich weiß nicht einmal, was Kommunismus ist. Aber diese Männer sind Kreter. Sie haben bis jetzt den gleichen Kampf gekämpft wie wir. Ihre Frauen und Kinder warten auf sie, wie unsere Frauen und Kinder auf uns warten würden. Wenn sie nicht aus dem Gefängnis kommen, bleibt auch Hollbach in seiner Höhle.«

Am nächsten Morgen brachen Bates, Charles, Nikos und die beiden Andarten, die der Verhaftung durch Hollbachs Kommando entkommen waren, in die Mesara-Ebene auf, um Plätze für die Nachschubabwürfe zu markieren, während sich Georgi mit Brief und Namensliste auf den Weg nach Chania machte. Das Schreiben, das Hollbach hatte aufsetzen müssen, würde als Beweis, aber auch als eine Art Passierschein dienen, da Georgi mit dem Motorrad jeder deutschen Patrouille auffallen mußte.

Eine Woche später war er wieder in Agia Galini und überbrachte das Antwortschreiben des Bischofs. Der Austausch sollte in vierzehn Tagen bei einem kleinen Kloster stattfinden, das abseits der

Hauptstraße auf halber Strecke zwischen Agia Varvara und Hiraklion lag. Die Modalitäten der Aktion waren in dem Schreiben detailliert geregelt. Andreas wollte Yannis unbedingt aus der Aktion heraushalten, um ihn nicht noch einmal mit Hollbach zu konfrontieren, aber nachdem sie die Sache lang und breit debattiert hatten, kamen sie zu dem Ergebnis, daß sich Situationen ergeben konnten, in denen Deutsch gesprochen oder übersetzt werden mußte.

Das Höhlensystem, in dem Hollbach gefangengehalten wurde, lag in einer Felswand am Strand von Matala. Nach der Eroberung Kretas durch die Deutschen hatten die Höhlen versprengten englischen, neuseeländischen und australischen Soldaten als Versteck gedient, bis sie nach Ägypten evakuiert worden waren. In den folgenden Jahren hatten britische Agenten Funkstationen in den Höhlen betrieben und Schleuserschiffe und Transportflugzeuge eingewiesen, aber seitdem sich die deutsche Besatzung in den Nordwesten zurückzog und den Süden der Insel aufgab, wurden die Höhlenverstecke nicht mehr benutzt.

Hollbach war von seinen Bewachern korrekt behandelt und ausreichend verpflegt worden. Bevor sie ihn an einem brütendheißen Julimorgen aus der Höhle führten, fesselten sie ihm die Hände und verbanden ihm die Augen. Daß er an der Küste gefangengehalten worden war, wußte er natürlich, weil sich die Geräusche und Gerüche des Meeres in den Höhlen verfingen, aber den genauen Ort würde er nicht benennen können. Georgi und Yannis warteten mit dem Motorradgespann am Weg, der vom Dorf zum Strand herunterführte. Die beiden jungen Burschen, die ihn bewacht und versorgt hatten, dirigierten Hollbach mit leichten Stößen zum Motorrad.

Er redete in einer Mischung aus Deutsch, Englisch und ein paar Brocken Griechisch ununterbrochen auf sie ein. Offenbar ging er davon aus, zu seiner Exekution geführt zu werden, und versuchte seine Bewacher davon zu überzeugen, ihn nicht umzubringen, sondern gegen ein Lösegeld auszutauschen. »Germans give money, many drachmai«, sagte er, als sie am Motorrad ankamen.

»Maul halten«, sagte Yannis.

»Großer Gott!« entfuhr es Hollbach. »Sind Sie das, Martens? Was geht hier vor? Was geschieht jetzt mit mir?«

Yannis gefiel die Vorstellung, daß Hollbach davon ausging, erschossen zu werden. Sie würden ihn austauschen, er würde frei sein. Die Todesangst aber wollte er ihm nicht nehmen. »Warum sollte man mit Ihnen anders umgehen, als Sie mit den Kretern umgegangen sind?« sagte er, während Hollbach in den Seitenwagen gestoßen wurde.

»Ich habe nur Befehle ausgeführt«, sagte er, und über dem Tuch um seine Augen sammelten sich Schweißperlen. »Ich habe diese Befehle nicht erlassen. Ich habe immer versucht, das Schlimmste zu verhindern, ich habe ...«

Georgi trat den Motor an. Hollbachs Worte gingen im Gestotter und Geknall von Fehlzündungen unter. Sie fuhren los. Der Fahrtwind kühlte. Der Motor lief runder, leiser.

»Martens? Hören Sie mich? Sind Sie noch da?« Hollbach drehte das Gesicht mit dem schwarzen Tuch um die Augen nach links zur Maschine, wo er Yannis vermutete. »Lassen Sie uns miteinander reden«, brüllte Hollbach in den Fahrtwind, »in Ruhe und vernünftig! Vielleicht hat man Ihnen unrecht getan! Vielleicht war Ihre Verhaftung nur ein Mißverständnis! Ich könnte für Sie bürgen! Machen Sie sich doch nicht unglücklich, Mensch!« Yannis reagierte nicht, während Georgi das Motorrad über die Straße nach Agii Déka lenkte. »Sie machen einen Fehler, Martens! Sie stehen auf der falschen Seite!« Der Wind schmeckte trocken, fast wie der Wind in Ägypten geschmeckt hatte, im Gefangenenlager, und vielleicht kam er auch von dort. Aber über dieser Insel lud sich die Trockenheit mit Fruchtbarkeit auf, mit herbsüßen Düften nach Getreide, trocknendem Obst, aus Stämmen tropfendem Harz, aus Oliven rinnendem Öl. »Es gibt Geheimverhandlungen zwischen uns und den Briten! Auch zwischen uns und der EOK! Haben Sie das gehört?« Die Weiden, Felder und Gärten der Mesara-Ebene glühten. »Es geht nicht mehr um Deutschland oder England! Es geht ums Abendland!« Vieles war schon verbrannt, lag dürr und braun im stechenden Licht, abgeerntete Kornfelder leuchteten kupferbrandig. »Gemeinsam gegen den Bolschewismus!« Dunkelgrüne Oliven rieselten vorüber, ordneten sich zu Hainen, lösten sich wieder auf, und die Berge, denen sie entgegenfuhren, türmten sich violett ins unendliche Blau. »Martens! Hören Sie! Wenn Ihre

Freunde keine Kommunisten sind, dann bin ich nicht mehr ihr Feind!« Yannis sah sich um. Der Ufersaum der Küste, tiefblauer Strich, der Brandungsschaum des Meeres, Rand einer ungeheuren Schale. »Das ist jetzt ein ganz anderer Krieg!«

Bei Agia Varvara verließen sie die Hauptstraße. Georgi fuhr langsam über den ungepflasterten Weg bergauf, durch Schlaglöcher, über Geröll und Schotter von Bergrutschen, die über den Weg gegangen waren. Hollbach hatte es aufgegeben, in den Wind zu schreien, wurde im Seitenwagen durchgerüttelt, klammerte sich an der vorderen Verstrebung fest. Es ging auf Mittag zu, die Schatten krochen zum Fuß der Dinge zurück. Der Weg lief an mannshoher Macchia vorbei, an blühenden Myrten, Eichenbüschen, Ilex, Platanen, durch deren Laub grüne Lichtfluten strömten, vorbei an einzelnen Ölbäumen und endete abrupt an einem Bach, der im kiesigen Bett prasselnd talwärts stürzte. Von unten zog sich eine Reihe Zypressen am Bach entlang und markierte den Pfad, der ab hier nur zu Fuß bewältigt werden konnte.

Im Talgrund lag das Kloster, mit Treppen, Galerien, hölzernen Verstrebungen und Höfen gegen und in den eisenroten Fels gebaut. Der Zypressenpfad lief aufs Eingangstor zu, vor dem mehrere Personen standen. Auf der gegenüberliegenden Seite des Tals parkte am Ende des Zufahrtswegs ein LKW. Yannis sah durch den Feldstecher. Die Leute vor dem Klostertor waren Mönche. Zwischen ihnen stand, in vollem Ornat, langbärtig, mit Mütze, Silberkreuz auf der Brust und in der Sonne blitzendem Hirtenstab, der Bischof. Daneben ging ein Mann in deutscher Uniform nervös auf und ab. Yannis zählte die Personen, die auf der Ladefläche des LKWs saßen. Zwölf. Vor dem LKW standen zwei Soldaten mit geschulterten Karabinern, rauchten Zigaretten.

»Es ist alles wie verabredet«, sagte er zu Georgi, »du kannst losgehen.«

Georgi folgte dem Bachlauf und verschwand bald zwischen Unterholz und Zypressenstämmen.

»Sind Sie noch da, Martens?« Hollbach sprach leise, spürte, daß etwas vorging, daß er jetzt mit Yannis allein war. »Wenn Sie mich gehen lassen, verspreche ich Ihnen, daß ich mich für Sie …«

»Wenn Sie noch ein einziges Wort sagen«, zischte Yannis, »verspreche ich Ihnen einen Genickschuß.«

Aus dem Tal stiegen Duftwellen. Erika. Baumharz. Majoran. Irgendwo sang eine Amsel. Turmfalken kreisten in der Luft. Im Gegenlicht sah ihr braunes Gefieder rosa aus. Unten tauchte Georgi aus dem Zypressenschatten auf und ging, ein weißes Tuch schwenkend, auf die wartende Gruppe zu. Yannis setzte wieder das Fernglas an die Augen. Der Bischof, der Offizier und ein Mönch, der im Brief des Bischofs als Dolmetscher angekündigt war, sprachen mit Georgi. Der Offizier gestikulierte in Richtung des LKWs. Die Gefangenen sprangen von der Ladefläche und gingen langsam auf den Eingang des Klosters zu. Gleichzeitig schwenkte Georgi das Tuch in Yannis' Richtung, drehte sich wieder zum Bischof um, machte eine Kniebeuge vor ihm und küßte seinen Ring.

Yannis nahm Hollbach die Handfesseln und die Augenbinde ab. Der Leutnant kniff die Lider gegen das Sonnenlicht zusammen, schirmte die Augen mit der Handfläche ab, sah sich irritiert um, heftete den Blick fragend auf Yannis, rieb sich die Handgelenke, sagte aber nichts.

»Aussteigen«, sagte Yannis, und Hollbach kletterte aus dem Seitenwagen. Yannis deutete mit dem Lauf der Beretta auf die Menschengruppe vor dem Kloster. »Sie gehen jetzt da runter. Ihre Kameraden warten schon auf Sie. Los.«

»Martens, auf ein Wort noch.« Hollbachs Stimme war die Erleichterung anzumerken. »Wir könnten wieder zusammenarbeiten. So ein Austausch ist immer der erste Schritt zur Ver...«

Yannis drückte ihm den Pistolenlauf so heftig unters Kinn, daß Hollbach den Kopf in den Nacken legen mußte und fast gestolpert wäre. »Hauen Sie ab!«

Hollbach hob die Arme auf Schulterhöhe, die Handflächen nach vorn, halb ergeben, halb besänftigend, nickte, schüttelte den Kopf, nickte wieder, drehte sich langsam um und ging dann mit unsicheren, leicht schwankenden Schritten talwärts. Als er hinter den letzten Zypressen wieder zum Vorschein kam und sich der Gruppe näherte, erreichten auch die Gefangenen vom LKW das Klostertor. Im Fernglas sah Yannis, wie der Offizier vor Hollbach salutierte, aber der winkte mit einer müden oder unwirschen Geste ab. Dann hob der Bischof seinen Stab und schlug damit ein Kreuzzeichen in die Luft. Die kretischen Geiseln wurden von den Mönchen ins Kloster geführt, während Hollbach und der andere Offizier zum LKW gingen, und auch Georgi machte sich auf den Rückweg.

Yannis setzte das Fernglas ab und hockte sich auf einen Stein. Der Bach strömte leise klirrend durchs Kieselbett, sein Wasser grün im Licht, das durchs Laub filterte. Zikaden schrillten. Wieder sang die Amsel. Vielleicht war es eine andere, die eine späte Antwort gab. Käfer schwirrten im Gebüsch. Eine Eidechse huschte übers glühende Geröll. Die Schatten wurden länger.

5.

Mit seinem vergoldeten Hirtenstab hatte der Fürstbischof sie gesegnet, Deutsche und Kreter, was Andreas nur recht und billig fand, da vor Gott alle Menschen gleich seien. Und als der Bischof im September seine segensreiche Vermittlungstätigkeit fortsetzte, indem er auch Andreas Siderias zu einem Geheimtreffen zwischen Vertretern der EOK, britischen SOE-Agenten, darunter Bates, und Abgesandten der Okkupationsmacht einlud, folgte Andreas dem frommen Ruf. Zwar befehligte er keine Einheit, war aber unter den Kommandanten und Kapitänen des nationalen Andartiko hochangesehen, kannte britische Agenten persönlich und hatte mehrfach an Operationen teilgenommen, die von den Briten organisiert worden waren. Daß er nach wie vor gute Beziehungen zu gemäßigten Kräften der kommunistischen EAM pflegte, die von dem Treffen ausgeschlossen waren, nahm man in Kauf.

Obwohl der Bischof Bedenken äußerte, damit bei den deutschen Unterhändlern für böses Blut zu sorgen, bestand Andreas darauf, Yannis als seinen Dolmetscher mitzunehmen. Daß er sich der kretischen Sache angeschlossen hatte, war seit Hollbachs Austausch kein Geheimnis mehr, doch war die deutsche Seite fast nur noch mit ihrem halbwegs geordneten Rückzug beschäftigt. Für den desertierten, des Hochverrats verdächtigen Archäologen Dr. Johann Martens interessierte sich in der Festungskommandantur niemand mehr.

Das Treffen fand im gleichen Kloster statt, vor dessen Tor der Gefangenenaustausch abgewickelt worden war. Im Refektorium hatten die Mönche einen Tisch gedeckt, Wasser und Wein, schwarze Oliven, weißes Brot, Käse und Stücke gebratenen Fischs. Die Abgesandten der drei Parteien und ihre Dolmetscher nahmen Platz. Fürs Andartiko waren Andreas und Xilouris erschienen, für die britische Seite Bates und ein gewisser Colonel Harding. Die deutsche Delegation bestand aus einem Hauptmann und einem Oberstleutnant. Als sie das Refektorium betreten hatten, war Yannis zusammengezuckt. Es war der gleiche Oberstleutnant, der ihm damals in der Pension »Minos« den Befehl zu lesen gegeben hatte. Er schien Yannis, der sich inzwischen wieder den Bart hatte wachsen lassen und sein Kopftuch trug, aber nicht zu erkennen.

Der Bischof hielt eine kurze Begrüßungsrede. »Unser Leben ist nichts als ein handbreites Schweben über dem Grab«, sagte er und machte nach jedem Satz eine Pause, damit die Dolmetscher übersetzen konnten. »Wir gehen über das Leben hin, wie man über ein Lavafeld geht. Wir wissen, daß unter uns das Verderben lauert. Aber wir sind froh um jeden Schritt, den wir hinter uns bringen. Nun scheint die Zeit gekommen, da die Lava erstarrt, und wir wollen sehen, ob wir dem sinnlosen Sterben nicht Einhalt gebieten können. Wo guter Wille ist, ist auch ein Weg. Zur Gesundheit und auf den Frieden«, schloß der Bischof und hob sein Glas. Man trank sich zu.

Daraufhin zog der Oberstleutnant einen Zettel aus seiner Uniformjacke und verlas eine Erklärung. Nachdem sich die militärische Situation durch das Vordringen der Roten Armee für die in Griechenland stationierten Truppen zuspitze, habe Hitler die Verlegung dieser Einheiten auf den Mittelbalkan befohlen, um dort eine neue Front aufzubauen. Bis Ende Oktober würden sämtliche deutsche Truppen griechischen Boden geräumt haben. Mit der Räumung der Insel werde bereits in einer Woche begonnen. Voraussetzung sei jedoch, daß weder die britische Armee noch das national gesinnte Andartiko den Abzug behindere. Gegen die Kommunisten, mit denen man aus Prinzip nicht verhandele und die einem solchen Abkommen ohnehin nicht zustimmen würden, werde man sich zu wehren wissen.

Bates und Harding schienen keineswegs überrascht; sie waren über die deutschen Absichten offenbar vorher informiert worden und mußten bereits entsprechende Rücksprachen gehalten haben. Denn sie erklärten im Gegenzug, daß auf britischer Seite ein ausdrückliches Interesse daran bestehe, der Wehrmacht den Rückzug zu ermöglichen. Das bedrohliche Vorrücken der Sowjetarmee könne durch den Aufbau eines deutschen Bollwerks verhindert werden, was bestimmten geopolitischen Interessen Englands entgegenkäme.

Als Yannis, den die sich anbahnende, vielleicht sogar längst erfolgte Verständigung schockierte, die englische Position übersetzte, fügte er leise auf griechisch hinzu: »Sie arbeiten zusammen, Andreas, aber von uns ist keine Rede mehr.«

Da die Deutschen, ergriff nun wieder der Oberstleutnant das Wort, über keinen Schiffsraum mehr verfügten, würden sie ab nächster Woche damit beginnen, Truppen zum Festland auszufliegen. Die Briten, erklärte Harding, würden diese Flüge unbehelligt lassen. Die Deutschen, so wieder der Oberstleutnant, würden ihrerseits Waffen und Material in großem Umfang unzerstört auf Kreta zurücklassen, und die deutschen und britischen Emissäre waren sich sofort einig, daß mit diesen Waffen auch das Andartiko der EOK ausgerüstet werden sollte, um der kommunistischen Gefahr der EAM Widerstand entgegensetzen zu können.

Die Andarten waren verblüfft, wie reibungslos hier eine deutsch-englische Verständigung zustande kam. »Anderswo schießen sie noch aufeinander«, flüsterte Andreas. Die Aussicht auf bessere Bewaffnung kam Xilouris, der an die verrosteten Flinten und Krummsäbel seiner Truppe denken mochte, allerdings verlockend vor, doch Andreas blieb bei seinen Bedenken. »Auf diese Weise«, sagte er, »treibt man die kretische Bevölkerung in einen Bürgerkrieg.«

Bates empfahl, die EOK solle, nachdrücklich gestärkt durch die neue Bewaffnung, nach dem deutschen Abzug sofort Verhandlungen mit der EAM aufnehmen, um weiteres Blutvergießen zu vermeiden. Das sei dann Sache der Kreter, in die man sich nicht weiter einmischen wolle.

Als Andreas mißtrauisch blieb und auch Xilouris weder ja noch nein sagte, ergriff der deutsche Hauptmann das Wort. Es gebe einen Befehl Hitlers, sagte er schnarrend, kein Hafen dürfe unzerstört in Feindeshand fallen, wonach also die Häfen Hiraklions, Rhetimnons und Chanias zu sprengen seien. Werde bei dieser Verhandlung jedoch ein Waffenstillstand zwischen Wehrmacht und EOK erzielt, sei man bereit, die Häfen zu schonen.

»Das ist Erpressung«, sagte Andreas auf griechisch zu Bates, der mit den Achseln zuckte und mit Harding tuschelte.

»Wenn Sie unserem Abkommen zustimmen«, ließ schließlich der englische Dolmetscher verlauten, »stellen wir dem nationalen Andartiko achtzig Goldpfund zur Verfügung, damit Sie Ihre Interessen materiell absichern können.«

Das war eine enorme Summe! Xilouris starrte mit offenem Mund Harding an. Andreas und Yannis sahen, wie Deutsche und Engländer sich zufrieden zulächelten. Das Angebot war offenbar zwischen beiden Seiten abgesprochen.

»Und das ist Bestechung«, flüsterte Yannis Andreas zu.

»Achtzig Goldpfund«, stammelte Xilouris, klappte den Mund zu und grinste breit. »Achtzig ...«

»Was geschehen ist und immer noch geschieht«, unterbrach Andreas ihn, »ist mit Geld nicht aufzuwiegen.«

»Mehr ist nicht drin«, sagte Bates knapp, der Andreas gut kannte und wohl vermutete, daß er die Summe höher treiben wollte.

Andreas schüttelte heftig mit dem Kopf. »Geld macht die Toten nicht wieder lebendig. Geld wäscht die Schuld nicht fort.« Seine Stimme bebte.

»Wer spricht von Schuld, Andreas Siderias?« mischte sich da besänftigend der Abt ein. »Nicht einmal der in der Apokalypse. Was auf unserer Insel geschehen ist, sahen wir immer vor Augen. Dann kam es über uns. Gewiß nicht zum ersten Mal und gewiß nicht zum letzten, aber doch wie niemals zuvor. Es ließe sich wenig erwidern, wenn einer der Anwesenden sagte: Was der von Patmos sah, reicht nicht an das, was jetzt geschieht in der Welt, was geschieht auf unserer Insel. Gesehen aber hat dieser Johannes, daß dem

Menschen das Schlimmste vom Menschen geschieht. Als die Posaune zum fünften Mal blies, kamen die geflügelten Rosse durch die Luft, und der Lärm ihrer Flügel war wie das Donnern von Streitwagen. Wer denkt da nicht an eure Flugzeuge? Und weiter heißt es: Sie hatten das Ansehen von Menschengesichtern. Und es heißt auch: In jenen Tagen werden die Menschen den Tod herbeisehnen und ihn nicht finden. Sie werden zu sterben verlangen, aber der Tod zieht sich vor ihnen zurück. Dann kommt der furchtbare Engel, rollt den Mühlstein vom Gebirge ins Meer und ruft: So schnell dieser Mühlstein versinkt, so wirst du versinken und vergessen werden, du große Stadt, so daß keiner mehr weiß, wo du warst. Und irren sie jetzt nicht in den Städten umher und finden die Straßen nicht wieder? In Rußland, in Deutschland, in England? Sind denn nicht schon genug Dörfer unserer Insel in Feuer und Asche versunken?«

Der Bischof sah in die Runde. Die Andarten bekreuzigten sich. In diesem Moment wußte Yannis, daß Andreas das Angebot akzeptiert hatte. Deutsche und Engländer starrten Decke, Wände und Boden an, um sich nicht gegenseitig in die Augen blicken zu müssen. Der Oberstleutnant machte ein versteinertes Gesicht. Harding schien zu lächeln. Bates fixierte Yannis so dringlich, als wollte er ihn von jeder weiteren Einrede abhalten. Yannis schwieg.

»So kommt das Schlimmste über die Menschen in menschlicher Maske«, fuhr der Bischof fort, und Satz für Satz wurde murmelnd auf deutsch und englisch nachgesprochen. »Denn das Böse kommt immer maskiert und verkleidet. Und ist nicht jede Uniform eine Verkleidung? Ein gefälschter Ausweis, der Mord zur Tugend macht? Lauert nicht hinter jeder Maske der guten Sache die Zerstörung? Die meisten von euch, die hier sitzen, lieben Mord und Zerstörung nicht, sind daheim friedliche Männer, Bauern oder Advokaten, Fischer oder Lehrer. Von sich aus würdet ihr nicht in diese Masken schlüpfen. Aber ihr handelt nicht mehr von euch aus. Wenn es eine Schuld gibt, dann die, daß ihr euch eure Selbstbestimmung rauben ließet. Nun seid ihr unmündig, und mit Unmündigen tanzt der Teufel, nicht mit Freiwilligen. Alles ist umbenannt, alles gefälscht. Die Worte sind faul geworden, es ist ihnen nicht mehr zu trauen. Auch die Worte sind maskiert. Treue und

Opfer und Glauben und Vaterland und Freiheit und König und Führer, das sind solche Worte, denen ihr gefolgt seid, ohne ihren Sinn zu prüfen. Das Salz dieser Worte ist aber längst naß geworden. Reißt den Worten die Masken herunter, reißt euch selbst die Verkleidungen vom Leib, damit euer Herz sprechen kann. Und laßt es nicht nur gutwillig sprechen, sondern auch klug. NULLI PARVUS EST CENSUS QUI MAGNUS EST ANIMUS, sagt der Weise. Niemand ist gering geschätzt, der großherzig ist. Und Großherzigkeit ist nichts anderes als guter Wille und klarer Verstand zugleich. Und was die Schuld angeht: Taten, gut gemeint oder schlecht, sind immer zweigesichtig wie alles, was im Meer der Folgen treibt. Es gibt keine gute Tat ohne böses Zwielicht und keine schlechte Tat, die nicht auch einen Schimmer des Guten wirft. Wer spricht von Schuld? Wir alle sind schuldig.«

6.

Der Krieg war vorbei. Am 12. Mai 1945 erschien Georgi, der schon seit Monaten undurchsichtige, aber höchst ertragreiche Geschäftsbeziehungen mit Deutschen und Briten pflegte, in Agia Galini, den Seitenwagen des Motorradgespanns voll mit Konservendosen, Raki und amerikanischen Zigaretten. Am 8. Mai, erzählte er freudestrahlend, hatte der deutsche Festungskommandant einen Funkspruch von Admiral Dönitz empfangen, der die Kapitulation befahl. Am folgenden Tag waren General Benthack und ein Generalstabsoffizier nach Hiraklion geflogen, wo die inzwischen gelandeten Briten im ehemaligen deutschen Hauptquartier nun ihr Hauptquartier eingerichtet hatten. In der Villa Ariadne, vor deren Haustür General Kreipe entführt worden war, unterzeichnete man am 9. Mai 1945 die bedingungslose Kapitulation aller noch auf Kreta stationierten deutschen Verbände. Zwischen Deutschen und Briten wurde vereinbart, daß die Festung stufenweise von den Besatzern geräumt und unter britische Kontrolle gelangen sollte. Am 10. Mai flogen die beiden Offiziere, von den Folgen der deutschbritischen Kameradschaftsfeier, die sich an die Kapitulation angeschlossen hatte, noch schwer verkatert, zurück nach Chania, um dort dem britischen Wunsch nach deutscher Ordnung und Disziplin Rechnung zu tragen.

Dennoch kam es am 13. Mai in Agia Galini zu einer heftigen Schießerei. Aus sämtlichen verfügbaren Pistolen, Flinten und Maschinenpistolen wurden Schüsse und Salven abgegeben. Es handelte sich aber weder um Kampfhandlungen noch um Munitionsvernichtung, sondern um Salut. Eléni hatte eine gesunde Tochter zur Welt gebracht – Sophia.

Der stolze Vater kam mit seinem noch stolzeren Schwiegervater Andreas Siderias und dem Popen überein, daß die Taufe in sechs Wochen stattfinden sollte. Bis dahin würden Mutter und Kind kräftig genug sein, ein so großes Fest feien zu können, und es blieb auch Zeit genug, die Gäste zu laden – viele, sehr viele Gäste. Um das Geld, das für die Bewirtung aufzuwenden sein würde, brauche Yannis sich keine Sorgen zu machen. Andreas wollte es aus seinem Anteil der Bestechungssumme abzweigen, mit dem Engländer und Deutsche dem Andartiko den Waffenstillstand vergoldet hatten.

»Bei einer Taufe«, erklärte Andreas seinem Schwiegersohn, »ist das Kind wichtiger als die Eltern. Noch wichtiger als das Kind ist aber der Pate. Es muß jemand sein, der dem Kind Vorteile bringt. Die Patenschaft verlangt lebenslange Verantwortung für Sophia und macht den Paten zu einem Mitglied der Familie. Deswegen ist es nicht immer ganz leicht, geeignete Paten zu finden. Manche drücken sich sogar davor, weil sie geizig sind und keine Taufgeschenke kaufen wollen, Kleider, Goldschmuck, Kerzen, eben alles, was zu einer anständigen Taufe gehört. Am Tag der Taufe kommen die Paten ins Haus des Kindes und bringen Lebensmittelgeschenke. Anschließend zieht die ganze Taufgesellschaft in die Kirche, um die Sakramente zu empfangen. Die Großmutter des Kindes, also Kyra, entkleidet es, und der Pate salbt es mit Öl, während der Pope die Messe liest. Dabei muß der Pate aufpassen, daß kein Tropfen des grünen Öls auf den Boden fällt. Einer der Gäste oder der Pate selbst könnten versehentlich darauf treten und dadurch die kleine Sophia ihr Lebtag unglücklich machen. Und wenn dann der Pope das Kind dreimal im Taufwasser untergetaucht hat, muß das ölig gewordene Wasser vom Paten ins Meer geschüttet werden. Patenschaft ist also eine teure, schwierige und verantwortungsvolle Aufgabe, der nicht jeder gewachsen ist. Wir müssen uns genau überlegen, wer dafür in Frage kommt.«

»Ich nehme an, daß du dir das bereits überlegt hast«, sagte Yannis lächelnd.

Andreas strich sich mit den gespreizten Fingern der linken Hand durch den Schnurrbart, als grübele er immer noch über dem komplizierten Fall. »Familienmitglieder im engeren Sinn würde ich ausschließen«, sagte er. »Die gehören sowieso schon dazu. Vorteilhafter ist jemand, dessen Einfluß und Beziehungen weit über die Familie hinausreichen. Jemand, der die kleine Sophia auch schützen und protegieren kann, wenn die Familie in innere oder äußere Schwierigkeiten gerät. Jemand, der ...«

»Du denkst doch nicht etwa an den Fürstbischof?« unterbrach Yannis ihn.

Andreas sah ihn verblüfft an. »Das wäre eine ausgezeichnete Wahl, auf die ich selber kaum gekommen wäre«, sagte er. »Ich sehe, daß du das Prinzip der Patenschaft verstanden hast. Aber ich denke eher an jemanden, der Beziehungen zu allen Parteien hat und dessen Einfluß noch weiter reicht, über Kreta hinaus, jemand, dem du verpflichtet bist, der aber auch dir verpflichtet ist.«

»Nun nenn schon den Namen!«

»Ich meine Pavlos«, sagte Andreas triumphierend.

»Paul? Der soll Pate meiner Tochter werden? Und Mitglied der Familie? Paul Bates?« Yannis wollte protestieren, suchte nach Einwänden, die gegen Bates sprachen, fand jedoch keine, die Andreas überzeugt hätten.

»So ist es. Einen besseren Paten als Pavlos findest du nirgends, schon gar nicht auf dieser Insel in diesen unruhigen Zeiten«, grinste Andreas.

»Er wird es nicht annehmen«, sagte Yannis. Vielleicht hoffte er es auch.

»Wenn er es nicht annehmen wollte, würde ich ihn dir gar nicht vorschlagen. Er hat schon angenommen«, sagte Andreas. »Und es ist ihm eine große Ehre.«

»Wie das?« staunte Yannis.

»Ganz einfach«, sagte Andreas. »Er arbeitet seit Anfang Mai im britischen Hauptquartier in Hiraklion, wo er zuständig ist für …«

»Woher wußtest du das?«

Andreas grinste schlau und winkte ab. »Das spielt doch keine Rolle. Wir stehen jedenfalls immer noch in sehr guter Verbindung. Schon vor der Geburt habe ich Georgi mit einem Brief zu Pavlos geschickt. Und Georgi hat seine Antwort vorgestern mitgebracht. Du kannst Sie gleich selber lesen. Eléni ist natürlich einverstanden. Meine Frau übrigens auch.«

»Eléni … deine Frau … ich meine, ich …«

»Ich wußte, daß du begeistert sein würdest!« rief Andreas und hob sein Glas. »Auf deine Gesundheit. Auf Sophia. Und auf Pavlos.«

Sie stießen an.

»Hier ist der Brief von Pavlos«, sagte Andreas, zog ein mehrseitiges Schreiben aus der Tasche und gab es Yannis. »Die Sache mit der Patenschaft hat er auf griechisch beantwortet. Aber dann kommen noch ein paar Seiten auf englisch, und die sollst du mir jetzt übersetzen.«

Yannis nahm den Brief und begann vorzulesen.

Hiraklion, 11. Mai 1945

Lieber Andreas!

Wenn Du es wünschst und Yannis und Eléni einverstanden sind, wird es mir eine große Ehre sein, die Patenschaft für Dein Enkelkind zu übernehmen. Teilt mir rechtzeitig mit, wann die Taufe sein wird. Wenn Dich dieser Brief durch Georgi erreicht, wird Eléni die Geburt vielleicht schon überstanden haben. Es ist bestimmt ein Junge! Aber wenn es ein Mädchen ist, wirst Du Dich gewiß genauso freuen.

»Fast genauso«, murmelte Andreas. »Das weiß ich aber ja nun auch alles schon. Was steht da auf englisch?«

»Erst kommt noch was Griechisches«, sagte Yannis.

Georgi sagt, daß Ihr in Agia Galini über die Ereignisse der letzten Monate kaum Informationen hattet. Ich schreibe Dir deshalb, was geschehen ist, und ich schreibe es auf englisch. Yannis kann es Dir übersetzen.

»Also los«, sagte Andreas ungeduldig. »Was hat er geschrieben?«

Yannis übersetzte. »Wie Ihr wißt, haben die letzten Deutschen schon im vergangenen Oktober Hiraklion und Rhetimnon geräumt. In beiden Städten ist es, dank der friedlichen Vereinbarungen zwischen EOK und EAM, zu einem friedlichen Einzug der Andarten gekommen.«

»Wissen wir, wissen wir längst«, sagte Andreas. »Schließlich haben wir diese Vereinbarung selbst ausgehandelt. Was weiter?«

»Er schreibt, daß Briten und EOK sich an die Absprachen gehalten und jede Kampfhandlung vermieden haben. Aber der vollständige Rückzug der Deutschen ist an mangelndem Transportraum gescheitert. Weil die Rote Armee immer weiter nach Westen vordrang, war die Gefahr zu groß, daß die Truppen in Griechenland abgeschnitten werden. Deshalb haben die Deutschen auf die Rückführung der Besatzungen auf Kreta und anderen ägäischen Inseln verzichtet. Und die Engländer haben das toleriert. Auf Kreta sind ungefähr 12000 deutsche Soldaten geblieben, die bei Maleme, Chania und Souda zusammengezogen wurden. Der militärische Auftrag lautete übrigens, die Festung bis zur letzten Patrone zu verteidigen und dem Feind Verluste zuzufügen, um dadurch die Operationen auf dem Festland zu entlasten.«

»Idiotischer Befehl«, sagte Andreas spöttisch. »Zwischen uns und den Briten und den Deutschen herrschte doch längst Waffenstillstand.«

Johann nickte. »Aber gegen die Kommunisten, schreibt Pavlos hier, hat die deutsche Besatzung weitergekämpft. Die Briten haben das nicht gebilligt, konnten aber auch nichts dagegen tun.«

»Die Deutschen haben noch im November gegen das Hauptquartier des ELAS einen Großangriff geführt«, sagte Andreas. »Und sind auf erbitterten Widerstand gestoßen.«

»Ja«, sagte Johann, »das wird hier auch erwähnt. Pavlos schreibt, die britische Seite habe gewußt, daß der Angriffsplan von Mitgliedern der EOK verraten worden ist.«

»Was heißt verraten?« knurrte Andreas. »Hätten wir unsere Landsleute abschlachten lassen sollen? Weil die Engländer Angst vor den Kommunisten haben?«

»Ich weiß es nicht.« Yannis zuckte die Schultern. »Pavlos schreibt, daß die Wehrmacht acht Dörfer niedergebrannt hat, als Sühnemaßnahme. Schließlich haben die Deutschen dann aber auf Militäraktionen verzichtet. Todesurteile wurden aber weiterhin verhängt, schreibt Pavlos. Zwischen November und Weihnachten sind sieben Kreter, unter ihnen eine Frau, hingerichtet worden.«

»Was will er damit sagen?« Andreas lief rot an; die Adern auf seiner Stirn schwollen bedrohlich. »Will er etwa uns die Schuld dafür in die Schuhe schieben? Die Briten haben die Deutschen doch gewähren lassen. Haben sie als Gefangene angesehen, die sich selbst bewachen und verpflegen und ihnen die Auseinandersetzung mit den Kommunisten abnehmen. Was will er denn eigentlich?«

»Ich weiß es nicht«, sagte Yannis. »Er schreibt weiter, daß anschließend alle Parteien die deutsche Kapitulation abgewartet haben, während im Dezember auf dem Festland der Bürgerkrieg ausgebrochen ist.«

»Und warum ist der Bürgerkrieg ausgebrochen?« rief Andreas wütend. »Weil die von den Engländern gestützte Regierung in Athen auf Demonstranten schießen ließ und ein Massaker angerichtet hat! Wir können unsere Angelegenheiten selber regeln.«

»Jedenfalls könnt ihr gut handeln«, grinste Yannis. »Pavlos schreibt hier, wie sich dann der Schwarzmarkt entwickelt hat. Deutsche Soldaten haben Ausrüstung, Waffen und Munition gegen Lebensmittel und Alkohol getauscht.«

»Sehr vernünftig«, sagte Andreas.

»Was nicht niet- und nagelfest war, wurde verschoben und wird immer noch verschoben. Einer der umtriebigsten Schwarzmarkthändler, schreibt Pavlos, ist übrigens unser gemeinsamer Freund Georgi. Wußtest du das?«

»Natürlich. Für eine Flasche Raki hat er zwei deutsche Pistolen eingetauscht, diese für fünf Flaschen Raki ans ELAS verschoben, für den Raki ein Maschinengewehr erhalten, das für noch mehr

Raki wiederum ans ELAS ging. Erst als Georgi den Versuch gemacht hat, mit einem deutschen Hauptmann wegen eines Panzerspähwagens ins Geschäft zu kommen, ist sein kaufmännisches Talent an die unüberwindliche Grenze deutschen Gehorsams gestoßen.«

»Das nennst du kaufmännisches Talent?« fragte Yannis.

»Es ist viel mehr«, sagte Andreas zufrieden. »Georgi ist ein Genie! Lies weiter.«

»Da wir, das heißt also die Engländer, verhindern mußten, daß die deutschen Waffen- und Munitionsvorräte an die Kommunisten fielen, haben wir beschlossen, dem ehemaligen Feind vorerst sämtliche Waffen zu belassen. Gemäß Absprache sollte eine britische Vorhut am 11. Mai in die Festung einrücken. Der Konvoi wurde aber auf dem Weg nach Chania von Andarten des ELAS angegriffen. Der deutsche Kommandant hat den Briten eine Panzerabteilung zu Hilfe geschickt und das kretische Kommando zerschlagen.«

»Ich habe es befürchtet«, murmelte Andreas. »Sie machen gemeinsame Sache. Und zwar auf unserem Rücken. Über unsere Leichen.«

»Ich glaube«, sagte Yannis, »daß Pavlos das selber nicht recht ist. Er gibt zu, schreibt er, daß damit zwischen Siegern und Besiegten eine merkwürdige Waffenbrüderschaft zustande gekommen ist. Aber den Briten bleibe keine andere Wahl. Und den Deutschen natürlich erst recht nicht. Im Kampf gegen den Bolschewismus seien sie sich einig – und er hofft, schreibt er, daß Du, Andreas, das verstehst.«

»Ich verstehe es«, nickte Andreas, »und ich habe es kommen sehen. Aber ich billige es nicht.«

»Während Pavlos diesen Brief geschrieben hat, steht hier noch, haben die Deutschen auf britische Anweisung schon seit zwei Tagen Granaten verfeuert, Panzer und Fahrzeuge gesprengt und tonnenweise Munition im Meer versenkt. Pavlos meint, das sei ein gutes Ende für seinen Brief. Wir sehen ihn zur Taufe, schreibt er. Und er grüßt Dich und Deine gesamte Familie.«

7.

Im Morgengrauen des 5. Juni 1945 stand Yannis leise auf, um Eléni und Sophia nicht zu wecken, zog sich an, küßte Eléni auf die Wange, küßte Sophia, die in einem Korb neben dem Bett schlief, auf die Stirn, öffnete die Tür, roch und hörte das Meer, das sich in der dunstigen Frühe zu recken schien, und machte sich auf den Weg zum Hafen, um mit Anastasios auf Fang zu fahren.

Sie wollten eben die Leinen des Boots lösen und ablegen, als sie Motorengeräusche hörten. Von der Straße fuhr ein englischer Jeep auf dem Hafenplatz vor, gefolgt von einem LKW, dessen Ladefläche mit einer geschlossenen Plane verdeckt war. Die Motoren wurden abgestellt, die Morgenstille wirkte tiefer als zuvor. Zwei Männer in britischen Uniformen und ein Zivilist stiegen aus dem Jeep, sahen sich auf dem leeren Platz um, erblickten Yannis und Anastasios auf der Mole und gingen auf sie zu. Einer der beiden Briten war Colonel Harding, den Yannis bei den Verhandlungen im Kloster kennengelernt hatte; den anderen wiesen seine Rangabzeichen als Sergeant aus.

Der Zivilist, ein älterer, ärmlich gekleideter Mann, war der Dolmetscher; auch er war im vergangenen September im Kloster dabeigewesen. Er wünschte Yannis und Anastasios auf griechisch einen guten Morgen, während die Offiziere mit der Hand gegen ihre Mützenschirme tippten. Der Colonel ließ sich nicht anmerken, daß er Yannis kannte; vielleicht konnte er sich auch nicht mehr an ihn erinnern. Er gab dem Dolmetscher einen Zettel, und dieser sagte, die Namen vom Zettel ablesend, man suche die Gebrüder Demis und Andreas Siderias, einen gewissen Georgi Pandakis sowie einen Deutschen namens, der Dolmetscher runzelte die Stirn, als er den für ihn ungewohnten Namen entzifferte, Johann Martens.

»Worum geht es?« fragte Anastasios mißtrauisch.

»Die Herren Offiziere möchten diesen Männern nur einige Fragen stellen«, sagte der Dolmetscher.

»Dann fragen Sie mich, Gentlemen«, sagte Yannis auf englisch. »Ich bin Johann Martens.«

Der Colonel zog die Augenbrauen hoch, musterte Yannis von

oben bis unten, verblüfft, einen kretischen Fischer vor sich zu sehen, blickte ihm in die Augen und schien sich schließlich an Yannis zu erinnern. »Sie sind das also«, sagte er trocken.

Yannis nickte.

»Mein Name ist Harding«, sagte der Colonel, »aber das wissen Sie ja bereits.« Dann deutete er auf seine Begleiter. »Das ist Sergeant McDermott, und das ist Mr. Dimitrios. Und wer«, er nickte in Richtung Anastasios, »ist dieser Mann?«

Nachdem Yannis den Namen genannt hatte, fragte Harding den Dolmetscher, ob auch Anastasios auf der Liste vermerkt sei. Der Dolmetscher schüttelte den Kopf.

»Sind die anderen genannten Personen im Dorf?« wandte sich Harding wieder an Yannis.

Yannis witterte Probleme. Vor den Engländern brauchte sich niemand zu fürchten, der Krieg war vorbei, aber igend etwas an ihrem Auftreten und an Hardings barschem Befehlston alarmierte ihn. »Warum wollen Sie mit diesen Leuten reden?« fragte er, statt Harding zu antworten.

»Das werden Sie schon früh genug erfahren«, sagte der Colonel ungeduldig. »Sind diese Männer hier oder nicht?«

»Georgi Pandakis wohnt nicht in Agia Galini«, sagte Yannis, »und er ist auch nicht hier.« Dabei hatte er das unabweisbare Gefühl, daß es gut für Georgi war, jetzt nicht im Dorf zu sein, sondern mit dem Motorrad über die Insel zu fahren, um weitere Einladungen zur Tauffeier zu überbringen und die Gelegenheit zu nutzen, seinen einfallsreichen Tauschgeschäften zu frönen. Suchte man ihn vielleicht sogar deswegen?

»Und die Gebrüder Siderias?« Hardings Ton blieb scharf.

»Sie wohnen da oben am Hang.« Yannis deutete auf das Haus von Demis, aus dessen Dach der weiße Rauch der Feuerstelle stieg. Das Frühstück wurde dort zubereitet.

»Dann werden wir da jetzt gemeinsam hingehen«, sagte Harding, »und uns mit ihnen unterhalten. Ich muß Sie bitten, keine Schwierigkeiten zu machen.«

»Wieso sollte ich Schwierigkeiten machen?« fragte Yannis und spürte, wie ihm trotz der frühen Stunde der Schweiß von der Stirn ins Kopftuch sickerte. Es würde ein heißer, schwüler Tag werden.

Vielleicht würde es später ein Gewitter geben. Es roch danach, und das Meer sah bleigrau aus.

Harding zuckte die Achseln. »Also los. Wir folgen Ihnen. Der Mann«, er deutete auf Anastasios, »kann gehen.«

Vom Motorengeräusch geweckt, waren inzwischen einige Dorfbewohner auf dem Hafenplatz erschienen, standen vor dem Kafenion und blickten teils mißtrauisch, teils neugierig zu den beiden parkenden Fahrzeugen hinüber. Als Yannis, gefolgt von Harding, McDermott und dem Dolmetscher, am LKW vorbeiging, versuchte er, einen Blick ins Führerhaus zu werfen, in dem zwei Männer saßen, die hinter der staubverschmierten Windschutzscheibe aber kaum zu erkennen waren. Trugen sie etwa deutsche Uniformen? Yannis hielt an. Und was verbarg sich unter der Plane auf der Ladefläche?

»Weitergehen«, raunzte Harding hinter ihm.

Sie brauchten nicht an die Tür zu klopfen, weil die Hausbewohner längst gesehen hatten, was auf dem Hafenplatz vorging. Demis öffnete, murmelte Willkommensgrüße und bat die vier Männer herein. Die Familie saß in der Küche beim Frühstück. Alle starrten den Eintretenden entgegen, fragend, verständnislos, ängstlich. Demis bot den Engländern an, sich am Mahl zu beteiligen. Sie lehnten ab.

»Das ist Demis Siderias«, Yannis deutete auf den Hausherrn, »und das ist sein Bruder«.

Harding nickte Andreas zu. »Wir kennen uns auch schon«, sagte er kalt.

Andreas war vom Tisch aufgestanden, hatte die Arme vor der Brust verschränkt und blickte stumm von Yannis zu Harding, von Harding zu McDermott, von McDermott zum Dolmetscher. »Was hat das zu bedeuten?« fragte er schließlich.

»Sie wollen uns irgendwelche Fragen stellen«, sagte Yannis, bevor der Dolmetscher antworten konnte.

»So ist es«, sagte Harding. »Wir müssen darauf bestehen, daß außer Mister Martens und den Brüdern Siderias alle anderen das Haus verlassen.«

»Warum?« fragte Demis und stellte sich zwischen die Engländer und seine Familie.

»Die Fragen stellen wir«, sagte Harding.

»Wissen Sie eigentlich, was Sie hier tun?« sagte Yannis auf englisch und spürte, wie Wut und Erregung, aber auch eine diffuse Angst in ihm aufstiegen. »Ihr Verhalten ist dermaßen unhöflich, daß wir Sie ...«

Harding schnitt ihm das Wort ab. »Ich habe meine Befehle. Und ich hoffe, daß wir nicht noch unhöflicher werden müssen. Die Leute verlassen jetzt sofort das Haus.«

»Meine Familie bleibt hier«, sagte Demis. »In meinem Haus.«

»Na schön«, sagte Harding, wobei seine barsche Stimme einen resignierten Tonfall annahm, »wenn Sie es nicht anders wollen ...« Er nickte McDermott zu, der offenbar schon auf das Zeichen gewartet hatte und das Haus verließ.

In der Küche war es totenstill. Nur in der Glut auf der Feuerstelle knackte es leise. Es hörte sich an wie eine Uhr, die einige Sekunden innehielt, dann weiterrückte, wieder innehielt. Durchs Fenster sahen sie, wie der Sergeant zum Heck des LKWs ging, die Plane beiseite schob und irgend etwas rief. Die beiden Männer im Führerhaus blieben sitzen, doch von der Ladefläche sprangen acht Soldaten auf den Platz. Soldaten in deutscher Uniform, bewaffnet mit Karabinern und Maschinenpistolen.

»Heiliger Erzengel Michael, steh uns bei!« rief Demis' Frau entsetzt und bekreuzigte sich.

»Was hat das zu bedeuten?« würgte Yannis hervor. »Deutsche Soldaten? Was soll ...«

»Keine Angst«, sagte Harding, »die Truppe steht unter britischem Kommando und handelt nur auf meinen Befehl«, was der Dolmetscher übersetzte.

Zwei Soldaten blieben am LKW stehen, die anderen sechs folgten McDermott. Drei Mann postierten sich vor der Tür, drei Mann gingen ums Haus zum Hintereingang, der zu Hof und Garten führte. Der Sergeant kam in die Küche zurück. Harding wiederholte seine Aufforderung, daß alle außer Demis, Andreas und Yannis das Haus zu verlassen hätten, und als Demis endlich seiner Frau zunickte, gingen sie schweigend hinaus.

»Wir wollen einzeln mit Ihnen sprechen«, sagte Harding und

forderte Demis auf, ihm und dem Dolmetscher in eine der beiden Schlafkammern zu folgen.

Andreas und Yannis mußten in der Küche warten.

McDermott setzte sich zu ihnen an den Tisch, forderte sie auf, nicht zu sprechen, bot ihnen aber Zigaretten an. Beide lehnten ab. Der Sergeant zuckte mit den Schultern, ging zur Feuerstelle, nahm einen glimmenden Scheit aus der Glut, hielt ihn gegen die Zigarette, warf den Scheit zurück, so daß eine Aschewolke aufstob, und ging dann rauchend in der Küche auf und ab.

Nach einer halben Stunde erschien Demis wieder und sagte, Andreas solle jetzt zu Harding in die Kammer kommen. »Sie wollen wissen«, sagte Demis auf griechisch, »was wir mit dem ELAS und der EAM zu tun haben, halten uns für Waffenschieber oder Kommunisten, und sie drohen uns …«

»Maul halten!« bellte McDermott auf englisch.

»Diese Männer verstehen Sie nicht«, sagte Yannis zu ihm. »Sie müssen schon Griechisch mit ihnen sprechen.«

»Wenn Ihnen das lieber ist, können wir Sie auch von Ihren Landsleuten bewachen lassen«, schnauzte der Sergeant und zeigte mit dem Finger auf die deutschen Posten vor der Tür. »Vielleicht versteht man deren Sprache hier besser!«

»Es wird uns nichts geschehen, Yannis«, sagte Andreas, verschwand im Flur, kam aber bereits nach zehn Minuten zurück. »Sie können uns nichts beweisen«, sagte er, »aber sie wissen viel mehr als …«

»Maul halten!«

»Mister Martens!« rief Harding aus dem Flur.

Yannis ging in die Kammer. Es war das Schlafzimmer von Elénis Cousinen, in der auch Eléni bis zu ihrer Hochzeit gewohnt hatte, der gleiche Raum, in dem Yannis nach seiner Entführung, nach seiner Befreiung aus der Ohnmacht erwacht war. Der Dolmetscher stand am Fenster, Harding neben der Kommode, auf der ein Spiralblock mit einem Bleistift lag.

»Setzen Sie sich«, sagte er und deutete auf einen Stuhl. »Zigarette?«

Yannis lehnte ab. In der Kammer hing ein morscher, mürber Geruch. Die Schwüle des Tages kroch ins Haus. Er schwitzte.

»Den Dolmetscher brauchen wir wohl nicht mehr«, sagte Harding und schickte den Mann in die Küche. »Sie sprechen ja Englisch, Mister Martens. Ägyptische Schule, nicht wahr?« Seine Stimme klang jetzt milder, jovial fast.

Yannis gab keine Antwort, wich Hardings insistierendem Blick aus und sah auf die vier gerahmten Fotografien, die über der Kommode an der Wand hingen. Paul Bates hatte sie gemacht, der zukünftige Pate Sophias. Yannis wünschte, er wäre jetzt hier, als Pate für Demis und Andreas und ihn selbst. Ob Bates von dieser Aktion wußte?

»Sie sind nicht sehr gesprächig, Mister Martens«, fuhr Harding fort. »Ich kann das sogar verstehen. Sie fragen sich, was wir von Ihnen und Ihren Freunden wollen. Und Sie fragen sich vermutlich auch, wieso zwei britische Offiziere ein deutsches Kommando befehligen. Ich will es Ihnen sagen. Der Krieg ist vorbei, das wissen Sie ja. Aber, genauer gesagt, ist nur *ein* Krieg vorbei. Der nächste hat bereits begonnen, als der letzte noch gar nicht zu Ende war. Der Krieg, den wir jetzt führen müssen, ist der Krieg der Demokratie, der Freiheit, wenn Sie so wollen, gegen Bolschewismus und Kommunismus. In diesem Krieg steht nicht mehr Deutschland gegen den Rest der Welt, sondern es stehen sich Ost und West gegenüber. Auf Kreta haben wir uns bereits im vergangenen Jahr mit der deutschen Führung geeinigt. Auch das wissen Sie, weil Sie und Ihr Freund Andreas Siderias damals an den Verhandlungen teilgenommen haben. Leider halten sich die Kommunisten nicht an das, was vereinbart wurde, sondern versuchen, Kreta, Griechenland, ganz Südosteuropa unter ihre Gewalt zu bekommen. Und sie werden vor Deutschland garantiert nicht haltmachen. Sie reden von der Weltrevolution. Seit der deutschen Kapitulation sind wir in schwere Kämpfe mit dem kommunistischen Andartiko verwickelt. Auch das dürften Sie wissen. Da dem britischen Kontingent auf Kreta die Logistik und die Ausrüstung fehlen, diese Kämpfe erfolgreich zu bestehen, stützen wir uns wie vereinbart aufs deutsche Machtpotential. Vor jedem britischen Generalswagen fährt beispielsweise ein deutscher Panzer, damit uns kein General abhanden kommt wie damals den Deutschen. Da haben Sie ja auch eine Rolle gespielt, Mister Martens.« Harding lachte trocken und gekünstelt.

»Das SOE hat mich darum gebeten. Stanley Moss, Leigh-Fermor und Bates.«

»Schnee von gestern«, sagte Harding und machte eine wegwerfende Handbewegung. »Völlig sinnlose Aktion. Die Lage stellt sich jetzt ganz anders dar. Wenn heute Kommandos unterwegs sind, stehen sie zwar immer unter britischem Befehl, aber es sind eben häufig deutsche Truppen. Sie brauchen ja nur aus dem Fenster zu sehen, da stehen Ihre ...«

»Was wollen Sie eigentlich von mir?« unterbrach Yannis Hardings umständliche und süffisant klingenden Erklärungen. »Ich habe mit all dem nichts mehr zu schaffen. Lassen Sie mich und meine Familie in Ruhe, wir ...«

»Mitglieder Ihrer Familie und einige Ihrer Freunde, insbesondere dieser Georgi und Andreas Siderias«, sagte Harding jetzt wieder scharf, »stehen im dringenden Verdacht, das kommunistische Andartiko nicht nur mit Informationen, sondern mit Waffen zu beliefern. Mehrere unserer Kommandos sind in den vergangenen drei Wochen in Hinterhalte geraten und haben schwere Verluste erlitten, weil die Kommunisten offenbar gewarnt worden sind. Wir haben Hinweise und Erkenntnisse, wir haben sogar Beweise, daß einige dieser konspirativen Fäden in Agia Galini zusammenlaufen, daß Andreas Siderias einer der einflußreichsten Doppelagenten des Andartiko ist. Und Georgi einer der übelsten Waffenschieber. Soviel zu Ihren Freunden. Und was Sie selbst betrifft, Mister Martens, wissen wir, daß Sie als deutscher Deserteur und Dolmetscher dieser Leute gleichfalls Kontakte zu den Kommunisten ...«

»Ich bin kein Deserteur«, sagte Yannis heftig. »Und ich bin auch nicht der Dolmetscher dieser Leute. Ich sollte als Zivilist vor ein deutsches Kriegsgericht gestellt werden und bin von Andreas Siderias befreit worden. Und von Paul Bates, dem britischen SOE-Agenten, der jetzt in Hiraklion in Ihrem Hauptquartier sitzt. Fragen Sie den! Er wird Ihnen sagen, daß wir nichts, aber auch gar nichts mit ELAS und EAM zu schaffen haben.«

»Ach ja, Bates ...« Harding machte wieder diese wegwerfende Handbewegung. »Der Mann ist schon viel zu lange auf der Insel. Braucht dringend Heimaturlaub und wird ihn auch bald bekommen. Seien Sie vernünftig, Martens. Wenn Sie uns einige Namen von Hintermännern des ELAS nennen, vielleicht auch deren Verstecke und Waffenarsenale, werden wir Ihnen auch entgegen kommen. Andernfalls müssen wir Sie verhaften.« Harding griff zu Bleistift und Spiralblock und sah Yannis erwartungsvoll an.

»Ich kann Ihnen dazu nichts sagen. Und was für Beweise haben Sie denn eigentlich?«

Harding zog die Augenbrauen hoch, legte Block und Bleistift wieder ab. »Wir haben diverse Aussagen von Andarten, und zwar von beiden Seiten. Wir haben Aussagen von deutscher Seite. Und wir haben einen hochkarätigen, glaubhaften Zeugen, der uns mit Material versorgt hat.«

Yannis überlegte fieberhaft. Andreas und Georgi hatten immer noch ihre Finger in diesem bösen Spiel, das wußte er. Denkbar war, daß Mitglieder des kommunistischen Andartiko zu den Briten übergelaufen waren. Oder daß sich ehemalige Kameraden hatten bestechen lassen. Oder Leute, die mit der Familie verfeindet waren.

»Und wer soll dieser Zeuge sein?« fragte er und versuchte, die Unsicherheit seiner Stimme zu kontrollieren.

Harding öffnete die Tür zum Flur, rief McDermott zu sich, flüsterte mit ihm. Der Sergeant nickte und verschwand. Harding zündete sich eine Zigarette an. Yannis griff in die Hosentasche und zog das Komboloi heraus, das Andreas ihm geschenkt hatte, bevor er nach Ägypten evakuiert worden war. Indem er die Perlen leise klickend durch die Finger laufen ließ, starrte er auf die Fotos über der Kommode. Andreas, das Gewehr auf den Knien. Demis vor seinem Boot. Die ganze Familie am Kai. Agia Galini vom Meer aus gesehen. Das Klicken des Kombolois klang wie der Verschluß einer Kamera.

Auf dem Flur hörte man Schritte. Die Tür wurde aufgerissen. Yannis fuhr zusammen, als habe man ihm ins Gesicht geschlagen. Hollbach. Er salutierte vor Harding, der den Gruß lässig erwiderte. Beide blickten Yannis an, dessen Gesicht weiß wie die gekalkte Wand war, der auf dem Stuhl zusammensackte, etwas sagen, protestieren, schreien wollte. Die Worte und der Schrei blieben ihm in der Kehle stecken.

»Das ist der Zeuge«, sagte Harding kühl. »Er weiß besser als jeder andere, was für eine Doppelrolle Sie spielen, Mister Martens.

Sie können sich jetzt mit Leutnant Hollbach unter vier Augen unterhalten. Ich nehme an, daß Sie anschließend auskunftsfreudiger sein werden.« Der Colonel verließ die Kammer und warf hinter sich die Tür so heftig zu, daß Putz von der Decke rieselte.

»Zigarette?« Hollbach bot Yannis eine Schachtel Camel an.

Yannis schüttelte schwer den Kopf. Was ging hier vor? Ausgerechnet Hollbach. Er mußte im Führerhaus des LKWs gesessen und gewartet haben. Und was für Beweise sollte der gegen ihn haben? Beweise wofür?

»Tja«, sagte Hollbach und stieß dabei Rauch aus Mund und Nase, »so schnell sieht man sich also wieder. Der Wind hat sich gedreht.«

Yannis rang um Fassung, straffte sich auf seinem Stuhl. Das Klacken des Komboloi in seiner Hand wie tropfendes Wasser.

»Verschwinden Sie«, murmelte er mühsam.

»Hören Sie zu, Martens«, sagte Hollbach, setzte sich aufs Bett, schlug die Beine übereinander und wippte mit der Stiefelspitze. »Lassen Sie uns jetzt mal einen Schlußstrich unter all das ziehen, was in den letzten Jahren zwischen uns passiert ist. Niemand will Ihnen ans Leder. Aber wir erwarten, daß Sie mit uns zusammenarbeiten, gegen die Kommunisten. Ich habe Verhörprotokolle von gefangenen Andarten, die Sie, die Brüder Siderias und diese kleine Ratte Georgi schwer belasten. Die Verhörten haben die Protokolle unterschrieben, und ...«

»Sie haben sie erpreßt. Oder bestochen. Ich kenne Ihre dreckigen Methoden, Sie Schwein!« Yannis krallte die Finger so fest um die Perlen des Komboloi, bis es schmerzte.

»Und wenn schon ...« Hollbachs Stiefelspitze wippte auf und ab. Er schnippte die Asche seiner Zigarette auf den Lehmfußboden. »Genau das könnte auch Ihr Vorteil sein, Martens. Diese Aussagen lassen sich allesamt widerrufen. Sie sind gemacht worden, bevor die Briten das Kommando übernommen haben. Britische Militärgerichte täten sich vielleicht schwer mit solchen Aussagen. Allerdings täten sie sich auch schwer mit Ihnen, weil Sie als Deserteur und Geheimnisverräter gelten. Mit aufrechten, deutschen Soldaten verhandeln die Engländer durchaus. Die Wehrmacht ist schließlich nicht für diesen Krieg verantwortlich und hat mit den Nazis nichts zu tun. Aber mit zwielichten Gestalten, die ihr Land verraten, verhandeln die Briten nicht. Ich könnte natürlich dafür sorgen, daß Sie nicht als Deserteur angesehen werden, könnte Ihren Fall als Irrtum darstellen. Jedenfalls gebe ich Ihnen mein Ehrenwort als deutscher Offizier, daß nichts ...«

»Ihr Ehrenwort?« In Yannis Stimme lag Unglauben und leiser Spott.

»Ich sorge dafür, daß Sie als freier Mann dies Haus verlassen und sofort zu Frau und Kind zurückgehen können. Die warten doch auf Sie, Mensch. Unter einer Bedingung allerdings.« Hollbach sah Yannis in die Augen, und diesmal wich er seinem Blick nicht aus.

»Und die wäre?« Leises Klicken der Perlen.

»Die Fotos. Geben Sie mir die Abzüge und die Negative heraus, die Sie vor zwei Jahren gemacht haben.«

Das war es also. Hollbach sorgte sich nicht nur um die Zukunft der freien Welt, er sorgte sich vor allem um seine eigene Zukunft. Die Fotos würden diese Zukunft schwer belasten. Wenn die Briten die Fotos in die Hand bekämen, würden sie Hollbach sofort an die Griechen ausliefern. Und die Griechen würden ihn als Kriegsverbrecher verurteilen und hinrichten.

»Ich könnte die Fotos auch Colonel Harding geben«, sagte Yannis.

Hollback nickte, zwang sich zu einem schmallippigen Lächeln. »Natürlich könnten Sie das. Dann lande ich vermutlich für eine Weile im Gefängnis. Aber Sie auch. Die Frage ist nur, wer länger drin bleibt. Ich fürchte, Sie.«

»Vielleicht würde man Sie zum Tode verurteilen«, sagte Yannis.

»Sehr unwahrscheinlich. Ich habe als Offizier nur Befehle ausgeführt. Sonst nichts. Diese Befehle gibt es schriftlich.«

»Die Fotos gibt es auch. Verschwinden Sie, Hollbach.«

Der Leutnant stand auf, zertrat die Zigarettenkippe mit der Stiefelspitze. »Wie Sie wollen.« Er verließ die Kammer und schloß leise, fast vorsichtig die Tür hinter sich. Seine Schritte im Flur. Stimmen in der Küche.

Yannis ging zum Fenster und öffnete es. Draußen war die Luft noch drückender als in der Kammer. Vom Meer her dünstete schwerer Salzgeruch. Im Westen türmten sich Gewitterwolken. Er überlegte, ob er durchs Fenster klettern sollte, über die Gartenmauer, den Hang hinauf. Aber da standen die drei deutschen Soldaten am Hintereingang, und er wußte, daß er keine Chance hatte und wandte sich ab. Sein Blick fiel auf die vier Fotos an der Wand. Auf der Kommode lag Hardings Bleistift; den Notizblock hatte er mitgenommen. Die Hafenansicht von Agia Galini. So kam der Ort in den Blick, wenn man von See heimkehrte, vom Fang oder von Paximádia Akoníza. Da lagen die Fotos, die Negative und die Ikone. Niemand außer Yannis wußte davon. Niemand außer ihm würde sie je finden. Er legte das Komboloi auf die Kommode, nahm das Bild von der Wand, drehte es um, riß mit dem Daumennagel das Papier ein, mit dem die rückwärtige Pappe gegen den Rahmen geklebt war, drückte die Metallklammern hoch, nahm das Foto heraus und griff zum Bleistift. Seine Hand zitterte. *Bilder in Höhle acht Meter über Ankerplatz Pax Ak.* Er steckte das Foto wieder in den Rahmen, bog die Klammern über die Pappe, hängte das Bild zurück an den Nagel. Seine Hände beruhigten sich, als die Perlen wieder durch die Finger glitten.

Schritte im Flur. Sergeant McDermott betrat die Kammer. »Mitkommen.«

Yannis ging ihm voraus durch den Flur und die Küche, in der niemand mehr war. Letzte Rauchfäden stiegen träge räkelnd von der Feuerstelle auf. Es roch nach Kaffeesud, getrockneten Kräutern und Olivenöl.

Andreas und Demis standen neben fünf deutschen Soldaten vor dem LKW, und als Yannis und McDermott aus dem Haus kamen, rückten auch die Wachen vom Hinterausgang ab. Harding, Hollbach und der Dolmetscher gingen vor dem Jeep auf und ab, unterhielten sich miteinander. Hollbach wirkte erregt, Harding nickte gelassen vor sich hin.

»Wir bringen Sie nach Chania«, sagte McDermott. »Steigen Sie auf die Ladefläche.« Der Dolmetscher übersetzte die Anordnung für Andreas und Demis.

Yannis sah sich um. Vor dem Kafenion hatte sich inzwischen fast das gesamte Dorf versammelt. Männer, Frauen und Kinder sahen verständnislos zu, was auf dem Hafenplatz vor sich ging. Yannis suchte mit den Blicken vergeblich nach Eléni, aber sie stand nicht zwischen den Leuten. Als vier Soldaten bereits auf die Ladefläche geklettert waren und die Gefangenen noch einmal aufgefordert wurden, ebenfalls aufzusteigen, sah er sie endlich. Sie stand am anderen Rand des Platzes, am Anfang der Mole, und hielt Sophia als weißes Bündel im Arm.

»Aufsteigen«, sagte McDermott, stieß Yannis mit der Hand gegen den Rücken.

»Ich will mich erst noch von meiner Frau verabschieden«, sagte er und machte ein paar Schritte vom LKW weg.

»Aufsteigen!« Der Sergeant wurde lauter.

Yannis ging noch weiter vom LKW weg, und als zwei der Soldaten auf ihn zukamen, begann er zu laufen, rannte mit großen Schritten Eléni und Sophia entgegen.

»Stehenbleiben!« schrie McDermott.

Yannis sah Elénis Gesicht, die Locke auf ihrer Stirn, die Tränen in ihren Augen. Noch zehn, noch acht Meter, dann war er bei ihr. Bei ihr und Sophia. Ein scharfer Knall. Etwas schlug wie ein Stein in seinen Rücken. Er hob die Arme, um Eléni zu umarmen, stolperte. Ein zweiter Knall. Er fiel auf die Knie. Eléni machte einen Schritt auf ihn zu. Ihre kleinen Füße in den schwarzen Hanfschuhen. Er lag auf dem Pflaster, das Gesicht zur Seite gedreht. Schmerzen spürte er nicht, nur Wärme und Licht. Die linke Hand krallte sich um die Perlen des Kombolois. Neben den kleinen Schuhen bewegte sich etwas. Unmerklich fast, aber es bewegte sich. Eine Schildkröte. Der blaugrüne Panzer. Schwarze Muster. Eine unleserliche Schrift. Jetzt bewegte sie sich nicht mehr. Alles stand still. Auch die Zeit. Er blickte nach oben. Elénis Gesicht. Wasser auf ihren Wangen. Oder Perlen? Gewitterwolken über Berggipfeln. Sie wurden finsterer, bedroht vom Tieferrücken der Sonne, die in unmerklicher Bewegung sank. Aus dem glühenden Weiß brach ein dumpfes Rot, ohne Lichtstrahl, ohne Hitze, als müßte die Sonne erlöschen, tödlich getroffen von brütender Finsternis.

XII. Kapitel

KRETA 1975

EPILOG

Die Perlen tickten zwischen Andreas' Fingern wie eine unregelmäßig gehende Uhr. »Yannis hatte dies Komboloi in der Hand, als er starb«, sagte er und strich Sophia mit der Hand übers Haar. »Und das ist seine Geschichte. Oder wenigstens das, was Georgi und ich darüber wissen.«

Sophia wischte sich Tränen aus den Augenwinkeln. »Ich habe immer geahnt, daß etwas nicht stimmte zwischen meiner Mutter und meinem ... zwischen meiner Mutter und Paul Bates. Warum habt ihr mir das nie erzählt?«

»Warum hätten wir auch dich noch damit belasten sollen?« sagte Andreas. »Für Eléni war es schon furchtbar genug. Nachdem Yannis erschossen worden war, ist sie erst ohnmächtig geworden. Dann hat sie geweint, wie ich noch nie einen Menschen habe weinen sehen. Und dann hat sie tagelang mit keinem Menschen geredet. Wir hatten Angst, daß sie nie wieder aus diesem Schock herausfindet, daß sie verrückt wird. Dem Heiligen Erzengel Michael sei Dank, daß es nicht so war.«

Er bekreuzigte sich und schwieg. In der aufkommenden Nachtbrise schlugen die Falleinen klackend gegen die Bootsmasten, in den Takelagen summte der Wind, und am westlichen Himmel lagerten Streifen verbliebenen Lichts.

»Wer hat diesen Johann Martens erschossen?« fragte Lukas nach einer Weile heiser und wußte bereits die Antwort.

Andreas sah ihn ernst und mitfühlend an und nickte. »Es gab

später ein Gerichtsverfahren in Chania. Dein Vater wurde von den Engländern freigesprochen. Es gab genügend Zeugen, die aussagten, Yannis habe einen Fluchtversuch unternommen. Soviel ich weiß, ist dein Vater, nachdem schließlich alle Deutschen von Kreta abtransportiert wurden, in ein ägyptisches Kriegsgefangenenlager gekommen.«

Sophia hatte sich gefaßt, weinte nicht mehr, sondern lächelte wie befreit, legte ihrem Großvater eine Hand auf den Unterarm und die andere auf Lukas' Schulter. »Und weiter?«

»Sie haben Demis und mich nach Chania ins Gefängnis gebracht«, sagte Andreas. »Demis wurde nach einigen Tagen wieder entlassen. Mich haben Sie zu einem Jahr verurteilt, obwohl die Beweise sehr dünn waren. Als ich aus dem Gefängnis kam, bin ich dahin gegangen, wo ich hingehörte. Zu den Andarten, zu einer Gruppe, in der auch Georgi kämpfte. Es ging nicht um Kommunismus, es ging um Kreta. Es war eigentlich auch gar nicht meine eigene Entscheidung. Die Briten haben diese Entscheidung für mich getroffen mit einem Jahr Gefängnis. Die Briten haben sich ihre Feinde selbst gemacht wie früher die Deutschen. Der Bürgerkrieg war fürchterlich. Ich möchte nicht mehr darüber reden.«

»Und was ist in Agia Galini geschehen?«

»Sie haben Yannis beigesetzt, aber nicht auf dem Friedhof, sondern oben in den Bergen. Es gibt da eine kleine Kapelle, Bäume und eine Quelle. Man kann über den Golf blicken und sieht in der Ferne Akoníza. Yannis kannte den Platz. Er ist mit Eléni oft dagewesen. Die Taufe, die ein Freudenfest werden sollte, wurde zu einer Trauerfeier. Pavlos ist von Georgi benachrichtigt worden. Nachdem er erfuhr, was geschehen war, quittierte er sofort seinen Dienst. Er hatte sowieso wachsende Probleme mit seinen Vorgesetzten, war gegen die Zusammenarbeit der Engländer mit den Deutschen und gegen das britische Vorgehen im Bürgerkrieg. Er kam also nach Agia Galini. Und er war Sophias Pate. Pavlos war lange genug auf Kreta gewesen, um zu wissen, was die Patenschaft bedeutete und von ihm verlangte. Weil es für Eléni das beste war, von allem Schrecklichen so schnell und so weit wie möglich weg zu kommen, hat er sie und Sophia mit nach England genommen und das Kind adoptiert. Ein paar Jahre später hat er Eléni geheiratet. Ob sie zusammen glücklich waren ...« Er sprach den Satz nicht zu Ende, sondern sah fragend Sophia an.

Sophia nickte. »Ich glaube schon. Jedenfalls waren sie nicht unglücklich. Und er war für mich ein guter Vater. Aber daß ein Schatten über der Beziehung lag, habe ich schon als kleines Kind gespürt. Ich verstehe jetzt auch, warum meine Mutter nie wieder zurückwollte.«

Georgi, der sich an der Erzählung über Johann Martens' Schicksal beteiligt hatte, wenn Andreas nicht weiterwußte, blätterte nachdenklich in den Fotografien, die auf dem Tisch zwischen Gläsern und Weinflaschen lagen. »Was willst du jetzt mit diesen Fotos machen, Lukas?«

»Ich werde sie meinem Vater zeigen. Der wollte sie ja immer haben.«

»Tu das«, sagte Georgi. »Auch wenn es niemandem mehr nützt.«

»Es ist spät«, sagte Andreas gähnend, »und Georgi und ich wollen morgen früh auf Kaninchenjagd gehen. Für Anastasios' Töpfe. Kaninchen war immer schon eine Spezialität dieses Lokals und soll es auch bleiben. Und für unsere Gewehre. Die rosten sonst ein.« Er strich sich mit den gespreizten Fingern der rechten Hand durch den weißen Schnurrbart, heftete die dunklen Augen nachdenklich auf Lukas, als suche er auf dessen Gesicht nach Spuren der Vergangenheit. »Willst du nicht mitkommen, Junge?« fragte er lächelnd. »Als unser Gast?«

QUELLEN UND DANK

Der kretische Gast ist ein Werk der Fiktion. Eventuelle Ähnlichkeiten mit lebenden oder toten Personen wären rein zufällig. Gleichwohl basiert der Roman auf historischen Tatsachen und Ereignissen während der deutschen Okkupation Kretas. Das gilt insbesondere für die Entführung des Generals Kreipe durch ein kretisch-britisches Kommando im April 1944. Meine Darstellung stützt sich in diesem Punkt auf den Bericht eines an der Operation beteiligten britischen Agenten, nämlich: W. Stanley Moss: *Ill Met By Moonlight* (London 1950). Bei den SOE-Agenten Moss und Leigh-Fermor sowie dem von ihnen entführten General Kreipe handelt es sich also um historische Personen, doch ist die Verknüpfung dieser realen Operation mit der Romanhandlung frei erfunden.

Von den zahlreichen ausgewerteten Quellen ist der Roman außerdem folgenden Werken besonders verpflichtet: Erhart Kästner: *Kreta* (Berlin 1944/1946). George Psychoundakis: *The Cretan Runner. His Story of the German Occupation* (London 1955). Antonis Sanudakis: *Kapitän Manolis Panduwas. Seine Erinnerungen an den Kampf* (Athen 1984). Marlen von Xylander: *Die deutsche Besatzungsherrschaft auf Kreta 1941-1945* (Freiburg 1989).

Zu danken habe ich Matthias Bischoff und Wolfgang Ferchl für ihr konstruktives Lektorat; Manfred Dierks für kollegialen Zuspruch; Ralph Gätke für die Beschaffung schwer zugänglichen Materials; sowie Jamie, die zur richtigen Zeit am richtigen Ort war, so daß diese Insel für mich zu *der* Insel schlechthin wurde.

***

Geschrieben 2000 – 2003

K.M.

SERIE PIPER

Rolf Henrich
Die Schlinge
Roman. 165 Seiten. Serie Piper

»Mein erster Gedanke war: Da darfst du dich nicht hineinziehen lassen. Aber Schumann war mein Freund. Was für eine Wahl blieb mir da? Freundschaft war das einzige, was mir noch heilig war. Ich wollte mir die Vergangenheit vom Hals halten, aber sie war mir dichter auf den Fersen, als ich gedacht hatte.«

Lukas Wolfskehl, Rechtsanwalt, soll General a.D. Donath verteidigen. Anklage: sieben Todesfälle zu DDR-Zeiten. Ein Auftrag, der ihm nicht schmeckt... Rolf Henrichs Roman über die Verteidigung dieses NVA-Generals, der nicht Recht sucht, sondern Gerechtigkeit, zeigt eindrucksvoll, wie begrenzt die juristischen Mittel bei der Bewertung der Vergangenheit sind.

»Eine lesenswerte Geschichte, fesselnd geschrieben, dabei geradlinig und sparsam gebaut.«
Frankfurter Allgemeine Zeitung

Hermann Schulz
Sonnennebel
Roman. 288 Seiten. Serie Piper

Das Leben ist anderswo, denkt Freddy Halstenbach, jedenfalls nicht im kleinen Rheinkamp im Ruhrgebiet, wo alles eng und muffig ist. Wohl fühlt er sich nur mit seinen Brieftauben – und mit Cornelia. Mit ihr will er fortgehen, wenn sie etwas älter ist. Bis dahin wird er das, was um ihn herum geschieht, genau anschauen, damit sein Leben nicht einfach vorüberzieht, während er auf die Erfüllung seiner Wünsche wartet.

»Mit einer ruhigen Beharrlichkeit des Erzählens entfaltet der Roman seinen leuchtenden Reichtum an Motiven und Figuren, stellt Witz und Pfiff neben Ernst, Konflikt und Lebenssuche. Spannung entwickelt das Buch für den Leser in Freddys Alter wie für den erwachsenen Leser, der mit dem Erzähler im Rückblick selbst erlebte Welten durchstreift.«
Die Zeit

SERIE PIPER

Leonie Ossowski
Espenlaub
Roman. 283 Seiten. Serie Piper

Alles schien so klar: Billi heiratet bald Lorenz. Doch seit Billi Ariel kennengelernt hat, den Puppenspieler mit den dunklen Locken, der ihre Seele zum Tanzen bringt, ist sie sich ihrer Gefühle für Lorenz nicht mehr so sicher. Und dann begeht der eifersüchtige Lorenz einen tragischen Fehler, der die dunklen Schatten seiner Familie wieder lebendig werden läßt. Endlich bricht seine Mutter das Schweigen, das seit Jahrzehnten auf der Familie lastet. Sie erzählt vom Schicksal des jüdischen Malers Hans Weißberg und seiner verbotenen Liebe zu ihrer Mutter... Über ein halbes Jahrhundert spannt Leonie Ossowski den Bogen dieser aufwühlenden Familiengeschichte.

»Ein spannend und gekonnt komponierter Roman über große Gefühle.«
Südkurier

Sten Nadolny
Ein Gott der Frechheit
Roman. 288 Seiten. Serie Piper

Hermes, der Bote zwischen den Welten, Gott der Kaufleute, der Diebe und der geraubten Küsse, kommt 1990 wieder in die Welt. Als Geliebter einer helläugigen Frau aus Sachsen-Anhalt durchkreuzt er staunend die moderne Welt und erkennt, daß die Frechheit wieder in eine göttliche Tugend zurückverwandelt werden muß.

»Das Buch ist Märchen, Satire, Zeitkritik in einem, gespickt mit Zitaten und mit jener Leichtigkeit geschrieben, die sogar ernsthafte Dinge ungeheuer sympathisch macht.«
Norddeutscher Rundfunk

»... Jenseits der tradierten Heldengeschichten vom Götterboten Hermes spinnt Nadolny seine Handlungsfäden zu einer amüsanten göttlichen Komödie unserer neunziger Jahre weiter. Mit Hermes begreifen wir die politischen Veränderungen in Osteuropa ganz anders. Es ist der Blick des Fremden, der uns unsere unmittelbare deutsche Gegenwart mit neuen Augen sehen läßt.«
Focus

Anja Lundholm
Geordnete Verhältnisse
Roman. 304 Seiten. Serie Piper

Neugierig, eigenwillig und manchmal auch ein bißchen vorlaut ist die neunjährige Ruth, die am Vorabend des Dritten Reiches in »geordneten Verhältnissen« aufwächst. Sie sehnt sich nach Zärtlichkeit und Anerkennung, die sie weder von ihrem außerordentlich strengen Vater noch von der Mutter bekommt. Die Konflikte in der Familie spitzen sich zu, als die SA auf den Straßen aufzumarschieren beginnt, denn Ruths Mutter ist Jüdin, was dem deutschnational gesinnten Vater höchst unangenehm ist ... Einfühlsam, eigenwillig und mit Humor erinnert sich Anja Lundholm in diesem Roman an ihre Kindheit.

»Ein bemerkenswertes Buch: aufrichtig, klar, unbarmherzig, wo es sein muß, eine berührende Mischung von Wahrheitssuche und unerfüllten Geborgenheitswünschen.«
Neue Zürcher Zeitung

Stefan Beuse
Die Nacht der Könige
Roman. 212 Seiten. Serie Piper

Eine, höchstens zwei Wochen hofft Jakob Winter für diesen Auftrag zu brauchen. Dann will er seiner Familie in den Sommerurlaub folgen. Doch die Begegnung mit der rätselhaften Lilly führt ihn an die Abgründe seiner Existenz. Wer ist sie? Und warum versucht Jakob Winter verzweifelt, ihr näherzukommen? »Die Nacht der Könige« – Amour fou und rasanter Kriminalroman zugleich.

»Eine überaus spannende Geschichte, die satt und süffig, nach dem Muster eines Psychothrillers, erzählt wird ... Beuse weiß, daß jede vermeintliche Wirklichkeit eine Konstruktion ist. Entsprechend führt er seinen Helden durchs Leben und uns, seine Leser, aufs Glatteis. Das liest sich gut und hinterläßt am Ende eine erhebliche Irritation.«
Martin Lüdke, Die Zeit

SERIE PIPER

Martin Kessel
Herrn Brechers Fiasko
Roman. 564 Seiten. Serie Piper

Berlin, Ende der zwanziger Jahre des letzten Jahrhunderts: Max Brecher arbeitet in der Werbeabteilung der UVAG, der »Universalen Vermittlungs-Actien-Gesellschaft«, wo ein bemerkenswertes Personal aufeinandertrifft: zuerst das dissonante Freundespaar Max Brecher und Dr. Geist, dann die in Menschlichkeit dilettierende Gudula Öften, ihre extreme Schicksalsgefährtin, die verwitwete Frau Geheimrat Schöpps, deren kapriziöse Tochter Mukki und die allzu tüchtige Lisa Frieske. Alle erkennen wir wieder: Es sind die typischen Gestalten unseres Büroalltags, Menschen der »sitzenden Lebensweise«, Angestellte in der Normalität der Arbeitswelt. Max Brecher wird jedoch in einem langsamen und unwiderruflichen Prozeß an den Rand gedrängt und erlebt schließlich seine Kündigung. »Herrn Brechers Fiasko« ist eine große Entdeckung, neben Alfred Döblins »Berlin Alexanderplatz« einer der bedeutendsten deutschen Großstadtromane des 20. Jahrhunderts.

Stephan Krawczyk
Bald
Roman. 361 Seiten. Serie Piper

Der junge Familienvater Roman Bald ist ein sympathischer Taugenichts und Arbeitsverweigerer. In seiner provinziellen Heimatstadt gilt er als verrückter Spinner. Als Mitglied der »Gesellschaft zur Bewahrung des Großen Kanons« kann er seiner etwas ungewöhnlichen Leidenschaft nachgehen, nämlich Wörter sinnstiftend zusammenzufügen. Überall im Land brüten die Teilnehmer über den regelmäßig verschickten Rätselbriefen und suchen bei ihren Treffen gemeinsam nach der Lösung. Was sie nicht wissen: Ihr harmloses Treiben beunruhigt die Obrigkeit, und aus dem Spiel wird bald bitterer Ernst... Mit einer ganz eigenen Poesie und einem liebevollen Blick für die Geschicke der kleinen Leute erzählt Stephan Krawczyk vom Abenteuer, widerspenstig zu sein.

Authentisch und diskret berichtet Klaus Modick von einem Jahr Familienleben

Klaus Modick
Vatertagebuch
450 Seiten, geb./SU
€ 24,90 (D) sFr 44,90
ISBN 3-8218-5744-7

»Nachts zwischen zwei und drei Uhr, wenn Sorgen, Ängste und Bedenken, die uns tagsüber nur als schwache Schatten folgen, im Sog der Schlaflosigkeit besonders düstere Fratzen bekommen und man fast geneigt ist, wieder fromm zu werden, um mit dem guten, alten Herrgott seiner Kindheit zu handeln, liegt heute auch Jamie wach. Wieso?
›Weil wir bald allein sind.‹
›Zu zweit‹, sage ich.«

Ein Jahr lang hat Klaus Modick seine Familie als heimlicher Chronist begleitet – und die Erlebnisse und Stimmungen, die Reflexionen und Beobachtungen eines jeden Tages notiert. Authentisch und diskret macht er den Alltag der familiären Beziehungen und Bindungen sichtbar.

Kaiserstraße 66 · 60329 Frankfurt/Main
Tel. 069/25 60 03-0 · Fax 069/25 60 03-30
www.eichborn.de

Lesen Sie täglich eine Neuerscheinung.

Die Frankfurter Rundschau zwei Wochen kostenlos und unverbindlich.

Telefon: 0800/8 444 8 44
Online: www.fr-aktuell.de

Frankfurter Rundschau
Deutlich. Schärfer.